VERKNALLT IN EINEN GOTT?!

VIOLET CROW

Lektorat und Korrektorat: Daniela Siemen – https://www.instagram.com/daniela.lektorin/

Coverdesign und Umschlaggestaltung: Florin Sayer-Gabor - www.100covers4you.com

Unter Verwendung von Grafiken von Adobe Stock: xiaoliangge, g215, Kreasi

Izzah, Gustavo

Verlag: BoD · Books on Demand GmbH, Überseering 33, 22297 Hamburg, bod@bod.de

Druck: Libri Plureos GmbH, Friedensallee 273, 22763 Hamburg

ISBN: 978-3-8482-6071-3

Dieses Werk ist als Taschenbuch und als E-Book erhältlich.

Bianca Haas

Vasoldsberg 59

8076 Vasoldsberg

Für alle, die ihren Werten und sich selbst treu bleiben, dem Ruf ihres Herzens folgen und auf ihr Bauchgefühl vertrauen.

WILLKOMMEN IN ASGARD

Wo Sonnenstrahlen den Boden berühren,
Walküren tapfere Männer verführen.
Wo das Gold in jeder Ecke erstrahlt,
ein Feind dafür mit dem Leben bezahlt.
Wo Äpfel ewige Jugend versprechen,
Edelmänner heldenhaft das Böse rächen.
Wo funkelnde Sterne erhellen die Nacht,
Götter leben hier an der Macht.

PROLOG

Zwei Raben zogen ihre Kreise, trieben mit dem Wind, der sachte die Blätter der Bäume tanzen ließ. Die Sonne erstrahlte im unendlichen Blau des wolkenlosen Himmels. Es war ein sonniger, warmer Tag – so wie meistens in Asgard. Die heiße Luft flirrte, ließ kleine Spiegelbilder entstehen.

Nichts ahnend, was der Tag noch bringen mochte, spazierte Idun, die Göttin der ewigen Jugend, nach Gladsheim. Sie wollte dem Götterallvater Odin einen Korb voller frischer, goldener Äpfel bringen, beobachtete stattdessen ein Geschehen am Ufer, das mittlerweile mehrere schaulustige Asen angezogen hatte. Idun suchte die Menge nach Loki ab, doch der Gott des Feuers war nirgends zu erkennen.

»Hel! Ich habe ein Geschenk für dich!«, rief der Allvater, als er eine junge, bleiche Frau am Ufer des Teiches entdeckte. Dort saß Hel und schaute auf das glasklare Wasser hinaus. Kaum hörte sie Odins Stimme, drehte sie sich verwundert zu ihm um. Die beiden Krieger Tyr und Heimdall standen neben ihm.

»Ein Geschenk? Für mich?« Hel wirkte skeptisch. Kein Wunder, denn es war überall bekannt, dass Odin die drei Kinder Angrbodas nicht gut leiden konnte. Ja, er akzeptierte ihre Anwesenheit in Asgard, aber auch nur aus dem einen Grund, weil sie Lokis Kinder waren. Und Odin hatte vor etlichen Jahren Loki zu einem Asen erklärt, ihn zu seinem Blutsbruder gemacht und ihm im Vertrauen schon einige wertvolle Informationen zugesteckt. Wieso er das getan hatte, war vielen Asen schleierhaft, da Loki in Wirklichkeit ein Jötunn – ein Riese – war. Ein etwas zu klein geratener Jötunn, um genau zu sein, aber ebenso ein mächtiger Gott des Feuers. Wie gut er das Feuer beherrschen konnte, war sehr erstaunlich. Loki konnte jedoch noch viel mehr, aber die wenigsten Asen wussten von seiner Gestaltwandlerei. Idun allerdings hatte ihn einmal beim Üben erwischt und war seither eine der wenigen, die darüber Bescheid wussten.

»Ja, ein Geschenk.«

Idun war neugierig geworden und drängte sich zwischen die Schaulustigen. Den Korb hatte sie mittlerweile mit einem Tuch überdeckt, damit die anderen Asen die Äpfel nicht sofort sahen.

»Ein eigenes Reich. Ganz für dich allein und du darfst die Herrscherin sein«, erläuterte der Götterallvater Hel.

»Ist das ein Scherz?« Sie stand auf, strich ihr schwarzes Kleid glatt. Idun konnte sehen, dass sie schluckte und leicht zitterte, als sie die vielen Asen bemerkte. So viel Aufmerksamkeit wurde ihr selten zuteil.

Hel glaubte Odin scheinbar kein Wort und auch Idun tat sich schwer. Meinte er das ernst? Was für ein Reich? Iduns Herz schlug sofort schneller, galoppierte wie eine wilde Herde Pferde durch ihren Körper.

»Die Unterwelt hat keinen Herrscher. Die Seelen der Verstorbenen irren herum, ohne zu wissen, was sie tun sollen. Ich vertraue dir diese ehrenvolle Aufgabe an, in der Hoffnung, dass du eine gute Herrscherin sein wirst. Ich werde die Unterwelt von nun an Helheim nennen.«

»Ich darf die Unterwelt regieren?« Hel schien fassungslos, ebenso wie Idun. Was tat der Allvater bloß? War er sich bewusst, dass er der Tochter Lokis soeben die Unterwelt *geschenkt* hatte? Diente das alles einem höheren Zweck oder was für Interessen verfolgte er?

Hel schien sich ehrlich zu freuen, was Idun nicht wunderte, denn sie war schon immer seltsam gewesen. Nicht nur ihr Aussehen – ihr zweigeteiltes Gesicht – war gruselig, sondern auch die drückende Stille, die sie immer mit sich schleppte. Kein Vogel schien je in ihrer Gegenwart zu zwitschern, nicht einmal der Wind flüsterte zu den Bäumen. Also ja, klar freute sie sich, über Tote zu herrschen.

Als es beschlossene Sache war, dass Hel noch am gleichen Tag in die Unterwelt reiste, machten sich Odin, Heimdall und Tyr weiter auf den Weg. Idun folgte ihnen ungefragt, die beiden schwarzen Vögel von Odin kreisten ebenso über ihnen.

Sie fanden Jörmungandr, das jüngste Kind Angrbodas. Wie meistens sonnte sie sich auf der Felsmauer direkt hinter den Toren Gladsheims. Auch heute brannte die Sonne mit immenser Kraft vom Himmel, was die große Schlange sichtlich genoss. Mittlerweile hatte sie schon die Größe eines ausgewachsenen Asen erreicht. Sie hielt die Augen geschlossen und lag friedlich zusammengerollt auf mehreren großen, grauen Steinen.

Als die drei Götter die Schlange leise anschleichend erreichten, waren sie nicht so freundlich wie bei Hel. Einerseits konnte Idun sie verstehen, denn ja, Jörmungandr war eine giftige Schlange, aber andererseits war sie ein Kind von Loki. Weshalb wurde sie also so schlecht behandelt?

Die beiden Kriegsgötter fingen die Schlange mit einem Haken ein, der es ihr unmöglich machte, sich herauszuwinden. Sie zischte und offenbarte den beiden ihre Giftzähne. Mit einem gezielten Schlag Heimdalls auf ihren Kopf verlor sie das Bewusstsein.

Idun betrachtete das Geschehen zwischen einigen anderen Asen mit klopfendem Herzen. Ihre Augen weiteten sich. Ihr Mund stand vor Schreck offen. Wo war Loki? Sie konnte sich schwer vorstellen, dass er so eine Tat seiner Tochter gegenüber gutheißen würde. Selbst wenn sie ein zischendes Tier war.

Odin wandte sich an die paar Asen, die zugeschaut hatten. Auch Idun war unter ihnen, doch der Allvater sah sie nicht, weil er von seinen eigenen Gedanken zu sehr eingenommen war. »Jörmungandr wird von nun an in Midgard leben. Dort kann sie bei den Menschen zu ihrer vollen Größe heranwachsen, ohne dass es uns stört. Von mir aus soll sie ganz Midgard mit ihren Schuppen umschließen!« Einige Asen johlten und waren sichtlich froh, dass die giftige Schlange nicht mehr unter ihnen weilte, sondern bei den Menschen. Andere Asen klatschten zwar, Idun konnte allerdings sehen, dass sie die Stirn runzelten. Fragten sie sich vielleicht auch, weshalb der Allvater das alles tat, ohne dass Loki Bescheid wusste?

Odin überreichte Heimdall die Schlange. »Wirf sie über Bifröst nach Midgard«, wies er den Wächter der neun Welten an. Heimdall nickte, nahm die bewusstlose Schlange und trug sie fort.

Idun versetzte das ganze Szenario einen Stich. Wie konnte Odin bloß? Was war nur in ihn gefahren? Durfte sie überhaupt so über den Allvater denken? Sie hatte ihm so vieles zu verdanken, doch nun hinterfragte Idun zum ersten Mal Odins Handlungen. Vielleicht sollte sie zurück in den Palast gehen, den Wachen die goldenen Äpfel geben und verschwinden. Aber dann schüttelte Idun über ihre Gedanken den Kopf. Nein, Odin wollte die Äpfel persönlich bekommen. Vermutlich sollte sie jetzt verschwinden, zu ihrem Apfelhain zurückkehren und einfach morgen wieder nach Gladsheim kommen. Zwar war sie dann den weiten Weg umsonst gereist, nur ...

Idun war in ihren zwiespältigen Gedanken gefangen, als sie den Entschluss fasste, den beiden Göttern zu folgen. Sie wollte wissen, was als Nächstes geschah. Danach konnte sie noch immer entscheiden, ob sie Odin die Äpfel heute überreichte oder morgen. Aber Idun hatte ein ungutes Gefühl, was das dritte Kind Angrbodas anging, und da Tyr den Fenriswolf nun einmal gernhatte, was schließlich kein Geheimnis war, wollte Idun wissen, was mit ihm passieren sollte.

Tyr folgte Odin und torkelte ihm wie ein brav folgender Hund hinterher. Das passte so gar nicht zu dem Asen, wie

Idun fand. Er war als Kriegsgott bekannt, aber er war kein Gott der kampfeslüsternen Raserei, sondern er war anständig, geschickt und kämpfte strategisch. Alles an seinem Aussehen schrie lautstark nach *Krieger*. Idun fand, dass er gut aussah. Natürlich nicht so gut wie ihr geliebter Thiazi, der im Apfelhain auf ihre Rückkehr wartete, aber das verstand sich hoffentlich von selbst. Niemand kam auch nur annähernd an ihren Thiazi heran. Tyr war jedoch nicht nur ein gut aussehender Kämpfer, sondern auch ein wahrer Freund Fenris'.

Als Loki seinen Sohn vor etlichen Jahren mit nach Asgard genommen hatte, war er noch klein gewesen, doch als er von Jahr zu Jahr größer und stärker geworden war, hatten es die Asen mit der Angst zu tun bekommen. Was, wenn der Wolf sich eines Tages gegen sie stellen würde? Dann würde es auf jeden Fall viel Leid in Asgard geben. Wo auch immer Fenris auftauchte, die Asen suchten schnell das Weite und wollten so wenig wie möglich mit dem Wolf zu tun haben. Nur sein Vater Loki, seine Geschwister und Tyr unterhielten sich mit ihm.

Eine seltsame Freundschaft hatte sich zwischen den beiden entwickelt – Fenris und Tyr. Idun wusste aber, dass die Freundschaft auf Gegenseitigkeit beruhte, denn wie sich die beiden benahmen und Späße machten, konnte schwer gestellt sein. Tyr war auch der einzige Ase, der den Wolf füttern und streicheln durfte, ohne angeknurrt zu werden. Nur jetzt ... Hier passte etwas nicht.

»Fenris«, rief Tyr, als sie die Höhle hinter dem Palast erreichten, in der sich der Wolf gerne aufhielt. Odin blieb etwas abseits stehen und auch die Schaulustigen warteten mit größerem Abstand. Sie alle fürchteten den großen Wolf. Idun selbst beschlich auch ein mulmiges Gefühl, wenn sie den Fenriswolf nur sah, doch getan hatte er ihnen allesamt nichts. Niemals. Er war stets ein vorbildlicher Wolf Asgards gewesen.

Auf Tyrs Rufen hin trat der schwarze Wolf aus der Höhle. Zuerst bildete sich Idun ein, dass er erfreut wirkte, seinen Freund zu sehen, nur, als er Odin und die vielen Asen sah, verengten sich seine gelblich schimmernden Augen ein Stück.

»Ich muss mit dir reden, mein Freund.« Tyr sprach zu

dem Wolf und Idun konnte förmlich spüren, dass es ihm innerlich das Herz zerriss. »Du weißt, die Asen haben Furcht vor dir. Deshalb haben wir beschlossen, dass es besser für alle wäre, wenn du eine eigene Insel bekommst. In Midgard. Fernab von allen Menschen, verborgen im Meer. Eine Insel, nur allein für dich, so wie du es dir bereits oft gewünscht hast.«

»Ehrlich?« Die tiefe Stimme des Wolfes tönte bis zu den Asen hinüber.

»Ja.«

»Und was macht Odin hier?«, brummte der Wolf.

»Er begleitet uns.«

»Wenn es nicht anders geht«, knurrte Fenris, zeigte allen seine spitzen Zähne, doch dann ging er hinter Tyr her, ohne die anderen Asen ein weiteres Mal zu beachten.

Sie machten sich auf den Weg zu Heimdall, der währenddessen schon wieder seinen Platz neben der Regenbogenbrücke Bifröst eingenommen hatte, um über die Welten zu wachen. Mit einem knappen Nicken gab er Odin zu verstehen, dass er seiner vorherigen Aufgabe erfolgreich nachgegangen war.

»Du weißt, wohin wir möchten«, sprach Odin, als er zu Heimdall trat. Dieser ließ den Allvater, Tyr und den Fenriswolf über die Brücke nach Midgard reisen.

Idun wusste, dass sie unmöglich mitkonnte, aber sie wusste ebenso, wo sie alles beobachten konnte. Mit schnellen Schritten eilte sie zu Odins Turm, in dem sich Hlidskjalf befand, der Thron Odins, wo er stets tagelang verweilte, um die Menschen in Midgard bei ihrem täglichen Leben zu beobachten. Dort wollte Idun hin und sich ansehen, was den Fenriswolf erwartete.

Was sie dort aber sah, schmerzte ihr Herz. Sie griff sich an den Brustkorb und vergoss eine Träne.

Fenris wurde auf einer Insel, fernab von jeglicher lebenden Seele, gehalten. Die Insel war klein, aber was brauchte der Wolf schon alles? Bewegen konnte er sich, wie Idun feststellen musste, nicht mehr. Vermutlich war es Dvergrwerk, dass die Fesseln um Fenris' Körper sich nicht lösten. Normalerweise war der Wolf sehr stark und nichts konnte ihm etwas anhaben, doch die Fesseln der Zwerge schienen magisch – sehr mächtig – zu sein.

Aber das war nicht der Grund für Iduns vergossene Träne. Auch nicht, als Tyr auf Odins Befehl hin seinen Arm in Fenris' Maul gelegt hatte, als Zeichen, dass keine Magie im Spiel war, während der Götterallvater die Fesseln um seinen Körper befestigte. Das alles ließ der Wolf geschehen, weil er, sollte er nicht mehr freikommen, Tyrs Arm von seinem restlichen Körper trennen würde. Als der Fenriswolf merkte, dass er in einer Falle saß und die Fesseln tatsächlich magisch waren, biss er zu. Doch auch Tyrs weit hallendes, schmerzerfülltes Brüllen war nicht der Grund für Iduns Träne gewesen.

Der Blick, als der Wolf merkte, dass er von seinem jahrelangen und einzigen Freund betrogen worden war, schmerzte Idun so sehr. Er hatte ihm wahrlich ein Messer in den Rücken gerammt.

Tyr und Odin verschwanden, ließen den Fenriswolf auf der einsamen Insel zurück. Der Wolf warf sich gegen die Fesseln, zog und biss daran. Blut floss seine Lefzen hinab. Nichts half. Zornig knurrte er das Meer an und heulte gen Himmel. Er scharrte immer wieder mit den Krallen über die großen Felsen.

»Odin!«, donnerte Fenris. Nur die Göttin mit den goldenen Äpfeln hörte ihn.

Idun saß noch immer auf Hlidskjalf und betrauerte stumm den Wolf. Sie hatte stets Angst vor ihm gehabt, doch auch er hatte, genauso wie Jörmungandr, niemals einen Asen verletzt. Wieso war das alles also notwendig gewesen?

Die Göttin der Jugend wollte nur noch weg. Sie würde ihre Magd beauftragen, den Korb voller Äpfel morgen zu Odin zu bringen. Idun fasste den Entschluss, dass sie mit Thiazi nach Jötunheim gehen würde, zu den Riesen. Zumindest fürs Erste. Thiazi besaß dort ein großes Heim, wo sie leben konnten. Natürlich würde sie sich noch um die goldenen Äpfel kümmern, aber sie brauchte jetzt Abstand von Asgard. Allem voran von Odin. Sie konnte ihm gerade nicht in die Augen blicken.

1

DIE UNFREIWILLIGE LAUFEINHEIT

An manchen Tagen gingen mir diese geschmacklosen Sprüche am Arsch vorbei. Obwohl sie wirklich sehr niveaulos waren. Die Sprüche, sowie die Mäuler dahinter.

An anderen Tagen brodelte nur mein innerer Vulkan, wenn jemand so einen dämlichen Witz von sich gab. Da ignorierte ich es aber schlicht.

Und dann gab es diese Tage ...

Diese Tage, an denen ich es einfach nicht ausblenden konnte, weil ohnehin schon alles scheiße war.

Es war ein herrlicher Tag.

Eigentlich.

Die Sonne strahlte mit aller Kraft und der Sommer würde nicht mehr lange auf sich warten lassen. Zumindest astronomisch gesehen. Denn ich lief gerade wortwörtlich aus. Meine Kleidungsstücke klebten an mir wie ein Kaugummi an den Schuhsohlen, wenn man in der Stadt unbeabsichtigt in genau so einen hineingetreten war. Die Temperaturen waren in den letzten Tagen einfach ins Unermessliche gestiegen.

Nein, ich war nicht joggen! Zumindest nicht beabsichtigt. Ich lief lediglich dem miesen Köter meiner Tante hinterher, der sich tatsächlich aus dem ledernen Halsband befreit hatte. Eine ganze verdammte Woche lang hatte ich auf diese Ratte aufpassen müssen! Dass ich als Blondine also mindestens zweimal täglich mit einem Chihuahua spazieren gegangen war, hatte in so manchen Augen ein totales Klischee erfüllt. Und dass Pink noch dazu meine Lieblingsfarbe war, trug ihr Übriges dazu bei. Keine andere Farbe zierte mein bauchfreies Oberteil.

Wie nennt man eine joggende Blondine? – Dumm gelaufen!

Und dann auch noch dieses abartige Gelächter dazu! Ich kannte keinen dieser drei Männer, obwohl es das Wort *Jungs* wohl besser traf. Denn Männer waren sie wirklich keine.

»Arschlöcher!«, rief ich zurück und streckte ihnen, als Ausdruck meines Zorns, auch noch den Mittelfinger hinterher.

Die drei Männer brüllten mir irgendetwas nach, was ich aber nicht mehr verstehen konnte. Dafür war ich schon zu weit von ihnen entfernt. Aber wenig später lachten sie wieder aus vollem Halse. Am liebsten wollte ich umdrehen und ihnen eine mitten ins Gesicht klatschen, doch dann würde ich das tolle Hündchen aus den Augen verlieren und das konnte ich mir echt nicht leisten.

»Dschafar! Hier!«, versuchte ich es kläglich ein weiteres Mal.

Entweder pfiff da ein ordentlicher Wind von einem Ohr ins nächste oder ihm wuchs Beton im Ohrinneren. Obwohl er dann vermutlich nicht so schnell laufen könnte. Herrgott noch mal, hierbei handelte es sich um einen Chihuahua! Wieso war er bloß so verflixt schnell?

Ich lief an unzähligen Häusern vorbei, an wunderschön angelegten Gärten, an einigen parkenden Autos und sogar an dem Minispielplatz in unserer Siedlung. Aber dieser Wadenschnapper wollte einfach nicht stehen bleiben.

»Dschafar!«, schrie ich erneut. Mahnender. Innerlich entschied ich, nie wieder auf diese Ratte aufzupassen. Da konnte meine Tante noch so sehr betteln.

Meine liebe Tante Heidrun hatte mich nämlich vor einigen

Wochen um den Gefallen gebeten, mich um ihren Schatz Dschafar zu kümmern. Da ich momentan sowieso schon meine Sommerferien genoss, hatte ich ihrer Meinung nach nichts Besseres zu tun. Meine Schwester musste noch ein paar letzte Wochen in der Schule büffeln, während ich meine Abschlussprüfungen für alle Male hinter mir hatte. Zumindest fürs Erste. Denn im Herbst würde mein Lehramtsstudium beginnen.

Heidrun war wie besessen von *Disney's Aladdin*, weswegen ihr kleiner Köter Dschafar hieß. Ich fand ja, dass der Name des Bösewichts hervorragend zu diesem Chihuahua passte.

Meine Tante war eine Woche lang in Israel. Heute kam sie endlich zurück. Ich konnte es ehrlich kaum mehr erwarten. Zwar war mir der liebenswerte kleine Hund soeben zum ersten Mal abgehauen, aber er hatte sich auch in meinem Elternhaus nicht unbedingt wie ein Vorzeigehund verhalten. Nachts war ich extra je einmal aufgestanden, um ihn in den Garten zu lassen, nur um am nächsten Morgen dann doch eine Pfütze neben meinem Bett zu entdecken. Vielleicht war er inkontinent, keine Ahnung, immerhin war er schon vierzehn Jahre alt. Oder aber er hatte es sich zur Aufgabe gemacht, mich schlichtweg zu nerven.

Ich hatte Mama mehrmals in dieser Woche angefleht, ihn im Wohnzimmer schlafen zu lassen, da wir allerdings aus sicherer Quelle in Erfahrung bringen konnten, dass Dschafar in der Vergangenheit das Sofa meiner Tante in Einzelteile zerlegt hatte, war meine Mama nicht sonderlich begeistert von dieser Idee gewesen. Was natürlich auch verständlich war. Aber ich fragte mich einfach nur, wie es so ein Minihund geschafft hatte, eine Couch zu zerlegen.

»Dschafar!«, rief ich wieder. Verzweifelter. Meine Ausdauer war wirklich nicht die Beste. Was tat ich bloß, sollte ich ihn nicht einfangen können?

Ich sah, wie der kleine Hund um die Ecke bog, und beeilte mich noch mehr. Die Panik, meiner Tante heute beichten zu müssen, dass ihr Taschenwolf verschwunden war, trieb mich an. Schweißperlen standen mir auf der Stirn und liefen als

Wasserfall meinen gesamten Körper hinab. Meine mühevoll geglätteten Haare kräuselten sich mit hoher Wahrscheinlichkeit schon.

»Dschafar«, entkam es mir erleichtert, als er direkt hinter der meterhohen Hecke an einem Grashalm schnüffelte. Hastig ging ich in die Hocke, hob das braunhaarige Biest auf meine Arme und marschierte mit einem grimmigen Blick zurück zu unserem Haus. Allerdings wählte ich einen anderen Weg, der etwas länger dauerte, denn ich wollte vermeiden, den drei Männern von vorhin noch einmal über den Weg zu laufen.

Mir kamen kaum Leute entgegen, was ich im Moment sehr begrüßte. Meine Eltern lebten mit meiner Schwester und mir in einer kleinen Stadt. Hier war es nicht wirklich ländlich, aber es handelte sich auch nicht um eine Großstadt. Dennoch würde man vermutlich über meinen kleinen Ausflug quatschen, wenn mich die Menschen so sahen.

Unser gesamter Garten, der sich allmählich in mein Sichtfeld schob, durfte sich an Mamas grünem Daumen erfreuen, ebenso wie die Pflanzen in unserem Haus. Sie liebte Pflanzen, es gab kein einziges Zimmer, in dem kein Leben drin war. Selbst in meinem Zimmer stand eine Orchidee. Allerdings hatte sie mir schon seit einer Ewigkeit keine Blüten mehr gezeigt. Gut möglich, dass sie nicht mehr lebte. Meine Mutter war da anderer Meinung, weshalb die Blütenpflanze weiterhin auf meinem Fenstersims stand.

Weil meine Mama so eine Pflanzenliebhaberin war, hatte sie meine Schwester und mich nach solchen benannt. Meine Schwester Dahlia verdankte der Blume Dahlie ihren Namen und ich der Magnolie. Dass wir haufenweise von beidem im Garten hatten, musste ich hoffentlich nicht erwähnen. Die Dahlien erstrahlten momentan nacheinander in ihrer vollsten Pracht, denn jetzt begann ihre Blütezeit und auch der Geburtstag meiner Schwester stand in wenigen Wochen an. Ich hingegen war, wie die Magnolie, ein Frühlingsbote. Mein Geburtstag war Ende März.

Da Mama nie leicht schwanger geworden war, trennten meine Schwester und mich sieben Jahre. Demnach war Dahlia aktuell noch elf Jahre alt. Vor Kurzem hatte sie das Schminken für sich entdeckt. Besonders bunte Nägel hatten es ihr angetan. Leider hatte ich meiner kleinen Schwester versprochen, mir heute noch die Nägel von ihr lackieren zu lassen. Zwar entfernte ich den Lack meist am gleichen Tag, aber da sie sich in den Kopf gesetzt hatte, eines Tages Nageldesignerin zu werden, wollte ich sie selbstverständlich unterstützen. Außerdem hatte sie vor, in der Zukunft ihr eigenes Nagelstudio zu eröffnen. Was tat man nicht alles für seine Familie?

»Wie siehst du denn aus?« Dahlia war allem Anschein nach schon von der Schule nach Hause gekommen. Gerade musste sie hinter vorgehaltener Hand das Lachen zurückhalten.

Noch immer ziemlich sauer von meiner unfreiwilligen Laufeinheit ließ ich das grüne Gartentor laut ins Schloss fallen und setzte die miese Ratte ins erst gestern gemähte Gras. Von dort aus lief Dschafar mit der Rute wedelnd auf meine jüngere Schwester zu. Sie kniete sich zu ihm auf den Rasen und streichelte ihn.

»Belohn ihn ruhig für sein bescheuertes Verhalten«, entfuhr es mir gereizt. »Ich bin so froh, wenn Tante Heidrun Dschafar heute endlich wieder abholt.«

»Was hat er denn angestellt?«, wollte Dahlia von mir wissen. Ihre hellblauen Augen starrten mich fragend an. Da meine Eltern beide blaue Augen hatten, war es nur logisch, dass wir das teilten. Allerdings tanzte ich mit meinem seltsam blaugrünen Augenpaar etwas aus der Reihe.

»Hat sich aus dem Halsband befreit und ist weggelaufen«, maulte ich. Seufzend ließ ich mich in einen gepolsterten Rattansessel auf unserer Terrasse fallen. »Ich will jetzt einfach nur duschen und chillen!« Ich warf den Kopf theatralisch in den Nacken und legte ihn auf der Rattanlehne ab.

»Ich passe in der Zwischenzeit auf Dschafar auf. Geh nur duschen.« Meine Schwester lachte. »Und danach musst du dir deine Haare wieder glätten.«

»Das habe ich befürchtet«, jammerte ich.

Keine Ahnung wieso, aber ich mochte meine kringelnden Naturlocken nicht. Jedes Mal, wenn ich sie gewaschen hatte, glättete ich sie mit einem meiner drei Glätteisen. Die Anzahl der Glätteisen war einfach mit den Jahren gestiegen, dabei benutzte ich ohnehin meistens nur das eine. Meine Mama sowie meine Schwester waren mit schönen welligen, blonden Haaren gesegnet. Nur ich fiel hier wieder einmal aus dem Rahmen. Mit den Naturlocken hatte ich das Gen meiner Oma mütterlicherseits geerbt. Leider hatte ich sie nie persönlich kennengelernt, da sie schon vor meiner Geburt gestorben war.

Ich stapfte schlecht gelaunt die Treppe ins Obergeschoss. Dort lagen mein Schlafzimmer und das Badezimmer, das ich mir mit Dahlia teilte, direkt nebeneinander. Ich holte ein rosarotes Sommerkleid mit kleinen weißen Blümchen aus dem Kleiderschrank und eilte damit ins Badezimmer, um endlich das kühle Wasser auf meiner Haut zu spüren. Das hatte ich mir nach dieser wahnsinnigen Sporteinheit heute wirklich verdient.

»Ja, wo ist denn mein Baby?«

Bei Tante Heidruns gespielt quietschiger Stimme rollte ich mit den Augen. Kein Wunder, wenn man seinen Hund wie ein Kind behandelte, dass dieser dann dachte, der König von allen zu sein.

»Mein Baby!« Meine Tante kniete auf unserem Parkettboden, während Dschafar auf ihre Oberschenkel kletterte und ihr mit seiner kleinen Zunge übers Gesicht leckte.

»Heidrun!« Selbst meine Mutter fand das eklig.

Dahlia hingegen fing an zu lachen und kniete sich neben meine Tante. Meine Schwester hatte Gefallen an Dschafars Anwesenheit gefunden. Sollte sie doch einfach das nächste Mal auf Tante Heidruns Liebling aufpassen, ich hätte absolut nichts dagegen.

Nachdem meine Tante ihr kleines Raubtier ausgiebig begrüßt hatte, wandte sie sich auch einmal an uns. Natürlich war Dahlia die Erste, die sie in die Arme zog. Danach war Mama an der Reihe, und mir fiel wieder einmal auf, wie ähnlich sich die beiden sahen. Die Verwandtschaft konnten sie nicht abstreiten. Letztendlich widmete sich Tante Heidrun mir.

»Danke, dass du auf mein Baby aufgepasst hast. Ich hoffe, es lief alles reibungslos.«

Ich setzte ein gekünsteltes Lächeln auf und nickte artig. Dahlia hingegen kicherte schon und schüttelte belustigt den Kopf. »Du hättest Mag heute sehen müssen!« Sie prustete.

»Dahlia«, ermahnte unsere Mama, da diese bereits wusste, was für einen miserablen Tag ich hinter mir hatte. Mittlerweile war es schon später Nachmittag, die Sonne schien jedoch noch immer mit einer immensen Kraft vom Himmel.

»Was ist denn passiert?«, fragte Tante Heidrun.

»Dschafar hat sich während des Spaziergangs aus dem Halsband befreit«, antwortete ich gelangweilt. Ich hatte ehrlich keine Lust, das Thema erneut durchzukauen, ansonsten würde ich nur wieder sauer werden. Dabei hatten mich das Duschen, Haare glätten und Nägel lackieren lassen wieder ziemlich gut runterbringen können.

»Oh nein!« Tante Heidrun schlug die Hand vor den Mund und riss die Augen auf. Kannte sie von ihrem zucker-süßen Vierbeiner so ein Verhalten etwa nicht? »Das tut mir schrecklich leid. Hat er sich denn gut einfangen lassen?«

»Mag ist ihm die komplette Siedlungsstraße hinterherge-laufen«, kam mir Dahlia gackernd zuvor.

Warum noch mal hatte ich mir die Nägel von ihr so lackieren lassen, dass sie wie ein bunter Regenbogen aussahen? Ach ja, weil ich ihre Schwester war und immer für sie da sein würde. Und was tat sie? Ich verzog das Gesicht zu einer Grimasse und hob die Schultern.

»War ein blöder Tag, ja«, nuschelte ich. »Lasst uns über etwas anderes reden. Wie war dein Urlaub?«, lenkte ich das Gespräch auf meine Tante. Sie liebte es ohnehin, im Mittelpunkt zu stehen, weswegen mein Plan zum Glück aufging.

Tante Heidrun erzählte ohne Punkt und Komma, wie

Israel für sie gewesen war. Dschafar hatte sie in jeder Sekunde vermisst, beteuerte sie. Allerdings hatte sie auch schon lange keine so wundervolle Zeit mehr gehabt.

»Ich habe euch ein paar Souvenirs mitgebracht.« Strahlend zeigte sie auf eine große Papiertüte, die sie im Flur stehen gelassen hatte. Wir saßen mittlerweile an unserem Esstisch und lauschten den Worten meiner Tante, während wir Mutters beliebte und selbst gemachte Donauwelle aßen.

Bei dem Wort *Souvenirs* sprang Dahlia sofort von ihrem Stuhl auf, um auf die Tüte zuzulaufen, und sie zu uns ins Zimmer zu holen. Meine Tante schmunzelte über den Enthusiasmus meiner Schwester. Ich konnte ebenso wenig verbergen, dass ich neugierig auf die Geschenke war, denn meine Tante hatte uns mit ihren Souvenirs noch nie enttäuscht und war meist auch sehr spendabel.

»Maria, dir habe ich ein paar Gewürzmischungen mitgebracht«, teilte sie meiner Mutter mit. Sie fischte ein Gewürz nach dem anderen aus ihrer magischen Tüte. Das scharfe Chilipulver Ají, Basilikum, Oregano, Petersilie, Sesamzaatar, scharfes und süßes Paprikapulver, Kümmel, Zimt und Kurkuma standen nun schön verpackt direkt neben der Donauwelle.

»Lieben Dank. Peter wird sich besonders über das Chilipulver freuen«, kicherte Mama. Wir alle wussten, dass Papa scharfes Essen absolut nicht vertrug. Dafür liebte es Mama umso mehr und könnte wohl jeden Tag thailändisch essen. Ich hingegen brauchte so stark gewürzte Speisen auch nicht. Da war ich ganz auf Papas Seite.

»Da bin ich mir sicher.« Meine Tante lachte ebenso. »Für ihn habe ich auch etwas.« Sie holte eine Packung Arabica-Kaffee mit Kardamom heraus. »Ich habe mir haufenweise davon mit nach Hause genommen, weil ich den Geschmack einfach liebe und er mich an Israel erinnert«, seufzte meine Tante verträumt. Sie wusste, wie abhängig mein Vater von Kaffee war. Also kein Wunder, dass sie ihm so eine Köstlichkeit mitgebracht hatte.

Als ich in das Gesicht meiner Schwester schaute, konnte

ich erkennen, dass sie sehr aufgeregt war, was ihr Tante Heidrun schenken würde. Mit großen Augen betrachtete sie unsere Tante und bangte innerlich darum, die Nächste zu sein.

»Dahlia, für dich habe ich einige einzigartige Kosmetikartikel aus dem Schlamm des Toten Meeres mitgebracht. Ich habe mir sagen lassen, dass sie sehr gut für die Haut sind und aufgrund ihrer natürlichen Eigenschaften weltweit begehrt werden.«

»Danke! Danke!«, jubelte meine Schwester und fiel unserer Tante um den Hals, als diese Gesichtsmasken, Massageöle und Seifen auspackte. »Du bist die Beste! Das muss ich gleich heute noch ausprobieren.«

Tante Heidrun schmunzelte, wandte sich aber schließlich an mich. »Für dich habe ich etwas ganz Besonderes, Magnolia.«

Erwartungsvoll schaute ich sie an. Was sie mir wohl aus ihrem Urlaub mitgebracht hatte? Zugegeben, ich war sehr neugierig. Meine Tante hatte tatsächlich für jeden etwas Passendes mitgenommen. Ich war mir sehr sicher, dass mich also auch etwas absolut Einzigartiges erwarten würde.

Meine Tante grinste verheißungsvoll, während sie in die Papiertüte griff. »Als ich *sie* gesehen habe, musste ich sofort an dich denken. Und an damals, als wir gemeinsam Aladdin geschaut haben.«

Auf was wollte sie hinaus? Ich konnte mich noch an diese Zeit erinnern, obwohl ich ein Kind gewesen war. Es lag schon Jahre zurück. Doch an jenem Tag hatten wir Aladdin quasi auf und ab geschaut und ich hatte mitbekommen, wie gefesselt meine Tante von diesem Film war. Ach generell, nicht nur von diesem Film, sondern von der gesamten arabischen und orientalischen Märchensammlung.

Meine Tante griff tiefer in die Tüte, und als sie ihre Hände wieder herausholte, kam eine goldene Wunderlampe zum Vorschein. Hastig setzte ich ein Lächeln auf, um nicht undankbar zu erscheinen. Innerlich fragte ich mich nämlich schlicht, wo in meinem Zimmer ich noch Platz dafür fand.

»Wow«, stieß meine Schwester aus. Anscheinend war sie von der Wunderlampe beeindruckt.

»Ich habe mir erzählen lassen, dass sie aus gelben Kristallen mit goldfarbenen Metallverzierungen gefertigt wurde. Anscheinend soll man in ihrer Umgebung mit seinen Wünschen sehr sorgsam umgehen. Auch wenn die Wunderlampe nicht jedem Besitzer seine Wünsche erfüllt. Wie man hört, ist sie sehr wählerisch.«

»Glaubst du etwa an so einen Quatsch?«, rutschte es mir raus. Mein Mund war wohl schneller als mein Gehirn.

»Natürlich, Magnolia. Die Welt steckt voller Wunder und Magie. Du musst nur daran glauben und genauer hinsehen. Sei also vorsichtig mit deinen Wünschen.«

Ich biss mir auf die Innenseite meiner Wange, um nicht spöttisch loszulachen. Heute war echt nicht mein Tag. Konnte es eigentlich noch absurder werden? »Tante Heidrun, ich denke kaum, dass diese Lampe Wünsche erfüllt. Danke trotzdem für das Geschenk. Ich werde einen guten Platz dafür finden.« Wohl in der hintersten Ecke der Schublade meiner Kommode, aber das musste sie ja nicht wissen.

Ich nahm meiner Tante die Wunderlampe ab und schaute sie mir kurz etwas genauer an. Die gelben und goldenen Farben funkelten mir entgegen. Sie war schwerer, als ich gedacht hatte. Vielleicht war sie ein kleines Vermögen wert? Schnell verwarf ich diesen Gedanken wieder. Meine Tante war zwar mit ihren Mitbringsel stets großzügig, doch sie warf nicht mit Geld umher. Vermutlich war es einfach eine nullachtfünfzehn Lampe, die jeder Tourist mit nach Hause nehmen konnte.

Seltsam bedrückt, weil ich mir irgendwie mehr erhofft hatte, schaute ich erneut das Souvenir an. Meine Tante holte mich allerdings mit ihren nächsten Worten aus meinen Grübeleien. »Weißt du, was eure Oma immer gesagt hat?«

Ich richtete meinen Blick auf meine Tante.

»Ach, Muttis Weisheiten.« Meine Mama lachte und machte mich nur noch neugieriger.

»Ich zitiere unsere gute Mutti mal: Wähle Wünsche mit Bedacht, das Chaos sonst erwacht. Für Rückkehr ist es dann zu spät, hast du erst deinen Wunsch verschmäht. Nichts Schöneres kann es jedoch geben, als des Herzens Verlangen zu leben.«

»Wie schön«, flüsterte ich, wobei meine bedrückte Stimmung mit diesem Reim trotzdem nicht verschwand. Ich hasste mich im Moment dafür, so undankbar zu sein. Vielleicht sah ich alles gleich mit anderen Augen, wenn ich nur kurz Zeit für mich hätte? Meistens halfen mir ein paar Minuten Me-Time, um zur Ruhe zu kommen.

»Mutti war eine Träumerin«, erwiderte Mama kopfschüttelnd. Gleichzeitig funkelten aber ihre Augen, als erinnerte sie sich gerne daran zurück.

»Ich finde das alles so spannend«, mischte sich meine Schwester euphorisch ein. Okay, das war wohl mein Zeichen für eine Verschnaufpause.

Ich entschuldigte mich, weil ich die goldene Wunderlampe in mein Zimmer bringen wollte. In Wirklichkeit musste ich kurz allein sein, denn ich spürte, dass ich am liebsten an Ort und Stelle in Tränen ausbrechen würde. Keine Ahnung wieso, aber dieser Tag zerrte an meinen Nerven. Dschafars Weglaufen, die vielen unterbrochenen Nächte wegen dieses Köters, meine Haare, die ich an diesem Tag zum zweiten Mal hatte glätten müssen, die hirnlosen Männer, die immer wiederkehrenden geschmacklosen Blondinenwitze, die erdrückende Hitze und dann auch noch ein Souvenir, das aussah wie ein Kinderspielzeug. Auf keinen Fall wollte ich undankbar sein, aber aus irgendeinem Grund war ich wütend. Dabei konnte ich selbst nicht genau sagen, woran es lag. Vielleicht an der Gesamtsituation?

»Wenn du wirklich eine ach so magische Wunderlampe bist, die mir jeden gottverdammten, dämlichen Wunsch erfüllen kann, dann wünsche ich mich in eine Zeit zurück, wo es noch keine hinterlistigen Chihuahuas, idiotischen Blondinenwitze oder sagenumwobene Wunderlampen gab«, murmelte ich aufgewühlt.

Mir wurde plötzlich seltsam schwindelig, sodass ich mich mit einer Hand an der Wand neben mir abstützte. Ich fühlte mich mit einem Mal so schwach und benommen wie noch nie. Kleine Sternchen fingen an, um mich herum zu flackern. Ich wollte etwas sagen, doch kein Laut kam raus. Was zur Hölle war auf einmal los?

Ehe ich mir genauere Gedanken darüber machen konnte, kippte ich zur Seite und alles wurde schwarz ...

2

DER FREMDE

Das Erste, was ich wahrnahm, war mein Schädel, der sich anfühlte, als würde er jeden Moment in tausend Teile zerplatzen. Als Nächstes merkte ich, dass mich in meinem kurzen rosa Sommerkleid fröstelte. Dabei hatten wir Mitte Juni und gerade eben war es mega heiß gewesen.

Noch immer seltsam benommen öffnete ich die Augen. Hätte ich sie bloß geschlossen gelassen! Ich befand mich mitten im Wald. Wie hatte das denn passieren können?

Die Luft war abartig rein. Nicht so wie normalerweise, wenn ich mich im Wald aufhielt. Hier war sie irgendwie anders. Ich konnte es nicht wirklich beschreiben. Außerdem seltsam salzig. Nicht allzu weit entfernt nahm ich merkwürdige Geräusche wahr. Zwar konnte ich diese nicht zuordnen, aber ich würde schon noch herausfinden, um was es sich dabei handelte.

Noch immer nicht ganz bei mir, grub ich meine Finger in den weichen, matschigen Boden und hievte mich hoch. Die letzten Tage war kein einziger Tropfen vom Himmel gefallen, deshalb müsste der Boden dürr sein. Dieser Gedanke ließ mein Herz schneller gegen meinen Brustkorb klopfen. Hier stimmte etwas nicht. Und zwar gewaltig.

Ich konzentrierte mich auf die Geräuschkulisse in der Ferne. Eine Ziege – oder ein Schaf – meckerte. Viele unterschiedliche Stimmen waren zu hören, darunter auch lachende und laut johlende Kinder, und ein Esel schrie dreimal auf. War hier in der Nähe ein Streichelzoo? Ganz weit entfernt konnte ich auch ein seltsames Rauschen vernehmen. Was das wohl war?

Wo Kinder lachten, würde mir bestimmt geholfen werden. Mütter waren meist hilfsbereit und hoffentlich konnten sie mir sagen, wo ich mich befand. Am besten noch, wenn sie eine Ahnung hatten, wie ich hierhergekommen war. Allem voran brauchte ich ein Handy, damit ich meine Eltern kontaktieren konnte. Von dieser Idee angetrieben, torkelte ich ein paar Schritte, ehe ich meine Fingernägel in die moosbedeckte Baumrinde neben mir krallte. Würde ich den Baumstamm nicht berühren, fiele ich vermutlich an Ort und Stelle um. Ich atmete bewusst tief ein und aus. Einmal. Zweimal. Zehnmal. Es half mir, runterzukommen und mich diesem Augenblick zu stellen.

Wo auch immer ich war, ich würde es herausfinden. Und danach würde es ganz sicher easy peasy sein, zurück nach Hause zu kommen. Bestimmt gab es hierfür eine plausible Erklärung, die mir nur im Moment nicht einfallen wollte.

Als ich mich bereit dazu fühlte, den Baum loszulassen, schaute ich mich noch einmal genauer um. Es gab absolut keinen Zweifel, ich stand mitten in einem dicht bewachsenen Mischwald. Ich hörte nicht nur die Menschen in der Ferne, sondern auch buntes Vogelgezwitscher. Blumen waren gerade dabei zu erblühen und erinnerten mich eher an den Frühlingsbeginn als an Mitte Juni.

Weil ich mich allein in fremden Wäldern nie sehr wohl fühlte, marschierte ich so eilig, wie es mir mit meinem noch immer wild pochenden Kopf möglich war, in die Richtung, aus der ich die vielen Stimmen vermutete. Nach gerade einmal fünf Minuten atmete ich beruhigt aus, als ich einen kleinen Jungen entdeckte. Erleichtert, dass ich endlich nicht mehr allein war, bewegten sich meine Beine schneller vorwärts.

»Hallo!«, rief ich laut, da sich dieser Junge in eine andere Richtung gedreht hatte und dabei war zu verschwinden. Doch als er mich hörte, blieb er stehen.

Zwei Dinge erschienen mir auf Anhieb seltsam.

Nummer eins: Ich wusste, dass ich *Hallo* gesagt hatte, aber das Wort, das meinen Mund verließ, klang so anders. Ich gab eine fremde Sprache von mir, da war ich sicher. Komischerweise beherrschte ich diese allerdings fließend.

Nummer zwei: Der kleine Junge, er konnte gerade einmal sechs Jahre alt sein, trug merkwürdige Kleidung. Nicht nur, dass diese graue Tunika sehr verschmutzt war – meiner Meinung nach hatte dieses Kleidungsstück schon lange keine Waschmaschine mehr von innen gesehen –, sondern auch, dass es sich überhaupt um eine Tunika handelte. So was trug man heute nicht mehr. Außerdem war nicht nur seine Kleidung dreckig, sondern auch seine Haare und sein Gesicht wiesen dunkle Erdflecken auf. Mochte schon sein, dass er so schmutzig war, weil er gerade in der freien Natur spielte, doch irgendetwas sagte mir, dass an dieser Situation mehrere Dinge nicht stimmten.

»Kannst du mich zu deiner Mama bringen?«, fragte ich den kleinen Jungen hoffnungsvoll, als ich ihm näher kam. Dabei gab ich wieder Wörter von mir, die ich eigentlich nicht kannte.

Misstrauisch beäugte er mich. »Bist du eine Völva?«, wollte er geradeheraus wissen. Seine Stimme klang lieblich und hell.

Meine Mundwinkel hoben sich, ich schüttelte gleich darauf den Kopf. »Wie kommst du auf so eine Idee? Nein, ich bin keine Völva«, antwortete ich. Zum Glück hatte ich im Geschichtsunterricht aufgepasst und wusste, dass Völva die Bezeichnung für eine, salopp gesagt, Wikingerhexe war. Vermutlich drängte sich die viele Lernzeit für meine Abschlussprüfungen an die Oberfläche und deswegen *träumte* ich nun dieses Zeug. Ja genau, es musste sich um einen Traum meinerseits handeln! Etwas anderes war gar nicht möglich.

Wenn ich mir den Jungen so ansah, dann würde er definitiv gut zu einem Wikingerkind passen. Ich hatte zwar keine Ahnung, wieso mir mein Unterbewusstsein genau jetzt einen Streich spielte, aber ein Traum war nur ein Traum. Auch wenn er sich sehr real anfühlte. Ich sollte vielleicht dennoch mit zu seiner Mutter kommen, damit ich um ein Handy bitten konnte. Eventuell konnte mich auch jemand endlich einmal kneifen, damit dieser absurde Traum ein Ende nahm.

»Kannst du mich bitte deiner Mama vorstellen?«

»In Ordnung.« Er deutete mit seiner Hand nach links und schien keine Zweifel gegen mich zu hegen. »Wir müssen hier entlang.«

Der Junge hob einen geflochtenen Korb vom Boden auf, in dem ich einige kleine und dünne Äste erkennen konnte. Als hätte er meinen Blick bemerkt, redete er drauflos. Dieser kleine Junge sprach wie ein Wasserfall, aber seine Gesellschaft tat mir gut und ließ mich ruhiger werden, weswegen ich ihm aufmerksam zuhörte. »Mutter hat mich gebeten, ein paar Äste zum Anzünden für das Feuer zu holen. Geht leichter als mit dicken, großen Hölzern. Normalerweise ist das die Aufgabe von Sven. Das ist mein älterer Bruder. Aber der darf heute das Schiff mit Vater einräumen. In zwei Tagen ist es nämlich so weit, sie fahren wieder hinaus und werden mit allerlei Schätzen nach Hause zurückkehren. Ich habe vorhin mit Rana und Leif gespielt, deswegen sehe ich so aus. Vermutlich steckt mich Mutter danach mitsamt der Kleidung in den Bach. Mein Name ist übrigens Ivar.«

Ich lächelte ihn schmal von der Seite an. »Danke, Ivar, dass du mich zu deiner Mama bringst. Und das, was du erzählst, klingt sehr abenteuerlich.« *Und unrealistisch.* Aber das sagte ich selbstverständlich nicht laut, schließlich wollte ich keine Kinderfantasien zerstören.

»Ich träume davon, eines Tages ein großer Krieger zu werden. So wie Vater. Und ich will auch einmal einen so langen Bart haben wie er. Den passenden Kamm dazu habe ich schon.«

Ich lächelte nur, denn ich wusste darauf nichts mehr zu sagen. Genauso wenig, als ich plötzlich in einem kleinen Dorf stand, umgeben von unzähligen Häusern, hergestellt aus Holz und Flechtwerk. Es gab durchaus Fenster, allerdings glichen sie eher nur kleinen Öffnungen. War es vorhin noch ziemlich laut zugegangen, weil die Menschen miteinander geredet hatten, war es jetzt mit einem Schlag leise. Selbst die Tiere schienen verstummt zu sein. Viele Augenpaare musterten mich. In einigen konnte ich Furcht erkennen, in anderen wiederum Unglaube, Skepsis und Misstrauen.

»Ivar! Komm sofort zu mir!«, rief eine Frau, die wohl seine Mutter sein dürfte. Er befolgte ihren Befehl ohne Widerworte. Schlagartig fühlte ich mich unwohl. Hatte ich soeben noch um ein Handy bitten wollen, so verging mir die Frage auf der Stelle. Alle anwesenden Frauen trugen Kleidung, die eindeutig nicht mehr in meinem Zeitalter getragen wurde, es sei denn man befand sich auf einem Mittelalterfest oder dergleichen. Doch dort benahmen sich die Menschen nicht so seltsam. Die Leute hier waren komischerweise auch alle viel kleiner als ich. Nun ja, es war kein Meisterwerk, kleiner zu sein, da in meiner Familie alle etwas zu groß geraten waren, nur diese Menschen hier waren noch einmal kleiner als alle, die ich sonst kannte. Mir wurde mulmig, als ich einen Mann inmitten aller Frauen und Kinder entdeckte. Er kam zielgenau auf mich zu.

»Wer bist du?«, wollte er von mir wissen. Sein harter Zug um den Mund, der durch einen langen, braunen Bart umrundet wurde, jagte mir Angst ein. Ebenso seine braunen Augen, die durch einen schwarzen Kajalstrich hervorgehoben wurden. Ich dachte ehrlich, ich war in einem schlechten Film gelandet. Alles hier erinnerte mich an die Serie *Vikings*, die ich mir meinem Ex-Freund zuliebe angeschaut hatte. Allerdings hatte ich es nicht bis zur zweiten Staffel geschafft. Die Serie war mir einfach zu brutal gewesen.

»Gabelbart, sie gehört mir!«, ertönte plötzlich eine zweite Männerstimme, die noch furchterregender klang. Ein Mann mit blonden Haaren und gleichfarbigem Bart kam auf uns zu. Er hatte sich einige Zöpfe in Bart und Haare geflochten.

Gabelbart ... was für ein seltsamer Name. Vielleicht war es auch nur ein Spitzname, was wusste ich schon. Ich konnte sehen, dass die Frauen und Kinder noch immer nur dastanden und zuschauten. Von Kindern erwartete ich selbstverständlich nicht viel, aber ... Wieso half mir denn niemand von ihnen? Sollte man sich nicht auf das gleiche Geschlecht verlassen können? *Frauenpower. Wir Frauen müssen zusammenhalten. Who run the world?* Und so. Aber davon schienen diese Ladys noch nichts gehört zu haben.

»Ich habe sie zuerst gesehen. Sie gehört mir!«

»Mein Sohn hat sie hergebracht. Also gehört sie mir!«

Wenn ich gewagt hätte, etwas zu erwidern, dann hätte ich gesagt, dass ich niemandem außer mir selbst gehörte. Außerdem ... Wussten sie eigentlich wie lächerlich sie klangen? Wie kleine Kinder, die sich um ein Stück Schokolade stritten. Ich wusste noch immer nicht, was ich von der ganzen Situation halten sollte. Alles kam mir so real vor. Es konnte sich unmöglich um einen Traum handeln. Oder doch? Mein Schädel pochte unaufhaltsam weiter.

Während die beiden Männer miteinander zankten, legten sich abrupt zwei starke Hände auf meine Oberarme. Ich zuckte zusammen, schrie spitz auf. Sie gaben mir jedoch mit einem leichten Druck zu verstehen, dass ich mich nicht bewegen sollte.

Konnte dieser Tag eigentlich noch mieser werden?!

°◊°

12. November 1918
Im damaligen Österreich

Er war nicht unsterblich. Natürlich nicht.

Es gab immer irgendjemanden oder irgendetwas auf dieser Welt, was zur Gefahr werden konnte. Schüsse gehörten allerdings nicht dazu, da er genug Heilmittel kannte, um wieder auf die Beine zu kommen. Doch als er welche hörte, wurde er richtig wütend. Wer wagte es, so einen bedeutsamen Tag zu ruinieren?

Er stand auf der Ringstraße vor dem Parlament in Wien, der Hauptstadt der neu ausgerufenen demokratischen

Republik Deutschösterreich. Mit ihm noch rund zehntausende unbekannte Menschen. Sie alle wollten die Ausrufung der Republik feiern. Er wusste, dass dies ein Tag sein würde, der in die Geschichte einging. Die Monarchie war nun zu Ende. So ein historisches Ereignis würde in der Zukunft nicht einfach verpuffen.

Die Rote Garde marschierte ein, als die neuen rot-weiß-roten Fahnen aufgezogen werden sollten. Er rümpfte die Nase, denn schon seitdem sich diese Gruppe vor zwölf Tagen gebildet hatte, war sie ihm ein Dorn im Auge. Die Mitglieder stifteten nichts als Unruhe und wollten eine kommunistische Diktatur haben. Als Vorbild sahen sie Russland. Die weißen Mittelstreifen aus den Fahnen wurden von ihnen herausgeschnitten. Eigentlich wollten sie bis ins Parlament vordringen, kamen aber glücklicherweise nicht durch.

Ein Tumult entstand. Menschen liefen wild durcheinander, rempelten sich gegenseitig an, wollten einfach nur fort von hier. Als dann weitere Schüsse fielen, zog die Panik so richtig auf. Heute würde Blut fließen, da war er sicher.

»Lass uns von hier verschwinden.« Sein Bruder schlug ihm auf den Oberarm und deutete mit einer Kopfbewegung, in welche Richtung er laufen wollte. Sein Bruder hatte recht, weswegen er ihm mit großen Schritten folgte.

Menschen waren stets gleich. Egal in welchem Zeitalter er sich befand. Sie bekriegten sich, fügten einander Schmerzen zu und achteten meist nur auf sich selbst. Selbstverständlich gab es Ausnahmen. Aber, wie gesagt ... es blieb bei den Ausnahmen.

Eigentlich hielt er nicht sonderlich viel von den Menschen und ausgerechnet er hatte sich in ein Menschenmädchen verlieben müssen. Er hatte sogar Freyja, die Liebesgöttin höchstpersönlich, mehrmals gefragt, ob sie ihre Finger im Spiel gehabt hatte, doch sie lächelte jedes Mal nur verschmitzt, wenn er das tat. Als ob ihm dieses Lächeln als Antwort reichen müsste! Niemals hätte er geahnt, dass seine Liebe tatsächlich Jahrtausende überstand. Es war absurd.

Er hatte all die Jahre nicht enthaltsam gelebt. Wie hätte er auch? Schließlich war er ein Mann mit Bedürfnissen. Und nicht nur irgendein Mann. Er war ein Gott. Ein sehr wichtiger Gott obendrein!

Zwischenzeitlich hatte er an seiner Liebe zu diesem Mädchen gezweifelt. Anfangs war er beinah daran zugrunde gegangen, weil er sie hatte gehen lassen müssen. Danach hatte er sich mit den unterschiedlichsten Frauen ausgetobt und nun … nun stand er mitten im neuen Deutschösterreich und hoffte, dass er die nächsten einhundertundsechs Jahre irgendwie überstehen würde.

Er wusste, er durfte sich ihr nicht zu früh zeigen. Denn wenn er dies tat, änderte er eventuell sein Schicksal und seine große Liebe würde ihn nicht erkennen. Das waren die schrecklichsten Gedanken, die ihn heimsuchten. Was, wenn sie sich nicht mehr an ihn erinnern konnte? Was, wenn er in den nächsten einhundert Jahren doch noch starb und er sie somit niemals wiedersehen konnte? Er wusste, dass er sich dadurch nur selbst kaputtmachte und verrückt wurde, aber er konnte seine Gedankengänge nicht zum Schweigen bringen.

»Bruder, denkst du etwa schon wieder an sie?«

»Ich halte das alles nicht mehr aus«, gab er jämmerlich zu. Wann war er zu dieser Art Mann geworden? Er konnte sich an Zeiten erinnern, da hatte er tapfer an der Seite seines Bruders gegen Riesen und schreckliche Dämonengestalten gekämpft.

»Mittlerweile ist die Zeit absehbarer. Das schaffst du auch noch. Wir können heute, trotz der Bluttaten beim Parlament, feiern gehen. Dann kommst du ein bisschen auf andere Gedanken. Was sagst du?«

Er stimmte seinem Bruder zu, denn ehrlich: Was sollte er auch tun? Er konnte die Zeit nicht schneller laufen lassen, ebenso wenig, wie er die Zeit zurückdrehen konnte. Selbst wenn er, rückblickend, einiges in seinem Leben anders gemacht hätte. Doch da ging es nicht nur ihm so, die Menschen waren da gleich. Auch sie bereuten manches, was sie in der Vergangenheit getan hatten. Aber auch kein Mensch war in der Lage, das zu ändern.

Ein paar Stunden waren seit der Ausrufung der neuen

Republik vergangen. Auch die Frauen hatten mit dem heutigen Tag ihr Wahlrecht bekommen. Er wusste ganz genau, dass *ihr* das gefiel. Schon wieder ertappte er sich dabei, wie er an sie dachte und seufzte leise auf. Die beiden Brüder machten sich gerade auf den Weg, um ein Wirtshaus aufzusuchen, da kam ein seltsamer Duft auf. Er dachte sich nicht viel dabei und lauschte dem bunten Stimmengewirr der Menschen in der Ferne.

»Ihr seid schwer zu finden.« Die helle, glöckchenartige Stimme ließ beide Männer im Gehen stocken. Sie blieben wie angewurzelt stehen, drehten sich jedoch einen Augenblick später synchron zu jener Frau um, die ihnen einen Schauer den Rücken hinab laufen ließ.

Es war bereits dunkel, dennoch konnte er die Frau vor sich gut erkennen. Besonders ihr unheimliches Grinsen. Auf der einen Seite sah sie aus wie ein lebender Mensch, die andere Körperhälfte ließ an eine Leiche erinnern. War die eine Gesichtshälfte fleischfarben, so war die andere bleich und fahl. Auf der Seite, die an eine Leiche erinnerte, waren ihre Lippen ausgetrocknet, feine grünliche Äderchen stachen aus der hellen Haut heraus und sie roch süßlich beißend. Die Frau sah furchterregend aus, doch er wusste, dass sie tief im Inneren eine gerechte und gütige Frau war. Er musste es sich nur jedes Mal aufs Neue wie ein Mantra aufsagen, wenn er ihr gegenüberstand.

»Was machst du hier?«, herrschte sein Bruder sie an. »Du darfst dich den Lebenden nicht zeigen!«

Die Frau kicherte hinter vorgehaltener Hand. »Mein lieber Modi, du hast mir nichts zu befehlen«, ließ sie seinen Bruder schmunzelnd wissen. Dieses Grinsen in ihrem Gesicht war einfach dämonisch.

Nun wurde auch er misstrauisch. Was tat sie hier? Außerdem stand viel zwischen ihnen. »Hel. Was willst du?«

»Schön, dass du fragst, Magni. Begleitet mich nach Helheim und ich erzähle euch eine Geschichte.«

Helheim … Die Unterwelt. Ihr Reich. Wenn Magni daran dachte, drangen Bilder eines dunklen, nebligen Ortes der

Toten vor seine Augen. Er war schon dort gewesen, doch das war lange her.

»Wieso kannst du uns die Geschichte nicht hier und jetzt erzählen?«, fragte sein Bruder mit zusammengezogenen Augenbrauen.

Hel lachte schrill auf, schüttelte jedoch zeitgleich den Kopf. »Kommt mit oder lasst es sein.« Danach machte sie kehrt und ging.

Magni und Modi tauschten vielsagende Blicke. Sie wollten nicht mit ihr mit, doch ... dieser kleine Ausflug würde ihn ganz bestimmt auf andere Gedanken bringen.

Wenn Hel eines konnte, dann war es, Interesse heraufzubeschwören. Magni wollte sie am liebsten dafür verdammen, die beiden Brüder waren jedoch neugierig geworden. Deshalb folgten sie der Herrscherin der Unterwelt direkt in ihr Reich der unzähligen Toten.

°◊°

»Sch ... Sch ...«, raunte mir die Stimme zu, die zu den starken Armen gehörte. Seinen warmen Atem konnte ich an meiner Haut fühlen, weshalb ich nur noch panischer wurde. Der Griff um meine Oberarme verstärkte sich, als die anderen Männer mitbekamen, dass *er* dazugekommen war. Misstrauisch beäugten sie ihn.

»Lass sie los. Das Weib gehört mir«, herrschte ihn jener Mann an, der mich am meisten einschüchterte.

»Lasst uns um sie kämpfen. Der Stärkere bekommt sie.« Der Unbekannte hinter mir hatte gesprochen und seine tiefe Stimme ließ absolut keinen Widerspruch zu. Zumindest für mich. In diesem Moment. Doch die Männer sahen das anders.

»Sie ist keine Prinzessin mit unendlichen Reichtümern, um die es sich zu kämpfen lohnt!«

»Dann nehme ich sie mit«, meinte der Mann hinter mir gelassen.

»Auf keinen Fall!«, brüllte ihn nun auch der andere Mann

36

an. Er schwang seine Axt gefährlich nah an meinem Körper vorbei, was mich nach Luft japsen ließ.

Ich wollte zurückweichen, aber erreichte dadurch lediglich, dass sich mein Körper enger an den männlichen Oberkörper hinter mir presste. Was ich sofort wahrnahm, war, dass der Fremde größer zu sein schien als die anderen Männer. Er hatte irgendein Fell über sich geworfen, denn weiche Härchen kitzelten meine nackte Haut an den Armen. An meiner rechten Wange konnte ich seinen Bart spüren, den er scheinbar geflochten hatte. Ich wagte allerdings nicht, meinen Kopf zu drehen, um ihn genauer zu betrachten. Außerdem waren da noch die anderen Kerle, die mich anscheinend in Einzelteile hacken wollten.

»Dann kämpfen wir!« Die Stimme des Mannes hinter mir nahm einen anderen Ton an. Einen, der mich nochmals etwas kleiner werden ließ.

»Gut!«, rief der eine.

»Zwei gegen Einen, *Fremder*!«, plärrte der andere.

Fremder? Also kannten sie ihn auch nicht? Was wollte er dann von mir und wie war er so schnell auf mich aufmerksam geworden?

Gott, ich hoffte noch immer inständig, dass dies ein Traum war. Ein schlechter Scherz. Vielleicht war ich auch auf Drogen, obwohl ich das Zeug mehr als nur verabscheute. Herrgott noch mal! Was für geruchlose Substanzen waren in der dämlichen Wunderlampe enthalten gewesen? Denn dort endete meine Erinnerung. Bei dieser verdammten Wunderlampe.

Ehe ich mir mehr Gedanken über das Souvenir meiner Tante machen konnte, schoben mich zwei kräftige Arme zur Seite und ein breiter Oberkörper drang in mein Sichtfeld.

»Du rührst dich nicht vom Fleck«, wies er mich an. Kurz schaute er mir dabei in die Augen, während ich ihn nur schweigend angaffen konnte.

Normalerweise sagten mir Männer mit Bärten nicht zu. *Normalerweise* ... Denn huch, dieser Mann sah absolut umwerfend aus. Gefährlich, ja. Keine Frage. Allerdings auch sehr attraktiv, absolut männlich und irgendwie faszinierend.

Niemals würde ich es laut aussprechen, doch dieser Mann war schön. Männer wie er wollten so etwas wahrscheinlich nicht hören, aber er war eine durch und durch maskuline Schönheit. Sein kurzer eindringlicher Blick, mit diesen stechend blaugrauen Augen und einem extrem hellen Augenweiß, ließ meinen Puls noch schneller schlagen. Würde es einen See auf dem Mond geben, dann wäre das seine Augenfarbe. Er trug seinen dunkelblonden Bart, wie angenommen, geflochten. Ebenso wie seine Haare, die ihm über die linke Schulter hingen. Sein Kinn war kräftig und markant. Die Augenbrauen breit und dicht. Eine verblasste Narbe zeichnete sich von seiner linken Wange bis zum Mundwinkel ab. Wider Erwarten war er weder dreckig noch ungepflegt. Selbst seine Kleidung war sauber. Doch das musste ich auch den anderen Männern zugestehen. Sie sahen alle viel reinlicher aus, als ich es von Wikingern angenommen hätte.

Als er sich von mir abwandte, legten sich augenblicklich zwei neue Hände an meine Oberarme. »Ich passe auf, dass du der Anweisung meines Bruders Folge leistest«, murmelte der Unbekannte in mein rechtes Ohr. Auch bei ihm wagte ich nicht, den Kopf zu drehen.

Wo zur Hölle war ich hier nur gelandet?

Bei der Szene vor mir wollte ich weinen, wegschauen, lachen und sofort in meinem weichen Bett zu Hause aufwachen. Alles gleichzeitig. Obwohl Letzteres einen Hauch mehr. Es war absurd. Die Männer in meinem Blickfeld bekämpften sich tatsächlich. Zwei gegen Einen. So wie es der Kerl vorhin erwähnt hatte.

Mein Fremder hatte einen Speer als Waffe, die beiden anderen eine Axt. Die Art, wie sie sich bekämpften, war brutal. Sehr brutal. Sofort gingen sie lautstark aufeinander los und ließen niemandem eine Verschnaufpause. Gedanklich feuerte ich selbstverständlich meinen Retter an, zumindest sah ich ihn im Moment als diesen. Ob es tatsächlich so war, sollte sich noch herausstellen. Aber jetzt gerade fühlte ich mich bei ihm wohler als in diesem Dorf. Auch wenn mir der kleine Ivar sympathisch gewesen war, seine Eltern waren es definitiv nicht.

Während mein Fremder gezielte Hiebe mit dem Speer setzte, gingen die anderen beiden Wikinger im Duo vor. Sie schienen ein eingespieltes Team zu sein. Bis auf ihre Haarfarbe sahen sie sich sogar ähnlich. Ob sie miteinander verwandt waren?

Mein Fremder war offensichtlich ein Krieger in Perfektion. Er kämpfte, als läge es ihm im Blut. Als hätte er nie etwas anderes getan. Seine Schrittfolge schien genaustens berechnet und er war noch kein einziges Mal von den Äxten verletzt worden, wobei auf den Kleidungsstücken der Wikingermänner schon vereinzelt Bluttropfen zu sehen waren. Die beiden schwitzten aufgrund der Anstrengung und die Frauen und Kinder, selbst ich und mein Unbekannter hinter mir, wichen ihnen aus. Niemand von uns war scharf darauf, die Klingen zu spüren. Mein Fremder jedoch lief nicht einmal ansatzweise aus. Keine feuchten Perlen zierten seine Stirn. Es sah beinah so aus, als würde ihn dieser Kampf kein bisschen ermüden.

»Was soll das?«, durchbrach plötzlich eine Stimme den Kampf, die bestimmt alle versteckten Vögel in diesem endlosen Wald aufscheuchte und zur Flucht animierte. »Ich bin der Jarl und ich möchte wissen, was hier, zwei Tage bevor wir auf Viking gehen, los ist!« Dabei betrachtete er meinen Krieger mit zusammengekniffenen Augen. Die drei ließen sofort die Waffen sinken und schauten zu dem Jarl, der wohl so was wie der Chef dieser Bande war.

»Meine Leibeigene ist vom Weg abgekommen und eure Männer wollen sie mir nicht mehr geben«, log der Fremde dreist.

Leibeigene? Was zum Kuckuck?!

»Wir wussten nicht, dass sie ihm gehört. Das hat er mit keinem Wort erwähnt«, wehrte sich einer der beiden Wikinger atemlos.

»Sie ist auch nicht viel wert. Seht sie euch nur an. Und für einen guten Kampf bin ich schließlich immer zu haben«, entgegnete der Blondschopf, den ich vorhin noch attraktiv gefunden hatte. Was laberte er da? Augenblicklich wurde ich sauer.

»Dann nimm sie dir wieder und verschwindet von hier«, raunte ihm der Jarl zu. »Besser gleich, bevor ich es mir anders überlege!« Sein Blick schweifte über den Blonden, er betrachtete ihn beinah kritisch, bis der Jarl plötzlich seine Augen weit aufriss und fast schon ungläubig den Mund auf- und zuklappte.

»Ich brauche ein Bier! Keinen Met! Ich muss das alles jetzt erst mal verdauen«, murrte der Vater von Ivar, der scheinbar nichts von der überraschten Mimik seines Jarls mitbekommen hatte.

»Was für eine Zeitverschwendung.« Der andere Wikinger sah nicht weniger verärgert aus. Anscheinend waren sie schlechte Verlierer. Oder wie auch immer.

Ehe ich genauer darüber nachdenken konnte, was ich denn nun machen sollte oder was dieses Erstaunen des Wikingerhauptmannes zu bedeuten hatte, packten die beiden Hände um meine Oberarme fester zu und dirigierten mich in die Richtung, aus der ich gekommen war. Der Fremde folgte seinem Bruder und mir mit wenig Abstand.

Als wir das Wikingerdorf nur mehr in der Ferne erkennen konnten, blieben wir stehen. Endlich löste der andere Kerl seine Finger von mir und ich konnte ihn kurz genauer betrachten. Sein Haar war braun, ebenso wie sein Bart. Die Augen erinnerten mich an einen Karamellbonbon und er sah seinem Bruder sehr ähnlich. Lediglich war er etwas kleiner und breiter von der Statur.

»Was machen wir jetzt mit ihr?«, wollte der Braunhaarige genervt wissen. Er sprach bewusst so, als wäre ich nicht anwesend.

»In der Ruine hinter dem Hügel wartet Greta. Dort lassen wir sie, während wir unseren Großvater besuchen.«

Mir entkam ein kleiner Laut, der sich als hysterisches Lachen entpuppte. Sie wollten mich nicht ernsthaft, bei diesen Temperaturen, in einer verlassenen Ruine mit einer wildfremden Frau allein lassen, während sie gemütlich ihren Großvater besuchen gingen? Wer wusste schon, wie weit entfernt dieser lebte? Nein, so ließ ich sicher nicht über mich entscheiden.

»Ich will nach Hause.« Dabei betonte ich jedes Wort genaustens. Hätte ich nicht schon bei meinem kleinen Lach-Ausrutscher ihre Aufmerksamkeit gehabt, so hätte ich sie nun gewiss.

»Du stellst Forderungen?« Der Blonde hob amüsiert eine Augenbraue. »Du hast hier nichts mitzureden.«

»Wieso seid ihr so respektlos zu mir? Kann ich mir wenigstens kurz dein Handy ausleihen?«

»Sicher, dass wir sie nicht einfach umbringen sollen?«, fragte der Braunhaarige seinen Bruder.

Entsetzt riss ich die Augen auf. Aber ehe ich angemessen reagieren – also davonlaufen – konnte, packte mich der Mann, der vorhin gekämpft hatte, am Arm und zwang mich hierzubleiben. »Zuerst reden wir mit unserem Großvater. Danach sehen wir, was mit ihr geschieht«, meinte er an seinen Bruder gewandt.

»Lass mich los!«, keifte ich ihn an. Damit bezweckte ich allerdings nur, dass sich sein sowieso schon grober Griff verfestigte.

In was für eine Sekte war ich hier nur geraten? Die Typen waren ja schlimmer als Satanisten. Oder eben auf eine andere Weise grausam. Eigentlich hatte ich immer gedacht, dass mir so was niemals passieren würde. Dass ich nicht in eine Sekte abrutschte oder geriet. Doch genau das schien jetzt der Fall zu sein. Allerdings erklärte das nicht, wieso ich eine andere Sprache sprechen konnte und diese sogar so gut verstand, als wäre sie meine Muttersprache. Also vielleicht wieder zurück zu meiner Theorie mit dem Traum.

»Komm mit!«, wies mich plötzlich der Blonde an. Er umfasste mein Handgelenk fester und wollte weitergehen. Ich stemmte meine Beine in den Boden. So ließ ich mich definitiv nicht behandeln. Und wenn das hier nur ein Traum war, dann würde das alles bald enden. Ganz sicher. »Du bist sturer als ein Esel«, knurrte er, woraufhin er mein Handgelenk losließ und mich keine Sekunde später über seine Schulter warf, als wäre ich ein Sack Kartoffeln. Fassungslos quietschte ich auf und strampelte wild mit meinen Beinen.

»Lass mich runter!«, kreischte ich.

»Das hält ja niemand aus«, murrte der Braunhaarige angepisst.

Kurz darauf bekam ich einen Schlag auf den Kopf, und es wurde zum zweiten Mal heute schwarz um mich.

3

VERZWEIFLUNG

Vor Schmerzen stöhnend, kam ich zu Bewusstsein. Eigentlich hatte ich gehofft, dass ich nun in meinem weichen Bett im Haus meiner Eltern aufwachen würde, doch: Fehlanzeige!

Meine Augen fokussierten in der Dunkelheit einen gewissen Punkt vor mir. Erst Sekunden später wurde mir klar, dass es mittlerweile stockdunkel war. Ich hatte keine Ahnung, wie lange ich ohnmächtig gewesen war, aber wenigstens waren die beiden Männer nicht mehr bei mir.

Mit einem Ächzen stemmte ich mich vom Boden in eine Sitzposition. Dabei fiel eine dicke Wolldecke von meinen Schultern. Ich betrachtete sie und griff zeitgleich an meinen Kopf. Wieso tat er bloß so höllisch weh?

Es war kalt. Furchtbar kalt. Eisiger Wind ließ mich erschaudern. Er kam aus einer kleinen Öffnung an der Wand hinter mir. Ich drehte mich zu dieser kleinen Öffnung und merkte, dass ich auf einem unebenen Steinboden saß. Jetzt erst wurde mir auch klar, welchen Punkt ich fixiert hatte. Es waren Eisenstäbe. Ächzend krabbelte ich den Meter nach vorne zu dem Gitter und rüttelte daran. Lediglich das Schloss, mit dem es verschlossen worden war, krachte durch die Erschütterung an die Gitterstäbe. Ich war tatsächlich eingesperrt.

Von dem Krawall aufgeweckt, schreckte eine weiße Ziege hoch. Ich erkannte, dass sich um ihren zierlichen Hals eine Kette befand, die zwischen den Steinen fixiert war. Als die Ziege sich von ihrem Schreck erholt hatte, beäugte sie mich misstrauisch und meckerte leise, ehe sie sich wieder hinlegte.

Draußen hörte ich, wie der Wind weiterhin ordentlich pfiff. Vermutlich war es an dem Ort, wo die Ziege und ich uns jetzt befanden, gemütlicher als draußen. Dennoch würde ich mein eigenes Zimmer bevorzugen.

Ich saß in einem Verließ. Die Erkenntnis sickerte langsam zu mir durch. Meine Augen huschten durch die Finsternis und ich versuchte angestrengt, irgendetwas zu erkennen. Der bohrende Kopfschmerz erschwerte mir dies allerdings. Er war fast schon unerträglich.

Ich krabbelte zu der Decke zurück und legte sie mir wieder über die Schultern. Mich fröstelte in meinem kurzen rosa Blümchenkleid. Dabei war es gerade noch ein sehr heißer Tag bei mir zu Hause gewesen, aber das schien ohnehin so endlos weit entfernt. Alles fühlte sich so surreal an. Ich wusste gar nicht mehr, was Wirklichkeit war und was nicht. Spielte mir das Unterbewusstsein einen bösen Streich oder wieso befand ich mich an diesem seltsamen Ort?

Trotz des pfeifenden Windes und meines pochenden Schädels versuchte ich nachzudenken. Es fiel mir nicht leicht, aber langsam begann mein Verstand zu arbeiten.

Wenn du wirklich eine ach so magische Wunderlampe bist, die mir jeden gottverdammten, dämlichen Wunsch erfüllen kann, dann wünsche ich mich in eine Zeit zurück, wo es noch keine hinterlistigen Chihuahuas, idiotischen Blondinenwitze oder sagenumwobene Wunderlampen gab.

Mir kamen die Worte, die ich auf dem Weg zu meinem Zimmer gemurmelt hatte, in den Sinn. Es war Bullshit, dass ich überhaupt einen Gedanken daran verschwendete, aber was, wenn es die Magie der Wunderlampen tatsächlich gab?

»Ich verliere eindeutig den Verstand«, hauchte ich in die Dunkelheit.

Eine Weile saß ich reglos da, bis ich mich mit dem Rücken

an die kalte Steinwand lehnte und lauschte. Ein erdiger, frischer Geruch kam auf und ich hörte, dass es nun regnete. Plötzlich überrollte es mich. Ich konnte die Verzweiflung nicht länger zurückhalten. Erste Tränen verabschiedeten sich stumm aus meinen Augen. Ich starrte die Gitterstäbe an, die ich mittlerweile gut erkennen konnte, während immer mehr heiße Tränen über meine Wangen flossen. Ich schniefte auf, zog meine Knie dicht an meinen Körper und fühlte mich so einsam wie ein Wolfswelpe, der in den dichten Schneewehen Sibiriens sein Rudel verloren hatte. Wo war ich bloß gelandet? Unmöglich konnte ich in der Zeit der Wikinger gefangen sein. Das bedeutete mein Ende. Ganz sicher. Schon allein wie die Leute im Dorf geguckt hatten. Das Frühmittelalter überlebte ich nicht. Niemals.

Schluchzend vergrub ich mein Gesicht in meinem Kleid. Ich wollte einfach nur nach Hause. War das denn zu viel verlangt?

In dieser Nacht schlief ich nicht mehr. Zum einen war es unglaublich kalt, zum anderen bemitleidete ich mich selbst. Ich heulte, bis mein Körper keine Tränen mehr besaß. Ich wollte gar nicht daran denken, wie furchtbar ich aussehen musste. Für jemanden, dem das Erscheinungsbild sehr wichtig war, war das einfach eine Katastrophe. Die Luftfeuchtigkeit war so hoch, dass ich nur meine Haarspitzen in die Hand nehmen musste, um zu sehen, dass meine kringelnden Naturlocken den Kampf gegen das Glätteisen gewonnen hatten. Da ich die letzten Stunden ausschließlich geweint hatte, zeichneten sich bestimmt schwarze Linien meine Wangen hinab ab, denn meine Wimperntusche war nicht wasserfest. Schließlich hatte ich nicht damit gerechnet, in so eine katastrophale Situation zu geraten.

»Was mache ich denn nur?«, schniefte ich laut.

Mittlerweile ging die Sonne auf, es hatte aufgehört zu regnen, und wenn ich durch die kleine Öffnung schaute, dann konnte ich erkennen, dass ich mich in der von den Männern angesprochenen Ruine auf einem Hügel befand. Nicht weit entfernt sah ich das Meer. Unter normalen Umständen hätte ich das Bild, das sich mir zeigte, genossen. Doch heute starrte ich nur durch die Öffnung und biss mir traurig auf die Unterlippe. Die ersten Sonnenstrahlen krochen über den Horizont und tauchten die Welt in ein goldenes Licht. Eigentlich ein unglaublich schöner und magischer Anblick. Bei mir bewirkte er allerdings nur, dass ich schreckliches Heimweh bekam.

Mein Magen knurrte und meine Kehle fühlte sich trocken an. In dieser winzigen Zelle befand sich nichts außer der Wolldecke. Wenn diese Frau namens Greta nicht bald zu mir kam, dann würde ich hier vermutlich elendig zugrunde gehen. Meine Eltern würden sich ihr Leben lang fragen, wo ich wohl abgeblieben und was mit mir passiert war. Oder hatte es mich in ihrer Welt nie gegeben? Hatte mich die Wunderlampe nicht nur verschwinden lassen, sondern komplett ausgelöscht? Entmutigt krallte ich meine bunten Fingernägel in meine Arme. Mich musste niemand mehr kneifen, denn die Gefühle von Hunger und Durst waren lebendig genug. Außerdem war da noch der bohrende Kopfschmerz, bei dem ich mir einfach nur eine normale Schmerztablette herbeiwünschte. Aber nicht einmal das war möglich.

»Ich muss hinter Gittern sitzen, während du dich freier bewegen darfst«, maulte ich die Ziege erschöpft an. Diese war aufgestanden und kaute genüsslich an ihrem Heu, das am anderen Ende des Raumes auf dem Boden lag. Ihre Kette um den Hals reichte so weit.

Stunden vergingen, ohne dass ich etwas zu trinken oder zu essen bekam. Mein Körper war das nicht gewohnt und immer wieder bildeten sich weiße, kleine Sternchen vor meinem Sichtfeld. Gerade als ich die Hoffnung auf Wasser aufgegeben hatte, hörte ich, wie eine entfernte Tür laut zufiel. Nach der Stille klang dieses Geräusch wie ein Paukenschlag. Es bedeutete, dass jemand in der Ruine war.

Ich kroch zu den Gitterstäben, zog mich mit aller Kraft nach oben und spähte zur Tür. Einige Herzschläge lang tat sich nichts, bis die Tür aufging und ich den blonden Fremden von gestern zu Gesicht bekam. Seine Augen fixierten mich, während er näher kam. Ich jedoch wich einige Schritte zurück, bis ich die kühle Mauer hinter mir spürte.

»Du siehst grauenvoll aus«, stieß er hervor.

Wie reizend.

Danach schloss er mein Gefängnis auf und reichte mir einen Krug. Gierig, weil ich dachte, dass es Wasser war, trank ich davon.

»Was ist das?«, würgte ich keine Sekunde später hustend hervor. Das Getränk war eindeutig kein Wasser, sondern irgendetwas würzig Herbes.

»Met«, war alles, was mein Gegenüber antwortete.

Ich roch einmal daran und schüttete den Inhalt des Kruges mit gerümpfter Nase tapfer meine Kehle hinab. Vielleicht half es mir auch gegen meinen Hunger, dachte ich. Von Met hatte ich zwar schon gehört, aber gekostet hatte ich es noch nie. Und der Wikinger gestern hatte es auch erwähnt.

»Wieso hast du Locken?«, wollte der Blonde von mir wissen. Seine Stimme vibrierte durch das Verlies.

Ich klammerte meine Finger fester um den Krug und betrachtete den Mann genauer. Im Gegensatz zum gestrigen Tag sah er heute sehr erschöpft aus, denn blasse Augenringe zeichneten sich unter seinen Wimpern ab. Er beäugte mich ungeniert von Kopf bis Fuß, was mich unruhig werden ließ. Solche genauen Musterungen sagten mir gar nicht zu, vor allem, wenn ich so aussah, wie ich es nun tat.

»Bist du taub?«

»Ich ... Ähm ... Ich habe Naturlocken.«

»Gestern waren sie glatt«, stellte er misstrauisch fest.

»Weil ich sie geglättet habe.«

»Durch Zauberei?«

»Nein.« Ich seufzte. »Ich ... Ich ...« Eigentlich dachte ich, dass meine Tränen alle vergossen waren, doch nun klang meine Stimme erneut seltsam erstickt und meine Augen wurden verräterisch feucht.

»Was?« Dieser Mann schien absolut kein Mitgefühl zu besitzen. Sein schroffer Tonfall ließ mich zusammenzucken.

Ich sehnte mir die Wunderlampe herbei, um mich wieder nach Hause zu wünschen.

»Mithilfe eines Glätteisens. Aber das kennt man hier nicht. Ich ... Ich komme nicht von hier.« Bei jedem Wort war ich leiser geworden.

»Mein Großvater sagt, dass du aus der Zukunft kommst. Ist das wahr?«

»Dein Großvater weiß das?« Hoffnung machte sich in mir breit. »Kann er mir nach Hause helfen? Kann ich ihn kennenlernen? Kannst du mich zu ihm bringen?«, sprudelte es aus mir heraus.

»Zuerst musst du dich anders kleiden. Ich komme gleich wieder!« Danach ließ er das Gitter lautstark zufallen und schloss erneut ab. Der Fremde ließ mich mit unendlich vielen Fragen allein zurück. Wer wohl sein Großvater war? Und ob er mir aus meiner ausweglosen Situation helfen konnte?

Zu meinem Glück dauerte es nicht lange und der Blondhaarige kam zurück. Ich kannte noch immer keinen Namen, aber wenn ich ehrlich war, wollte ich ihn auch nicht wissen. Am liebsten wäre mir, wenn gar nichts von alldem wahr wäre.

»Zieh dich um«, wies er mich an, als er mir ein braunes Kleid mit gewebten Ziegenköpfen darauf in die Hand drückte. Während ich das Kleidungsstück, aus Leinen gefertigt, an mich nahm, schnappte er sich den Krug und die Wolldecke.

»Wärst du so freundlich und gehst in der Zwischenzeit in einen anderen Raum?«, fragte ich spitz, denn der Namenlose stand weiterhin in meiner Zelle und starrte mich an. Jetzt hoben sich sogar seine Mundwinkel und zu allem Überfluss lehnte er sich, für seine Art, lässig an die Gitterstäbe. Was sollte das jetzt?!

»Mein Großvater ist der Meinung, dass du aus der Zukunft stammst. Ich kann dir noch nicht so richtig trauen. Deshalb will ich sehen, ob du eine Frau bist. Ich bleibe hier stehen.«

»Geht's noch?«, stieß ich verärgert hervor und

verschränkte die Arme vor der Brust. Seitdem ich wusste, dass er nicht daran zweifelte, dass ich aus der Zukunft kam, und mein Magen ein klein wenig zu arbeiten hatte, war ich ihm gegenüber wieder mutiger geworden. Vorhin hatte er mich noch eingeschüchtert, aber jetzt brachte mich sein Verhalten nur zur Weißglut. »Das tust du bestimmt nicht!«

»Du kannst natürlich warten, bis mein Bruder dazu-kommt. Er wird sicher bald hier sein. Und falls das auch nichts wird, dann könnte das eine sehr kalte Nacht für dich werden. Die Wolldecke hast du schließlich nicht mehr.« Er hielt sie provozierend in die Luft. »Deine Entscheidung.«

»Was bist du eigentlich für ein widerlicher Idiot?«, wollte ich von ihm wissen.

Einige Minuten standen wir einfach nur da und starrten uns abwartend in die Augen. Niemand wollte zuerst wegsehen. Vermutlich hätte ich das nicht sagen sollen, denn wer wusste schon, wie die Leute hier tickten? Aber mein Mundwerk war manchmal schneller, als mein Gehirn denken konnte.

Irgendwann seufzte mein Gegenüber schließlich auf. »Nur, dass du es weißt, ich gehe nicht weg. Ich traue dir wirk-lich nicht über den Weg. Das mit meinem Bruder gestern tut mir allerdings leid. Er hätte dir nicht so stark auf den Kopf schlagen sollen. Obwohl die Stille danach sehr angenehm war.« Beim letzten Satz funkelten seine Augen schelmisch.

»Ich weiß echt nicht, in was ich hier reingeraten bin.« Doch dann zog ich mir ergeben mein Kleid über den Kopf. Immerhin präsentierte ich mich am See auch im Bikini. Was war also schon dabei, wenn ich mich vor diesem Vollpfosten in Unterwäsche zeigte?

»Was ist denn das?« Besagter Vollpfosten starrte mir unge-niert auf die Brüste. Dabei schien er ehrlich irritiert.

»Das ist ein BH«, brachte ich mühsam hervor. Ich wollte jetzt echt keine Konversation mit ihm führen, während ich fast nackt vor ihm stand.

»Weg damit.« Sein scharfer Tonfall ließ mich in meiner Bewegung innehalten. Ich war schon dabei, mir das neue Kleid über den Kopf zu ziehen.

»Sicher nicht.« Er verlangte doch nicht von mir, dass ich ohne BH herumlief? Später würde ich noch einen Hängebusen bekommen, wie meine Oma Herta zu sagen pflegte. Mit sechzig musste ich schließlich noch knackig und attraktiv aussehen.

»Sicher doch.« Nun kam er sogar auf mich zu. Ich wich zurück und schüttelte unmerklich den Kopf. »Entweder du ziehst das Ding jetzt aus oder ich reiße es dir vom Leib.«

»Ich ... Ich ... Wieso?«

»Von mir aus behältst du das seltsame Teil *unten* an. Aber *das* Ding muss weg.« Dabei zeigte er auf meinen weißen Spitzen-BH. »Das fällt zu sehr auf.«

Widerwillig öffnete ich meinen BH und ließ ihn zu Boden gleiten. Irgendwie hatte er ja recht. Das passte einfach nicht in diese Welt. Danach zog ich das braune Leinenkleid schnell an, denn ich wollte seinen neugierigen Blicken nicht endlos ausgeliefert sein.

»Bist du jetzt überzeugt, dass ich eine Frau bin?«, fragte ich gereizt.

Anstatt dass er mir antwortete, grinste er nur leicht. Er hielt mir nun auch einen Ledergürtel und ein Paar Schuhe entgegen. Ohne mich bei ihm zu bedanken, nahm ich ihm die Sachen ab. Die Schuhe waren aus echtem Leder gefertigt und die Sohle bestand aus Holz. Am liebsten wollte ich das Paar sofort wieder ausziehen, aber ich durfte in dieser mir fremden Welt nicht zu sehr auffallen. Also musste ich die Schuhe wohl oder übel anlassen.

Der Blödian vor mir schmiss meine Kleidung auf den steinernen Boden außerhalb meiner Zelle. Danach schloss er mich einfach wieder ein.

»Was soll das? Warum schließt du dauernd ab?«

Er antwortete mir jedoch nicht, sondern verschwand abermals für ein paar Minuten. Mit einer Fackel in seiner rechten Hand kam er zurück. Er warf sie ohne Zögern auf meine alten Kleidungsstücke. Mir klappte der Mund auf und ich konnte zusehen, wie meine Kleidung in Flammen aufging. Ich wollte protestieren, doch was hätte es schon genutzt? Mein Kleid und mein teurer Spitzen-BH brannten lichterloh.

»Großartig. Ist ja nicht so, als hätte ich es noch mal anziehen wollen«, murmelte ich.

Der Holzkopf hatte mich anscheinend gehört. »Mit so was rennst du hier bestimmt nicht herum. Außer natürlich, du möchtest vergewaltigt, erstochen oder sonst was werden. Aber die Entscheidung habe ich dir ohnehin abgenommen. Von dem Fetzen ist sowieso nicht mehr als Asche übrig.«

»Das sehe ich auch«, murrte ich. »Wärst du so freundlich, und lässt mich endlich raus? Ich hasse es, eingesperrt zu sein.«

Der Schwachkopf kam meiner Bitte tatsächlich nach und schloss auf. Er beäugte kritisch meine Fingernägel. »Was ist das eigentlich? Geht das wieder runter?«

Ich folgte seinem Blick und verdrehte die Augen. Gefühlt alles an meinem Körper musste ich erklären. »Nagellack. Geht runter. Kennst du sowieso nicht«, lautete meine knappe Antwort.

Ich wollte mich neben dem Schweinehund aus der Zelle drücken, doch er hielt mich mit einer Hand an der Schulter auf. »Dein Gesicht ist komplett schwarz. Geht das mit Wasser weg?«

»Ja.«

»Es dauert nicht lange bis zum Meer. Süßwasser ist etwas weiter entfernt. Kannst du auch Salzwasser benutzen?«

»Wird schon gehen.«

»Gut. Dann komm mit.«

»Was passiert mit der Ziege?«

»Mit Greta?« Der Kerl zog die Stirn kraus. »Mein Bruder holt sie wohl später.«

»*Das* ist Greta?« Ich schmunzelte. »Die ganze Zeit über dachte ich, dass Greta eine Frau wäre. Ich habe mich schon gefragt, wieso sie nie nach mir geschaut hat.« Er hob nur die Schultern und wollte weitergehen, aber ich fragte noch: »Du sagtest *wohl*, heißt das, dein Bruder wäre gar nicht gekommen?«

»Mein Bruder kommt immer irgendwann.« Er öffnete die Tür und ich schaute zu Greta zurück.

»Wir können sie nicht einfach zurücklassen.«

»Du bist anstrengend!« Er seufzte theatralisch auf. »Wenn dir so viel an ihr liegt, dann nimm sie doch mit!«

»Wieso hast du ihr einen Namen gegeben, wenn du sie ohnehin hier lassen wolltest?«

»Das war ich nicht«, brummte er. »Die Ziege hat mein Bruder von einem Menschenjungen geschenkt bekommen, weil er ihm bei etwas geholfen hat. Seither füttern wir sie durch. Mir wäre es ja lieber, wir schlachten sie endlich, dann haben wir wenigstens eine Verwendung für sie.«

Mein großes Herz für Tiere, ausgenommen hinterhältige Chihuahuas natürlich, konnte diese Aussage nur schwer verkraften. Keine Ahnung, wie ich in der Welt der Wikingerzeit überleben sollte, wenn ich in meiner Welt Vegetarierin war, aber irgendwie würde das schon funktionieren. Hoffte ich zumindest.

Ich machte also kehrt, schnappte die Ziege an ihrer Kette und stolzierte gemeinsam mit ihr aus der Tür hinaus. Es war einfach, den Weg nach draußen zu finden, denn dieses Gebäude war wortwörtlich eine Ruine. Ich wollte gar nicht wissen, was hier passiert war, damit die Steine so ineinander fallen konnten. Meine Gedanken schwebten aber auch noch bei dem einen Wort, das dieser komische Typ gesagt hatte. *Menschenjunge.* Was dachte er denn, was *er* war? Eine Ziege?

Den Weg hinunter zum Meer legten wir schweigend zurück. Das war mir nur recht, denn mit ihm wollte ich mich sowieso nicht unterhalten. Je näher wir dem Wasser kamen, desto eher konnte ich die Meeresluft einatmen. Es roch nach Fisch und Salz. Einfach herrlich. Ungewollt kam ein Urlaubsfeeling in mir auf und erinnerte mich schlagartig an meine Familie, als wir ein paarmal am Meer Urlaub gemacht hatten.

Ich versuchte, auf andere Gedanken zu kommen, denn ich musste mich konzentrieren. Diese Vergangenheit war komplettes Neuland für mich und ich durfte nicht zu sehr auffallen. Deshalb beobachtete ich die Ziege, die brav neben mir herging. Greta war sichtlich glücklich über meine Entscheidung, sie mitzunehmen. Anfangs war sie ganz ungestüm aus der Ruine gesprungen und schnappte sich jetzt während des Gehens immer wieder ein paar Grashalme. Als wir das Meer erreichten, das in der Sonne wunderschön glitzerte, band ich Gretas schwere Kette um meine Taille. Dabei war ich mir den Blicken eines Vollpfostens genaustens bewusst.

Ich kniete mich in den sandigen Boden und fühlte sofort, wie warm der Sand war. Kurz schloss ich genüsslich die Augen, vergaß für einen klitzekleinen Moment, wie es um mich stand. Mein Kopf dröhnte ununterbrochen, mein Körper sehnte sich nach Süßwasser zum Trinken, mein Magen wollte endlich kalorienreiche Nahrung verdauen und mein Rücken verlangte nach meinem weichen Bett zu Hause. Aber all das spielte für einen Wimpernschlag keine Rolle. Erst die harsche Stimme meines Begleiters ließ mich die Augen erneut öffnen.

»Beeile dich! Warum sind Frauen bloß immer so langsam?«

Ich verdrehte die Augen und wusch mir mit dem Salzwasser das Gesicht. Blöderweise hatte ich keinen Spiegel bei mir, weswegen ich nicht wusste, wann ich halbwegs ansehnlich aussah. Deshalb drehte ich meinen Oberkörper zu dem Kerl hinter mir um.

»Wie sehe ich aus?«

»Nicht mehr wie eine verkohlte Gans.«

Reizend. »Ich möchte deinen Großvater kennenlernen. Können wir zu ihm?«

»Er will dich ohnehin sehen. Wir waren gerade auf dem Weg zu ihm. Aber hüte deine Zunge. Er lässt nicht so viel Gnade walten, wie ich es tue.«

Was meinte dieser einfältige Idiot nun schon wieder? Er ließ Gnade walten? *Genau.* So sah er auch aus.

»Jetzt komm endlich! Oder muss ich dich erneut über meine Schulter werfen?«

Augenrollend stand ich auf und ging mit Greta im Schlepptau auf ihn zu. »Du bist echt unmöglich«, zischte ich ihm im Vorbeigehen zu. Wenn ich nicht so sehr von ihm abhängig wäre, würde ich auf der Stelle verschwinden. Aber leider fühlte ich mich in seiner Gegenwart sicherer als allein.

»Kann ich nur zurückgeben«, knurrte er. »Genau das habe ich übrigens gemeint. Sieh bloß zu, dass du mit meinem Großvater anders redest. Ansonsten wirst du sehen, was du davon hast.«

»Ein gut gemeinter Rat also?« Ich lachte hell auf.

»Wenn du es so sehen willst, dann ja. Und jetzt leg endlich an Tempo zu. Sonst überlege ich es mir wirklich noch einmal und du landest über meiner Schulter.«

4

IM WUNDERLAND

Wir waren eine Zeit lang schweigend unterwegs. Ich hatte noch immer keine Lust, mich mit dem Blödmann zu unterhalten. Jedoch kam immer mehr Hunger bei mir auf und außerdem war ich durstig. Ich warf ihm einen Seitenblick zu, den er bemerkte, aber nur fragend eine Augenbraue hob.

»Greta ist sehr durstig«, begann ich, während ich ihn weiterhin beäugte.

»Außer den beiden Ziegenböcken meines Vaters sind mir alle Ziegen egal.«

Hä? Verärgert über seine Antwort starrte ich wieder nach vorne. Was war das überhaupt für eine Aussage?

Wir marschierten über mehrere Hügel, zuerst bergauf, dann wieder bergab. Daheim hatte ich es gehasst, wenn meine Eltern mit meiner Schwester und mir wandern gehen wollten. Und nun tat ich dies bereits seit Stunden.

»Ich bin durstig«, gab ich schließlich zu. Auf seine komische Äußerung vorhin ging ich nicht weiter ein. »Dieser Met hilft nicht wirklich bei Hunger und Durst. Zumindest nicht lange. Außerdem ist das schon wieder eine halbe Ewigkeit her.«

»Ihr Menschen seid echt mühselig.« Das war alles, was er sagte. Minutenlang kam nichts mehr von ihm.

Schließlich blieb ich seufzend stehen. Der Blondschopf tat es mir gleich. Sein Gesicht zierte eine ausdruckslose Miene, was es mir echt erschwerte zu beurteilen, was er dachte. »Ach, und was bist du? Wenn ich ein Mensch bin, bist du dann ein Stein?«

Während mir der Schweiß auf der Stirn stand, war sein Gesicht trocken. *Vielleicht ist er wirklich ein Stein*, schoss es mir durch den Kopf. Steine schwitzten nicht. Und kein normaler Mensch würde nicht auslaufen. Wenn er wenigstens ein kleines bisschen außer Atem wäre, aber nichts da. Auch das war er nicht.

»Wir erreichen demnächst einen Bauernhof. Dort habe ich meinen Hengst untergestellt und du bekommst Wasser und Essen.« Auf meine dämliche Aussage ging er gar nicht erst ein. Der Blödian starrte mich kühl an und wartete anscheinend darauf, dass ich irgendetwas erwiderte. Erwartete er Dank dafür? Den bekam er ganz bestimmt nicht. Außerdem war ich *jetzt* durstig und hungrig und nicht erst *demnächst*. Wann auch immer dieses *demnächst* überhaupt eintreten würde.

»Kannst du dieses *demnächst* etwas genauer ausführen?«, fragte ich daher gereizt.

Vielleicht sollte ich nicht so zickig reagieren, da ich mich in dieser Welt nicht auskannte. Ja, ich hatte mich in den letzten Stunden sehr stark mit dem Gedanken auseinandergesetzt, dass ich in der Vergangenheit gelandet war. Es schien mir absolut absurd, war aber die einzig logische Erklärung für all das hier. Wenn *logisch* überhaupt das richtige Wort war. Aber die Männer in dieser Zeit zeigten sich Frauen gegenüber meist viel gröber als in meiner Gegenwart. Ich sollte womöglich etwas aufpassen, wie ich mit meinem Begleiter sprach.

Er sah mit seinem steinernen Gesichtsausdruck, dem Bart, seiner Größe und der Narbe im Gesicht gefährlich aus. Keine Frage. Aber aus einem mir unerklärlichen Grund fürchtete ich mich nicht vor ihm. Vielleicht sollte ich es, aber mein Körper tat es nicht. Möglich, dass es auch seine nüchterne Art war, die es mir einfach machte, mit ihm so zu sprechen wie mit einem Mann aus meiner eigentlichen Zeit. Denn dort war ich auch nicht auf den Mund gefallen. Wieso sollte ich es also jetzt sein? Nur, weil ich eine Frau war und Frauen zu dieser Zeit nicht ganz so wichtig waren wie die hochverehrten Männer?

»Ich kann mein Pferd Gullfaxi rufen. Dann reiten wir eben auf seinem Rücken weiter. Aber sei dir bewusst, dass er sehr schnell ist. Schneller als alles, was du vermutlich kennst.«

Ich verdrehte die Augen. »Du kennst offensichtlich keine Flugzeuge, Züge oder Autos.« Dass ich den Namen seines Pferdes seltsam fand, verschwieg ich aber. Diese Welt fühlte sich einfach noch zu fremd an. Vermutlich war dies ein absolut geläufiger Tiername.

In Vollpfostens Gesicht konnte ich das Fragezeichen förmlich sehen, doch dazu äußerte ich mich nicht weiter, sondern sagte: »Ich glaube ja ohnehin kaum, dass ein Pferd zu dir gelaufen kommt, nur weil du es rufst. Pferde sind zwar gutmütige und loyale Tiere, aber nun ja, nicht einmal ein Hund würde dich aus so einer Distanz hören. Ein Bauernhaus sehe ich nämlich keines.«

»Wen interessieren schon Hunde? Aber wie du willst. Wetten wir?«

Ich stutzte. Er war sich allem Anschein nach sehr sicher, dass sein Pferd kommen würde.

»Hast du Angst, die Wette zu verlieren?«, fragte er mich, nachdem ich eine Zeit lang nichts geantwortet hatte.

»Natürlich nicht. Du bist eingebildet, das ist alles. Dieses Pferd kommt nicht. Da bin ich sicher.«

Ein siegessicheres Lächeln bildete sich auf seinem Gesicht. Es war schwer, es mir einzugestehen, doch ich mochte dieses breite Grinsen an ihm. »Dann wetten wir. Was ist dein Einsatz?«

»Ich hätte dir ja meinen BH angeboten, aber den hast du leider in Flammen aufgehen lassen«, entschlüpfte es mir sarkastisch. »Falls es dir entgangen sein sollte, aber ich besitze nichts. Zumindest nicht hier.«

»Gegenstände waren auch nicht das, an was ich dachte.

Ich wünsche mir die Wahrheit. Gnadenlos. Ehrlich. Und zwar dann, wenn ich es von dir verlange.«

»Kannst du haben.« Ich zog die Stirn kraus und fragte: »Und was, wenn ich gewinne?«

»Meinetwegen kannst du mit Gullfaxi hin reiten, wo du willst.«

»Als ob ich auf deinem Pferd reiten will. Sehe ich etwa wie ein Pferdemädchen aus? Du hast dir etwas von mir gewünscht, also erhoffe ich mir hier gleiches Recht für alle.« Ich fixierte ihn mit meinem Blick. »Wenn ich gewinne, dann hilfst du mir, einen Weg nach Hause zu finden. In *meine* Gegenwart.«

Kurz zuckte es um seine Mundwinkel. Dann wurde er wieder ernst. »In Ordnung.«

»Ruf dein Pferd«, forderte ich.

»Schon geschehen.«

»Willst du mir etwa weismachen, dass ein Pferd zu dir gelaufen kommt, wenn du daran *denkst*?«

»Nicht nur *ein* Pferd. Gullfaxi. Nach Sleipnir eines der schnellsten Pferde überhaupt. Er ist ein Hengst. Wunderschön und das loyalste Tier, das ich je getroffen habe. Ich habe ihn deshalb nicht schon früher gerufen, weil ihn die Menschen nicht sehen sollen. Zumindest so wenige wie möglich. Aber da du ohnehin mit nach Asgard kommst, brauche ich eigentlich nichts mehr vor dir verstecken.«

Er warf mit befremdlichen Wörtern um sich, von denen ich keine Ahnung hatte, was sie bedeuteten. Sleipnir war wohl auch ein Pferd, aber was bitte schön war Asgard? Von diesem Dorf hatte ich noch nie gehört. Leider fand ich nicht nur einige Wörter bizarr, sondern mein Herz spielte seltsamerweise verrückt, nur weil dieser Kerl, der absolute Männlichkeit ausstrahlte, so von seinem Hengst schwärmte. Es berührte mich absurderweise, dass er doch ein Herz für Tiere besaß. Wenn auch nicht für alle. Für Greta hatte er nämlich nicht so viel übrig. Aber Menschen, die Tiere mochten – egal welche –, konnten im Inneren gar nicht so grausam sein. Zumindest redete ich mir das ein.

Tja, und was dann geschah? Ehrlich, ich konnte meinen

Augen kaum trauen. Da kam ein Pferd aus dem weit entfernten Wald galoppiert. Ich blinzelte ein paarmal, doch der strahlende Cremellohengst kam immer näher. Seine prachtvolle, goldene Mähne wehte durch die schnelle Gangart. Das cremefarbene Fell schimmerte im Sonnenlicht silbern. Seine Statur war breit – ein Kaltblut, wenn ich raten müsste. Die Beine des Hengstes streiften bei jedem Hufschlag donnernd den Boden. Er kam mit einer immensen Geschwindigkeit, die ich ihm nicht zugetraut hätte, auf uns zu.

Gullfaxi bekam meine vollste Aufmerksamkeit geschenkt. Wie gebannt starrte ich den näher kommenden Hengst an. Selbst wenn ich wollte, ich konnte meine Augen nicht von ihm nehmen. Als er seinen Besitzer erreichte, blähte er die rosa Nüstern, schnaubte aus und ließ sich sanft über den großen Kopf streicheln.

Noch nie in meinem Leben hatte ich so ein Pferd gesehen. Meine innere Stimme lachte mich spöttisch aus. *Pferd! Ha!* Dieser Hengst glich vielmehr etwas, das nicht real war. Er könnte aus einem Fantasyfilm entsprungen sein. Wenn ich mir seine goldene Mähne ansah, war ich nicht einmal sicher, ob es sich nicht um echtes Gold handelte. Fehlten nur noch die Flügel. Oder das Horn.

Gullfaxi wandte den Kopf von seinem Besitzer ab und betrachtete mich durch seine blauen Augen. Verdammt, das war auch etwas, was bei Pferden äußerst selten vorkam. Handelte es sich bei diesem Hengst um ein einfaches Pferd oder steckte da mehr dahinter? War diese Wunderlampe vielleicht nicht das einzige magische Exemplar, was es auf dieser Welt gab? Langsam musste ich mich wohl mit diesem Gedanken anfreunden, auch wenn ich mir dabei wie eine Irre vorkam. So, oder so ähnlich, musste sich wohl Alice gefühlt haben, als sie im Wunderland gelandet war. Nur hieß ich nicht Alice. Und das war alles andere als ein Wunderland.

»Du siehst verblüfft aus.«

»Mhm«, war alles, was ich herausbrachte. Meine geweiteten Augen waren noch immer auf den schimmernden Hengst gerichtet. Wenn er nicht vor mir stehen würde und ich ihn selbst betrachten könnte, würde ich seine Existenz niemals glauben! Pferde wie ihn gab es nicht. Mein Gehirn arbeitete auf Hochtouren, aber nein, noch nie in meinem Leben hatte ich von so einem Pferd gehört. Ja, mit *Photoshop* konnte man ein Bild bearbeiten, damit das kräftige Ross darauf so aussah wie dieses hier vor meiner Nase, aber dieser Hengst war einfach unerklärlich für mich.

»Ich erinnere dich irgendwann an unsere Wette. Jetzt steig auf«, befahl mir Mr. Namenlos.

»Auf keinen Fall. Er sieht aus wie ein unechtes Barbiepferd. Das ist mir eindeutig zu schräg.« Vergessen waren Hunger und Durst, denn obwohl mich der Hengst faszinierte, ängstigte er mich zugleich.

»Und mir ist es zu *schräg*, dass du ununterbrochen Wörter benutzt, für die ich keine Verwendung habe. Was ist ein Auto? Was ist ein Barbiepferd? Ich will es nicht einmal wissen, aber ich möchte dich einfach so schnell wie möglich bei meinem Großvater abliefern, um dann wieder mein Leben zu leben.«

Nun starrte ich nicht mehr das Pferd an, sondern seinen Besitzer. Im Moment wusste ich nichts darauf zu erwidern. Er deutete mir mit einem raschen Handzeichen und einem genervten Seufzer, dass ich zu ihm kommen sollte, damit er mir auf Gullfaxi half. Eigentlich wollte ich protestieren, doch ich schluckte die Wörter herunter. Dann trat ich tapfer auf den Hengst zu und achtete genau darauf, wie er auf meine Annäherung reagierte. Er blieb allerdings brav stehen, als würde er hier Wurzeln schlagen.

»Er vertraut dir wohl vollkommen«, hauchte ich. Ich setzte noch einen Schritt nach vorne, stand nun direkt vor Gullfaxi. Seine glasklaren Augen musterten mich voller Neugierde.

»Natürlich.« Der Typ schnaubte gelangweilt aus. »Immerhin gehört er schon seit langer Zeit mir.«

»Hm.« Ich streckte meinen Arm nach vorne und spürte den warmen Atem des Hengstes auf meinem Handrücken.

»Kann es sein, dass du nicht häufig mit Pferden zu tun hast?«

»Ich bin kein Pferdemädchen. Also nein, ich sehe sie mir meistens nur aus der Ferne an.«

»Dann hast du noch nie auf dem Rücken eines Pferdes gesessen?«

Kaum merklich schüttelte ich den Kopf. »Pferde haben mich nie so wirklich interessiert«, gab ich zu. Doch jetzt, als ich dem prächtigen Hengst gegenüberstand, konnte ich nicht einmal mehr sagen wieso. Denn er war vollkommen faszinierend. Ich war gefesselt von seinem Anblick und wie er sich von mir über die Nüstern streicheln ließ.

»Dann werde ich aufpassen, dass du nicht hinunterfällst.«

»Wie lieb von dir.« Ich rollte mit den Augen, schaute ihm ins Gesicht. »Wenn wir beide auf Gullfaxis Rücken sitzen, wie nehmen wir dann Greta mit?«

»Echt jetzt?« Der Holzkopf warf der Ziege einen vernichtenden Blick zu. »Es war eine Fehlentscheidung, sie mitzunehmen. Sie ist nichts als eine Last.«

»Das stimmt nicht. Ich mag ihre Anwesenheit«, setzte ich mich für meine neue tierische Freundin ein.

»Wir lassen sie einfach hier. Gras hat sie zur Genüge und wer weiß, vielleicht freut sich ein Bauer über sie und ihr Fleisch.«

Zorn flackerte in mir auf. Ja, ich war durstig und hungrig. Aber nein, ich ließ Greta dafür bestimmt nicht zurück. »Dann gehe ich eben zu Fuß weiter«, schnauzte ich ihn an. Ich riss etwas zu ruckartig an Gretas Kette, sodass sie erschrak, doch wir beide setzten uns in Bewegung und gingen an Gullfaxi und seinem Besitzer vorbei.

»Sturkopf«, knurrte mir der Blödmann hinterher. »Dann kommt sie eben auch auf seinen Rücken.«

Mir entkam ein ungläubiges Glucksen. So etwas in der Art kannte ich nur von den Bremer Stadtmusikanten. Ich war schon drauf und dran ihm das zu sagen, besann mich jedoch rechtzeitig. Gerade eben hatte er noch behauptet, dass er über die Wörter, die er nicht kannte, nicht glücklich war. Also ließ ich es sein.

»Wie willst du das anstellen?«, fragte ich mit hochgezogener Augenbraue.

»Gib her.« Er riss mir die Kette fast aus der Hand. Auf mein aufgebrachtes »He« reagierte er nicht. Dieser Typ musste echt an seinem Benehmen arbeiten.

Keinen Wimpernschlag später hatte er mich auch schon an der Taille gefasst und mich auf Gullfaxis Rücken gehoben, als würde ich nichts wiegen. Diese Aktion war mir eindeutig zu schnell gegangen, sodass ich nicht einmal Zeit für einen kurzen überraschten Protestlaut gehabt hatte.

»Wie machen wir das mit Gre...« Ich beendete meinen Satz nicht, denn als ich mich zu dem Kerl hinter mir drehte, der sich ebenfalls auf seinen Hengst geschwungen hatte, stockte ich. Was war mit dem Typen los? War er Hulk? Superman? *Thor*?!

Einen Arm schlang er um meinen Unterbauch, unter seinem anderen Arm hatte er Greta eingeklemmt. Sie strampelte zwar mit ihren zarten Füßen, doch sie schaffte es nicht, sich aus seinem Griff zu befreien. Ehe ich irgendetwas zu seiner unnatürlichen Stärke sagen konnte, gab er Gullfaxi mit einem Schnalzgeräusch zu verstehen, dass er sich in Bewegung setzen sollte. Allerdings hatte ich nicht damit gerechnet, dass das Pferd sofort in den Galopp springen würde.

Verzweifelt krallten sich meine bunt lackierten Fingernägel in die goldene Mähne. Mein Herz klopfte wild gegen meinen Brustkorb, weil ich es plötzlich mit der Angst zu tun bekam. Vermutlich färbte sich mein Gesicht kreidebleich. Ich malte mir aus, wie ich auf die Erde fiel, unter die donnernden, tonnenschweren Hufe geriet und wie eine braune, alte Banane zermatscht und im Dreck begraben wurde. Tausende Gedanken, und gleichzeitig kein einzig sinnvoller, rasten durch meinen Kopf. Die Geschwindigkeit von Gullfaxi war mit nichts zu vergleichen. Außerdem hielt ich mein Gleichgewicht nur mit Mühe auf ihm.

»Ich lass dich nicht fallen«, raunte mir die tiefe Stimme des Kerls hinter mir zu. Sollte mich das beruhigen? Keine Ahnung!

Mein Körper bebte unkontrolliert, ich sah nur, wie alles an mir vorbeirauschte. Schlagartig kam Übelkeit in mir auf, am liebsten hätte ich mich auf der Stelle übergeben. Vielleicht lag es daran, dass ich schon seit einer gefühlten Ewigkeit nichts Anständiges mehr gegessen hatte oder unglaublich durstig war, aber ich fühlte mich beduselt. Als könnte ich jeden Moment zur Seite kippen.

Ich hatte nicht mitbekommen, dass er das Tempo seines Hengstes gedrosselt hatte, doch als er plötzlich Greta auf dem Boden absetzte und sich ihre Kette um sein Handgelenk band, klärte sich mein von Angst benebelter Verstand etwas.

»Wir reiten im Schritt weiter. Es dauert nicht mehr lange«, verkündete er seltsam sanft und verstärkte den Griff um meine Taille.

Je länger Gullfaxi in dieser langsamen Gangart unterwegs war, desto mehr beruhigte sich mein Herzschlag. Erst dann wurde ich mir der Hand und des kompletten Körpers hinter mir bewusst, sodass mein Herz gleich zwei Schläge aussetzte. Zumindest fühlte es sich so an. Auch seine letzten gesprochenen Worte drangen in mein Gehirn, weshalb ich den Kopf leicht drehte, um ihn kurz anzuschauen.

»Danke«, flüsterte ich, weil ich annahm, dass er es wegen mir tat.

»Ich kann nicht brauchen, dass du mir kurz vor unserem Ziel wieder bewusstlos wirst.« Schwang da Sarkasmus in seiner Stimme mit? Wie auch immer, ich war unglaublich froh, dass wir nun gemütlich weiterritten.

Sein Arm um meine Taille fühlte sich irritierenderweise gut an. Doch darüber wollte ich mir jetzt keine weiteren Gedanken machen. Schließlich hielt er mich nur fest, damit ich nicht unsanft auf dem Boden landete. Denn selbst in der langsamsten Gangart war ich unsicher, ob ich ohne diesen Halt nicht irgendwann von Gullfaxis Rücken plumpsen würde.

5

ROSA NOTIZZETTEL

K eine fünfzehn Minuten später hauchte er mir ein »Wir sind da« in mein Ohr, was die vielen kleinen Härchen an meinen Armen zu Berge stehen ließ. Wieso, verdammt, reagierte mein Körper auf ihn? Tatsächlich sah ich ein Häuschen, das wohl das heutige Reiseziel war. Wie froh ich war, gleich vom Pferderücken absteigen zu können, um gleichzeitig auch von dem Typen hinter mir fortzukommen, konnte man sich denken.

Niemals hätte ich gedacht, dass ich eines Tages auf einem Pferd reiten würde. Und das dann auch noch ohne Sattel und Zaumzeug. Vermutlich hätte ich demjenigen den Vogel gezeigt, der nur so etwas in die Richtung angedeutet hätte.

»Du bist etwas blass um die Nase.« Der Kerl half mir von Gullfaxis Rücken und schaute mir dabei in die Augen. *Na danke auch. Wäre ich nie draufgekommen.* Seine Augen zogen mich kurzzeitig in den Bann. In meiner Familie hatte jeder blaue Augen, aber so ein beeindruckend blaugraues Augenpaar, wie er es hatte, kannte ich noch nicht.

Was war nur los mit mir? Ehe ich auf seine Aussage nichts mehr erwidern konnte, weil es zu spät zum Antworten wäre, sagte ich doch noch etwas: »Ich musste zwischenzeitlich Todesängste ausstehen.«

Kurz zuckte es um seine Mundwinkel, dann wurde er aber wieder ernst. »Deshalb sind wir langsamer geworden.«

»Woran hast du es gemerkt? Ich habe nichts gesagt.«

Er tätschelte seinem Hengst leicht den Hals. Danach ging das Kaltblut von allein zu dem Platz, wo einiges an Heu auf dem Boden lag. Ich folgte Gullfaxi mit meinem Blick und dachte mir, dass Greta sich dort auch wohlfühlen würde, aber zuerst musste ich das natürlich noch mit dem Bauern abklären. Schließlich wollte ich nicht, dass Greta demnächst auf unseren Tellern landete. Wenn ich nur daran dachte, drehte sich mein Magen um.

»Du musstest auch nichts sagen. Dein verklemmter Körper sprach für sich.«

Wir schauten uns abermals an und plötzlich fand ich ihn nicht mehr so unsympathisch, wie ich mir die ganze Zeit einreden wollte. Ja, seine Gesellschaft konnte durchaus ungenießbar sein, doch ich war ebenso froh über seine Anwesenheit. »Dann hast du wohl eine gute Menschenkenntnis.«

Er lachte kurz auf. »Jahrelange Erfahrung«, entfuhr es ihm sonderbar kalt. »Ihr Menschen seid von Natur aus einfach ängstlicher. Und so durchschaubar.«

Wie er über *uns* sprach! Gehässig, abwertend und als könnte er keinen einzigen Menschen ausstehen. Mein Herz zog sich zusammen. Wie hatte die Stimmung so schnell kippen können?

»Du sagst es schon wieder. *Ihr Menschen*«, äffte ich ihn nach. Wie hatte ich eben noch denken können, dass ich ihn sympathisch fand? Lief da in meinem Oberstübchen was verkehrt? Nur weil er einmal halbwegs nett war ... »Ich frage dich noch einmal. Bist du etwa ein Stein?«

»Wieso weißt du eigentlich nicht, wer ich bin?«, stellte er mir beinah verzweifelt eine Gegenfrage, ohne auf meine zu antworten. Jetzt ließ er sie schon zum zweiten Mal unbeantwortet, was mich gehörig nervte.

»Solltest du ein Prinz, angehender König, ein doofer *Stein* oder sonst was sein, dann tut es mir leid, oh werter Herr, es nicht zu wissen. Du hast dich schließlich nicht bei mir vorgestellt und ich bin keine angehende Geschichtsstudentin.«

Der Idiot biss die Zähne hart aufeinander, sodass ich sie knirschen hörte. Ich wusste, dass er verärgert war, doch ehe er irgendetwas sagen konnte, stieß zum Glück der Bauer dazwischen.

»Ich dachte mir schon, dass du heute noch kommst, nachdem Gullfaxi so schnell davongelaufen war.«

Wir drehten uns beide zu dem Bauern, der mich kritisch beäugte. Sein Blick wanderte weiter zu Greta. Vom Aussehen her stand er den beiden Wikingern von gestern in nichts nach, jedoch war er schlanker und sein Ausdruck im Gesicht wirkte nicht so bedrohlich. Sein Haar war brünett und auch er hatte sich seinen Bart geflochten. War hier wohl ein Modetrend.

»Wir brauchen eine weitere Schlafmöglichkeit für *sie*.« Dabei warf mir Mr. Namenlos einen undurchdringlichen Blick zu. »Außerdem ist sie hungrig und durstig. Einen Met könnte ich auch vertragen. Morgen reisen wir ab«, teilte mein Begleiter dem Bauern im Befehlston mit.

War er vielleicht doch ein Prinz? Wenn er jemandem Anordnungen in solch einem harschen Tonfall erteilen konnte, dann war er dem Bauern auf alle Fälle mehr als nur überlegen. Ach, wie sehr ich es hasste, wenn Menschen, nur weil sie reicher waren und mehr Einfluss auf andere hatten, genau auf diese Weise mit ihnen sprachen. So etwas ging mir gehörig auf den Keks. Ich sagte allerdings nichts, sondern folgte den beiden Männern in das hölzerne Gebäude. Zuvor hatte ich dem dämlichen Kerl aber noch die Kette von Greta weggenommen. Schließlich wollte ich vermeiden, dass er sie dem Bauern für unser Abendessen anbot.

Eine Frau und zwei Kinder – ein Mädchen und ein Junge – im Kindergartenalter deckten rasch den Tisch und kochten. Den Duft des Essens konnte ich nicht zuordnen, aber mein Magen begann auf Anhieb zu knurren. Dem war es anscheinend egal, was er bekam. Hauptsache Essen.

Dieser bäuerliche Haushalt war allem Anschein nach ein Familienbetrieb. In einer Nische hinten bemerkte ich einen älteren Mann, der einfach nur dasaß, und eine ältere Frau, die soeben eine Ziege molk. Im Haus konnte ich durch schnelles Hinschauen drei Ziegen, zwei Katzen und einen Hund erkennen, der nun schwanzwedelnd auf uns zugelaufen kam. Er hatte die Größe eines Wolfes und sein Fell war rabenschwarz. Er beschnüffelte uns, folgte jedoch brav dem Bauern, als dieser befahl, dass er sich hinlegen sollte.

Mir war nicht klar gewesen, dass die Leute in dieser Zeit Katzen und Hunde in ihren Häusern wohnen ließen. Wenn ich mir das Haus etwas moderner und die Gesellschaft etwas freundlicher vorstellte, dann könnte ich mich hier eventuell wohlfühlen. Die Betonung lag allerdings auf *eventuell*.

Dieses Bauernhaus war um den Herd herum aufgebaut. Besagter Herd schien die einzige Wärmequelle zu sein, aber ich war froh darum. Denn noch mal so eine kalte Nacht, ohne meine warme Kuscheldecke von zu Hause, wollte ich ehrlich nicht erleben. Da kam mir dieser Herd sehr gelegen. Selbst die Schlafplätze waren rundherum angeordnet und die Menschen schliefen wohl alle in einem Zimmer. Die Tiere blieben scheinbar auch über Nacht hier.

Die Stimmung war grauenhaft. Ehrlich. Keine Ahnung, ob diese Menschen sich immer so benahmen, aber ich schätzte nicht. Es musste an unserem Mr. Ich-bin-etwas-Besseres liegen. Nicht einmal ich wagte zu sprechen, was auch daher kam, dass ich nicht wusste, was ich mit der Familie reden sollte. Zum Glück wurde das Nattmal – das Abendessen – bald serviert.

Ein Gemüseeintopf und ein mir unbekannter Fisch wurden auf den Tisch gestellt. Ich war froh, dass sich jeder selbst sein Essen nehmen konnte, denn auf den Gemüseeintopf freute ich mich wie Bolle, auf den toten Fisch verzichtete ich wiederum gerne. Den Eintopf aß ich mit einem Holzlöffel, der einem herkömmlichen Löffel bei uns zu Hause ähnelte. Gabeln sah ich auf dem Tisch keine. Es gab außerdem ein selbst gebackenes Roggenbrot, das erstaunlicherweise fantastisch schmeckte. Die Bäuerin würde ich in meiner Welt vom Fleck weg als Bäckerin einstellen.

Die Familie redete während des Essens kaum. Ich merkte,

dass die beiden Kinder immer wieder zum Sprechen ansetzen wollten, aber durch scharfe Blicke ihrer Eltern davon abgehalten wurden. Trotz der miserablen Stimmung genoss ich das Essen. Über den Met, den ich angeboten bekam, freute ich mich sehr, denn ich brauchte dringend Flüssigkeit in mir. Auch wenn Met wahrlich nicht zu meinen Lieblingsgetränken zählen würde, war ich froh darum.

Womit ich nicht gerechnet hatte, war der Nachtisch. Eigentlich unterschieden sich die Wikingerfamilien gar nicht so stark von unseren in der heutigen Zeit. Denn auch sie liebten süße Speisen. Soeben aßen wir Trockenfrüchte in Kombination mit wildem Honig. Es schmeckte göttlich.

»Ich sehe nach meinem Hengst!« Mr. Namenlos, der die ganze Zeit neben mir gesessen hatte, stand abrupt von seinem Stuhl auf und verließ das Haus mit großen Schritten. Die Tür ließ er laut zufallen. Gott, der hatte vielleicht ein Benehmen! Zu gern würde ich seine Eltern kennenlernen, um mir ein Bild davon machen zu können, wie er aufgewachsen war.

»Das Essen war köstlich. Danke.« Während ich sprach, schaute ich die Bäuerin an. Immerhin wollte ich zeigen, dass mir Höflichkeit kein Fremdwort war. Zaghaft schenkte sie mir ein Lächeln. Da ich schon seit dem Beginn des Nattmals pinkeln musste, verabschiedete ich mich nach draußen. Ein Wunder, dass ich nicht schon früher das Bedürfnis gehabt hatte. Lag vermutlich auch daran, dass ich nichts getrunken hatte. Greta ließ ich derweil im Haus, denn sie würden ihr nichts antun, da war ich sicher. Schließlich lebten hier noch drei weitere Ziegen.

Da ich Mr. Hochmut nicht unter die Augen treten wollte, schlug ich den Weg in den angrenzenden Wald ein. Im Stall würde ich nur auf seine miese Laune und den prachtvollen Hengst treffen. Beides wollte ich mir ersparen. Hinter einem Gebüsch ging ich sofort in die Hocke und spürte die Erleichterung, endlich aufs Klo gehen zu können. Dass ich mir die Hände nicht mit Wasser und Seife waschen konnte, störte mein sonst so hygienisches Verhalten. Diese Welt war ehrlich schrecklich für mich. Kein Hände waschen. Kein Zähne putzen. Kein Haare glätten.

Die Sonne war schon wieder am Untergehen. Aufgrund der täglichen Sonnenstunden und der Frische musste ich annehmen, dass es hier tatsächlich erst Frühling war – meine liebste Jahreszeit.

Als ich fertig war, stand ich auf, glättete mein Kleid mit den Händen und ... fuhr zusammen.

»Herrgott im Himmel! Was erschreckst du mich so? Seit wann stehst du denn hier?«, zischte ich. Meine Finger legten sich von selbst an die Stelle, wo mein rasendes Herz pochte.

Mr. Namenlos lehnte mit dem Rücken an einem Laubbaum. Ein kleines Lächeln huschte über sein Gesicht. »Ich dachte, du fliehst. Jetzt, wo du zu essen und trinken bekommen hast. Aber, wenn ich genauer darüber nachdenke, hättest du Greta wahrscheinlich mitgenommen.«

Ich rollte nur mit den Augen und hätte ihm am liebsten eine verpasst. Bald schon kannte der Typ all meine Körperregionen. Mich würde es ja nicht wundern, wenn er plötzlich alle meine Muttermale benennen könnte. Um ihm nicht doch noch eine zu klatschen, eilte ich schnurstracks an ihm vorbei zurück ins Haus, denn die Bäuerin war mir in diesem Fall lieber als dieser Typ. Dabei hatte ich mit ihr noch nicht viele Worte gewechselt, aber sie war mir weitaus sympathischer als die Frauen von gestern, wobei ich es denen nicht verübeln durfte, weil ich, für ihre Verhältnisse, tatsächlich sehr komisch gekleidet in ihr Dorf eingedrungen war. Ein Wunder, dass Ivar mich überhaupt mitgenommen hatte, aber Kinder waren sowieso unvoreingenommener.

Obwohl ich den Schlaf dringend nötig hätte, schaffte ich es nicht ins Traumland. Zum Glück musste ich mir das Bett nicht mit Mr. Ich-bin-immer-grantig teilen. Denn in dem Fall hätte ich liebend gerne auf dem harten hölzernen Boden geschlafen. Doch wenigstens war an dieser Stelle das Glück an meiner Seite und ich konnte neben Gretas warmen Körper liegen. Greta schlief tief und fest, während ich Luftschlösser baute. Außerdem war es gespenstisch still in dieser Gegend. Ja, bei uns daheim war auch nie mega viel los gewesen, aber ab und an hatte wenigstens ein Auto gehupt. Und es war aufgrund der Straßenlaternen bei Weitem heller gewesen. Diese Finsternis in dieser mir unbekannten Welt gruselte mich schon ein bisschen. Plötzlich, wie aus dem Nichts, begann einer der Männer lautstark zu schnarchen. Dank diesem wundervollen Geräusch würde ich nun noch rascher einschlafen können. Nicht. Mein Ex-Freund hatte auch immer fürchterlich geschnarcht, weshalb ich mir neben ihm meistens die Ohren hatte zustöpseln müssen, ansonsten wäre ich nie zu meinem Schönheitsschlaf gekommen. Ich wollte nicht an meinen Ex-Freund Lukas denken. Er hatte mir vieles genommen. Meinen ersten Kuss. Meine Unschuld. Mein Vertrauen in Männer, was die Sache mit der Liebe anging, denn er hatte unsere Beziehung zerstört. Dass ich jedoch diejenige war, die mit ihm Schluss gemacht hatte, ließ mich eine Lobeshymne komponieren. Es hatte mich einiges an Überwindung gekostet, diesen Schritt zu gehen, aber ich hatte Lukas nicht mehr vertrauen können. Nicht nach dem, was ich gesehen hatte ...

Ich versuchte, an etwas anderes zu denken, da mein Ex nicht schon wieder meine Gedanken dominieren sollte. Mein Schulabschluss war noch nicht allzu lange her – je nachdem aus welchem Blickwinkel man es betrachtete –, deshalb dachte ich an meinen Geschichtsunterricht zurück. Über die Zeit der Wikinger hatten wir nicht viel gesprochen. Im Grunde war das Frühmittelalter nicht einmal ein Abfragethema in meiner Prüfung gewesen, dennoch wusste ich, dass wir das Thema im Unterricht durchgearbeitet hatten, wenn auch nur flüchtig.

Vor meinem inneren Auge entfaltete sich ein rosa Notizzettel, auf dem ich imaginär einige Punkte untereinander anführte.

Nummer eins: Wikingerhexen nennt man zu dieser Zeit Völva.

Das hatte mir der kleine Ivar bestätigt. Ob es sie tatsächlich gab, wollte ich bezweifeln. Nun ja, bis mir die Magie der

Wunderlampe in den Sinn kam. Vielleicht gab es also auch so etwas wie Hexen?

Nummer zwei: Ein absoluter Irrglaube ist, dass Wikinger Helme mit Hörnern tragen.

Mir war das bestätigt worden, weil ich tatsächlich noch keinen einzigen Typen mit so einem Hörnerhelm gesehen hatte. Und mal ehrlich: Solche Helme behinderten einen Mann wie Mr. Ich-bin-etwas-Besseres nur während des Kämpfens.

Nummer drei: Wikinger sind ausgezeichnete Seefahrer und gefährliche Plünderer.

Eigentlich war ich immer froh gewesen, nicht in dieser Welt aufgewachsen zu sein. Ich hoffte sehr, dass ich nicht in den Genuss eines solchen Überfalls kommen würde, denn darauf war ich echt nicht scharf. Da passte ich lieber ein ganzes Jahr auf den Chihuahua meiner Tante auf!

Nummer vier: Scheinbar bin ich nicht nur in der Vergangenheit und einer anderen Jahreszeit gelandet, sondern auch in einem anderen Land.

Denn soweit ich mich erinnern konnte, lebten die Wikinger in Dänemark, Norwegen, Schweden, Finnland und Island. Also musste es eines dieser Länder sein. Außerdem hatte ich mir heute mein Gesicht im Meer gewaschen. Das wäre in meinem Heimatland Österreich niemals möglich gewesen, denn dort gab es kein Gewässer mit Salzwasser. Zumindest nicht in meinem Jahrhundert.

Nummer fünf: In der Zeit, in der ich gelandet bin, glauben die Menschen vermutlich noch an mehrere Götter. Erst später konvertieren sie zum Christentum.

Deshalb nahm ich an, dass sie an den Donnergott Thor, den hinterlistigen Loki und an den Götterallvater Odin glaubten. Aber so gut kannte ich mich mit diesen Gottheiten nicht aus. Sie waren sogar halbwegs in Vergessenheit geraten ...

Irgendwann zwischen meinen vielen Grübeleien musste ich eingeschlafen sein. An den genauen Zeitpunkt konnte ich mich jedoch nicht mehr erinnern. Mein müder Verstand wies mich aber darauf hin, dass ich leider nicht allzu lange geschlafen hatte. Geweckt wurde ich durch ein zaghaftes Rütteln an meiner Schulter. Schläfrig öffnete ich meine Augen und runzelte die Stirn, als mir ein kindliches Augenpaar ins Gesicht blickte.

»Ich soll dich wecken«, meinte ein junges Mädchen schüchtern.

Mein schlaftrunkener Verstand lichtete sich, als meine Augen die Umgebung abcheckten. Ich unterdrückte ein Gähnen und setzte mich auf. Dankbar lächelte ich die Tochter der Bäuerin an, doch ehe ich irgendetwas mit dem Mädchen reden konnte, war es schon verschwunden. Hatte ich sie gerade noch freundlich angelächelt, zogen sich meine Mundwinkel nach unten, sobald ich den Vollpfosten erblickte. Er redete schroff auf den Bauern ein, was mich innerlich brodeln ließ. Wieso schafften es seine Mundwinkel nicht mal nach oben?

Nachdem ich aufgestanden war, mich im Wald erleichtert und einigermaßen hergerichtet hatte, kam der immerzu schlecht gelaunte Kerl auf mich zu. »Wir lassen Greta hier. Ich habe mit dem Bauern geredet, er krümmt ihr kein Haar. Darauf gebe ich dir mein Wort und er gab mir seines. Wir müssen jetzt weiter.«

Als erwartete er nicht einmal eine Antwort von mir, drehte er sich in die andere Richtung, um Gullfaxi zu holen. Doch in mir keimte eine Wut auf, die nur er in mir entfachen konnte. Okay gut, und doofe Taschenwölfe vielleicht.

»Ich nehme Greta mit!«, protestierte ich.

Scharf ausatmend wandte er sich an mich. »Wieso muss es ständig nach deinem Kopf gehen? Greta bleibt hier!«

»Ich lasse sie doch nicht bei einer fremden Familie.«

Der Kerl rollte mit den Augen. »Du kennst die unnütze Ziege auch nicht viel länger. Dort, wo wir hingehen, fühlt sich keine normale Ziege wohl. Du würdest ihr mit diesem Ausflug nur schaden und das willst du nicht. Oder?«

»Wo gehen wir überhaupt hin? Ich dachte, wir besuchen deinen Großvater.«

»Wir sind bereits auf dem Weg zu ihm. Er wohnt nur leider nicht um die Ecke. Und mit dir im Schlepptau brauchen wir nun einmal viel länger.«

»Oh, es tut mir leid, dass ich dir so viele Unannehmlichkeiten bereite!«

Wir waren uns bei der kleinen Auseinandersetzung immer näher gekommen, sodass wir mittlerweile dicht voreinander standen. Meine blaugrünen Augen formten sich zu einem Strich. Seine Mondsee-Augen funkelten mich ebenso verärgert an. Ihm passte es anscheinend gar nicht, wie ich mit ihm sprach. Vermutlich wagten das die wenigsten Menschen, schließlich wirkte alles an ihm gefährlich. Aber mir passte es nun einmal genauso wenig, wie er mit mir sprach.

Meine Augen huschten kurz über seinen Körper. Er war viel größer als alle Leute hier. Er überragte auch mich um gut einen Kopf, dabei war ich in meiner Gegenwart keine kleine Frau. Hier mussten die Menschen wohl annehmen, dass ich eine Halb-Riesin war. Über diesen Gedanken schmunzelte ich innerlich, denn die Leute in der Wikingerzeit glaubten tatsächlich an Riesen.

Ich betrachtete die Narbe, die von seiner linken Wange bis zum Mundwinkel verlief. Wie sie wohl zustande gekommen war? Schließlich hatte ich ihn kämpfen sehen und wusste, wie gut er darin war. Obwohl, *gut* war eine maßlose Untertreibung. Je länger ich den Mann vor mir ungeniert begaffte, desto mehr wich die Verärgerung aus seinen Augen. Leichtes Interesse spiegelte sich in ihnen, wenn ich mich nicht täuschte.

»Greta wird nichts geschehen, zumindest nicht durch die Hand dieser Familie, aber wir können sie nicht mit nach Asgard nehmen.« Seine raue Stimme warf mich wieder in das Hier und Jetzt. Wie lange hatte ich ihn bloß angestarrt? Und wieso klangen diese Sätze plötzlich so versöhnlich?

»Asgard?«, fragte ich dümmlich, weil mir im Moment nichts Besseres einfiel. »Wie lange dauert es denn noch, bis wir bei deinem Großvater sind?«

»Wenn alles glatt läuft, dann kommen wir heute an.

Proviant habe ich dieses Mal eingepackt. Aber wir müssen langsam los, wir haben es eilig«, eröffnete er mir.

Seit wann hatten wir es eilig? Mr. Noch-immer-namenlos wollte sich allem Anschein nach nicht bei der Familie bedanken und ohne ein Wort des Abschieds verschwinden. Das war allerdings nicht meine Art, weshalb ich in das Bauernhaus zurückging, Greta ein letztes Mal über den Kopf streichelte und mich bei allen verabschiedete. Ich glaubte, dass sie froh waren, wenn wir endlich verschwanden, was ich ihnen irgendwie nicht verübeln konnte. Greta ließ ich schweren Herzens zurück. Nur, mein Wunsch nach Hause zu kommen, war nun einmal stärker, als der, sie mitzunehmen. Ich musste einfach auf das Wort dieses Blödmanns vertrauen und hoffte sehr, dass es Greta hier an nichts fehlen würde.

6

FLUCHT

W ir ritten seit gefühlt zehn Stunden auf Gullfaxis Rücken, dabei handelte es sich mutmaßlich erst um sechzig Minuten. Meine Schenkelinnenseiten schmerzten, vermutlich hatte ich einen Muskelkater. So wild wie gestern hatte ich mir meine erste Reitstunde nämlich nicht vorgestellt. Natürlich blieb mir keine Zeit zum Erholen, denn ich saß einen Tag später schon wieder auf dem Pferderücken. Ohne Sattel. Ohne Zaumzeug.

»Wie weit ist es denn noch?«, fragte ich wie ein trotziges Kind.

»Nicht mehr weit«, quetschte der Kerl hinter mir hervor.

»Die Antwort hast du mir die letzten zweimal auch gegeben.«

»Ich bin so froh, wenn ich dich bei meinem Großvater abliefern kann«, murrte er.

»Abliefern? Heißt das, du verlässt mich danach?« Eine leichte Welle der Panik überkam mich. Dabei wusste ich selbst nicht wieso. Ich kannte den Typen hinter mir nicht, er ging mir die meiste Zeit gehörig auf die Nerven und ich hasste die Art, wie er mit seinen Mitmenschen umging. Weshalb fühlte ich mich also in seiner Gegenwart beschützt und sicher? Warum könnte ich am liebsten anfangen zu heulen, nur weil er mich in dieser unbekannten Welt verlassen wollte?

»Sehen wir.«

»Sehen wir?« Meine Stimme schwang eine Oktave höher. Er wollte mich tatsächlich allein lassen! »Das kannst du nicht machen.«

Er brummte irgendwelche unverständlichen Worte, ehe er meine Taille fester umfasste. Wieso er das tat? Ich bekam es keine Sekunde später mit. Gullfaxi sprintete los. Der Wind wehte mir durch die Haare und ließ meine blonden Locken in alle Richtungen fliegen. Meine Finger krallten sich, genau wie gestern, in die goldene Mähne. Würde mich Mr. Namenlos hinter mir nicht fest umschlingen, würde ich augenblicklich den Boden küssen. Während ich dies täte, würde ich mir garantiert alle Knochen brechen.

Horrorszenarien spielten sich in Dauerschleife in meinem Kopf ab. Ich, wie ich am Boden lag und mich nicht mehr bewegen konnte – kein Rettungswagen würde mit Blaulicht zu mir gerast kommen. Ich, wie ich gegen einen Baum krachte und an den Folgen des Kopfsturzes starb. Ich, wie ich nach einem Slide von Gullfaxi über seinen Hals auf den Boden flog. Bei jedem Galoppsprung wurde mir mulmiger zumute. Ich wollte schreien, dass wir langsamer reiten sollten, doch kein Laut schaffte es aus meinem Mund. Dieser dämliche Trottel! Wie konnte er mir das bloß antun? Nur weil ich ihm wieder einmal auf die Nerven gegangen war? Deswegen musste er zu solchen Maßnahmen greifen?

Seine ständigen Stimmungswechsel machten mich irre. Wenn ich es mir recht überlegte, dann war ich eventuell bei einer Familie, wie der des Bauern, am besten aufgehoben. Nicht bei ihm, seinem noch dämlicheren Bruder oder seinem komischen Großvater.

Es fühlte sich an, als würde mein Herz aussetzen, denn Gullfaxi sprang über einen schmalen Bach. Die Flugphase kam mir unsagbar lang und gleichzeitig unfassbar kurz vor. Ich schickte tausende Stoßgebete an ... keine Ahnung wen! »Bitte. Bitte. Bitte«, murmelte ich verzweifelt.

Während wir vorhin gemütlich geritten waren, hatte mir Mr. Namenlos mein Frühstück überreicht. Genau dieses Frühstück wollte ich jetzt am liebsten aus meinem Magen wissen. Ehe ich diesen Gedanken in die Tat umsetzen konnte, wurde Gullfaxi langsamer. Im ersten Moment konnte ich nicht glauben, dass wir wieder in den Schritt gewechselt hatten. Meine Übelkeit verflog nach ein paar Sekunden, dann drehte ich meinen Oberkörper zu dem Kerl hinter mir und funkelte ihn böse an.

»Wie konntest du nur? Arschloch! Lass mich auf der Stelle runter! Ich will weg von dir. Du Arsch!«

»Wir sind da«, meinte er tonlos. Mein Gefühlsausbruch ließ ihn kalt.

»Wenn mein Leben nicht gefährdet wäre, würde ich deinen Großvater niemals besuchen wollen. Aber ich will nach Hause. Unbedingt. Hoffentlich hast du deine Art nicht von deinem Großvater geerbt.«

Mr. Namenlos ignorierte mich. Er sprang mit mehr Eleganz, als ich ihm zugetraut hätte, von seinem Pferd. Danach fasste er mich bestimmt an der Taille und setzte meine Füße auf der Wiese ab. In der Ferne konnte ich das Meer rauschen hören. Oder vielleicht waren es auch meine eigenen Ohren, die ich aufgrund des weiterhin hohen Blutdrucks sausen hörte.

»Hier ist absolut nichts! Wo wohnt dein Großvater?«, wollte ich von ihm wissen. Zwar hatte ich vorhin noch gedacht, dass ich mich aufgrund seiner Anwesenheit beschützt und sicher fühlte, aber mit einem Schlag wich dieses Gefühl anderen. Angst. Misstrauen. Unbehagen.

Außer einem riesigen Laubbaum, der meines Wissens eine Esche sein musste, war weit und breit nichts und niemand zu sehen. Die Tatsache, dass dieser riesige Baum eine Esche war, wusste ich aber auch nur, weil meine Mama so eine Pflanzenliebhaberin war und meine Schwester und ich unfreiwillig solche Dinge mitbekamen. Ob ich sie alle wohl jemals wiedersehen würde?

»Kannst du mir antworten? Bitte?«, flehte ich ihn an.

Und das ging mir ziemlich auf den Zeiger. Ich wollte nicht betteln müssen. Schon gar nicht bei ihm.

»Kannst du endlich einmal ruhig sein?«

»Erst wenn ich weiß, wo wir sind, was wir hier tun und wann wir deinen Großvater sehen.«

Der Typ stieß zischend die Luft aus. »Geduld für aufreibende Menschenfrauen aufzubringen gehört nicht zu meinen Stärken«, murmelte er kaum hörbar, doch ich hatte jedes seiner Worte verstanden.

»Warum bringst *du* mich dann zu deinem Großvater, anstelle deines Bruders?« Dass er schon wieder von Menschen redete, als gehörte er nicht zu dieser Spezies, ließ ich dieses Mal außer Acht.

Jetzt lachte der Typ auch noch auf! »Erinnerst du dich an die paar Worte, die mein Bruder während deines Bewusstseins gesagt hat? Oder daran, dass er dich überhaupt bewusstlos geschlagen hat? Denn falls du tatsächlich lieber ihn vorziehst, dann tausche ich gerne! Nur ein Wort von dir.«

»Ihr seid beide keine angenehme Gesellschaft«, beklagte ich mich. Wieso tat ich das? Warum nörgelte ich weiter rum, obwohl er mir quasi schon damit gedroht hatte, seinen Bruder zu holen?

»Wie gut, dass ich das auch nicht im Sinn hatte«, knurrte der Typ. »Wenn du auf meinen Großvater triffst, dann sei mit deinen Worten vorsichtiger. Im Gegensatz zu mir scheut er nämlich nicht, dir die Zunge rauszureißen.«

»Was?«

»Stimmt, die Zunge wird es nicht werden. Schließlich will er Antworten von dir. Aber bei dir reicht vermutlich schon der kleine Finger und du wirst reden wie ein Wasserfall.«

Mir stockte der Atem. Was lief mit dem Mann verkehrt? Mein Kopf bewegte sich von links nach rechts, doch kein Ton verließ meine Lippen. Jetzt hatte mich dieser Arsch mit seinen Worten auch noch eingeschüchtert! Dabei meinte er sie bestimmt nicht so. Oder?

»Ich muss dir die Augen verbinden.« Mr. Namenlos kam mit einem Tuch auf mich zu.

»Kommt nicht infrage!«, zischte ich und wich einen Schritt zurück.

»Sobald wir im Inneren sind, gebe ich sie dir wieder frei. Es dauert auch nicht lange. Versprochen.«

»Nein. Hörst du mir nicht zu? Ich lasse mir die Augen nicht verbinden.«

Er brummte irgendwelche Wörter, die ich wieder nicht verstand. Meine Gesellschaft musste ihn offensichtlich furchtbar aufregen.

»Hey!«, protestierte ich, als er mich unerwarteterweise über seine Schulter warf. »Was soll das? Lass mich auf der Stelle runter!«

Doch er dachte nicht einmal daran. Ob er überhaupt so etwas wie Mitgefühl besaß? Im Augenblick erinnerte mich sein Charakter eher an den von Joker – und der *lächelte* wenigstens! Er warf sich seinen Umhang über die Schultern und verdeckte mir jede Sicht. Dieser verdammte Umhang ließ sich nicht einmal zur Seite schieben. Was war das denn für ein Exemplar?

Verfluchter Arsch! Mir fielen so viele Schimpfwörter für ihn ein, dass ich ein komplettes Wörterbuch füllen konnte!

Keine zwei Minuten später setzte er meine Füße auf den Boden zurück. »Ich sagte ja, dass es nicht lange dauert.«

»Egal ob kurz oder lang. Hör auf, ständig gegen meinen Willen zu arbeiten!«

»Kein Wunder, dass Odin die Menschen von oben beobachtet. Bei euch hält man es ja nicht aus.«

»Odin?« Ich lachte auf. »Du glaubst also an diesen Gott?«

»Deine Stimme trieft vor Spott. Gib acht, was deinen Mund verlässt!« Zorn flackerte in seinen Augen auf und seine Lippen formten sich zu einem Strich. Er betrachtete mich wie ein ausgehungerter Löwe, der sein Futter gegen jede lebende Seele verteidigen würde.

Ich verengte meine Augen zu Schlitzen und so lieferten wir uns ein Blickduell. Irgendetwas stimmte an diesem Typen und seinem Großvater nicht, da war ich sicher. Vielleicht war es doch keine gute Idee gewesen, mit ihm mitzukommen. Wenn er seinen Großvater schon als nicht sonderlich gutmütig beschrieb, dann konnte er mir gestohlen bleiben.

Ich wollte nach Hause! So, so sehr. Aber mein Bauchgefühl riet mir, dass ich seinem Großvater besser nicht gegenübertreten sollte. Es gab bestimmt noch einen anderen Weg, um in die Zukunft zu gelangen. Wenn mich schon nach ein paar Stunden jemand gefunden hatte, der wusste, dass ich nicht aus dieser Zeit kam, dann tauchten ganz sicher auch andere Menschen auf, die mir helfen würden. Hoffentlich weniger verrückte als dieses Exemplar vor mir.

»Du reist ohne dein Ross?« Eine männliche Stimme, die ziemlich belustigt klang, unterbrach unseren intensiven Augenkontakt.

»Tyr.« Mein Gegenüber seufzte auf. Er wandte mir der Rücken zu, drehte sich zu jenem Mann, der auf uns zulief. »Ich lasse Gullfaxi Gras fressen. Ich werde ohnehin gleich wieder bei ihm sein.«

Alles an Tyr erinnerte an einen waschechten Krieger. Er hatte nur mehr eine Hand, aber das ließ ihn nicht weniger gefährlich aussehen. Vielmehr klopfte mein Herz schneller. Zu meinem Glück interessierte ich ihn allerdings nicht die Bohne.

So unscheinbar wie möglich schaute ich mich um. Ich konnte beim besten Willen nicht sagen, wo wir uns befanden. Gerade eben hatte ich noch auf einer Wiese mit einer riesigen Esche gestanden. Und nun? Keine Ahnung, wie ich es beschreiben sollte, aber wir standen an einem Fleck, von dem verschiedene Abzweigungen in unterschiedliche Richtungen führten. Manche sogar steil nach oben, andere bergab.

Ich blendete das Gespräch der beiden Männer aus und sah aus dem Augenwinkel, dass ich von einer Abzweigung, die nach unten ging, nicht allzu weit entfernt stand. Wenn ich es wagte, dann schaffte ich es dorthin. Dieser Kerl, dessen Name mir noch immer unbekannt war, könnte mich nicht davon abhalten, wenn ich nur schnell genug lief.

Meine Augen huschten zurück zu den beiden Männern. Grinste mein Begleiter etwa? Ich blinzelte kurz, weil dieses Bild so ungewohnt und schräg war. Aber anscheinend kannten sich die zwei sehr gut. Sollten sie nur quatschen. In mir festigte sich nämlich im Moment nur mehr ein Gedanke. Flucht. Nur weg von diesem Irren, der von Zungen rausreißen sprach und ständig etwas tat, mit dem ich nicht einverstanden war. Nein danke, das brauchte ich nicht mehr. Ich war keinesfalls auf seine Hilfe angewiesen, denn ich war eine erwachsene Frau. Den Weg zurück in meine Zeit fand ich auch allein, deshalb trat ich leise einen Schritt zurück. Die Männer bekamen nichts davon mit. *Eindeutig nicht multitaskingfähig.*

Ehe ich es mir anders überlegen konnte, sprintete ich auf die Abzweigung zu. Womit ich allerdings nicht gerechnet hatte, war, dass ich plötzlich den Boden unter meinen Füßen verlor.

Ich fiel, fiel und fiel ...

Platsch.

Kälte umfing mich. Tausende kleine Nadelspitzen bohrten sich in meine Haut. Kurz war ich wie gelähmt, doch dann bewegten sich meine Arme und Beine automatisch hektisch nach oben. Ich strampelte mit den Füßen, um aufwärts zu gelangen. Für einen Moment zweifelte ich, wo überhaupt oben und unten war. Bewegte ich mich in die richtige Richtung? Der Sauerstoff in meinen Lungen wurde knapp. Todesangst erfasste mich. Der Muskelkater in meinen Beinen war vergessen, denn diese arbeiteten sich gehetzt in jene Richtung, die ich als die richtige vermutete. Ich bekam keine Luft. Eisiges Wasser war rundherum. Erreichte ich die Oberfläche? Bitte! Auf keinen Fall wollte ich hier ertrinken.

Mein Herz schlug mit einer immensen Geschwindigkeit. Das Adrenalin zeigte immer mehr seine Wirkung. Niemals hätte ich gedacht, dass sich mein Körper im Wasser so schnell bewegen konnte, vor allem mit so viel Kleidung am Leib, die sich schwer wie Blei anfühlte.

Als ich endlich die Wasseroberfläche erreichte, atmete ich geräuschvoll ein. Mein Herz raste in meiner Brust. Ich hatte es tatsächlich geschafft! Nach einigen Sekunden realisierte ich, dass ich in einem Süßwasser gelandet war. Ich schmeckte es auf meinen Lippen, als ich mit meiner Zunge darüberfuhr.

Meine Augen huschten nervös umher, ich konnte wenig erkennen. Es war einfach zu dunkel und ich hatte mich noch nicht an die Finsternis gewöhnt. Ich schaute kurz nach oben, denn ich dachte, dass ich dort vielleicht einen Lichtstrahl erblicken könnte, da ich schließlich heruntergefallen war, aber da war nichts. Hier war alles einfach nur dunkel.

Wie das möglich war? Keine Ahnung.

Wieso ich schon wieder nicht wusste, wo ich mich befand? Keine Ahnung.

Warum ich ständig in solche dämlichen Situationen geriet? Keine Ahnung.

Wie ich von hier fortkam? Keine Ahnung!

Keine! Ahnung!

Um nicht gänzlich in dem Gefühl der Panik zu ertrinken, schwamm ich drauflos. Es tat meinen Gliedern gut, denn wenn ich mich nicht bewegte, erfror ich in dem kalten Gewässer höchstwahrscheinlich. Ich versuchte einfach nicht daran zu denken, was für Ungeheuer und Tiere im Wasser lebten. Außerdem roch es seltsam. Nur konnte ich diesen unbekannten Duft nicht zuordnen, doch irgendetwas sagte mir, dass er nichts Gutes verhieß.

Nachdem ich einige Minuten ziellos vorwärts geschwommen war, spürte ich, dass sich das Wasser in eine Richtung bewegte. Ich folgte dem Strom und das endlose Nass entwickelte sich zu einer Art Fluss. Vorsichtig probierte ich, ob ich mittlerweile vielleicht stehen konnte, denn tatsächlich wirkte das Wasser hier sehr seicht. Ich richtete mich auf und mir entkam ein hysterisches Kichern. Das Wasser reichte mir nur mehr bis zu den Oberschenkeln, also hätte ich vermutlich schon längst mit dem Schwimmen aufhören können.

Sobald ich stand, umfing mich beißende Kälte. Im Wasser war es wärmer gewesen. Kurz überlegte ich, wieder zu schwimmen, doch meine Arme hingen erschöpft neben meinem Oberkörper, deshalb ließ ich es erst mal bleiben und versuchte mich an die kühle Luft zu gewöhnen.

Meine lockigen Haare klebten wie Alleskleber an meinem Körper. Der Wunsch nach einem Glätteisen war allerdings auf meiner imaginären Wunschliste weit, weit nach hinten gerutscht. Momentan gewannen andere Bedürfnisse die Oberhand.

Meine Augen hatten sich noch immer nicht mit der Dunkelheit abgefunden. Hier war es einfach viel zu finster. Kein einziger Funken Licht war irgendwo zu erkennen. Das Einzige, was ich in dieser Stille wahrnehmen konnte, war mein Körper, wie er sich im Fluss vorwärts bewegte. Das leise Plätschern beruhigte mich ein bisschen und so watete ich weiter durch das flache Gewässer. Meine Schuhe hatte ich während des Schwimmens verloren. Vielleicht aber auch als ich abgetaucht war. Jedenfalls war ich froh, dass meine Fußsohlen lediglich auf Schlamm trafen. Zum Glück hatte mich noch kein Fisch oder eine eklige Alge berührt, ansonsten würde ich gänzlich in Panik verfallen.

Ich fühlte mich einsam. Von allen Leuten verlassen. Dabei war ich es gewesen, die gegangen war. Einerseits wegen dieser dämlichen Wunderlampe und meines bescheuerten Wunsches, andererseits wegen meiner Flucht vor Mr. Mir-gehen-Frauen-am-Allerwertesten-vorbei.

Sämtliches Zeitgefühl war mir abhandengekommen. Ich könnte seit einer Stunde im Wasser unterwegs sein, genauso aber auch schon seit einem Tag. Ich hatte wirklich keinen Plan. Schon wieder war ich durstig und hungrig, aber ich wagte nicht, das Süßwasser zu trinken, weil ich keine Ahnung hatte, wo ich mich befand. Vielleicht würde ich diese Meinung nach weiteren Stunden überdenken, da ich schließlich nicht dehydrieren wollte.

Meine Hände ertasteten auf einmal anstelle des Wassers einen Zaun. Ich berührte ihn. Er fühlte sich wie ein nullachtfünfzehn Maschendrahtzaun an. So einer, wie ihn unsere Nachbarn besaßen. Ich konnte noch immer beinah nichts sehen, doch wenn ich meine Augen maximal anstrengte, nahm ich vereinzelt Konturen des Zauns wahr. Zaghaft rüttelte ich daran. Der Lärm, der durch das Rütteln verursacht wurde, hallte in meinen Ohren nach.

»Hallo?«, fragte ich mutig in die Dunkelheit. Wenn es

einen Zaun gab, dann bestand durchaus die Möglichkeit, dass sich Menschen in der Nähe befanden, auch wenn ich es bei dieser Kulisse stark bezweifelte. Anstelle einer menschlichen Antwort, vernahm ich ein kehliges Knurren. Das vibrierende Geräusch ließ mich augenblicklich erschaudern.

Ich wich einige Schritte vom Zaun weg. Vielleicht war er nicht grundlos aufgezogen worden? Eventuell bewahrte er dumme Menschen wie mich davor, dem knurrenden Tier näher zu kommen? Wenn ich raten müsste, dann würde ich auf einen riesigen Hund tippen. Aber in dieser Finsternis sah ich nur schwer meine eigene Hand vor dem Gesicht. Obwohl, wenn ich ehrlich war, wollte ich das Tier nicht einmal ansehen müssen. Ein immer lauter werdendes Scharren kündigte das Näherkommen dieses Ungeheuers an. Vielleicht waren es seine Krallen? Und wieso ein Scharren? Befand sich auf der anderen Seite des Zauns kein Wasser mehr?

Meine Gedanken überschlugen sich. Ich wollte nur noch weg von diesem unheimlichen Ort! Doch wohin? Und wie kam ich zurück? In diesem Augenblick hoffte ich sogar, dass mir Mr. Eiskalt-wie-ein-Stein zu Hilfe eilte, aber das passierte nicht. Und überhaupt: Ganz sicher war er froh darüber, meine Anwesenheit nicht länger ertragen zu müssen.

Zu dem kratzenden Geräusch mischte sich plötzlich noch ein anderes. Es klang fast so, als käme ein Mensch auf mich zu. Dann sah ich es. Ein Funken Licht. Eine Fackel. Sie wurde von jemandem getragen, der offenbar zwei gesunde Beine besaß und in meine Richtung marschierte. Das Scharren hatte aufgehört. Der Mensch kam immer näher, und als die Flammen der Fackel das Bild vor mir erhellten, wich mir sämtliche Farbe aus meinem ohnehin schon blassen Gesicht.

Eine Frau stand hinter dem Zaun, in einer Hand den Stock mit dem Feuer, mit der anderen streichelte sie über das Fell eines großen Hundes.

Wo fing ich bloß an?

Bei dem Hund, der der Frau bis zur Hüfte reichte und mich zähnefletschend anstarrte? Irrte ich mich oder war sein Fell mit Blut befleckt? Augenblicklich stieg mir ein metallischer Geruch in die Nase, was meinen Gedankengang nur bestätigte.

Oder sollte ich bei der Frau beginnen, die aus einem Horrorfilm entsprungen zu sein schien? Ihr Gesicht war seltsam zweigeteilt. Nicht einmal mit einem guten Halloween-Make-up-Tutorial bekam ich ihr Gesicht so hin. Auf der einen Seite sah sie wie eine hübsche, junge Frau aus. Die andere Seite war es jedoch, die mich in Schrecken versetzte. Sie erinnerte mich an die Leiche meines Großvaters vor ein paar Jahren, als ich ihn beim Begräbnis durch den Sarg gesehen hatte. Nichts Lebendiges war auf dieser Gesichtshälfte der Frau. Vielleicht hatte sie mit einer Krankheit zu kämpfen, von der ich einfach nichts wusste? Lebte sie deshalb so abgeschieden von den anderen Menschen? Fragen über Fragen ploppten in meinem Gehirn auf.

»Du bist ein atmender Mensch.«

Ihre Stimme klang freundlich und neugierig. Überhaupt nicht gruselig, so wie ich es mir ausgemalt hatte. Auf Anhieb erinnerte mich ihre Aussage an Mr. Namenlos. Er sprach von uns Menschen auch immer so, als wäre er kein Teil davon.

»Wie heißt du?«, wollte die Frau hinter dem Zaun von mir wissen. Dass sie tatsächlich die erste Person in dieser Welt war, die mich nach meinem Namen fragte, bescherte ihr sofort einen dicken Sympathiepunkt.

»Magnolia«, antwortete ich leise. Sie hatte mich gehört, denn es bildete sich auf Anhieb ein Lächeln um ihre Lippen.

»Magnolia, was machst du hier?«

»Ich habe ehrlich gesagt keine Ahnung, wo ich bin.«

»Du bist in meinem Reich. Aber keine Sorge, wenn du möchtest, lasse ich dich wieder gehen. Magst du trotzdem auf meine Seite rüberkommen? Dann können wir uns ein bisschen unterhalten. Es ist schon so lange her, seitdem ich mich anständig austauschen konnte.«

»Gerne, aber ...« Ich stockte und warf dem weiterhin zähnefletschenden Hund einen ängstlichen Blick zu. »Ehrlich gesagt macht mir der Hund Angst.«

»Oh.« Die Frau lachte hell auf. Sie wandte sich an ihren

Hund und schaute ihn bestimmend an. »Garm, ist gut. Gehe auf deine Position zurück.«

Der mit Blut besudelte Hund kehrte uns tatsächlich den Rücken zu. Damit hatte ich nicht gerechnet, doch diese Tatsache ließ mich die paar Schritte vorwärts zum Zaun zurückkehren.

»Mein Name ist übrigens Hel. Ich bin auf die Geschichte gespannt, wie du es in mein Reich geschafft hast. Menschen tun das für gewöhnlich erst, wenn sie sterben.«

Gänsehaut. Überall. Ihre Aussage ließ mich schlucken. »Ich bin weggelaufen und plötzlich gefallen. Danach fand ich mich im eiskalten Wasser wieder.« Ich verfluchte meine Stimme dafür, dass sie zitterte.

»So wie du es beschreibst, kommst du aus Yggdrasil, was aber unmöglich ist, da du ein Mensch bist.« Sie beäugte mich skeptisch, lächelte keine Sekunde später aber erneut.

Hel öffnete den Zaun für mich und ließ mich hindurch. Je näher ich ihr kam, desto mehr stieg ein unangenehmer Duft in meine Nase. Ziemlich sicher war sie das, da sie einerseits lebendig, andererseits tot wirkte.

»Yggdrasil?« Meine Stimme klang seltsam verloren in dieser Umgebung.

»Die Weltenesche.« Sie lachte auf. »Sag mir nicht, dass du nicht weißt, was das ist?«

»Ich weiß es nicht«, hauchte ich seltsam beschämt. Selbst im Geschichtsunterricht hatte ich noch nie davon gehört.

»Unser Weltenbaum.« Hel runzelte die Stirn. »Verrätst du mir, vor wem du weggelaufen bist?«

»Ich kenne seinen Namen nicht, aber er ist muskulös und kämpft mit einem Speer. Er wollte mich zu seinem Großvater bringen, nur, als er angefangen hat, Foltermethoden zu beschreiben, wollte ich einfach weg. Dann bin ich hier gelandet.«

Kurz überlegte Hel. Dann bildete sich ein wissendes Grinsen auf ihrem halb toten Gesicht. »Blonde oder braune Haare?«

Verdutzt starrte ich sie an. Kannte sie Mr. Ich-bin-etwas-

Besseres etwa persönlich? Wir hatten uns noch immer keinen Zentimeter vorwärts bewegt, aber nun forderte sie mich auf, ihr zu folgen.

»Blond. Obwohl ich beide Brüder kennengelernt habe. Weißt du etwa, von wem ich rede?«

»Natürlich weiß ich das. Es dauert bestimmt nicht mehr lange, dann taucht er hier auf. Wieso will Odin dich sehen?«

»Odin?«

»Ja, Odin. Sein Großvater.«

»Der Götterallvater?«, piepste ich.

»Genau der«, antwortete Hel, als wäre es das Normalste der Welt. »Also? Was will er von dir?«

Himmel! Wo war ich hier nur gelandet?!

7

DIE TOTENGÖTTIN

»Ich weiß es nicht«, stammelte ich auf Hels Frage, warum Odin mich sehen wollte. Der Gedanke, die nordischen Götter könnte es tatsächlich geben, ließ mein Hirn ganz matschig werden. Auf einmal wusste ich gar nichts mehr.

»Dann müssen wir wohl auf Magni warten, um es herauszufinden.«

»Magni?«

»Der Gott, vor dem du geflüchtet bist.« Ein helles Lachen erfüllte die Dunkelheit und kroch, begleitet von einem Schauder, von meinen Fingerspitzen bis zum kleinsten Zeh. »Das finde ich übrigens beeindruckend. Ich werde ihn auf *Leb*zeiten daran erinnern.«

Hatte sie ihn gerade als Gott bezeichnet?

»Wer bist du eigentlich?«

Als wüsste sie, dass ich damit nicht ihren Namen meinen konnte, da sie mir diesen ohnehin schon verraten hatte, blieb sie stehen. »Helheim ist mein Reich. Ich bin die Herrscherin der Unterwelt. Die Totengöttin, wenn du so willst.« Sie kicherte leise. »Alle Verstorbenen, die nicht von den Walküren nach Walhall gebracht werden, kommen zu mir. Mich interessiert es aber brennend, wer *du* bist. Alle Verstorbenen wissen, wer ich bin. Du bist zwar nicht tot, aber dennoch bei mir und hast keine Ahnung. Das macht dich interessant. Erzähl mir bei einem Trinkhorn Tee von dir. Ich bin durstig, und so wie du aussiehst, geht es dir gleich.«

Kurz war ich sprachlos. Hatte sie sich soeben als Totengöttin geoutet? Es erschreckte mich nicht einmal wirklich. Vielmehr wunderte ich mich über die Tatsache, dass ich es so gelassen hinnahm. Hatte ich innerlich schon damit gerechnet?

Wir ließen den Fluss hinter uns und liefen über einen steinernen Boden. Ich würde die Umgebung hier gerne beschreiben, allerdings sah ich weiterhin nicht sonderlich viel. Es war dunkel, kalt und neblig. Mit jedem gesetzten Schritt wurde es stiller, bis Hel vor der Tür zu ihrer Hütte stehen blieb. Würde jetzt eine Feder zu Boden segeln, wäre es vermutlich das lauteste Geräusch, das ich je gehört hatte.

Hel öffnete die Tür zu ihrer Hütte, steckte die Fackel in eine dafür vorgesehene Halterung und erhellte plötzlich mit unzähligen Flammen das Innere der Hütte. Gleichzeitig wurde mir wohlig warm.

Womit ich allerdings nicht gerechnet hatte, war, dass Hel in ihrem Heim nicht allein lebte. Eine junge Frau in meinem Alter stand mir plötzlich gegenüber. Sie trug keine Schuhe und ihre Kleidung war schmutzig, dunkel und ärmlich. Weiters konnte ich einen Mann erkennen, der im Kerzenschein blass wirkte. Der starre Ausdruck auf seinem kreidebleichen Gesicht ließ ihn an einen Vampir erinnern. Doch ehe mich ein mulmiges Gefühl beschleichen konnte, stellte mir Hel ihre beiden Mitbewohner vor.

»Das sind meine Magd Ganglot und mein Knecht Ganglati. Sie sind nicht sonderlich kontaktfreudig.« Hel wandte sich nun an die Magd, die mir noch immer beängstigend nah stand. »Hol uns Tee, und falls du Gebäck anfindest, bring es mit.«

Die Magd nickte knapp und verschwand dann aus der Haustür. Der Knecht stand noch immer wie angewurzelt an einem Fleck. Ich musterte ihn argwöhnisch.

Hel beobachtete mich schmunzelnd. »Beachte ihn einfach nicht. Setz dich doch.«

Ich kam ihrer Aufforderung nach und ließ mich auf einen hölzernen Stuhl plumpsen.

»Also, wer bist du?«, fragte Hel nochmals geradeheraus, nachdem sie sich auch gesetzt hatte.

Keine Ahnung, was der Grund dafür war, aber diese dämonisch aussehende Frau bereitete mir weniger Angst als die Wikingermänner an meinem ersten Tag. Ich zog Hel sogar dem Bauern vor, bei dem wir Greta gelassen hatten. Deshalb erzählte ich ihr meine Geschichte. Ich fing bei der bescheuerten Wunderlampe an und endete bei der Flucht vor meinem Mr. Namenlos, der mittlerweile allerdings schon einen Namen besaß. Falls Hel sich nicht täuschte und mein Mr. Ich-bin-etwas-Besseres nicht doch jemand anderes war, als sie dachte.

Ich nahm einen weiteren großen Schluck meines nach Kräutern duftenden Tees, den mir Hels Magd in der Zwischenzeit vor die Nase gestellt hatte, und beobachtete aufmerksam die Herrscherin der Unterwelt.

»Deshalb will Odin dich sehen. Denn eigentlich dürfen Menschen Asgard nicht betreten. Aber du kommst aus der Zukunft. Und das ist äußerst interessant.«

»Was ist Asgard überhaupt?«

Hels Mundwinkel wanderten nach oben. »Es wird Odin bestimmt nicht gefallen, dass du so wenig über uns weißt, aber mir gefällt das. Irgendwie.« Sie nahm ebenfalls einen Schluck von ihrem Getränk, ehe sie mir meine Frage beantwortete. »Asgard ist der Wohnort der Asen. Also jene Götter, die sich für etwas Besseres halten. Ich habe in meiner Jugend auch dort gelebt, aber Odin wollte mich und meine beiden Geschwister nicht mehr in seiner Nähe haben, weshalb er uns aus Asgard verbannt hat. Ich habe es noch am besten erwischt, denn ich darf mich die Herrscherin der Unterwelt nennen.«

»Wieso wollte Odin euch nicht mehr in Asgard haben?«

»Eigentlich war es ja nicht Odin allein. Keiner wollte uns dort haben, bis auf unser Vater natürlich. Aber nun ja, den will ja auch nicht jeder Ase in Asgard sehen.« Hel seufzte resigniert. »Wie dem auch sei, die Asen bekamen, so vermute ich, Angst vor uns. Anfangs dachte ich lediglich, dass ihnen meine Art unangenehm war, weil ich meistens eine schlechte Laune an den Tag gelegt habe. Aber weißt du, mein Bruder, der Fenriswolf, wurde von Tag zu Tag größer und stärker. Ich denke, das hat ihnen Furcht bereitet. Und meine Schwester Jörmungandr wurde auch immer mächtiger. Vielleicht kennst du sie unter dem Namen Midgardschlange.«

Ich schüttelte den Kopf. »Nein, ich kenne weder deinen Bruder noch deine Schwester.«

»Das macht nichts. Ich bezweifle außerdem, dass du sie jemals kennenlernen wirst. Mein Bruder wird auf einer Insel gefesselt gefangen gehalten und meine Schwester umschließt mit ihrem Körper bald ganz Midgard, sodass es ebenso unwahrscheinlich ist, dass du sie je siehst.«

Ich schluckte, denn der Wolf tat mir auf Anhieb leid. Was das für ein Leben sein musste? Tagtäglich auf einer Insel gefangen zu sein. Und überhaupt: Hel hatte zwei Tiere als Geschwister?

»Was ist Midgard?«, fragte ich, um das Bild eines traurigen Wolfes aus meinem Kopf zu drängen.

Hel lachte kurz auf. »Das ist die Menschenwelt. Von dort kommst du her.«

»Ich dachte immer, es gäbe nur uns. Vielleicht auch so etwas wie einen Gott im Himmel, aber nicht gleich mehrere.«

»Das ist die Naivität der Menschen.«

»Hey!«, entkam es mir empört, ich lachte aber gleich darauf. Auch Hel stieg in mein Lachen ein. Zwischen uns war es irgendwie harmonisch. Ich mochte Hel, obwohl sie gruselig aussah. Doch ihre Art war ganz anders, als ich es mir vorgestellt hatte.

»Ich frage mich, wie lange Magni noch braucht, bis er dich findet. So schwer ist das gar nicht. Gewiss ist es nicht leicht, sich in der Unterwelt zurechtzufinden, aber er ist ein Gott.« Sie lachte erneut. »Und du bist nur ein Mensch. Auch das werde ich ihm ewig vorhalten. Du warst um einiges schneller bei mir als er.«

»So wie du von ihm redest, kennst du ihn wohl gut?«

»Nicht wirklich, nein.« Hel seufzte, ehe sie noch einen Schluck nahm. »Als ich noch in Asgard lebte, hatten wir ein paarmal miteinander zu tun. Seitdem ich die Unterwelt regiere, war er kein einziges Mal hier. Er war nur einer der wenigen Asen, die ich mochte. Aber nun ja, er war damals noch ein Kind und ich im besten launischen Alter.«

»Ich kann nicht verstehen, dass du so wenig Besuch bekommst. Immerhin ist es mit dir sehr unterhaltsam.«

»Da bist du aber auch die Einzige, die so denkt! Nicht einmal mein Vater kommt mich besuchen.«

»Wer ist denn dein Vater?«, wollte ich neugierig wissen. Vielleicht sagte mir sein Name ja etwas. Schließlich konnte es doch nicht sein, dass ich absolut gar nichts über die nordischen Götter wusste. Ja, die Namen Odin, Loki und Thor waren mir nicht unbekannt, aber in der kurzen Zeit, die ich bei Hel verbrachte, hatte ich schon viel Neues gelernt. Dafür war ich der Totengöttin mehr als dankbar.

»Loki.«

»Loki?« Dass meine Stimme eine Oktave höher rutschte, passierte ganz unbeabsichtigt.

»So wie du seinen Namen aussprichst, hast du schon einmal von ihm gehört.« Hel zog die Augenbrauen fragend in die Höhe.

»Nun ja, ich weiß nicht viel. Aber ... Ich habe ehrlich gesagt keine Ahnung, wie ich es aussprechen soll.«

»Tu dir keinen Zwang an, ich kenne meinen Vater. Er ist hinterlistig, hat stets sein eigenes Wohl im Sinn und liebt es, andere in die Irre zu führen.«

»Oh ähm. Dann kann ich ja frei sprechen.« Ich räusperte mich. »Ich weiß nur, dass er nicht unbedingt einer der Guten ist. So wie du deinen Vater beschreibst, trifft das ziemlich genau auf das Bild zu, das ich bei seinem Namen im Kopf habe.«

»Lass uns nicht mehr darüber reden. Vielmehr würde mich interessieren, wie du in deiner Welt lebst. Erzähl mir ein bisschen davon. Oder von deiner Familie.«

So kam es, dass ich Hel einiges aus der Zukunft erzählte. Manche Dinge, wie ein Auto, musste ich genaustens erklären, weil es für Hel einfach unverständlich war, wie so etwas existieren konnte. Es tat unheimlich gut, in ihrer Hütte zu sitzen und mit ihr zu plaudern.

»Du musst wissen, dass es bei uns nicht üblich ist, Gewalt anzuwenden. In eurer Welt sehe ich das etwas anders, aber bei uns ist das ein absolutes No-Go, vor allem in der Erziehung. Eigentlich mache ich ja auch keine Witze darüber, aber die Geschichte ist nun einmal so passiert. Als meine Schwester drei Jahre alt war, da sprang sie gerne auf ihrem weichen Bett herum. Mama hatte sie jedes Mal aufs Neue darauf hingewiesen, dass sie das nicht tun sollte, da sie sich ernsthaft verletzen könnte. Natürlich war das meiner Schwester egal und es kam, wie es kommen musste. Irgendwann knallte sie mit ihrem Gesicht voran gegen das Kopfende des Bettes. Meine Schwester bekam dadurch ein fettes, blaues Auge. Die nächsten Tage waren wir einmal zu dritt im Supermarkt, und na ja, da war diese ältere Dame, die meine Schwester mit großen Augen anstarrte und sie besorgt fragte, wie das denn passiert sei. Und weißt du, was meine Schwester der Fremden geantwortet hat?«

Hel hing schon seit Stunden an meinen Lippen und schüttelte den Kopf. »Nein. Was hat sie denn geantwortet?«

»Ich habe nicht auf Mami gehört.«

Unser Kichern hallte an den Wänden der Hütte wider. Ich erhaschte einen Blick auf den Knecht, der noch immer unverändert an Ort und Stelle stand. Danach wanderten meine neugierigen Augen weiter zu der Magd, die ebenso amüsiert dreinblickte wie ihre Herrin.

»Zu gern würde ich deine Schwester kennenlernen. Aber vermutlich tue ich das irgendwann, auch wenn es bis dahin noch endlos lange dauert.«

Ich klappte meinen Mund auf, um etwas zu erwidern, als plötzlich Hels Haustür mit einem Knall aus den Angeln gerissen wurde und an der Wand gegenüber landete. Lautstark krachte sie zu Boden.

»Magni! Du ungehobelter Narr!« Hel sprang von ihrem

Stuhl auf und brauste wutentbrannt auf den Kerl im Türrahmen zu.

Ich schluckte einen dicken Kloß runter, denn der Ausdruck auf Magnis Gesicht – meinem ursprünglichen Mr. Namenlos – gefiel mir ganz und gar nicht.

Vor Wut schäumende Mondsee-Augen trafen auf meine. Seine dichten Augenbrauen waren gesenkt und die Lippen fest zusammengepresst. Seine Armmuskeln spannten sich unter der Haut an und ich sah, dass er eine Hand zur Faust ballte.

»Wie kannst du es wagen?«, rief er säuerlich in meine Richtung. Er wollte eintreten, doch Hel legte ihm ihre leichenblasse Handfläche an die Schulter und zwang ihn zum Stehen. Ich fand es ja beeindruckend, dass er auf sie hörte.

»Magni«, begann sie erstaunlich ruhig. »Du hast meine Tür ruiniert.«

Seine wütend funkelnden Augen lösten sich von mir, um in Hels Gesicht zu blicken. »Hel.« Er schluckte sichtbar. »Ich werde sie selbstverständlich sofort reparieren, aber zuerst muss ich diesen Menschen nach Asgard bringen. Wenn du also erlaubst?«

Er bat, eintreten zu dürfen. Interessant. Das hätte ich nicht von ihm erwartet. Vielleicht hatte Hel mehr Einfluss auf die Götter, als ich dachte. Schließlich war sie eine Herrscherin, und Magni ... Nun ja, ich wusste eigentlich kaum etwas über ihn.

»In diesem Zustand sicherlich nicht. Zuerst beruhigst du dich.«

»Das ist doch ein Scherz!«, entfuhr es ihm.

»Nein. Beruhig dich. Du kommst in mein Reich und stiftest Chaos. Wieso bist du überhaupt so sauer?«

»Weil sie weggelaufen ist!«

»Bei deinem Benehmen wundert mich das direkt. So was aber auch.« Ich konnte den Schalk aus ihrer Stimme heraushören. »Auf wen bist du denn sauer? Auf sie? Oder dich?«

Seine verengten Augen sahen wieder zu mir. Dann seufzte er ergeben. »Hauptsächlich auf mich«, gab er nach einigen schweigsamen Sekunden zu. Seine Antwort überraschte mich.

»Weißt du überhaupt, wie *dieser Mensch* heißt?«, wollte Hel als Nächstes von ihm wissen.

»Was interessieren mich die Menschen?« Magni blickte in Hels fragendes Gesicht. »Nein, ich weiß nicht, wie sie heißt! Ist das denn wichtig?«

»*Magnolia* und ich erzählten uns soeben lustige Anekdoten aus unserem Leben. Geselle dich zu uns. Ganglot, hol meinem neuen Gast ein Trinkhorn.« Die Magd machte sich auf der Stelle auf den Weg.

»Wieso? Aber nein! Ich habe es eilig. Und sie wird mich begleiten!« Dabei deutete Magni auf mich.

»Du vergisst, bei wem du zu Besuch bist!«

In Magnis Augen flackerte Erstaunen auf. Doch wider meiner Erwartung nickte er und trat schließlich ein. Er ließ sich in klatschnassen Klamotten auf einen Stuhl mir gegenüber sinken und betrachtete mich stumm. Wäre ich ein Rotwild und er ein hungriger Wolf, würde ich ohne zu zögern die Flucht ergreifen, so intensiv bohrte sich sein Blick in mein Gesicht.

»Hat es dir jetzt die Sprache verschlagen?«, wollte Hel belustigt von ihm wissen. Sie nahm ebenfalls Platz.

»Ihr erzählt euch Geschichten. Lasst euch durch mich nicht stören.« Er verschränkte seine muskulösen Arme vor der Brust und begaffte mich ungeniert weiter. Sein durchdringender Blick war mir mehr als unangenehm, dennoch versuchte ich ihn tapfer zu ignorieren.

»Weißt du, was Magni getan hat, als er gerade einmal drei Winter alt war?« Hel sah mich fragend an und ich schüttelte den Kopf. Woher sollte ich es auch wissen? »Möchtest du die Geschichte erzählen?« Sie warf dem Neuankömmling mit hochgezogenen Augenbrauen einen Blick zu.

»Du weißt es echt, mich zum Reden zu bringen.« Magni wollte anscheinend angepisst klingen, es gelang ihm jedoch nicht allzu gut.

»Ich kann die Geschichte gerne für dich erzählen, aber bei mir wäre sie lediglich aus zweiter Hand. Die Verstorbenen plaudern gerne.«

Magni stieß einen Laut aus, der mich an ein Knurren erinnerte. »Dann hörst du die Geschichte nun auch zum ersten Mal richtig.« Seine Augen wanderten von Hel zurück zu mir. »Es war so. Hrungnir und ...«

Weiter kam er nicht, weil er von der Totengöttin unterbrochen wurde. »Hrungnir ist ein Riese«, klärte sie mich auf. »Erzählst du nun die Geschichte oder ich?«

»Du. Aber Magnolia weiß nicht, wer Hrungnir ist.«

Magni verdrehte die Augen und begann von Neuem: »Hrungnir, *ein Riese*, und Odin trafen aufeinander. Sie kamen in einen Streit, weil, nun ja, mit Riesen hat man meistens einen Grund zum Streiten.«

»Mich wundert es ja, dass du so abschätzig von den Riesen sprichst, wo deine Mutter auch eine ist. Dein Vater ist ohnehin ein Widerspruch in sich. Einerseits verachtet er die Riesen mehr als jeder andere Gott, andererseits zeugt er zwei Kinder mit einer Riesin. Dass du mittlerweile auch so denkst, war mir nicht klar, obwohl es das wohl hätte sein müssen.« Hel fiel ihm schon wieder ins Wort, was Magni nicht passte. Zumindest wenn ich seinen Gesichtsausdruck richtig deutete.

»Kann ich die Geschichte nun weitererzählen oder möchtest du über meine Familie quatschen?«

»Natürlich, erzähl weiter.«

»Also, sie stritten. Es ging darum, wer von den beiden das schnellere Ross besaß. Du musst wissen, dass Gullfaxi damals noch Hrungnir gehört hat«, wandte er sich an mich. »Aber gegen Sleipnir gewinnt eben kein Pferd. Nicht einmal mein lieber Gullfaxi, wenngleich er richtig schnell sein kann, wie du schon mitbekommen hast.«

»Ja. Darauf kann ich in Zukunft allerdings liebend gerne verzichten«, meinte ich.

»Wir werden sehen«, war alles, was Magni darauf erwiderte. »Jedenfalls gewann Odin, jedoch lud er den Riesen zu sich nach Asgard ein. Hrungnir war aber ein dämlicher Riese, so wie die meisten von ihnen. Meine Mutter ist davon selbstverständlich ausgeschlossen.« Dabei schaute er Hel an, deren Mundwinkel belustigt nach oben zuckten. »Jedenfalls betrank er sich und erzählte allen Anwesenden, dass er die beiden schönsten Göttinnen Freyja und Sif entführen, Walhall nach Jötunheim tragen, Asgard versenken und sämtliche Asen tot sehen wollte.«

»Darf ich kurz unterbrechen?« Magni überdrehte bei Hels Frage die Augen, denn sie wartete ohnehin keine Antwort von ihm ab. »Jötunheim ist die Heimat der Bergriesen«, erklärte sie mir. »Und weißt du überhaupt, was Walhall ist?«

Als ich den Kopf schüttelte, entfuhr Magni ein verächtliches Schnauben. Hel und ich ignorierten ihn aber gekonnt und so erzählte sie mir von Walhall.

Die Einherjer lebten in Walhall. Das waren ehrenvoll gefallene Krieger, die von den Walküren – wunderschönen Geisterfrauen – durch einen Kuss nach Walhall gebracht wurden. In Walhall konnten sie sich gegenseitig bekämpfen, ohne zu sterben. Denn sollten sie ernsthaft verletzt werden, eilte eine Walküre herbei, küsste den Mann und schwups war er wieder auf den Beinen. Die Männer hatten dort noch ein schönes weiteres Leben. Sie bekamen zu trinken, zu essen und auch für Unterhaltung wurde gesorgt. Die gefallenen Männer wurden deshalb nach Walhall gerufen, weil Odin eine Armee aufstellen wollte, die bei der großen Schlacht – Ragnarök – an seiner Seite kämpfte. Es wurde für jeden Krieger als Pflicht angesehen, ein Leben nach dem Tod in Walhall anzustreben und somit als ehrenvoller Krieger zu sterben. Zu Hause an Altersschwäche ins Gras zu beißen, um nach Helheim anstelle von Walhall gebracht zu werden, glich in dieser Zeit einer Tragödie. Wieder einmal wurde mir vor Augen geführt, wieso ich mein Leben in der Zukunft bevorzugte.

Ich fühlte mich wie im Geschichtsunterricht damals in der Schule. Nur, dass dieses *damals* eigentlich nicht so lange her war. Wenn man es allerdings aus meiner jetzigen Perspektive betrachtete, dann war dieses *damals* noch nicht einmal passiert. Ich war eigentlich noch gar nicht am Leben.

Weil ich Hel bei dem Namen *Ragnarök* nur mit großen Augen angestarrt hatte, erklärte sie mir auch diesen Begriff. Ragnarök sollte eine Schlacht sein, die zum Ende der Welt führen und einige Götter das Leben kosten würde. Odin sah diese Schlacht kommen, weil er anscheinend allwissend war. Nur wenige Götter sollten diesen Kampf überleben.

»Kann ich jetzt endlich weitererzählen?«, fuhr Magni Hel irgendwann ins Wort. Sie stockte und belächelte ihn.

»Natürlich. Ich habe nur so selten Besuch und es macht mir unglaublich Spaß, Magnolia von unserer Welt zu erzählen. Für alle anderen Toten in meinem Reich ist das ja kein neues Thema, aber Magnolia weiß so wenig von uns, dass es erstaunlich ist.«

»Oder beängstigend.«

»Das auch. Irgendwie«, stimmte Hel ihm zu.

»Jedenfalls, nachdem Hrungnir die Drohungen ausgesprochen hatte, holten die Asen meinen Vater Thor«, dockte Magni ohne Umschweife dort an, wo er aufgehört hatte.

»Thor ist dein Vater?«, stieß ich überrascht aus.

»Warum kann ich mit euch Frauen keine anständige Unterhaltung führen, ohne dauernd unterbrochen zu werden? So macht das Geschichten erzählen keine Freude! Und ja, Thor ist mein Vater!«

»Damit hätte ich bloß nicht gerechnet. Erzähl weiter«, forderte ich ihn auf, denn Hel und ich hatten ihn tatsächlich schon sehr oft unterbrochen. Da seine Nerven an einem seidenen Faden zu hängen schienen, versuchte ich, nicht mehr dazwischenzureden.

»Ich werde mich jetzt kurzfassen, um vielleicht eine Möglichkeit zu haben, zu Ende zu erzählen.« Er stieß einen langen Seufzer aus. So ein Götterleben war schon hart! »Thor und Hrungnir kämpften gegeneinander, bis Hrungnirs Haupt durch Mjölnir – Thors Hammer, falls du das auch nicht weißt – zerschmettert wurde. Tja, und weil mein Vater verletzt wurde und unter dem Bein des Riesen begraben war, kam *ich* endlich ins Spiel.« Seine Zähne blitzten bei seinem arroganten Lächeln hervor. Ich konnte mir ein kleines Grinsen nicht verkneifen, weil er so voller Enthusiasmus schien. »Ich war gerade einmal drei Winter alt, als ich den Fuß des Riesen zur Seite beförderte und meinem Vater das Leben rettete! Zum Dank habe ich Hrungnirs Hengst bekommen. Seither gehört Gullfaxi mir.«

»Das ist beeindruckend«, bemerkte ich.

Kaum zu glauben, aber durch die paar Stunden bei Hel hatte ich viel mehr gelernt als die letzten Stunden mit Magni allein. Wären wir nicht nach Helheim gekommen, hätte ich auch nicht mitbekommen, dass Magni anders sein konnte, als ich ihn bis jetzt kennengelernt hatte.

Eigentlich wollte ich nicht fort von hier, aber irgendetwas sagte mir, dass es langsam an der Zeit war aufzubrechen. Hel konnte es an meinem Blick erkennen, als ihre Augen auf meine trafen.

»Bevor ihr geht, musst du die Tür richten«, forderte Hel. Sie schaute Magni an, der einen gequälten Gesichtsausdruck an den Tag legte.

»Ich hätte *sie* zuerst zu Odin gebracht und würde danach noch einmal, wegen der Tür, zu dir kommen.«

»Du lässt mich wirklich allein?«, fragte ich.

Hel antwortete ihm zeitgleich: »Bestimmt nicht! Du hast sie an die Wand geschmettert, also kannst du sie wieder richten! Jetzt.«

Magni stand ergeben von seinem Stuhl auf und ächzte dabei unüberhörbar auf. Tatsächlich ging er zu der gefallenen Tür und hob diese hoch, als würde sie nicht mehr als das Trinkhorn voll Tee wiegen. Meine Aussage ließ er allerdings zu meinem Bedauern unkommentiert.

Er versuchte die Tür in seine rechtmäßige Position zu bringen, doch es schien nicht ganz so einfach zu sein, wie er sich das vorgestellt hatte. Die Tür machte ihm ganz schön zu schaffen. Immer wieder stieß er Flüche aus, die definitiv nichts für Kinderohren waren.

»Wer etwas kaputt macht, muss es eben auch wieder reparieren«, tadelte Hel. Sie wandte sich erneut an mich und fragte, ob ich noch etwas trinken wollte.

»Danke, lieber nicht. Der werte Herr hier hat es schon sehr eilig.« Ich warf einen bissigen Blick in Magnis Richtung, den er aber nicht bemerkte. »Vielleicht könnte ich etwas von dem Gebäck mitnehmen?«

»Natürlich. Ich lasse dir von meiner Magd etwas zum Mitnehmen zusammenstellen.«

Wenig später war ich mit einer kleinen Ledertasche ausgestattet, die das Gebäck beinhaltete. Für die Tasche, die ich quer über dem Oberkörper trug, war ich Hel sehr dankbar, denn endlich hatte ich auch in dieser Zeit etwas, wo ich meine Sachen verstauen konnte. Auch wenn es kein Handy, Make-up oder sonst was aus der Zukunft war.

»Danke für deine Gastfreundschaft.«

Hel winkte ab. »Ich würde mich sehr freuen, wenn du mich demnächst wieder besuchst. Aber sollte ich dich erst zu Gesicht bekommen, wenn du tot in mein Reich kommst, dann sei gewiss, dass ein einzigartiger Platz hier auf dich wartet. So oder so, ich freue mich auf dich.«

Ich wusste nicht recht, was ich auf diese Aussage antworten sollte, und entschied mich für ein abgehacktes Nicken. Dann fragte ich noch: »Wie kommen wir eigentlich zurück?«

»So wie ihr hergekommen seid«, beantwortete die Totengöttin meine Frage.

»Hel, dort draußen ist es stockdunkel. Wie sollen wir da wieder hinausfinden?« Magni hatte gesprochen und die Tür wieder in ihre rechtmäßige Form gerückt. Jetzt trat er neben uns. »Es wird bestimmt noch einen anderen Ausgang geben.«

»Klar.« Hel lachte kurz auf. »Aber den kenne nur ich. Es tut mir leid, nur dort geht niemand anderes ein oder aus.«

»Hel!« Magni warf die Arme theatralisch in die Luft, ergab sich aber schließlich seinem Schicksal. Er drehte sich nun zu mir. »Wir müssen los. Anscheinend dürfen wir noch einmal schwimmen.«

Bei seiner Bemerkung dachte ich lediglich an das Gebäck in meiner Tasche. Ich wollte nicht, dass es aufgeweichte. Aber bis es so weit war und wir tatsächlich wieder in Klamotten schwimmen mussten, dauerte es ja noch eine Weile.

Hel begleitete uns bis zum Zaun, wo sie uns zurück in das

kalte Nass schickte. Sonderlich erfreut war ich darüber nicht. Als meine Zehenspitzen den schlammigen Boden berührten, verzog ich mein Gesicht zu einer komischen Grimasse. Danach drehte ich mich ein letztes Mal zu der Herrscherin der Unterwelt um und lächelte ihr dankbar entgegen. Selbst wenn ich über die Art der Rückkehr aus dem Totenreich nicht glücklich war, war es eine nette Zeit hier unten gewesen. Würden Hel und mich nicht wortwörtlich verschiedene Welten trennen, könnte ich mir durchaus vorstellen, mit ihr befreundet zu sein.

Magni und ich waren in ein minutenlanges Schweigen verfallen. Beide wussten wir anscheinend nichts mit dem anderen anzufangen. Am liebsten wollte ich ihn noch einmal fragen, ob er bei mir bleiben konnte, wenn ich seinen Großvater, den Götterallvater, besuchte, doch ich wollte nicht lächerlich erscheinen. Schließlich hatte ich ihn schon zu oft deswegen gefragt und nun war ich mir zu stolz dafür. Vermutlich bekäme ich sowieso keine Antwort von ihm.

Wir wateten durch das Wasser und eine Zeit lang war nur das Plätschern unserer Schritte zu hören. Ich hatte keine Ahnung, wie wir es wieder hinaus schaffen sollten, aber ich hoffte einfach, dass Magni es wusste.

»Dein Name ist also Magnolia?« Als seine tiefe Stimme durch die Dunkelheit hallte, zuckte ich zusammen. Ich nickte, wurde mir aber keine Millisekunde später bewusst, dass er es nicht sehen konnte.

»Ja«, lautete meine einsilbige Antwort.

»Ich kenne niemanden, der so heißt. Es ist ein schöner Name und er passt zu dir.«

»Oh, danke.« War das soeben ein Kompliment von meinem Mr. Ich-bin-immer-grantig gewesen? Jedenfalls führte es dazu, dass meine Mundwinkel nach oben schossen. Davon, dass Magni eine Konversation begonnen hatte, mutig geworden, wollte ich nicht wieder in diese Stille verfallen. »Bist du ein Halb-Riese?«

War es paradox, dass ich ihn lächeln *hörte*? Ging ich so nah neben ihm? Diese Tatsache ließ mein Herz schneller klopfen.

»Schon, ja. Aber Riesen nennt man in Asgard eigentlich Jöten. Nur falls Odin irgendetwas in diese Richtung erwähnt, dann solltest du das vielleicht wissen. Aber ja, da meine Mutter eine Riesin ist und mein Vater ein Ase, bin ich beides.«

»Im Gegensatz zu den Menschen hier bin ich auch ziemlich groß. Denkst du, Odin wird mich für eine Halb-Riesin halten?«

»Das weiß ich nicht, aber ich kann dir ohnehin nicht sagen, was Odin denkt. Er ist allwissend. Und das ist ein Geschenk sowie eine Bürde gleichzeitig.«

Ich wusste nicht, woher der plötzliche Redefluss meines Begleiters kam, aber ich wollte mich nicht beschweren. So kam ich noch zu einigen wertvollen Informationen, die mich besser in dieser Welt zurechtfinden ließen.

»War er immer schon allwissend?«

»Nein.« Magni blieb stehen und ich spürte seinen Blick auf mir, obwohl ich sonst nichts als Finsternis wahrnahm. »Erst als er aus der Quelle der Weisheit trank, erhielt er seine Allwissenheit. Freilich hat alles seinen Preis und Odin opferte dafür eines seiner Augen.«

»Er hat nur mehr ein Auge?«, fragte ich entsetzt.

»Nur mehr das rechte, ja.«

»Das muss furchtbar schmerzhaft gewesen! Er tat es, nur weil er Wissen erlangen wollte?« Ich war ehrlich schockiert.

»Er hat es sich sogar selbst entnommen.«

»Oh Gott! Erzähl mir bloß nicht mehr davon. Das ist abartig!«

Magnis kehliges Lachen ging mir bis in die Knochen. Selbst jetzt noch, wo ich schon so einiges von diesem Kerl wusste, reagierte mein Körper eigenwillig. Sein Lachen war so ansteckend, dass meine Mundwinkel nach oben wanderten, selbst nach dem verstörenden Gespräch von eben. Meine Hände wurden feucht, obwohl es hier arschkalt war. In mir machte sich eine ungewöhnliche Nervosität breit, die ich dennoch allzu gut kannte.

Verdammt, das hier war ein ernst zu nehmender, medizinischer Notfall! Eine schlimme Diagnose! Mein Herz schlug Saltos, meine Haut kribbelte und in meinem Bauch flatterten hunderte dämliche Schmetterlinge. Nur wegen dieses Lachens.

Ich wollte diesen Typen *nicht* anziehend finden! Absolut nicht. Nichts an ihm. Mein verräterischer Körper sendete falsche Signale!

Gott, war ich froh, dass mich dieser Halb-Riese im Moment weder sehen noch meinen donnernden Herzschlag hören konnte. Was würde ich dafür geben, auf der Stelle in mein Zimmer zu Hause teleportiert zu werden! Abgesehen davon, dass mich Magni nicht ausstehen konnte, und ich eigentlich auch nicht sonderlich viel von ihm hielt, war er ein Gott. Ein Gott aus einer anderen Zeit obendrein. Und ich war eine junge Frau, die nichts lieber wollte, als endlich wieder inmitten ihrer Familie zu sein. Ich würde sogar auf Dschafar aufpassen, wenn es nötig wäre. Ihn auch adoptieren, sollte dies die Bedingung sein. Aber ganz bestimmt wollte ich nicht in dieser Vergangenheit leben.

»Wie bist du eigentlich in die Vergangenheit gereist?« Magni holte mich mit seiner Frage in das Hier und Jetzt zurück.

»Das ist eine lange und bescheuerte Geschichte.«

»Wir gehen noch eine Weile durch das Wasser. Wir haben Zeit.«

»Ja, vor allem, wenn wir noch länger herumstehen. Wieso bist du überhaupt stehen geblieben?«

»Weil ich mich bei dir entschuldigen wollte. Das erschien mir während des Gehens unangebracht.«

Verdutzt starrte ich dorthin, wo ich sein Gesicht vermutete. »Weswegen wolltest du dich entschuldigen?«

»Zuerst dafür, dass ich Gullfaxi in den Galopp geschickt habe. Schließlich wusste ich, dass du es nicht magst. Nur hielt ich dein Gerede einfach nicht länger aus. Das ist aber scheinbar deine Art und es liegt nicht an mir, dies zu ändern. Außerdem dafür, dass ich es zu spät mitbekommen habe, dass du geflohen bist. Wäre ich nicht von meinem Onkel abgelenkt gewesen, wären wir nun nicht in diesem Schlamassel.«

»Na ja ...«, begann ich, wusste allerdings nicht so wirklich, was ich darauf erwidern sollte. »Ich mag Hel und bin froh, hier gelandet zu sein. Durch Hel habe ich so viel über euch erfahren. Vor allem auch, dass du ein ... Gott bist.« Die letzten beiden Wörter piepste ich eher, als dass ich sie normal betonte. Es war einfach seltsam, es laut auszusprechen.

»Dass du also öfter *Oh Gott* sagst, ist gar nicht auf mich bezogen?« Ich hörte eindeutig den Schalk aus seiner Stimme, weshalb ich leise gluckste. Danach machte ich die ersten Schritte weiter, damit wir nicht allzu lange in diesem Gewässer verweilten. Auch wenn ich Hel mochte, dieses kalte, finstere Wasser war mir trotzdem nicht ganz geheuer.

»Nein, es ist eher eine Redewendung, die ich öfter anwende.«

»Eine äußerst bizarre Redewendung.«

»In meiner Zeit ist sie eigentlich ganz geläufig.«

Magni ging wieder neben mir her. »Was uns wieder zu meiner vorherigen Frage bringt, bei der ich wissen wollte, wie du es geschafft hast, in unsere Zeit zu reisen.«

Ich seufzte auf. »Na gut. Es hat mit Blondinenwitzen, einem kleinen Chihuahua und einer magischen Wunderlampe zu tun. Ach ja, und der Tatsache, dass mich diese Kombination sehr wütend gemacht hat.«

8

GEFÜHLSCHAOS

Ich erzählte Magni von meinem miesen Tag, an dem ich in die Vergangenheit gereist war. Es war erstaunlich, aber Magni hörte mir aufmerksam zu. Er stellte mir zwar ein paar Zwischenfragen, doch das erschien mir nur gerecht, da Hel und ich ihn bei seiner Erzählung mindestens genauso oft unterbrochen hatten. Außerdem konnte ich verstehen, dass er neugierig bezüglich meiner Welt war.

»Was ich noch immer nicht verstehe, ist, wieso sich die Menschen in deiner Zeit über deine Haarfarbe lustig machen. Wie du weißt, habe ich dieselbe Farbe. Aber dein Haar ...« Magni machte eine Pause. »Auch wenn es momentan dunkel um uns herum ist, sehe ich im Geiste deine langen Locken im Sonnenlicht glänzen. Sie gleichen beinah Gullfaxis Mähne.«

»Oh. Danke«, hauchte ich überwältigt von seinen Worten.

»Dein Haar ist wundervoll. Besonders diese Locken.«

»Ich mag meine Locken nicht. Deshalb glätte ich sie daheim immer«, erwiderte ich hastig, weil mir sein Kompliment irgendwie unangenehm war.

»Wieso magst du deine Locken nicht?«

»Ich ... ähm. Weißt du, mein Ex-Freund Lukas und ich waren einige Jahre zusammen. Im Nachhinein gesehen waren wir nicht oft einer Meinung, aber bezüglich meiner Haare schon. Sie sehen einfach so viel besser aus, wenn sie glatt sind. Es lässt mich weiblicher wirken. Sexy. Verstehst du?«

»Nicht wirklich, nein. Ich mag Locken und ich finde dich *sehr* weiblich. Sie lassen dich natürlich wirken, gleichzeitig auch abenteuerlich. Das ist spannend sowie verführerisch zugleich.«

Ich blinzelte ein paarmal. Seine Antwort ließ mein Herz wieder schneller gegen meinen Brustkorb schlagen. Vermutlich schoss mir Röte ins Gesicht, die zum Glück niemand sehen konnte. Wir sollten schleunigst über etwas anderes reden! Diese Finsternis machte mich verrückt. Das musste der Grund für mein Gefühlschaos sein, dessen war ich sicher. Es hatte rein gar nichts mit Magni zu tun. Zumindest versuchte ich es mir einzureden …

»Wir haben genug über meine Haare geplaudert. Hast du einen Plan, wie wir hier rauskommen?«

»Grob, ja. Ich schätze, wir müssen einfach nach einem Lichtstrahl Ausschau halten.«

»Oh.« Es konnte sich also um Stunden sowie nur um Minuten handeln. Großartig.

»Ja, *oh*.«

»Wieso bist du plötzlich so nett zu mir?« Eigentlich wollte ich diese Frage nie laut aussprechen, aber, wie so oft, war mein Mundwerk schneller.

»War ich das etwa nicht schon immer?« Die Ironie in seiner Stimme war kaum zu überhören. »Aber vielleicht beeindruckt es mich, dass du mit der Totengöttin so gut auskommst. Oder vielleicht interessiert mich die zukünftige Welt so sehr.«

»Hm.« War Ersteres indirekt ein weiteres Kompliment von ihm gewesen?

»Mach es einem Gott nicht so schwer.«

»Was?«

»Sich einzugestehen, dass er einen Menschen mag.«

Mein Herz setzte für einen Schlag aus. Wann war das denn passiert?

»Du magst mich?«

»Eventuell.«

»Wieso beantwortest du mir dann nie die Frage, ob du mich bei deinem Großvater wirklich allein lässt?«

»Weil die Entscheidung nicht bei mir liegt. Odin ist der Götterallvater. Er ist mächtiger als alle anderen Asen. Ich werde mich ihm nicht widersetzen.«

»Hast du solche Angst vor ihm?«

»Ich habe Respekt vor ihm. Das ist etwas anderes.«

In mir schnürte sich etwas zusammen. Auf diese Gefühlsachterbahn konnte ich echt verzichten. Einerseits wollte ich nicht mit Odin allein sein, weil *ich* Angst vor ihm hatte, andererseits verletzte es mein trügerisches Herz, dass Magni mich mochte, aber mich dennoch allein lassen würde.

Nach einer endlosen Zeit, in der wir beide miteinander gesprochen hatten, verfielen wir wieder in ein Schweigen. Nur, dass es dieses Mal beinah unerträglich war. Ich hing meinen Gedanken nach und malte mir aus, wie Odin wohl sein mochte. Deshalb faltete ich gedanklich meinen imaginären rosa Notizzettel ein weiteres Mal auseinander und listete einige Punkte auf. Auch wenn ich noch sehr wenig über Magnis Großvater wusste, so half es mir, etwas runterzukommen, wenn ich nochmals alles durchging.

Punkt eins: Odin besitzt nur mehr ein Auge, da er sich das andere selbst entnommen hat. Er ist gierig nach Wissen und hat sein Auge der Weisheit geopfert.

Anscheinend wusste er seit diesem Zeitpunkt einfach alles, was ich ja nicht so recht glauben wollte.

Punkt zwei: Er stellt eine Armee zusammen, die bei der letzten großen Schlacht – Ragnarök – an seiner Seite kämpfen soll. Diese tote Armee wohnt in seiner Welt und nicht in der Unterwelt.

Punkt drei: Odin lebt in Asgard, unser Ziel, das wir momentan vor Augen haben.

Oder wie auch immer, denn sehen konnte ich momentan rein gar nichts.

Punkt vier: Er ist Mitschuld daran, dass Hel in der Unterwelt leben muss. Zwar hat sie hier ihr eigenes Reich und sie herrscht über sehr viele Tote, dennoch hat er sie verbannt.

Genauso wie ihren Bruder und ihre Schwester. Dabei haben sie, laut Hel, gar nichts verbrochen.

Ob das mit dem Wissen zusammenhing, das er besaß?

Punkt fünf: Sein Pferd, das noch schneller rennen kann als Gullfaxi, heißt Sleipnir.

Ich war schon sehr gespannt, wie es aussah. Gleichzeitig war ich sicher, dass ich niemals auf diesen Rücken steigen würde.

Punkt sechs: Er ist der Vater von Thor, dem Donnergott. Und der Großvater von Magni und seinem Bruder.

Ehe ich meine erdachte Liste fortführen konnte, stieß mein Begleiter ein erleichtertes Seufzen aus. Dann sah auch ich ihn. Endlich. Einen Lichtstrahl. Wir wollten weitergehen, doch spürten beide, dass wir ab hier schwimmen mussten.

»Na großartig«, murmelte ich.

»Du hast es beim ersten Mal auch geschafft«, erwiderte Magni.

»Es ist ja nicht so, als ob ich nicht schwimmen könnte, aber mit Kleidung ist es einfach so mühselig.«

»Ich verstehe dich. Zwar bin ich stark und könnte uns ohne Probleme hinüber bringen, nur bin ich kein guter Schwimmer. Solange du nicht schlechter bist als ich, bist du ohne mich besser dran. Sobald wir aber unter dem Lichtstrahl neben der Felswand sind, kletterst du auf meinen Rücken, damit ich uns beide sicher nach oben bringen kann.«

»Du kannst nicht gut schwimmen?«

»Nein. Bist du nun bereit?«

»Ja.« Eigentlich war ich es nicht. Aber ich hatte ohnehin keine andere Wahl. Schließlich wollte ich nicht ewig in diesem kalten Wasser bleiben.

Die lederne Umhängetasche wickelte ich mir ein paarmal wie ein Haarband um den Kopf, immerhin wollte ich vermeiden, dass das Gebäck feucht wurde. Und dann begab ich mich, kurz nach Magni, in das kühle Nass.

Meine Beine waren diese Eiseskälte schon gewohnt, doch mein restlicher Körper wurde erneut von tausenden Nadelspitzen attackiert. Zischend sog ich die Luft ein und erinnerte mich tapfer an die Schwimmbewegungen. Der helle Lichtstrahl war mein Ziel und spornte mich an.

Vor mir hörte ich Magni plätschern. Ich konnte ihn zwar nicht sehen, aber ich hörte, wie unkontrolliert seine Bewegungen während des Schwimmens waren. Deshalb war ich mehr als nur froh, als wir beide endlich unter den Lichtstrahl kamen und ich jetzt nicht auch noch zur Rettungsschwimmerin befördert werden musste.

Ich fühlte mich bei dem Gedanken, auf seinen Rücken zu klettern, ziemlich unwohl. Aber vermutlich war dies die beste Lösung, denn der Lichtstrahl verschwand auf der Stelle, wenn ihn jemand passierte. Und wir beide sollten nicht schon wieder an unterschiedlichen Stellen herauskommen, auch wenn ich den Gedankengang an Flucht noch nicht gänzlich abgeschlagen hatte. Obwohl mein Bauchgefühl dagegen war, Odin kennenzulernen, war ich sehr interessiert an ihm.

»Ich passe auf, dass du nicht fällst. Versprochen. Also, komm.«

Wie er sich einfach mit den Händen – der ganze Körper klatschnass – an die Steinmauer krallte, die steil hinauf zum Lichtstrahl führte, ließ mein Herz schneller schlagen. Durch das spärliche Licht konnte ich ihn nun wieder vor mir sehen. Einzelne Tropfen perlten von seinen Haaren ins Wasser. Sein Anblick ließ trotz des kalten Wassers Hitze in mir aufsteigen. War ich vorhin bei unserem Gespräch nicht schon ein Nervenbündel gewesen, war ich es jetzt definitiv. Was stimmte nur nicht mit mir?

Ich atmete ein letztes Mal tief durch, ehe ich auf Magnis nassen Rücken kletterte. Meine Arme klammerten sich um seinen Hals und meine Beine um seine Hüfte. Mein kompletter Körper bebte, nicht nur wegen der Kälte.

»Magni, ich glaube, ich entwickle gerade Höhenangst«, gestand ich zitternd, während er sich immer höher hangelte.

Er seufzte hörbar. »Schließe deine Augen und halte dich gut fest.«

Ich befolgte seinen Rat und schlang meine Arme etwas stärker um ihn.

»Nur vielleicht nicht unbedingt so, dass ich keine Luft mehr bekomme«, quetschte er hervor.

»Entschuldige!« Sofort ließ ich wieder lockerer.

Sein kehliges Auflachen ging mir durch Mark und Bein. Ich brauchte nach dieser Kletterpartie dringend Abstand zu dem Halb-Riesen. Meine Gefühle hatte ich nämlich scheinbar nicht mehr unter Kontrolle.

9

GOLDMÄNNCHEN

Asgard war beeindruckend. Mehr als das. Es war … unbeschreiblich. Märchenhaft. Unwirklich. Es schossen einige Gebäude, manche größer, mache kleiner, in die Höhe. Burgen, Paläste und was wusste ich noch alles. Hier wirkte alles so, als würde Geld keine Rolle spielen. Edelsteine, Gold und Silber waren in jeder Ecke zu erkennen.

Die Sonne strahlte mit einer immensen Kraft vom Himmel, sodass es mich an die Sommerzeit erinnerte. Die Wärme tat meinen kühlen Gliedern gut. Nach Hels Unterwelt war das hier eine ansehnliche, tolle Abwechslung. Es wirkte fast schon kitschig.

Seit Magni und ich Helheim hinter uns gelassen hatten, versuchte ich Abstand zu wahren. Ich traute mich nicht einmal, in seine Richtung zu schielen, denn leider sah er im komplett durchnässten Zustand verboten sexy aus.

Anders als ich. Auch wenn ich keinen Spiegel bei mir hatte, ahnte ich, wie ich momentan aussah. Meine kringelnden Naturlocken standen vermutlich zu allen möglichen Seiten ab, mein Gesicht war höchstwahrscheinlich vom übrig gebliebenen Make-up verschmiert und ich war bis zur Unterhose nass.

Ich folgte Magnis breit gebautem Rücken, denn seit ein paar Minuten ging er vor mir. Bis jetzt war ich noch keiner Menschenseele begegnet, was mutmaßlich auch daran lag, dass normalerweise niemand Menschen Zutritt nach Asgard gewährte. Aber wir waren auch keinem weiteren Gott begegnet, so absurd das klang.

Als wir in einen riesigen Palast traten, betrachtete ich sprachlos die Wände und Fußböden, die sich goldgetäfelt in die Länge zogen. Ich folgte Magni blind, denn ich war vollkommen überwältigt von dem imposanten Gebäude und der wertvollen Inneneinrichtung.

Auch hier drinnen begegneten wir keinem, was ich schon ziemlich gruselig fand. Hier war alles voller Gold, aber keiner war hier. Es erinnerte mich irgendwie an das Innere des Berges, wo Smaug, der mächtige Drache aus Mittelerde, lebte.

»Magni? Ist es hier immer so leer?« Meine Stimme hallte viel zu laut durch den Palast, weshalb ich mir auf die Unterlippe biss.

Er warf mir einen Blick nach hinten zu und wurde dann sogar etwas langsamer, um wieder neben mir zu gehen. »Ich finde es nicht leer. Hier steht eine Kommode, über uns befindet sich ein Kronleuchter und du kannst reichlich Bilder an den Wänden erkennen.«

»So meinte ich das nicht«, flüsterte ich. »Wo sind denn alle?«

»Wir werden gleich zu Odin stoßen. Außer in Walhall ist hier in Gladsheim nicht sonderlich viel los. Asen gibt es bei Weitem nicht so viele wie Menschen. Deshalb ist es hier so *leer*, wie du sagst.«

»Lässt du mich gleich allein?«

»Wir werden sehen.«

Ich schnitt eine gequälte Grimasse, was Magni nur mit einem kleinen Schmunzeln zur Kenntnis nahm. Und dann standen wir plötzlich vor einem großen Tor, das von zwei Männern bewacht wurde. Sie trugen eine goldene Rüstung – wäre auch nicht anders zu erwarten gewesen. Würden die Asen ein bisschen mit uns Menschen teilen, gäbe es nicht so viel Armut auf der Welt. Leider kannte ich mich mit diesen Göttern viel zu wenig aus, um wirklich urteilen zu können.

»Odin erwartet uns«, verkündete Magni den beiden Goldmännchen. Mit einem knappen Nicken öffneten sie das Tor. Es sah so aus, als würden sie Magni gut kennen, was ja nicht verwunderlich war, da er der Enkel Odins war. Ob Götter ihre Großeltern auch so oft besuchten wie wir Menschen?

»Ihr habt euch Zeit gelassen!«

Eine tiefe, dunkle Stimme hatte gesprochen. Das Tor war noch nicht einmal gänzlich offen, da kam schon ein hochgewachsener Mann, mit einem braunen ledernen Hut auf dem Kopf, auf uns zu. Seine breite Statur, der dichte graue Bart und seine Einäugigkeit schüchterten mich ein. Es gab keinen Zweifel für mich: Ich stand dem Götterchef höchstpersönlich gegenüber.

Auf seinen Schultern thronten zwei Raben, die mich mit ihren pechschwarzen Augen gründlich musterten. Mein Herz klopfte schneller. Als sich hinter ihm auch noch etwas bewegte, wurde meine gesamte Aufmerksamkeit dorthin gelenkt.

Zwei Wölfe! Verdammt! Wer lebte schon mit Wölfen zusammen? Hunde, ja okay. Aber Wölfe?

»Wir haben uns beeilt, aber manchmal braucht es eben Umwege, um zum Ziel zu kommen.« Ich hörte Magni sprechen, hatte meinen Blick aber noch immer auf die beiden Raubtiere gerichtet, die leider immer näher kamen.

»Ihr wart in Helheim«, sagte Odin, ohne uns danach gefragt zu haben. Wenn er keine Kameras installiert hatte, dann besaß er vielleicht wirklich die Allwissenheit? »Unsere Reisende sieht aus, als würde sie Wölfe zum ersten Mal sehen?«

»I-Ich?«, brachte ich unkontrolliert stotternd hervor.

»Ja, du.« Odin betrachtete mich mit einem kritischen Blick, den ich nicht deuten konnte. Mit seinem einzigen grauen Auge machte er es mir aber auch zusätzlich schwer.

»Wölfe sind nur ... Ich meine ... Tun sie mir was?« In meinem Kopf war keine Zeit für sinnvoll geformte Sätze. Ich dachte an Rotkäppchen – wieso auch immer! Und an die sieben Geißlein. Zwar war mir klar, dass Wölfe Menschen nicht grundlos angriffen, doch die beiden waren gewiss nicht normal. Schließlich lebten sie bei einem Gott.

»Geri und Freki werden dir nichts tun. Wir waren heute schon auf der Jagd.« Hatte mich sein erster Satz etwas beruhigt, so verunsicherte mich sein zweiter. Also *knabberten* sie doch an Menschen?

»Kannst du mir helfen, zurück in meine Zeit zu gelangen?« Ich hatte all meinen Mut in diesen einen Satz gelegt. Mit erhobenem Kinn starrte ich dem Götterallvater entgegen. Ich versuchte, gelassen zu wirken, aber meine schlotternden Hände sprachen eine andere Sprache.

»Nun, ich bin mir nicht sicher.«

»Ich dachte, du weißt alles?«, stieß ich, ohne darüber nachgedacht zu haben, hervor. Gleich darauf biss ich mir fest auf die Unterlippe, sodass ich Blut schmeckte. Meine Augen huschten zu den beiden Wölfen, die mittlerweile neben Odin saßen. Ich hoffte nur, dass sie den Geruch von Blut aushielten, ohne sich sofort auf mich stürzen zu wollen.

Magni, der neben mir stand, zog scharf die Luft ein. Odin jedoch lachte auf. Das war nicht unbedingt die Reaktion, die ich von ihm gedacht hätte, sie sorgte aber dafür, dass ich einen erleichterten Seufzer ausstieß.

»Ich weiß viel.« Er kam einen Schritt näher. »Mir wird nachgesagt, allwissend zu sein, aber niemand kann alles wissen. Nicht einmal ich.« Er stand mir mittlerweile so nah, dass ich seinen Duft einatmen konnte. Irgendwie erinnerte mich sein Geruch an einen dunklen, nebligen Wald, aus dem ich niemals allein hinausfinden würde.

»Hast du eine Idee, wie ich wieder nach Hause gelangen könnte?«

»Die habe ich.« Er nickte knapp. »Jedoch will ich im Gegenzug ein paar Informationen erhalten.«

»Informationen? Von mir?«

»Ja.«

»Was könnte ich denn wissen, was den Götterallvater interessiert?«

»Eine Menge.« Odin starrte mich mit seinem einzigen Sturmauge intensiv an, sodass mir immer mulmiger wurde. »Ich will alles über den Ausgang von Ragnarök wissen.«

»Rag-Ragnarök? I-Ich weiß nicht ... Also, ich weiß nicht viel darüber.«

»Sie wird dir wirklich keine große Hilfe sein. Dieser Mensch hat keine Ahnung von unserer Welt«, mischte Magni sich ein. Dass er mich schon wieder mit *dieser Mensch* betitelte, gab meinem Herzen einen kleinen Stich.

»Unsinn. Es kann nicht sein, dass sie nichts weiß. Wir sind schließlich die Götter! Über uns weiß man Bescheid.«

»Anscheinend sind wir in ihrer Zeit nicht mehr so präsent«, antwortete Magni weiterhin für mich.

»Dir erzählt sie vielleicht nicht so viel, aber dem Gott, dem sie *alles* zu verdanken hat, wird sie wohl ihr Wissen anvertrauen können. Und nun danke dir, Magni. Du kannst gehen.«

Diese Worte ließen mein Herz stolpern. Da war er nun, der Moment. Ich wollte nicht, dass Magni mich verließ, vor allem, da ich mich bei Odin und seinen außergewöhnlichen Haustieren noch immer nicht wohlfühlte.

»Nein! Bitte! Kann er bleiben?« Mit rasendem Puls musterte ich den Götterallvater. Sein Blick bohrte sich in meinen.

Mein Herz schlug mir bis zum Hals, unsere Augen weiterhin auf den jeweils anderen gerichtet. Er betrachtete mich wie ein Löwe eine Gazelle an einem glühenden Tag in der Savanne. Mir war richtig heiß, ich vergaß zu atmen.

Schließlich neigte er unscheinbar den Kopf. »Magni, es liegt an dir. Möchtest du gehen oder bleiben?« Die dunkle Stimme Odins hallte laut durch den Saal. Dann schaute er seinen Enkel an.

Mein Kopf schnellte zu Magni, der seinen Großvater mit

einer hochgezogenen Augenbraue beäugte. Anscheinend hatte er nicht mit dieser Frage gerechnet. Nun, da er die Wahl hatte, wie würde er sich entscheiden?

Mein Herz schlug wie verrückt. Ich starrte Magnis Profil an. Je länger er nichts sagte, desto mehr verlor ich die Nerven.

Wieso auch immer ich mir eingebildet hatte, dass Magni und ich uns einigermaßen verstanden, jetzt machte er das alles zunichte. Wenn ich genauer darüber nachdachte, dann waren wir uns die meiste Zeit ohnehin an die Gurgel gegangen. Aber verflucht! Ich wollte ehrlich nicht von ihm allein gelassen werden.

Ganz bestimmt würde ich Magni jetzt nicht anflehen, bei mir zu bleiben. Ich hatte diesen Wunsch oft genug deutlich gemacht. Außerdem bildete sich ein fetter Kloß in meinem Hals, was mir das Sprechen sowieso erschwerte. Als er dann nach schier endlosen Sekunden endlich den Mund öffnete, um zu antworten, hielt ich den Atem an.

»Dann bleibe ich.«

Sollte Odin von seiner Antwort überrascht sein, so ließ er es sich nicht anmerken. Ich jedoch stieß die angehaltene Luft zittrig aus. Augenblicklich schossen mir verräterische Tränen in die Augen. Wo kamen die plötzlich her?

»Lass mich mit Magni allein.« Odin wandte sich an mich. Verwirrt über seinen Befehl, kräuselte ich die Stirn.

»Wieso? W-Wohin soll ich gehen?«

»Raus aus dem Saal. Ich lasse dich wieder holen, aber ich muss Magni sprechen.«

Unsicher schaute ich Magni an, der seine Aufmerksamkeit nun ebenfalls mir schenkte. Er nickte mir zu, was mich dann doch dazu veranlasste, in Richtung Tor zu gehen.

Als die Wachen es hinter mir schlossen, stand ich unschlüssig in dem langen Korridor. Ich betrachtete die Gemälde vor mir, auf denen einige Götter abgebildet waren.

»So behandelt mein Gemahl also seine Gäste!« Eine schlanke Frau mit langen strohblonden Haaren kam kopfschüttelnd auf mich zu. Sie hielt mich davon ab, die Bilder aus

Langeweile und Unruhe genauer zu betrachten. »Komm mit mir mit, bei mir bekommst du Speis' und Trank.«

»Oh, das ist sehr nett, danke. Aber ich warte lieber hier. Odin meinte, dass er mich wieder holen wird.«

»Ach.« Die Frau lachte auf. Sie trug ein wallendes weißes Kleid, das bis zum goldenen Fußboden reichte. »Wenn mein Mann etwas besprechen möchte, dauert das oftmals ein ganzes Menschenleben lang! Also, komm mit. Du musst hungrig sein.«

Wie auf Knopfdruck knurrte mein Magen, woraufhin wir beide schmunzeln mussten.

»Wer bist du denn?«, wollte ich von der Blondine wissen.

Überrascht von meiner Frage hob sie ihre perfekt geformten Augenbrauen. »Das ist mir noch nie passiert«, äußerte sie belustigt. Dann stellte sie sich jedoch aufrechter vor mich und neigte den Kopf. »Mein Name ist Frigg. Ich bin die Gemahlin Odins, die Schutzgöttin der Ehe, des Lebens und der Mutterschaft. Man nennt mich auch die Himmelskönigin, weil ich die Wolken webe, und ich bin die Hochgöttin der Asen. Außerdem bin ich die Hüterin des Haushaltes von euch Menschen.«

»Oh, wow.«

Frigg strahlte mich an. »Und wer bist du?«

»Ich ähm ... Ich bin Magnolia. Nur Magnolia.«

»Also, *nur* Magnolia, möchtest du gemeinsam mit mir essen?«

»Es wäre mir eine Ehre.«

Die Göttin lächelte mich breit an, sodass ich nur zurücklächeln konnte. Sie hatte etwas an sich, das es mir leicht machte, ihr zu vertrauen. Wenn Odin eine Frau wie sie an seiner Seite hatte, dann konnte er gar nicht so grausam sein, wie ich es mir ausmalte. Oder?

Ich folgte der Himmelskönigin in einen anderen Saal, wo bereits ein riesiger Tisch, reichlich gedeckt, auf mich wartete. Staunend betrachtete ich die vielen Speisen und das schöne Geschirr.

»Menschen waren noch nie bei uns zu Besuch. Deshalb hoffe ich sehr, dass es dir schmeckt.«

»Da bin ich sicher«, hauchte ich, denn der Anblick des überfüllten Tisches verblüffte mich noch immer. Auf dem Tisch stand alles, was das Herz begehrte. Ich wagte zu wetten, dass hier kein Essenswunsch unerfüllt blieb. »Sollen wir nicht auf die Männer warten?«

»Es lohnt sich nie, auf Männer zu warten. Merke dir das gut.« Frigg setzte sich auf einen Stuhl an dem Tisch und deutete mir, neben ihr Platz zu nehmen. Da ich sehr hungrig war und nicht unhöflich erscheinen wollte, setzte ich mich an ihre Seite.

»Das ist wohl wahr«, murmelte ich, während ich kurzzeitig einen Gedanken an meinen Ex-Freund verschwendete. »Das sieht alles köstlich aus.«

»Bediene dich ruhig. Du kannst es ohnehin brauchen.«

Grinsend schaufelte ich Gemüse, Brötchen und verschiedenste Obstsorten auf den Teller vor mir. Frigg tat es mir gleich, sie begann sogar schon vor mir genüsslich zu essen.

»Also, Magnolia. Mein Mann wird dich über Ragnarök ausquetschen wollen. Sei gewiss, du musst nichts sagen, was du nicht willst. Er ist sehr autoritär, das bestreite ich nicht, aber er muss wirklich nicht alles wissen. Ihm wird die Allwissenheit nachgesagt, aber vieles von dem Wissen, das er hat, hat er seiner Langlebigkeit zu verdanken. Er hat oft die Zukunft vor Augen, nur ändert sich diese stetig. Deshalb sieht er immer etwas anderes und das lässt ihn manchmal verrückt werden. Doch es ist, wie es ist. Die Zukunft wird so geschrieben, wie sie kommt. Niemand kann sie ändern, nicht einmal der Götterallvater persönlich. Vielleicht kann er sein Schicksal in eine andere Bahn lenken, aber er wird nicht ewig leben, auch nicht mit Iduns Äpfeln. Ich auch nicht, das bilde ich mir erst gar nicht ein. Aber ich weiß, dass mein Gemahl es nur schwer aushält, etwas nicht genau vorhersagen zu können. Meistens hat er dann tagelang miese Laune, die ich wieder versuche aufzuheben, indem wir absurde Wetten abschließen, bei denen einer von uns beiden etwas äußerst Ungewöhnliches tun muss.«

Frigg war in einem Redefluss gefangen, den ich nicht unterbrechen wollte. Gerade hatte sie laut aufgelacht, jedoch sofort wieder das Wort ergriffen. Sie schien mir, genauso wie Hel, nicht allzu häufig Besuch zu bekommen. Zumindest nicht von Fremden.

»Einmal musste ich die vielen goldenen Rüstungen unserer Wachen sauber schrubben. Vor ihren Augen! Vielleicht kannst du dir das Gejohle der Wachmänner vorstellen. Es war erniedrigend und fürchterlich. Dabei habe *ich* diesen Wetteinsatz vorgeschlagen. Natürlich nur, weil ich mir so sicher war, dass Odin verliert.« Jetzt lachte sie wieder. »Aber manchmal greift mein Gemahl zu sehr ungewöhnlichen Maßnahmen. Ihm geht es nur ums Gewinnen. Deshalb habe ich erst gar keine Wette mit ihm bezüglich dir gemacht, weil ich nicht schon wieder ein Menschenleben gefährden will. Es ist jedoch sehr erstaunlich, dass du aus der Zukunft kommst. Du siehst aus wie jemand, der in der heutigen Zeit leben könnte. Die Menschen haben sich also nicht sehr stark weiterentwickelt, was irgendwie gut zu wissen ist. Nur bist du sehr groß. Sind alle Menschen in deiner Zeit so groß? Stammst du von Jöten ab?«

Ich schluckte das Stück Brot hastig herunter, denn ich hatte nicht damit gerechnet, dass mir Frigg in ihrem Redestrom eine Frage stellte. »Ich wüsste nicht, dass ich mit Riesen verwandt bin. In meiner Zeit bin ich tatsächlich ziemlich groß, aber der Durchschnittsmensch ist dennoch etwas größer als die Menschen hier.«

»Das ist interessant. Wie dem auch sei, mein Gemahl wartet schon seit einer gefühlten Ewigkeit auf dich und dann lässt er dich einfach vor dem Tor stehen. So ein Halunke. Da werde ich später noch einmal ein ernstes Wort mit ihm reden. Er kann seine Gäste nicht so behandeln, schließlich bist du ein Mensch und du wirst viel schneller hungrig und durstig als wir Asen. Er hätte zuerst mit dir essen können. Aber es war voraussehbar, dass er an so etwas nicht denkt. Männer tun das selten.« Sie rollte mit den Augen. »Weißt du, Odin ist der Gott des Himmels, des Todes und des Sieges. Er stiftet euch

Menschen gerne zum Streit an, das liegt einfach in seiner Natur. Ich verliere bei unseren Wetten so oft gegen ihn, weil er meistens unfair spielt.« Frigg biss herzhaft in eine Birne. Sie kaute etwas länger als gewöhnlich darauf herum, ehe sie mich anschaute und sagte: »Jetzt bin ich übrigens wieder wütend auf ihn. Wo bleibt er bloß so lange? Was hat er denn Wichtiges mit Magni zu besprechen, was sie nicht ohnehin schon geklärt haben?«

Als hätte Frigg es einfach im Blut, Dinge anzusprechen, die dann nach ihren Vorstellungen geschahen, traten der Götterallvater und sein Enkel in den Saal.

»Frigg! Ich hätte es mir denken können.« Odin beäugte seine Frau kritisch. »Ich habe ihr gesagt, sie solle vor dem Tor warten.«

»Ein wahrer Gastgeber!«, höhnte sie. »Wie du sehen kannst, ist sie hungrig. Ich im Übrigen auch.« Frigg biss demonstrativ ein weiteres Mal in die Birne.

Odin seufzte auf. Doch dann tat er etwas, mit dem ich nicht gerechnet hätte. Er gab nach. »Magni, setz dich. Lasst uns zuerst zusammen essen.«

Als ich einen Blick zu Magni warf, beobachtete er mich bereits. Ich lächelte ihm leicht zu, er tat es mir gleich.

Was ich aus diesem Essen lernte: Götter unterschieden sich nicht so sehr von den Menschen. Zumindest nicht in ihrem Verhalten, wenn sie verheiratet waren.

Während wir aßen, waren Magni und ich ziemlich schweigsam, dafür konnten es Frigg und Odin nicht lassen, sich ununterbrochen zu zanken. Einerseits war es gut so, denn dadurch kam Odin nicht auf die Idee, wieder Informationen von mir bekommen zu wollen, andererseits erinnerte es mich an zu Hause, wenn meine Eltern einmal nicht einer Meinung waren, und das löste einen kleinen Stich in meinem Herzen aus. Ich hatte Heimweh.

Als ich fertig gegessen hatte, fuhr das Suppenkoma so richtig ein. Mit einem Schlag wurde ich hundemüde. Aber ehrlich: Der Tag war verdammt lang und aufregend gewesen. Heute Morgen hatten wir das Bauernhaus mit Greta hinter uns gelassen und jetzt saß ich in Asgard. Dazwischen war jede Menge passiert! Welten, wenn man so wollte. Also klar, dass ich müde war.

Ich machte mir nicht einmal die Mühe, mein Gähnen zu unterdrücken, sondern hielt mir lediglich die Hand vor. Eigentlich dachte ich, dass es niemand sah, weil die Götterchefs sowieso mit ihren Reibereien beschäftigt waren, doch dem war nicht so.

»Magnolia, du musst müde sein!« Frigg schaute mich an und stand mit einem Mal auf. Sie lächelte mich lieblich an und sagte noch: »Am besten, du ruhst dich etwas aus. Mein Gemahl kann morgen mit dir sprechen.«

»Frigg.« Odin seufzte ihren Namen gequält. Dann gab er allerdings schon wieder nach. Dieses Mal wandte er sich an mich. »Morgen reden wir. Noch vor dem Essen!« Mit diesen Worten stand er vom Tisch auf und verließ den Saal. Jedoch nicht, ohne Magni zu befehlen, mit ihm zu kommen. Somit waren die Himmelskönigin und ich erneut allein.

Ein bisschen enttäuscht war ich schon, dass Magni mich mit Frigg allein ließ, aber ich verbannte diesen Gedanken sofort in den hintersten Winkel meines Gehirns. Ich sollte keine Gefühle für den Halb-Riesen entwickeln. Das würde nicht gut ausgehen, da war ich sicher. Wir kamen aus zwei unterschiedlichen Zeiten und ich würde hier nicht bleiben, das stand für mich fest. Außerdem war er ein Gott und ich hatte oft genug mitbekommen, wie wenig er von Menschen hielt.

»Komm mit, ich bringe dich in dein Schlafgemach«, äußerte Frigg freudestrahlend und brachte mich somit wieder auf andere Gedanken.

Ihre miese Laune bezüglich ihres Gemahls hatte sie schon wieder abgelegt. Ich fragte mich, ob sie eine gute Schauspielerin war oder ob sich ihre Stimmung tatsächlich so schnell ändern konnte. Vielleicht war es aber auch eine Kombination aus beidem.

Wir liefen einen langen Korridor entlang, bei dem ich stets dem wallenden Kleid der Göttin hinterher trottete. Sie hatte einen schnellen Schritt eingelegt, bei dem ich schon fast außer

Puste geriet. Wenn ich wieder daheim war, sollte ich dem örtlichen Fitnessstudio einen Besuch abstatten, obwohl es ehrlicherweise bei dem einen Besuch bleiben würde, so wie ich mich kannte.

»Hier kannst du heute Nacht bleiben.« Frigg öffnete eine Tür und gewährte mir Einblick in das riesige Zimmer. Auch in diesem wurde nicht an Kostbarkeiten gespart, denn allein wenn ich die Bilderrahmen an den Wänden mit nach Hause schleppen würde, könnte ich mir ein kleines Vermögen beiseitelegen. Mit diesem würde es mir in meinem Leben vermutlich an nichts mehr fehlen.

»Danke«, hauchte ich überwältigt. Plötzlich hatte ich nur noch Augen für das große, sehr verleitende Bett.

»Wir platzieren einen Wachmann vor deinem Gemach. Wenn etwas ist, dann melde dich bei ihm. Ich lasse dir noch einen Zuber bringen, damit du ein warmes Bad nehmen kannst, bevor du dich ins Bett legst.«

Das hörte sich himmlisch an. Wortwörtlich. Noch besser, als sofort schlafen zu gehen, war definitiv, meinem Körper Erholung zu gönnen. Danach würde ich schlafen wie ein Murmeltier im tiefsten Winter.

»Das ist genau das, was ich brauche. Danke.«

Als mich Frigg allein ließ, betrachtete ich das Zimmer weiter. Das Bett sah mehr als nur einladend aus, doch ich wollte mich jetzt besser nicht darauf niederlassen, ansonsten würde ich das Bad nicht mehr nehmen können. Sollte ich mich dem Bett hingeben, würde ich auf der Stelle einschlafen.

In dem Saal, in dem wir gespeist hatten, hatte ich nicht nach draußen sehen können, nun, wo ich es konnte, strahlte die Sonne in das Zimmer. Es war bestimmt schon später Abend, wenn nicht sogar Nacht, doch die Sonne schien weiterhin mit enormer Kraft, wenn auch schon etwas weniger als bei unserer Ankunft.

Es klopfte an der Tür und kurze Zeit später stand ein warmer Badezuber bereit in meinem heutigen Zimmer. Eine Magd brachte mir sogar ein neues Kleid, das sie auf mein Bett legte.

»Ein Geschenk von Frigg«, sprach sie an mich gewandt, ehe sie eilig aus dem Zimmer verschwand.

Ein kurzer Blick zum Kleid genügte, um zu sehen, dass es bei Weitem kostbarer aussah als mein jetziges. Ich würde es morgen mit Freuden anziehen, doch ob ich mit diesem Kleid unter den anderen Menschen nicht zu sehr aus der Menge stechen würde? Was gleichzeitig die Frage aufwarf, ob ich die Menschen in dieser Zeit überhaupt noch einmal zu Gesicht bekam.

Ich eilte zu dem Kleid, hielt es hoch und augenblicklich verschlug es mir den Atem. Es war ein wunderschönes, azurblaues Kleid mit geschnürtem Mieder, wie ich es nur von Kleidern aus dem Mittelalter kannte. Dieses Kleid schmeichelte meiner Augenfarbe, das wagte ich selbst ohne Spiegel zu behaupten. Die langen Ärmel endeten in einem goldenen Zickzack-Muster, das sich zusätzlich über dem Dekolleté befand.

Die Magd hatte mir außerdem ein naturfarbenes Kleidungsstück, ähnlich einem Nachthemd, beigelegt, was ich wohl unter dem Kleid tragen konnte. *Oder zum Schlafen.* Noch dazu hatte sie mir ein Paar ungetragener Schuhe neben das Kleid auf das Bett gelegt, das mindestens genauso unbequem aussah wie das erste Paar, das ich von Magni bekommen hatte. Da ich allerdings nicht länger barfuß herumlaufen wollte, würde ich morgen wohl oder übel diese unansehnlichen Schuhe anziehen müssen.

Meine Augen fielen mir immer öfter zu, weshalb ich mich rasch aus dem Kleid schälte, das gemeinsam mit dem Gürtel, meiner Tasche und meiner Spitzenunterhose auf dem Boden landete.

Seufzend ließ ich mich in das warme Wasser sinken. Ich genoss die Wärme und die Entspannung, die dieses Bad mit sich brachte. Allzu lange hielt ich es aber nicht in dem warmen Wasser aus, selbst wenn es eine reine Wohltat für meinen entkräfteten Körper war. Aber ich war so erschöpft, dass ich nur mehr schlafen wollte. Das weiche Bett hielt übrigens, was sein Aussehen versprach. Ich lag keine volle Minute darin, da war ich auch schon eingeschlafen.

°◊°

Irgendwann im November 1918 in Helheim

»Wir hören.« Magnis Bruder Modi klang gelangweilt. Ihm missfiel es, im Reich der Toten zu sein, vor allem, da er noch nie hier gewesen war. »Du wolltest uns eine Geschichte erzählen.«

»Setzt euch.« Hel deutete mit ihrer Hand auf die freien Stühle in ihrer kleinen Hütte. Magni kam dieser Aufforderung sofort nach, nur Modi rümpfte die Nase, bevor er sich ebenfalls setzte. »Ganglot, hol unseren Gästen etwas zu trinken.«

Hels Magd machte sich sofort auf den Weg, um der Anweisung ihrer Herrin nachzukommen.

»Wieso sind wir hier, Hel?«, fragte Magni.

»Ich bekomme so selten Besuch, das weißt du doch. Aber ich möchte mich mit euch über Odin unterhalten.«

Modi biss die Zähne hart aufeinander und funkelte Hel wütend an. Magni schluckte schlicht und nickte.

Hel wusste, dass die beiden Brüder nicht gut auf sie zu sprechen waren. Niemand in Asgard war das, um genau zu sein. Sie war die Herrscherin der Unterwelt und sie bestimmte, ob sie jemanden freiließ oder nicht. Hel machte keine Ausnahmen, nicht einmal für den Götterallvater. Betrat ein Verstorbener ihr Reich – ob Mensch oder Gott –, dann gehörte er ihr. Keine Ausnahmen.

»Ihr wisst, dass ich ihn nicht wieder in Asgard leben lassen kann. Er ist der Götterallvater, vielleicht findet er eines Tages einen Weg hinaus aus meinem Totenreich, aber nicht durch meine Hilfe. Er ist tot. Genauso wie mein Bruder und meine Schwester. Ihr solltet es langsam akzeptieren.«

»Du hast dich bei Ragnarök gegen uns gestellt!«, fuhr Modi sie an.

Hel rollte mit den Augen. »Odin hatte die Einherjer! Ich

124

konnte doch nicht tatenlos zusehen, wie mein Bruder, meine Schwester und mein Vater starben!«

»Aber sie starben ohnehin!«

»Ich wollte es verhindern, bin aber gescheitert. Ja, ich habe meinem Vater meine Armee der Toten zur Verfügung gestellt, aber auch nur jene, die freiwillig kämpfen wollten. Im Grunde waren es nicht einmal allzu viele. Ich stand auf der anderen Seite, das stimmt. Und ich würde es wieder tun! Das hat allerdings nichts damit zu tun, dass wir miteinander auskommen müssen. Ihr regiert gemeinsam mit den Söhnen Odins Asgard, also solltet ihr euch langsam wie Regenten benehmen.«

Kurz war es still in Hels Hütte. Die Magd trat mit drei Trinkhörnern ein, alle Augenpaare folgten ihr.

»Was möchtest du uns über Odin erzählen?«, wollte Magni schließlich wissen. Er wählte mit Absicht einen versöhnlicheren Tonfall, denn gewissermaßen hatte Hel recht. Die Götter in Asgard mussten mit Hel auskommen, denn sie herrschte über die Unterwelt. Jene Welt, in der etliche Götter nach Ragnarök ihr neues zu Hause gefunden hatten.

»Wie soll ich es am besten ausdrücken? Er dreht ohne Frigg durch. Ich dachte ja, das vergeht, so wie es bei allen anderen Toten der Fall ist. Aber er ist der oberste Gott, natürlich ist das bei ihm etwas anderes.« Sie seufzte. »Eigentlich schlage ich so etwas nie vor. Niemals. Aber hier ist mein Versöhnungsangebot: Frigg darf Odin besuchen. Allein. Solltet ihr einen Komplott gegen mich planen, lasse ich auch Frigg nicht mehr gehen. Ihr könnt der Göttin dieses Angebot darlegen und mich danach wieder besuchen. Es ist ein einmaliger Vorschlag.«

Magni beäugte Hel misstrauisch. Wann hatte sie ihm je einen Grund gegeben, ihren Worten nicht zu trauen? Sie war gerecht, das wusste er. Im Grunde befolgte sie Odins Anweisung, als er ihr vor vielen, vielen Jahren klargemacht hatte, dass die Verstorbenen unter ihr standen, sie über die Totenwelt regierte und sie niemals jemanden freilassen durfte.

Sein Bruder Modi hielt sich glücklicherweise im Moment zurück. Deshalb sprach Magni: »Wir werden mit den Göttern in Asgard sprechen. Danach kommen wir wieder und unterhalten uns noch einmal.«

»In Ordnung.« Hel schenkte ihm ihr dämonisches Lächeln, was die Härchen an seinen Armen zu Berge stehen ließ.

Er nickte ihr nur zu und verließ danach gemeinsam mit seinem Bruder Helheim. Was war er froh, diesen dunklen Ort verlassen zu dürfen. Dass er bald wiederkommen musste, verdrängte er im Augenblick einfach.

10

LÄSTIGE FLATTERWÜRMER

»Das Kleid steht dir ausgezeichnet!«, rief Frigg entzückt, als sie mich erblickte. Die Wache, die vor meiner Tür gestanden hatte, begleitete mich zu Odin. Dass ich Frigg auf meinem Weg dorthin begegnen würde, hätte ich mir denken können. Irgendwie war ich dadurch erleichtert. »Blau ist die Farbe des Himmels. Deshalb habe ich es für dich ausgesucht. Und sie ist auch die Farbe der Treue. Außerdem kommen deine Augen dadurch traumhaft zur Geltung.«

»Danke, das Kleid ist wunderschön.«

»Und deine Haare erst!« Frigg nahm eine blonde Strähne zwischen ihre Finger. »Das Bad hat auch ihnen gutgetan. Du bist eine hübsche Frau.«

»Danke.« Friggs Worte schmeichelten mir, wenngleich sie mir auch etwas unangenehm waren. Was antwortete man auf so ein Kompliment, wenn man es von einer Göttin bekam? Doch ich war unendlich froh darüber, dass ich mich im Moment wieder blicken lassen konnte. Selbst ohne Glätteisen.

Wieso dachte ich in Friggs Gegenwart dauernd daran, dass sie eine Göttin war, aber bei Magni nicht? Bei ihm konnte ich geradeheraus plaudern, egal was mir in den Sinn kam. Ich versuchte diese Gedanken schnellstmöglich aus meinem

Gehirn zu streichen, aber dann tauchte besagter Herr plötzlich neben uns auf.

»Odin wartet«, gab er ohne jegliche Begrüßung von sich.

Nach seinen Worten schien er mich erst richtig anzuschauen, denn seine Augen klebten von einer Sekunde zur nächsten regelrecht auf mir. Er betrachtete mich eingehend von oben bis unten. Studierte anscheinend jeden Millimeter meines Seins.

Mein Bauch reagierte auf die unterschiedlichen Empfindungen, die Magnis Blick mit sich brachte. Ein Kribbeln machte sich bemerkbar, eines, das mir nur zu gut als Schmetterlinge im Bauch bekannt war. Dabei wollte ich diese lästigen Flatterwürmer echt nicht in mir spüren.

In diesem Moment vergaß ich, dass Frigg neben mir stand. Ach, überhaupt, dass ich in der Vergangenheit gelandet war. Einzig seine Mondsee-Augen, die mich von Kopf bis Fuß musterten, zählten. Die Luft zwischen uns wirkte mit einem Mal viel dichter, ich vernahm meinen wummernden Herzschlag in den Ohren.

Magnis Brustkorb hob sich, als er mir ins Gesicht schaute. Er schluckte sichtbar und seine Stimme sank, als er folgende Worte sprach: »Du siehst ausgeschlafen aus. Und ... sehr schön.«

Verlegen räusperte ich mich. »Ähm, danke.« Dabei war meine Stimme lediglich ein leises Flüstern.

»Kommst du nun? Odin wartet auf dich.«

»Mhm.«

Wann hatte ich meine Stimme verloren? Irgendwann in der letzten Minute musste es passiert sein.

»Ich bereite unser Essen zu. Kommt danach in den Speisesaal«, eröffnete Frigg, die ich komplett vergessen hatte. Dabei waren nur ein paar Sekunden vergangen.

Schnell warf ich ihr einen Blick zu, den sie nur schmunzelnd erwiderte. Danach drehte sie sich um und eilte davon. Ihrem wallenden Kleid sah ich noch kurz nach, ehe ich mich gänzlich in Magnis Richtung drehte, nur um zu sehen, dass er mich erneut musterte. Dabei schien er mit seinen Gedanken an einem anderen Ort zu sein.

»Wir sollten zu Odin.« Nun war ich es, die sprach. Meine Worte bewirkten etwas in ihm, das ihn wieder aufrechter stehen ließ.

»Folge mir.«

Ich tat es und ließ den Wachmann zurück, der mich ohnehin nicht mehr zu dem Götterallvater begleiten musste.

»Was haben Odin und du gestern besprechen müssen?«, wollte ich neugierig von ihm wissen. Die Sohlen der hölzernen Schuhe klackerten laut auf dem goldgetäfelten Boden.

»Nichts von Belangen.«

»Hatte es mit mir zu tun?«, bohrte ich nach.

»Ja.«

»Dann ist es von Belangen. Um was ging es?«

Magni warf mir einen Seitenblick zu. »Das geht dich nichts an.«

»Natürlich geht es mich etwas an. Schließlich redet ihr über mich. Was habt ihr besprochen?«

»Wieso habe ich bloß zugestimmt, bei dir zu bleiben? Du hast wohl einen schwachen Moment meinerseits erwischt, denn eigentlich bist du nichts als anstrengend«, zischte er und fuhr sich durch die Haare. Damit erhielt er leider genau das, was er wollte: Ruhe von mir.

Schweigend folgte ich ihm die letzten Meter bis zum Saal, in den wir gemeinsam eintraten. Meine Aufmerksamkeit galt sofort dem Götterchef mitsamt seinen beeindruckenden Haustieren.

»Da bist du ja endlich!« Odin kam auf uns zu. »Jetzt können wir uns unterhalten.«

»Wie komme ich in meine Zeit zurück?«, fragte ich ihn ohne Umschweife ins Gesicht. Die Wölfe versuchte ich auszublenden.

Woher ich den Mut nahm, wusste ich nicht. Vielleicht hatte es aber auch etwas mit dem Frust zu tun, der sich seit dem Gespräch mit Magni angestaut hatte. Ich sollte mir vor Augen führen, wo meine Prioritäten lagen. Und die oberste war es nun einmal, zurück nach Hause zu gelangen. Dann konnte ich all das hinter mir lassen und musste nie mehr darüber nachdenken, wenn ich nicht wollte. Mit etwas Glück dachte ich in einiger Zeit nur mehr verschwommen an diesen *Ausflug* und konnte mir sogar einbilden, dass es sich hierbei wirklich nur um einen absurden Traum gehandelt hatte.

»Wie gesagt, ich bin mir nicht ganz sicher.«

»Ich würde gerne deine *nicht ganz sichere* Theorie hören.«

Odin hob seine Augenbrauen. War er es nicht gewohnt, dass ein Mensch so mit ihm sprach? Womöglich sollte ich mich wirklich etwas zurückhalten, doch ich konnte einfach nicht. Seitdem wir gestern zusammen an einem Tisch gesessen hatten, verspürte ich nicht mehr diese unbändige Angst, wenn sein Name in meinem Kopf auftauchte. Und vielleicht war das falsch. Mein Körper sollte seine Schutzmauern langsam wieder hochfahren, denn ansonsten könnte diese Geschichte nicht gut für mich enden.

»Und ich möchte, dass du drei Aufgaben erfüllst. Magni wird dich dabei begleiten.«

»Was für Aufgaben?« Misstrauen machte sich in mir breit.

»Magni war der Meinung, dass wir sofort versuchen sollten, dich in deine Zeit zurückzuschicken, aber wo bleibt da der Spaß? Ich verlange von dir, dass du den Speichel des Fenriswolfs auffängst, dem Gift der Midgardschlange ausweichst und, weil du ja schon in Helheim warst, nicht Hel einen Besuch abstattest, sondern den Zwergen. Glaub mir, ich werde wissen, ob du die Aufgaben erfüllt hast. Erst wenn du sie erledigst, helfe ich dir in deine Zeit.«

Zuerst blinzelte ich ungläubig. Danach musste ich mich ehrlich zusammenreißen, dem Götterchef nicht entgegen zu feuern, was für ein Arschloch er war. Ich wollte nach Hause. Jetzt! Ich hatte nicht das Bedürfnis, mich davor noch in Lebensgefahr zu begeben.

»Wieso?«, wollte ich eine Spur zu sauer von ihm wissen. »Von mir aus erzähle ich alles, was ich über euch weiß, aber es ist nicht viel. *Bitte* lass mich gleich nach Hause reisen.«

»Wie gesagt: Wo bleibt denn da der Spaß? Ich möchte,

dass du diese drei Aufgaben erfüllst. Je länger du dich dagegen sträubst, desto eher finde ich noch eine vierte Aufgabe.«

Verärgert biss ich mir in die Innenseite meiner Wange, denn täte ich es nicht, würden Wörter meinen Mund verlassen, die ich besser nicht zu Odin sagte. Meine Augen wanderten zu seinem Enkel, der bis jetzt noch gar nichts zu unserer Auseinandersetzung beigetragen hatte.

»Du wirst mich also begleiten?«, fragte ich auflachend.

»Ja.«

»Ich nehme einmal an, nicht ganz freiwillig.« Den säuerlichen Unterton konnte ich nicht verbergen. Ich fühlte mich hier so was von fehl am Platz. Zu Hause erging es mir nicht so. Wenn ich könnte, würde ich im Moment sogar niveaulose Blondinenwitze bevorzugen. Ich sehnte sie mir geradezu herbei, um endlich wieder ein Stück Normalität zu erlangen.

»Ob freiwillig oder nicht, ich begleite dich.«

Ich verengte meine Augen zu Schlitzen und versuchte, aus Magnis Gesichtsausdruck schlau zu werden. Doch da hätte ich genauso gut einen Stein analysieren können.

Nachdem klar war, dass ich aus dieser Sache nicht rauskam, marschierten wir zum Speisesaal, um ein letztes Mal zusammen zu essen. Zumindest hoffte ich, dass es das letzte Mal war, denn ich war nicht unbedingt drauf erpicht, öfters mit dem Götterchef zu speisen. Vor allem, da ich ihn nicht ausstehen konnte. Hatte ich ihn und seine Frau gestern noch unterhaltsam gefunden, wollte ich das Essen nun so schnell wie möglich hinter mich bringen. Vermutlich konnte Odin, wie ich aus Friggs Erzählungen ableitete, Menschen genauso wenig leiden, wie Magni es tat. Ich fühlte mich demnach richtig willkommen. Nicht.

»Frigg, hast du ein anderes Kleid für *sie*?« Magni wandte sich an die Himmelskönigin, während ich an meinem Wasserkrug nippte. Wie er schon wieder über mich sprach, ließ mich die Zähne hart aufeinanderbeißen.

»Magnolia sieht hinreißend aus. Wieso sollte ich ihr ein anderes Kleid geben?«

»Weil sie damit zu sehr auffällt. Alles an ihr wirkt adelig und das ist wenig hilfreich, wenn wir wieder in Midgard sind.«

Frigg sah mich mitleidig an, nickte jedoch schließlich. Tatsächlich war ich traurig, das Kleid wechseln zu müssen, da ich mich darin seltsam wohlfühlte. Außerdem schmiegte sich der Stoff angenehm an meine Haut. Doch Magni hatte leider recht. Ich würde unter den anderen Menschen zu sehr auffallen und das wollte ich schließlich vermeiden. Was ich wollte, war, nach Hause zu gelangen, und dafür musste ich drei dämliche Aufgaben erfüllen.

Ich fühlte mich nicht wohl bei dem Gedanken, Hels Geschwister kennenzulernen. Denn ihr Bruder war der Fenriswolf, der einsam auf einer Insel angekettet lebte. Und die Midgardschlange, die anscheinend mit ihrem Körper die Menschenwelt umschlang, war ihre Schwester. Wie das überhaupt möglich war, hinterfragte ich besser nicht. Hel hatte einfach einen Wolf und eine Schlange als Geschwister, das war eben so.

Außerdem sollte ich die Zwerge besuchen. Das schien mir noch das kleinere Übel zu sein, weswegen ich Magni nach dem Essen mitteilen würde, dass ich mit dem Zwergenbesuch starten wollte. Hoffentlich waren sie mir wohlgesonnen und eher wie die sieben Zwerge von Schneewittchen. Auf habgierige, eigensinnige Zwerge, wie jene aus Mittelerde, konnte ich nämlich gerne verzichten.

Wir standen auf einer Wiese in Midgard. Die Sonne ging auf und alles schrie danach, dass es ein angenehm warmer Tag werden würde. Momentan war das Gras noch von glitzerndem Tau überzogen und die kühle, von Nebelschleiern durchzogene Luft sorgte für ein mystisches Bild.

Alles, was sich die letzten Minuten abgespielt hatte, ließ an einen Traum erinnern. Dass ich mich jetzt auch noch auf so einer malerischen Wiese befand – neben mir der glamouröse Hengst Gullfaxi, der hier auf uns gewartet hatte – machte die Situation nicht besser.

Wir hatten eine Regenbogenbrücke betreten, die den Namen Bifröst trug. Schon allein die Vorstellung, dass ich einen Fuß auf einen Regenbogen gestellt hatte, ließ mich eines Tages bestimmt verrückt werden. Alles, was ich in dieser irrsinnigen Vergangenheit erlebte, war merkwürdig. Ab und an dachte ich tatsächlich noch daran, ob ich nicht in einem meiner Träume gefangen war. Vielleicht wachte ich gleich wieder auf und all das war vorbei.

»Hast du dir überlegt, mit welcher Aufgabe du beginnen möchtest?« Magni holte mich aus meinen Gedanken. Dabei stand ich mit genau diesen noch immer auf Bifröst. Jene Brücke, die Asgard mit Midgard verband.

»Ich würde gerne die Zwerge besuchen. Kannst du mir etwas über sie erzählen? Wie sind sie so? Wo wohnen sie? Gibt es Frauen unter den Zwergen?«

»Frauen?« Magni entkam ein Lachen. Es war zwar von kurzer Dauer und endete abrupt, doch es berührte mich. So sehr, dass sich selbst auf meinem Gesicht, in meiner ausweglosen Lage, ein kleines Lächeln bildete.

»Ja, du weißt schon. Das andere Geschlecht«, half ich ihm leicht belustigt auf die Sprünge.

»Das ist mir schon klar. Wie kommst du nur auf den Gedanken, es gäbe keine Frauen unter den Zwergen? Wie denkst du denn, dass sie sich fortpflanzen?«

»Keine Ahnung, deshalb frage ich dich.« Das Wort *Zwitter* verließ erst gar nicht meinen Mund, weil ich nicht schon wieder etwas erklären wollte, von dem ich selbst nicht sonderlich viel wusste. Eine angehende Biologin war ich nämlich keine.

»Um deine Frage bezüglich der Frauen zu beantworten, ja, die gibt es. Allerdings sind sie noch scheuer als die Zwergenmänner, demnach wirst du sie als Mensch vermutlich nie zu Gesicht bekommen. Und um auf die anderen Fragen zurückzukommen ... Nun, die Zwerge sind hässlich, eigensinnig und klein. Aber sie sind auch begnadete Schmiede und Zauberer, die magische Waffen herstellen können. Mein Vater hat seinen Hammer Mjölnir den Zwergen zu verdanken.

Genauso wie Sif ihr goldenes Haar oder Odin seinen Speer Gungnir.«

Dass ich es bei den Zwergen mit Zauberern zu tun hatte, gefiel mir gar nicht. Denn alles, was mit Magie zu tun hatte, bereitete mir Unbehagen. Tja, dass ich es einem magischen Souvenir zu verdanken hatte, dass ich nun im Frühmittelalter festsaß, machte die Sache nicht unbedingt besser.

»Ich sollte wohl für mich behalten, dass ich es seltsam finde, dass eure Waffen Namen haben. Aber vielleicht bringt es ja Glück, wer weiß. Wo finde ich diese Zwerge jetzt?«

»Das hättest du wirklich für dich behalten können, denn es ist von äußerster Wichtigkeit, dass diese großartigen Waffen Namen haben. Ansonsten wäre Mjölnir nur ein Hammer. Und er ist alles andere als das. Übersetzt heißt er nämlich Zermalmer und das fasst sein Können ganz gut zusammen.« Magni machte eine kurze Pause, um seine letzten Sätze zu unterstreichen. »Und zu deiner Frage, wo du die Zwerge findest. Also ... das ist eine sehr gute Frage.«

Verdutzt starrte ich ihm ins Gesicht. »Was meinst du damit? Willst du mir etwa sagen, du weißt nicht, wie ich zu den Zwergen gelange?«

»Ich weiß es nicht.«

»Sag mal, wollt ihr mich verarschen?«, stieß ich aus. »Ich möchte nach Hause! Und jetzt soll ich auch noch auf Zwergensuche gehen, ernsthaft?«

Am liebsten hätte ich, wütend wie ein Kleinkind, mit dem Fuß aufgestampft. Ich ließ es bleiben, nicht nur, weil niemand es unter diesem langen braunen Leinenkleid gesehen hätte, sondern auch, weil es sich absolut nichts brachte.

Frigg hatte mir vor unserer Abreise ein anderes Kleid gegeben. Dieses passte besser zu meiner Statur als das erste, das ich von Magni bekommen hatte. Außerdem besaß es einen Gürtel, an dem eine kleine Tasche befestigt war.

»Ich würde ja vorschlagen, dass wir zuerst die Aufgabe des Fenriswolfs erfüllen könnten oder die der Midgardschlange. Doch ... Ehrlich gesagt habe ich keine Ahnung wie. Und vielleicht können dir die Zwerge bei den weiteren Aufgaben ja helfen, indem sie dir ein Geschenk machen. Das tun sie ohnehin gern, solange man weiß, wie man sie dazu bekommt.«

»Wie man sie zu was bekommt?«

»Dazu, dir ein Geschenk zu machen. Loki hat es schließlich innerhalb eines Ausflugs geschafft, sechs solcher Geschenke an Odin, Freyr, Sif und meinen Vater Thor zu überbringen. Zwar ging das alles nicht unbedingt zu Lokis Gunsten aus, aber zu dieser Zeit war ich noch nicht auf der Welt. Diese Geschichte kenne ich nur aus zweiter Hand. Worauf ich aber hinauswollte, ist, dass die Zwerge dir bei deinen beiden weiteren Aufgaben behilflich sein können. Schließlich solltest du das nicht auf die leichte Schulter nehmen.«

»Das hilft mir ungemein«, zischte ich und funkelte Magni an. »Du sagst mir, ich soll es nicht auf die leichte Schulter nehmen. Was denkst du denn? Dass es mir Spaß macht? Dass ich überglücklich bin, einem angeketteten, wütenden Wolf zu begegnen? Oder einem Reptil, vor dem ich echt Angst habe? Ihr Götter seid echt bescheuert! Weißt du was? Ich finde meinen eigenen Weg zurück in meine Zeit. Ich brauche weder Odin noch dich oder sonst einen Gott. Ich bin eine Frau, ich kann das allein!«

Mit diesen Worten kehrte ich einem verdutzten Magni den Rücken zu und marschierte durch das noch nasse Gras. Von der Wut angetrieben, blickte ich kein einziges Mal zurück. Ich war einfach nur sauer auf alle hier. Meine komplette Situation war schlichtweg abgefuckt.

»Magnolia, warte!«, hörte ich plötzlich hinter mir.

»Ach, du weißt also noch, wie ich heiße!«, war alles, was meinen Mund verließ, ohne dabei stehen zu bleiben.

»Magnolia!«

Magni berührte mich am Ellbogen, was letztlich doch dazu führte, dass ich anhielt.

»Was?«, fauchte ich wie eine Wildkatze, die ihre blinden Jungen verteidigte. »Ich dachte, du wärst froh, wenn du meine anstrengende Art nicht mehr ertragen musst? Jetzt mache ich es dir leicht, indem ich gehe, und trotzdem bist du nicht zufrieden.«

»So war das nicht gemeint.« Seine Stimme klang sanft, aber seine Augen, die normalerweise wie ein ruhiger See im Mondlicht schimmerten, glichen jetzt nahenden Gewitterwolken, bei denen ich noch nicht sicher war, ob sie mich nur vor dem Sturm warnen, mich eiskalt erwischen oder die Sonne zwischen ihnen hindurchscheinen lassen wollten. »Natürlich ist mir klar, dass dir die Aufgaben Unbehagen bereiten. Du wärst töricht, wenn nicht. Odin befahl mir, dich zu begleiten, also tue ich das auch.«

Ich schnaubte auf.

»Und was deine Art betrifft ... Sei einfach, wie du bist. Ich bin manchmal übellaunig, schnell gereizt und sage dann Dinge, die ich eigentlich nicht so meine. Ich mag dich, das habe ich bereits in Helheim angesprochen, also ...« Magni machte eine kurze Pause. »Also entschuldige ich mich bei dir, dass ich heute Morgen auf dem Weg zu Odin schlechte Laune hatte, die ich nicht an dir hätte auslassen dürfen.«

Magni hatte sich schon wieder für etwas entschuldigt, obwohl ich keine Entschuldigung seinerseits erwartet hatte. Mein Ärger schwand immer mehr, genauso wie die Gewitterwolken in seinen Augen. Eigentlich hatte meine Wut nicht nur mit Magni zu tun, sondern kam auch daher, dass ich absolut überfordert mit meiner Situation war. Seine Worte und die Stimmlage dazu bewirkten etwas in meinem Inneren. Es glich einer warmen Welle, die durch meinen Körper rollte.

»Ich ... Ich weiß einfach nicht, was ich tun soll«, gestand ich verzweifelt.

Er stand mir sehr nah. Irgendwo in einem Winkel meines Gehirns war mir auch allzu bewusst, dass Magni noch immer meinen Ellbogen hielt.

»Ich werde dir helfen. Das sage ich nicht nur, weil Odin es befohlen hat, sondern weil ich dich nicht allein diese Aufgaben bewältigen lassen werde. Ich verspreche es dir.«

»Du versprichst es?« Mist, ich merkte selbst, dass meine Stimme nicht mehr lange durchhielt, bevor sie brechen würde.

Ich war den Tränen so nah wie in der Ruine, nur dort hatte ich ihnen freien Lauf gelassen.

»Ich verspreche es.« Sein Griff um meinen Ellbogen festigte sich. »Ich lasse dich nicht allein, wo du als Mensch doch nicht die Einzige bist, die am liebsten einen großen Bogen um die Insel des Fenriswolfs machen und die Midgardschlange am besten niemals persönlich treffen möchte. Glaub mir, ich bin da auch nicht sonderlich scharf drauf.«

»Wieso lässt du dir dann von deinem Großvater befehlen, es zu tun? Du müsstest bestimmt nicht alles tun, was er sagt.«

»Er ist der Allvater«, antwortete er, als wäre diese Tatsache Grund genug. »Jetzt lass uns sehen, wie wir die Dvergr finden können.«

»Dvergr?«

»So nennen wir die Zwerge. Unter anderem auch Halbwüchsige, Wicht oder halbe Portion, aber das finden die Zwerge nicht so witzig. Also lass das lieber sein.«

Jetzt schaffte Magni es sogar, dass sich meine Mundwinkel leicht nach oben bogen. »Dann werde ich mich davor hüten. Schließlich will ich Geschenke bekommen.« Magni sei Dank hatte ich meine Stimme wieder.

Komisch, er brachte es zustande, dass ich von einem Moment auf den nächsten ganz anders empfand. War ich glücklich, so schaffte er es, dass ich mich mies fühlte. Doch andersrum funktionierte es genauso. War ich aufgewühlt, sauer oder traurig, konnte er mir ein Grinsen auf mein Gesicht zaubern. Ich kannte diesen Halb-Riesen noch nicht einmal seit einer Woche, dennoch konnte ich nicht leugnen, dass da etwas zwischen uns war. Eventuell täuschte ich mich auch und es erging nur mir so, aber mein Gefühl sagte mir etwas anderes. Auf mein Bauchgefühl konnte ich mich immer verlassen, denn es hatte mir eigentlich auch geraten, Odin nicht kennenzulernen. Ich hatte nicht darauf gehört und es dennoch getan. Was ich nun davon hatte, sah ich ja.

Aber in diesem Moment schwirrten schon wieder ein paar kleine Schmetterlinge in meinem Bauch umher. Hatte es etwas mit dem kleinen Lächeln zu tun, das an Magnis Mundwinkel zupfte? Oder damit, dass er den Körperkontakt weiterhin aufrechterhielt, obwohl er meinen Ellbogen schon längst hätte loslassen können? Oder, dass er sich erneut bei mir entschuldigt hatte und dies so aufrichtig rübergekommen war, dass ich nicht anders konnte, als ihm zu glauben, dass es ihm ernst war?

»Kannst du mich von nun an einfach Magnolia nennen? Nicht *dieser Mensch*, so wie du es in Anwesenheit anderer Götter schon öfter getan hast.«

»Wenn du das möchtest, dann tue ich das.«

»Ja, das möchte ich.«

Sein Blick bohrte sich in meinen und so standen wir uns eine Zeit lang einfach gegenüber. Wir redeten nicht mehr, hatten uns anscheinend in dem Moment nichts mehr zu sagen. Das war in Ordnung so, denn irgendwie war dieser Augenblick magisch. Nicht nur, dass die Kulisse perfekt dazu passte, sondern auch, so kitschig es klang, dass ich meine Augen nicht mehr von seinen lösen konnte, weil sie einfach tausendmal schöner waren als die bezaubernde Wiese um uns herum.

Erst als Gullfaxi seinen Herrn leicht mit den Nüstern berührte, war unser inniger Moment vorbei. Ob ich dem prachtvollen Hengst dafür dankbar sein sollte, wusste ich noch nicht so recht. Vermutlich sollte ich es, denn mal ehrlich: Es war mehr als nur unklug, sich in einen Typen aus einer anderen Zeit zu verlieben. So was bekam nur in Büchern und Filmen ein Happy End und ich war ziemlich sicher, dass ich nicht in solchen gelandet war.

11

ÜBEL IST ÜBEL

Wir saßen bereits seit einiger Zeit gemeinsam auf Gullfaxis Rücken, während dieser gemütlich im Schritt vorwärtsging.
»Können wir Greta eigentlich holen?« Kaum hatte ich meinen Satz ausgesprochen, wusste ich, dass er dumm war. Natürlich konnten wir Greta nicht holen, denn einer Ziege würde es weder bei Zauberern noch bei einem riesigen Wolf oder einer überdimensionierten Giftschlange gefallen. »Ach nein, vergiss es«, fügte ich daher rasch hinzu, damit Magni mir mit seiner Antwort nicht zuvorkommen konnte.

»Es wäre wohl keine gute Idee, aber nachdem wir bei den Zwergen waren, können wir nach ihr schauen und die Bauernfamilie besuchen. Dort können wir uns dann noch mal stärken, ehe wir zu Hels Geschwistern reisen. Hört sich das gut an?«

Ich drehte meinen Kopf, um Magni, der hinter mir saß, zu betrachten. Hatte er soeben vorgeschlagen, Greta nach den Zwergen zu besuchen? Ich konnte nicht verhindern, dass ich lächelte. »Das hört sich sehr gut an, ja. Danke.«

Kurz sagten wir nichts mehr und ließen einfach die Sonnenstrahlen auf uns wirken, die schon am Vormittag eine angenehme Wärme spendeten. Doch dann schoss mir eine

Frage durch den Kopf, die ich auf der Stelle loswerden wollte. »Wohin reiten wir überhaupt? Hast du einen Plan, wo die Zwerge wohnen könnten?«

»Dvergr leben in Svartalfheim. Allerdings kommt man dort nicht so leicht hin. Deshalb suchen wir jetzt einen Zwerg auf, der uns zu den anderen bringt, von denen einer dir hoffentlich eine magische Waffe schmieden kann, die dir bei Hels Geschwistern von Nutzen sein wird. Einen Zwerg habe ich bereits im Kopf, der uns helfen könnte. Wir werden im Schritt reiten, was natürlich länger dauert, aber ich nehme an, du möchtest nicht in eine schnellere Gangart wechseln?«

Hastig schüttelte ich den Kopf. »Wäre die Alternative nicht, dass ich den gesamten Weg laufen müsste, würde ich auch jetzt nicht auf Gullfaxis Rücken sitzen. Also ja, ich möchte bitte im Schritt bleiben.«

Magni verstärkte mit einem Mal seinen Griff um meine Taille, so als hätte er Angst, ich würde nach meinen Worten vom Hengst springen, um tatsächlich nebenherzulaufen.

»Dann brauchen wir eben etwas länger. Ich versuche so gut es geht die Dörfer zu meiden, damit wir nicht unnötig aufgehalten werden.«

»Danke.« Ich lächelte leicht. »Da wir etwas länger reisen, möchtest du mir die Geschichte von Lokis Ausflug zu den Zwergen erzählen? Also die, in der er sechs Geschenke mitgebracht hat?«

Magni brummte etwas vor sich hin, was durchaus amüsiert klang. Dann sagte er: »Die Geschichte ging nicht sonderlich gut für Loki aus. Ich erzähle sie dir daher gern.«

Augenverdrehend, doch noch immer grinsend, lauschte ich Magnis Worten. Wie auch in Helheim, war er der geborene Erzählkünstler schlechthin.

»Alles fing damit an, dass Loki Sif die Haare abgeschnitten hatte.« Als könnte Magni die Fragezeichen über meinem Kopf sehen, erklärte er: »Sif ist die erste Frau Thors, also meines Vaters. Ihr habe ich meine Schwester Thrud zu verdanken, die ein paar Jahre älter ist als ich. Jedenfalls liebte Sif ihr Haar und sie war stolz darauf. Täglich verbrachte sie mehrere Stunden vor unzähligen Spiegeln, kämmte ihr Haar und probierte die verschiedensten Frisuren aus. Wie gesagt, sie *liebte* ihr Haar. Und Loki wäre nicht Loki, wenn er nicht stets irgendeinen Unfug geplant hätte. Jedenfalls schnitt er ihr eines Nachts die Haare ab, vielleicht einfach nur, um Sif zu ärgern. Aber niemand wagt es, Hand an der Familie meines Vaters anzulegen, ohne dafür bestraft zu werden.«

Ich hing an Magnis Lippen, selbst wenn ich ihn nicht anschaute. Seine Stimme fesselte mich, was mich meine Umgebung vollkommen ausblenden ließ.

»Thor befahl, dass Loki Sif innerhalb weniger Tage neue Haare – *schönere* Haare – überbringen musste. Wie er das anstellte, war meinem Vater egal. Er musste es nur tun, sonst würde er den Zorn des Donnergotts gänzlich auf sich ziehen, und schließlich waren dem listigen Gott seine Knochen heil lieber als gebrochen. Loki wusste, dass er zu weit gegangen war und sah ein, dass Sif neue Haare brauchte. Denn die Arme traute sich nicht mehr aus ihrem Zimmer, weil sie sich so hässlich und gedemütigt fühlte. So wie ich sie kenne, weinte sie die ganze Zeit ununterbrochen. Jedenfalls suchte Loki die Zwerge auf, tauschte Zwergenbrei, der eigentlich sehr schwer zu beschaffen ist, gegen Sifs Haare und wartete einige Stunden, bis die Haare fertig waren. Wie er es angestellt hatte, dass die Zwerge ihm tatsächlich die Haare fertigten? Nun ja, er hatte behauptet, dass sie so etwas Kostbares niemals zustande bringen würden. Und, dass er ansonsten einfach einen anderen Zwerg beauftragen würde, weil Ivaldi und seine Söhne anscheinend doch nicht solch ausgezeichnete Schmiede waren, wie er angenommen hatte. Damit bekam Loki dann, was er wollte, denn Ivaldi und seine Söhne machten sich an die Arbeit. Sie fertigten nicht nur das goldene Haar für Sif, das sich auf der Stelle mit ihrem Kopf verbinden würde, wenn sie es aufsetzte, sondern auch den Speer Gungnir und Skidbladnir.«

»Wer ist Skidbladnir?«

»Nicht wer, sondern was«, antwortete Magni sofort. Heute schienen ihm meine Unterbrechungen nichts auszumachen. »Skidbladnir ist ein riesiges Schiff, das stets Wind in den

Segeln hat und nach jeder Fahrt wie ein Tuch in der Tasche getragen werden kann. Stell dir vor, dieses hölzerne Schiff kann man auseinanderfalten, je nach Belieben. Es ist einfach das beste Schiff, das unter uns Asen bekannt ist.« Er klang wie ein kleines Kind, das von seiner Lieblingseissorte schwärmte, was mich lächeln ließ.

»Die Zwerge sind zu so etwas fähig? Das ist unglaublich«, stieß ich hervor. Wieso lebten diese Gnome in meiner Zeit nicht mehr? Oder taten sie es vielleicht noch, aber unbemerkt? Doch wie konnte in meiner wirklichen Zeit etwas unbemerkbar bleiben? Aufgrund der Technik, des Internets und vieler anderer Dinge schien mir das unmöglich. Oder blieben sie aufgrund eines Zaubers verborgen?

»Ja. Deshalb denke ich, dass sie dir beim Fenriswolf und der Midgardschlange behilflich sein können. Wenn sie denn wollen.«

»Wie bringe ich sie bloß dazu, mir zu helfen?«, fragte ich nachdenklich.

»Freyja hat, um ihre Halskette Brísingamen zu bekommen, mit vier Zwergen vier Nächte verbracht. Jeder durfte sie in einer Nacht haben.«

»Ugh.« Entsetzt starrte ich Magni über meine Schulter an. »Willst du mir etwa sagen, dass ich mit den Zwergen schlafen soll?«

Mein Begleiter lachte kurz auf. »Nein, aber ich habe dir gesagt, was die Liebesgöttin Freyja getan hat, um an ihre geliebte Kette zu kommen.«

»Vielleicht sollte ich mich als Mann ausgeben, wenn wir die Zwerge besuchen«, überlegte ich laut. »Schließlich will ich nicht, dass sie auf perverse Gedanken kommen.«

»Ich muss dich enttäuschen, aber an dir ist absolut nichts männlich.«

Ich hob die Augenbrauen. »Das bekomme ich hin. Zwar sagt es mir so gar nicht zu, meine Haare unter einer Mütze zu verstecken. Oder einer Haube. Oder einem Hut. Können wir einen Hut auftreiben? Ich denke, so wäre es das Beste. Wenn du mir schon solche Geschichten erzählst, will ich es nicht darauf ankommen lassen, dass die Zwerge möglicherweise auf abartige Gedanken kommen.«

»Selbst wenn du deine Haare versteckst, hast du keinen Bartwuchs. Ich muss dich noch mal enttäuschen, aber ich denke, daraus wird nichts.«

»Hm.« Ich dachte angestrengt nach, jedoch hatte Magni recht. In näherer Umgebung gab es bestimmt nichts, was einem Maskenladen ähnelte. All die Jahre hatte ich versucht, meine weiblichen Rundungen zur Geltung zu bringen, mich vorzeigbar zu schminken, und nun hatte ich tatsächlich daran gedacht, mich als Mann zu verkleiden.

Auf einer Verzweiflungsskala von eins bis zehn war ich definitiv auf die Zehn hochgeschnellt. Aber meine Gesamtsituation schien mir so aussichtslos, dass ich zu allen möglichen Maßnahmen greifen würde. Zwar hatte ich vor wenigen Stunden noch gefunden, dass die Zwerge vermutlich das kleinere Übel waren, aber nun hatte sich meine Meinung geändert.

Außerdem ... war es nicht Geralt von Riva gewesen, der etwas in diese Richtung gesagt hatte: *Übel ist übel. Kleiner, größer, dazwischen, es ist alles eins.*

Dass ich über diesen fiktiven Hexer Bescheid wusste, war auch nur meinem Ex-Freund zu verdanken. Was ich mir seinetwegen alles angeschaut hatte! Ihn hingegen hatte es nie interessiert, einmal eine Liebeskomödie oder dergleichen mit mir zu gucken. Weil ich schon wieder an meinen Ex-Freund dachte, an den ich eigentlich keine einzige Gehirnzelle mehr verschwenden wollte, versuchte ich mich zurück in die Realität zu bugsieren.

»Erzählst du mir die Geschichte von Loki weiter?«, fragte ich daher Magni.

»Natürlich. Nachdem Loki die drei Geschenke erhalten hatte, begegnete er Brokk und Sindri. Sie sind zwei Brüder, die eine Wette mit dem hinterlistigen Gott abschlossen. Denn die beiden Brüder waren sicher, dass sie bessere Geschenke herstellen konnten als Ivaldi und seine Söhne. Da Loki davon überzeugt war, dass nichts besser als das faltbare Schiff

Skidbladnir wäre, willigte er ein und sie wetteten gegenseitig um den Kopf des anderen.«

Ich hob meine Augenbrauen und ließ die Geschichte kurz wirken. Wieso waren in dieser Zeit bloß alle so brutal? Wer veranstaltete schon einen Wettbewerb, wo das eigene Leben gefährdet wurde? Das war so abnormal, aber bei den nordischen Göttern wunderte mich bald nichts mehr, schließlich hatte sich auch der Götterallvater selbst ein Auge entnommen.

»Brokk und sein Bruder Sindri fertigten den Hammer Mjölnir, den Zauberring Draupnir und Gullinbursti. Mjölnir kennst du bereits, er ist der Hammer meines Vaters und die gewaltigste Waffe der Götter. Gullinbursti ist ein goldener Eber, der so hell leuchtet, dass er damit selbst die dunkelste Nacht erhellen kann. Gullinbursti kann auch in der Luft und auf dem Wasser laufen und er ist besser als jedes gewöhnliche Pferd. Freyr reitet ihn selbst, er kann sich glücklich schätzen, so ein tolles Geschenk bekommen zu haben. Ach ja, und der Ring Draupnir gehört Odin, von ihm träufeln alle neun Tage acht weitere Ringe. So bleibt Odin immer reich an Gold.«

»Da hoffe ich ja schon fast darauf, ähnlich tolle Geschenke zu bekommen«, feixte ich und war erstaunt, wozu die Zwerge fähig waren.

»Das kann ich dir nicht einmal verübeln«, schmunzelte Magni. »Jedenfalls, um bei der Geschichte zu bleiben, reisten Loki, Brokk und Sindri gemeinsam nach Asgard. Odin sollte der Richter sein und gemeinsam mit Thor und Freyr entschied er unvoreingenommen, welches das bessere Geschenk war. Natürlich hoffte Loki, dass es Skidbladnir sein würde, denn er konnte sich nichts vorstellen, das das Herz eines Nordmannes höherschlagen lassen konnte als dieses Schiff. Alle Asen waren schließlich echte Nordmänner, die eine Schwäche dafür hatten, ein großes Schiff zu steuern, dem Sturm und dem Wind zu trotzen, um fremde Länder zu erkunden. Loki wurde jedoch enttäuscht, denn Odin und die beiden anderen Götter hatten sich beraten. Es war der Hammer meines Vaters, der den Wettbewerb gewann.«

Überrascht hob ich eine Augenbraue. »Ich dachte, Loki lebt noch?«, fragte ich verdutzt.

»Das tut er auch. Er hat um seinen Kopf gewettet, das stimmt. Und deshalb musste er eiligst nach einer Lösung suchen, denn er hatte sich da in ein ordentliches Problem hinein geboxt. Aber Loki wäre nicht Loki, wenn er dafür keinen Ausweg finden würde. Schließlich hatten sie um den Kopf gewettet, aber nicht um den Hals. Und weil der Kopf anders nicht abgetrennt werden konnte, durfte Loki weiterleben. Da Brokk und Sindri ihn dennoch nicht einfach davonkommen lassen wollten, nähten sie ihm den Mund zu.«

»Oh nein!«, stieß ich aus und stellte es mir bildlich vor. Ein fataler Fehler, denn Gewalt konnte ich nicht ausstehen.

»Oh doch. Vermutlich war es auch sehr schmerzhaft gewesen. Alle Anwesenden hatten sich totgelacht, weil Loki nicht mehr reden konnte und witzig aussah. Er fühlte sich in diesem Moment mindestens genauso gedemütigt wie Sif, als sie plötzlich keine langen Haare mehr gehabt hatte. Im Übrigen, die goldenen Haare hielten, was sie versprachen, denn Sif wurde von nun an aufgrund ihrer goldenen Haare verehrt.«

»Was für eine Geschichte«, wisperte ich.

Im Normalfall hätte ich kein Wort davon geglaubt und alles als ein Märchen abgetan. Eines, das man den Kindern zum Einschla... Nein hoppla, das war definitiv keine Geschichte, die man Kindern zum Einschlafen erzählen sollte. Obwohl ich nicht sicher war, ob die Menschen in dieser Zeit das nicht etwas anders sahen.

»Kann Loki denn sprechen?«, fragte ich Magni nach einer kurzen Redepause. Dass Loki der Mund von Zwergen zugenäht worden war, hieß schließlich nicht, dass es für immer so geblieben war.

»Natürlich.« Magni wusste anscheinend, worauf ich hinauswollte, denn er redete sofort weiter. »Da Loki ein Gestaltwandler ist, verwandelte er sich kurze Zeit später in den alten Loki zurück. Also, ohne die fiesen Narben in seinem Gesicht.«

»Loki ist ein Gestaltwandler?«, fragte ich verdutzt und kam nicht darum herum, an Werwölfe zu denken.

Das alles hatte ich nicht gewusst. Generell hatte ich zu meinem Bedauern viel zu wenig Wissen über die nordische Mythologie. Hätte ich mich bloß in der Zukunft dafür interessiert! Dann wüsste ich jetzt mehr über Ragnarök, die Zwerge, den Fenriswolf, die Midgardschlange und auch über Magni.

»Ja, er kann sich in alles verwandeln, was er schon einmal mit eigenen Augen gesehen hat.«

»In alles?« Ich warf Magni einen perplexen Blick zu.

»Ja. Aber in so kleine Tiere wie Mücken oder Fliegen verwandelt er sich anscheinend nicht gern, weil es schmerzhaft ist, seinen Körper in so ein kleines Wesen zu quetschen. Außerdem will er nicht von Asen erschlagen oder von einer Kröte verspeist werden. Aber grundsätzlich kann er sich in alles und jeden verwandeln.«

»Das bedeutet, wenn er jetzt plötzlich vor uns steht und sich in dich verzaubert, dann könnte ich euch nicht auseinanderhalten?«

»Nun.« Magni überlegte einen Moment. »Es ist nur der Körper, den er ändern kann. Die Kleidung wäre noch die von Loki. Es wäre also schwierig, doch machbar. Denke ich.«

»Gruselig. Loki will ich am liebsten nicht begegnen.« Genauso wenig wie seinen Kindern dem Fenriswolf oder der Midgardschlange. Nur schien das momentan unausweichlich.

Wir ritten eine Weile auf Gullfaxi, ehe Magni eine Pause einlegte. Der Hengst graste sofort neben dem Waldrand, an dem wir hielten. Ich schaute mich kurz um, doch außer Wiese und Wald konnte ich nicht viel erkennen. Der Wind brauste und wehte einen salzigen Geruch in unsere Richtung. Ich schlussfolgerte, dass das Meer nicht weit entfernt lag, aber ich das Rauschen aufgrund des Windes nicht hören konnte. Das Gras bog sich in alle Himmelsrichtungen, vereinzelte Haarsträhnen flogen mir immer wieder ins Gesicht und blieben an meinen Lippen oder meinen langen Wimpern hängen.

»Ich bin gleich zurück.«

In der ersten Sekunde wollte ich protestieren und Magni anflehen, dass er mich hier nicht zurücklassen sollte, dann besann ich mich zum Glück wieder. Ich hatte den Halb-Riesen noch nie beim Toilettengang erwischt, weshalb es für mich nur logisch war, dass er diesen bestimmt auch einmal verrichten wollte. Also ließ ich Magni ohne Widerworte gehen und wartete neben Gullfaxi ungeduldig auf seine Rückkehr.

Dieses *gleich* stellte sich als länger heraus, als ich angenommen hatte. Hätte ich eine Uhr bei mir, wäre bestimmt schon eine Viertelstunde vergangen. Wo blieb mein Holzkopf bloß?

Immer wieder spähte ich in den Wald, wagte aber nicht, ihn ohne Magni zu betreten. Außerdem hatte er gesagt, dass er gleich wieder zurück sein würde.

Weitere Minuten verstrichen, in denen ich mir Horrorszenarien ausmalte. Langsam machte sich Sorge in mir breit, gleichzeitig fühlte ich mich hilflos. Sollte ich nach ihm suchen? Aber was, wenn er genau dann zurückkam, wenn ich nicht mehr da war, und dann dachte, dass ich schon wieder geflohen war? Mein Puls schoss in die Höhe und ein dicker Kloß bildete sich in meinem Hals.

Ich warf dem Cremellohengst einen Blick zu. Er graste genüsslich, ohne den Kopf zu heben. Gullfaxi wiegte sich in Sicherheit. Sollte etwas mit seinem Besitzer sein, würde er das doch mitbekommen, oder? Zumindest würde er den Kopf heben, die Ohren spitzen oder lauschen. Pferde waren schließlich Fluchttiere.

Nach schier endlosen Minuten tauchte mein Begleiter wieder auf und der Kloß in meiner Kehle lockerte sich. Keine Ahnung, wie viel Zeit vergangen war, aber ich würde auf mindestens eine halbe Stunde tippen.

»Wo warst du so lange? Ich habe mir Sorgen gemacht!«, fuhr ich ihn an, sobald er nur mehr wenige Meter von mir entfernt war.

Triumphierend hob er einen Arm hoch und zeigte mir ein totes Hermelin. »Ich habe dir ein Wiesel erlegt. Nach dem langen Ritt bist du sicher hungrig.«

Ich wollte zu einer Antwort ansetzen, doch alles, was ich zustande brachte, war ein offen stehender Mund. Eine Weile sagte keiner etwas. Magni machte sich daran, ein paar Äste zu einem Holzhaufen zusammenzulegen. Er wollte scheinbar ein kleines Lagerfeuer errichten.

»Also, Magni. Ähm.« Etwas unschlüssig stand ich neben dem knienden Halb-Riesen. Ich war mir ziemlich sicher, dass er das, was ich ihm nun sagen wollte, nicht gut aufnahm.

»Ja?« Er schaute zu mir auf.

»Ich bin Vegetarierin.«

Verständnislos starrte er mich an. »Und was ist eine Vegetarierin?«, fragte er nach einigen schweigsamen Sekunden.

»Ich esse kein Fleisch.«

Seine eben noch neutralen Mundwinkel sackten hinab. Ein genervter Ausdruck legte sich auf sein Gesicht. Ich hatte es gewusst. Er nahm diese Tatsache nicht gut auf.

»Das heißt, du wirst das Wiesel nicht essen?« Ich schüttelte den Kopf, woraufhin er nur kurz auflachte. »Wovon ernährst du dich dann? Von Gras? Bitte, nur zu. Stell dich zu Gullfaxi!«

Als ich nichts darauf erwiderte, drehte sich Magni von mir weg und schlichtete die Hölzer eine Spur zu grob weiter. Ich beobachtete jeden seiner Handgriffe, denn ich wusste im Moment nicht, was ich tun oder sagen sollte. Erst als er es irgendwie geschafft hatte, die Hölzer zum Brennen zu bringen, erwachte ich aus meiner Starre.

»Magni, ich bin dir sehr dankbar für die Geste, dass du ein Tier für mich erlegt hast.« Noch nie war mir ein Satz so schwer gefallen. Ich hasste es, dass dieses Hermelin wegen mir gestorben war! »Weißt du, ich esse deshalb keine Tiere, weil das in meiner Zeit moralisch für mich nicht vertretbar ist. Bei euch ist es doch so, dass ihr die Tiere erlegt und sie danach esst. Ihr braucht das tierische Eiweiß. Nur ... in meiner Zeit gibt es die Massentierhaltung. Das sagt dir vermutlich nichts, aber die

Tiere werden oft in Käfigen gehalten, sehen nie das Tageslicht, werden von einem Ort zum nächsten transportiert, haben Stress und Schmerzen bei der Schlachtung und es werden ohnehin viel zu viele Tiere getötet, die niemand essen kann und dann weggeworfen werden. Viele Tiere sterben also umsonst. Es gibt noch mehr Gründe, wieso ich mich entschieden habe, kein Fleisch zu konsumieren, um diese Industrie nicht zu unterstützen, aber die würdest du im Moment nicht verstehen und ich kann das unmöglich alles jetzt erklären. Auch wenn es in dieser Zeit keine Massentierhaltung gibt, kann ich kein Tier essen. Es tut mir also leid, dass du für mich jagen gegangen bist, aber ich kann einfach nicht.«

Während ich sprach, drehte sich Magni zu mir und musterte mich nachdenklich. Sein intensiver Blick ließ mich schwer schlucken.

Nein, ganz bestimmt würde ich meine ethisch-moralischen Gründe im Frühmittelalter nicht einfach über Bord werfen. Zwar herrschten hier andere Zustände, trotzdem konnte ich dieses Hermelin nicht essen. Wenn ich nur daran dachte, drehte sich mir der Magen um.

»Ich habe Friggs selbst gemachtes Brot eingepackt. Bist du hungrig?«

Ein kleines, dankbares Lächeln schlich sich auf mein Gesicht, ehe ich nickte. »Ja, ich bin hungrig.«

Während Magni sich das Wiesel im Feuer briet, aß ich von dem Brot. Magni sagte zwar nichts zu dem, was ich ihm erzählt hatte, aber das war in Ordnung. Hauptsache, er war nicht mehr böse auf mich oder genervt von mir. Vielmehr schien er in sich gekehrt. Vielleicht beschäftigten ihn meine Worte?

Langsam brach die Nacht herein. Dabei war mir nicht klar gewesen, dass wir schon so lange unterwegs gewesen waren. Obwohl mein Körper anderer Meinung war, denn den Ritt spürte ich in jedem meiner Knochen, besonders im Gesäß und meinen Beinen.

»Schlafen wir unter freiem Himmel?«, fragte ich irgendwann.

»Ja.«

»Können wir dann nicht leicht überfallen werden?«

»Das ist ziemlich unwahrscheinlich, da ich heute Nacht Wache halten werde. Außerdem haben wir Gullfaxi, er würde es merken, wenn sich jemand nähert.«

»Du wirst nicht schlafen?«, wollte ich verdutzt wissen. Natürlich hätte es mir klar sein müssen, schließlich konnten wir uns unter dem Sternenhimmel nirgends einsperren. Ich war nur froh, dass der Wind etwas nachgelassen hatte und es auch nicht zu regnen begann. Hoffentlich blieb das die Nacht über so.

»Ich bleibe wach.«

»Wir können uns abwechseln, damit du morgen nicht zu erschöpft bist.«

»Ich bin nie zu erschöpft«, schoss es aus Magnis Mund.

Ja, klar. »Lass uns abwechselnd Wache halten«, versuchte ich es erneut. Anscheinend war ich das Thema falsch angegangen. »Ich kann sowieso nie schnell einschlafen, weil ich viel zu viel nachdenke. Also kann ich gerne die erste Wache übernehmen.«

Magni schien kurz darüber nachzudenken, stimmte meinem Vorschlag dann aber zu. »Du wirst mich sofort wecken, sollte dir etwas komisch vorkommen«, befahl er.

Augenverdrehend bejahte ich seine Anweisung.

Ich hoffte nur, dass ich keinen Fehler machte und die Beförderung zur Wachfrau – wie ich mich gedanklich jetzt einfach nannte – einigermaßen hinbekam. Auf keinen Fall wollte ich irgendetwas übersehen oder überhören.

1 2

GOLDENE ÄPFEL

Ich machte meinem Namen als Wachfrau alle Ehre. Zu meinem Glück hatte sich während meiner Schicht gar nichts getan, ich hatte wirklich genau auf jedes Geräusch gehört, was fast schon gruselig war. Meine Gedanken hatten sich bei sämtlichen Lauten überschlagen und am liebsten hätte ich Magni bei jedem hörbaren Windhauch aufgeweckt. Es nicht getan zu haben, erfüllte mich ein kleines bisschen mit Stolz.

Langsam kehrte jedoch die Müdigkeit bei mir ein, weswegen ich zu Magni krabbelte, der neben dem erloschenen Feuerplatz in einem Fell eingewickelt lag.

Es widerstrebte mir, Magni aufzuwecken, weil er so friedlich aussah, wenn er schlief. So kannte ich ihn tagsüber nicht. Zwar konnte ich bei dem wenigen Licht des Mondes nicht allzu viel erkennen, doch es reichte, um kurz neben ihm zu verweilen, um ihn beim Schlafen zu beobachten. Seine Arme lagen entspannt neben seinem Oberkörper und sein Brustkorb hob sich in regelmäßigen Abständen. Es war beruhigend, seinem gleichmäßigen Atem zu lauschen, wenn auch nur für kurze Zeit. Da ich ihn bis jetzt noch kein einziges Mal schnarchen gehört hatte, war er wohl nicht der Übeltäter im Bauernhaus gewesen.

Leider musste ich ihn aufwecken, da ich sicher war, dass mir die Augen bald zufallen würden. Und falls sich jemand an uns anschleichen sollte, wäre es ganz bestimmt nicht von Vorteil, wenn wir beide schliefen. Noch dazu würde Magni mir das ganz sicher sehr, sehr übel nehmen.

»Magni«, wisperte ich in die Stille der Nacht hinein. Wann immer ich meine Schwester Dahlia aufwecken musste, konnte ich zu einhundert Prozent sicher sein, dass sie auf dieses Flüstern niemals reagieren würde, deshalb hatte ich bei Magni auch nicht damit gerechnet. Tja, ein Fehler meinerseits, denn er war schließlich ein Krieger. Durch und durch. Vermutlich wusste er gar nicht, was ein tiefer Schlaf bedeutete.

Kaum hatte ich seinen Namen genannt, saß er mit gezogenem Schwert neben mir. Ich konnte gar nicht so schnell zurückweichen, da stand er schon auf seinen Beinen. So eine Reaktionsgeschwindigkeit könnte ich in manchen Situationen auch gebrauchen!

»Magnolia.« Er schaute mich an, doch keine Sekunde später lauschte er angestrengt und durchforstete mit seinen Augen die Umgebung. Erst als er sicher war, dass sich niemand in der Nähe aufhielt, hockte er sich zu mir auf den Boden. Gullfaxi, der kurz unbeeindruckt aufgeschaut hatte, als Magni sein Schwert gezogen hatte, schloss nun wieder die Augen.

»Ich glaube, ich schaffe es nicht länger, wach zu bleiben«, gab ich flüsternd zu.

»Du brauchst nicht flüstern«, schmunzelte Magni. »Es ist niemand in der Nähe.« Seine Stimme klang noch rau und verschlafen, aber Magni selbst schien schon putzmunter.

»Mhm.« Ich gähnte und hielt mir die Hand vor den Mund.

»Du kannst dich in mein Bettfell legen. Ich habe es schon mal vorgewärmt.« Im Schein des Mondlichtes konnte ich seine Zähne flüchtig aufblitzen sehen.

Ich erwiderte sein kleines Lächeln, indem ich die Augen verdrehte. »Danke.« Ich wollte mich schon im Bettfell verkriechen, als ich mich noch einmal zu Magni drehte. »Ich wusste gar nicht, dass du ein Schwert dabeihast. Bei unserem ersten

Zusammentreffen hast du mit einem Speer gekämpft.« Ich hatte wirklich nicht mitbekommen, dass er diese Waffe bei sich trug. So gut nahm ich also meine Umgebung wahr ...

»Den Speer habe ich lieber, das stimmt. Aber besser schlafen kann ich mit dem Schwert an meiner Seite. Besser kämpfen allerdings mit meinem Speer.«

»Hm.« Ich nickte und legte mich dann in das weiche Bettfell. Ich wusste nicht so recht, ob das ein Fehler war oder nicht. Einerseits wollte ich in dieser Nacht, wenn ich schlief, nicht erfrieren, andererseits roch alles nach Magni und diese Tatsache ließ mein Herz viel zu schnell klopfen.

Da ich aber ziemlich müde war, dauerte es nicht lange, bis ich die Augen schloss, Magnis Duft im Bettfell noch einmal lächelnd einsog und danach im Traumland verschwand.

°◊°

IRGENDWANN IM NOVEMBER 1918 IN ASGARD

»Mir fehlen unsere dämlichen Wetten«, gab Frigg mit einem wehmütigen Lächeln im Gesicht zu, nachdem die Söhne Thors ihr von dem Besuch in Helheim berichtet hatten.

Magni und Modi waren in Gladsheim, jenem Götterpalast in Asgard, der Odin gehört hatte, als er noch in Asgard gelebt hatte. Jetzt wohnte Frigg allein hier.

Gladsheim wirkte wie ausgestorben, was es mittlerweile auch irgendwie war. Früher war hier zusätzlich Walhall gewesen, der Aufenthaltsort der gefallenen Krieger, die Odin für Ragnarök *gesammelt* hatte. Seinen Tod hatten die Einherjer jedoch nicht verhindern können.

Magni schaute sich in dem Saal um. Frigg hatte eine Tafel angerichtet, die für ein ganzes Heer gereicht hätte, dabei waren nur er und sein Bruder zu Besuch gekommen.

Die Edelsteine an den Wänden und das Gold am Boden sahen fehl am Platz aus. Früher hatte hier alles gestrahlt, doch heute schienen die Kostbarkeiten matt und traurig. Selbst Frigg sah alt aus, obwohl sie noch immer alle einhundert Jahre Iduns goldene Äpfel aß, um jung zu bleiben.

»Ich weiß nur nicht, ob es mir guttun würde, Odin zu sehen. Vielleicht fühle ich mich danach besser, aber ich bezweifle es. Wahrscheinlich befindet sich dann ein noch dickerer Kloß in meinem Hals, sodass ich Iduns Äpfel gar nicht mehr essen möchte, um ebenfalls nach Helheim zu gelangen. Wir sind schließlich alle dazu bestimmt, irgendwann zu sterben. Ich lebe schon viel zu lange. Vielleicht ist auch meine Zeit gekommen.«

Magni ließ die Worte auf sich wirken, denn Frigg hatte irgendwie recht. Nur, dass er einen guten Grund hatte, noch einige Jahre leben zu wollen. Modi hingegen fixierte die Himmelskönigin mit großen Augen. »Du willst freiwillig sterben?«, entfuhr es ihm. Danach starrten Magni zwei braune Augen an, er verstand seinen Bruder auch so, ohne dass er die Worte laut aussprechen musste.

Modi wollte unbedingt mit den Kindern Odins über Frigg und Hels Angebot sprechen. Denn Vidar und Vali hatten genauso wie Magni und Modi Ragnarök überlebt. Und Odins und Friggs gemeinsame Söhne Hödur und Baldur waren während Ragnarök aus Helheim geflohen. Eigentlich sollte Frigg durch ihre beiden Söhne wieder mehr Lebenswillen entwickelt haben, doch wie es aussah, war sie einfach müde.

Müde vom langen Leben.

»Ich werde über das Angebot nachdenken«, eröffnete ihnen Frigg nach einigen schweigsamen Sekunden. Dabei überging sie einfach Modis Frage. »Ihr könnt noch zu Ende essen, aber dann verschwindet bitte.« Sie selbst stand von ihrem Stuhl auf und eilte aus dem großen Saal.

Zurück blieben die Brüder, die Frigg noch nie so erlebt hatten. Zwar war sie nicht ihre Großmutter, weil Odin Thor nicht mit ihr gezeugt hatte, doch Frigg gehörte genauso zur Familie. Und jetzt starrten die beiden nur das verschlossene Tor an, durch das die Himmelskönigin soeben verschwunden war.

»Wir müssen umgehend ein Thing einberufen!«

Magni konnte den Gefühlsausbruch seines Bruders gut verstehen. Natürlich wollte er ebenso wenig, dass Frigg die goldenen Äpfel verschmähte, aber wenn sie einfach nicht mehr leben wollte, mussten sie das akzeptieren. Schließlich war es ihr Leben. Andererseits wollte Magni nicht, dass Frigg einfach starb, nur weil sie keine Freude mehr am Leben hatte. Sie sollte etwas finden, an dem sie sich festhalten konnte, aber bei so einem langen Leben, das sie schon geführt hatte, war das sehr schwierig. Sie hatte gefühlt alles erlebt.

»Du hast recht, wir müssen ein Thing einberufen«, stimmte Magni seinem Bruder daher zu.

Außerdem sollten die anderen Asen während dieser Versammlung erfahren, was Hel angeboten hatte und wie Frigg über genau dieses Angebot dachte. Vielleicht konnten ihre beiden Söhne sie umstimmen und zum Leben animieren. Schließlich hatte sie immer alles für Baldur und Hödur getan, als sie noch am Leben gewesen waren. Jetzt waren sie es zwar wieder, doch ein Aufenthalt in Helheim hinterließ selbst bei den tapfersten Asen Spuren.

13

WOLKENKUCKUCKSHEIM

Lautes Vogelgezwitscher weckte mich. Zwei Vögel gaben in unmittelbarer Nähe ein Konzert zum Besten. Ich schlug die Augen auf, konnte die Vögel allerdings nicht sehen. Was ich dafür erkennen konnte, ließ mein Herz sofort nach dem Aufwachen doppelt so schnell schlagen.

Wie ist das denn passiert?!

Sofort versteifte sich mein Körper und ich hielt den Atem an. War Magni wach? Schlief er vielleicht? Er nahm seine Nachtwache bestimmt sehr ernst, demnach würde er ganz sicher nicht schlafen.

»Du bist also wach«, murmelte er keinen Wimpernschlag später. »Du musst dich nicht versteifen wie ein hartes Brett.«

Ich drehte meinen Oberkörper ein bisschen und schaute genau in Magnis Gesicht. Mein Kopf lag auf seinem Schoß und seine Hände ruhten auf meinem Körper. Die eine hatte er an meinen Rücken gelegt und die andere berührte meinen Haarscheitel. Jetzt konnte ich mich sogar an das beruhigende Streicheln meines Kopfes erinnern, als ich aufgewacht war.

Ziemlich sicher schoss mir Röte ins Gesicht, die selbst einer saftig süßen Erdbeere Konkurrenz machte. Ich konnte mir beim besten Willen nicht vorstellen, wie das passiert war.

Das Letzte, woran ich mich erinnerte, war, dass ich auf Magnis Bettfell eingeschlafen war.

»Du hast unruhig geschlafen«, begann er. Anscheinend sah er die vielen Fragezeichen auf meinem geröteten Gesicht. »Ich habe mich lediglich an deine Seite gesetzt. Den Rest haben wir ganz dir zu verdanken.« Seine vom Bart versteckten Mundwinkel hoben sich ein Stück.

»Tut ... Tut mir Leid«, stotterte ich, aber ich bewegte mich noch immer keinen Zentimeter von seinem Schoß. Ich konnte lediglich in Magnis Mondsee-Augen blicken, die mich, wie so oft, fesselten.

»Muss es nicht.«

»Doch, ich ähm ... liege auf dir.« Kaum hatte ich diese Worte ausgesprochen, setzte ich mich aufrecht hin. Scheinbar wirkten sie Wunder, wenn man sie laut aussprach.

»Wenn du es nicht gesagt hättest, wäre mir das gar nicht aufgefallen.«

»Machst du dich über mich lustig?«, fragte ich. Auch meine Lippen bildeten ein leichtes Lächeln.

»Wenigstens stotterst du nun nicht mehr herum. Ich wusste gar nicht, dass ich dich noch in Verlegenheit bringen kann.«

»Ich war noch nicht ganz wach. Das hat rein gar nichts mit dir zu tun.« Ich wusste, dass Magni meine Sätze nicht allzu ernst nahm, denn mein Grinsen verriet mich.

»Natürlich, das muss es gewesen sein. Mein kriegerischer Charme lässt schließlich jede Frau kalt.«

»Kann es sein, dass du ein bisschen eingebildet bist?«

»Ich sagte doch *lässt kalt*.«

»Mhm. Das hast du natürlich sehr ernst gemeint.«

Magni lächelte mich an. Hach, wenn dieser Typ bloß öfter lächeln würde! Es stand ihm so gut. Zumindest wurden meine Knie weich wie Butter, sodass ich besser noch etwas neben ihm im Gras sitzen bleiben sollte. Immerhin wollte ich nicht aufstehen, um dann auf der Stelle zusammenzuklappen, weil meine Kniescheiben schmolzen.

Gedanklich boxte ich mir gegen die Schulter, um mein

Wolkenkuckucksheim zu vernichten. Woran dachte ich denn bitte? An Kniescheiben, die wie Butter schmolzen? Nicht einmal bei meinem Ex-Freund Lukas hatte ich so seltsame Gedanken gehabt und da war ich bei Weitem nicht so reif gewesen, wie ich es mittlerweile war. Obwohl ich die letzten Tage an meiner Reife, inklusive meines Verstandes, gezweifelt hatte.

»Ist bei dir alles in Ordnung? Du guckst komisch.« Magnis Stimme katapultierte mich zurück in die Gegenwart.

»Klar, alles in Ordnung. Sollen wir langsam weiter?«

»Ja. Ich wollte dich nur ausschlafen lassen. Zu Halvar ist es nicht mehr weit, er lebt zwischen einem großen Felsspalt. Wenn Gullfaxi im Schritt geht, werden wir den Dvergr gegen die Mittagssonne erreichen.«

»Wer ist Halvar?« Ich runzelte die Stirn.

»Ein Zwerg, dem ich bereits das ein oder andere Mal begegnet bin.«

»Ich dachte, du weißt nicht, wo die Zwerge leben?«

»Das tue ich auch nicht.« Er schüttelte grinsend den Kopf. »Sie und ihre abartige Magie. Aber ich kenne Halvar und vermute daher, dass er seine Zeit lieber in Midgard bei euch Menschen verbringt, anstelle in Svartalfheim. Wenn er in Midgard sein sollte, dann bei dem Spalt.«

»Bist du mit diesem Halvar befreundet?«

Magni blickte mich mit einer merkwürdigen Grimasse im Gesicht an. »Das würde ich nicht behaupten.«

»Verfeindet?«, fragte ich eine Spur zu schrill.

»Auch nicht. Mein Bruder hat nur einen kleinen Zwist mit ihm, also ist es gut, dass ich einmal ohne ihn unterwegs bin.«

»Hm. Bist du sonst immer mit deinem Bruder zusammen?«

»Eigentlich ja. Es kommt selten vor, dass wir unser eigenes Ding durchziehen. Aber auch das muss ab und zu sein. Außerdem sind wir Asen. Was sind da ein paar Tage ohne den Bruder? Wir leben, solange wir die goldenen Äpfel essen.«

»Goldene Äpfel?« Ich verzog meine Mundwinkel zu

einem ungläubigen Lächeln. »Ihr esst goldene Äpfel? Ist das eine Metapher?«

»Du kennst Iduns Apfelhain nicht?« Magni legte sich gespielt entsetzt die Hand auf die Stelle, wo sein Herz schlug. »Aber es hätte mir klar sein müssen. Jemand, der *mich* nicht kennt, kann auch keine goldenen Äpfel kennen.«

»Du machst mich neugierig. Erzähl mir die Geschichte.«

»Was für eine Geschichte?«

»Na, über Idun und die Äpfel.«

»Da gibt es nicht viel zu erzählen. Idun ist eine Asin, die am liebsten in ihrem Apfelhain lebt, dort die Äpfel hegt und pflegt, damit sie gut gedeihen und wachsen und wir Asen immer so jung aussehen können, wie wir es tun. Weil wir demnach nicht altern, kann uns das Alter in Bezug auf den Tod nicht zum Verhängnis werden.«

»Also ist Idun die Göttin der ewigen Jugend«, meinte ich schmunzelnd. »Was ist, wenn ein Mensch diese Äpfel isst? Altert er dann auch nicht?«

»Genau. Jeder, der diese goldenen Äpfel im Abstand von einhundert Jahren isst, bleibt ewig jung. Eben so lange, bis man sie nicht mehr isst. Danach altert man wie ein Mensch.«

»Dann ist Idun also von größerer Bedeutung als Odin«, schlussfolgerte ich laut.

»Sag das nicht!« Magni kam nicht darum herum, dass seine Augen belustigt aufblitzten. »Odin ist der Götterallvater.«

»Schon klar. Aber ohne Iduns Äpfel würde auch er nicht mehr leben. Sehe ich das richtig? Kümmert nur sie sich um die Äpfel?«

»Sie und ein paar ihrer Mägde. Und ja, das stimmt. Auch Odin braucht die Äpfel.«

Meine rechte Augenbraue schoss in die Höhe. »Kein anderer Gott weiß, wie man die Äpfel pflegt? Ist das nicht etwas ...« Ich suchte nach dem richtigen Wort, damit mir nicht so etwas wie *dumm* herausrutschte. »Riskant?«

»Vielleicht hast du recht. Aber was soll Idun schon passieren? Seitdem sie nicht mehr mit diesem widerwärtigen Jötunn zusammen ist, macht sie alles, was Odin ihr sagt. Sie geht nie auf Reisen, besucht fast niemanden, also kann keiner besser auf die Äpfel aufpassen als Idun.«

»Das klingt nach einem sehr einsamen Leben«, murmelte ich mehr zu mir selbst. »Wieso war sie mit einem widerwärtigen Riesen zusammen?«

»Sein Name war Thiazi. Er spielte Idun nur vor, dass er in sie verliebt wäre. In Wirklichkeit hatte er es auf ihre goldenen Früchte abgesehen. So wie jeder, der sich für Idun interessiert. Kein Mann umwirbt sie ohne Hintergedanken.«

»Und das weißt du so sicher, weil Thiazi ihr das gesagt hat?«

»Das weiß ich eben. Thiazi ist außerdem tot. Er wollte nach Asgard und Odin hat das verhindert.«

»Indem er ihn umgebracht hat?«, stieß ich grell hervor. »Bringt er alle um, die ihm nicht ins Bild passen?«

»Mach dir keine Gedanken, dir wird nichts passieren.«

Ich rollte mit den Augen, denn das war keine klare Antwort auf meine Frage. Im Grunde hatte er sie überhaupt nicht beantwortet, was für mich allerdings Antwort genug war. »Deshalb soll ich ja auch unauffindbare Zwerge aufsuchen, dem Fenriswolf Honig ums Maul schmieren und der Midgardschlange ein paar Mäuse zur Beschwichtigung bringen, oder wie?« Ich kam nicht darum herum, gereizter zu klingen. Dass ich vorhin auf Magnis Schoß aufgewacht war, hatte ich im Moment schon vergessen.

»Das schaffen wir schon. Schließlich musst du die Aufgaben nicht allein bewältigen. Ich bin immer bei dir, das habe ich dir versprochen und ich breche keine Versprechen. Nie. Aber jetzt sollten wir wirklich los, damit wir zu Halvar kommen.«

Mit einem Ächzen hievte ich mich von der Wiese hoch und sah, dass Gullfaxi in absehbarer Ferne Gras fraß. Sein Fell schimmerte silbern im Sonnenlicht, das durch die Blätter der Bäume fiel, und seine Mähne sowie der Schweif glänzten golden.

Die blaue Stunde war zu Ende und die goldene hatte

begonnen. Es war ein neuer Tag in der Vergangenheit, in der ich gelandet war, doch ich gab die Hoffnung, nach Hause zu kommen, nicht auf. Selbst jetzt nicht, wo ich irritierende Gefühle für diesen Halb-Riesen entwickelte. Oder besser: schon entwickelt hatte. Er machte es mir aber auch leicht, ihn zu mögen. Und das, obwohl wir oft unterschiedliche Ansichten teilten.

»Du hörst dich wie eine alte Frau an«, teilte mir Magni schmunzelnd mit, ehe er sich ebenfalls auf die Beine stemmte.

»Es hat eben nicht jeder goldene Äpfel zur Hand.«

Magni stieß ein kurzes Lachen aus, das einen wohligen Schauer meinen Rücken hinab laufen ließ.

Eigentlich hatte ich mir nach der Trennung von meinem Ex-Freund geschworen, dass ich mich nicht mehr verlieben würde. Ich hatte meine beste Freundin sogar darum gebeten, mich zu schlagen, sollte es mir doch passieren, nur war sie momentan leider unerreichbar für mich. Denn auf den Herzschmerz, der bei Männern nun einmal folgte – das war eine Tatsache – konnte ich gut verzichten.

Mich in Magni zu verlieben, würde bestimmt eine Extraportion Herzschmerz bedeuten, denn ich konnte unmöglich bei ihm in dieser Zeit bleiben. Ich gehörte hier einfach nicht her.

Aber dann hörte ich Magni lachen und all meine Vorsätze verpufften in der Luft. Mir stellte sich ehrlich die Frage, wie er das schaffte.

Ich war so was von verloren.

Wir ritten seit Stunden und ich war ziemlich sicher, dass die Mittagssonne schon vorüber war. Meine Beine und mein Po schmerzten von Gullfaxis Rücken, weil ich das Reiten einfach nicht gewohnt war. Vermutlich könnte ich einem Feind nicht mal davonlaufen, weil ich das Gefühl hatte, nicht mehr gehen zu können. Zu Hause hatte ich dem Fitnessstudio nie einen Besuch abgestattet, was ich nun bereute. Hätte ich meine

Beine und meinen Po trainiert, würde mich dieser Ritt nicht so anstrengen.

Tja, hätte ich damals bloß eine Kristallkugel gehabt! Dann hätte ich möglicherweise sogar Reitunterricht genommen. Hätte, hätte, Fahrradkette.

»Sind wir bald da?«, wollte ich vorsichtig von Magni wissen. Das letzte Mal, als ich ihn so was gefragt hatte, hatte er Gullfaxi angaloppieren lassen. Aber das schien bereits eine halbe Unendlichkeit zurückzuliegen, dabei waren gerade einmal ein paar Tage vergangen.

Ein paar Tage, in denen ich unglaublich viel über Götter gelernt hatte. Die alte Magnolia hätte sich nie und nimmer so ausführlich über die nordische Mythologie und das Frühmittelalter informiert, allerdings jetzt, wo ich keine Wahl hatte, würden mich diese beiden Themen für immer begleiten.

»Ich habe mich wohl etwas verschätzt. Wenn wir im Schritt gehen, dann dauert es etwas länger, als ich angenommen habe. Allzu lange dauert es trotzdem nicht mehr.« Das *schätze ich* am Ende seines Satzes hörte ich kaum, da er es leise vor sich hin murmelte.

Ich wollte zu einer Antwort ansetzen, doch von einem Moment auf den nächsten konnte ich nichts mehr auf seine Aussage erwidern. Denn der Ausblick, der sich bot, als wir aus dem angenehm kühlen Wald ritten, ließ meinen Atem stocken.

So etwas kannte ich nur aus Filmen. Oder von Landschaftsfotografen, die ein Auge für die Schönheit der Natur hatten. Aber jetzt hier zu sein und all das mit eigenen Augen sehen zu können, ließ mich vergessen, was ich gerade noch gedacht hatte.

»Halte bitte an«, wisperte ich überwältigt.

Magni tat mir den Gefallen und so saßen wir auf Gullfaxi, der auf einem hohen Hügel stand, und starrten auf das smaragdgrüne Wasser, das nicht weit vor uns in den Tiefen der Klippen lag. Unzählige Berge spiegelten sich auf der Wasseroberfläche. Viele Bergspitzen waren noch mit Schnee bedeckt, andere kleinere Berge wiederum strahlten in einem wunderschönen Dunkelgrün. Weiße Wolken zogen über die

Gipfel am Himmel hinweg und die Sonne blitzte immer wieder zwischen ihnen hervor.

Tosendes Wasser stürzte auf der gegenüberliegenden Klippe hinab, um mit dem smaragdgrünen Wasser zu verschmelzen. Ich starrte den Wasserfall an, hörte den stetigen Aufprall des Wassers bis zu uns und spürte, wie diese Naturgewalt mein Innerstes berührte. Schon lange hatte ich nichts vergleichbar Schönes gesehen.

Mit einem Lächeln im Gesicht betrachtete ich das Bild. Ich genoss diesen Ausblick für einen Augenblick und vergaß sogar, dass mir eigentlich mein kompletter Körper wehtat.

»Wenn du das schon so beeindruckend findest, muss ich dir etwas noch Außergewöhnlicheres zeigen. Bist du für einen kleinen Zwischenausflug bereit?«

Langsam wandte ich meinen Blick ab, nur um keine Sekunde später in Magnis fesselnde Mondsee-Augen zu versinken. Ein leichtes Lächeln zeichnete sich unter seinem Bart ab, weswegen ich gar nicht anders konnte, als seinem Vorschlag zuzustimmen. Zwar war ich nicht unbedingt auf einen Zwischenausflug erpicht, aber im Moment war ich zu überwältigt, um gedanklich irgendetwas Sinnvolles zustande zu bringen, was dann auch noch meinen Mund verlassen sollte. Deshalb nickte ich. »In Ordnung.«

Magni ließ mich den Ausblick noch eine Weile genießen, bis er seinem Hengst die Schenkel gab und dieser losmarschierte. Wir entfernten uns zu meinem Bedauern von der wunderschönen Schlucht, aber kamen dafür einer Bergspitze immer näher. Mit jedem Schritt, den Gullfaxi setzte, wurde es kälter. Mich fröstelte sogar leicht, als Magni seinen Hengst zum Stehen brachte.

Er schwang sich von seinem Pferd, als wäre er nicht Stunden auf ihm geritten. Mir hingegen half er von Gullfaxis Rücken, indem er mich an der Taille fasste. Diese kurze Berührung jagte tausende kleine Stromstöße durch meinen Körper, obwohl er mich auch während unseres Rittes nie losgelassen hatte.

»Wir werden hier rasten. Morgen erreichen wir Halvars

Felsspalt, versprochen. Schließlich sind wir nur mehr ein paar Grashalme von ihm entfernt.«

»Ein paar Grashalme?« Ich gluckste. »Was machen wir hier eigentlich? Ich meine, es ist wunderschön, da stimme ich dir zu, aber ...« Ich ließ den Satz unvollendet.

Meine Augen durchforsteten die Umgebung, doch ich konnte nichts Außergewöhnliches entdecken. Die Landschaft war beeindruckend, das musste ich zugeben. Nur konnte nichts dem Anblick gleichkommen, den ich vor nicht einmal einer Stunde gesehen hatte.

»Gedulde dich.«

»Da muss ich dich enttäuschen, Geduld war noch nie meine Stärke.«

Magni entkam ein tiefer, kehliger Laut, der sich als Lachen entpuppte. Es erwärmte mein Herz und ließ auch mich wieder lächeln.

»Das ist mir schon aufgefallen. Deine ständigen Fragen, wann wir denn endlich da wären, sind mir nicht entgangen. Dennoch, gedulde dich, und iss etwas.« Mein Begleiter hielt mir ein Stück von Friggs selbst gemachtem Brot entgegen, das ich dankend annahm.

Magni hatte mir sein Bettfell über die Schultern gelegt und so saßen wir auf dem Boden und warteten. Auf was auch immer. Ich dachte an Sätze wie *In der Ruhe liegt die Kraft* oder *Übe dich in Geduld*. Aber auch das half nichts. Was wollte mir Magni unbedingt zeigen? Mittlerweile brach die Nacht herein und es wurde immer dunkler um uns. Wir redeten nicht viel, nur ab und zu tauschten wir ein paar belanglose Worte aus.

War dieser Zwischenausflug wieder einmal *typisch Gott*? Also etwas, das man als Mensch einfach nicht verstand? Gerade als ich mir mehr Gedanken über *Was-auch-immer-mir-der-Typ-zeigen-wollte* machen konnte, hörte ich Magnis Stimme.

»Du hast Glück, denn mittlerweile sieht man sie nicht mehr so häufig. Im Winter zeigen sie sich öfter.«

»Wen sieht man im Winter häufiger?« Ich drehte meinen Oberkörper in Magnis Richtung, folgte seinem Blick gen

Nachthimmel, öffnete leicht meinen Mund, um ihn dann nicht mehr zu schließen.

Hunderte Wörter schossen gleichzeitig durch meinen Kopf. Magisch. Faszinierend. Unmöglich. Das waren nur ein paar davon ... Zwar war es immer schon ein Mädchentraum von mir gewesen, eines Tages die Nordlichter in all ihrer Pracht zu erleben, doch bis heute hatte ich sie nur auf Fotos bewundern können. Aber auf einfachen Fotos hatte ich nicht erkennen können, wie schön sie tanzen konnten. Und Gott, das konnten sie!

Begeistert starrte ich die grünen, weißen und violetten Lichterscheinungen am Himmel an. Ich konnte meine Augen nicht mehr von ihnen losreißen, es war mir schlichtweg unmöglich.

»Wow«, hauchte ich.

»Ich habe gehofft, dass es dir gefällt.«

»Magni ...« Ich suchte nach den richtigen Worten, löste meinen Blick langsam von den tanzenden Nordlichtern. »Es ist wunderschön. Danke, dass du mit mir hierher bist.«

Seine Augen huschten von meinen zu meinen Lippen, blieben dort ruhen. Mein Herz klopfte schneller, wie Mamas Nähmaschine, wenn sie volle Fahrt aufnahm. Wollte er mich küssen? Würde ich es zulassen?

Er räusperte sich, schaute kurz in meine Augen zurück, ehe er gen Himmel blickte und dieser seltsame Moment zwischen uns vorüber war. »Wir hätten sie vermutlich auch weiter unten gesehen, aber ich dachte, du willst sie mehr ... fühlen.«

»Das war die richtige Entscheidung«, wisperte ich lächelnd, mein Herz noch immer wild klopfend, und betrachtete erneut das Lichterspiel. »Es ist so wunderschön.«

Ich war mir ziemlich sicher, dass ich dieses Naturphänomen niemals vergessen würde. Und ganz sicher auch nicht die Person, mit der ich diesen Moment geteilt hatte.

14

VERKNALLT IN EINEN GOTT?!

»**M**agnolia.«
Eine Stimme drängte dumpf in meinen Verstand. Sie war fremd und vertraut zugleich. Mir entkam ein wohliger Seufzer, weil ich den Klang der Stimme mochte. Irgendwie.

»Magnolia.«

Jemand wisperte meinen Namen mit mehr Nachdruck, rüttelte gleichzeitig unsanft an meinen Schultern.

»Magnolia! Wach auf!«

Im selben Moment, in dem ich meine Augen öffnete und bedauernd feststellen musste, dass es noch mitten in der Nacht war, wurde ich wie ein Sack Kartoffeln vom Boden gehoben. Ich setzte zu einem überraschten Schrei an, doch dieser wurde durch eine schwere, raue Hand an meinen Lippen erstickt.

Diese Hand. Diese Stimme. Dieser Duft. Das alles sagte mir etwas.

»Sch«, zischte dieser Jemand.

Langsam lichtete sich mein vom Schlaf benebelter Verstand. Magni setzte mich soeben auf Gullfaxis Rücken ab, aber richtig wach war ich noch nicht. Ich beobachtete ihn dabei, wie er unruhig die Umgebung absuchte, ehe er sich ebenfalls auf Gullfaxi schwang.

»Was ist los?«, wollte ich flüsternd von ihm wissen.

»Irgendetwas stimmt hier nicht. Ich fühle mich beobachtet. Es tut mir leid, ich werde Gullfaxi in den Galopp schicken. Schließe einfach deine Augen. Ich lasse dich nicht fallen.«

Ja, jetzt war ich definitiv wach.

»Wir galoppieren den Berg *hinunter*?« Ich konnte die Panik, die in meiner Stimme mitschwang, nicht verbergen.

»Mhm. Und sch.«

Das war's. Ich komme nie wieder nach Hause.

Magni hatte mich zwar noch nie fallen gelassen und ich fühlte mich mit ihm hinter mir relativ sicher auf dem Pferderücken. Doch nun ...

Ehe ich einen Ausweg aus dieser Situation finden konnte, trieb Magni den Hengst an und dieser sprang in den Galopp. Meine Gedanken fuhren wieder einmal Achterbahn. Nicht im positiven Sinne, sondern eher wie für eine Person, die Achterbahn fahren furchtbar fand und sehnlichst den Wunsch hegte, sich auf der Stelle zu übergeben. Diese Erkenntnis war jedoch nicht alleinig für meinen Angstschweiß verantwortlich. Bergab zu galoppieren fühlte sich an, als ob mein Magen aus meinem Körper gerissen wurde. Tief in mir drinnen wusste ich, dass diese Auswirkung auf meinen Bauch einzig und allein meinem Kopf zu verdanken war. Allerdings ...

Ich starb.

Ganz sicher.

Verdammt, verdammt, verdammt.

Kalter Wind peitschte mir ins Gesicht. Meine Augen hielt ich fest geschlossen, um meine Umgebung nicht sehen zu müssen. Es war so schon ängstigend genug. Wieso nur fühlte es sich so schrecklich an, auf einem Pferd zu reiten? Viele Menschen mochten dieses Gefühl! Wieso nur? Was fanden sie daran schön?

Irgendwann – ich konnte beim besten Willen nicht sagen, wie viel Zeit vergangen war – brauste Gullfaxi nicht mehr den Hang hinunter, sondern galoppierte auf einer Ebene. Das war der Zeitpunkt, in dem ich wusste, dass ich doch nicht starb.

Magni hielt mich mit seinem linken Arm fest umschlungen. Mein Körper presste sich stark gegen seinen und ich konnte mit einem Mal fühlen, wie ich gelassener wurde.

Mit klopfendem Herzen öffnete ich die Augen und sah im Dunkel der Nacht, wie alles an uns vorbeirauschte.

Gullfaxi war schnell. Verflixt schnell.

Ich traute mich zu wetten, dass kein normales Pferd, nicht einmal ein Englisches Vollblut, so eine Geschwindigkeit zusammenbringen konnte. Und dann auch noch auf diesen langen Zeitraum. Ich starb nicht, nein. Ich tat etwas viel Besseres. Ich galoppierte ... auf einem Pferd. Einem magischen Pferd, dem wohl Flügel oder ein Horn wahnsinnig gut stehen würden. Meine Schwester würde ausflippen, wenn sie davon erfuhr!

Mein Körper passte sich den Galoppsprüngen des Hengstes an und meine Hüfte begann von selbst im Takt seiner Bewegung mitzuschwingen. Vielleicht war ich noch immer zu beduselt, aber ich fühlte mich plötzlich berauscht. Die Schnelligkeit machte mir mit einem Mal nichts mehr aus und ich spürte so etwas wie Glück. Das war absurd. Ging es so den berüchtigten Pferdemenschen? Außerdem war da noch der kräftige Arm, der sich um meine Taille geschlungen hatte und mir ein wohliges Gefühl bescherte. Ich spürte Magnis warmen Atem dicht an meinem Ohr, der augenblicklich meine Härchen an den Armen zu Berge stehen ließ. Alles in allem fühlte ich mich sicher bei ihm. Ich wusste, selbst wenn er es vorhin nicht erwähnt hätte, dass er mich niemals von Gullfaxis Rücken fallen gelassen hätte.

»Du bist ja entspannt«, murmelte Magni in mein Ohr. Ich konnte die Überraschung aus seiner Stimme heraushören. Mir ging es nicht anders.

»Ich kann es selbst kaum glauben.«

Magni lachte leise in sich hinein. Dabei fühlte ich weiterhin seinen warmen Atem und das alles zusammen ließ mein Herz im Takt zum Hufschlag galoppieren.

War ich etwa verknallt in einen Gott?!

Wann war das denn passiert? Wie konnte das überhaupt passieren?

Gut, wie das passieren konnte, war mir klar. Magni sah

nicht nur verboten gut aus – obwohl er einen Bart trug und ich so was normalerweise nicht so enorm sexy fand wie an ihm –, er hatte auch eine sanfte Seite, die ihm unglaublich gut stand. Wenn ich daran zurückdachte, wie er mir die Nordlichter gezeigt hatte, überkam mich dieses warme Gefühl und ich konnte nur mehr dümmlich lächeln. Ja, da gab es noch die kriegerische Seite an ihm, durch die ich mich aber beschützt fühlte.

Nur, wann es passiert war? Ganz sicher nicht zu dem Zeitpunkt, wo ich ihn zum ersten Mal gesehen hatte. Oder? Ja, ich hatte ihn abgecheckt, so viel war klar. Zumindest mir. Ihm war das hoffentlich nicht so arg aufgefallen. Außerdem waren meine Augen bei unserem ersten Treffen viel zu lange in seinen versunken. Ob er mein Interesse bemerkt hatte? Aber seine harsche Art hatte danach alle Empfindungen zunichtegemacht. Obwohl, irgendwie auch nicht.

Ach, keine Ahnung. Das war alles so verwirrend. Wieso machte ich mir überhaupt Gedanken darüber? Magni und ich hatten ohnehin keine gemeinsame Zukunft und etwas Unverbindliches würde hieraus sowieso nicht entstehen. Denn ich wusste echt nicht, wie es die Leute in dieser Zeit mit der Verhütung sahen. Gab es so was im Frühmittelalter überhaupt schon? Oder bedeutete einmal Sex gleich Baby?

Oh Gott, wieso dachte ich jetzt *daran*? An Sex mit Magni? Meine Wangen färbten sich bestimmt rosa. Ich musste schleunigst an etwas anderes denken, bevor der Halb-Riese hinter mir noch etwas mitbekam.

»Wir sind bald bei Halvar.«

Magnis Worte ließen mich meine Stirn runzeln und zum Glück aus meinen Gedanken auftauchen. »Um diese Uhrzeit? Es ist Nacht.«

»Das macht nichts. Ich bin wach und Halvar wird es demnach auch bald sein.«

»Magni«, tadelte ich. »Wir können den Zwerg nicht aus seinem Schlaf reißen und dann Gastfreundschaft erwarten. Da bekomme ich sicher kein Geschenk.«

»Natürlich kann ich das. Und er wird uns nach

Svartalfheim bringen. Dort stellt dir ein Zwerg etwas her, das dir bei Lokis verunstalteten Kindern nützlich sein wird. Wie bereits einmal erwähnt, habe ich ein paar Dvergr im Kopf, zu denen wir können.«

»Magni«, stieß ich entrüstet aus. »Hast du den Fenriswolf und die Midgardschlange als verunstaltet bezeichnet? Und jetzt ... können wir in eine andere Gangart wechseln? Du fühlst dich sicher nicht mehr beobachtet, oder?«

»Weil sie es sind. Loki und eine Völva haben sie gezeugt. Hel geht ja noch einigermaßen, obwohl sie immer eine unheimliche Stille mit sich zieht, wo auch immer sie hingeht. Und sieh sie dir an. Schön ist etwas anderes. Also ja, ich finde sie alle drei verunstaltet. Wer zeugt denn schon Tiere? Eindeutig komisches Hexenwerk.« Während Magni sprach, wechselte Gullfaxi in den Schritt.

»Vielleicht haben sie dennoch ein gutes Herz. Hel ist schließlich auch so anders, als ich angenommen hätte.« Oh Gott, wie sehr ich hoffte, dass diese Halb-Tiere ein gutes Herz besaßen, und das, obwohl sie keine guten Erfahrungen mit den Asen gemacht hatten. Ob sie überhaupt sprechen konnten? »Wie dem auch sei, wir werden Halvar nicht um seinen Schlaf bringen. Wir müssen warten, bis es hell wird.«

Auch wenn der Mond die Nacht erhellte und die Sterne am Himmel heller funkelten als der Ozean im Sonnenlicht, sollte Gullfaxi eine Pause einlegen. Nicht nur der Hengst, auch Magni und mir tat eine Rast gut, vor allem, da wir gerade erst wie Verrückte den Berg herunter gesprintet waren. Ich war überzeugt, dass dabei selbst den kühnsten Reitern mulmig geworden wäre.

Hinter mir hörte ich Magni aufseufzen. »Wir würden aber schneller vorankommen, wenn wir ihn gleich wecken.«

»Du warst derjenige, der einen Zwischenausflug einlegen wollte«, erinnerte ich ihn.

Magni brummte irgendwelche unverständlichen Wörter.

»Sag jetzt nicht, dass ich anstrengend bin. Ansonsten ...«, warnte ich Magni, ließ den Satz aber unvollendet.

»Ansonsten, was?«

»Ansonsten, keine Ahnung! Mir fällt schon etwas ein.«

Magni lachte wieder kurz in sich hinein. »Ich wollte nicht sagen, dass du anstrengend bist. Und was Halvar angeht ... Sobald die ersten Sonnenstrahlen die Erde berühren, werde ich in diesen Felsspalt gehen. Mir dir oder ohne dich.«

»Ach, du willst mich also allein lassen?« Zeitgleich schlich sich aber ein Lächeln auf mein Gesicht, weil Magni tatsächlich nachgegeben hatte.

»Du wärst bei Gullfaxi, und meinem Hengst vertraue ich.«

»Ich werde mit dir zu Halvar gehen. Schließlich bin ich diejenige, die ihn braucht.«

Ich sah die Felsspalte gut zwanzig Meter vor mir. Es war zwar noch immer dunkel um uns, aber die blaue Stunde machte sich langsam bemerkbar und erste Vögel begannen ihr Lied zu singen.

»Wer denkst du, hat uns beobachtet?«, flüsterte ich in Magnis Richtung.

Wir saßen im feuchten Gras und schauten zu der Klippe, in der eine riesige Felsspalte auszumachen war. Gullfaxi stand neben uns und fraß genüsslich von der grünen Wiese.

Durch die Öffnung würde ich gut passen, Magni musste sich vermutlich etwas anstrengen, um hindurch zu kommen. Für einen Dvergr, der wohl – so stellte ich es mir vor – um einiges kleiner sein musste als ich, würde diese Spalte kein Hindernis darstellen. Somit schien es mir tatsächlich das perfekte Versteck für einen Zwerg.

»Ich weiß es nicht. Aber ich wollte es nicht darauf ankommen lassen, nachdem ich dich dabeihabe. Wäre mein Bruder Modi hier gewesen, hätten wir vermutlich gewartet, bis wir es herausgefunden hätten.«

»Vermisst du deinen Bruder?«

Magni schmunzelte. »Es tut auch mal gut, eine Weile von ihm getrennt zu sein. Aber klar freue ich mich, wenn ich ihn wieder um mich habe. Seitdem er auf der Welt ist, bin ich an seiner Seite. Meistens jedenfalls.«

»Also bist du der Ältere?«

»Von uns beiden schon, ja. Wir haben noch eine ältere Schwester, allerdings nicht von unserer Mutter. Sie heißt Thrud.« Daran erinnerte ich mich, denn er hatte sie einmal kurz erwähnt, als er mir von Loki und den Dvergr berichtet hatte.

»Ich bin auch die Ältere«, sagte ich lächelnd. Dabei dachte ich an Dahlia und wie es ihr wohl gerade ging. Vermisste sie mich? Lief die Zeit weiter oder stand sie still? Sollte ich jemals wieder zurückkommen, landete ich dann am Tag meiner Abreise oder waren meine Eltern womöglich schon alt und grau?

»Steht ihr euch auch nah? Du und deine Schwester?«

»Uns trennen sieben Jahre. Aber ja, ich würde alles für Dahlia tun. Momentan ist sie elf Jahre alt und sie entdeckt gerade ihren weiblichen Körper. Die bunten Fingernägel habe ich ihr zu verdanken.« Ich hielt Magni meine Nägel unter die Nase, auf denen nur mehr verblasst die bunten Farben zu erkennen waren. An den meisten Stellen war der Nagellack einfach abgebröckelt. »Sie ist meine kleine Schwester und am liebsten würde ich sie immer als meine Kleine sehen. Sie soll noch länger ein Kind bleiben und nicht erwachsen werden. Erwachsen werden ist nämlich gar nicht so einfach, wie ich mir das als Kind immer vorgestellt habe.«

»Da hast du wohl recht. Einfach ist es nicht immer. Ich hatte es als Kind nicht sonderlich leicht, denn als Thors erstgeborener Sohn hatte ich immer schon gewisse Pflichten zu erfüllen.«

»Oh ...«

»Was nicht heißt, dass meine Kindheit nicht schön war, denn das war sie. Besonders als ich meinem Vater mit seinem Riesenproblem helfen konnte und danach Gullfaxi bekam.«

Riesenproblem ... Das war eindeutig zweideutig und ich kam nicht darum herum, kurz aufzulachen. Magni schenkte mir ein wissendes Grinsen, und redete dann weiter.

»Ich sehe meinem Vater sehr ähnlich und mein Bruder unserer Mutter. Von der Art her bin ich auch eher unserem Vater näher und Modi unserer Mutter. Da jeder Thor kennt, kennt man auch mich. Bis auf du. Du hast nicht gewusst, wer ich bin.«

»Und das hat deinem Selbstwertgefühl einen Knacks verpasst, ich sehe schon. Aber ich denke, du bist stark genug, um dieses Kapitel hinter dir zu lassen.« Ich lachte auf und schaute Magni an. »Falls es dich beruhigt, ich habe keine Ahnung, wie Thor aussieht.« Denn wenn ich an den Donnergott dachte, schlich sich lediglich das Bild von dem gut aussehenden Schauspieler Chris Hemsworth in meinen Kopf. Dabei hatte ich die Filme nie gesehen, nur waren manchmal Filme so berühmt, dass ich wusste, welche Schauspieler welche Rollen spielten, ohne sie jemals gesehen zu haben.

Magni betrachtete mich mit einem nachdenklichen Blick. Eine Weile sagte er nichts, bis er erneut zu reden begann. »Dass du auch nichts über meinen Vater weißt, beruhigt mich nicht sonderlich, eher im Gegenteil. Ich weiß nicht, ob ich in deiner Zeit noch lebe. Vielleicht ist es gut, nicht mehr zu leben, denn das Leben kann ganz schön kräftezehrend sein, vor allem, wenn man viele Menschenjahre übersteht. Aber ich will auch nicht sterben. Na ja, ich würde dann zu Hel kommen, aber niemand weiß wirklich, wie es ist, bei ihr zu sein. Es macht mich fertig, die Antwort, ob es mich zu deiner Zeit noch gibt, nicht zu kennen. Andererseits ist das auch einfach das Leben, schätze ich. Sterben kann ich immer, auch wenn ich Iduns Äpfel esse, diese verhindern schließlich nur das Altwerden.«

Bei Magnis Worten musste ich schlucken. Er war ein Gott, aber nicht wie die griechischen Götter unsterblich – kurze Zwischenfrage an mein Gehirn, aber gab es die auch?! Jedenfalls, er konnte sterben, genau wie ich. Ich konnte gut nachvollziehen, dass ihn die Ungewissheit, ob er in meiner Zeit noch lebte, nachdenklich stimmte. Auch ich fragte mich jetzt, ob ich ihn in meiner Zeit wiedersehen würde. Aber bevor ich überhaupt an so etwas denken konnte, musste ich zuerst einmal herausfinden, wie ich nach Hause kam. Also stand ich kurzerhand vom nassen Gras auf und blickte zu Magni hinab.

»Wir leben zu sehr in der Vergangenheit, haben Angst vor der Zukunft und vergessen dabei völlig, die Gegenwart zu genießen. Das sagte einmal ein weiser Schriftsteller. Obwohl, eigentlich wird er es erst noch sagen. Also sieh dich vor, dass du es ihm nicht in die Ohren flüsterst und somit sein Leben änderst. Besser, ich verrate dir seinen Namen nicht.«

Grinsend stellte sich Magni neben mich. »Dann gibt es dieses Problem also auch noch in deiner Zeit.«

»Welches Problem?«

»Angst vor der Zukunft zu haben und das Hier und Jetzt nicht wirklich genießen zu können. Wir Asen kosten das Leben natürlich mehr aus als ihr Menschen, gleichzeitig nutzen wir das Leben aber zu wenig aus.«

»So sind wir wohl.« Ich hob die Schultern und lächelte leicht. »Aber jetzt sollten wir Halvar besuchen.«

Magni stimmte mir zu, denn die ersten Sonnenstrahlen ließen sich blicken. Dieses Mal war ich diejenige, die es eilig hatte, denn Magni schien schon wieder vergessen zu haben, dass er den Dvergr vorhin noch um seinen Schlaf hatte bringen wollen.

Gullfaxi blieb zurück und fraß genüsslich weiter. Er schaute uns nicht einmal hinterher. Das wusste ich so genau, weil ich mich öfter zu ihm umdrehte.

Ich zwängte mich hinter Magni durch die Spalte. Sie war enger, als ich angenommen hatte, und mich wunderte, dass Magni so gut zurechtkam. Ihm rollte kein einziger Fluch über die Lippen, obwohl ich an seiner Stelle den Eingang zu Halvars Reich vermutlich schon tausendmal verwünscht hätte.

Die Öffnung war um einiges länger, als ich gedacht hatte. Zu meinem Leidwesen wurde sie dann sogar noch enger. Magni verlor noch immer keine einzige Silbe darüber. Es machte fast den Anschein, als würde mich diese Enge als Einzige so sehr stören. Vielleicht machte er so was öfters?

Gerade als ich mir Gedanken darüber machte, ob ich im Frühmittelalter plötzlich eine Klaustrophobie entwickelte, hörte der schräge Abstieg endlich auf und wir standen in einer Höhle. Diese wurde nur spärlich mit einer einzigen Fackel beleuchtet. Die Flammen spendeten scheinbar wenig Wärme, denn ich fing jetzt schon an zu zittern, dabei waren wir noch keine ganze Minute hier drinnen. Der Temperaturunterschied war unglaublich.

Am besten, ich dachte nicht daran, dass ich in den nächsten Minuten höchstwahrscheinlich zu einer Eisskulptur erstarrte, oder daran, dass ich die Spalte später wieder irgendwie hochklettern musste. Ansonsten wurde ich tatsächlich noch klaustrophobisch oder schmiss mich in die wenigen Flammen, um nicht an Ort und Stelle am Steinboden festzufrieren.

»Seltener Besuch«, krächzte eine Stimme irgendwo aus der Höhle.

Mein Puls fuhr aufgrund des unheimlichen Tonfalls, bei dem selbst Dschafar – ja, beide! – fortlaufen würden, sofort nach oben. Ohne lange darüber nachzudenken, schnappte ich mir Magnis Hand und zerquetschte seine Finger.

»Ein Menschenmädchen und ein ... Oh nein, Magni. Wo hast du deinen Bruder gelassen?« Die letzten Worte kamen dem Unbekannten spöttisch über die Lippen.

Prima. Ich konnte den Zwerg noch nicht einmal sehen, dennoch jagte er mir jetzt schon eine Heidenangst ein. Erneut fand ich die Aufgaben des Götterallvaters einfach nur bescheuert. Wozu das Ganze? Einfach nur, weil ihm langweilig war und er sich auf meine Kosten amüsieren wollte? Prima. Also wirklich, prima.

15

BRUDERMÖRDER

Modi hatte das nötige Thing einberufen und nun saßen er, Magni, die gemeinsamen Söhne Odins und Friggs Baldur und Hödur und Odins Söhne Vidar und Vali an einem Tisch. Da sie allesamt unterschiedliche Persönlichkeiten hatten und sich untereinander auch nicht immer bestens verstanden, artete ein Thing an manchen Tagen aus. Magni mochte diese Zusammenkünfte demnach nicht, doch manchmal musste es leider sein, das sah auch er ein.

Baldur und Hödur hatten Ragnarök für sich genutzt und waren aus Helheim geflohen. Hel ließ sie einfach, wo sie waren, denn sie wusste, sollten sie jemals zu ihr zurückkehren, und ja, das würden sie, dann ließe sie die beiden nie mehr wieder gehen. Doch so hatten sie eine zweite Chance in ihrem Leben bekommen. Ob sie diese weise nutzten, war dahingestellt. Denn seitdem die beiden wieder unter den Lebenden waren, zankten sie sich, was das Zeug hielt.

Baldur, der Schönling, war sauer auf seinen blinden Bruder Hödur, da er ihn nach Helheim befördert hatte. Dabei konnte Hödur nur wenig dafür.

Baldur war einst der Lieblingssohn von Frigg gewesen. Sie hatte alles für ihn getan und war demnach sehr besorgt, als er ihr anvertraute, dass er Nacht um Nacht von seinem Tod träumte. Deshalb zog Frigg durch die Welt und ließ sich von jedem Lebewesen, Stein, Metall und sonst was den Treueschwur geben, sodass sie ihrem Sohn Baldur nichts anhaben konnten. Baldur wurde also bald unverwundbar und unsterblich. Zumindest in der Theorie.

Tja, Frigg vergaß leider die Mistel. Dass das schwerwiegende Folgen hatte, konnte sich ein jeder denken.

Jedenfalls war jeder Ase davon überzeugt, dass der Schönling Baldur unverwundbar war. Jeder konnte ihn bewerfen, beschießen oder ihn mit einem Gegenstand schlagen. Selbst durch eine Schwertklinge konnte er nicht verletzt werden und blutete auch nicht. Die Götter fanden das großartig und machten sich einen Spaß daraus, Baldur einfach so anzugreifen, weil ihm ohnehin nichts schaden konnte. Und auch der Schönling selbst fand das amüsant und ließ sich gerne tagtäglich auf seine Unverwundbarkeit testen. Er liebte dieses neu errungene Ansehen, obwohl er es gar nicht nötig hätte, weil er durch seine Schönheit ohnehin schon alle Blicke auf sich zog.

Der hinterlistige Gott Loki stellte Pfeile und Bögen für die Asen her und auch der blinde Hödur bekam welche von Loki. Allerdings wusste Hödur nicht, dass unter den Pfeilen einer aus einer Mistel gefertigt war. Als er genau diesen auf seinen Bruder gerichtet und den Pfeil auf ihn geschossen hatte, war der Lieblingssohn Friggs gestorben.

Von dem Moment an wurde Hödur der Brudermörder genannt. Ein Name, der auch noch bei dem heutigen Thing präsent war. Magni ahnte, dass dieser Spitzname, noch bevor der Abend anbrach, fallen würde. Und ein jeder an diesem Tisch wusste, wie sehr Hödur dies zur Weißglut brachte.

Magni fand, dass die beiden Brüder ruhig noch in Helheim hätten schmoren können, denn sie trugen meistens sowieso nichts Sinnvolles zu den Things bei. Was sie gut konnten, war, auf der Vergangenheit herumzuhacken und niemandem

Vergebung entgegenzubringen. Denn auch Hödur war sauer. Und zwar auf Vali, der ebenfalls bei Tische saß und Hödur vor etlichen Jahren einen Speer in den Körper gerammt hatte, um den Tod Baldurs zu rächen.

Und nun saßen sie alle beisammen. Magni ging es gegen den Strich, dass Friggs Söhne überhaupt beim Thing dabei sein durften, doch sie waren immer noch Asen und durch ihre Adern floss Odins Blut, weswegen ihnen dieses Treffen nicht verwehrt bleiben durfte. Außerdem ging es heute um Frigg, da war ihre Präsenz wichtig. Schwer seufzend fand sich Magni mit ihrer Anwesenheit ab.

Und dann gab es noch Vidar. Wenn Magni nur daran dachte, was er während Ragnarök getan hatte, musste er ihm Anerkennung zollen. Denn nachdem der Götterallvater Odin vom Fenriswolf verschlungen worden war, hatte Vidar das Biest getötet.

Obwohl Biest für den Fenriswolf vermutlich das falsche Wort war. Magni musste ständig an die Zeit zurückdenken, als er mit *ihr* beim Fenriswolf gewesen war. Diese Bilder, und die von Ragnarök, passten irgendwie nicht zusammen.

»Ich werde mit Mutter reden. Schließlich bin ich ihr Lieblingssohn«, meinte Baldur und betonte dabei das letzte Wort.

»Mir wird sie genauso zuhören.« Hödur verschlang Badur mit seinen blinden Augen. Manchmal war es schon fast gruselig, wie Hödur einen mit seinem Blick durchlöchern konnte, obwohl er absolut nichts sehen konnte.

»Nachdem du ihren Lieblingssohn umgebracht hast? Ganz sicher«, spottete Baldur.

»Loki hat mir den Pfeil untergejubelt!«, stieß Hödur missmutig aus. »So wie alle anderen Asen auch, besorgte ich mir meine Pfeile und meinen Bogen bei ihm. Er hat einfach immer die besten hergestellt.«

»Du bist einfach zu feige, um es zuzugeben! Du warst derjenige, der den Pfeil abgeschossen hat. Und du warst derjenige, der mich umgebracht hat. Brudermörder!«

Magni überdrehte die Augen. Da war es, das Wort, das

Hödur immer aus der Haut fahren ließ. Dabei hätte Magni gedacht, dass sie heute länger aushalten würden.

»Ich bin blind! Vielleicht ist das deinen von Schönheit geblendeten Augen aber auch einfach entgangen!«

»Dennoch kannst du eine Mistel von anderen Ästen unterscheiden!«

»Als ob irgendjemand in Asgard wusste, dass dir die Mistel schaden kann!«, fauchte Hödur.

»Irgendjemand hat es gewusst!«

Magni blickte in die Runde und sah, dass auch die anderen drei von Baldur und Hödurs Auseinandersetzung genervt waren. Es war einfach immer das Gleiche.

»Halt's Maul, Baldur!« Modi sprang von seinem Stuhl auf, ließ den Schönling erst gar nicht mehr zu Wort kommen und funkelte die beiden Brüder wütend an. »Ihr beide werdet mit Frigg sprechen, aber auf keinen Fall zusammen! Klar? Und jetzt lasst es gut sein!«

»Klar«, maulte Hödur und ließ sich auf seinen Stuhl fallen.

»Pft«, stieß Baldur aus. Er sagte nichts dazu, doch als er sich ebenfalls auf seinen Stuhl setzte, kannte ein jeder am Tisch seine Antwort. Er würde Modis Anweisung folgen.

»Hat jemand von euch etwas von Idun gehört?«, fragte Vali, nachdem sich die Brüder einigermaßen beruhigt hatten.

Kurzes Schweigen legte sich über die Runde.

»Sollte sie mir eines Tages unterkommen, werde ich sie lebendig häuten!« Wutschnaubend schaute Vidar die anderen an.

Magni konnte ihn verstehen, denn die Göttin der ewigen Jugend hatte sie alle hintergangen. Natürlich wollte Magni sie auch endlich sehen, aber nicht, um sie zu foltern. Er wollte Antworten, genauso wie Vidar, er würde ihr allerdings nie wehtun. Nicht, wenn sie seine Fragen ehrlich beantwortete. Das würde sie tun, das wusste Magni, nur war sie unauffindbar.

»Idun lebt bestimmt nicht mehr«, meinte Baldur. »Schließlich hat sie ihren Apfelhain zurückgelassen.«

Modi lachte auf. »Als ob Idun keine Ahnung von ihren goldenen Äpfeln hätte. Sie weiß besser als jeder andere, wie man sie pflegt und wie man weitere dieser Apfelbäume pflanzen kann.«

»Wahrscheinlich hat sie in Jötunheim ihren eigenen Apfelhain und füttert schön brav die Bastarde durch!«, fluchte Vidar.

»Hat jemand von euch mittlerweile einen Anhaltspunkt, wieso sie es getan hat?«, wollte Magni von den anderen wissen. Sie hatten das Thema schon oft breit und lang diskutiert, aber sie kamen, nach all den Jahren, noch immer zu keinem Ergebnis.

»Die blöde Hure ist einfach undankbar«, zischte Vidar. »Odin hat ihr immer ein schönes Leben geboten. Er hat sie sogar von diesem grauenhaften Jötunn befreit, indem er ihn umgebracht hat. Sie durfte sich immer um die Äpfel kümmern, eine ehrenvolle Aufgabe, wenn du mich fragst. Und dann hintergeht sie uns einfach. Von ihr hätte ich das niemals erwartet!«

»Hm.« Magni dachte nach. Seine Gedanken kreisten oft um Idun und die Frage, weshalb sie sich in Ragnarök gegen die Asen gestellt hatte. Aber nicht nur das, sie hatte diese Schlacht mit den Riesen geplant. Während sie in Asgard gelebt hatte, war sie eine Spionin der Jöten gewesen. Magni war sich fast sicher, dass sie das nicht immer gewesen war. Nur, wann hatte sie damit angefangen? Bevor oder nachdem Thiazi, der Jötunn, in den sie so unglaublich verliebt gewesen war, hatte sterben müssen?

Mehr als einmal hatte sich Magni gefragt, ob es tatsächlich so abwegig zu glauben wäre, dass Thiazi nicht doch auch Gefühle für Idun entwickelt hatte. Sie vielleicht wirklich geliebt hatte. Falls ja, hing das alles vielleicht irgendwie zusammen? Magni grübelte und hing seinen eigenen Gedanken nach. Am Tisch wurde ohnehin nur mehr diskutiert, was die Männer alles mit Idun machen würden, wenn sie ihnen in die Hände lief. Sollte Idun noch leben, wäre sie gewiss nicht so dumm, sich bei den Asen blicken zu lassen. Dennoch hoffte

Magni, dass er sie irgendwann sehen konnte, um seine vielen Fragen mit Antworten zu stillen.

°◊°

Halvar war nicht so schlimm, wie ich befürchtet hatte. Nachdem Magni ihm mitgeteilt hatte, dass er ohne seinen Bruder reiste, unbedingt mit mir nach Svartalfheim musste und genügend Zwergenbrei für eine ganze Zwergenfamilie bei sich trug, trat Halvar aus dem Dunkeln.

Er war gut vier Köpfe kleiner als ich. Zwar hatte ich ihn mir winziger vorgestellt, doch mir war es nur recht, dass er so aussah, wie er es tat. Halvar trug einen langen braunen Bart, den er, wie Magni, geflochten hatte. Seine Kopfhaare hatten die gleiche Farbe und er sah ein klein wenig pummelig aus. Gemeinsam mit seinem leichten Grinsen im Gesicht, kam er mir plötzlich nicht mehr so gruselig vor wie eben noch.

»Guten Morgen, holde Maid. Was für eine unvergleichliche Schönheit du doch bist. Sag, wie heißt du?« Halvar stand uns nun dicht gegenüber und musterte mich genau.

Meine Hand lag noch immer in Magnis, und nachdem er meine Finger mit seiner rauen Hand umschlossen hatte, kam in mir auch nicht das Bedürfnis auf, daran irgendetwas zu ändern.

»Mein Name ist Magnolia.«

»Ein reizender Name für so eine makellose Schönheit. Sag, Magnolia, wieso müsst ihr so dringend nach Svartalfheim?« Mit jedem gesprochenen Wort wurde Halvars Stimme geschmeidiger. Vielleicht war er eben erst aufgewacht? Oder er hatte schon lange mit niemandem mehr geredet?

»Ich möchte die Dvergr bitten, mir etwas herzustellen, mit dem ich dem Fenriswolf und der Midgardschlange gegenübertreten kann, ohne dabei zu sterben.«

»Wie töricht von dir, dich den Kindern Lokis stellen zu wollen. Gibt es dafür einen Grund?« Allem Anschein nach hatte ich sein Interesse geweckt.

»Ja«, fuhr Magni dazwischen. »Doch das ist nicht von deinem Belangen. Wirst du uns nach Svartalfheim bringen?«

Halvar kaute nachdenklich an der Innenseite seiner Wange. Ich konnte seine Gehirnräder förmlich rattern sehen.

»Wie gesagt, ich habe jede Menge Zwergenbrei dabei«, äußerte Magni noch.

Das war wohl der Punkt, an dem Halvar zustimmte. Wieso auch immer, Zwerge schienen diesen Brei zu vergöttern. Ich fragte mich bloß, was daran so kostbar war. Schmeckte er lecker? Oder war er golden? Ich würde es bestimmt noch herausfinden.

»Nun gut. Aber lasst uns sofort aufbrechen, schließlich habe ich auch andere Sachen zu erledigen.«

Halvar jagte uns durch die enge Felsspalte zurück, wobei ich leider die Hand meines Halb-Riesen loslassen musste. Sofort fehlte mir etwas. Ob es Magni ähnlich ging?

Mein erster Eindruck von Svartalfheim war eintönig und dunkel. Halvar hatte uns die Augen mit einem Stück ekligem Stoff verbunden, um uns in die Heimat der Zwerge zu führen. Anfangs war ich dagegen gewesen und hatte mich sträuben wollen, vor allem, wenn ich mir den Stoff genauer ansah. Der hatte bestimmt noch nie eine Seife oder gar reines Wasser gesehen. Doch als ich mitbekommen hatte, dass Magni nicht protestiert hatte, hatte ich es mit angewidertem Gesichtsausdruck ebenfalls geschehen lassen.

Dabei hatte ich mir einfach Magnis Hand geschnappt und mich durch seine Körperwärme sofort ruhiger gefühlt. Selbst jetzt, wo kein lästiger Stoff mehr meine Augen bedeckte, ruhte meine Hand in seiner. Magni hätte unsere Hände schon längst trennen können, doch dass er es nicht tat, zauberte trotz der düsteren Stimmung hier ein Lächeln auf mein Gesicht. Also marschierten wir stumm Hand in Hand hinter Halvar her, der uns durch die Minen eines riesigen Berges führte.

Magni hatte Gullfaxi in der Nähe der Felsspalte Halvars gelassen, denn seiner Meinung nach hatte sein Hengst hier nichts zu suchen. Ich konnte Magni sehr gut verstehen, denn ich fühlte mich auch absolut fehl am Platz. Lieber würde ich jetzt neben Gullfaxi auf der Wiese sitzen und Grashalme zählen.

»Svartalfheim besteht größtenteils aus Bergwerken und die Dvergr sehen kaum das Sonnenlicht«, flüsterte mir mein Halb-Riese zu.

Dankbar für diese Information, lächelte ich Magni an. Alles hier erinnerte mich an die Zwerge aus Mittelerde. Vermutlich hatte der Autor J. R. R. Tolkien die nordische Mythologie als Vorbild genommen. Also wusste ich ungefähr, was mich erwarten würde. Zumindest dachte ich das. Allerdings konnte ich auf die Orks und alle anderen Schurken gut verzichten.

Wir waren bestimmt schon fünf Minuten unterwegs, als Geräusche zu hören waren, die immer lauter wurden, je näher wir kamen. Außerdem wurde es mit jedem weiteren Schritt wärmer, bis ich mir am liebsten mein Kleid vom Leib gerissen hätte. Verdammt, war das eine Hitze hier!

Halvar führte uns durch einen Torbogen. Hätte ich Magnis Hand nicht gehalten, wäre ich vermutlich mit offenem Mund stehen geblieben. Nun musste ich mir alles ansehen, während mein Begleiter mich mit sich zog.

Alle Zwerge waren in ihre Arbeit vertieft, keiner von ihnen bemerkte uns. Halvar marschierte auch einfach weiter, sodass wir ihm wie ein brav folgendes Hündchen hinterher trotten mussten. Ich sah einige Dvergr, die mit einem Amboss auf Metall schlugen, sodass hunderte kleine Funken sprühten. Andere bearbeiteten Gegenstände mit Hammerschlägen, durch die ein helles Geräusch erzeugt wurde. Generell war es in dem Bergwerk unglaublich laut. Dann gab es auch noch unendlich viele Zahnräder, die irgendwelche Rüstungen oder Werkzeuge auf sich hängen hatten. Manche Rüstungen sahen schon fertig aus, andere waren noch in-the-making. Die Hitze kam daher, dass in den meisten Öfen Feuer brannte, das die Zwerge zum Schmieden nutzten. Es gab einige von Rost überzogene Tonnen, in denen ich Kohle erkennen konnte.

Die Zwerge selbst waren schlicht und dunkel gekleidet, trugen lange geflochtene Bärte und sahen dreckig und verschwitzt aus. Bei dieser Hitze aber auch vollkommen verständlich. Wie sehr ich für die Dvergr hoffte, dass sie sich nach der Arbeit eine kühle Dusche gönnen durften!

Wir folgten Halvar durch einen weiteren Torbogen, der uns erst mal in einen langen erdigen Gang führte. Ab und an waren Fackeln an den Wänden befestigt, um den Weg zu beleuchten. Als wir schließlich durch eine Holztür traten, die uns aus dem Bergwerk führte, sah ich zum ersten Mal in Svartalfheim das Sonnenlicht. Ich blinzelte aufgrund der plötzlichen Helligkeit ein paarmal, dann begutachtete ich die Umgebung genauer. Wir befanden uns mitten auf einem felsigen Berg. Vereinzelt waren ein paar Büsche auszumachen, aber sie schienen dürr und durstig zu sein. Allem Anschein nach hatte es in Svartalfheim schon lange nicht mehr geregnet.

»Kommt mit«, wies uns Halvar an. Der Zwerg steuerte auf eine Hütte zu, die ich zwischen all den Steinen und riesigen Felsen erkennen konnte. Trotz des strahlenden Sonnenscheins auf dem Berg fühlte es sich hier kühler als drinnen im Bergwerk an. Die Hütte stellte sich als Taverne heraus. Über dem Eingang hing ein kaputtes Schild, auf dem stand: *Zum irren Entlein.*

»Das ist ein abgefahrener Name«, murmelte ich.

Magni hörte es und schmunzelte. »Die meisten Tavernen haben solche Namen. Vermutlich hat sich einmal eine Ente hierher verirrt, die schlussendlich auf deren Tischen gelandet ist. Durch solche Geschichten kommen die meisten Tavernen zu ihren Namen.«

»Dann ist das ja tatsächlich ein sehr authentischer Name«, wisperte ich noch, ehe Halvar die Tür der Taverne öffnete. Schon von draußen war mir der Lärmpegel aufgefallen, doch drinnen war es noch mal um Welten lauter. Alle Tische waren besetzt, weshalb ich annahm, dass das *irre Entlein* einen ausgezeichneten Ruf genoss, selbst wenn das Schild am Eingang eine andere Sprache sprach.

Es war noch nicht einmal Mittag und an jedem Tisch

herrschte ein krasses Besäufnis. So wild ging es bei uns nur auf Bierfesten in Dörfern zu. Hier machte es aber den Anschein, als wäre dies täglich gang und gäbe.

»Was machen wir hier?«, fragte Magni mit neutralem Gesichtsausdruck an Halvar gewandt.

»Wartet hier«, war alles, was mein gut aussehender Begleiter als Antwort erhielt. Denn ja, oh Wunder, nicht einmal jetzt, wo wir durch diese Affenhitze gelaufen waren, standen Magni Schweißperlen auf der Stirn. Ich brauchte nicht in den Spiegel zu schauen, um mir klar zu machen, dass ich vermutlich genauso aussah wie das arme irre Entlein, das sich bedauerlicherweise vor Jahren hierher verirrt hatte.

Anders als im Bergwerk schenkten uns einige betrunkene Zwerge ihre Aufmerksamkeit. Die meisten schauten nur kurz in unsere Richtung, während uns andere genauer musterten.

Halvar war hinter dem Tresen verschwunden und suchte möglicherweise die Küche auf. Zumindest wäre es plausibel, dass sich hinter den beiden frei schwingenden Flügeltüren – die mich an den Wilden Westen erinnerten – die Küche befand.

»Einige gucken ganz seltsam«, hauchte ich in die Nähe von Magnis Ohr, ohne dabei unsere Umgebung aus den Augen zu lassen.

»Ich weiß«, brummte Magni kaum hörbar. Offensichtlich gefiel ihm unsere momentane Situation genauso wenig wie mir.

»Magni, alter Freund!«

Ein hochgewachsener Mann, der ohne Zweifel kein Zwerg sein konnte, stand von seinem Holzstuhl auf, schlug Magni kumpelhaft auf die Schulter und grinste frech. Seine grünen Augen stachen neugierig, mystisch und irgendwie unberechenbar aus seinem Gesicht hervor. Die schwarzen Haare standen wirr und kurz in alle Richtungen ab. Das war etwas, das ich in dieser Zeit noch nie bei einem Mann gesehen hatte, denn eigentlich trug jeder seine Haare lang und geflochten. Dieser Mann vor mir hatte nicht einmal einen Bart. Sein Lächeln war mir auf Anhieb sympathisch, doch weil Magni alles andere als glücklich wirkte, sollte ich diesem Mann wohl eher skeptischer entgegentreten.

»Loki«, zischte Magni zwischen den Zähnen hervor.

Das war Loki?!

Herrgötter im Himmel, das hätte ich niemals gedacht.

»Was treibt dich nach Svartalfheim?«, wollte Loki weiterhin grinsend wissen.

»Das geht dich nichts an«, murrte Magni. »Wir warten übrigens auf jemanden.«

Als hätte Loki erst jetzt mitbekommen, dass Magni nicht allein unterwegs war, glitt sein Blick über mich. Das schelmische Lächeln war einfach nicht aus Lokis Gesicht zu löschen und ich konnte nichts dafür, aber ich lächelte ihn ebenfalls leicht an. Als seine Augen unsere haltenden Hände streiften, hob er fragend eine Augenbraue, sagte aber nichts dazu. Mein Herz jedoch raste dafür umso schneller.

»Setzt euch zu uns, während ihr wartet.« Loki deutete mit einer Geste zu jenem Tisch, von dem er soeben aufgestanden war. Zwei Zwerge saßen mit ihm beisammen und tranken ... was auch immer. Aber dem Geruch nach zu urteilen, war es Bier und kein Met. Zumindest stank es hier drinnen so nach Alkohol, dass ein Außenstehender annehmen könnte, ich wäre in ein Bierfass gefallen. »Ich zahle sogar«, bot Loki an.

»Halvar wird sicher gleich zurück sein.«

»Ach, komm schon. Wir saßen schon lange nicht mehr beisammen.«

»Vielleicht ein anderes Mal«, grollte Magni.

Entweder Loki verstand absolut nicht, dass Magni nicht mit ihm sprechen wollte oder er übersah es einfach. Er wurde allerdings nicht umsonst der hinterlistige Gott genannt. Und auch Hel hatte etwas in die Richtung angedeutet, dass ihrem Vater nur sein eigenes Wohl am wichtigsten war. Vermutlich sollte ich mich tatsächlich vor ihm hüten, selbst wenn er momentan nicht einschüchternd auf mich wirkte.

Zu unserem Glück nahm uns Halvar jegliche Entscheidung ab, indem er zu uns stieß. Im Schlepptau hatte er einen älteren Zwerg mit grauem Haar, der alles andere als begeistert dreinblickte.

»Können wir?«, fragte Halvar und warf Loki einen missmutigen Blick zu.

»Ja!«, rief Magni aus.

»Es hat mich gefreut, Magni und …« Fragend bohrten sich Lokis grüne Augen in meine. Schlagartig ließen mich seine Iriden an die einer Schlange erinnern und plötzlich schien es mir nicht mehr so abwegig, dass die Midgardschlange seine Tochter war. Aus seinen Augen blitzte irgendetwas hervor, ich konnte es nicht deuten.

»Magnolia«, hauchte ich leise. Keine Ahnung, wieso ich ihm meinen Namen verriet, aber er rutschte mir einfach über die Lippen.

»… und Magnolia. Vielleicht sieht man sich ja eines Tages wieder.« Danach schaute er ein letztes Mal zu Magni. »Wir müssen unbedingt demnächst zusammen etwas trinken!«

Magni brummte nur irgendetwas als Antwort und dann ließen wir Loki in der Taverne zurück.

»Mit ihm habe ich nicht gerechnet«, murmelte Magni. »Obwohl es mir hätte klar sein sollen. Loki hält sich viel zu oft in Svartalfheim auf. Er kennt Wege hierher, von denen nicht einmal Odin weiß.«

Verblüfft hob ich eine Augenbraue. »Seid ihr mal aneinandergeraten?«, wollte ich von ihm wissen, weil sich seine Finger fest um meine schlossen, als wollte er sie eigentlich zur Faust ballen.

»Nein. Ich habe nur schon viel gehört.«

Ich nickte nachdenklich. »Also schenkst du Gerüchten mehr Beachtung als deiner Erfahrung?«

»Das sind keine Gerüchte«, maulte Magni. »Und ich muss schließlich keine eigene negative Erfahrung mit Loki machen. Die Erzählungen reichen vollkommen.«

Ehe ich etwas darauf erwidern konnte, drehte sich Halvar zu uns um. »Das ist mein Bruder Anselm«, stellte er den Neuankömmling vor. »Wir werden zu seinem Heim gehen, danach besprechen wir alles Weitere. Folgt uns!«

Ein weiteres Mal marschierten wir also hinter Halvar her und redeten dabei kein Wort mehr. Vielmehr war ich damit beschäftigt, die Landschaft zu begutachten. Wir wanderten gut eine Viertelstunde den Berg entlang, von dem ich immer wieder einen Blick auf die Aussicht werfen konnte. Viel Neues erkannte ich jedoch nicht, weil alles hier grau und braun wirkte. Absolut nicht farbenfroh in Svartalfheim. Aber mit Farben befleckte Zwerge war irgendwie auch nichts, was in meiner Fantasie vorkam. Lediglich in Kinderbüchern, wo die sieben Zwerge von Schneewittchen bunte Mützen trugen. Das Einzige, was an diesem Ort bunt war, waren meine lackierten, bröckelnden Fingernägel, von dessen Lack bald nichts mehr erkennbar sein würde.

Weil ich an meine Fingernägel dachte, schweiften meine Gedanken automatisch zu meiner Handfläche und mir wurde Magnis warme, raue Hand sehr bewusst. Wieso er wohl noch immer nicht losgelassen hatte? Konnte es sein, dass er womöglich ähnlich fühlte? Einerseits hoffte ich es sehr, andererseits wünschte ich mir das genaue Gegenteil. Hach, meine Situation war schlichtweg zum Mäuse melken.

16

ZWERGENBREI

Anselm lebte in einer Höhle, die ich nicht unbedingt als gemütlich bezeichnen würde. Erstens war der Platz sehr gering. Zweitens mussten Magni und ich uns bücken, um in die Höhle überhaupt hineinzupassen. Drittens stand ein Bett – zumindest interpretiere ich es als solches – mitten im Raum, das nur aus ein paar Brettern Holz bestand. Darauf lag eine verschmutzte Wolldecke, aber Kissen sah ich keine. In der letzten Ecke der steinernen und kühlen Höhle gab es einen Ofen, einen Kessel und jede Menge Material, mit dem sich schmieden ließ.

»Wie viel Brei hast du mit?«, fragte Anselm geradeheraus.

Das war der Zeitpunkt, in dem Magni seine Hand aus meiner löste. Augenblicklich fühlte sich meine Handinnenfläche so leer und kalt an, dass ich seine Finger am liebsten sofort wieder umschließen wollte. Im letzten Moment konnte ich mich stoppen.

Magni kramte in seiner ledernen Tasche und brachte schließlich ein Gefäß mit einer hellbraunen Masse zum Vorschein. »Eine Völva aus Midgard hat den Brei hergestellt. Sie beschenkte die Dvergr schon öfter mit ihrem Brei, also weiß sie, auf was zu achten ist. Das Gefäß gehört euch, wenn ihr uns etwas Nützliches für die Zusammenkunft mit dem Fenriswolf und der Midgardschlange herstellen könnt.«

»Das erfordert harte Arbeit! Mit nur einem solchen Gefäß kommen wir nicht weit.« Anselm beäugte den Brei abschätzig. »Von einer Völva aus Midgard sagst du. Hm, schwierig, schwierig. Ich kann nicht sagen, ob wir fertig werden.«

Magni kramte ein weiteres Mal in seiner Tasche, ehe er ein zweites Gefäß zum Vorschein brachte. »Ihr habt Glück, die Völva gab mir mehr von dem Brei mit. Zwei Gefäße müssen reichen.«

Anselm schnappte sich das neue Gefäß und betrachtete den Inhalt kritisch. Auch Halvar schaute sich den Zwergenbrei genau an. Sie tauschten sich stumm mit Blicken aus. Schließlich nickte Anselm.

»Wir werden einige Zeit brauchen. Ihr könnt hier warten oder nicht.« Mit diesen Worten wandte er uns den Rücken zu. Auch Halvar fing an, uns zu ignorieren.

Was dann geschah, war irgendwie ... unheimlich. Mir fiel kein besseres Wort ein, um diese groteske Situation zu beschreiben. Die beiden Brüder tauchten je einmal mit zwei Fingern in den Brei ein, steckten sich danach die Finger in den Mund und schluckten den Brei. Ich konnte mit ansehen, wie einer nach dem anderen plötzlich *anders* wurde. Ihre Augen färbten sich rabenschwarz. Vollständig. Feine Äderchen stachen dunkel aus ihrem restlichen Gesicht hervor. Von einer Sekunde auf die andere wirkten sie auf mich wie Dämonen.

»Magni?« Meine Stimme klang gepresst.

»Das ist normal«, besänftigte er mich. »Durch den Zwergenbrei fallen sie in eine Art Trance, werden nicht müde, sind nicht hungrig oder durstig. Sie arbeiten einfach, ohne dass ihnen die Hitze des Feuers oder sonst irgendetwas etwas ausmachen kann.« Tatsächlich begannen die beiden Brüder sofort zu arbeiten. »Wir sollten sie in Ruhe lassen«, meinte Magni.

Dem stimmte ich liebend gerne zu.

Den Rest des Tages verbrachten wir auf dem felsigen Berg, betrachteten die Aussicht, gingen ein bisschen hin und her.

Obwohl wir an diesem Tag nicht viel machten, brach die Nacht schneller herein, als ich gedacht hatte.

»Du kannst etwas schlafen. Ich übernehme die erste Wache«, entschied Magni, als wir wieder in der Höhle der Zwergenbrüder standen. »Die beiden sind zu sehr in ihre Arbeit vertieft, die bemerken uns nicht«, fügte er hinzu, als er meinen skeptischen Blick zu den Brüdern erkannte.

»Wenn du das sagst. Aber weck mich, wenn ich übernehmen soll«, forderte ich. Eigentlich wollte ich ihm vorschlagen, dass ich die erste Nachtwache übernahm, aber da ich in der letzten Stunde öfter gegähnt hatte, als ich zählen konnte, ließ ich es besser bleiben.

»Mhm«, war Magnis einzige Antwort darauf. Ich wusste, er würde mich nicht aufwecken, wenn ich nicht selbst munter wurde. Vielleicht würde mich meine innere Uhr einfach kurz nach Mitternacht daran erinnern, dass ich Magni ablösen sollte. »Schlaf ein bisschen«, sagte mein Halb-Riese in sanfter Tonlage, ehe er mir den Rücken zukehrte und aus der Höhle schaute.

Also tat ich uns beiden den Gefallen, legte mich in Magnis weiches Fell und schloss seufzend die Augen. Von seinem Duft, der angenehmen Wärme um mich und den gleichmäßigen Hammerschlägen eingelullt, dauerte es nicht lange und ich schlief ein.

»Wach auf! Los, aufwachen!« Magnis Stimme drang dumpf zu mir durch. »Wach auf!« Gleichzeitig wurde ich beharrlich an beiden Schultern gerüttelt, was mich endgültig aus meinem Traumland katapultierte.

»Was ist denn nun schon wieder?«, wollte ich von ihm wissen, während ich mir die Augen rieb. Mir kam es so vor, als hätte ich gerade einmal zwei Minuten geschlafen. Draußen war es stockdunkel und die Zwergenbrüder waren noch immer vollkommen in ihre Arbeit vertieft.

»Wir müssen aufbrechen. Es war eine dumme Idee, hier überhaupt herzukommen.«

»Was redest du da?« Verwirrt setzte ich mich auf und musterte Magni. »Was ist passiert, während ich geschlafen habe?«

»Das erzähle ich dir später. Aber jetzt komm! Bei Nacht schlafen die meisten Dvergr und wir kommen gut aus Svartalfheim.«

»Aber was ist mit Halvar und Anselm?«

»Egal. Und jetzt komm!«

Magni stand auf und erhoffte sich von mir, dass ich es ihm gleichtat. Seufzend erhob ich mich aus seinem Bettfell, rollte es zusammen und reichte es ihm.

»Wieso brechen wir so bald auf?«, versuchte ich es erneut.

»Erzähl ich dir später!« Er klang definitiv gereizt. Als er sah, dass ich fertig war, eilte er mit großen Schritten aus der Höhle.

»Er soll noch mal sagen, ich sei anstrengend«, murmelte ich vor mich hin und huschte nach ihm aus der Höhle.

Wir verließen Svartalfheim anders, als wir hergekommen waren. Erst als ich die frische Luft aus Midgard einatmen, das Meer in der Ferne erblicken und die kühle Nacht auf meiner Haut fühlen konnte, wusste ich, dass wir nicht mehr in Svartalfheim waren. Hatten wir ein Portal passiert? Es war mir nicht aufgefallen, komisch ...

Mein bekloppter Begleiter – ja, ich nannte ihn jetzt so – war die ganze Zeit schweigend gut zehn Meter vor mir gelaufen. Immer wenn ich zu ihm hatte aufschließen wollen, war er ebenso schneller geworden. Hach verdammt, wie sehr dieser Holzkopf schon wieder meinen Puls in die Höhe trieb! Dabei hatte ich dieses Mal absolut nichts falsch gemacht, und eigentlich war alles okay gewesen, bevor ich eingeschlafen war. Zu gern wüsste ich, was in der Zwischenzeit vorgefallen war.

»Magni, jetzt lauf doch nicht so schnell!« Ein weiteres Mal versuchte ich ihn dazu zu animieren, langsamer zu gehen. Im Gegensatz zu mir, war er nicht einmal außer Puste. »Du hast gesagt, du erzählst mir später, was passiert ist. Jetzt ist später!« Ich versuchte, meiner Stimme einen entschlossenen Ausdruck zu verleihen, und meiner Meinung nach gelang mir das sehr gut.

»Ein Jammer, dass Gullfaxi so weit weg ist. Ansonsten könnte ich dich einfach auf ihn setzen, damit wir schneller vorankämen. Andererseits kann ich dich auch einfach mit einem Seil hinter mir her schleifen. Und solltest du nicht bald deinen entzückenden Mund halten, werde ich ihn dir verbinden. Verstanden?« Er war stehen geblieben und funkelte mich eisig an.

Magni so forsch reden zu hören gab mir einen Stich. Ich schluckte schwer, ehe ich nickte. Ehrlich gesagt war mein Gehirn plötzlich wie leer gefegt, denn ich hatte nicht angenommen, dass er sich mir gegenüber jemals wieder so barsch, unfreundlich und äußerst idiotisch verhalten würde. Mit einem verärgerten Blick auf dem Gesicht drehte sich der Strohkopf wieder um, um weiterzugehen.

Meine Beine machten sich selbstständig und folgten ihm widerwillig. Bis ... *Moment*. Da stimmte etwas nicht.

»Wie soll ich das verstehen?«, fragte ich und blieb stehen. Nur der Mond erhellte die Umgebung und ich sah, dass auch Magni keinen Fuß mehr vor den anderen setzte.

»Wie du verstehen sollst, dass ich dich kneble, solltest du deinen Mund nicht unverzüglich halten? Ich kann es dir gerne demonstrieren.«

Magni kam auf mich zu. Ich schlug seine Hand beiseite, als er vor mir anhielt und mich im Gesicht berühren wollte. Mit gerecktem Kinn starrte ich zu ihm hoch, während mein Puls vor Aufregung in die Höhe schnellte.

»Wieso kannst du Gullfaxi nicht einfach rufen?«

Kurz konnte ich so etwas wie Verwirrung in seinen Mondsee-Augen aufblitzen sehen. Es wäre möglich, dass ich mich dank des spärlichen Lichtes täuschte, denn keine Sekunde später zeigte er mir wieder einen arroganten Gesichtsausdruck, mit einem Lächeln, das unechter nicht sein könnte.

Irgendetwas war hier faul. Aber so was von!

»Mit einer Menschenfrau werde ich so etwas ganz bestimmt nicht bereden!«

Meine Augen formten sich zu Schlitzen. »Was soll das? Was wird hier gespielt?«

Magni und ich lieferten uns ein Blickduell. Meine Gedanken überschlugen sich, während ein einziger sich langsam, aber sicher festigte.

War es möglich, dass ...?

Nein, Schwachsinn.

Doch ...

So seltsam würde sich *mein* Magni nicht verhalten.

Hatte ich mich so sehr in ihm getäuscht?

»Wie hättest du meine Fingernägel beschrieben, als wir uns das erste Mal begegnet sind?«, hauchte ich und starrte meinem Gegenüber herausfordernd in die Augen. Mit rasendem Herzen wartete ich auf seine Antwort.

»Deine Fingernägel?« Magnis Augen huschten für den Bruchteil einer Sekunde zu genau diesen. Ein spöttischer Zug legte sich um seine Lippen. »Als ob ich darauf achten würde.«

»Du bist nicht Magni«, flüsterte ich und mein Herz setzte einen Schlag aus. Ich wich hastig einen Schritt zurück. »Du bist Loki. Musst es sein. Ist es nicht so?«

Überraschung spiegelte sich in seinen Augen wider. Danach lachte er kurz auf, ehe etwas geschah, mit dem ich nicht unbedingt gerechnet hatte. Keinen Wimpernschlag später stand mir der schwarzhaarige Typ von gestern gegenüber. Zwar trug er die Klamotten meines Halb-Riesen, aber er war es nicht. Er roch nicht einmal nach ihm.

»Wie? W-Wo ist Magni?«, brachte ich stotternd zustande. Gott, wie sehr ich hoffte, dass Loki mich nicht wirklich knebelte oder mit einem Seil hinter sich her schleifte! Denn dann hatte ich absolut keine Ahnung mehr, wie ich mir aus der Situation helfen konnte.

»An einem sicheren Ort.«

»An einem sicheren Ort?«, stieß ich panisch aus. Sagten nicht die Bösewichte in Filmen so etwas, wenn genau das Gegenteil der Fall war? »Ich muss zu ihm!«

»Ich würde dich gerne zu Jörmungandr und Fenris begleiten.«

»Woher weißt du ... Nein. Ich muss zu Magni. Wo ist er?« Sorge breitete sich in meinem Inneren aus, denn ich hatte den Halb-Riesen schon seit einigen Stunden nicht mehr gesehen.

»Ihm geht es gut.« Loki rollte mit den Augen. »Hätte ich gewusst, dass ihr beide so eine innige Beziehung zueinander habt, hätte ich die Verwandlung gelassen.« Er seufzte auf. »Ich habe euch den ganzen Tag über beobachtet, aber ihr habt wenig miteinander geredet und ich nahm ohnehin an, dass Magni sich nicht freiwillig mit einer Menschenfrau abgibt, die so einen eigenwilligen Kopf hat wie du.«

»Was soll das alles eigentlich? Du hast uns beobachtet? Etwa in einer anderen Gestalt? Hättest du nicht fragen können, ob du uns begleiten kannst? Vielleicht hätte Magni zugestimmt.«

»Hätte er nicht.« Auf meine Fragen antwortete Loki mir allerdings nicht.

Ein verschmitztes Grinsen breitete sich auf seinem Gesicht aus. Seine grünen Augen funkelten im Schein des Mondlichtes, und wenn ich diesen Mann vor mir im Moment nicht so verachten würde, könnte ich ihn als attraktiv bezeichnen. Doch ich musste Magni recht geben, die Geschichten, die man sich über Loki erzählte, hätten gereicht. Ich hätte nicht auch noch Teil seines langwierigen Lebens werden müssen.

»Ich muss zu Magni. Und du begleitest mich, schließlich trägst du seine Sachen!«

»Meinetwegen«, grummelte Loki. »Thors Sohn wird aber nicht gut auf mich zu sprechen sein.«

»Da fragt man sich, wieso wohl?«, entkam es mir sarkastisch.

War ich komplett bekloppt und übergeschnappt, so mit dem hinterlistigsten Gott der nordischen Mythologie zu sprechen? Schon als ich ihm vorhin in Magnis Gestalt die Hand weggeschlagen hatte, hätte ich mir selbst zeitgleich eine klatschen sollen, schließlich hatte ich schon eine Vorahnung gehabt. Bei Loki musste ich aufpassen, was ich sagte, durfte ihm unter keinen Umständen vertrauen und ich sollte besser auf meine Sprache und Gestik achten.

Seine Mundwinkel zuckten jedoch bei meiner Bemerkung nur nach oben. Anscheinend hatte ich ihn weder gekränkt noch war er sauer.

»Kannst du deine Kinder nicht allein besuchen gehen?«, fragte ich, als wir endlich kehrtmachten, um wieder nach Svartalfheim zu gelangen.

»Unsere Beziehung ist kompliziert.«

Fragend hob ich eine Augenbraue und musterte den Mann, der nun in meinem Tempo neben mir ging. Seine dunklen Haare standen wirr zur Seite und seine langen, dichten Wimpern sorgten für den perfekten Augenaufschlag. Also der absolute Traum jeder Frau. Bei solchen Wimpern bräuchte ich bestimmt keine Wimperntusche mehr.

Loki hatte eine schlanke Figur und wenige Muskeln. Ich nahm an, dass er nicht so häufig und gerne trainierte wie Magni. Vielmehr vermutete ich, dass er den Kämpfen oftmals aus dem Weg ging, nachdem er sich in alles und jeden verwandeln konnte.

»Wir gehen noch ein Stückchen. Also, wieso ist eure Beziehung kompliziert? Du könntest als ihr Vater doch den ersten Schritt machen und auf sie zugehen.« Auch wenn mein Gehirn mir riet, dass es besser wäre, endlich den Mund in Lokis Anwesenheit zu halten, war meine Zunge schneller.

»Jörmungandr ist eine Schlange. Mir fehlt die Bindung zu ihr. Ich habe einfach keine Ahnung, was in ihrem Kopf vor sich geht. Hatte ich nie. Und seitdem sie unter dem Namen Midgardschlange bekannt ist, habe ich sie nicht mehr gesehen und ich denke nicht, dass sie mich sehen will. Was Fenris angeht ... Er ist riesig, wurde von Tyr betrogen – nein, von allen Asen, nicht nur von Tyr – und er ist gefährlich. Mit jedem Tag, den er angekettet verbringt, wird er rachsüchtiger. Ich wollte die beiden eben einmal sehen, ohne in meiner wahren Gestalt zu stecken, denn sonst wäre ich nicht sicher, ob ich den nächsten Tag erleben dürfte.«

»Wieso hast du denn nichts unternommen, als sie verbannt wurden?«, fragte ich verständnislos.

»Wieso erzähle ich dir das alles eigentlich?« Seine Zähne knirschten hässlich.

»Weil wir noch ein Stückchen vor uns haben.«

»Ich war nicht in Asgard, als sie verbannt wurden«, gab er zu und wirkte dabei reuevoll. »Die anderen Asen haben diese Entscheidung ohne mich getroffen.«

»Oh.«

»Lass uns nun schweigen. Mein Plan ging nach hinten los und ich habe keine Lust mehr, dir Geschichten aus meinem Leben anzuvertrauen. Du weißt sowieso schon mehr, als mir lieb ist.«

Das war etwas Neues, denn in der Regel wusste ich zu wenig, was die meisten Asen bis jetzt in Aufruhr versetzt hatte. Oder zumindest Magni und Odin, aber die beiden waren auch verwandt. Hel hatte es nämlich erstaunlich gefunden, dass ich so wenig wusste.

Ich verstand nicht wirklich, wieso Loki sich als Magni ausgegeben hatte, um seine Kinder zu besuchen. Zwar brachte ich ein kleines bisschen Verständnis für ihn auf, nur wirkte die Gesamtsituation komisch auf mich. Da steckte mehr dahinter, oder?

Als ich die Hitze in Svartalfheim spüren und die Höhle der Zwergenbrüder erblicken konnte, wummerte mein Herz mit jedem Schritt, den ich setzte, heftiger gegen meinen Brustkorb. Ein neuer Tag war angebrochen.

Wo war Magni? Ging es ihm wirklich gut? War er verletzt? Wie hatte er von Loki überwältigt werden können? War jemand bei ihm? Oder war er allein? Verdammt. Tausende Fragen sausten wie ein Schnellzug durch meinen Kopf. Ich machte mir viel zu viele Gedanken über meinen Halb-Riesen, doch ich war ehrlich besorgt um ihn und sein Wohlergehen.

»Wo hast du ihn gelassen?«, fragte ich Loki, als wir an Anselms Höhle vorbeigingen.

»Wir sind gleich da.«

Ich rollte mit den Augen, denn eines hatte ich über Loki

ganz sicher gelernt: Er war kein Freund von detaillierten Antworten. Vielmehr schien er es zu mögen, seine Mitmenschen – oder Mit*asen* – im Dunkeln tappen zu lassen. Dass er mir von seinen Kindern erzählt hatte, sah ich eher als einen kurzen Zeitvertreib und pures Glück an.

Keine Minute später entdeckte ich die unscheinbare Höhle, auf die Loki zuging. Er trat in das Innere, und ohne irgendetwas zu hinterfragen, folgte ich ihm. Der Temperaturunterschied zu draußen war immens. Meine Augen brauchten nicht lange, um sich an das fahle Licht hier zu gewöhnen. Genau in dem Moment, in dem ich Magni entdeckte, schaute er auf. Als er uns erkannte, sprang er vom Boden auf und präsentierte mir seinen kompletten männlichen Körper.

»Magni! Du bist nackt!«, kreischte ich in einer viel zu hohen Tonlage. Ich schlug mir, wie ein kleines Kind, die Hände vor mein Gesicht und drehte meinen Körper von ihm weg.

Shit, ich benahm mich tatsächlich wie ein Kleinkind. Als ob ich noch nie einen nackten Mann gesehen hätte!

Heilige Makrele, eigentlich *wollte* ich Magni nackt sehen. Aber mich jetzt noch einmal umzudrehen und durch meine Finger zu lugen, käme nur spannerhaft und wäre absolut unangebracht. Ach Mist. Mist. Zum Glück sah man in dieser wenig beleuchteten Höhle meine roten Wangen nicht. Mein Benehmen war mir plötzlich sehr peinlich.

»Was du nicht sagst!« Seine Stimme holte mich aus meinen Gedanken und sie triefte nur so vor Spott. Doch ich bildete mir ein, ebenso die Erleichterung herauszuhören. »Ich dachte nicht, dass ihr zurückkehrt.«

»Ich hatte Sehnsucht nach dir«, scherzte ich. Angesichts der Tatsache, dass ich ihm noch immer den Rücken zukehrte und mein Herz bei meinem Satz viel zu schnell klopfte, sollte ich vermutlich meine Wortwahl überdenken.

Magni ging allerdings nicht auf meine Worte ein, sondern richtete seine angestaute Wut auf Loki. »Du!«, brüllte er, sodass die Steine an den Wänden leicht bebten.

Loki hob abwehrend die Hände. »Mein Plan hat nicht

geklappt. Das ist enttäuschend genug. Ich werde euch jetzt allein lassen.« Er schaute mich an. »Magnolia, hier ist ein Messer, mit dem du das Seil um seine Handgelenke lösen kannst. Nur mit diesem Messer ist dir das möglich.«

»Meine Kleidung!«, giftete Magni in Lokis Richtung, als dieser mir das kleine Messer überreichte.

»Deine Klamotten sind gemütlich.« Lokis schadenfrohes Grinsen ließ meinen Halb-Riesen vermutlich nur noch wütender werden. Was musste Loki ihn auch so provozieren? Später bekam ich das noch ab und darauf war ich nicht scharf.

»Zieh sie aus«, fauchte Magni.

»Da ich meine eigenen ohnehin lieber habe, hast du Glück.«

Huch, und dann sah ich zum zweiten Mal innerhalb weniger Minuten einen Gott nackt. Verflixt und zugenäht! Mein Kopf hatte vermutlich schon die Farbe einer überreifen Tomate.

»Bevor ich gehe, habe ich noch eine Frage«, sprach der nackte Loki, dessen Körper ich ebenso tunlichst zu ignorieren versuchte.

»Nur zu«, brummte Magni.

»Wie sahen *ihre* Fingernägel aus, als ihr euch zum ersten Mal gesehen habt?«

Da mich nun doch die Neugierde packte und ich Magnis Reaktion wissen wollte, drehte ich meinen Oberkörper in seine Richtung und spähte vorsichtig zu ihm. Sanft zupfte es um seine Mundwinkel. Er ließ sich mit seiner Antwort Zeit und ich konnte sehen, wie ein kleiner Brocken Anspannung von seinem Körper fiel.

»Wie ein bunter Regenbogen«, antwortete er schließlich, was meinen Verstand tanzen und mein Herz glücklich aufatmen ließ.

Ja, das war eindeutig mein Magni. Gott, war ich froh, hinter Lokis List gekommen zu sein. Ich wollte mir gar nicht ausmalen, was geschehen wäre, wenn er sich etwas mehr *magnihaft* verhalten hätte.

17

KLEINER SCHMETTERLING

Loki verließ uns ohne ein weiteres Wort. Aber irgendetwas sagte mir, dass ich ihm noch einmal begegnen würde. Vielleicht war es Unsinn, das zu glauben, aber mein Bauchgefühl irrte sich selten.

»Befreist du mich nun? Oder willst du mich noch länger anstarren?«

Magnis Stimme drang in mein Bewusstsein. Nachdem er uns mitgeteilt hatte, dass ihn meine Fingernägel an einen bunten Regenbogen erinnerten, waren meine Augen nicht mehr von seinem Gesicht losgekommen. Doch nun ... Zaghaft wanderte mein Blick über seinen nackten Körper. Vermutlich hielten meine Wangen die leicht ungesund aussehende rote Farbe aufrecht, aber für einen klitzekleinen Moment war mir das egal, denn wenn ich ihm das Seil um die Handgelenke schon lösen musste, wollte ich diesen Wahnsinnskörper kurz anschauen dürfen. Kaum hatten sich meine Augen an ihn geheftet, kamen sie nicht mehr von ihm los.

Sein Körper war wie ein Gemälde. Angefangen bei seinem Gesicht und der verblassten Narbe. Schon allein diese und seine wunderschönen Augen erzählten zwei verschiedene Geschichten. Ich trat näher an ihn heran und betrachtete sein markantes Kinn, das unter seinem geflochtenen Bart verschwand. Magni schluckte aufgrund der Musterung sichtbar. Meine Augen huschten weiter zu seinem Oberkörper, der bei seinen breiten Schultern begann. Auf seinem Brustkorb stachen viele blonde Härchen hervor, die mich ihn noch anziehender finden ließen. Die dünnen Härchen verdeckten keinesfalls seine ausgeprägten Brustmuskeln. Generell, er bestand hauptsächlich aus Muskeln. Verdammt! Dieser Kerl sah absolut heiß, unheimlich sexy und einfach unübertrefflich aus!

Sein unverkennbarer Duft nach Wildleder und Tannenzweigen hüllte mich ein. Selbst jetzt, wo er seine Kleidung nicht trug. Vielleicht roch er auch einfach immer ohne Klamotten so? Wieso war mir sein Geruch nicht schon viel früher aufgefallen? Danach wanderte mein Blick weiter zu seinem besten Stück und huch, ja … Vermutlich färbte ich mich gerade um, wie ein Chamäleon, das sich an eine glutrote Wand anpassen wollte. Normalerweise reagierte mein Körper nicht so stark auf einen Mann, doch da ich mir selbst schon eingestanden hatte, dass ich wohl tatsächlich ein bisschen in ihn verknallt war, stieß mein Körper die abnormsten Signale aus. Wer stand denn schon auf Frauen, deren Kopf – nein, ganz sicher der ganze Körper – die Farbe eines knallroten Krebses besaß? Aber er war schlichtweg das perfekte Beispiel des männlichen Schönheitsideals in jeder Zeit! Sogar seine Beine fand ich anziehend. Mich faszinierte jede einzelne Körperzelle an ihm.

»Du hast dich wohl fürs Anstarren entschieden«, entschlüpfte es Magni amüsiert. Ihn störte es keineswegs, dass ich ihn so offensichtlich abcheckte. Vielmehr machte es den Anschein, als würde er es genießen. Seine Stimme holte mich zum Glück aus meinem Starren, denn plötzlich hatte ich es sehr eilig, ihn zu befreien. Verdammt! Wie lange hatte ich ihn ungeniert angegafft?

»Wie ist das hier überhaupt passiert?«, wollte ich von Magni wissen, nachdem ich mich einmal geräuspert hatte. Ohne seine Antwort abzuwarten, löste ich mit dem kleinen Messer das Seil um seine Handgelenke. Es gelang mir auf Anhieb.

»Wie es passieren konnte, dass mein Körper so gut aussieht, dass du nicht anders konntest, als ihn anzustarren? Ich schätze, das habe ich meinen Eltern zu verdanken.«

»Das meinte ich nicht!« Ich schlug ihm leicht gegen die Schulter, was ihn nur noch mehr belustigte.

Er rieb sich einmal über seine Handgelenke, ehe er mir in die Augen schaute. »Ich weiß«, hauchte er. Auf einmal wurde mir sehr bewusst, wie nah wir uns standen. Und er war gänzlich nackt! »Es überrascht und freut mich in gleicher Weise, dass du zurückgekommen bist. Ehrlich gesagt hätte ich nicht mehr damit gerechnet, denn Lokis Verwandlungen sind vorbildlich. Sogar die Stimme kann er ändern. Es beeindruckt mich, zu was er fähig ist, aber noch mal brauche ich das nicht.« Er griff nach meiner Hand, in der ich das Messer hielt, und nahm es mir vorsichtig weg. »Das werde ich einpacken und nach Asgard mitnehmen. Wozu die Dvergr fähig sind, beeindruckt mich gleichermaßen, wie Lokis Verwandlungen.«

»Ja, ähm. Am besten, du ziehst dich auch gleich wieder an«, nuschelte ich und versuchte einen Schritt nach hinten zu setzen, damit Magni zu seinen Klamotten gehen konnte.

»Hast du sonst Angst, über mich herzufallen?«

»Hm? Nein! Bestimmt nicht.« Ich schluckte schwer. »Oder vielleicht doch«, gab ich kleinlaut zu. Dabei wusste ich nicht einmal, wieso ich das laut ausgesprochen hatte. Meine Augen entflohen schnell seinen und fixierten irgendeinen Punkt in der spärlich beleuchteten Höhle.

»Du erinnerst mich an einen Schmetterling«, murmelte Magni schmunzelnd.

Irritiert über diesen Themenwechsel schaute ich ihm wieder in die Augen. »An einen Schmetterling? Wieso das?« Wie kam er bloß auf so was?

Magni lächelte leicht. »Schmetterlinge sind meist auffällig gefärbt, genau wie du, als ich dich zum ersten Mal in diesem irritierenden Kleid und den bunten Regenbogenfingernägeln gesehen habe. Sie sind Boten des Frühlings, genau wie du. Schließlich habe ich dich im Frühling kennengelernt. Und wenn man dich verschreckt oder verlegen macht, dann suchst du schnell das Weite, so wie ein Schmetterling. Außerdem sind diese Tiere schön, ebenso ... wie du.«

»Magni«, wisperte ich.

»Und ich denke, sie essen kein Fleisch. Du hast also viel mit einem Schmetterling gemeinsam.«

»Magni«, hauchte ich ein weiteres Mal. »Wieso sagst du das alles?«

»Weil es stimmt und ich dich das wissen lassen wollte.«

Ich schüttelte leicht den Kopf, schloss für einen Moment die Augen und lächelte dabei glücklich. »Ich glaube, so etwas Schönes hat noch nie ein Mann zu mir gesagt.«

»Da musst du also erst in die Vergangenheit reisen, damit ich dir mit meinen Worten ein Lächeln aufs Gesicht zaubern kann. Jeder Mann zu deiner Zeit scheint ein Narr zu sein.«

»Danke, Magni.«

»Dafür musst du dich nicht bedanken – für die Wahrheit musst du das niemals. Wie gesagt, ich bin *dir* dankbar, dass du zurückgekommen bist und herausgefunden hast, dass es Loki war, mit dem du unterwegs warst.«

»Ehrlich gesagt war es nicht sehr schwierig, hinter Lokis List zu kommen. Anfangs dachte ich zwar, dass du jetzt zu dem größten Mistkerl schlechthin mutiert seist, aber ich bin ja dahintergekommen. Also, alles gut.«

»Habe ich ein Glück, dass Loki sich dämlich benommen hat.«

»Sonst würdest du hier noch immer gefesselt sein, ja. Wie kam es dazu?«, fragte ich erneut.

»Kann ich mich zuerst anziehen und dir danach die Geschichte erzählen? Es ist ein bisschen beschämend, darüber zu reden. Und wenn ich nackt vor dir stehe, will ich mich nie wieder so erniedrigt fühlen wie vorhin, als Loki noch neben dir stand.«

»Du musst dich nicht erniedrigt fühlen, das hätte vermutlich jedem passieren können.«

»Es ist aber mir passiert.« Er hob seine Schultern, ehe er sich nah an meinem Körper vorbeischlängelte. Er streifte mich sogar kurz am Handrücken, obwohl er genügend

Freifläche zum Ausweichen gehabt hätte. Diese kurze unscheinbare Berührung löste ein angenehmes Prickeln in meinem Körper aus. Ich versuchte, Magni nicht dabei zuzusehen, wie er sich anzog, mein Blick glitt jedoch immer wieder wie von selbst zu ihm. Mein Gott, warum sah er auch so verdammt gut aus, wenn er sich anzog? Obwohl ich meine Augen daran hindern wollte, huschten sie von selbst zu seinem Po, den ich kurz betrachtete, mir dabei dachte, wie knackig er doch war. Und hach, verflixt. Was tat ich hier? Hastig drehte ich mich weg und schaute mich in der Höhle um, aber hier gab es nichts Außergewöhnliches zu bestaunen.

»Wir sollten nach Halvar und Anselm schauen. Dann erzähle ich dir alles, was du wissen willst. Kommst du, kleiner Schmetterling?«

»Kleiner Schmetterling?« Grinsend ging ich auf Magni zu, der schon beim Höhleneingang wartete, und schüttelte den Kopf. »Nennst du mich jetzt so?«

»Eventuell.«

Wieso nannte er mich so? Gab man nicht Menschen, die man gernhatte, Kosenamen? Nein, vielleicht war es auch nur ein stinknormaler Spitzname. Kein Kosename. Magni empfand bestimmt nicht wie ich. Oder?

Trotz meiner zweifelnden Gedanken musste ich so breit grinsen wie die Grinsekatze aus *Alice im Wunderland*. Vielleicht bedeutete ich ihm mehr, als ich anfangs angenommen hatte. Schließlich hatte er in Helheim erwähnt, dass er mich gernhatte, und mich später noch einmal daran erinnert. Außerdem würde niemand, der einen Menschen nicht mochte, so schöne Worte sagen. Das konnte nicht nur daran liegen, dass ich hinter Lokis List gekommen war.

»Ich erzähle es dir ein einziges Mal und danach schaufeln wir das Gespräch nie mehr aus. In Ordnung? Ich möchte diese Geschichte ganz tief unter der Erde begraben. Es muss schließlich niemand wissen, dass mich Loki ausgetrickst hat.«

»Du musst dich wirklich nicht dafür schämen. Aber, in Ordnung. Erzähl, ich bin neugierig.«

»Ja, das bist du *leider*. Und verdammt ungeduldig. Deshalb erzähle ich es dir jetzt einmal und dann nie wieder.«

»Das sagtest du bereits. Also, schieß los.«

»Du bist ungeduldig.«

»Magni«, stöhnte ich gespielt genervt. »Erzähl schon.«

Ich wusste, dass es ihm unangenehm war, darüber zu reden. Deshalb freute es mich innerlich sehr, dass er mir die Geschichte dennoch anvertraute.

»Du hast friedlich geschlafen. Zwar hingen dir ein paar Sabberfetzen runter, wie bei einem hungrigen Wolf, aber ...«

»Magni!«, stieß ich empört aus. »Erstens hat das nichts mit der Geschichte zu tun und zweitens stimmt das nicht. Ich sabbere nicht! So ein Blödsinn.«

»Bist du sicher? Im Schlaf macht man oft Dinge, die man nicht weiß.« Er lächelte amüsiert, fuhr dann aber sofort mit der Geschichte fort. »Jedenfalls habe ich dich beobachtet und somit leider zu spät mitbekommen, dass Loki in die Höhle schaute. Als ich ihn sah, war ich verärgert, stand auf und folgte ihm in die Dunkelheit hinaus, denn ich wollte ihm sagen, dass er sich in unserer Nähe nicht mehr blicken lassen brauchte. Aber viel schneller, als mir lieb war, hatte er mir die Handgelenke mit diesem verzauberten Seil verbunden. Was ich ihm alles an den Kopf geworfen habe, sage ich dir jetzt besser nicht. Das ist nichts für Frauenohren. Dann knebelte er mir auch noch den Mund zu, damit ich nicht mehr brüllen konnte und dich somit nicht wecken konnte. Danach war es ein Leichtes für ihn, mich in die Höhle zu bringen, denn dank dieses komischen Seils war ich gehorsam. Ich konnte mich nicht mehr gegen ihn wehren. Mein Körper fühlte sich an, als wäre ich eine Feder. Gleichzeitig fühlte ich mich gedemütigt, als ob ich in seiner Gegenwart nichts auf die Reihe bringen konnte, und ich befürchtete, dass sich das alles in Asgard herumsprechen und ich im Mittelpunkt des Gespötts der anderen stehen würde. Außerdem zerriss es mich innerlich, dass du von jetzt an bei ihm sein würdest und keine Ahnung hättest. Ich war besorgt, dass er dir etwas antut, gleichzeitig aber auch, dass du Lokis Magni mehr mögen könntest als mich. Das klingt dumm, vergiss es wieder. Aber das ist eigentlich auch schon die ganze Geschichte. Also bitte, lass uns kein Wort mehr darüber verlieren.«

»Ach, Magni. Für mich bist und bleibst du mein Lieblingsase, falls dich das aufmuntert. Aber nun versiegele ich meinen Mund und bringe das Gespräch nie mehr auf.« Ich verschloss mit einem imaginären Schlüssel meine Lippen und warf ihn dann weg. Magni betrachtete mich mit einem Schmunzeln.

»Ich bin also dein Lieblingsase?«

»Na ja, ich muss es mir noch überlegen«, meinte ich gespielt nachdenklich. »Frigg kocht nämlich verdammt gut und ich liebe Essen. Hel war übrigens auch sehr gastfreundlich und außerdem hat sie mir, noch vor dir, viel über die Asen und eure Welt erzählt. Also, wenn ich genauer darüber nachdenke, dann schwanke ich noch.«

»Sei gewiss, ich werde es mir zum Ziel setzen, ganz oben auf deiner Liste der Lieblingsasen zu stehen, kleiner Schmetterling.«

Seine Worte brachten mich zum wiederholten Male an diesem Morgen zum Lächeln. Und das, obwohl ich ihn anfangs gar nicht hatte ausstehen können und mir der Allvater unglaublich dämliche Aufgaben aufgehalst hatte. Aber, wie hieß es nicht so schön? Man konnte den Wind nicht ändern, aber die Segel anders setzen. Und irgendwie sprach diese Redensart uns beide an.

18

WIE EINE NATURGEWALT

Die Zwergenbrüder waren schneller mit meinem Geschenk fertig, als wir und sie selbst erwartet hatten. Noch am selben Tag zu späterer Stunde waren die beiden wieder sie selbst und sahen nicht mehr wie furchterregende Dämonen aus.

»Das ist eine Steinschleuder mit exakt zwei Schüssen«, erklärte mir Anselm, als er mir eine Schleuder reichte. »Ein Schuss für den Fenriswolf und einer für die riesige Schlange. Sie sind nur für kurze Zeit außer Gefecht gesetzt, in der du lieber schnell tun solltest, was du vorhast, und danach eilig verschwindest. Zumindest musst du bei der Midgardschlange schnell sein. Der Wolf kann dich sowieso nicht verfolgen.«

»Ähm, in Ordnung«, stammelte ich.

»Du kannst die Schleuder natürlich bei allen Lebewesen anwenden, es müssen nicht die Kinder Lokis sein. Vergiss nicht, dass du nur zwei Versuche hast!«

»Danke.« Ich lächelte Anselm zaghaft an, doch wusste noch nicht so wirklich, was ich von der Steinschleuder halten sollte. Umwerfend gut im Zielen war ich schließlich nicht. Außer es handelte sich um Popcorn im Kino. Da schaffte ich es mit Leichtigkeit, mir die salzigen Maiskörner in den Mund zu werfen – selbst in der Dunkelheit.

Als könnte der Zwerg meine Gedanken lesen, fügte er hinzu: »Die Schleuder trifft immer ihr Ziel. Du musst es nur direkt anvisieren und an nichts anderes denken.«

»Das klingt gut«, entkam es mir erleichtert. Zumindest das war geklärt. Ob ich die Schleuder tatsächlich verwenden würde, stand noch offen. Ich wollte mir zuerst ein Bild von den beiden überdimensionierten Kreaturen machen, denn auch der Fenriswolf war kein normaler, durchschnittlicher Wolf. Ansonsten würde er wohl kaum allein auf einer Insel leben müssen. Hach, wie sehr ich mich freute, die beiden Wesen kennenzulernen. Nicht.

Magni und ich verabschiedeten uns von Anselm und Halvar führte uns durch das Bergwerk aus Svartalfheim hinaus. Er verband uns, wie beim Herkommen, die Augen mit diesem ekligen, übel riechenden Tuch, aber ich versuchte wieder tapfer zu sein und nichts dazu zu sagen. Das fiel mir dieses Mal erstaunlicherweise leicht, denn ich überlegte die ganze Zeit nur, wie Loki es aus Svartalfheim geschafft hatte und wie wir wieder hineingekommen waren. Ich hatte nicht den blassesten Schimmer. Wir waren einfach nur gegangen. Magni hatte recht behalten, als er gestern erwähnt hatte, dass Loki Wege kannte, die den anderen Asen verborgen blieben.

Als Halvar unsere Augenbinden löste, war ich sehr erleichtert, dass er sich verabschiedete. Wir schauten dem Zwerg noch kurz hinterher, ehe wir endlich allein waren.

Das Zwergenvolk war nicht so schlimm gewesen, wie ich es mir ausgemalt hatte. Wäre Loki nicht aufgetaucht, hätte ich den kleinen Ausflug sogar als nett bezeichnet. Allerdings hätte ich Magni dann nicht nackt gesehen, weshalb er mir bestimmt keinen Kosenamen gegeben hätte. Also irgendwie war es auch gut, dass wir Loki begegnet waren. Zumindest was das betraf. Denn ehrlich gesagt wollte ich keine Sekunde von unserer Zweisamkeit in dieser Höhle missen.

»Ich habe Gullfaxi gerufen, er wird bald hier sein.«

»Sehr gut.« Wenn ich an den schimmernden Hengst dachte, breitete sich ein aufgeregtes Gefühl in meinem Körper aus. Irgendwie freute ich mich, ihn wieder zu reiten, aber es ängstigte mich auch noch immer. War es nur eine einmalige Sache gewesen, dass ich den Galopp hatte genießen können? Oder würde ich wieder Spaß daran finden? So oder so, die Antwort konnte ich erst herausfinden, wenn ich ein weiteres Mal auf Gullfaxis Rücken saß.

»Danach können wir zu Greta reiten, wenn du das noch immer willst.«

Dass Magni daran dachte, berührte mein Herz. »Du bist so anders, als ich anfangs dachte«, teilte ich ihm flüsternd meine Gedanken mit. »Ich freue mich auf Greta. Danke.«

»Wie bin ich denn?«, wollte Magni neugierig wissen. Um seine Mundwinkel zupfte es, bis ein ehrliches Lächeln entstand. Dieses Lächeln passte so gut zu ihm. Er sollte dies viel, viel öfter tun.

»Du bist aufmerksam, ehrlich, stehst zu deinem Wort und, ähm, dein Aussehen ist auch ... gut.«

»Gut?«

»Du weißt selbst, wie du aussiehst!«

»Natürlich weiß ich das. Aber ich möchte von dir hören, was du über meinen Körper denkst.«

Kurz kniff ich meine Augen zusammen. Wieso hatte ich damit angefangen? Ich hätte sein Erscheinungsbild nicht erwähnen müssen, aber nun, da ich es getan hatte, musste ich ehrlich sein.

»Du möchtest hören, dass sich mein Körper zu deinem hingezogen fühlt, weil ich jede Stelle, jeden kleinen Fleck, die Narbe, einfach alles an dir verlockend finde?« Meine Hormone waren kurz davor abzuheben. Ein Blick in seine Augen verriet mir, dass sich seine Pupillen vergrößert hatten und er mich nun begierig betrachtete. Mein Herz raste.

»Dann möchtest du vermutlich auch hören, dass sich mein Körper ebenfalls sehr nach deinem sehnt, ich am liebsten wieder deine Hand in meine nehmen will, nur um sie nicht mehr loszulassen. Deine Haare sind unglaublich verführerisch, sie kringeln sich nicht nur ineinander, sondern auch in meinen Verstand. Dass du obendrein so ein gutes Herz hast, macht die Sache nicht besser, denn dadurch will ich dich eigentlich nur noch mehr. Obwohl ich nicht sollte. Ich sollte dich wirklich nicht so sehr wollen, kleiner Schmetterling. Aber ich tue es.«

Meine Lippen standen leicht offen. Magni war mir näher gekommen, sodass wir uns nun dicht gegenüberstanden. Meinen Kopf legte ich leicht in den Nacken, um zu meinem Halb-Riesen aufzuschauen. Nur er schaffte es, mein Blut so in Wallung zu bringen. Mir war wohlig warm und gleichzeitig wurde ich bei seinen Worten nervös. Ich wusste, ich wollte jetzt seine Nähe spüren, mehr als alles andere. Meine obersten Prioritäten rückten weit in den Hintergrund, damit mein Gehirn sie nicht mehr sehen oder gar hören konnte.

Okay, verdammt! Ich hatte mir unendlich viele Ausreden zurechtgelegt, wieso es eine schlechte Idee war, Magni zu küssen. Zum einen wegen der Verhütung, aber so weit waren wir noch gar nicht. Mein Gehirn sagte zu meinen fadenscheinigen Begründungen, die mir ohnehin momentan nicht einfielen, sowieso nur: Scheiß drauf!

Ich machte den ersten Schritt und legte meine eben befeuchteten Lippen auf seine. Vorsichtig, und mit klopfendem Herzen, wartete ich, wie Magni reagieren würde.

Er verharrte nicht lange, sondern legte seine großen Hände um meine Taille, zog mich ein Stückchen näher an sich heran. Meine Nackenhaare stellten sich auf. Seine Lippen bewegten sich fordernd und im Einklang mit meinen. Ich schloss die Augen, tauchte mit allen Sinnen in unseren Kuss ein.

Sein Bart kratzte leicht, doch anstelle, dass es mich störte, entfachte es meine Lust mehr. Ich hatte noch nie einen Mann mit Bart geküsst, und eigentlich hatte das nie auf meiner To-do-Liste gestanden, aber im Moment konnte ich mir keinen atemraubenderen Kuss vorstellen.

Sein Duft nach Tannenzweigen und Wildleder drang in meine Nase, ich seufzte an seinen Lippen. Meine Hände legten sich von selbst auf Magnis Oberteil, wodurch ich seine Brustmuskeln spüren konnte. Wie sehr ich mir gerade wünschte, dass er keine Klamotten trug, wie heute Morgen in der Höhle!

Schon seit Tagen zischte dieses Knistern über uns hinweg,

jetzt gaben wir dieser geladenen Spannung endlich nach. Zwar hatte ich mir immer einzureden versucht, dass Magni nicht fühlte wie ich, jedoch waren mit einem Mal all meine Bedenken verflogen.

Denn Magni wollte mich.

Zu einhundert Prozent.

Ich konnte seine Härte spüren, die in seiner Hose gewachsen war und gegen meinen Bauch drückte. Ich wollte heute noch nicht so weit gehen, aber er machte es mir durch seine Erektion verdammt schwer.

Wir waren in der Leidenschaft dieser Sekunden gefangen. Obwohl, vielleicht sogar Minuten? Oder Stunden? Keine Ahnung, mein Zeitgefühl hatte sich mit dem Moment verabschiedet, in dem Magni gesagt hatte, dass er sich genauso stark nach mir sehnte wie ich mich nach ihm.

Meine Hände gingen auf Wanderschaft und ich versuchte mit den Fingern unter sein Oberteil zu gelangen, denn ich wollte seine warme Haut spüren. Der eng umgeschlungene Gürtel erschwerte mir die Arbeit allerdings.

»Ich will dich berühren«, murmelte ich an seine Lippen. Magni löste sich von mir und schaute mich eindringlich an. »Deinen Oberkörper. Ich will nur deinen Oberkörper berühren«, wisperte ich flehend.

Ohne Widerworte öffnete Magni seinen Gürtel, zog die lederne Tasche und sein geschnürtes Leinenhemd über den Kopf. Sie landeten, genauso wie seine Waffen, neben unseren Füßen auf der Wiese. Im Augenwinkel bekam ich mit, dass Gullfaxi in der Nähe war und genüsslich einen Grashalm nach dem anderen vernichtete.

Meine Kehle fühlte sich staubtrocken an, als ich Magnis Brust betrachtete. Ich checkte ihn schon wieder ab. Offensichtlich. Und ihm gefiel es. Offensichtlich.

Dieses Mal kam er auf mich zu, legte seine Lippen erneut auf meine und küsste mir den Verstand weg. In meinem Kopf bildete sich kein einziger sinnvoller Gedanke mehr – wenn sich überhaupt noch irgendetwas anderes als Lust darin befand. Seine Hände umfassten mein Gesicht. Bei dieser Geste musste ich in den Kuss hineinlächeln, weil sich seine rauen Hände an meinen weichen Wangen viel zu gut anfühlten.

Unser Kuss intensivierte sich. Magni teilte mit seiner Zunge meine Lippen und drang in meinen Mund ein. Meine Fingernägel krallten sich in seine Brust, aber ich ließ sofort wieder locker und streichelte sanft über seinen nackten Oberkörper. Ich konnte seinen pochenden Herzschlag unter meiner Handfläche fühlen, der im Duett mit meinem Herzen schlug.

Noch nie war ich so geküsst worden. Ein einziger Kuss hatte mich noch nie derart fühlen lassen. Ich konnte dieses Gefühl schwer beschreiben, aber ich war glücklich, erregt und fühlte mich sicher bei ihm.

Schwer atmend lösten wir uns irgendwann voneinander. Meine Handflächen hatten die ganze Zeit auf seiner nackten Brust gelegen, nun zeichnete ich mit einem Zeigefinger kleine Kreise. Magni suchte meinen Blick. Er lächelte. Verdammt, und wie er lächelte! Meinem Halb-Riesen hatte dieser Kuss mindestens genauso gut gefallen wie mir.

»Du bist wunderschön, Magnolia«, flüsterte er. Seine Worte ließen mein Herz flattern. Mit einer Hand fuhr er unter meine Haare und umfasste meinen Hinterkopf. »Wie sehr ich deine Haare verehre. Du sagst, du magst sie nicht? Das kann ich nicht verstehen. Sie sind hinreißend. Du bist hinreißend.«

»Magni«, hauchte ich. »Langsam fange ich sogar an, meine Locken zu mögen.«

»Das solltest du wirklich. Deine Haare sind wie eine Naturgewalt. Sie sind gefährlich für mich, weil ich mich bei ihrem Anblick jedes Mal beherrschen muss.«

»Magni.« Ich schmunzelte leicht. »Du bist sehr romantisch, wusstest du das?«

Er hob fragend eine Augenbraue, schüttelte aber den Kopf. »Vielleicht bei dir. Keine andere Frau hätte mich jemals als romantisch bezeichnet.«

»Oh. Wie viele hattest du denn schon? Frauen, meine ich.«

»Ist das denn wichtig?«

»Eigentlich nicht, nein. Wie alt bist du überhaupt?«

»Zu alt für dich.« Magni lachte auf, während ich mir nachdenklich auf die Unterlippe biss. Seine Augen folgten dem Schauspiel kurz, ehe er mir wieder in die Augen schaute. »Ich kann dir nicht genau sagen, wie alt ich bin. Irgendwann habe ich aufgehört zu zählen.«

»Ich bin achtzehn Jahre alt«, teilte ich ihm mit, um irgendetwas zu erwidern.

»Ja, achtzehn war ich auch einmal. Vor langer Zeit.« Er fuhr mit dem Daumen über meine Wange und hinterließ ein angenehmes Brennen an der Stelle, an der sein Finger mich berührt hatte.

»Verhütet ihr?«, stieß ich plötzlich hervor.

»Hm?«

»Ähm, also. Wenn ein Mann und eine Frau miteinander schlafen, was macht ihr, damit sie nicht schwanger wird?«

»Ach so.« Magni lachte erneut auf. »Es gibt viele skurrile Methoden, die meiner Meinung nach alle nichts bringen. Sie sind meist nur schmerzhaft und wirken oft gar nicht. Eines dieser unwirksamen Beispiele ist, dass die Frau nach dem Beischlaf niesen muss. Ganze sieben Mal. Am besten klappt die Verhütung aber mit Schafsdarm, den Darm stülpen sich die Männer über.«

»Schafsdarm? Das ist bestimmt sehr unhygienisch.«

»Was auch immer das bedeutet.« Magni amüsierte sich gerade prächtig. Aber besser das, als wenn er gar nicht darüber reden wollte. Denn solche Typen gab es auch und schließlich hatte ich keine Ahnung vom Frühmittelalter und deren Verhütungsmitteln. Auf einen Coitus interruptus wollte ich aber nicht vertrauen, das war sowieso keine anerkannte Verhütungsmethode. Absolut nicht. Außerdem ließen sich mit dieser Art keine sexuell übertragbaren Krankheiten ausschließen. Doch was sollte ich tun? Ich sehnte mich so sehr nach Magnis Körper! Noch nie hatte ich einen Mann so gewollt wie ihn. Wieso war mir das Universum nicht wohlgesonnen? Was wäre so schlimm daran gewesen, Magni in meiner Zeit kennenzulernen und einfach mit Kondomen zu verhüten? Nein, natürlich musste man es mir schwer machen. Super schwer.

»Ich kann einen Schafsdarm auftreiben, wenn du willst? Also für später irgendwann. Dann, wenn du bereit bist natürlich.«

Unsere Blicke trafen sich wieder. Wenn uns jemand in der Ferne betrachten würde, könnte man bestimmt die Funken sprühen sehen.

»In Ordnung. Man kann ja nie wissen«, murmelte ich und spürte, wie meine Wangen langsam wieder eine unnatürliche Farbe annahmen. Herrgott noch mal, weshalb wurde ich in seiner Anwesenheit ständig rot? Lag das an meinen Hormonen? Weil ich verschossen in ihn war? Denn ja, nach diesen Küssen konnte ich das nicht mehr leugnen, wollte es auch nicht.

»Habe ich einmal von dir gekostet, kann ich nicht mehr genug von dir bekommen. Der Schafsdarm wird wohl nötig sein«, sagte er leise.

Dann küsste er mich erneut. Dieses Mal sanft und bedächtig. In diesem Kuss steckte so viel Zärtlichkeit, dass ich mich fragte, ob Magni nicht nur meinen Körper und mich begehrte, sondern vielleicht auch dabei war, sich in mich zu verlieben.

Magnis warme, große Hände lagen noch an meiner Taille, als unser Kuss endete. Lächelnd betrachteten wir den jeweils anderen, ohne irgendetwas zu sagen. Aber Worte waren hierfür auch nicht mehr notwendig. Ich konnte mit einem Mal spüren, dass ich ihm etwas bedeutete. Seine Augen verrieten es mir.

Irgendwann zog mich Magni noch näher an sich heran, um mich gegen seine nackte Brust zu drücken. Ich genoss die Umarmung und schlang meine Arme um seinen Oberkörper. Wäre nicht langsam die Nacht hereingebrochen, hätte ich mich wohl niemals von ihm gelöst.

»Es wird frisch. Vielleicht solltest du dir wieder etwas anziehen«, äußerte ich, da ich die kühle Luft auf meiner Haut fühlen konnte.

»Im Moment ist mir alles andere als kalt, aber du hast

recht. Wir sollten uns langsam wieder auf den Weg machen, wir werden die Nacht durchreiten.«

»Im Galopp?«

Magni schmunzelte. »Im Schritt. Damit du schlafen kannst.«

»Was ist mit dir? Du solltest auch schlafen.«

»Ich bin es gewohnt, länger wach zu bleiben. Mir macht das nichts aus.«

»Schlaf ist dennoch wichtig für die Gesundheit, man sieht nach einem erholsamen Schlaf jünger aus«, sagte ich – ratterte mein Mantra runter, das mir meine Oma Herta vor Jahren eingetrichtert hatte. Dann kamen mir plötzlich die goldenen Äpfel wieder in den Sinn. »Obwohl, durch eure Wunderäpfel brauchst du vermutlich keinen entspannenden Schlaf mehr. Du siehst immer jung und gut aus.«

Magni lachte in sich hinein, während er sein Leinenhemd vom Boden hob und es sich wieder überzog. Mit dem Gürtel und seinen Waffen machte er das Gleiche.

»Wie kamst du eigentlich zu dieser Narbe?« Behutsam fuhr ich die Unebenheit auf seiner Wange nach, stand ihm erneut sehr nah.

Magni legte seine Hand auf meine und lächelte schmal. »Ich war ein Kind, als mir das Kämpfen beigebracht wurde. Nicht nur spielerisch, sondern richtig«, erzählte er. »Es war ein kalter Wintertag, als ich unachtsam war. Ich war mit meinen Gedanken nicht beim Kampf, lieber verfolgte ich mit meiner Zunge eine Schneeflocke. Weil ich mich nicht konzentriert habe, bekam ich die Klinge zu spüren. Ich werde nicht leugnen, dass es wehgetan hat, aber ich habe dadurch gelernt, immer bei der Sache zu bleiben. Es ist wichtig, nicht nur körperlich anwesend zu sein, sondern vor allem mit den Sinnen.«

»Oh, Magni.«

»Es ist lange her, dennoch kann ich mich genau an dieses Erlebnis erinnern. Es war eine schmerzhafte Lektion, die ich nie vergessen werde. Die Narbe kann ich außerdem nicht ignorieren – sie ist auf meinem Gesicht –, auch wenn die

Erinnerung an diesen Tag manchmal verblasst. Diese sichtbare Verletzung wird mir immer zeigen, dass meine Vergangenheit keine Illusion ist.«

»Magni, du ... Unbeschreiblich, was du durchmachen musstest.« Ich stockte, schluckte schwer. Seine Worte hatten mich getroffen. »Es klang so, als kämst du mit der Narbe nicht so gut zurecht, aber sie ist kein Schönheitsfehler. Vielmehr ist sie ein Ausdruck deiner Stärke.«

»Eine Zeit lang kam ich tatsächlich nicht so gut mit ihr zurecht. Mittlerweile habe ich sie akzeptiert, sie gehört zu meiner Lebensgeschichte.« Er hob die Schultern.

Gullfaxi kam auf uns zu und blieb direkt vor uns stehen.

Magni lächelte mich dankbar an, erklärte das Gespräch wohl für beendet. Er hauchte mir einen letzten Kuss auf meine linke Wange, ehe er sich zu seinem Pferd drehte.

Ich streichelte einmal kurz über Gullfaxis Nüstern, um meine Gedanken um das Gespräch und die Nervosität, gleich wieder auf dem Pferderücken zu sitzen, nach hinten zu schieben. Das Kaltblut betrachtete mich mit einem treuherzigen Blick, den ich einem Pferd nie zugetraut hätte. Er war ein sanfter Riese, schoss es mir durch den Kopf. Er war stets ruhig und ausgeglichen. Ja, er war verdammt schnell, aber ich hatte ihn noch nie buckeln, beißen, ausschlagen oder sonst etwas gesehen. Eigentlich brauchte ich keine Angst mehr vor dem Ritt zu haben, denn Gullfaxi würde niemals etwas tun, wodurch ich die Balance verlieren würde, und Magni, der stets hinter mir saß, würde mich nicht fallen lassen.

Also sammelte ich meinen Mut zusammen und folgte Magni zu Gullfaxis Rücken. Er hob mich mit einer Leichtigkeit hoch, als würde ich nicht mehr als eine Barbiepuppe wiegen. Kaum saß ich auf dem Hengst, schwang sich auch Magni auf dessen Rücken. Für mich war es noch immer erstaunlich, wie er einfach so auf sein Pferd steigen konnte. Wohlgemerkt, ohne Steigbügel. Aber wenn er sich tatsächlich schon weit länger auf dieser Welt befand als ich, hatte er schließlich genügend Zeit zum Üben gehabt. Außerdem, verdammt, war das einfach zu sexy.

Sein vertrauter Geruch drang mir in die Nase und sein starker Arm, der sich um meinen Bauch legte, breitete eine angenehme Wärme in mir aus.

»Du kannst dich an mich lehnen und versuchen zu schlafen. Letzte Nacht hast du nicht sonderlich viel davon abbekommen«, murmelte er an mein Ohr. Ich kam seiner Aufforderung sofort nach und ließ mich gegen seine Brust sinken. Meinen Kopf drehte ich so, dass ich seinem Herzschlag lauschen konnte. Es war zwar noch nicht gänzlich finster, doch als ich die Augen schloss, blieben sie es. Denn die Müdigkeit, obwohl ich sie vorhin bei unseren Küssen und dem Gespräch nicht mitbekommen hatte, siegte.

°◊°

In Asgard, Jahre nach dem Thing

Magni ging an den Grenzen Asgards durch den dunklen Wald. Sein Bruder Modi war anderweitig beschäftigt, doch das machte ihm nichts. Schon lange war er nicht mehr ohne seinen Bruder unterwegs gewesen.

Der dunkle Wald war von einer unheimlichen Atmosphäre umgeben. Magni kannte diesen Wald, aber für Neuankömmlinge wäre er der sichere Tod. Zumindest wenn sie allein, ohne einen erfahrenen Begleiter, reisten. Viele Krieger vor ihm hatten nicht mehr hinausgefunden, waren schwer verwundet oder sofort von einem Tier getötet worden.

Eigentlich war es unklug, allein durch diesen Wald zu streifen, nur hatte Magni einen Brief erhalten, in dem stand, dass er heute Nacht hier erscheinen sollte. Er war schon drauf und dran gewesen, den Brief zu zerreißen und ihn in Flammen aufgehen zu lassen. Er hatte auch überlegt, ob er seinen Bruder einweihen sollte, aber er hatte es nicht getan.

Magni bahnte sich einen Weg durch das Dickicht. Immer wieder fragte er sich, wer ihm den Brief geschrieben hatte und was dieser Jemand von ihm wollte.

Dichter Nebel bildete sich, was Magni nicht gefiel. Er mochte den dunklen Wald nicht sonderlich, aber leider war er

217

ein Teil Asgards. Die Bäume wirkten im fahlen Mondlicht unheilvoll und bedrohlich, der Nebel setzte dem Ganzen noch die Krone auf. Magni fragte sich, wieso er allein hergekommen war. Er könnte hier seinen Tod finden, ohne dass jemand Bescheid wusste. Manches Mal handelte er wirklich zu impulsiv, schnell und ohne über aufkommende Konsequenzen nachzudenken. Sein Bruder Modi war da anders, obwohl Modi jünger war. Im Gegensatz zu Magni plante und durchdachte er alles.

»Magni.« Eine Stimme, die er schon viel zu lange nicht mehr gehört hatte, jedoch überall erkennen würde, sprach in den Nebel. Ruckartig blieb er stehen, lauschte zwischen den Bäumen und fragte sich, ob er sich seinen Namen nur eingebildet hatte. Der dunkle Wald spielte oft mit den Durchreisenden.

Jedoch ... Plötzlich ergab der Brief einen Sinn. Gleichzeitig aber auch nicht.

Eine Frau trat zwischen zwei Bäumen, die durch den dichten Nebel beinah nicht sichtbar waren, hervor. Er konnte nur ihre Umrisse erkennen.

»Idun«, hauchte Magni ungläubig. »Ich dachte nicht, dass ich dich jemals wiedersehen werde.«

Ein kleines Lächeln bildete sich um ihre Lippen. Als sie merkte, dass er seinen Speer stecken ließ und auch das Schwert nicht zog, kam sie noch näher. Jetzt standen sie sich gegenüber und betrachteten den jeweils anderen eingehend. Verändert hatte sich keiner von beiden, zumindest was das Erscheinungsbild anbelangte, schließlich aßen, zumindest nahm Magni das an, beide in regelmäßigen Abständen goldene Äpfel. Idun sah noch immer wie die unschuldige Ich-kann-keiner-Fliege-etwas-zuleide-tun-Asin aus, für die sie sich damals ausgegeben hatte. Ihr langes, blondes Haar hatte sie zu einem Zopf geflochten und ihre Augen strahlten Gutmütigkeit und Freundlichkeit aus. Ein paar blühende Apfelbaumblüten steckten in ihrem Haar.

Magni war von ihrem Anblick gänzlich verwirrt. Er hatte so viele Fragen, wusste aber plötzlich nicht mehr, wo er beginnen sollte. Früher hatte er Idun sehr gemocht, vielleicht tat er es auch heute noch, doch gleichzeitig fühlte er sich, wie alle anderen Asen, betrogen.

»Hast du mir den Brief geschickt?«, wollte er von ihr wissen.

Idun nickte. »Ja, ich wollte dich sprechen. War aber nicht sicher, ob du kommen würdest.«

»Hm.« Er brummte. »Wie bist du überhaupt nach Asgard gekommen?«, fragte er mit einer hochgezogenen Augenbraue, wenngleich er wusste, dass es mittlerweile nicht mehr allzu schwer war, in dieses Königreich einzudringen.

»Das stellt keine Schwierigkeit für mich dar. Schließlich habe ich damals oft genug nach Wegen raus aus Asgard gesucht, die Heimdall nicht beaufsichtigen konnte.«

Heimdall ... Auch er hatte während Ragnarök seinen Tod gefunden. Er war heldenhaft, stets edel gekleidet und ein treuer Beschützer und Wächter Asgards gewesen. Er hatte immer ein Auge auf die neun Welten gehabt, hatte stets über das Gleichgewicht dieser Königreiche gewacht. Der einzige legale Weg, um aus Asgard in andere Welten zu gelangen, war über die Regenbogenbrücke Bifröst gewesen, die Heimdall beschützt hatte. Wenn er jemanden nicht hatte durchlassen wollen, war es auch nicht geschehen.

Im Moment wachte niemand über die neun Welten. Zumindest nicht hier in Asgard. Die Regenbogenbrücke war während Ragnarök zerstört worden, sodass die Asen auf andere Weise durch die Welten reisen mussten. Sie hatten einige Wege gefunden, die ungefährlich zu bestreiten waren, aber niemand wachte über diese Wege, was hieß, dass es für andere Wesen ein Leichtes wäre, nach Asgard zu gelangen. Zwar patrouillierten einige Krieger immer wieder die Grenzen, nichts davon kam jedoch der Arbeit, die Heimdall verrichtet hatte, gleich.

»Wieso hast du es getan, Idun?« Magnis Stimme wurde von der Dunkelheit des Waldes beinah verschluckt.

Idun wusste sofort, wovon er sprach. »Odin hat mich hintergangen. Mehrfach. Er hat mir meinen Liebsten genommen und all die Freude aus meinem Leben gelöscht.

An dem Tag, an dem Thiazi starb, wollte ich mit ihm sterben. Alles, was ich mir gewünscht hatte, war, mit Thiazi glücklich zu werden und unseren Kindern im Garten unter meinen blühenden Apfelbäumen beim Spielen zuzusehen.« Ein trauriges Lächeln schlich sich auf ihr Gesicht. »Als Odin ihn vor den Toren Gladsheims umbringen ließ, hat er auch mich und meine Loyalität verloren.« Idun schaute Magni an. »Ich ging zu meinem Apfelhain und wollte mich selbst töten.« Die Asin machte eine kurze Pause, während Magni nur denken konnte, wie absurd es war, dass die Göttin der ewigen Jugend sich das Leben nehmen wollte. »Doch ehe ich mein Vorhaben in die Tat umsetzen konnte, stand Angrboda vor mir.«

Angrboda hatte bei ihr im Apfelhain gestanden? Magni runzelte die Stirn. Wie war die Riesin Angrboda nach Asgard gekommen, ohne dass Heimdall davon Wind bekommen hatte?

Angrboda schaffte viel, von dem Magni keine Ahnung hatte. Sie besaß wahrhaftig eine außerordentliche Sammlung an magischen Gegenständen, von der selbst Magni einmal profitiert hatte – ohne es zu wissen. Schließlich war sie nicht nur eine Jötunn, sondern auch eine mächtige Völva. Sie war die Mutter von Hel, dem Fenriswolf und der Midgardschlange. Loki hatte sie in Jötunheim zurückgelassen, weil er lieber in Asgard hatte leben wollen. Angrboda schien das nie viel ausgemacht zu haben, auch das Schicksal ihrer Kinder hatte sie nie stark mitgenommen, zumindest hatten die Asen dies stets gedacht – im Verborgenen hatte sie jedoch als Mutter darauf geachtet, dass keines ihrer Kinder verhungern oder *zu früh* sterben musste. Einige Asen waren der Meinung, dass die Jötunn nicht mehr lebte, weil nie jemand von ihr hörte oder sie sah.

»Angrboda?«, fragte Magni daher nach.

»Ja, Lokis erste Frau.«

»Ich weiß, wer sie ist. Was wollte sie von dir?«

»Mir zeigen, dass mein Leben noch einen Sinn machen kann.«

»Und wie man sieht, hat sie das geschafft.« Spott schwang in seiner Stimme mit.

»Sie hat mir geholfen, unbemerkt nach Jötunheim zu gelangen. Einige andere mächtige Riesen haben mich schon erwartet und seither war ich eine Spionin Asgards. Wir haben gemeinsam über Jahre hinweg Ragnarök geplant.«

»Das alles ist nur passiert, weil Thiazi gestorben ist?«

»Nein, Magni. Ragnarök wäre dennoch geschehen. Vielleicht etwas später, aber was spielt das für eine Rolle? Die Riesen haben sich gut auf diesen Kampf vorbereitet, und ich war gewillt, ihnen zu helfen. Odin hat mir *alles* genommen, was für mich von Bedeutung war. Selbst mein eigenes Leben. Ich habe seinen Sohn Bragi geheiratet, damit es so aussah, als wäre ich über Thiazi hinweggekommen. Weißt du, wieso ich Bragi ausgewählt habe?«, fragte sie, ohne auf eine Antwort zu warten. »In meinen Augen gab es keinen schwachköpfigeren Mann als ihn. Demnach konnte ich meinen Aufgaben gut nachkommen, ohne dass er auch nur irgendetwas mitbekommen oder mich verdächtigt hätte, mit den Jöten in Kontakt zu sein. Er war sowieso meist nur in seiner Dichtkunst vertieft, sodass alles um ihn herum keine Rolle spielte. Aber der Hauptgrund, wieso ich eine Spionin wurde, war, dass ich mich rächen wollte. An allen, die mir so großes Leid zugefügt hatten. Außerdem mussten die Asen endlich einmal sehen, dass sich nicht immer alles nur um sie drehte, sie nicht der Mittelpunkt von allem waren und sich nicht ständig über alle anderen Lebewesen stellen sollten. Die Arroganz der meisten Asen war oftmals schon so offensichtlich lächerlich, dass ich am liebsten lauthals aufgelacht hätte. Ja, einige Asen mochte ich dennoch sehr gerne, selbst nach Thiazis Tod, nur muss man manchmal Opfer bringen, um ans Ziel zu kommen.«

»Idun.« Magni wusste nicht, was er sagen sollte.

Idun lächelte leicht und fragte: »Was hättest du getan, wenn Odin deine liebe Magnolia wirklich umgebracht hätte?« Magni schluckte, wollte nicht an so etwas denken, auch nicht schon wieder an sie, denn das tat er ohnehin viel zu oft. Zumindest in letzter Zeit, denn ihr Geburtsjahr rückte immer näher, und das ließ ihn gelegentlich echt verrückt werden. »Du musst die Frage nicht beantworten. Du kannst sie vermutlich nicht beantworten. Vielleicht wirst du meine Entscheidungen niemals nachvollziehen können, aber mir macht das nichts. Ich bin nicht hier, um mich zu entschuldigen, denn es tut mir nicht leid. Schon gar nicht für Odin. Ich wollte dich sprechen, weil ich mitbekommen habe, dass Modi und du in Helheim wart. Vor Jahren. Und, dass Frigg Odin besuchen soll.«

»Ja, wir waren in Helheim, aber Frigg hat noch keine Entscheidung getroffen.«

»Sie soll es nicht tun.«

»Ihn treffen?«

»Genau. Sie soll nicht zu ihm. Dann war alles umsonst. Odin hat schon viel zu lange gelebt, er wird in Helheim seine Ruhe finden. Irgendwann tut das jeder. Aber wenn er mit Friggs Hilfe aus Helheim rauskommt, sind wir alle in Gefahr. Ich bin der Überzeugung, dass man seinen Verstand verliert, wenn man lange Zeit in Helheim verbringt und danach wieder unter die Lebenden kommt. Außerdem, findest du, dass Hödur und Baldur glücklich sind?«

»Sie streiten meistens«, gab Magni zu. Er fragte sich, wie viel er Idun erzählen konnte.

»Hm. Damals haben sie sich sehr gemocht. Sind sogar zu Blutsbrüdern geworden«, murmelte Idun. »Wie dem auch sei, bereits Gestorbene – vor allem nach so vielen Jahren – sollten nicht noch einmal leben.« Idun kräuselte die Nase. »Odin hat mich sehr enttäuscht. Einst habe ich ihm vertraut und lebte gerne in Asgard. Ich weiß, viele von euch erzählen, dass Thiazi mich nur der Äpfel wegen haben wollte, doch das stimmt nicht. Er liebte mich. Sehr. Und ich liebte ihn. Als wir uns kennenlernten, wusste er nicht einmal, wer ich bin. Klar, er kannte die Geschichten um mich und meine goldenen Äpfel, aber er wusste schließlich nicht, wie ich aussah.« Sie seufzte auf. »Wir hätten eine schöne, gemeinsame Zukunft gehabt. Wegen Odin wurde daraus nichts. Ich weiß, Loki hat mich von Thiazi fortgebracht, aber nur, weil Odin es so wollte. Und es war Odin, der ihn umbringen ließ, nicht Loki oder sonst wer.

Über Loki sprecht ihr vermutlich auch nicht gut, weil er während Ragnarök auf der anderen Seite stand. Allerdings hatte er sein Herz am rechten Fleck. Man musste ihn nur etwas besser kennenlernen, doch auch ihm hat Odin immer öfter das Gefühl gegeben, nicht mehr gut genug zu sein, und dann begann Loki zusätzlichen Unsinn zu treiben. Du kanntest ihn ja. Die Geschichte nach Baldurs Tod hat ihm allerdings den Rest gegeben und danach hat er sich uns angeschlossen. Man beschuldigt ihn schließlich noch immer, dass Hödur wegen ihm einen Mistelpfeil abgeschossen hat. Niemand von euch dachte oder denkt weiter. Einmal ein Sündenbock, immer ein Sündenbock.«

»Du glaubst nicht, dass es Loki war, der Hödur die Mistel zugesteckt hat? Schließlich waren es seine Pfeile und sein Bogen.«

»Ich glaube es nicht nur, ich weiß es.«

»Wer war es dann?«

»Du stellst so viele Fragen, Magni. Ich kann sie dir unmöglich alle beantworten. Wir stehen im dunklen Wald und es ist nur eine Frage der Zeit, bis wir irgendeiner tödlichen Kreatur begegnen.«

»Dann treffen wir uns woanders. In Midgard oder in Jötunheim. Ich komme dorthin. Stimme einem erneuten Treffen zu, bitte.«

Iduns Blick wurde schwermütig. »Ich werde dich nicht noch einmal treffen, Magni. Vor einigen Jahren habe ich meinen letzten goldenen Apfel gegessen und danach den Hain in Jötunheim niedergebrannt. Keiner sollte ewig leben, sieh nur, was es mit Odin gemacht hat – und den anderen. Auch mit euch allen. Schau dir Frigg an, sie ist ebenso nicht mehr glücklich. Ich weiß, du hast einen Grund, um leben zu wollen, das verstehe ich. Ich hoffe sehr für dich, dass du deine Magnolia wiederfindest und ihr zusammen glücklich werden könnt. Nach all den Jahren hast du es dir verdient.«

Magni öffnete den Mund, doch schloss ihn gleich darauf wieder. Ihm waren die Worte ausgegangen. Idun lächelte schmal, ehe sie sich langsam von ihm abwandte.

»Idun.« Sie schaute Magni noch einmal an. »Ich weiß nicht, wie das Leben in Helheim ist, aber ich wünsche mir für dich, dass du Thiazi wiedersehen kannst. Wenigstens das soll in Erfüllung gehen.«

»Danke, Magni. Leb wohl.« Dann verschwand ihre schlanke Gestalt zwischen den Bäumen und ging im Nebel unter.

Magni wusste, dass dies heute ein endgültiger Abschied war. Als er nicht einmal mehr unscharfe Umrisse erkennen konnte, machte auch er sich wieder auf den Weg.

Anstatt dass Magni auf den Pfad achtete und seine Sinne schärfte, war er in Gedanken. Er dachte an das Gespräch mit Idun zurück und all die Informationen, die er erhalten hatte. Sie würde keine Äpfel mehr essen und die Riesen besaßen ebenso keine mehr. Loki war nicht schuldig, zumindest, wenn er Iduns Worten Glauben schenken konnte. Odin sollte nicht aus Helheim zurückkehren. Vermutlich wäre es tatsächlich ein Fehler, wenn der Allvater von den Toten auferstehen würde. Selbst bei Baldur und Hödur dachte Magni häufig, dass es besser gewesen wäre, wenn sie nicht zurückgekommen wären. Auch wenn sie bei den Things anwesend waren, schienen sie nicht wirklich mit ihrem zurückgewonnenen Leben zufrieden zu sein. Irgendetwas fraß sie innerlich auf und belastete sie. Wann hatte er die beiden jemals nach Helheim ehrlich lächeln sehen?

Dann dachte er an Magnolia. An seinen kleinen Schmetterling. Wehmut überkam ihn, als er sich an sie erinnerte. Manches Mal verblassten die Bilder von ihr und er hatte Sorge, sie nicht wiederzuerkennen. Wusste er überhaupt noch, wie ihre Locken geformt waren? Wie voll ihre Lippen waren und wie sie schmeckte? Oder wie ihre Augen strahlen konnten, wenn sie glücklich war?

Ganz in Gedanken versunken, bemerkte er zu spät den Schatten hinter den großen Tannen. Auch die Tatsache, dass kein Geräusch in unmittelbarer Nähe zu hören war, drang nicht zu Magni durch. Erst als mit einem markerschütternden Zischen ein riesiger, dunkelschuppiger Lindwurm aus dem

Nebel schnellte, zog Magni sein Schwert. Ihm war auf Anhieb klar, dass sein Schwert gegen die Schuppen, die hart wie Stahl waren, nutzlos war.

Alle Gedanken um Magnolia oder Idun waren mit einem Schlag aus Magnis Kopf verschwunden. Einzig und allein der monströse Lindwurm, dessen Schuppen im Mondlicht schimmerten, verlangte nach seiner Aufmerksamkeit.

Der Lindwurm setzte ein weiteres Mal zu einem lauten Zischen an, wodurch er Magni seine spitzen Giftzähne offenbarte. Er war aber froh, dass das Ungeheuer bis jetzt kein Feuer gespien hatte. Währenddessen peitschte sein stacheliger Schwanz gefährlich und unkontrolliert durch die Luft.

Lindwürmer waren mit Drachen verwandt, allerdings nur eingeschränkt flugtauglich. Das konnte Magni eventuell zu seinem Vorteil nutzen. Sie hatten einen schlangenähnlichen Körper und trugen ihren Körper auf nur zwei Beinen. Meistens jedenfalls. Als Magni allerdings sah, dass dieses Geschöpf hier auf vier Beinen unterwegs war, strömte noch mehr Adrenalin durch seinen Körper. Das würde eine sehr lange Nacht werden. Wenn für ihn denn der Morgen überhaupt anbrach.

Einen Lindwurm besiegte man nicht einfach so. Magni konnte froh sein, falls er ihm einigermaßen unbeschadet entkommen konnte.

ALARMGLOCKEN

»Wir sind da«, hauchte mir Magni ins Ohr, drang mit seinen Worten in meinen Verstand. Flatternd öffnete ich die Augen und bemerkte, dass es langsam hell wurde. Nachts war ich aufgrund des Rittes regelmäßig kurz aufgewacht, aber sofort wieder eingeschlafen.

Die Situation erinnerte mich an das erste Mal, als wir hier angekommen waren. Magnis Arm lag noch immer um meine Taille, so wie auch bei unserem ersten Besuch. Nur war inzwischen so viel passiert und ich wusste um meine Gefühle für Magni. Ich hörte das fröhliche Gelächter der beiden Kinder. Als uns die Geschwister jedoch sahen, verstummten sie und liefen zu ihrer Mutter.

»Warum benehmen sie sich so seltsam?«, flüsterte ich Magni zu, während ich dem Mädchen und dem Jungen hinterherschaute.

»Wegen mir«, antwortete Magni, ohne dabei wie ich einen Flüsterton anzunehmen. »Ich bin der erstgeborene Sohn Thors und Menschen sehen mich für gewöhnlich nicht.«

»Hm.« Ich schaute zu Magni auf, der mittlerweile neben mir stand. Oft vergaß ich einfach, wer er war und welche Stellung er genoss. »Sollte ich mich geehrt fühlen, von dir geküsst worden zu sein?«, fragte ich mit einem verschmitzten Grinsen im Gesicht.

»Solltest du vielleicht, ja.« Auch er konnte das ehrliche Lächeln, das nur mir galt, nicht verbergen. »Obwohl du es warst, die mich zuerst geküsst hat. Eigentlich muss ich mich geehrt fühlen«, wisperte er. Dabei schaute er mit seinen funkelnden Augen in meine.

»Stimmt.« Gerade als ich meine Lippen auf seine pressen wollte, wurden wir von einer Stimme unterbrochen, die eindeutig zu keinem Mitglied der Bauernfamilie gehörte.

»Bruder!«

Magni und ich fuhren auseinander, als hätte uns Modi bei etwas Verbotenem erwischt. Dabei hatten wir einfach nur dicht nebeneinander gestanden.

»Modi.« Magni klang überrascht und wohl etwas überrumpelt. Genauso fühlte ich auch.

»Ich musste dich regelrecht suchen gehen, das passiert mir sonst nie. Eigentlich dachte ich, dass ich dich in Gladsheim treffen werde, aber nach einer Nacht warst du schon wieder fort. Gut, dass mir Odin von eurem Plan erzählt hat.« Modi warf mir einen skeptischen Blick zu, ehe er wieder neugierig seinen Bruder betrachtete.

»Es ging alles so schnell.«

»Kann ich dich allein sprechen?«

Allein? Meine Alarmglocken schrillten. Wenn Magni mich jetzt allein ließ, wie wohlgesonnen wäre mir dann die Bauernfamilie? Obwohl, sie würden mir bestimmt nichts antun, nachdem ich schon zum zweiten Mal mit ihm hier auftauchte. Wenn sie wirklich so ehrfürchtig gegenüber Magni waren, würden sie mich gut behandeln. Außerdem gab es noch Greta, die ich unbedingt sehen wollte.

Magni schaute mich an, als wartete er auf eine Antwort von mir. Und in gewisser Weise beruhigte mich das.

»Klar, geh nur. Ihr habt euch sicher viel zu erzählen. Könntest du nur zuerst sichergehen, dass sie mir nichts tun?« Ich deutete mit dem Kopf in Richtung der Bauernfamilie.

Magni wandte sich an seinen Bruder. »Ich komme gleich zu dir. Warte hier auf mich.«

Während wir dem Bauernhaus näher kamen, sprachen wir nicht miteinander. Magni schien mit seinen Gedanken meilenweit entfernt zu sein.

Modi war mir noch immer unsympathisch. Ja, ich hatte ihn erst einmal gesehen und jeder verdiente eine zweite Chance, aber er hatte mir so hart gegen den Schädel geschlagen, dass ich bewusstlos geworden war. Außerdem hatte er als Einziger die Frage gestellt, ob es nicht besser wäre, mich umzubringen. Das vergaß ich bestimmt nicht so schnell. Da musste er sich bei mir mächtig ins Zeug legen, damit ich ihn gut leiden konnte.

»Ich komme bald zurück, aber bis dahin möchte ich, dass mein Hengst frisches Heu bekommt und meine Begleitung Brot und Met. Außerdem will sie ihre Ziege sehen«, befahl Magni dem Bauern in strengem Tonfall, den ich schon länger nicht mehr aus seinem Mund gehört hatte. Nicht einmal eine Begrüßung kam ihm über die Lippen, was mich innerlich aufseufzen ließ.

Eilig nickte der Bauer, und seine Frau, die zugehört hatte, lief mit großen Schritten in die Hütte. Vermutlich besorgte sie mir gerade die gewünschten Speisen. *Hach Magni, nett zu sein hat noch nie geschadet.*

Ich betrachtete sein strenges Profil, ehe er seinen Kopf in meine Richtung drehte und mir ein klitzekleines Lächeln schenkte. Als er sich dann von mir wegdrehte, um zu seinem Bruder zu gehen, schaute ich ihm hinterher. Wieso sah er selbst von hinten so verdammt heiß aus? Und warum dachte ich daran, obwohl es im Moment nicht unpassender hätte sein können? Jetzt, wo ich Magni nachschauen konnte und die beiden Brüder musterte, erkannte ich ihre Ähnlichkeit. Magni war zwar um eine Spur größer und schlanker, aber Modi sah genauso gut trainiert aus. Er dürfte wohl ebenso ein ausgezeichneter Krieger sein. Sein Kopfhaar und sein Bart waren braun, und auch wenn ich sie nicht sah, bildete ich mir ein, seine karamellfarbenen Augen auf meinem Körper brennen zu spüren. Er hatte definitiv ein Problem mit mir. Leider konnte ich es sogar in gewisser Weise nachvollziehen.

»Das Brot und der Met stehen drinnen bereit.« Die junge Mutter sprach leise, doch als ich ihre Stimme vernahm, drehte ich mich zu ihr und bedankte mich. Da sie draußen gerade Wäsche wusch, wollte ich sie nicht weiter stören und ging in die Hütte. An dem Stuhl, der für mich ausgesucht worden war, befand sich ein kurzes Seil, an dessen Ende ich meine weiße Ziege entdeckte.

»Greta«, hauchte ich mit einem breiten Lächeln und eilte auf sie zu. Greta hatte gerade versucht, auf den Tisch zu gelangen, um mein Brot zu stibitzen. Durch das kurze Seil war es ihr eher mäßig gut gelungen. Das Szenario ließ mich auflachen und noch schneller zu ihr laufen. Bei Greta angekommen, streichelte ich über ihr raues Fell.

Da ich sehr hungrig war, setzte ich mich und verschlang das Brot viel zu schnell. Auch der Met schmeckte heute besser als die letzten Male. Vielleicht gewöhnte man sich mit der Zeit einfach an den Geschmack? Während ich aß, band ich Greta vom Stuhl. Sie wich mir nicht von der Seite, als erwartete sie, dass ich etwas fallen ließ. Fast erinnerte sie mich an einen Hund. An einen ganz besonderen Hund, dem ich diese außergewöhnliche Reise überhaupt erst zu verdanken hatte.

An Dschafar zu denken, ließ mich gleichzeitig an meine Familie denken. Mein Herz zog sich schmerzhaft zusammen. Würde ich sie jemals wiedersehen? Ich betrachtete meine Fingernägel, aber von all den Farben war keine Spur mehr. Das letzte Stückchen greifbarer Erinnerung an meine Schwester war vollkommen abgebröckelt.

Schwer seufzend sank ich gegen die Stuhllehne. Gedankenverloren strich ich durch Gretas Fell und hörte draußen, dass die Geschwister wohl wieder miteinander spielten. Sie lachten, das Mädchen kreischte einmal belustigt auf und ein Mann – vielleicht der Bauer oder der ältere Kerl, der letztens auch hier geschlafen hatte – sprach tadelnd mit jemandem vor der Hütte.

Eine dünne Katze sprang auf den Esstisch und kam

schnurrend auf mich zu. Grinsend streichelte ich auch sie und genoss das heimische Gefühl, das aufkam, als sie ihren Kopf an meiner Hand rieb. Ja, ich wollte wieder nach Hause. Das stand außer Frage. Doch nun, da ich Magni geküsst hatte und ahnte, wie er fühlte, wollte ich ihn nicht verlassen müssen. In was für eine verzwickte Situation war ich hier bloß geraten?

Ich saß schon eine Weile grübelnd am Tisch, als ich mich fragte, wo besagter Ase so lange blieb. Was hatten die beiden Brüder zu besprechen? Greta, die ich mittlerweile ohne Seil herumlaufen ließ, so wie die anderen Ziegen der Bauernfamilie, gesellte sich zu ebendiesen. Als auch die Katze genug von meiner Streicheleinheit hatte und mich verließ, stand ich ebenso auf. Ich räumte mein gebrauchtes Geschirr an jenen Platz, den ich als Küche ausmachen konnte. Draußen hörte ich den Hund der Familie, an den ich mich vom ersten Treffen erinnern konnte, aufgeregt bellen. Gerade als ich mich zu der Familie begeben wollte, kam die Mutter mit erschrockenem Gesichtsausdruck in die Hütte gestürmt. Ihre Kinder folgten ihr.

»Versteckt euch!«, rief sie ihnen zu. »Du auch!« Kurz huschten ihre Augen über meinen Körper. Dann wandte sie sich aber ab, schnappte sich ein Schild und eine Axt, die neben dem Eingang lehnten, und eilte nach draußen.

Für einen Augenblick blieb ich einfach nur stehen. Der Vorfall hatte nicht einmal eine Minute gedauert, doch war mir wie eine Ewigkeit vorgekommen. Die Unruhe breitete sich schneller aus, als mir lieb war. Jegliches sinnvolles Denken wurde blockiert. Was war denn plötzlich los? Dass die Mutter mit einer Axt nach draußen gestürmt war, ließ absolut nichts Gutes verheißen.

Was ist los?, fragte ich mich mit klopfendem Herzen. Erst als mir das Mädchen antwortete, wurde mir klar, dass ich die Frage laut ausgesprochen hatte.

»Fremde Wikinger kommen«, flüsterte sie ängstlich, nahm mich an der Hand und versuchte mich weiter in die Hütte zu dirigieren. Irgendwo im hintersten Winkel meines Gehirns drängte sich der Gedanke, dass das eine blöde Idee war, in den Vordergrund. Denn diese Hütte besaß keine Fenster. Wir wären den Fremden nur noch mehr ausgeliefert, sollten sie uns entdecken, denn aus der Hütte zu flüchten wäre unmöglich. Überhaupt, wo konnten wir uns hier bitte verstecken?!

»Ich werde euch beschützen!« Der Junge, der gerade einmal im Kindergartenalter war, eilte zur Tür zurück und schnappte sich eine dort lehnende Axt. Ich konnte ihm nur mit offenem Mund hinterher starren.

»Odd, nein! Komm zurück!«

Der Bruder hörte nicht auf seine Schwester und war aus der Hütte verschwunden, ehe wir ihn zum Bleiben überreden konnten.

»Er wird sterben! Ob er nach Walhall kommt? Wo er doch noch nicht so weit ist?« Tränen glitzerten in den Augen des Mädchens. »Odd!«, schrie sie ein weiteres Mal, bewegte sich aber nicht vom Fleck.

»Wie heißt du?«, wollte ich von ihr wissen, um sie auf andere Gedanken zu bringen. Währenddessen schaute ich mich um und versuchte eine Waffe ausfindig zu machen, mit der ich zurechtkommen würde. Eine Axt hatte es mir nämlich nicht angetan. Außerdem war ich nicht sicher, ob ich sie überhaupt schwingen konnte. Doch ich fand nichts.

»Ingrid«, wisperte das Mädchen angespannt. Wir beide lauschten den Geräuschen draußen, aber außer dass es im Moment gespenstisch still war und ich meinen wummernden Herzschlag in den Ohren hören konnte, passierte nichts. Wir standen noch immer Hand in Hand vor der Küche, die sich mitten im Raum befand, und schienen am Holzboden Wurzeln zu schlagen. Wäre hinter dem Ofen ein gutes Versteck? Oder lieber raus aus der Hütte?

Dann hörte ich sie. Mein Herz blieb stehen. War das mein Ende? Sollte meine Geschichte hier und jetzt enden? Wenn ich im Frühmittelalter starb, würde ich dann in meiner wirklichen Zeit aufwachen? Oder war ich dort auch tot? Ehrlich gesagt hatte ich keine große Lust, es herauszufinden.

Starr vor Angst standen wir einfach nur in der Hütte. Als

ich meinen Kopf drehte, um zu Ingrid zu schauen, erkannte ich, wie kreidebleich sie war. Ihre kleinen Finger in meiner Hand zitterten und auch ihre Zähne klapperten wild aufeinander.

Ich musste etwas tun! Ich musste doch irgendwie in der Lage sein, diesem Mädchen zu helfen. Sie war so jung, so klein. Ihr Leben durfte noch nicht enden. Gott, an was dachte ich jetzt überhaupt? Waren wir dem Tod wirklich so nah?

»Gibt es hier einen anderen Weg raus?«, fragte ich sie flüsternd. Meine eigene Angst versuchte ich nach hinten zu schieben.

Sie schüttelte wild den Kopf, sagte aber nichts mehr. Ihre geweiteten Augen rissen sich nicht mehr von der offenen Tür los.

»Ich glaube, wir haben bessere Chancen, wenn wir fliehen. Uns hier zu verstecken wäre unser ... Todesurteil«, hauchte ich. Etwas unbeholfen eilte ich mit dem Mädchen im Schlepptau zum Ausgang der Hütte. »Gullfaxi muss irgendwo sein, wir werden auf ihm reiten.« Oder vielmehr Ingrid, denn ich hatte keine Ahnung, wie ich auf seinen Rücken kommen sollte. Aber ich würde das Mädchen hinaufsetzen und dann zusehen, dass Gullfaxi so schnell wie möglich das Weite suchte. So weit der Plan. Jetzt musste der Hengst nur da und nicht wie ein normales Pferd vor Furcht geflüchtet sein.

Ingrid folgte mir einfach. Sie hinterfragte nichts. Ich lugte an der Holzwand vorbei und erkannte mindestens sechs fremde Krieger, die ohne Gnade kämpften. Wieso waren sie hier? Was erhofften sie sich von der Bauernfamilie?

Die Fremden trugen Kettenhemden, hatten eindrucksvolle Speere, lange Schwerter und Äxte bei sich und waren besser gerüstet als die Bauernfamilie. Klar, wir waren überrumpelt worden, während sie diesen Angriff wohl geplant hatten.

»Odd!«, schrie plötzlich meine kleine Begleiterin. Hysterisch versuchte sie ihrem Bruder zu winken und ihn zu uns zu locken. Doch durch ihr Kreischen machte sie nur die Fremden auf uns aufmerksam. Ich hatte nicht einmal Zeit gehabt, die Umgebung nach dem Hengst abzusuchen, so sehr war ich von dem Anblick, der sich mir bot, geschockt.

Die Mutter der Geschwister war tot. Sie lag in ihrer eigenen Blutlache. Wo genau das Blut austrat, konnte ich nicht erkennen. Wollte es auch nicht wissen. Schon allein bei ihrem Anblick wurde mir schlecht. Ich bildete mir ein, den metallischen Gestank riechen zu können. Vielleicht war es nicht einmal Einbildung. Die anderen Familienmitglieder kämpften unerbittlich. Selbst Odd, der kleine Mann, der eigentlich in den Kindergarten gehen sollte.

Ich zog Ingrid ein paar Schritte fort von der Tür, nur stemmte sich das kleine Biest dagegen. »Odd!«, rief sie ein weiteres Mal panisch. Oh ja, panisch wurde ich auch langsam. Ich sah, wie ein Fremder auf uns zukam. Nicht langsam oder chillig, nein. Er rannte auf uns zu. Mit einem Brüllen, das mir durch Mark und Bein ging.

»Ingrid, verdammt! Wir müssen hier weg!«, kreischte ich das junge Mädchen an, übertönte damit das Stöhnen der Verletzten, das Klirren von Stahl, als Äxte, Speerspitzen und Schwerter aufeinander trafen.

Ich hielt noch immer Ingrids Hand, würde sie auch nicht loslassen. Ganz sicher würde sie mir nicht entgleiten! *Ich lasse sie nicht los.*

Ich schaute auf, sah neben dem Wikinger vorbei und erkannte, wie ein anderer Fremder dem kleinen Odd seinen Speer in den zierlichen Körper rammte. Sämtliche Farbe wich mir aus dem Gesicht. Ich wollte mich bewegen, wollte fliehen, aber plötzlich war keine motorische Fähigkeit mehr da.

»Oooodd! Ohhhhdd«, schluchzte Ingrid.

Unser letztes Sekündchen hatte geschlagen. Das war's. Ich konnte mich nicht retten. Ich konnte Ingrid nicht retten. Ich konnte niemanden hier retten.

Alles zog nur mehr taub an mir vorbei. Ich hörte den Kampf dumpf, nahm nichts mehr wirklich wahr. Auch Ingrid machte keine Anstalten, sich irgendwie wehren oder weglaufen zu wollen. Sie starrte einfach nur, wie ich, zu ihrer Familie.

»Määhh.«

Der mit Blut befleckte Wikinger, der zu uns gelaufen kam, hatte uns schon fast erreicht. Plötzlich sprangen die Ziegen meckernd aus der Hütte. Sie trennten für einen kurzen Moment den Wikinger von uns, sodass auf einmal wieder Leben in mich kam. Ich sah eine neue Chance für uns. Alle Geräusche drangen zeitgleich in meinen Verstand und meine innere Stimme brüllte mich an, endlich etwas zu tun.

»Ingrid! Lauf jetzt!«, schrie ich das Mädchen an, zog sie unsanft mit mir mit, als ich in die entgegengesetzte Richtung des Kampfes zu rennen begann. Mehr stolpernd als laufend folgte mir Ingrid.

Ich hörte, wie die Ziegen von dem Wikinger verletzt wurden, vielleicht sogar starben, hörte ihre Schreie, aber ich schaute nicht zurück. Traute mich nicht, nach Greta zu suchen. *Es tut mir so leid.*

Wir bogen um die Ecke der Hütte, als uns ein fremder Krieger ausbremste. Beinah wäre ich gegen seine Brust gekracht, konnte meine Beine aber im letzten Moment stoppen. Kein Blut klebte an seiner Kleidung und sein Schwert war noch nicht zum Einsatz gekommen. Als er uns sah, schlich sich ein unheimliches Grinsen auf sein Gesicht. Mein Herz klopfte viel zu schnell, meine Knie zitterten unkontrolliert.

»Sagt *leb wohl*«, brummte er.

Ingrid wimmerte. Ihre Finger zerquetschten meine Hand.

Es war ein Reflex, ein eindeutiger Reflex, den ich meinem Selbstverteidigungskurs zu verdanken hatte, den ich als Jugendliche besucht hatte. Voller Wucht rammte ich dem widerlichen Kerl mein Knie in seine Weichteile. Kurz war er verwirrt und verzog das Gesicht. Dieses Überraschungsmoment nutzte ich für uns. Ich drehte mich weg von ihm, riss Ingrid mit mir mit und wollte weiterlaufen, doch der Fremde erfasste das Ende meiner Haare und schleuderte mich zu sich zurück. Ingrids verschwitzte Hand wurde von meiner getrennt.

»Lauf! Sieh zu, dass du verschwindest!«, plärrte ich das Mädchen an. Sie starrte mit geweiteten Augen zu mir, drehte mir dann aber zu meiner Erleichterung den Rücken zu und floh in den Wald.

Warum hatte ich keine Waffe bei mir? Hätte ich mir bloß eine Axt geschnappt! Jetzt war es zu spät.

Es war eindeutig zu spät.

UM JEDEN PREIS

D er fremde Krieger hatte mich brutal zu Boden geworfen, sodass er sich nun über mich beugte. Mein Rücken war so hart aufgeschlagen, dass mir das Atmen schwerfiel. Mit einer Hand hielt er das Ende des Schwertgriffes fest umschlungen. Er holte aus, die Klinge sauste ungebremst auf mich zu.

Irgendwo in meinem Körper befand sich noch mein Lebenswille. Und dieser war zum Glück so stark, dass ich mich zur Seite rollte. Allerdings streifte mich das scharfe Metall am rechten Oberarm. Ich schrie vor Schmerz auf. Warmes Blut floss meinen Arm hinab.

Nicht hinschauen. Nicht hinschauen. Weglaufen!

Meine Knie schlotterten, als ich versuchte, mich hochzustemmen. Aber der Wikinger war schon bei mir, fasste mich grob am verletzten Arm. Zischend sog ich die Luft ein. Salziges Wasser lief über meine Wangen. Ich hatte keine Kontrolle mehr, konnte mich nicht retten. Er drückte meinen Oberkörper gegen die Hütte und funkelte mich an. Dass ich ihm zwischen die Beine geschlagen hatte, nahm er mir wohl sehr übel.

»Sag *leb wohl*«, wiederholte er seine Worte von eben. Nur dieses Mal schossen Blitze aus seinen Augen, die mich stärker trafen als die tödlichen Zähne eines Wolfes, der seine Beute riss.

»Leb wohl!«

Diese Stimme ... Diese Worte ... Das war nicht ich.

Der Wikinger, der mir noch immer in die Augen starrte, öffnete den Mund. Blut quoll heraus, spritzte mir ins Gesicht. Angewidert wandte ich den Kopf ab, wollte mich am liebsten übergeben. Meine Überlebensinstinkte gewannen und ich wand mich panisch aus seinem Griff.

Eine starke Hand warf den Wikinger mit Leichtigkeit zur Seite, wodurch dieser zu Boden kippte. Warme vertraute Finger legten sich unter mein Kinn, zwangen mich, den Kopf zu heben.

»Magnolia«, presste Magni hervor. »Bist du verletzt?« Ich schüttelte den Kopf, deutete aber zeitgleich mit der anderen Hand auf meinen verwundeten Oberarm. »Darum kümmere ich mich später, kleiner Schmetterling. Es sieht nicht so schlimm aus, wie du denkst. Jetzt musst du erst mal weg von hier. Es kommen noch mehr.« *Noch mehr?!*

Magni hob mich auf Gullfaxis Rücken, der plötzlich neben uns stand. Auf dem silbernen Fell konnte ich rote Flecken erkennen und auch Magni sah aus, als hätte er mehr als nur einen Krieger zu Fall gebracht.

»Ingrid«, wisperte ich. »Ingrid. Das Mädchen. Wir müssen ... Ingrid ist im Wald ... Wir müssen sie suchen.« Ich schaute Magni in die Augen. Er nickte, er verstand. Vor Erleichterung flossen noch mehr Tränen über meine Wangen.

»Modi!«, rief er harsch. Ich sah, dass sein Bruder nicht weit von uns entfernt stand. Er war nicht mit so viel Blut befleckt wie Magni. »Such das Mädchen im Wald, erst dann kommst du zu uns!«

Sein Bruder nickte knapp und verschwand sogleich zwischen den angrenzenden Bäumen. Ich hoffte so sehr, dass Modi das Mädchen finden konnte.

Magni sprang mit einem Satz auf seinen Hengst und saß wieder hinter mir. Sein Arm umfasste meine Taille, zeitgleich gab er Gullfaxi das Zeichen für den Galopp. Mein Halb-Riese presste mich stärker als sonst gegen seinen Körper, als wollte er spüren, dass ich wirklich da war. Diese Geste, selbst wenn Magni sie nicht wahrnahm, ließ nur noch mehr Tränen aus meinen Augen fließen. Ich konnte mich nicht mehr beherrschen. Im Moment wusste ich einfach nicht wohin mit meinen Gefühlen und Empfindungen. Außerdem schmerzte mein Rücken, mein Oberarm fühlte sich an, als würde er in Flammen stehen, und ich hatte fremdes Blut im Gesicht.

Irgendwann stoppte Magni sein Pferd. Wir waren nicht lange unterwegs gewesen, vielleicht zehn Minuten, aber Gullfaxi war sehr, sehr schnell, sodass die Wikinger Mühe hätten, zu uns zu gelangen. Sollten sie dies überhaupt wollen.

»Magnolia, das hätte nicht passieren dürfen«, stieß Magni hervor. Er glitt vom Pferderücken und half mir ebenfalls, wieder Boden unter den Füßen zu spüren.

»Du kannst nichts dafür.«

»Hmpf.«

Magni dirigierte mich zu einer kleinen Quelle, die ich erst jetzt bemerkte. Erleichtert lief ich darauf zu und wusch mein Gesicht. Dabei zitterten meine Hände so stark, dass das Wasser immer wieder über meine Handschale schwappte.

»Darf ich mir deinen Arm genauer ansehen?« Magni kniete neben mir. Ich nickte, wurde mir aber sofort bewusst, dass ich dafür mein Kleid zur Hälfte ausziehen musste. Ich entschied, dass es mir egal war, und schälte ich mich aus dem Stoff.

»Tut das weh?«, fragte Magni, als er mit einem halbwegs sauberen Tuch, das er in die Quelle getränkt hatte, über die getrockneten Blutlinien strich.

Mein Zusammenzucken verriet meine Antwort.

»Ich werde vorsichtig sein«, murmelte er. »In meiner Tasche habe ich eine Salbe, die dir bei der Wundheilung helfen wird. Es fließt kein neues Blut mehr raus, die Wunde hat also schon aufgehört zu bluten. Das ist gut.«

»Danke«, flüsterte ich tränenerstickt. Mehr wollte und konnte ich nicht sagen, ansonsten würde ich nur wie ein Häufchen Elend vor der Quelle hocken und weinen.

»Ich hätte bei dir bleiben sollen.«

Ich schaute zu Magni auf. Musste nun doch etwas sagen, um ihm keine Schuldgefühle zu machen. »Woher hättest du das denn wissen sollen? Du kannst nichts dafür. Schlag dir den Gedanken gleich wieder aus dem Kopf.«

»Hmpf.« Mehr sagte mein Halb-Riese nicht, sondern hatte es plötzlich eilig, zu seiner Tasche zu kommen. Ich hinterfragte sein Benehmen nicht. Zumindest nicht im Moment, denn die Erinnerungen an das Massaker und meinen Beinah-Tod saßen zu tief. Ich konnte an nichts anderes denken. Wieder und wieder hatte ich die Bilder vor Augen, wie der kleine Odd aufgespießt wurde. Wie die Bäuerin am von Blut durchtränkten Boden lag. Wie Ingrid wimmerte und schrie. Wie mein Angreifer den Mund öffnete und mich mit seinem Blut im Gesicht traf. Wie er sein Schwert auf mich sausen ließ. Wie er mich angesehen hatte.

Schluchzend ließ ich meine Finger in das kühle Wasser gleiten, sah zu, wie sie bebten. Mein gesamter Körper bibberte.

»Magnolia«, wisperte Magni, der schon wieder bei mir war. »Komm her.«

Ohne auf meine Reaktion zu warten, zog er mich sanft zu sich. Seine Arme umschlossen meinen Oberkörper und mein Gesicht drückte gegen seine Brust. Mit einer Hand fuhr er meinen Rücken behutsam auf und ab.

»Das hätte nicht passieren dürfen. Ich passe von nun an besser auf dich auf. Wenn du willst, gebe ich dir die Steinschleuder. Schließlich gehört sie dir. Ich werde dir im nächsten Dorf eine größere Ledertasche beschaffen, dann kannst du sie einpacken«, flüsterte Magni. »Das nächste Dorf ist nicht weit weg, dort besorgen wir dir auch neue Kleidung.«

»Danke«, nuschelte ich gegen seine nackte Brust. Erst jetzt wurde mir bewusst, dass er sein Leinenhemd nicht mehr trug. Diese Tatsache sorgte dafür, dass ich mich noch enger an ihn schmiegte. Vermutlich hatte er es aufgrund des vielen Blutes ausgezogen, um es im Wasser zu reinigen.

Eine Weile saßen wir so da, sprachen nicht miteinander. Ich lauschte seinem Herzschlag, was mich in gewisser Weise beruhigte. Solange ich seinem Herzen zuhören konnte, musste ich mir keine Gedanken um das Geschehene machen.

Später behandelte Magni meinen Arm. Er reichte mir auch etwas zu essen, doch ich lehnte ab. Jetzt brachte ich einfach keine Nahrung runter. Gut möglich, dass ich mich übergeben müsste, wenn ich es tat. Als Magni meine Verletzung mit der Salbe verarztet hatte, zog ich mir das Kleid wieder über meinen ganzen Körper.

Keine Minute zu früh, wie sich herausstellte, denn Modi und Ingrid kamen gerade auf uns zu. Magnis Bruder hatte das Mädchen am Unterarm gefasst, sie heulte und wollte absolut nicht mit ihm mit.

»Ingrid!«, rief ich ihr von Weitem zu.

Sie sah auf. Fassungslosigkeit spiegelte sich in ihrem Gesicht. »Du bist nicht tot?« Sie klang verweint und verwirrt. Als die beiden bei uns ankamen, gab Modi ihren Unterarm frei und sie lief auf mich zu. Ihre Augen waren rot, verquollen und nass.

»Nein.«

»Aber alle anderen sind es«, schluchzte sie und schlug die Hände vor ihr Gesicht.

»Ingrid«, hauchte ich betroffen und ging in die Hocke. Ich umarmte das kleine Mädchen, schützte mit meinen Armen ihren Körper. So wie Magni es vorhin bei mir getan hatte.

Sie weinte, jammerte und schniefte. Ich konnte sie verstehen, konnte sie so gut verstehen. Ihr Leben änderte sich nun schlagartig. Sie war allein, eine Waise. Meine Gefühle und Gedanken von vorhin kamen mir so klein, so nichtig vor.

»Hast du jemanden, bei dem du wohnen kannst?«, fragte ich sie irgendwann zwischen ihren Schluchzern.

»Mutters Schwester, meine Tante, lebt nur zwei Tagesmärsche von hier entfernt.«

»Wir werden dich zu ihr bringen.«

»Danke«, flüsterte sie.

Ich schaute auf, an Ingrids Schulter vorbei und meine Augen trafen auf einen klaren Mondsee. Magni beobachtete mich, betrachtete reuevoll unsere Umarmung. Irgendetwas an seiner Stimmung passte nicht, der Gedanke war mir vorhin schon einmal gekommen. Doch darum konnte ich mich später kümmern. Oberste Priorität hatte jetzt Ingrid. Ich wollte sie um jeden Preis zu ihrer Tante bringen und sicherstellen, dass es ihr dort gut gehen würde.

Wir waren bereits zwei Tage unterwegs, so wie Ingrid es vorhergesagt hatte, als ich in der Ferne, nah dem Meer, einige Hütten erkennen konnte. Zu unserem Pech hatte es zu regnen begonnen, weshalb ich mittlerweile bis zur Unterhose nass war. Der Regen passte übrigens hervorragend zu unserer Stimmung.

Ingrid weinte viel. Sie hielt sich immer in meiner Nähe auf, wollte nie einen Blick zu den beiden Asen erhaschen. Sie griff oft nach meiner Hand und ich ließ alles geschehen, weil ich für das kleine Mädchen da sein wollte. Ich hoffte sehr, dass ihre Tante liebevoll mit ihr umgehen und sie aufnehmen würde. Ansonsten wusste ich nicht weiter. Zumindest hatte ich nicht an das *Was wäre, wenn* gedacht.

Magni und Modi waren ebenfalls größtenteils schweigend unterwegs gewesen. Anscheinend hatten sich die beiden doch nicht so viel zu erzählen, wie ich angenommen hatte. Obwohl ich Modi immer wieder dabei erwischte, wie er nachdenklich zu seinem Bruder schielte. Ab und an betrachtete er aber auch Ingrid und mich, schaute das Mädchen genauer an und wirkte dabei irgendwie schuldbewusst. Ich konnte mir nur absolut nicht vorstellen, wieso.

»Trink etwas.« Wir machten eine kurze Pause, ehe wir in das Dorf spazieren würden. Magni hielt mir ein Trinkhorn entgegen, in dem sich Wasser aus der Quelle befand, die wir vor zwei Tagen gefunden hatten.

»Danke.« Ich nahm ihm das Horn ab und betrachtete Ingrid, die auf Gullfaxi eingeschlafen war. Leider musste ich sie gleich wecken, denn ich wusste nicht, wie ihre Tante aussah, geschweige denn, in welcher Hütte sie lebte.

Die meiste Zeit waren wir zu Fuß gegangen. Ab und zu

hatte ich mich auf den Pferderücken gesetzt, damit sich meine Beine etwas ausruhen konnten, aber größtenteils war ich nebenher gelaufen.

»Wie geht es deinem Arm?«, wollte Magni wissen und strich behutsam über den Stoff in der Nähe meiner Wunde.

»Es geht schon. Deine Salbe wirkt Wunder.« Ich schenkte ihm ein kleines Lächeln, das er schmal erwiderte.

Irgendetwas stimmte nicht, ich konnte es spüren. Ein klärendes Gespräch musste jedoch warten, bis wir unter uns waren.

»Ich habe sie aus Asgard mitgenommen. Dort haben wir einige gute Heiler, die solche Salben herstellen können.«

»Wie kommt es, dass du nie ernsthaft verletzt wirst?«, fragte ich ihn plötzlich.

»Ich bin nicht unverwundbar.« Er schmunzelte. »Wie du mittlerweile weißt, habe ich jahrelange Kampferfahrung. Egal ob mit einem Speer, einem Schwert oder gar keiner Waffe. Ich wurde dazu ausgebildet.«

»Ich sehe, dass es dir im Blut liegt.«

Er lächelte mich an. Wir standen uns gegenüber. Und endlich, nach zwei harten Tagen, zog mich Magni näher an sich heran und schloss mich in eine wohlige Umarmung. Seine Nähe zu spüren tat so gut.

°◊°

Im dunklen Wald in Asgard, kurz nach Magnis Treffen mit Idun

Modi hatte den Brief auf Magnis Schreibtisch vorgefunden. Es war nicht seine Absicht gewesen, ihn zu lesen oder gar herumzuschnüffeln, doch von Magni fehlte jede Spur. Er hatte niemandem Bescheid gegeben, dass er weggehen würde, und das sah ihm nicht ähnlich.

Nachdem Modi den Brief entdeckt und ihn gelesen hatte, hatte er sich mit ein paar Kriegern aus Asgard auf den Weg gemacht. Sein Bruder war also aufgebrochen, um in den tückischen Wald zu gehen? Allein?!

Nun marschierten Modi und eine Handvoll Krieger durch den dunklen Wald. Ihnen allen war mulmig zumute, denn dieser Wald spielte manchmal seine Spielchen mit den Durchreisenden. Was war bloß in seinen Bruder gefahren, dass er den Wald allein betreten hatte? Wieso hatte er Modi nichts von dem Brief erzählt? Er handelte manchmal wirklich zu impulsiv.

Schon bald hörten sie ein lautes Fauchen und ein erschöpftes Stöhnen. Modi eilte schneller voran, denn ihn beschlich eine böse Vorahnung.

Magni kämpfte unerbittlich gegen den Lindwurm. Er hatte schon einige Male versucht, dem Ungeheuer zu entkommen, aber es war ihm nicht gelungen. Die Sonne hatte längst ihren Zenit erreicht und Magni ging es ähnlich. Auch er hatte seinen Höchstpunkt erreicht. Er konnte nicht mehr. War zu erschöpft. Das passierte ihm nicht oft. Eigentlich so gut wie nie. Doch ein Lindwurm war ein ernst zu nehmender Gegner. Schweiß trat ihm aus allen Poren. Er war dreckig, verletzt und hatte sich einmal an dem Feuer dieser Bestie verbrannt. Langsam, aber sicher musste er sich mit dem Gedanken anfreunden, dass er aus dieser Sache nicht mehr lebend rauskommen würde.

Der Lindwurm fauchte wieder feindselig und schlug mit seiner großen Pranke nach Magni. Spitze Krallen sausten direkt an ihm vorbei, sodass er taumelte. In letzter Sekunde konnte er sich retten, damit er nicht auf dem Boden landete, was während des Kampfes schon oft genug passiert war.

Durch sein Taumeln hatte er das Biest kurz aus den Augen gelassen. Ein schwerer Fehler, wie er sogleich herausfand. Denn als er aufschaute, blickte er direkt in ein riesiges reptilähnliches Auge. Das war zwar nie etwas gewesen, das er hatte ausprobieren wollen, aber nun war es passiert. Er stand Auge in Auge mit einem Lindwurm.

Das Monster zischte laut und Magni sah sein Ende kommen. Das Ungeheuer drehte den Kopf, weswegen er die heiße Luft spüren konnte, die durch seine Nasenlöcher strömte. Der Lindwurm riss mit einem Fauchen sein Maul auf, zeigte Magni die spitzen, giftigen Zähne. Angeflogen kommende Speicheltropfen verätzten seine Haut, selbst dort, wo er Kleidung trug. Der brennende Speichel war nur ein Vorbote dessen, was ihn bei den Giftzähnen erwartete. Ohne Vorwarnung tauchte vor seinem inneren Auge die Gestalt von Magnolia auf. Wenn er dem Lindwurm nicht entkommen konnte, würde er ihr nie wieder begegnen. Neues Adrenalin schoss durch seinen Körper. Er wollte sie wiedersehen. Musste sie wiedersehen.

Jäh ließ der Lindwurm mit einem Zischen von ihm ab. Fast schon glaubte Magni, dass er wütend klang. Magni wollte das Weite suchen, doch die Verätzungen gruben sich tiefer unter seine Haut. Er schwankte gefährlich. Mit einer Hand hielt er sich an einem Baumstamm fest, um nicht das Gleichgewicht zu verlieren.

»Magni!«

Jemand rief seinen Namen. Wer war das? Er kannte diese Stimme. Magni schüttelte den Kopf, um klarer sehen zu können, aber es half nichts. Sein Blick war verwaschen und kleine weiße Sternchen fingen an, vor seinem Sichtfeld zu tanzen.

Das konnte doch nicht wahr sein! Er war ein Krieger Asgards! Hatte Ragnarök überlebt! Und jetzt machte ihm das bisschen Gift eines Lindwurms zu schaffen?!

Wir gingen nebeneinanderher. Ich konnte mich gut an diesen Tag erinnern, weil ich ihn einfach nur schrecklich in Erinnerung hatte.

»Du kannst Gullfaxi rufen«, sagte mein Bruder nach einer Weile.

Ich schüttelte den Kopf. »Nein, schließlich bleiben wir nicht lange weg.«

»Du gehst also zurück? Musst du nicht«, meinte Modi.

»Doch.« Ich lachte. Keine Ahnung, wieso ich lachte, aber ich blieb stehen und schaute meinen Bruder grinsend an. »Ich habe etwas Unüberlegtes getan«, eröffnete ich ihm.

»Das ist mir auch schon aufgefallen.«

»Nein. Ich meine, das kannst du nicht wissen ... Ich habe sie

geküsst. Nun gut, sie hat mich zuerst geküsst, nur, hätte sie es nicht getan, hätte ich sie an mich gezogen und geküsst.«

»Reden wir von dieser Menschenfrau aus der Zukunft?« *Modi schien verwirrt.*

»Ja.«

»Seit wann küsst du Menschenfrauen?« *Der Gesichtsausdruck meines Bruders wurde ernst. »Entwickelst du Gefühle für sie?«*

»Ja«, gab ich zu. Wie gut es tat, mir das einzugestehen! »Glaub mir, wenn du sie näher kennenlernst, dann wirst du sie mögen. Sie ...«

Ich wurde von Modi unterbrochen. »Magni! Als du unüberlegt sagtest, dachte ich, du meinst, dass du überhaupt mit auf diese Reise gegangen bist. Den Fenriswolf und die Midgardschlange zu besuchen ist ein Fehler. Sie sind gefährlich!«

»Ich weiß, nur kann ich Magnolia nicht allein lassen. Schon in Asgard wusste ich, dass ich sie mag.«

»Magni! Verdammt«, stieß Modi gequält aus.

»Wieso reagierst du so abwertend? Du hast meine Liebschaften noch nie infrage gestellt.«

»Ja. Das waren Liebschaften. Aber das ... Sie ist ein Mensch! Aus der Zukunft. Hast du darüber nachgedacht?«

»Wie gesagt, es war unüberlegt. Dennoch möchte ich den Kuss nicht ungeschehen machen ... Ich versuche einfach, im Moment zu leben. Ihre Anwesenheit zu genießen, solange ich sie um mich haben kann.«

»Magni!«

»Wieso brüllst du die ganze Zeit herum?«

»Ich habe einen Fehler gemacht.«

»Hm?« Fragend schaute ich ihn an.

»Ich dachte, ich helfe dir aus der Situation heraus. Odin hat dich mit auf die Reise geschickt, aber wenn ... wenn diese Frau nicht mehr da wäre, müsstest du dich nicht dem Fenriswolf und der Midgardschlange stellen. Also ...«

»Was hast du getan?!«

»*Einige kampflustige Wikinger sind auf dem Weg zum Bauernhaus. Ich konnte ja nicht ahnen, dass ...*«

Weiter ließ ich ihn nicht reden. Mit aufgerissenen Augen starrte ich meinen Bruder an, als ich von einer Sekunde auf die andere meine Beine in die Hand nahm und so schnell zu laufen begann, wie ich konnte. In Gedanken rief ich meinen Hengst herbei. Ohne mich umdrehen zu müssen, wusste ich, dass Modi mir folgte.

Wikinger waren auf dem Weg zum Bauernhaus? Magnolia hatte sicher keine Ahnung vom Kämpfen. Ob sie sich verteidigen konnte? Aus Angst, sie nicht mehr lebend vorzufinden, sprintete ich noch schneller. So schnell, dass ich langsam außer Puste geriet. Doch Gullfaxi erreichte mich rechtzeitig und ich schwang mich noch während des Galopps auf seinen Rücken. Modi würde nachkommen, da war ich sicher. Aber jetzt musste ich erst mal Magnolia finden. Dass ihr etwas zustoßen könnte, schickte ein Zittern in meinen ganzen Körper. Verdammt, bitte lass mich nicht zu spät kommen.

»*Magni!*« *Eine Stimme drang in meinen Verstand. Gullfaxi stoppte. Er stoppte?!*

»*Magni!*« *Der Lindwurm aus dem dunklen Wald kam auf mich zu. Er offenbarte mir seine spitzen Zähne. Ich brauchte nur sein Gebiss zu sehen und schon fing mein Körper zu brennen an.*

»*Magni!*«

»Magni, wach doch endlich auf!«

Modi rüttelte unsanft an den Schultern seines Bruders. Endlich öffnete dieser minimalst die Augen. Von dem Sonnenlicht geblendet schloss er sie aber sofort wieder.

»Magni. Bist du wach? Kannst du mich hören? Verstehst du mich?« Sein Bruder klang ehrlich besorgt.

Magni nickte knapp. Alles tat ihm weh. Jeder Knochen, jede Stelle seiner Haut. Konnte er nicht einfach noch ein bisschen schlafen?

»Wir bringen dich zurück nach Gladsheim. Dort kümmern sich die Heiler um dich. Ich vermute, dass dir das Gift des Lindwurms zu schaffen macht.«

»Habt ihr ihn besiegt?«, fragte Magni mit kratziger Stimme. Er bekam mit, dass er auf einer Trage lag, die wohl von mehreren Kriegern geschleppt wurde.

»Nein, natürlich nicht. Wir haben nicht die richtigen Mittel gegen einen Lindwurm dabei. Wir haben ihn abgelenkt und sind dann geflohen. Den dunklen Wald haben wir bereits hinter uns gelassen. Es dauert nicht mehr lange, dann werden wir in Gladsheim sein.«

»Danke«, hauchte Magni, ehe er dem Drang, in die Finsternis abzutauchen, nicht mehr standhalten konnte.

Modi starrte seinen Bruder vom Rücken eines Palastpferdes an. Gullfaxi ging neben ihnen her. Modi hatte den schimmernden Hengst vor dem dunklen Wald gefunden. Anscheinend hatte Magni ihn nicht in den tückischen Wald mitnehmen wollen.

Magni sah blass aus. Vereinzelte Löcher befanden sich in seiner Kleidung, die wohl von dem Gift stammten. Er schaute nicht gut aus und Modi hatte ehrlich Angst, dass sie zu spät in Gladsheim ankamen.

»Schneller! Wir müssen uns mehr beeilen«, wies er die Krieger barsch an. »Du!« Er zeigte auf einen jungen Mann. »Reite nach Gladsheim vor und informiere die Heiler. Sie sollen alles vorbereiten, damit sie Magni sofort behandeln können.«

Der junge Krieger nickte hastig und ließ sein Pferd auf der Stelle angaloppieren. Es dauerte nicht lange, da war er nur mehr ein schwarzer Punkt in der Ferne, bis Modi ihn nicht mehr sehen konnte.

Bei allen Welten, bitte übersteh das, Magni!

21

DAS DRECKLOCH

»Ingrid!« Wir waren noch nicht lange im Dorf unterwegs, doch als uns eine junge Frau, die der verstorbenen Bäuerin tatsächlich sehr ähnlich sah, entdeckte, kam sie auf uns zugestürmt. Dass wir keine Bedrohung waren, sah sie in dem Augenblick, als Ingrid ohne Bedenken auf ihre Tante zulaufen konnte.

Es prasselten noch immer unzählige Regentropfen vom grau gefärbten Himmel. Einige Tiere waren im Dorf zu sehen, die meisten hatten sich jedoch in die Hütten zurückgezogen. Wie auch die Menschen. Kein Wunder bei dieser Kälte und dem Matsch, in dem ich bei jedem Schritt mit den Schuhen stecken zu bleiben drohte.

Als ich zurück zu dem Wald blickte, aus dem wir gekommen waren, machte sich in mir ein flaues Gefühl breit. Die Bäume bogen sich unheilvoll und Äste schwangen wild umher. So stürmisch war es vorhin nicht gewesen. Braute sich nun ein echtes Unwetter zusammen? Wenn es eines noch über mich zu wissen gab, dann, dass ich Gewitter hasste. Sie ängstigten mich, obwohl ich schon erwachsen war – im Frühmittelalter wäre ich das vermutlich bereits seit Langem. Wäre ich zu dieser Zeit geboren, hätte ich vielleicht schon

Kinder. Ach du grüne Neune, an so was wollte ich nicht einmal denken. Für Kinder war ich noch nicht bereit.

Mein Blick wanderte zum Meer, das unzähmbar und dunkel wirkte. Hohe, weiß schäumende Wellen wurden an das Ufer gespült, nur um sofort wieder vom Meer verschlungen zu werden.

Meine Lockenmähne flog mir ins Gesicht. Die Haarsträhnen nach hinten zu streichen war eine aussichtslose Tätigkeit, deswegen ließ ich es nach ein paar Versuchen bleiben. Ein Haargummi wäre jetzt ganz nett. Vielleicht sollte ich mir eine einfache Schnur suchen, mit der ich meine widerspenstigen Haare bändigen konnte.

Als Ingrid bei ihrer Tante ankam, fiel sie ihr in die Arme und fing sofort wieder zu schluchzen an.

»Was ist geschehen? Wieso bist du allein hier?«, bombardierte Ingrids Tante sie sofort mit Fragen.

»Wikinger haben das Bauernhaus ihrer Familie überfallen«, antwortete ich an ihrer Stelle, als wir die beiden erreichten.

»Odd? Frida? Was ist mit ihnen?« Sie drückte Ingrid leicht an den Schultern zurück, sah sie bestürzt an.

»Sie sind tot«, brachte das Mädchen weinend hervor. Hier bei ihrer Tante konnte sie ihren Gefühlen noch freieren Lauf lassen als bei mir und das war in Ordnung so. Somit mochte Ingrid ihre Tante und vertraute ihr. In dem Dorf würde es ihr gut gehen. Das beruhigte mich etwas.

»In Helheim wird es ihnen an nichts fehlen.« Die Stimme der Tante wirkte gedrückt, auf ihrem Gesicht zeichnete sich Schock und Unglaube ab. »Und dir bei mir«, flüsterte sie kaum hörbar. Danach drückte sie Ingrid wieder an sich.

Anschließend musterte sie uns drei. Ihre Augen klebten förmlich an Magni, ehe sie zu Gullfaxi schaute. »Seid ihr ...?« Sie sprach nicht weiter.

»Ja, Tante Hedda. Das sind die Söhne Thors. Und ...« Ingrid betrachtete mich fragend, wusste nicht, wo sie mich einordnen sollte.

»Und ich bin jemand, der möchte, dass es Ingrid hier wirklich gut geht. Versprich es mir, bitte«, forderte ich von Hedda.

»Natürlich. Ihr wird es bei mir immer gut gehen. Versprochen!« Sie machte eine kurze Pause. »Ihr müsst hungrig und durstig sein. Kommt mit.« Sie deutete einladend in eine Richtung, in der vermutlich ihre Hütte stand.

»Danke für die Gastfreundschaft, aber wir müssen weiter«, lehnte ich ab, obwohl mein Magen protestierte und ich mich nach Wärme sehnte. Ingrid und ihre Tante sollten Zeit für sich haben und außerdem sollte die Frau nicht ihren Vorrat an Essen für uns aufbrauchen. Für Thors Söhne würde sie den Tisch decken, sodass kein Wunsch offen bliebe. Das wollte ich nicht.

»Müssen wir?«, fragte Modi und beäugte mich kritisch. Danach wanderte sein Blick weiter zu seinem Bruder, den ich nun flehend anstarrte.

»Wir müssen weiter. Sorge gut für das Mädchen! Andernfalls wirst du es zu spüren bekommen«, sprach Magni.

Die Frau nickte hastig. »Ingrid wird es an nichts fehlen. Ich werde mein Bestes geben.«

Über Magnis harsche Worte konnte ich nur innerlich stöhnen. Wie kam es, dass er so wenig Feingefühl besaß? Bei mir fiel es ihm auch nicht so schwer. Obwohl ... Anfangs war er auch in meinen Augen kein sonderlich sympathischer Typ gewesen. Das hatte sich aber geändert, als wir uns besser hatten kennenlernen können.

»Danke, dass du mein Leben gerettet hast«, wisperte Ingrid und schaute mich dabei an.

Mich!

Ihre Worte ließen mein Herz stocken. Darüber hatte ich mir die letzten Tage keine Gedanken gemacht, aber es stimmte. Ich hatte ihr das Leben gerettet. Ein dicker Kloß bildete sich in meinem Hals, als ich ein kleines Lächeln zustande brachte, das ich Ingrid schenkte.

»Ich würde es immer wieder tun.«

»Verrätst du mir deinen Namen?«

»Magnolia.«

»Danke, Magnolia, meine Heldin. Ich werde dich nie vergessen.«

Mit diesen Worten ließen uns die beiden zurück. Ich stand noch immer an Ort und Stelle, rührte mich keinen Millimeter. Meine seltsamen hölzernen Schuhe waren vermutlich schon eins mit dem matschigen Boden geworden.

»Ich habe ihr wirklich das Leben gerettet«, hauchte ich, noch immer überwältigt von ihren Worten. Ich war ihre Heldin?

Magni stellte sich neben mich, wodurch sich unsere Schultern berührten. »Das hast du.«

»Und du hast meines gerettet«, murmelte ich und schaute zu meinem Halb-Riesen auf. Meinem Helden.

»Und auch ich würde es jedes Mal wieder tun.«

Ich schlang meine Arme um seinen Hals und drückte mich eng an ihn, damit ich seinen unverkennbaren Duft, gemischt mit dem Geruch von nassem Stoff und Leder, tief einatmen konnte. Was auch immer diese seltsame Stimmung zwischen uns ausgelöst hatte, ich würde es herausfinden. Doch zuerst wollte ich seine Wärme spüren, seine Nähe genießen. Ich konnte an meiner Taille fühlen, wie auch er seine Arme um meinen durchnässten Körper legte.

»Wir werden dir jetzt neue Klamotten besorgen«, wisperte Magni in mein Ohr. »Dort hinten gibt es eine Taverne, wo wir einkehren werden, bis es aufgehört hat zu regnen. Sie haben bestimmt noch freie Zimmer.«

Nachdem auch Modi in den Plan eingeweiht worden war, stapften wir durch den Matsch los. Während wir weiter in das Dorf drangen, drehte Gullfaxi uns den Schweif zu. Er trabte davon.

»Hast du ihn weggeschickt?«, wollte ich von Magni das Offensichtliche wissen.

»Ja. Es muss nicht gleich jeder erkennen, wer ich bin.«

»Dein Aussehen verrät dich sowieso«, brummte Modi hinter uns.

»Aber ohne Gullfaxi sprechen mich die wenigsten an.«

»Wieso wissen die Menschen eigentlich alle, wie Thor aussieht?«, fragte ich.

»Spricht sich halt herum.« Magni zuckte mit den Schultern.

»Manchmal verwechseln die Menschen Magni mit unserem Vater«, lachte Modi. »Ihr Menschen könnt es eben nicht besser wissen. Woher auch?« Der Unterton in Modis Stimme gefiel mir nicht.

Das war auch der Grund, wieso ich mich mit zusammengekniffenen Augen zu Modi umdrehte. »Was haben *dir* wir Menschen eigentlich getan, dass du dir die Freiheit herausnimmst, so abwertend über uns zu sprechen?«

»Menschen sind schwach. Sie haben eine seltsame Vorstellung vom Leben, das sie ohnehin nicht lange haben. Sie bekriegen sich, denken naiv un...«

»Modi, es reicht!«, fiel Magni seinem Bruder scharf ins Wort.

Sein Bruder hob abwehrend die Hände. »Sie wollte es wissen. Dass du neuerdings auf Menschen stehst, weiß ich ja auch noch nicht lange.«

»Modi.« Magnis Stimme klang warnend.

»Du schmeißt also alle Menschen in einen Topf?«, wollte ich von Modi wissen. Das gequälte Aufstöhnen neben mir ignorierte ich.

Magnis Bruder und ich standen uns nun gegenüber und funkelten uns gegenseitig an.

»Ist dein Leben etwa nicht kurz? Behauptest du, nicht naiv zu sein? Du küsst meinen Bruder, denkst du etwa, ihr habt eine gemeinsame Zukunft? Das ist naiv. Du hast das Menschenmädchen gerettet, ja. Aber du konntest dich selbst nicht retten, demnach bist du schwa...«

»Modi!«

»Oho«, lachte ich trocken auf.

»Magnolia«, flehte Magni, wissend, dass ich nach dieser Aussage nicht leise sein konnte.

»Mein Leben ist nicht kurz. Selbst wenn, ich genieße es. Menschen wie meine Mama, meine Schwester oder meinen

Papa um mich zu haben macht es so richtig lebenswert. Nenne mich naiv, wenn du willst. Aber ich glaube an das Gute. Daran, dass alles irgendwie seinen Weg findet, es bestimmt eine Lösung für jedes Problem gibt, auch wenn wir diese noch nicht sehen können.«

»Du bist zu gutgläubig für diese Welt. Aber in Ordnung, was ist mit dem Bekriegen? Sag nicht, dass hat in deiner Zeit aufgehört? Ich kann mir Midgard ohne Mord und fließendes Blut, das den Boden tränkt, nicht vorstellen.«

»Dann musst du wohl noch ein paar Jahre überleben, damit du sehen kannst, dass es auch friedlich zugehen kann. Zumindest in bestimmten Teilen der Welt. Frieden wird es wohl bedauerlicherweise niemals in ganz Midgard geben. Aber wie sieht es in Asgard aus? Läuft dort alles harmonisch ab?«

»Asgard ist Asgard. Das kannst du nicht mit Midgard vergleichen! Und dort wo du herkommst, bekriegen sich die Menschen etwa nicht?« Ich konnte die Skepsis aus Modis Gesicht ablesen.

»Dort, wo ich lebe, nicht. Zumindest im Moment nicht. Und was heißt hier, Asgard ist Asgard? Hel hatte recht, als sie meinte, dass das der Wohnort derer ist, die sich für etwas Besseres halten.«

»Hel!«, Modi lachte spöttisch. »War ja klar, dass du dich mit der launischen Unterweltgöttin verstehst. Und du sagst *im Moment*. Da hast du es. Und nur weil du dich gerade in Sicherheit wiegst, weißt du nicht, wie du dich beschützen kannst, wenn du plötzlich angegriffen wirst. Hast keine Ahnung vom Umgang mit einem Schwert, einer Axt oder einem Speer. Vermutlich weißt du nicht einmal, was du tun müsstest, wenn ich dir jetzt an die Kehle springe.«

»Das unterlässt du«, knurrte Magni neben uns.

»Natürlich unterlasse ich das, Bruder, dessen Augen von einer Völva geblendet wurden. Nichts anderes ist sie. Kommt aus der Zukunft und raubt dir deinen Verstand. Aber ich höre schon auf, schließlich habe ich schon genug angerichtet.«

»Was meinst du damit?«, fragte ich. Und in gewisser Weise

meinte ich beide seiner Aussagen. Dachte er wirklich, ich wäre eine Hexe?

»Was hast du dir da bloß für ein Weib ausgesucht? Sie ist anstrengend!«, feixte Modi.

Was hatten die beiden Brüder nur mit ihrem *anstrengend*?! So schlimm war ich gar nicht. Und wieso lachte Modi jetzt? Litt er unter Stimmungsschwankungen?

»Können wir jetzt endlich unseren Weg fortsetzen?«, wollte Magni wissen. Unsere Fragen blieben somit offen. Obwohl Modis Frage hoffentlich rhetorisch gemeint war. »Wir werden zuerst die Taverne aufsuchen«, sagte Magni noch, »denn ich möchte nicht länger im Regen stehen. Modi, du wirst dich benehmen und auf Magnolia aufpassen, während ich ihr neue Kleidung besorge. Ich zähle auf dich. Verstanden?«

»Natürlich benehme ich mich, Bruderherz«, säuselte Modi.

Ich konnte Modis Art absolut nicht ausstehen. Was war ich für ein Glückspilz, dass Magni diese Reise mit mir machte und nicht sein unausstehlicher Bruder.

»Mich fragst du nicht, ob ich will, dass *er* auf mich Acht gibt? Ihm vertraue ich nicht einmal meinen letzten Krümel Brot an.«

»Könnt ihr mir beide einfach den Gefallen tun und machen, was ich sage? Ich bin die Tage stark gereizt, und Magnolia, das will ich nicht an dir auslassen. Modi, vielleicht duellieren wir uns später.«

»Da soll noch mal einer von euch sagen, nur wir Menschen bekämpfen uns.« Genugtuung machte sich in mir breit, als mir keiner der Brüder antwortete.

Wir hatten unser Ziel, die Taverne, endlich erreicht. Aufgeregtes Stimmengewirr hallte nach draußen, was mich annehmen ließ, dass der Wirt ordentlich zu arbeiten hatte.

Das Dreckloch.

Ich musste das Namensschild der Taverne zweimal lesen. Wer bitte nannte seine Gaststätte so? Alles in mir sträubte sich, auch nur einen Fuß in diese Taverne zu setzen. Doch Magni war schon eingetreten und mit Modi wollte ich nun wirklich keine weitere Unterhaltung führen. *Das Dreckloch* entpuppte sich als sauberer, als sein Name annehmen ließ. Mal abgesehen von den vielen betrunkenen Menschen und dem Gestank nach Erbrochenem. Alles ganz gemütlich also.

»Habt ihr freie Zimmer?«, wollte Magni von einer weiblichen Bedienung wissen.

»Moment.«

Sie eilte davon und kam gleich darauf mit einem älteren Mann zurück.

»Ihr braucht Zimmer?«

»Ja. Zwei.«

»Ich habe nur mehr eines.«

Magni brummte irgendwelche unverständlichen Wörter. »Gut, dann nehmen wir das.«

»Bezahlt wird im Voraus.«

Nachdem Magni für unser Zimmer aufgekommen war, folgten wir dem älteren Mann in das Obergeschoss. Dazu gingen wir eine alte, knarrende Holztreppe nach oben. Der Gestank nach Alkohol verfolgte mich bis vor die Tür unseres Zimmers und das ausgelassene Gejohle der Menschen war auch einen Stock höher unüberhörbar.

Als uns der Mann allein ließ, wandte Magni sich an Modi und mich. »Magnolia, bitte bleib im Zimmer, ich werde dir Klamotten besorgen und etwas zu essen. Modi, wache vor der Tür. Ich schwöre dir, wenn du nicht auf sie Acht gibst …«

Er vollendete seinen Satz nicht. Die Stimmung zwischen den beiden irritierte mich. Ich hatte eigentlich gedacht, dass sie sich mochten. Vermutlich taten sie es auch, aber Magni schien sauer auf Modi zu sein. Wenn wir später endlich einmal allein sein konnten, würde ich ihn darauf ansprechen. Dann konnte er meiner Vernehmung nicht mehr entkommen, aber jetzt sehnte ich mich tatsächlich nach trockener Kleidung und Essen. Meine Befragung musste also warten.

Magni kam wenig später mit neuer Kleidung, einer geräumigeren Ledertasche und warmen Mahlzeit für mich zurück. Gierig verputzte ich die Gemüsesuppe und knabberte an dem gehärteten Brot von Frigg herum.

»Modi ist nach unten gegangen, um dort etwas zu essen«, erläuterte mir Magni.

Das Zimmer besaß nur ein kleines Fenster, weswegen der Raum, aufgrund der düsteren Stimmung draußen, nicht gut erhellt wurde. Magni zündete, während ich aß, ein paar Kerzen an, doch diese spendeten auch nicht so viel Licht, wie ich es normalerweise gewohnt war. Tja, Elektrizität war wohl etwas, das ich in meiner Zeit als selbstverständlich erachtet hatte, aber hier im Frühmittelalter gab es das noch nicht.

Vier schmale Einzelbetten standen an den Wänden. Ein kleiner Tisch, auf dem die paar Kerzen zu sehen waren, zwei Sessel und eine Kommode, bei der eine Tür nur mehr schief hing, befanden sich ebenfalls in diesem Raum. Der Boden war vollkommen aus Holz, wodurch die Geräusche von unten geradewegs in unser Zimmer drangen.

»Möchtest du das Kleid anprobieren?«, wollte Magni von mir wissen.

»Oh, ja. Unbedingt.« Als ich das letzte Stück des harten Brotes runtergeschluckt hatte, stand ich auf und nahm das Kleid an mich. Es sah dem, welches ich gerade trug, sehr ähnlich. Ein schlichtes, braunes Leinenkleid eben.

»Ich wollte sowieso allein mit dir sprechen«, meinte ich noch, als ich mein jetziges Kleid über meinen Körper zog. Magni hatte sich derweil auf einen Sessel gesetzt. Ich streifte mir das neue Kleid über und roch sofort den Unterschied. Wie herrlich es doch war, endlich aus einem verdreckten, verschwitzten, blutgetränkten Kleid zu kommen. Aber ehrlich: Was würde ich nicht alles tun, um endlich wieder ein Bad nehmen zu können?

»Was möchtest du denn besprechen?«, fragte Magni, wobei seine Stimme seltsam leise klang.

»Wieso herrscht so eine komische Stimmung zwischen dir und deinem Bruder?«

Seufzend lugte Magni über seine Schulter. Als er sah, dass ich wieder vollständig bekleidet war, drehte er sich gänzlich zu mir um.

»Das lässt sich schwer erklären.«

»Wieso? Versuch es einfach. Ich werde dir zuhören.«

Magni seufzte erneut. »Ich weiß, du hast die Wahrheit verdient, aber ich tue mir schwer damit, sie auszusprechen.«

»Was denn?« Jetzt klopfte mein Herz wilder gegen meinen Brustkorb.

»Ich denke, ich sollte weiter vorne beginnen. Lange, bevor du überhaupt da warst.«

»In Ordnung. Erzähl.« Ich setzte mich zurück auf das Bett und betrachtete meinen Halb-Riesen. Irgendetwas hinderte ihn daran, frei zu sprechen. Was wohl der Grund dafür war?

»Ich kenne Modi, seitdem er auf der Welt ist. Wir machen so gut wie alles zusammen. Früher, als wir noch Kinder waren, sah er mich als Vorbild, allem voran auch, weil ich unseren Vater von Hrungnir befreit habe. Ich habe Modi viele Tricks gezeigt, um besser kämpfen zu können. Wir haben uns oft duelliert und bald schon wussten wir, noch bevor der andere den Schlag setzte, dass er es tun würde. So ist es auch heute noch. Weißt du, die meisten kennen uns nur im Doppelpack. Magni und Modi. Das sind wir. Allein sieht uns beinah niemand. Wir ergänzen uns einfach gut. Bin ich jemand, der voreilig handelt, ist er es, der mit dem Köpfchen arbeitet. Das macht die ganze Situation ja auch so schwer für mich. Weil ich weiß, dass Modi ... Er ...«

Wir saßen viel zu weit voneinander entfernt. Magni tat sich schwer, die richtigen Worte zu finden. Ich hätte ihm gerne geholfen, nur wusste ich nicht wie.

»Wie dir bestimmt aufgefallen ist, hält Modi nicht viel von Menschen. Ich sah das ähnlich. Bevor du kamst. Menschen sind – waren«, korrigierte er sich schnell, »nie wichtig für uns. Modi und ich verbrachten den Großteil unseres Lebens in Asgard. Wir reisten dort umher, feierten Feste, lebten und genossen unsere Langlebigkeit. Manchmal waren wir in Midgard, aber hatten es stets eilig, wieder nach Asgard zu kommen. In Midgard ist es dreckig, die Menschen sind arm, langweilen uns einfach und feiern keine großen Feste. Außerdem, sollte man plötzlich doch einen Menschen gernhaben, würde dieser an Altersschwäche sterben, weil die Menschen keine goldenen Äpfel besitzen und Odin nicht möchte, dass sie von dieser Frucht Wind bekommen, um sie für sich selbst nutzen zu können. Nur Asen dürfen unsterblich sein. Also ließen wir die Menschen ohnehin nie sonderlich nah an uns ran.«

»Hm«, murmelte ich.

»Modi durchdenkt und plant so ziemlich alles. Er würde mir niemals absichtlich schaden wollen, das weiß ich. Wenn er merkt, dass er einen Fehler gemacht hat, dann gesteht er ihn ein und wir beheben diesen Fehler gemeinsam, anstelle, dass es schlimmer werden könnte, weil man nichts sagt. Umgekehrt ist und war es immer genauso.« Magni machte eine kurze Pause. »Menschen haben keinen Wert für ihn. Ich jedoch schon. Er … Er hat von Odins Plan gehört und …«

»Und?« Langsam breitete sich ein komisches Gefühl in mir aus. Ich glaubte zu wissen, in welche Richtung dieses Gespräch lief, und sie gefiel mir ganz und gar nicht.

Voller Reue schaute er mir in die Augen. Zwar konnte ich aufgrund des wenigen Lichtes nicht viel erkennen, doch sein Blick zerriss mir dennoch das Herz. »Modi dachte, wenn du nicht mehr hier wärst, dann müsste ich dem Fenriswolf und der Midgardschlange nicht begegnen. Die beiden sind sehr gefährlich und unser Vater verabscheut und *fürchtet* die Midgardschlange sehr. Er stellt sich ihr zwar, wenn er ihr begegnet, denn irgendwie haben die beiden ein seltsames Verhältnis zueinander, was sie immer wieder aufeinandertreffen lässt. Modi fürchtete vermutlich, dass diese Zusammenkunft nicht gut für mich ausgehen könnte – mit der Midgardschlange und dem Fenriswolf. Selbst unser Vater hat Mühe, sich der Schlange zu stellen. Mein Bruder war es also, der die Wikinger geschickt hat.«

Ich wollte etwas darauf erwidern, wollte es wirklich, doch

ich konnte nicht. Mir fehlten die Worte. Dabei fand ich sonst auch immer welche, aber dieses Mal war mein Kopf leer geräumt. Die Stille zwischen uns war erdrückend. Nur das laute Lachen und Gerede der Menschen von unten drangen zu uns durch. Ob man hier überhaupt eine ruhige Nacht verbringen konnte, war auch fraglich.

»Möchtest du nichts darauf sagen?«, startete Magni einen Versuch, nachdem wir nur den jeweils anderen gemustert hatten.

»Was willst du denn hören? Anscheinend hast du ihm bereits verziehen, nachdem er seit Tagen bei uns mitreist«, warf ich ihm vor.

»Er ist mein Bruder und hätte er gewusst, wie viel du mir bedeutest, hätte er den Angriff auf das Bauernhaus gelassen.«

»Das rechtfertigt also, dass Ingrids komplette Familie sterben musste?« Ich konnte nicht mehr still sitzen, stand auf, um mich im Zimmer zu bewegen. Meine Beine trugen mich zu dem kleinen Fenster, das keine Glasscheibe besaß und somit die kühle Regenluft nach innen strömen ließ. Lediglich ein großes Brett stand neben der Öffnung, sodass man das Fenster verdecken konnte, wenn man denn wollte.

»Nein. Aber ich weiß auch nicht, was ich momentan denken soll. Ich vertraue Modi mit meinem Leben! Dass er dich einfach hätte sterben lassen, lässt meinen Kopf brummen. Er wusste zwar nicht, dass du mir viel bedeutest, aber wärst du gestorben, dann ... Ich will gar nicht daran denken! Dann hätte ich wohl noch mal nach Helheim reisen müssen.«

Ich drehte mich zu Magni um und schaute ihn an. So verzweifelt hatte ich ihn noch nie erlebt. War es während meiner Anwesenheit wohl auch noch nie gewesen. Ich konnte verstehen, dass es eine schwierige Situation für ihn war. Doch auch für mich war es nicht leicht. Und außerdem: Wie oft hatte er jetzt eigentlich schon gesagt, dass ich ihm etwas bedeutete?

Plötzlich wurde die Tür aufgerissen und Modi stand im Zimmer. Weil diese dämliche Holztür dabei wie eine fauchende

Katze klingen musste, erschrak ich zusätzlich und starrte danach Magnis Bruder an. Wenn meine Augen Superkräfte besäßen und töten könnten, würde Modi jetzt definitiv mit hunderten Giftpfeilen attackiert werden.

»Du platzt zum denkbar schlechtesten Zeitpunkt hier herein«, verkündete Magni ihm.

Modi schloss die Tür hinter sich, die dabei wieder so grauenvoll knarrte, dass ich mir am liebsten die Ohren zugehalten hätte. »Wieso? Ihr knutscht nicht herum, also kann es nicht so schlimm sein.«

»Du wolltest mich umbringen!«, zischte ich. »Einfach so. Weil Menschen dir nichts bedeuten. Das ist grausam!«

»Du hast es ihr also erzählt. Verstehe.« Modi schaute zu seinem Bruder, lehnte sich dann aber gegen die Tür und musterte meinen zornigen Gesichtsausdruck. »Solange mein Bruder in dich vernarrt ist, werde ich dich beschützen. Sei gewiss, es kommt nicht mehr vor.«

»Ich brauche deinen Schutz nicht«, fauchte ich.

»Ich denke schon.«

»Ich bin nicht so schwach, wie du mich darstellst! Außerdem hast du versucht, mich zu töten. Also kann ich gut darauf verzichten. Steck dir dein *Ich beschütze dich* sonst wohin!«

»Vielleicht magst du nicht so schwach sein, wie ich angenommen habe, aber du bist meinem Bruder *wichtig*. Deshalb verteidige ich dich von nun an bis zu meinem letzten Atemzug, verstanden?« Modi kam ein paar Schritte auf mich zu, verharrte dann aber neben Magni. Er warf seinem Bruder einen gesenkten Blick zu. »Es tut mir leid, Magni. Wie hätte ich wissen sollen, dass du sie magst? Mein Plan war gut, zumindest dachte ich das, weil uns die Menschen sowieso nichts bedeuteten. Aber ich habe eingesehen, dass es falsch war.« Er schaute wieder zu mir. »Nämlich dann, als du dieses Mädchen ständig trösten musstest und ich mir die letzten Tage dauernd Gedanken darüber machen musste, dass es meine Schuld ist, dass das Mädchen keine Familie mehr hat. So viel Zeit wie mit dem Mädchen habe ich noch nie mit einem Menschen verbracht, dabei waren es nur zwei Tage, aber sie haben mir die Augen geöffnet. Dass ihr Menschen ähnlich fühlen müsst wie wir Asen. Es war auf jeden Fall falsch. Ich werde nicht um Verzeihung bitten, weil ich weiß, dass ich sie nicht verdient habe, aber ich werde dich beschützen und euch zu den zwei Ungeheuern begleiten, wenn ihr mich lasst.« Seine Augen wanderten zu seinem Bruder, als erhoffte er sich eine Antwort von ihm.

Gut, ich war sprachlos. Schon wieder. Vielleicht lag es aber auch einfach an den Ereignissen der letzten Tage und daran, dass ich sehr müde war. Dieses Gespräch mit Magni und Modi reizte mich zusätzlich.

Nach unserer Auseinandersetzung vorhin im Regen und nach dem, was ich alles von Magni erfahren hatte, hätte ich nicht angenommen, dass es Modi leidtat. Doch ihn nun so aufrichtig reden zu hören …

Natürlich rechtfertigte das nichts. Weder, dass er uns Menschen von Grund auf so respektlos behandelte, noch, dass er die Bauernfamilie mithilfe der Wikinger einfach ausgelöscht hatte. Das war ein schreckliches Vergehen gewesen, das er mit nichts auf der Welt wiedergutmachen konnte.

»Ich schätze, ob du mitkommst oder nicht, sollten wir Magnolia entscheiden lassen.« Danach drückte Magni einmal kurz und kräftig die Schulter seines Bruders. Nun lag es an mir. Großartig. Solche Entscheidungen traf ich natürlich ungemein gern.

»Du redest nicht mehr abwertend von uns Menschen?« Ich trat näher an Magni und Modi heran.

»Ich bemühe mich. Ob ich mein Verhalten allen Menschen gegenüber ablegen kann, weiß ich nicht. Aber dir gegenüber werde ich mich nicht mehr abwertend benehmen.«

»Hm. Du wolltest dich Odin widersetzen, indem du einen Ausweg gesucht hast, mit dem dein Großvater nicht rechnen konnte. Bedeutet das, du stellst öfter die Handlungen des Allvaters infrage?«

Er schaute mich verdutzt an. Seine Augen huschten kurz zu seinem Bruder, ehe sie wieder zurück zu mir wanderten. »Wie soll ich es sagen? Ich habe schon ein paar Dinge getan, die Odin nicht gefallen. Meistens handelte ich mir dadurch eine kleine Strafe ein, aber aufgehalten hat es mich nie.«

»Also schlummert in dir eine rebellische Ader? Anfangs meintest du auch, dass es klüger wäre, mich umzubringen, anstatt mich zu deinem Großvater zu bringen. Somit hättest du da auch entgegen Odins Wunsch gehandelt.«

»Es beunruhigt mich, wenn du Wörter sagst, die ich nicht kenne. Deine Kleidung war außerdem auch sehr ... gewagt und seltsam. Aber ja, Odin hätte es nicht gefallen, wenn er dich nicht hätte kennenlernen können.«

»Sie wird noch öfter Wörter sagen, die weder dir noch mir vertraut sind. Also stelle dich besser schon einmal darauf ein«, erwiderte Magni mit einem unscheinbaren Schmunzeln im Gesicht.

»Na, wenn das so ist, werde ich mich wohl damit abfinden müssen«, antwortete Modi und betrachtete mich erneut. Irgendwie hoffnungsvoll.

Alles hing von mir ab. Ob er mitdurfte oder nicht. Er wartete noch immer auf eine Antwort. Doch wenn Magni Modi mit seinem Leben vertraute, dann konnte ich es auch versuchen. Oder? Natürlich vertraute ich ihm nicht mit meinem Leben, so töricht war ich nicht, und ob ich es je tun würde, wusste ich auch nicht. Ehrlich gesagt war ich davon ganze Welten entfernt! Aber dass er einsah, einen Fehler gemacht zu haben, und er über sein Handeln nachdachte, ließ mich schließlich nicken. Das war schon viel mehr, als ich noch vor wenigen Minuten angenommen hatte.

»Na gut, begleite uns zu den Kindern Lokis. Aber wehe, du versuchst noch einmal, mich umzubringen oder andere unschuldige Menschen.« Drohend zeigte ich mit meinem Finger auf ihn und musterte ihn mit zusammengekniffenen Augen.

Ob es die richtige Entscheidung war, Modi mit auf die Reise zu nehmen? Wenn ich in Magnis Gesicht schaute, konnte ich so etwas wie Erleichterung erkennen. Ihm lag wirklich viel an seinem Bruder, das konnte ich sehen. Selbst jetzt, wo er einen Fehler begangen hatte.

Nun ja ... die beiden gab es anscheinend tatsächlich nur im Doppelpack.

22

SÜSSE QUAL

»**M**agnolia.« Magni wisperte meinen Namen dicht an meinem Ohr, sodass ich aus meinem kuriosen Traum erwachte, der mir den Schweiß aus allen Poren drückte. Ich blinzelte ein paarmal, konnte kaum etwas erkennen. Es war einfach zu finster in dem Raum über der Gaststätte. Lediglich eine Kerze brannte, die jedoch nicht viel Licht spendete. Es musste mitten in der Nacht sein und von draußen vernahm ich, dass es weiterhin regnete. Der typische Regengeruch lag mir in der Nase.

Magni kniete neben dem schmalen Bett, auf dem ich geschlafen hatte, und musterte mich kritisch. Meine Augen schauten direkt in einen dunklen Mondsee.

»Ich konnte das nicht länger mit ansehen. Entschuldige, dass ich dich wecken musste. Aber du hast so viel gejammert und geweint.«

Meine Hand fuhr von selbst zu meinen nassen Wangen, um mich zu überzeugen, doch ich wusste schon längst, dass er die Wahrheit sagte, denn ich konnte mich lebhaft an meinen Traum erinnern. Außerdem schmeckte ich das Salz an meinen Lippen.

»Ich habe von Greta geträumt. Und davon, dass du es nicht rechtzeitig zu mir geschafft hast«, murmelte ich in die

Stille hinein. Unglaublich, aber die Menschen hatten wohl tatsächlich irgendwann die Gaststätte verlassen. Als ich mich in das Bett gelegt hatte, war unten noch so einiges los gewesen.

»Und jetzt ist mein neues Kleid wieder verschwitzt. Ich habe also keine vierundzwanzig Stunden durchgehalten«, seufzte ich, als wäre das an mir klebende Leinenkleid mein einziges Problem.

»Ich habe vorhin dein getragenes Kleid von den Bediensteten der Taverne waschen lassen. Es trocknet unten neben dem Kamin, genauso wie meine Klamotten. In den Morgenstunden sollte also alles trocken sein.«

»Danke.« Ich lächelte schmal. Dann schaute ich mir Magni genauer an. Weil meine Augen sich langsam an die Dunkelheit gewöhnten, konnte ich endlich mehr als nur die Umrisse seines Körpers und seine wunderschönen Augen erkennen. »Was hast du da eigentlich an?« Die Belustigung in meiner Stimme wollte ich erst gar nicht verbergen.

»Der Wirt hat mir ein paar seiner Ersatzkleider geliehen.«

»Das ist kaum zu übersehen«, schmunzelte ich. Denn die Kleidungsstücke, die er nun am Körper trug, waren ihm um Welten zu klein. Durch seinen muskulösen Oberkörper und seine ohnehin schon beachtliche Körpergröße sprengte er das Oberteil beinah.

»Ich weiß«, brummte er. Aber auch Magni konnte nicht verhindern, dass er schmunzelte.

»Vielleicht solltest du das Hemd einfach ausziehen.« Sonderlich gemütlich stellte ich es mir nämlich nicht vor.

»Das wäre eine Möglichkeit. Vor allem, da ich weiß, wie gerne du mich dort berührst.«

Ein kleines Lächeln bildete sich um meine Lippen. Ein kurzes Gespräch mit Magni und schon war mein Traum in den Hintergrund gerückt. Er schaffte es, dass ich mich nach einem schrecklichen Albtraum besser fühlte. Dafür war ich ihm ehrlich dankbar.

Magni streifte sich tatsächlich das Leinenhemd über den Kopf und warf es neben sich auf den Holzboden. Ich beobachtete jeden seiner Handgriffe genau.

»Darf ich mich zu dir legen?«

Ich nickte. »Wenn du denn Platz findest.«

Kaum hatten diese Worte meinen Mund verlassen, legte sich Magni hinter mich, sodass er die kühle Holzwand an seinem nackten Rücken spüren musste. Das Bett war wirklich sehr, sehr schmal.

Mit einer Hand umfasste er meinen Unterleib und zog mich enger an sich, wobei mir ein überraschtes Quieken entkam. Mit der anderen Hand fuhr er durch meine Haare und massierte meine Kopfhaut. »Versuch weiterzuschlafen«, flüsterte Magni mit den Lippen neben meinem Haaransatz.

»Wenn du so weitermachst, bin ich wirklich gleich wieder weg«, nuschelte ich.

Ich merkte, wie ich dem Schlaf langsam immer näher kam, bis mir plötzlich eine Frage durch den Kopf schoss und ich meine Augen ruckartig öffnete. Ich scannte mit ihnen das Zimmer ab, konnte jedoch keine andere Gestalt erkennen.

»Wo ist Modi?«

Magni, der wohl angenommen hatte, dass ich schon schlief, und mit seinen Gedanken in einem fernen Land schien, zuckte von meiner lauten Stimme zusammen.

»Er wollte noch etwas erledigen.«

Augenrollend, weil er mich mittlerweile besser kennen musste, drehte ich meinen Körper in seine Richtung, wodurch wir nun Brust an Brust lagen. Als ich ihm ins Gesicht schaute, schluckte ich schwer. Wir waren uns so nah wie seit Tagen nicht mehr.

»Was, ähm, was erledigt er denn?«, fragte ich mit rauer Stimme. Meine Augen huschten von Magnis zu seinen Lippen und wieder zurück. Fragend musterte ich sein schönes Gesicht.

»Willst du es wirklich wissen?«

»Wenn du schon so fragst, dann ja, definitiv.«

Magni gab einen kehligen Laut von sich, der einem Lachen am nächsten kam. »Gullfaxi wartet am Waldrand auf ihn. Die beiden reiten zum Bauernhaus zurück. Modi möchte sehen, ob die Wikinger Wertgegenstände zurückgelassen haben. Außerdem will er die Familie unter einem Erdhügel, der ihre sitzenden Körper bedeckt – so wie es bei ihnen Brauch ist – begraben. Keine Sorge, Gullfaxi ist schnell. Spätestens bis zur Mittagssonne sind sie zurück.«

»Er begräbt sie?«, hauchte ich überrascht.

»Ihm tut es leid.«

»Das bringt sie nur leider nicht zurück«, sprach ich leise.

»Ich weiß. Und er weiß es auch.«

»Er wird diese Schuld ein Leben lang mit sich tragen.« Meine Augen schauten abermals zu seinen. »Bei einer Sache hatte Modi dennoch recht.«

»Bei welcher?«

Seufzend verfluchte ich mich, damit angefangen zu haben. »Wir kommen aus unterschiedlichen Zeiten, Magni. Wir haben keine Zukunft zusammen. Auch wenn du sagst, dass ich dir etwas bedeute. Glaub mir, umgekehrt ist es genauso, auch wenn wir uns noch nicht lange kennen, nur ... Es ändert nichts an der Tatsache, dass uns wirklich Welten trennen. Ich sagte zwar, es gibt für jedes Problem eine Lösung, aber hierfür fällt mir einfach keine ein.« Diese Worte laut auszusprechen schmerzte. Es tat unglaublich weh. Ganz, ganz tief in meinem Herzen splitterte etwas.

»Auch wenn du nicht bleiben kannst, weiß ich, dass ich mich als glücklichster Mann ganz Asgards schätzen kann. Denn es gibt nichts, womit ich deine Seele, die hier bei mir verweilen wollte, tauschen würde. Selbst wenn es nur von kurzer Dauer ist.«

»Oh Magni.« Von seinen Worten gerührt, knabberte ich leicht an meiner Unterlippe. Mit aller Kraft versuchte ich die Tränen zurückzuhalten. Wieso musste er auch plötzlich so schöne Sachen sagen?

»Sollte ich zu deiner Zeit noch leben, dann sei gewiss, dass ich dich finden werde.«

»Ich hoffe es sehr«, wisperte ich. »Ich würde so gerne bei dir bleiben, aber ...« Tränen stiegen mir in die Augen, die ich hastig wegblinzelte.

»Aber hier ist es nicht sicher«, beendete Magni meinen Satz. »Deine Zeit klingt friedlicher. Ich will auch nicht, dass du bleibst. Nicht, weil ich dich nicht will, verstehe mich nicht falsch. Glaub mir, ein großer Teil von mir kann sehr egoistisch sein und am liebsten möchte ich dich nicht gehen lassen, doch ich weiß, dass es ein Fehler wäre. Würde dir hier etwas passieren, könnte ich es mir nicht verzeihen. Du musst zurück. Zu deiner Sicherheit, und zu den Menschen, die dich lieben und die du liebst. Deine Familie, wie du tagsüber so schön gesagt hast.«

»Ich wohne in Österreich«, schoss es auf einmal aus mir heraus. Er musste Details kennen, wenn er mich wiedersehen wollte.

»Österreich. Davon habe ich noch nie gehört.«

»Wirst du, wenn du die vielen Zeiten überlebst«, murmelte ich. Dabei dachte ich daran, wie seltsam es war, dies laut auszusprechen. »Es war ein heißer Sommertag im Jahr 2024, als ich in der Vergangenheit landete.«

»2024. Das sind viele Jahre.«

»Ja. Sehr viele.«

»Viel zu viele«, flüsterte Magni und schaute dabei auf meine leicht geöffneten Lippen. Leise fügte er hinzu: »Keine Ahnung, wie ich so lange überstehen soll, aber um auf dich zu warten, lohnt es sich zu leben. Ich würde zwar auch anstelle deiner nach Helheim gehen, für dich kämpfen, doch allem voran werde ich für dich die Zeiten überleben, kleiner Schmetterling. Zumindest versuche ich es. Denn ich will dich wiedersehen, das weiß ich.«

»Ich will dich auch wiedersehen.« Dass nun eine einzelne Träne aus meinem Auge kullerte, konnte ich nicht mehr verhindern. Magni fing sie mit seinem Zeigefinger auf. »Vielleicht sollten wir auch einfach das Jetzt genießen«, hauchte ich dicht an seinem Mund.

Meinen Arm legte ich um seinen Nacken, rollte mich auf den Rücken und zog ihn gänzlich über mich. Seine Ellbogen befanden sich links und rechts neben meinem Körper. Er musterte mich forschend, bis er den nächsten Schritt machte und seine Lippen fordernd auf meine presste.

Mit einem Seufzen gab ich mich dem Kuss hin, ließ unsere

Lippen miteinander verschmelzen und fuhr mit meinen Händen seinen nackten Rücken auf und ab.

Ich wollte immer so geküsst werden. Bis an mein Lebensende. Ich hoffte so sehr, dass Magni und ich eine Zukunft hatten, doch jetzt wollte ich nicht an das denken, was noch vor uns lag. Was vielleicht niemals sein würde. Ich wollte einfach nur genießen – was wir hatten, was zwischen uns war und was ich durch unseren Kuss fühlte. Denn ich fühlte so viel. Da war Verlangen, Glück und ... Liebe. Gott ja, ich war nicht nur verknallt, ich war bis über beide Ohren verliebt in ihn.

Magni intensivierte den Kuss, indem er mit seiner Zunge meine Lippen teilte. Gleichzeitig entfachte ein Feuer auf meiner Haut, machte mich schwindelig und gefügig zur gleichen Zeit. Meine Fingernägel krallten sich in seine Haut, ich zog ihn ein Stückchen näher an mich heran. Magni entkam ein lustvolles Seufzen, was nur noch mehr Verlangen in mir auslöste. Ich wollte dieses Seufzen in ein Stöhnen verwandeln und küsste ihn energischer. Wilder. Leidenschaftlicher.

Seine Lippen lösten sich irgendwann von meinen und er setzte kleine Küsse an mein Kinn, meine Wangen und meine Nasenspitze.

»Du solltest wirklich etwas schlafen, kleiner Schmetterling.« Sein zartes Flüstern an meinem Mund ließ mich die Augen aufschlagen. Um seine Mundwinkel bildete sich ein ehrliches Lächeln, mit dem er mich eingehend studierte.

Schlafen? Jetzt? Meinte er das ernst?

»Vielleicht sollte ich das. Aber will ich das auch?« Meine Hände lagen um seinen Nacken, den ich nun wieder versuchte, näher zu meinem Körper zu dirigieren.

Magni lachte in sich hinein. »Ich will es genauso wenig, aber wenn wir hier nicht aufhören, weiß ich nicht, ob ich mich noch bremsen kann. Also, kleiner Schmetterling, versuche zu schlafen.«

»Nach diesem Kuss? Du verlangst Sachen von mir.« Schmunzelnd gab ich ihm einen letzten, raschen Kuss auf den

Mund. Aufzuhören, wenn es am schönsten war, glich einer süßen Qual.

»Gute Nacht, Magnolia.« Magni drückte mir einen federleichten Kuss auf die Stirn und strich meine Haare zur Seite, ehe er sich abermals neben mich legte. Ich bettete meinen Kopf auf seinen Brustkorb, um einem der schönsten Geräusche zu lauschen, das es für mich gab. Seinem Herzschlag.

»Gute Nacht, Magni.«

Unsere Finger gingen zeitgleich auf Wanderschaft, und als sie sich fanden, verwoben wir sie miteinander. Sein gleichmäßiger Herzschlag lullte mich irgendwann so weit ein, dass ich tatsächlich die Augen schloss und einschlief.

Meine Gedanken, vielen Probleme und gereihten Prioritäten drangen ganz weit in den Hintergrund. Wenn er bei mir war, fühlten sich meine Sorgen klein an. Nicht so groß, wie sie eigentlich waren. Nicht so schwerwiegend und unüberwindbar. Während ich auf seiner Brust einschlief, seinem Herzschlag lauschte und seinen Worten glaubte, schien alles lösbar. Musste es sein. So hoffte ich zumindest. Sehr.

Als ich das nächste Mal die Augen aufschlug, drangen Sonnenstrahlen durch das kleine Fenster in das Zimmer. Ich warf einen Blick zu genau diesem und erkannte, dass der Regen ein Ende genommen hatte.

»Magni?«, fragte ich schlaftrunken in den leeren Raum hinein, doch ich konnte meinen Halb-Riesen nicht entdecken. Vermutlich war er unten und holte unsere gewaschene Kleidung nach oben.

Weil mich dieser Gedanke beruhigte und mir sicher war, dass mich Magni nicht lange allein lassen würde, ging ich zum kleinen Fenster hinüber, kniete mich davor und schaute hinaus.

Mit dem Bild, das sich mir zeigte, hatte ich allerdings nicht gerechnet. Eigentlich war es ein unspektakuläres Ereignis, denn ich hatte Sonnenaufgänge schon mindestens hunderte Male gesehen. Doch das hier, das war weit mehr als nur ein

Sonnenaufgang. Der große, weite Ozean war in blau-rote Farbe getränkt und die bunt gefärbten Wolken wurden von unten von der Sonne angestrahlt. Die Wasseroberfläche glitzerte und brachte mich zum Lächeln. Ich konnte die Wellen rauschen hören, roch die salzige Luft, Menschen sprachen miteinander und ich sah ein paar Männer, die Fische fangen wollten.

So schön der Sonnenaufgang auch war, ich drückte mich vom Fenster weg, stand wieder auf und schaute mich im Zimmer um. Magni hatte mir keine Nachricht hinterlassen.

Meine Beine bewegten sich von selbst zur Tür, die ich so leise wie möglich öffnete, doch sie knarrte noch immer ohrenbetäubend laut.

»Habt ihr frisches Brot?« Das war die Stimme meines Halb-Riesen, eindeutig.

Augenrollend schlich sich ein kleines Lächeln auf mein Gesicht, weil er schon wieder so harsch mit dem Wirt sprach, der ihm soeben antwortete, dass er welches hätte. Aber das war wohl einfach seine Art. Das war Magni.

Ich zog mich in das Zimmer zurück, versuchte meine Haare mithilfe meiner Fingernägel einigermaßen zu kämmen und anschließend zu richten. Eigentlich sehnte ich mir einen Spiegel herbei, aber ob es so eine gute Idee wäre, mein Spiegelbild zu betrachten? Hoffentlich fiel ich dann nicht sofort in Ohnmacht.

Über diesen Gedanken schmunzelnd, schweiften sie zu der letzten Nacht ab. Wir hatten uns erneut geküsst und Magni hatte einige Worte gesagt, die mein Herz hüpfen ließen.

Ob wir eine Zukunft miteinander hatten? Ich wusste es nicht, ehrlich. Aber ich hoffte es so sehr. Nicht einmal für meinen Ex-Freund hatte ich so empfunden, wie ich es für Magni tat.

Es dauerte nicht lange, dann hörte ich Schritte vor der Tür. Magni lächelte fröhlich, als er mich neben dem Fenster entdeckte, aus dem ich ein weiteres Mal geschaut hatte.

»Guten Morgen, kleiner Schmetterling. Ich habe getrocknete Früchte und frisches Brot besorgt.«

Getrocknete Früchte? Hatte er eine Ahnung, wie sehr mir

bei dieser Erwähnung das Wasser im Mund zusammenlief? Außerdem war ich furchtbar hungrig, weshalb ich ihm grinsend näher kam und ihn mit einer stürmischen Umarmung begrüßte. Für einen Wimpernschlag schien er überrumpelt, denn er hätte beinah mein Frühstück fallen gelassen, jedoch lachte er gleich darauf beherzt auf und drückte mir einen zärtlichen Kuss auf die Stirn.

»Guten Morgen, Magni«, flüsterte ich mit geschlossenen Augen und genoss einfach diesen Moment der Zweisamkeit. Ich sog seinen Duft ein, der mich heute an einen kühlen Tag im Wald erinnerte.

»In diesem Dorf gibt es einen hervorragenden Schmied, den ich gerne für ein neues Schwert beauftragen würde«, füllte Magni die Stille zwischen uns. »Denkst du ... hm ... Also würdest du vielleicht eine Nacht länger ... hierbleiben wollen?«

Magni stammelte nie, aber, dass er es jetzt tat, ließ mich schmunzeln. Unsere Blicke trafen aufeinander, als ich zu ihm aufschaute. »Meinetwegen.« Ich hob den Finger. »Ich möchte nur nicht allein herumlaufen müssen und die Gaststätte da unten«, nun deutete ich mit beiden Zeigefingern auf den Holzboden, »werde ich ebenso wenig besuchen. Ehrlich gesagt bin ich neugierig, wie die Menschen hier im Dorf leben. Ängstlich auch. Keine Ahnung. Es ist alles so fremd, obwohl es gerade meine Realität ist.«

»Das kann ich nachvollziehen.« Er machte eine kurze Pause. »Ich lasse dich nicht allein herumirren, darüber musst du dir keine Gedanken machen. Modi hat uns außerdem auch etwas versprochen. Einer von uns wird demnach immer in deiner Nähe sein.«

»Danke.« Ich schenkte ihm ein Lächeln, das er sanft erwiderte. »Jetzt würde ich mich aber glatt neben Gullfaxi setzen und Gras essen, so hungrig bin ich«, lenkte ich das Gespräch auf mein Frühstück zurück.

Magni lachte auf. »Zum Glück musst du das nicht.«

»Zum Glück.« Breit grinsend wollte ich nach der hölzernen Schale mit den getrockneten Früchten greifen, die er schon die ganze Zeit in seiner Hand hielt, allerdings zog er sie im letzten Moment nach hinten. »He«, gluckste ich.

»Hol sie dir.« Magni streckte die Hand weit nach oben und bedachte mich mit einem kecken Ausdruck im Gesicht.

»Fiesling«, zischte ich und wollte beleidigt klingen, konnte mein Lächeln aber lediglich für mickrige zwei Sekunden verbergen. Ich versuchte mithilfe verschiedenster Verrenkungen an die Schale zu kommen, jedoch ohne Erfolg.

Danach war es um mich geschehen. Es artete total aus. Ich prustete los und selbst Magni konnte sich nicht mehr halten. Lachtränen liefen über meine Wangen. Meine Gesichtsmuskulatur, ebenso wie meine Bauchmuskeln, schmerzten schon. Wir lachten uns sprichwörtlich krumm und schief, hielten unsere Bäuche.

»Mist, jetzt habe ich Bauchweh vom Lachen und weil ich hungrig bin«, schmollte ich gespielt und wischte mir dabei eine Träne aus dem Augenwinkel.

»Du hast Glück.«

»Ach, schon wieder?«

»Ja, du hast Glück«, wiederholte er. »Ich habe nämlich Mitleid mit dir. Für dich.« Magni überreichte mir die Schale mit den Früchten und verbeugte sich dabei tief, als würde er für eine Rolle als Butler vorspielen.

»Oh, welch Glück«, feixte ich. Rasch schnappte ich mir die Holzschüssel und presste sie gegen meinen Brustkorb. Wir schauten uns in die Augen und ... lachten uns zum wiederholten Mal kringelig.

Allerdings lachte ich selbst dann noch, als Magni längst aufgehört hatte. Es brach einfach aus mir heraus, ließ sich nicht mehr stoppen. Irgendwann änderte sich die Stimmung, wurde hysterisch. Ich lachte, obwohl ich eigentlich gar nichts mehr lustig fand, schluchzte schließlich auf. Schien draußen die Sonne, verdunkelten sich in diesem Zimmer die Wände. Eine unbekannte Enge erdrückte mich.

Tränen liefen unaufhaltsam über meine Wangen. Ich nahm kaum wahr, dass Magni mir die Schale aus den Händen nahm, spürte aber seinen warmen Körper an meinem, fühlte seine starken Arme. Er führte mich aus meinem hysterischen Lachanfall raus, indem er mich hielt, mir sanft Worte ins Ohr flüsterte, die mein Gehirn gerade nicht verstand. Ich wimmerte seinen Namen und zitterte am ganzen Körper.

»Kleiner Schmetterling«, murmelte er. »Ich bin bei dir.« Schniefend presste ich mein Gesicht fester gegen seinen Oberkörper. Ich wünschte mir, die Bilder würden aus meinem Gedächtnis verschwinden, nur ließen mich Odd, seine Familie und Greta nicht so schnell los.

»Ich kann sie hören«, flüsterte ich tränenerstickt.

»Wen?«

Ich atmete in hörbaren Zügen ein und aus. Meine Schultern bebten, wollten einfach nicht zur Ruhe kommen. Magnis Frage blieb lange unbeantwortet. Er ließ mich die gesamte Zeit über nicht los, zog mich sogar noch etwas näher an sich ran.

»Wen kannst du hören, kleiner Schmetterling?«, ließ er nicht locker. Dabei streichelte er behutsam über meinen Hinterkopf, als wäre ich ein kleines Kind, das getröstet werden musste, weil es sich das Knie aufgeschlagen hatte. Dabei war ich achtzehn! Ich war schon lange kein Kleinkind mehr, aber im Moment wünschte ich mir, meine Mama würde mich trösten, weil ich beim Fahrradfahren gestürzt war. Doch sie war nicht hier. Stattdessen war Magni hier und strich mir immer und immer wieder über meine Haare. So lange, bis ich mich beruhigte, meine Atemzüge in regelmäßigen Abständen kamen und ich schließlich langsam den Kopf hob, um ihn anzuschauen.

»Danke«, flüsterte ich und stieß einen langen Seufzer aus. »Ich habe Greta und die anderen Ziegen gehört. Die Schreie. Ihre Angst. Ich ...« Ich schüttelte den Kopf. »Keine Ahnung, wieso das alles plötzlich auf mich eingeprasselt ist.«

»Alle Emotionen müssen irgendwann raus.« Sanft strich er mir eine Haarsträhne hinters Ohr. »Tränen können helfen, Gefühle zu beschreiben, wenn Worte fehlen.« Seine Augen musterten mich besorgt. Mit seinem Daumen fuhr er eine

Tränenspur entlang, um sie wegzuwischen. »Komm, setzen wir uns.«

Magni dirigierte mich zum Bett. Nachdem wir uns in eine gemütliche Position gebracht hatten, zauberte er von irgendwo die Schale mit den Früchten her. Er stellte sie direkt neben mich, hielt mich aber die ganze Zeit weiter. Wir saßen lange so da, mein Zeitgefühl hatte sich verabschiedet. Aber das machte nichts, denn ich genoss seine Nähe, seine schützenden Arme und dass er für mich da war, mir zuhörte und mich weinen ließ.

Im Flur konnten wir gegen die Mittagszeit Schritte hören, die sich schnell näherten. Das Fauchen einer Wildkatze war nichts gegen diese Holztür. Vor Schreck wäre mir fast das getrocknete Apfelstück auf den Boden gefallen, das ich gerade essen wollte.

»Was soll das denn?«, wollte Magni mit zusammengekniffenen Augenbrauen wissen, als er seinen Bruder mit dem rabenschwarzen Hund der Bauernfamilie in den Raum treten sah.

Auch ich konnte nicht leugnen, dass ich vom Anblick des Hundes, der einem Wolf tatsächlich sehr ähnlich sah, irritiert war. Wieso hatte Modi ihn mitgebracht?

»Dir auch einen schönen Tag«, murmelte Modi in seinen Bart, als er die knarrende Tür hinter sich schloss.

»Wieso hast du den Hund mitgenommen?«, wollte Magni erneut wissen, ohne seinen Bruder richtig zu begrüßen.

»Ich habe gesehen, wie er an dem Fleisch der toten ...« Sein Blick wanderte kurz zu mir. »Ähm, Ziegen gefressen hat. Dann dachte ich, dass es besser wäre, wenn ich ihn mitnehme. Vielleicht freut sich das Mädchen über den Hund. Schließlich haben sie gemeinsam unter einem Dach gelebt.«

»Er hat die Ziegen gefressen?« Schlagartig musste ich wieder an Greta denken und daran, was die Ziegen für eine große Hilfe gewesen waren. Sie waren unter anderem ein Grund, wieso Ingrid und ich noch lebten. Wären sie nicht aus der Hütte gesprungen, säße ich vermutlich heute nicht in diesem Zimmer.

Magnis Hand befand sich plötzlich in meiner. Sanft drückte er zu, streichelte mit seinem Daumen über meinen Handrücken, um mir zu signalisieren, dass er da war.

»Greta war keine von ihnen«, sprach Modi mich direkt an. »Ich habe die Tiere gemeinsam mit den Menschen begraben. Wertgegenstände habe ich leider keine mehr gefunden«, schloss Modi und schaute bei seinem letzten gesprochenen Satz seinen Bruder an.

Der Hund legte sich derweil neben einen Stuhl auf den Boden und war sichtlich froh darüber, eine Pause einlegen zu können. Er hatte uns nicht einmal beschnuppert oder gar Interesse an uns gezeigt. Wenn ich mir den Hund genauer ansah, konnte ich graue Härchen rund um sein Maul erkennen. Vielleicht fiel er auch nicht mehr in die Sparte der Jünglinge, sondern gehörte bereits zum älteren Semester.

»Gehen wir raus?«, fragte ich die beiden. »Du willst zu einem Schmied und den Hund sollten wir vielleicht auch früher als später zu Ingrid bringen.«

Keine Ahnung, wie wir auf den absurden Gedanken gekommen waren, dass es eine gute Idee wäre, wenn Magni die Schmiede aufsuchte, während Modi und ich den Hund zu seiner rechtmäßigen Besitzerin brachten. Wir hatten die Taverne seit ein paar Minuten hinter uns gelassen und befanden uns inmitten sehr vieler Menschen, die ihre Hütten dem Anschein nach heute lieber verließen als bei Starkregen.

»Ihr kommt miteinander klar, oder? Wenn ich zurückkomme, finde ich euch nicht in Einzelteilen vor?« Magni betrachtete Modi und mich eindringlich, fast schon flehend. »Vielleicht sollten wir besser alles zusammen erledigen«, murmelte er noch.

»Was denkst du denn von mir? Als ob ich eine Bitte von dir noch nie ernst genommen hätte«, vernichtete Modi die Bedenken seines Bruders.

»Vielleicht sind wir sogar die besten Freunde, wenn du wiederkommst«, scherzte ich, worauf Modi sogar mit einstieg.

»Du wirst staunen, weil wir uns plötzlich gegenseitig Zöpfe flechten.«

Über diesen unsinnigen Gedanken musste ich schmunzeln. Mhm, wir wurden bestimmt beste Freunde, die sich die Haare machten. Nichts lag je ferner.

»Oder wir sitzen bis spät in die Nacht bei Ingrids Tante und erzählen uns Geheimnisse, während wir uns betrinken«, fügte Modi hinzu. »Bruder, du hast nichts zu befürchten. Wir kommen schon miteinander aus. Außerdem bist du nicht lange weg.«

»Gut, dann ...« Magni schaute mir noch einmal intensiv in die Augen, als wollte er sich zum hundertsten Mal versichern, dass es wirklich okay war. Ich nickte leicht, lächelte ihn an. »Dann bis später.«

»Bis später«, murmelte ich gegen seine Lippen, die gleich darauf meine in Besitz nahmen. All die Menschen um uns herum blendete ich aus, es existierten nur Magni und ich. Zumindest für diesen einen kleinen Augenblick in der Unendlichkeit des Universums.

23

ABRAKADABRA

»Ich lasse dich nicht noch mal beinah sterben. Also komm, wir haben einen Hund zurückzugeben«, drängte Modi, nachdem ich mich schon seit bestimmt einer halben Minute nicht vom Fleck bewegt hatte und weiterhin in die Richtung schaute, in der Magni verschwunden war.

»In Ordnung.« Ich ächzte auf, als ich mich in Bewegung setzte, folgte Modi und dem schwarzen Riesenhund tiefer in das Dorf hinein. »Was heißt überhaupt, du lässt mich nicht noch mal beinah sterben? Was soll das *beinah* in dem Satz bedeuten?«

»Ihr Frauen zerlegt echt alles, was ein Mann jemals gesagt hat, oder?« Modi seufzte theatralisch auf. »Eigentlich wollte ich damit nur sagen, dass ich dich beschützen werde.«

»Dann sag das gleich«, nuschelte ich. Der Satz hätte meiner Auffassung nach nämlich ebenso bedeuten können, dass er mich nicht *beinah*, aber dafür *ganz* sterben lassen würde. Zuzutrauen wäre es ihm. Obwohl ich Magnis Gefühl vertrauen wollte, dass seinem Bruder zu trauen war.

»Dieser Dreck von diesen armseligen Menschen ...«, brummte Modi in sich hinein, als wir durch die

Schlammpfützen, die sich während des Regens gebildet hatten, stapften. Dieser Mann nörgelte ehrlich zu viel!

»Reich zu sein und nur eine glanzvolle Umgebung zu kennen ist nicht alles. Ich will gar nicht wissen, durch welche schmutzigen Taten ihr Asen so vermögend geworden seid. Weißt du, wenn ihr euch immer so viel beschwert, dann helft den Menschen doch. So viel Gold, wie in Asgard zu sehen ist, tut eurem Verstand nicht gut.«

Modi schüttelte genervt den Kopf. »*Du* hast den Verstand verloren, unserem geht es prächtig. Wir sollen den Menschen helfen? Was nutzt es uns?«

Ich schnaubte. »Was es euch nutzt? Gibt es bei euch nur ein Nehmen, statt Geben? Macht es euch nicht glücklich, das Glänzen in Kinderaugen zu sehen, wenn ihr ihnen eine Freude bereitet? Einfach so, ohne Hintergedanken. Fühlt ihr euch nicht großartig, wenn ihr einem Menschen geholfen habt, der offensichtlich Hilfe brauchte, aber niemals gefragt hätte? Denkst du wirklich, wir Menschen unterscheiden uns so stark von euch Asen? Ich habe Haare auf dem Kopf, das ist meine Haut und was hast du?« Ich tippte ihm auf die freigelegte Stelle seines Unterarms. Modi blieb stehen und ließ seine Augen abschätzig über meinen Körper wandern.

»Vergleiche uns bloß nicht.«

»Nicht? Weil wir nur mickrige Menschen sind und ihr hochgelobte, fantastische Asen, denen wir den goldenen Asenpopo abwischen sollen? Verstehe ich das richtig?«

»Stelle meine Geduld besser nicht auf die Probe. Du bist furchtbar anstrengend. Ich hätte das mit Magni genauer besprechen müssen«, presste er hervor.

»Ich bin anstrengend? Weißt du, wie oft ich dieses Wort aus dem Mund eines Asen gehört habe? Es geht mir auf die Eierstöcke«, murrte ich. »Wieso bin ich eigentlich so anstrengend? Weil ich ein Mensch bin? Oder eine Frau mit einer eigenen Meinung? Oder, weil ich beides bin?«

»Dieses Gespräch wird keine Fortsetzung haben. Wir bringen den Köter jetzt zurück!«

»Wieso verbietest du mir den Mund? Bei dir werde ich

ganz sicher nicht meine Klappe halten. Wir beide haben eine andere Auffassung, was das Wort *anstrengend* betrifft. Denn du bist es definitiv für mich.«

»Ich bin anstrengend?« Modi lachte auf. Er funkelte mich an. »Weißt du, was noch zwischen uns steht? Kein Vertrauen. Du bist eine Völva, nur deine Absichten kenne ich nicht.«

»Ich soll eine Hexe sein? Aber klar doch, ich sage nur *Abrakadabra* und plötzlich schießt ein Vulkan vor meiner Nase in die Höhe. Oder ich schwinge den Zauberstab, murmle *Wingardium Leviosa* und auf einmal schwebst du vor mir in der Luft. Ist so was von klar.«

»Du zweifelst also wirklich daran, dass du eine Völva bist? Und dann nennst du *meinen* Verstand nicht gut?«

»Dann erkläre mir mal, wieso ich deiner Meinung nach eine Hexe sein soll.« Auffordernd hob ich die Augenbrauen.

»Nicht nur, dass du Magnis komplette Gedankenwelt beeinflusst, sondern es hat schon damit angefangen, dass du überhaupt aus der Zukunft kommst. Du sagst Wörter, die mir unklar sind, und hast Kleidung getragen, die fremder nicht hätte sein können. Deine Fingernägel sahen seltsam aus und du sprichst in einem seltsamen Dialekt.«

»Das ist alles? Das mit dem Dialekt war mir nicht klar, aber die anderen Unklarheiten kann ich aus der Welt schaffen. Eine Wunderlampe aus dem Orient ist dafür verantwortlich, dass ich hier gelandet bin.« In Kurzfassung schilderte ich Modi also, wieso ich im Frühmittelalter festsaß.

»Das ändert meine Meinung nicht. Diese Wunderlampe war doch nur ein magischer Gegenstand, der einer Herrin der Zauberkunst einen Wunsch erfüllt hat. Es hätte genauso gut eine magische Blume sein können. Alles, wo Magie hindurchfließt, ist für eine Völva von Bedeutung. Würden wir hier in Midgard eine Völva aufsuchen, könntest du einige solcher Gegenstände sehen. Wenn du einen davon in deine Hände nimmst und einen Wunsch äußerst, kannst du erkennen, dass ich richtigliege. Würdest du es tun?«

»Du bist noch immer überzeugt.« Ich schüttelte den Kopf. *Eine Hexe? Pah, die gibt es nicht.* Doch auch meine

Gegenargumente bröckelten. Was, wenn er recht hatte? Aber wieso war mir das dann nicht schon früher aufgefallen? Andererseits, wie viele solcher magischen Gegenstände hatte ich schon einmal in den Händen gehalten? Ich erinnerte mich an die Worte meiner Tante Heidrun zurück. *Anscheinend soll man in ihrer Umgebung mit seinen Wünschen sehr sorgsam umgehen. Auch wenn die Wunderlampe nicht jedem Besitzer seine Wünsche erfüllt. Wie man hört, ist sie sehr wählerisch.*

Wusste meine Tante etwas, das ich nicht wusste? Oder hatte sie diese Worte tatsächlich nur aufgeschnappt und nachgeplappert? Jedenfalls bewirkten meine wirren Gedanken, dass ich mich unrund fühlte, was andererseits auch an den Ereignissen der letzten Tage liegen konnte.

Sollte Modi mit seiner Annahme recht haben, was bedeutete das dann für mich? Wusste der Götterallvater davon? Könnte ich einfach mithilfe eines magischen Gegenstandes zurück in meine Zeit? Ahnte Magni etwas?

»Du denkst zu laut«, stöhnte Modi. »In diesem Dorf gibt es keine Völva, aber ich werde eine finden und dann machen wir den Test. Wie stehst du dazu?«

»In Ordnung«, hörte ich mich antworten. Ehrlicherweise wollte ich es nämlich auch wissen.

»Jetzt bringen wir aber endlich das Wolfsvieh weg, oder? Eine Nacht mit Hundegestank im Zimmer halte ich nämlich nicht aus.«

Augenrollend und mit tausenden unterschiedlichen Fragen im Kopf, folgte ich ihm. Schon bevor wir Ingrid und die Hütte ihrer Tante erreichten, wusste ich, dass wir bald bei unserem Ziel ankommen würden. Der große Hund schien nämlich mit einem Mal viel aufgeweckter, streckte die Nase in die Höhe und schnüffelte ganz aufgeregt.

Modi blieb unvermittelt stehen, sodass ich gegen seine ausgestreckte Hand krachte.

»Was soll das?«, stieß ich aus, als er keine Anstalten machte, mich weitergehen zu lassen.

Wir standen hinter einer offenen Hütte, die wohl als Schmiede oder dergleichen verwendet wurde. Zumindest schoss mir das Bild einer Wikingerschmiede in den Kopf, wenn ich mir das Equipment so ansah. Momentan arbeitete niemand darin, doch in meinen Ohren hallte der Klang eines Ambosses, der auf ein Stück Eisen traf, wider.

Jetzt konzentrierte ich mich aber lediglich auf Modi, der mir mal wieder gehörig auf den Geist ging. Wieso antwortete er mir nicht? Und warum hinderte er mich am Weitergehen? Augenrollend packte ich seinen muskulösen Unterarm und wollte ihn nach unten drücken, aber Modi stemmte sich dagegen und sah mich an.

»Der Hund und das Mädchen werden sich selbst finden. Wir müssen uns ihnen nicht zeigen. Schau doch«, wies er mich an.

Ich blickte durch einen Spalt zwischen den Hölzern der Schmiede. Tatsächlich, ich sah den schwarzen Hund und wie aus dem Nichts tauchte Ingrid auf, als hätte der Hund ihren Namen gerufen. Sie lief auf ihn zu. Trotz seines vermutlich hohen Alters, sprintete der Hund dem jungen Mädchen entgegen.

»Tauno!« Mit einem Lächeln im Gesicht kniete sich Ingrid auf den schlammigen Boden und wurde sofort mit einem zungenbetonten Kuss begrüßt. So voller Leben kannte ich den Hund gar nicht. »Oh, Tauno.« Ihre Stimme wurde leiser, sie krallte sich an seinem langen Fell fest.

Gerührt von dieser Wiedervereinigung und der Tatsache, dass Tauno und Ingrid die einzigen überlebenden Familienmitglieder des Wikingerüberfalls waren, trübten Tränen meine Sicht. Am liebsten wollte ich Ingrid in die Arme schließen, aber vielleicht hatte Modi recht. Vielleicht war es besser, wenn wir auf Abstand blieben.

»Lass uns zur Taverne zurückgehen«, flüsterte Modi.

Ich nickte knapp und so führten wir unseren nachmittäglichen Spaziergang durch das Dorf fort. Magni würden wir im Zimmer wiedersehen.

Ich schaute einer Frau dabei zu, wie sie zwei Wassertröge schleppte, die allem Anschein nach alles andere als leicht waren. Einige Kinder lachten und quietschten erfreut auf. Als ich zu ihnen hinübersah, erkannte ich, dass sie mit Holzschwertern gegeneinander kämpften. Es waren zwei Buben, die sichtlich glücklich aussahen.

»Yorick! Vito! Das Nattmal ist fertig!«, rief auf einmal eine Frauenstimme, zu der sich beide Jungen umdrehten. »Wer kämpft, muss auch essen!«

Das ließen sie sich nicht zweimal sagen und liefen auf ihre Hütte zu, wo die Mutter, so vermutete ich, wartete.

Modi und ich gingen weiter und ich wusste, dass der Weg bis zur Taverne nicht mehr weit war. Ich konnte die größere Hütte schon von Weitem erkennen.

»Hoffentlich braucht Magni nicht mehr lange«, sprach Modi, nachdem wir in unserem Zimmer angekommen waren, und übertönte die lauten Mäuler, die im *Dreckloch* unter uns wieder einen Met nach dem anderen runterkippten. Er setzte sich auf sein Bett, zog einen kleinen Dolch aus seiner Tasche, ebenso wie ein Stück Holz.

»Was machst du da?«, fragte ich, während ich zu ihm schielte. Meine Augen gewöhnten sich immer mehr an die Dunkelheit in diesem Raum.

»Schnitzen.«

Modis knappe Antwort ließ mich lediglich seufzen. Eine Weile sagte niemand mehr etwas, was auch der Grund war, wieso ich mich hinlegte. Das gleichmäßige Geräusch der Schnitzerei begleitete mich irgendwann in den Schlaf, obwohl ich auf Magnis Rückkehr hatte warten wollen.

»Magnolia«, wisperte eine vertraute Stimme neben meinem Ohr. Blinzelnd öffnete ich die Augen. Die Finsternis der Nacht hatte den Tag noch nicht vollständig verschlungen, weshalb ich annahm, dass ich für mindestens zwei Stunden eingenickt war.

»Oh, Gott sei Dank bist du wieder da!«

»Eher *den Göttern sei Dank*, nicht? Obwohl mir ja *Magni sei Dank* besser gefallen würde.« Ich spürte sein Grinsen an meiner Wange.

Lachend sog ich seinen betörenden Duft ein und drückte

meinen Körper enger an seinen. »Ja, Magni sei Dank«, hauchte ich und blendete Modi komplett aus.

Ich presste meinen Oberkörper enger an seinen. Meine Arme lagen um seinen Nacken. Magni hockte weiterhin neben dem Bett, auf dem ich vor einigen Sekunden aufgewacht war.

Dann küsste er mich. Oh ja, und *wie* er mich küsste! Gierig. Ausgehungert. Voller Verlangen. Alles gleichzeitig. Seine Lippen teilten meine. Als ich seine Zunge spürte, entkam mir ein wohliges Seufzen. Sein einzigartiger Duft nebelte mich vollkommen ein. Zwischen meinen Beinen kribbelte es, meine Brustwarzen wurden hart. Verdammt, eigentlich wollte ich Magni im Moment komplett nackt über mir haben.

»Können wir die Vereinbarung treffen, dass, wenn ich mit im Zimmer bin, keine kleinen Magnis gezeugt werden?« Modis Stimme drang dumpf in meinen Verstand. Gerade verfluchte ich ihn mehr denn je. Aus meinem Wunsch wurde dann wohl nichts ...

Langsam lösten wir uns voneinander, schauten uns allerdings weiterhin voller Begierde in die Augen. Magnis Pupillen waren geweitet, in ihnen spiegelte sich pure Leidenschaft. Ich ließ meine Augen weiter zu seinem Kinn wandern, danach zu seinem Hals. Wieso war mir das Muttermal unter seinem Ohr noch nie aufgefallen? Es machte seinen Körper so vollkommen, wie die Narbe im Gesicht. Am liebsten wollte ich ihn weiter küssen, doch Modis Stimme ließ mich innerlich genervt seufzen.

»Nur wenn es geht, natürlich«, fügte er hinzu.

Nein, eigentlich geht es nicht!

Als Magni und ich zeitgleich unsere Köpfe in Modis Richtung drehten, grinste uns dieser frech an.

»Du hättest auch einfach aus dem Zimmer abhauen können«, äußerte Magni, bevor er aufstand und mir somit jegliche Hoffnung raubte, ihn noch einmal fest an mich zu ziehen.

»Hätte ich, das ist wahr. Aber ich habe schon den ganzen Tag über das Gefühl, beobachtet zu werden. Ich denke, wir sollten nicht mehr allzu lange in dem Dorf verweilen.«

»Beobachtet zu werden?«, plapperte mein Halb-Riese nach. »Wie meinst du das? Kannst du das Gefühl genauer beschreiben?«

»Nicht wirklich. Aber alles in mir schreit danach, dass ich entweder fliehen oder kämpfen soll.«

»Hm«, brummte Magni. »Jetzt auch?«

»Nein. Jetzt gerade nicht.«

»Ungefähr so hat es sich für mich angefühlt, bevor wir zu Halvar sind.«

»Dem Dvergr?«

»Ja.«

»Er war sicher erleichtert, dass ich nicht dabei war.« Modi lachte auf.

»Das war er.«

Modi rollte mit den Augen. »Nun denn. Wir sollten morgen weiter, denke ich«, lenkte er das Gespräch wieder in die eigentliche Richtung. Dass sich Modi beobachtet fühlte, löste in mir ein mulmiges Gefühl aus.

»Kann es sein, dass es sich dabei um Odin handelt?«, fragte ich. »Schließlich meinte er ja, dass er wissen wird, wenn ich die Aufgaben erfülle.«

»Nein. Weder er noch seine beiden Raben Hugin und Munin sind es. Dieses Gefühl kennen wir. Das hier ist etwas anderes«, antwortete mir Magni und schaute nachdenklich zur Tür.

Als ich nach einer langen Nacht, weil ich andauernd an Ingrids alte und *neue* Familie hatte denken müssen, erwachte, schien die Sonne schon. Modi hockte vor dem kleinen Fenster und schaute hinaus.

»Guten Morgen«, murmelte ich halb schlafend.

»Ich dachte schon, du verschläfst den ganzen Tag«, antwortete Modi, ohne den Blick von draußen abzuwenden. »Magni besorgt dir dein Kleid. Er ist gleich wieder da.«

Ich setzte mich aufrecht hin, bedauerte wieder einmal, dass ich weder eine Zahnbürste noch einen Spiegel oder einen

Haarkamm bei mir hatte. Aber dann versuchte ich diese Gedanken schnell beiseitezuschieben, denn ändern konnte ich an dieser Situation momentan sowieso nichts. Genauso wenig wie an meinem derzeitigen Zimmergenossen, den ich am liebsten wütend angeschrien hätte. Wieso war er bloß immer so ein Strohkopf? Ich atmete bewusst durch die Nase ein und durch den Mund wieder aus. So hatte ich das Gefühl, ruhiger zu werden, und konnte Magnis Bruder gelassener entgegentreten.

Meine Augen huschten weiter zu Modis Bett. Auf dem Laken lag das Stück Holz, das er gestern bearbeitet hatte. Da ich neugierig war, stand ich auf und schaute mir seine Schnitzerei genauer an.

»Das ist wunderschön«, brachte ich hervor, als ich einen handgeschnitzten Drachenkopf erkannte. »Es erinnert mich an die Drachenköpfe, die oft an den Schiffen angebracht sind. Wieso ist das eigentlich so?«

»Was meinst du?« Nun drehte er seinen Oberkörper in meine Richtung. »Die Drachenköpfe?«

»Ja. Wieso kein Wolf? Ein anderes Tier? Oder einfach nichts?«

Modi zog eine Augenbraue nach oben, schüttelte leicht den Kopf. »Du weißt wirklich wenig über uns und unsere Zeit.«

»Deshalb frage ich ja nach.«

Er seufzte gelangweilt auf. »An der Vorderseite eines Wikingerschiffes befindet sich der Kopf des Drachen, an der Rückseite der Schwanz. Die Menschen wollen damit böse Geister oder Feinde verschrecken. Das gelingt ihnen sogar ganz gut. Die meisten Feinde der Wikinger haben Angst vor ihnen. Die Menschen reden gern und es verbreiten sich viele Gerüchte.«

»Das wusste ich nicht. Danke, dass du es mir erzählt hast. Siehst du, jetzt muss ich nicht mehr nachfragen.«

»Hast du Hunger?«, wechselte Modi das Thema, aber nicht, ohne zuvor genervt geschnaubt zu haben. »Magni meinte vorhin, dass du sicher hungrig sein wirst und wir uns dann im Dorf etwas besorgen werden.«

Bevor ich zu einer Antwort ansetzen konnte, wurde die grauenvoll klingende Tür geöffnet, die ich im Schlaf zum Glück nicht wahrgenommen hatte. Magni trat mit einem Lächeln um die Lippen ein. Er kam direkt auf mich zu und legte seine starken Arme um meine Mitte.

»Guten Morgen, kleiner Schmetterling«, wünschte er mir, genau wie gestern schon. Ich liebte es, wenn er diesen Kosenamen verwendete.

Nachdem ich ihn ausgiebig begrüßt und geküsst – ja, vor Modis Augen – hatte, schaute ich mir mein altes Kleid an, das nun sauber und trocken war.

Wenig später traten wir aus der Taverne, umgeben von vielen Menschen, die bereits fleißig unterwegs waren. Die Männer, die gestern auf Fischfang gegangen waren, taten heute genau dasselbe. Außerdem sah ich einige Frauen, die ein Segel ausbesserten und nähten.

»Dort vorne sind wir richtig«, holte Modi mich aus meinem Rundblick. Er ging voraus und steuerte eine offene Hütte an, die, je näher wir kamen, einen noch unerträglicheren Geruch annahm als aus der Ferne.

»Magnolia, wir können hier warten«, meinte Magni, aber ich schüttelte den Kopf und lief seinem Bruder hinterher. Viel zu spät realisierte ich, wo wir waren.

»Was riecht hier so seltsam?«, wollte ich wissen.

»Ich möchte Fleisch kaufen!« Modi ließ einen kleinen Sack auf einen Holztisch fallen. Dem klimpernden Geräusch nach zu urteilen musste es sich um viele Münzen handeln.

Zwei Männerköpfe drehten sich zu Modi um. Erst beim wiederholten Hinsehen erkannte ich, bei welcher Arbeit die Männer unterbrochen worden waren. Ehrlich, mir drehte sich mein leerer Magen um.

Die beiden Männer bearbeiteten die abgezogene Haut eines Elches mit einem Werkzeug, das einem Spachtel in Papas Werkstatt zu Hause sehr ähnlich kam. Der tote Elch schaute mich direkt mit seinen aufgerissenen Augen an. Sie waren so leer. So glanzlos. So tot.

»Wohl noch nie einen ausgeweideten Elch gesehen, was, Weib?« Einer der Männer kam auf uns zu und offenbarte mir mit einem Grinsen seine bräunlich aussehenden Zähne. Würde meine Zähne eines Tages auch so ein Schicksal erwarten, wenn ich den Weg zurück in meine Zukunft nicht mehr fand?

»Es ist eher der Gestank«, presste ich hervor.

»Der wird erträglicher, wenn du näher trittst«, schmunzelte der zweite Mann, der um einiges jünger wirkte als der erste.

»Das stimmt nicht, Sohn.« Der erste Mann lachte auf. »Man gewöhnt sich lediglich an den Geruch.«

»Oder riecht irgendwann selbst danach.«

Während Vater und Sohn miteinander scherzten, fasste ich Magni am Unterarm und wisperte: »Ich gehe raus.« *Oh bitte lass uns hier sofort verschwinden, sonst muss ich mich übergeben.*

»Ich komme mit«, sagte Magni, während Modi ebenfalls auf mich Rücksicht nahm. Zumindest dachte ich das, bis er seine Frage stellte: »Ich will doch kein Fleisch. Aber, habt ihr was von dem Hirn übrig?«

Okay, mein Magen rebellierte schon. Eilig setzte ich ein paar Schritte rückwärts. Meine Augen suchten und fanden das Meer. Heute zog sich der Ozean in die Länge, sodass kein Ende in Sicht war. Ich versuchte mich vollkommen auf den salzigen Duft des Wassers zu konzentrieren, um den ekelhaften Gestank aus der Nase zu vertreiben.

Nach einigen Minuten gesellte sich Modi an unsere Seite.

»Musste das sein? Hast du ernsthaft ein Stück des Gehirns gekauft?«, schleuderte ich ihm entgegen.

»Ich brauche neues Fett. Und im Hirn ist viel Fett enthalten. Wusstet du das etwa auch nicht? Meine ledernen Klamotten gehören ab und zu gepflegt.«

»Hmpf.«

»Hast du noch immer Hunger?«, mischte sich Magni in unser Gespräch ein.

»Ja. Ein Brot wäre toll.«
»Zum Glück habe ich eines eingepackt.«

24

IN FLAMMEN

Wir ließen das Dorf hinter uns und setzten unsere Reise fort. Doch mit Modi war es einfach nicht mehr dasselbe. Allein mit Magni zu sein, war so viel schöner gewesen. Was momentan unser Ziel war, wusste ich nicht. Deshalb fragte ich: »Wisst ihr, wohin ihr geht?«

Magni nahm sofort meine Hand in seine, schaute mich eingehend an.

Fragend hob ich eine Augenbraue.

»Zum Fenriswolf. Aber keine Angst, ich lasse dich nicht allein.«

»Oh.« Ich schluckte schwer. »Magni, vielleicht bin ich eine Völva«, fiel ich mit der Tür ins Haus. Irgendwann musste ich ihm ohnehin von meinem Gespräch mit seinem Bruder erzählen. Während ich seine Gesichtszüge musterte, ließ ich ihn nicht aus den Augen.

»Wie kommst du auf diesen Gedanken?«

Also erzählte ich Magni von Modis Vermutung. Dieser hörte mir ebenso geduldig zu wie sein Bruder. Wir standen nah eines Feldes, auf dem offensichtlich Ackerbau betrieben wurde.

»Diese Annahme besteht aus nichts als Spekulationen. Aber eventuell sollen wir die Vorstellung von dir als Völva dennoch im Hinterkopf behalten. Wenn wir auf eine richtige Völva treffen, werden wir dir einen magischen Gegenstand besorgen und dann sehen wir weiter.«

»Wenn ich tatsächlich eine Völva wäre, dann müsste ich den Fenriswolf und die Midgardschlange nicht besuchen, oder?«, äußerte ich meine Vermutung und schaute abwechselnd von einem Bruder zum nächsten. Hoffnung keimte in mir auf, die Magni jedoch erstickte.

»Ja und nein. Odin würde es herausfinden, wenn du deinen Weg änderst. Dann befindest du dich schneller wieder in Asgard, als wir denken können.«

»Fabelhaft«, seufzte ich. »Dann gehen wir eben zu dem Wölfchen. Wird schon nicht so schlimm werden«, meinte ich ergeben.

»Wölfchen?« Magni tat sich schwer, ein Grinsen zu verkneifen. »Er ist vieles, aber ganz bestimmt kein *Wölfchen*.«

»Wenn ich ihn verniedliche, zögere ich meine Angst hinaus. Also lass mich ihn bitte Wölfchen, Schmusetier oder Kuscheltierchen nennen. Dann taucht nämlich nicht das Bild eines großen, zähnefletschenden, bösen Wolfes in meinem Kopf auf.«

»In Ordnung. Dann auf zum Schmusetier«, scherzte Magni und führte mich Hand in Hand weiter.

Modi hatte unser Gespräch nur leicht schmunzelnd beobachtet, sagte aber nichts dazu. Er ging jetzt voraus, Gullfaxi neben ihm. Magni und ich spazierten mit ein paar Metern Abstand hinterher.

»Gestern war ich nicht nur bei der Schmiede«, flüsterte Magni in mein Ohr.

»Wo warst du denn noch?« Ich schielte zu ihm.

»Ich habe uns etwas besorgt.«

»Was meinst du?«, fragte ich, konnte mir allerdings keinen Wimpernschlag später denken, um was es sich handelte. Meine Lippen formten ein *Oh*, kurz darauf wanderten meine Mundwinkel nach oben.

»Ja. Ich dachte, damit wir das nächste Mal vorbereitet sind, wenn uns die Lust überkommt.« Seine Worte bewirkten, dass ich ihn am liebsten auf der Stelle küssen wollte. Dass ich eigentlich genau dort anknüpfen wollte, wo wir gestern Abend aufgehört hatten.

»Oh Magni, hör besser auf, davon zu sprechen. Mein Körper ist von unserem Kuss gestern noch ganz kribbelig.«

»Meiner auch«, murmelte er, was meine Lust eindeutig nicht abschwächte.

Plötzlich hielt er an, nahm mein Gesicht entschlossen in seine großen Hände und küsste mich. Seine Lippen lagen so abrupt auf meinen, dass ich nicht einmal mehr Zeit zum Luftholen hatte. Dafür verließ ein leises Stöhnen meinen Mund. Genau wie gestern Abend hatte dieser Kuss nichts Zärtliches an sich. Dafür trug Feuer seine Handschrift, denn ich fühlte mich, als stünde ich in Flammen. Magnis Hände fuhren meine Wangen abwärts, bis zu meinen Armen. Überall, wo er mich berührte, brannte meine Haut.

Eine neue Flamme des Verlangens entfachte in mir, als Magni mit einer Hand meinen Po knetete und mit der anderen sanft meinen Rücken auf und ab fuhr. Ich konnte spüren, dass er mich genauso sehr begehrte und wollte wie ich ihn. Seine Härte drückte an meinen Unterleib, was mich wahnsinnig machte.

Meine Arme legten sich wie von selbst um seinen Nacken, zogen ihn näher an mich heran. Diese Geste ließ Magni lustvoll seufzen. Meine Nackenhaare und Brustwarzen stellten sich auf.

»Wir können nicht ... Können wir? Hier?«, fragte ich atemlos, als ich unsere Lippen für eine Sekunde voneinander löste. Kaum hatte ich meine Frage gestellt, fanden sich unsere Münder schon wieder. Magni antwortete mir nicht, doch als er mich hinunter ins Gras dirigierte und ich seiner stummen Forderung willig folgte, musste er das auch nicht mehr. Die feuchten Grashalme kitzelten meine Wangen und durchnässten mein Kleid, aber nichts könnte mir im Moment gleichgültiger sein.

»Eine Reise mit einem verliebten Pärchen dauert so viel länger als normalerweise. Das hätte ich mir denken können«, hörte ich Modi von irgendwoher murren. Aber im Augenblick war er mir egal, denn ich wollte nur Magni küssen.

Ihn küssen, küssen, küssen und noch mal küssen. Und eventuell, ein ganz klitzekleines bisschen, noch viele weitere Dinge mit ihm und unseren Körpern anstellen.

Magni lag halb auf mir. Unter mir das vom Morgentau noch feuchte Gras. Er küsste mir regelrecht den Verstand weg, denn ich erkannte mich nicht wieder. Wäre ich noch in der Zukunft, würde der Gedanke, dass es hier im Gras neben einem bewirtschafteten Feld eine absolut blöde Idee war, miteinander zu schlafen, die Oberhand gewinnen. Aber wie gesagt, mein Verstand war nicht mehr fähig, klar zu denken. Nur noch zu handeln.

»Ich will dich so sehr, kleiner Schmetterling«, hauchte er zwischen vielen kleinen Küssen an meine Haut.

Sein Bart kitzelte meine Wange, als er zart in mein Ohrläppchen biss. Mir entkam ein leises Kichern, ich verschloss aber gleich darauf unsere Lippen erneut. Meine Arme schlang ich um seinen Nacken und auch ein Bein ging auf Wanderschaft, das ich um Magnis Hüfte legte.

Unser Kuss ging so wild weiter, wie er begonnen hatte. Noch immer fühlte ich mich, als stünde ich in Flammen. Als wäre ich ein loderndes Sonnwendfeuer in Person.

Magni unterbrach den Kuss. Seine Mondsee-Augen suchten meine und schienen in meinem eigenen blaugrünen See zu versinken. Aufgrund unseres intensiven Augenkontaktes konnte ich mit ansehen, wie Magnis Pupillen sich weiteten. Er betrachtete mich so eingehend, dass mir ein angenehmer Schauer den Rücken hinab lief. Verdammt, ich war diesem Halb-Gott so was von ausgeliefert. Mein Herz gehörte ihm. Ihm, ihm, ihm.

Nur ihm.

»Du hast keine Ahnung, wie sehr ich dich wirklich will«, flüsterte Magni heiser.

»Dann trifft es sich ja gut, dass es mir gleich geht.« Mit meinen Armen um seinen Nacken versuchte ich seinen Kopf wieder zu meinem Mund zu dirigieren, doch alles, was ich dafür erntete, war dieses verdammt attraktive Schmunzeln, das ich so sehr an ihm liebte. Momentan aber verfluchte ich es.

»Bist du ganz sicher?«, hakte er nach.

»Spielst du jetzt den ehrenhaften Ritter? Natürlich bin ich sicher.« Konnte er nicht sehen, wie willig und bereit ich war?

»Wie es mir scheint, ist es auch nicht dein erstes Mal.«

»Magni!«, stöhnte ich gequält. »In der Zukunft ist das alles ein bisschen anders. Also ja, ich habe Erfahrung. Zwar nur mit einer Person, aber über diesen Idioten will ich gerade echt nicht nachdenken. Also, können wir *bitte* wieder weitermachen?«

Magni grinste mich schief an, legte dann aber seinen Mund auf meinen. Dieses Mal war der Kuss allerdings zärtlich. Langsam. Intim. Seine Zunge drang in meinen Mund und umspielte meine. Die Augen hielt ich geschlossen, so konnte ich den Kuss noch intensiver erleben.

Magnis unverkennbarer Duft nach Wildleder und Tannenzweigen drang in meine Nase. Es gab nichts und niemanden, der so roch wie er. Seinen Geruch würde ich mittlerweile überall erkennen, dessen war ich mir sicher.

Ich fuhr mit meinen Fingern durch sein geflochtenes, blondes Haar und reckte ihm mein Becken entgegen. Gott, dieser Kuss, einfach er, erregte mich so stark. Am liebsten wollte ich ihn sofort in mir spüren.

Magni setzte mir einen Kuss auf den Hals, berührte mich zeitgleich zärtlich an den Armen. Er strich bis zu meinen Handflächen hinab und küsste mich unter meinem Ohr. Magni verstand es eindeutig, mich verrückt zu machen.

»Dein Bruder?«, presse ich irgendwann hervor. *Ah ja, Verstand lässt also doch noch grüßen.* Woher dieser Gedanke plötzlich kam, wusste ich nicht. Aber mit einem Mal war es mir sehr wichtig, dass wir ab jetzt nicht mehr gestört wurden.

»Ist weg«, antwortete mir Magni. Ich musste mich nicht umsehen, um zu wissen, dass er recht hatte.

»Gut«, hauchte ich, während er sich langsam aufsetzte und mich von dieser Position aus anschaute.

»Du willst es also noch immer?«

»Magni«, brummte ich, was ihm nur ein raues Lachen entlockte.

Auf einmal war er nicht mehr auf mir, sondern neben mir. Seine Hand fuhr mein Bein entlang nach oben, unter mein Leinenkleid. Als er bei meinem Oberschenkel ankam, schloss ich die Augen, presste die Lippen zusammen. Sanft streichelte er über meine Unterwäsche, die innen schon komplett feucht war. Ja, er machte mich wirklich vollkommen verrückt.

»Ich will dich ausziehen. Ich will dich sehen«, murmelte Magni dicht an mein Ohr, wodurch sein warmer Atem meine Haut streifte. Seine Stimme klang rau und verflucht sexy.

»Ich halte dich bestimmt nicht davon ab«, flüsterte ich zurück.

Magni reichte mir seine Hand, um mich in eine sitzende Position zu bringen. Dann begann er mir mein Kleid über den Kopf zu ziehen. Da mein BH schon vor schier endlos langer Zeit in Flammen aufgegangen war, saß ich nun nur in meiner Spitzenunterhose vor ihm.

»Das Teil an deinem Körper macht mich wahnsinnig. Ich könnte dich schon haben, aber das Stück Stoff hindert mich daran. Das ist heiß. Du bist heiß. Deine Locken sind heiß.« Magni küsste mich erneut, seine Hände an meinen Wangen. Ich spürte seine Härte und wünschte mir nichts sehnlicher, als endlich eins mit ihm zu werden.

»Ich will dich auch ausziehen«, wisperte ich atemlos, als wir aufgrund des stürmischen Kusses Luft holten.

»Ich werde dich ebenso wenig davon abhalten.«

Während ich Magni Stück für Stück entkleidete, die Klamotten, den Gürtel und die Waffen neben uns ins Gras fallen ließ, war ich mir seiner brennenden Blicke nur zu bewusst. Meine Brustwarzen waren hart, zwischen meinen Beinen war ich feucht, mein Herz klopfte wild, alias, ich war so was von bereit für ihn.

Ich hatte ihn schon komplett nackt gesehen. Dass wir in Svartalfheim in dieser Höhle gewesen waren, war noch nicht lange her, doch jetzt war es etwas anderes. Jetzt waren wir kurz davor, miteinander zu schlafen. Allein bei diesem Gedanken begann meine Mitte stärker zu pochen.

Wie in der Höhle, checkte ich ihn erneut schamlos ab. Nur dieses Mal wurde ich dabei nicht rot, sondern empfand einfach nur Verlangen und Vorfreude auf das, was kommen mochte. Beim Anblick seiner Erektion keuchte ich. *Ähm ja, ich denke, ich werde auf meine Kosten kommen.* Ich schluckte hart, ließ meine Augen danach über seinen gut gebauten Oberkörper gleiten. Die vielen blonden Härchen auf seiner Brust luden mich dazu ein, ihn ein weiteres Mal anzufassen.

»Ich muss dich auch noch fertig ausziehen«, raunte Magni. Er dirigierte mich zurück in das feuchte Gras. Nun lag ich auf dem Rücken, er über mir. Quälend langsam zog er mir das letzte Stück Stoff, das unsere Körper voneinander trennte, von den Beinen. Ich spürte einen kühlen Luftzug und dann Magnis Hand, die sanft und bedacht über meine empfind-lichsten Stellen fuhr. Ich keuchte und schloss die Augen, als er mit einem Finger in mich hineinglitt.

Als ich ihn plötzlich nicht mehr spürte, nicht mehr roch, schlug ich die Augen wieder auf, starrte in den sonnigen Himmel. Ich war aber nicht enttäuscht, als er in seiner Ledertasche kramte, um keinen Wimpernschlag später mit dem Schafsdarm zurückzukommen. Es war in Ordnung für mich, das war es wirklich. Außerdem sah es einem Kondom aus dem einundzwanzigsten Jahrhundert gar nicht so unähnlich.

Nachdem Magni sich den Darm übergestülpt hatte, schob er sich über mich, betrachtete mich liebevoll, küsste mich sanft, fuhr mit seinen Fingern meine Taille abwärts. Er stützte sich mit einer Hand im Gras ab, schaute mich weiterhin genaustens an, als wartete er auf eine Zustimmung. Dieser Halb-Gott machte mich wahnsinnig!

»Magni«, wisperte ich flehend, küsste seinen Brustkorb. »Du darfst mit mir machen, was du willst.«

Meine Worte kamen bei ihm an, so was von! Denn mit der anderen Hand griff er unter mein Bein, winkelte es an und drang *endlich* in mich ein. Ich atmete seinen Namen seufzend aus, als ich seine volle Größe in mir spürte. Kurz verweilte er so, um uns aneinander zu gewöhnen, dann begann er, sich zu bewegen.

War er anfangs noch vorsichtig gewesen, so war es mit einem Mal um seine Geduld geschehen. Magni stieß hart zu. Einmal. Zweimal. Immer wieder. Mein Körper bestand nur mehr aus Lust. Seinen Namen keuchend, berührte ich seine Brust, krallte meine Fingernägel in seine Haut. Er fühlte sich so gut in mir an. Bei jedem seiner Stöße traf er auf einen Punkt in mir, der selbst meinem Ex-Freund unbekannt gewesen war. Mein Körper wurde von einem unbändigen Hunger durchströmt, der nicht zu stillen war.

Ich stöhnte, Magni keuchte, ich roch seinen Schweiß, gemischt mit diesem unglaublichen Duft. Wenn Magni einmal schwitzte, dann hieß das was. Doch lange konnte ich mich an diesem Gedanken nicht erfreuen, denn meine Mitte pulsierte mehr denn je.

»Magni«, atmete ich aus.

Mein Körper wurde in tausende Teile gerissen, ausgehend von meinem Unterleib. Noch nie hatte es sich so angefühlt. Wie ein helles Feuerwerk in der schwärzesten Nacht – eine Rakete mit lautem Knall – explodierte etwas in mir. Meine Augenlider schlossen sich flatternd. Ich stöhnte seinen Namen.

Während ich mich von meinem Orgasmus erholte, öffnete ich meine Augen und betrachtete Magni, wie auch er seine Erlösung in mir fand. Dieser Gesichtsausdruck, dieses leise Seufzen, das Zucken in meinem Inneren – all das würde ich niemals vergessen. Es war so erregend und gleichzeitig wunderschön.

Schwer atmend lehnte Magni seine Stirn an meine. Wir schwitzten beide. Ich streckte mein Bein wieder aus. Mein erstes Verlangen nach ihm war gestillt, dennoch wollte ich mehr. Mehr von Magni. Mehr von dem, was andere den siebten Himmel nannten. Also küsste ich meinen Halb-Riesen alias Halb-Gott erneut. Obwohl ... Nach dem, was er soeben mit mir angestellt hatte, konnte ich ihn schlichtweg *Gott* nennen.

»Magnolia.«

Bei meinem ausgehauchten Namen schaute ich auf. Unsere Augen suchten und fanden sich.

»Ich habe mehr davon mit. Nur, damit du es weißt«, wisperte Magni.

Zur Antwort küsste ich ihn erneut. Ich schlang meine Arme um seinen Hals und forderte ihn durch meine Bewegungen dazu auf, sich auf den Rücken zu legen.

»Du machst mich wahnsinnig«, sagte er leise.

»Du mich auch«, antwortete ich ihm ehrlich. Ich kletterte von Magni runter, schnappte mir seine Umhängetasche und warf sie neben ihn.

Schmunzelnd griff er in seine Tasche, bis er rausholte, was er gesucht hatte. »Du bist so schön, so verführerisch, so erregend, dass *er* schon wieder steht.«

Ich lachte herzhaft auf.

Magni betrachtete mich schmunzelnd. »Das habe ich ernst gemeint, kleiner Schmetterling.«

Ich schaute ihm dabei zu, wie er den Schafsdarm wechselte, und meine Lust stieg dabei sofort wieder ins Unermessliche. Heilige Makrele, durch diesen Mann wurde ich noch sexhungrig. Wie sollte ich diesen Hunger jemals stillen können? Im Augenblick schien mir dieses Vorhaben undenkbar.

Magni stützte sich mit seinen beiden Ellbogen ab, aber als ich auf seine Oberschenkel kletterte, stupste ich ihn mit meinem Zeigefinger an der Schulter an, sodass er sich willig zurück auf den Rücken legte. Sein Blick fragend und gleichzeitig lüstern.

»Ich ... So habe ich das noch nie gemacht«, gestand ich ihm, während ich noch immer nur auf ihm saß, vor mir sein bestes Stück.

»Es gibt für alles ein erstes Mal. Aber wenn du es nicht heute willst, ist es absolut in Ordnung.«

»Ich will aber«, flüsterte ich mit einem leicht nervösen Unterton.

Magni fuhr mit seinen kräftigen Händen zärtlich über meine Schenkelinnenseiten. Eine Hand verweilte dort, die andere ging weiter auf Wanderschaft zu meiner Brust. Er knetete sie, bis ich leise seufzte. Meine Lust erreichte einen gewissen Höhepunkt, weswegen wieder Leben in mich kam und ich mich auf seinen erigierten Penis gleiten ließ. Magni brummte irgendwelche Wörter, die keine sinnvolle Konstellation ergaben. Zu sehen, wie ich ihn anmachte, ließ mich mutiger werden. Ich bewegte mich auf ihm, seine Hände an meiner Hüfte. Er packte fester zu, zog die Luft hörbar ein. Meine Finger krallten sich erneut in seine Brust, wo noch immer die roten Linien meiner Kratzer sichtbar waren.

»Können wir tauschen?«, fragte ich irgendwann keuchend. Magni ließ mich nicht zweimal fragen, denn er drückte meinen Oberkörper dicht an seinen, umschloss ihn mit einem Arm und drehte uns im Gras, damit ich unter ihm lag.

Wir befanden uns zwar in der nullachtfünfzehn Missionarsstellung, aber ich genoss sie in vollen Zügen. Wir schauten uns in die Augen, während unsere Körper aneinander klatschten. Ich konnte spüren, dass es bei Magni nicht mehr lange dauern würde. Sein Glied wurde dicker, seine Atmung kam flacher. Plötzlich spürte ich eine Hand an meiner Klitoris. Magni massierte meinen empfindlichsten Punkt mit gleichmäßigem Druck, bis wir schließlich schwer atmend beinah gleichzeitig kamen. Ich stöhnte seinen Namen, er seufzte leise auf.

Wow.

»Kleiner Schmetterling«, murmelte er irgendwann. Er lag auf mir, unsere verschwitzten Körper klebten aneinander.

»Hm?«, fragte ich noch immer leicht benebelt.

»Das war der beste Sex, den ich je hatte.«

»Scherzkeks«, flüsterte ich mit geschlossenen Augen. Aber es war definitiv *mein* bester Sex, den ich je gehabt hatte.

»Es ist die Wahrheit. Magnolia, du bist einzigartig. Wunderschön. Noch so vieles mehr. Ich will dich nicht verlieren.«

Während er sprach, öffnete ich die Augen. Zärtlichkeit, Ehrlichkeit und Zuneigung trafen mich so unvermittelt, dass sich mein Herz schmerzhaft zusammenzog.

»Ich will dich doch auch nicht verlieren, mein Halb-Riese«, wisperte ich.

»Halb-Riese?«

Mit geweiteten Augen starrte ich ihn an. »Ähm ja, so nenne ich dich in Gedanken öfter. Ab heute aber auch Halb-Gott.«

»Halb-Gott?« Um Magnis Lippen bildete sich ein Lächeln.

»Oder einfach nur Gott, wenn dir das lieber ist.«

Er lachte auf, vergrub seinen Kopf in meiner Halskuhle. So verharrten wir noch für einige Augenblicke. Wenn ich ehrlich war, dann wollte ich hier nicht mehr weg. Dieses Fleckchen Erde, genau hier neben dem Feld, war jetzt zu meinem liebsten Ort dieser Welt geworden.

25

KAFFEEKRÄNZCHEN

Irgendwann war leider der Zeitpunkt gekommen, in dem wir unsere Klamotten wieder anzogen. Selbst jetzt konnte ich Magni noch überall spüren, seine Küsse fühlen und seinen an mir haftenden Duft einatmen.

Ich beobachtete ihn dabei, wie er seine Waffen an dem Gürtel befestigte. Komplett angezogen sah er wie ein wahrhaftiger Krieger aus. Einer, dem niemand etwas zuleide tun konnte, weil er jedem Gegner überlegen war.

Als Magni vollständig ausgestattet war, schauten wir uns an. Ein Lächeln umspielte seine Lippen, was mich näher an ihn herantreten ließ. Ich fuhr seinen Unterarm entlang und drückte erneut meine Lippen auf seine. Es war nur ein einfacher, schneller Kuss, doch ich hoffte, Magni übermitteln zu können, wie viel er mir bedeutete. Wie viel mir all das mit ihm bedeutete.

»Magnolia«, murmelte er an meinen Mund. Ich lächelte leicht, schlang schließlich meine Arme um seinen Oberkörper. Magni tat es mir gleich und so standen wir, in unsere Umarmung eingehüllt, noch einige Minuten schweigend da. Meinen Kopf legte ich über seinem Herzschlag ab und lauschte genau diesem.

Magni küsste mich auf die Stirn. Seine Lippen verweilten dort lange. Mein Herz flatterte vor Zuneigung und Wehmut. Unsere Zweisamkeit war zeitlich begrenzt. Ich konnte nicht hierbleiben und Magni würde mich nicht in meine Zukunft begleiten können, weil sein Platz in der Vergangenheit war. Ich schluckte den dicken Kloß herunter, schaute zu ihm auf. Sein schmales Lächeln offenbarte mir, dass er im Moment wohl mit den gleichen Gefühlen zu kämpfen hatte.

»Nachdem sich die Tiere wieder aus ihren Verstecken getraut haben, dachte ich, ich schaue mal nach euch.« Modis Stimme war plötzlich sehr nah, was uns beide schlagartig in die nackte Realität zurückbeförderte.

Eine leichte Röte stieg mir ins Gesicht, wenn ich nur daran dachte, was Modi vielleicht mitbekommen hatte. Eigentlich wollte ich nicht darüber nachdenken, nur führten meine Gedanken ein Eigenleben. Jetzt im Nachhinein, wo ich auch nicht mehr Magnis Arme um meinen Körper spürte, war es mir ein bisschen peinlich. Dabei sollte es das nicht sein, das wusste ich. Und ehrlicherweise würde ich nichts an den letzten Minuten ... *Ähm, Stunden?!* ... ändern wollen. Doch Modi so sprechen zu hören, ließ das unsichere Mädchen in mir hervorkommen, das ich in der Grundschule das letzte Mal gewesen war. Und das war schon sehr, sehr lange her.

»Deine Scherze sind so gut wie lästige Stechmücken. Du hättest ruhig noch ein bisschen fern bleiben können, wir hätten dich schon gefunden«, erwiderte Magni. Er hatte wohl in Gedanken sein Pferd gerufen, denn Gullfaxi kam ebenfalls angetrabt.

»Autsch. Deine Worte tun deinem Bruder weh.« Modi legte sich eine Hand über die Stelle seines Herzens. Dabei grinste er verschmitzt.

Als Gullfaxi neben uns zum Stehen kam, drehte sich Magni wieder zu mir. »Wenn du willst, kannst du auf ihm reiten. Wir haben noch ein Stückchen vor uns.«

»Danke.« Ich ließ mir von Magni auf den Pferderücken helfen und genoss die Wärme des Hengstes. Meine Kleidung war etwas durchnässt, weshalb seine Körperwärme guttat.

Die Sonne strahlte mit aller Kraft. Langsam wurde mir wieder angenehm warm. Eine leichte Brise wehte, was den salzigen Duft vom Meer zu uns blies. Ich fragte mich, ob ich vielleicht in Norwegen gelandet war. Zwar war ich zuvor nie in diesem Land gewesen, aber irgendetwas ließ mich ahnen, dass es Norwegen sein musste. Natürlich konnte ich mich irren, aber mein Bauchgefühl täuschte sich selten. Ich erinnerte mich an den wunderschönen Ausblick auf die Berge zurück, kurz bevor mir Magni die Nordlichter gezeigt hatte. Auch jetzt kamen wir einer Bergkette immer näher, die mich staunen ließ.

»Ich dachte, der Fenriswolf lebt auf einer Insel?«, fragte ich irgendwann.

»Das tut er auch. Aber um unser Ziel zu erreichen, ist es sinnvoller, den Berg hier vor uns zu queren, denn das ist der schnellere Weg. Danach trägt uns Gullfaxi zur Insel«, antwortete mir mein Halb-Gott und deutete mit dem Zeigefinger auf einen bestimmten Berg zwischen den vielen.

»Uns alle drei?«

Als hätte sich tatsächlich noch keiner von uns Gedanken darüber gemacht, schauten sich die beiden Brüder stirnrunzelnd an.

»Ähm«, begann Magni, »Gullfaxi kann uns nicht alle drei tragen.«

»Ich dachte, wir nehmen ein Boot«, meinte Modi.

»Ein Boot? Da erreichen wir ja nie unser Ziel! Weißt du, wie lange wir auf See bleiben müssten? Ich segle gerne, aber Gullfaxi ist einfach schneller.«

Während die beiden Brüder diskutierten, schaute ich mich weiter um. Sie würden sich schon einig werden und außerdem würde ich Modi bestimmt keine Träne nachweinen, wenn er uns nicht begleitete. Auch wenn es sich um den Fenriswolf handelte und wir eigentlich jede helfende Hand annehmen sollten.

Wir waren bereits eine Zeit lang unterwegs. Ich redete nicht viel, gab nur ab und an ein kurzes Statement zu einem Thema preis, aber die meiste Zeit hörte ich den beiden Asen beim Reden zu. So viele Wörter hintereinander hatte ich Modi noch nie benutzen hören, aber die Gesellschaft seines Bruders, wenn ihm dieser nicht gerade böse war, ließ ihn scheinbar auftauen.

Die Luft wurde immer frischer, denn die Temperatur sank. Es ließ sich nicht leugnen, dass wir bergaufwärts unterwegs waren. Gedanklich sprach ich den beiden Kriegern ein großes Lob aus, denn keine Ahnung, ob ich es in so einem Tempo mit so viel Gepäck in der kurzen Zeit zu Fuß auf den Berg geschafft hätte.

Zu Hause hatte ich mich lieber anders ausgepowert. Mit meiner besten Freundin oder auch mit meiner Schwester war ich gerne shoppen gegangen. Und oh ja, auch das konnte sehr kräftezehrend und anstrengend sein. Eine gewisse Fitness wurde auch für einen langen Shoppingtag vorausgesetzt.

Die Landschaft änderte sich ebenso, nicht nur die Temperatur. Wir mussten wohl langsam das Hochgebirge erreichen, denn die Bäume lichteten sich und ich konnte die Waldgrenze erkennen. Magni hatte mir irgendwann während des Aufstiegs sein Bettfell über die Schultern gelegt.

Meine Zähne klapperten schon leicht aufeinander und ich versteckte meine Finger unter Gullfaxis goldener Mähne. Darunter war es wenigstens angenehm warm. Schuhe trug ich keine, denn diese Holzdinger störten mich. Doch jetzt war ich am Überlegen, ob ich Magni nicht bitten sollte, mir meine Schuhe aus seiner großen Tasche zu reichen. Seine Ledertasche hatte nämlich noch viel mehr Stauraum als meine, weshalb er sie herumtragen durfte.

Ich bestaunte die Umgebung und hoffte, dass wir bald wieder von diesem Berg runtergingen. »Sind das ...?«, begann ich plötzlich, unterbrach das Gespräch der beiden, vollendete meine Frage aber nicht.

»Rentiere? Ja.« Magni folgte meinem Blick, beendete den Satz für mich. »Hast du noch nie welche gesehen?«

In der Ferne beobachtete ich eine Herde Rentiere. Ihr majestätisches Geweih war von Weitem ersichtlich und ihre Kopfform ließ sie mich sofort von einem Elch unterscheiden.

»Noch nie in der Wildnis.« *Dafür im Fernsehen, im Internet, auf Fotos, aber das kann ich dir nicht alles erklären.* »Sie sind wunderschön.«

»Und lecker«, fügte Modi hinzu, woraufhin Magni ihm einen bösen Blick zuwarf, den sein Bruder nur mit einem Lachen quittierte.

»Du erlegst jetzt aber keines, oder?«, wollte ich von Modi wissen. Zuzutrauen wäre es ihm, doch ich wollte heute nicht schon wieder jemanden sterben sehen.

»Keine Sorge. Ich weiß ja, dass du uns sonst in Ohnmacht fällst.«

Meine Augen formten sich zu Schlitzen, so betrachtete ich Modi eine Weile. Dann schüttelte ich allerdings nur den Kopf und meinte: »Hier ist es verdammt kalt. Findet ihr nicht auch?«

»Kälter als unten auf alle Fälle. Aber wir sind auch weiter oben«, erwiderte Modi, woraufhin ich mit den Augen rollte.

»Magnolia hat recht«, stand mir Magni bei. »Es ist ungewöhnlich kalt. Und außerdem beschleicht mich schon wieder langsam dieses seltsame Gefühl, beobachtet zu werden. Dich auch, Bruder?«

»Jetzt wo du es ansprichst, ja.«

Gullfaxi blieb stehen, die beiden Brüder ebenso. Meine Augen huschten von einem Fleck zum nächsten, aber ich konnte nichts Ungewöhnliches entdecken. Zumal ich ohnehin keine Ahnung hatte, was ich hier oben im Gebirge als *ungewöhnlich* abstempeln könnte.

Die Rentiere hoben ruckartig die Köpfe. Sie schauten nicht in unsere Richtung. Abrupt kam Leben in die Herde und sie galoppierte davon.

Hatte mein Herz vorhin vielleicht schon schneller als sonst gepocht, tat es dies nun mit Sicherheit.

»Magnolia, steig ab!«, befahl Magni, ohne seine Augen vom Wald zu nehmen. Mit einem unguten Gefühl im Magen folgte ich seiner Anweisung und ließ mich von Gullfaxis Rücken gleiten.

Kaum spürte ich den kalten Boden unter meinen

Fußsohlen, rannte Gullfaxi davon, als wäre der Teufel hinter ihm her. *Das wäre dann aber Hel und die ist eigentlich ganz in Ordnung*, mischten sich meine Gedanken ein.

»Wohin ...?

»Er holt Hilfe«, kam mir Magni mit seiner Antwort zuvor.

»So schlimm?«, wisperte ich, bekam allerdings keine angemessene Reaktion mehr.

Ich schrie auf, als mich eine kühle Klinge am Unterarm berührte. Mein Kopf hob sich und ich sah in zwei karamellfarbene Augen. Modi hielt mir ein schmales Schwert hin, das ich mit klopfendem Herzen annahm.

Ach du heilige Scheiße! Ich weiß ja nicht einmal, wie man dieses Ding hier bedient.

Tja, wie sollte ich das, was als Nächstes geschah, beschreiben? Aber als ich »Wer sind die denn?« fragte, antworteten mir die Brüder gleichzeitig: »Hrimthursen.«

Mhm, ja. Als ob ich das jetzt verstand?! Ich wagte aber auch nicht nachzufragen, mein Mund war wie zugeklebt. Mit geweiteten Augen gaffte ich diesen Hrimthursen entgegen. *Hilfe*, war das einzige Wort, das mein Gehirn momentan formen konnte.

Also wenn Gullfaxi nicht schnell diese Hilfe holte, wusste ich nicht, ob wir drei das hier überlebten. Ob *ich* das hier überlebte. Denn diese riesigen, bläulichen, von Eis überzogenen Kreaturen, die einem Menschen sehr ähnlich sahen, waren weit in der Überzahl! Außerdem sah es nicht so aus, als wären sie hier, um mit uns ein Kaffeekränzchen zu halten.

°◊°

IN ASGARD, NACH DEM LINDWURMKAMPf

Modi stand neben dem Bett seines Bruders und wachte über ihn. Schon seit Tagen regte er sich nicht, was Modi schwer zu schaffen machte. Was hatte sich dieser Ochse nur dabei gedacht, allein in den dunklen Wald zu gehen?

Er schaute auf den verblassten Körper seines Bruders. So

schwach hatte er ihn noch nie gesehen. Nicht einmal nach Ragnarök, wo ein Jötunn Magni sein scharfes Schwert in die rechte Seite gerammt hatte. Was hatte Modi Todesängste um seinen Bruder ausgestanden. Die dicke, lange Narbe an der Seite seines Unterbauches ließ auch heute noch an diese Schlacht erinnern.

Wenn er nicht bald die Augen öffnete, würde Modi verrückt werden. So kurz vor Magnis Ziel, seine geliebte Magnolia wiederzusehen, durfte es nicht enden. Er musste es schaffen. Etwas anderes durfte Modi erst gar nicht in Betracht ziehen.

Seine Beine trugen ihn quer durchs Zimmer, einmal hierhin, einmal dorthin. Er betrachtete die Gemälde an den Wänden nicht, sondern hing lediglich seinen Gedanken nach. Was konnte er für seinen Bruder tun? Wann würde er aufwachen?

Strahlender Sonnenschein drang durch das Fenster in Magnis Zimmer, spiegelte einen starken Kontrast zu Modis Stimmung. Die beiden Brüder befanden sich momentan in Bilskirnir, der einstige Palast ihres Vaters Thor. Bilskirnir war einer der Götterpaläste in Asgard und umfasste fünfhundertvierzig Räume.

Es klopfte an der Tür, und noch ehe Modi den Befehl zum Eintritt gab, wurde diese geöffnet. Ein schmales Lächeln bildete sich auf Modis Gesicht, als er sah, wer ihnen Gesellschaft leistete. Schon viel zu lange hatte er sie nicht mehr gesehen! Wären die Umstände nicht so tragisch, könnte Modi sich viel mehr freuen.

Seine Schwester Thrud trat ins Zimmer. Sie war die Göttin der Bäume, der Blumen, der Heiden, des Grases und der Weiden. Sie war somit eine Schutzgöttin aller Naturwesen und meistens außerhalb des Palastes unterwegs. Modi bekam seine Schwester nur selten zu Gesicht.

»Wie geht es ihm?« Die blonde Frau – eine andere Haarfarbe wäre bei ihren Eltern auch nicht möglich gewesen – kniete sich neben Magni und beäugte seinen Zustand.

»Gleichbleibend«, murrte Modi.

»Und wie geht es dir?« Thrud erhob sich und ging auf ihren jüngsten Bruder zu. Dicht vor ihm blieb sie stehen, betrachtete ihn ebenso prüfend wie gerade ihren anderen Bruder.

»Hmpf«, brummte er nur.

»Lass uns etwas essen gehen. Du brauchst die Energie auch. Dabei können wir reden.«

»Ich will, dass er wieder aufwacht! Die Heiler leisten eine Scheißarbeit! Können deine Pflanzen helfen? Kennst du nicht irgendwelche Heilmittel?«, bombardierte er Thrud.

»Modi, gehen wir in den Speisesaal. Während des Essens reden wir weiter, in Ordnung?«

Er knirschte mit den Zähnen, um seinen Missmut auszudrücken, nickte jedoch. Seine Schwester hatte recht. Er sollte bei Kräften bleiben.

Seine Stiefmutter mit einem Haar so golden, dass sogar jeder Goldbarren neidisch wurde, umarmte stürmisch ihre Tochter. Sif leistete ihnen während des Essens Gesellschaft, auch wenn Modi kaum einen Bissen zu sich nahm.

»Schön, dass du dich wieder einmal blicken lässt«, ließ sie Thrud wissen. »Du kannst ruhig öfter kommen, die Tore Bilskirnirs stehen dir immer offen!«

»Danke, Mutter, ich weiß. Ich bin hier, um nach Magni zu sehen. Die Natur hat mir zugeflüstert, dass es nicht gut um ihn steht.«

Bei Thruds Worten zog sich etwas in Modis Brustkorb zusammen. Seine ältere Schwester so sprechen zu hören ließ ihn kein Wort über die Lippen bringen. Zu dick war mittlerweile der Kloß, der in seinem Hals Besitz über seine Gefühle ergriff.

»Modi, ich wollte mit dir über eine Vorgehensweise sprechen, die ich noch nie angewendet habe«, richtete Thrud das Wort an ihn. Es ließ Modi hellhörig werden.

»Was schlägst du vor?« Seine Stimme klang kratzig.

»Ich kann ein Gebräu herstellen, das Magni durch seine schlimmsten Albträume gehen lässt. So schlimm, dass sein

Körper wieder Reaktionen zeigt und er davon schließlich erwacht. Ich habe es noch nie probiert, weiß aber, welche Pflanzen ich dafür verwenden muss. Es ist eben keine schöne Vorgehensweise und eigentlich mache ich es nicht gerne, aber anders weiß ich unserem Bruder nicht mehr zu helfen. Die Heiler haben schon alles in ihrer Macht Stehende versucht, ich habe mit ihnen geredet.«

»Wie viel Zeit brauchst du für die Vorbereitung?«, wollte Modi wissen, nachdem er Thruds Worte kurz hatte sacken lassen.

»Einen Tag. Höchstens zwei.«

Modi nickte. Einerseits hoffte er, dass Thrud ihrem Bruder tatsächlich helfen konnte. Andererseits machte ihm die Tatsache, dass sein Bruder durch seine schlimmsten Albträume gehen musste, zu schaffen. Ob es eine gute Idee war, zuzustimmen?

Ich lag auf einer Blumenwiese. Um mich herum lauter Bäume, die in voller Blüte standen. Ich setzte mich auf, griff mir an den Kopf. Er brummte und pochte wie verrückt, doch das ließ mich nicht davon abhalten, mich auf die Beine zu stemmen.

Mein Blick wanderte umher. Hunderte Bäume umzingelten mich. An jedem einzelnen Baum blühten tausende Magnolien. Die Wiese war seltsam rosa, so wie sie eigentlich nur in Träumen vorkommen konnte. War das hier ein Traum? Nein. Dafür fühlte sich alles zu echt an.

Ich ging neben den Bäumen entlang, als ich einen blonden Lockenkopf entdeckte. Augenblicklich schlug mein Herz schneller. Konnte es sein, dass das mein kleiner Schmetterling war? Passierte das wirklich? Hatte ich sie nach all den Jahren endlich gefunden?

Meine Beine trugen mich immer schneller zu der jungen Frau. Mir fehlten noch einige Meter, dennoch konnte ich ihren Duft riechen. Ich sog ihn ein, lief rascher.

»Magnolia?« Zaghaft berührte ich sie an der Schulter. Fast

hätte ich mich nicht getraut, sie anzufassen. Viel zu viele Jahre waren mittlerweile vergangen.

Meine blonde Schönheit drehte sich zu mir um. Ihre wundervollen blaugrünen Augen musterten mich von oben bis unten. Ich schenkte ihr ein kleines Lächeln, konnte es einfach nicht fassen, dass sie wahrhaftig vor mir stand.

Ihre nächsten Worte zogen mir allerdings den Boden unter den Füßen weg. Noch nie hatte eine Frage so wehgetan.

»Kennen wir uns?«

Mein Mundwinkel zuckte, mein Hals fühlte sich trocken an.

»Liebling, wo bleibst du denn?«, rief eine unbekannte Stimme. In der Ferne erkannte ich einen jungen Mann, der mir absolut nicht ähnlich sah. Schwarze Haare, kein Bart, keine Waffen.

»Ich komme schon!«, antwortete Magnolia. Mein kleiner Schmetterling. Mein Alles! Jahrelang hatte ich auf sie gewartet, nur kannte sie mich nicht mehr. Hatte einen Mann, der sie Liebling *nannte. Es fühlte sich an, als würde mir jemand einen Speer in die Brust rammen.*

Sie hob die Hand zum Abschied und lief zwischen den Magnolienbäumen davon.

Ich sank auf die Knie, starrte dem Pärchen hinterher, das am Horizont immer kleiner wurde. Bald schon konnte ich sie nicht mehr erkennen.

Voller Zorn und Schmerz ließ ich meine Faust auf die Wiese schnellen. Hart schlug sie auf. Gleichzeitig mit dem Aufprall fand ich mich plötzlich an einem anderen Ort wieder.

Nein. Bitte nicht.

Gemetzel um mich herum.

Blut. Schmerz. Noch mehr Schmerz. Tod.

All das verband ich mit jenen endlosen Tagen.

Ein lautes Brüllen erklang. Jeder drehte sich dorthin um. Ein Monster, ein riesengroßes Monster, kam zum Vorschein. Dicke, große Krallen scharrten auf dem Boden, als dieses sich meinem Großvater, der auf seinem achtbeinigen Pferd Sleipnir saß, näherte. Er zog seinen Speer Gungnir und schoss ihn auf die Kreatur ab.

Schwarzes Fell, ungepflegt und verknotet, überzog dessen monströsen Körper. Spitze Zähne blitzten zwischen den kämpfenden Kriegern auf, als er ein weiteres Mal zum Brüllen ansetzte. Ein Laut, den nur ein einziger Wolf ausstoßen konnte! Der Speer traf ihn, er stieß einen Drohlaut aus. Seine gelben Augen blitzten zornig auf, er legte den Kopf in den Nacken und heulte. Dann senkte er den Kopf erneut, sein Blick war entschlossen.

Der Fenriswolf schoss auf Odin zu. Dann der Absprung. Ehe mein Großvater realisieren konnte, was passierte, gruben sich die scharfen Zähne des riesigen Wolfes in seinen Körper.

Sleipnir fiel zu Boden, rappelte sich bald wieder auf. Seinem Herrn beim Sterben zuzusehen war wohl zu viel für das magische Pferd mit den acht Beinen. So wie es sich für ein gewöhnliches Fluchttier gehörte, suchte es das Weite. Nur war Sleipnir eigentlich alles, bis auf gewöhnlich. Aber jetzt war das Ross weg.

Geschockt ließ ich kurz die Waffe sinken, verteidigte mich einen Moment später aber wieder gegen einen weiteren Jötunn.

Die Frostriesen, Feuerriesen, Tote aus Helheim, viele Monster, und was wusste ich noch alles, fühlten sich durch Odins Tod angespornt. Sie kämpften unerbittlicher, mutiger, stärker.

Aus dem Augenwinkel bekam ich mit, dass Odins Sohn Vidar seinen Vater rächte. Der Fenriswolf verteidigte sich nicht einmal sehr. Sein ganzer Lebenssinn schien daraus bestanden zu haben, Odin zu töten. Vidar setzte dem Ganzen ohnehin ein Ende und so fiel der Fenriswolf keinen Wimpernschlag später.

Einen Augenblick war ich unaufmerksam gewesen, denn als mein Unterarm eine fremde Klinge spürte, zischte ich auf. Ich erkannte meinen Gegner sofort. Ein Surt. Auch bekannt als Feuerriese. Sein brennendes Schwert wehrte ich beim nächsten Schlag ab. Die heiße Klinge einmal auf meiner Haut zu spüren reichte vollkommen.

»Brauchst du Hilfe, Bruder?« Modi war plötzlich an meiner Seite und rammte dem Surt seinen Speer in die Stelle, wo sein Herz soeben noch gepocht hatte.

Ich nickte ihm zu, erkannte dabei das viele Blut, das auf seiner Kleidung verteilt war. Doch auch sein Gesicht war von roter Farbe befleckt. Ich sah wohl nicht anders aus. Schon seit Stunden, vielleicht auch Tagen, kämpften wir Seite an Seite.

Meine Augen huschten über das Schlachtfeld, das einem einzigen Totenfeld glich. Hel würde danach viel Arbeit haben. So viele Seelen, die zu ihr ins Reich wollten. Jetzt, wo es auch kein Walhall mehr gab. Die Einherjer kämpften tapfer ihren letzten Kampf für Odin, der schon gefallen war.

Ich sah meinen Vater, wie er mit seinem größten Feind kämpfte – der Midgardschlange. Was auch immer das zwischen den beiden war, sie hatten sich mehrmals in ihrem Leben getroffen. Jedes Mal hatte mein Vater versucht, die riesige Schlange mit den giftigen Zähnen zu töten, doch ein jedes Mal war er gescheitert. Wie würde der Kampf zwischen den beiden heute ausgehen?

Als ich vor vielen Monaten mit meinem Vater gesprochen hatte, schien er müde. Er meinte, er hätte so viel gesehen, so viel erlebt. Zwar hätte er nichts dagegen, jeden Tag ein paar Jöten abschlachten zu können, aber sollte sein Leben für immer so aussehen? War das der Preis für die goldenen Äpfel? Dass man die Freude am Leben verlor?

Ich hatte meine Augen auf Thor gerichtet, wie er mit Jörmungandr kämpfte. Er schwang seinen Hammer, warf ihn mehrmals hart auf den großen Schlangenkopf. Die beiden befanden sich nah einer steilen Klippe, der Rest des Schlangenkörpers unter Wasser – ihrem Element. Ihrem Lebensraum, für so, so viele Jahre.

Dann war es so weit. Mein Vater setzte den alles entscheidenden Schlag. Jörmungandr zischte laut, schmerzerfüllt. Ihr Kopf fiel auf den Fels, rutschte dann langsam die Klippe hinab. Mit ihrem toten Körper verpestete sie das Wasser. Das Gift ihrer Zähne trat aus und verbreitete sich.

Viele Einherjer hatten gesehen, was Thor vollbracht hatte, jubelten und kämpften mutiger weiter. Zwei Todfeinde von uns Asen waren vernichtet, waren tot. Es gab keinen Fenriswolf mehr. Ebenso wenig die Midgardschlange.

Mein Vater stand an der Klippe, sah auf Jörmungandr hinab. Mjölnir, seinen treuen Hammer, ließ er aus seiner Hand *gleiten und auf die Steine fallen. Misstrauisch beäugte ich die Szene, bis ich mir schweren Herzens bewusst wurde, was mein Vater tat. Kaum hatte mein Gehirn zu Ende gedacht, machte Thor einen Schritt nach vorn und leistete der Schlange im vergifteten Wasser Gesellschaft.*

»Vater!«, schrie ich, es ging jedoch im Lärm der Schlacht unter. Mein Bruder Modi hatte ebenso beobachtet, was passiert war. Mit aufgerissenen Augen wechselten wir einen Blick. Aber ich hätte mich mehr auf mein Umfeld konzentrieren sollen. Denn plötzlich spürte ich eine Klinge an meiner rechten Seite. Ich konnte nicht mehr reagieren, sah bloß weiße Sternchen. Doch im Moment konnte ich ohnehin nur mehr an meinen Vater denken. Dass er einfach über die Klippe gesprungen war. Dass er lieber sterben wollte, als ein Leben nach Ragnarök zu erleben.

Ich wusste, es war schwach von mir, aber ich schloss die Augen und ließ die Schwärze und meinen Schmerz zu. Ich schrie, brüllte und freute mich auf die Ohnmacht, die nicht lange auf sich warten ließ.

...

Schmerz.

...

Würde ich sterben?

...

Lohnte es sich noch zu leben?

...

Magni öffnete schweißgebadet die Augen. Jedoch schloss er sie aufgrund des grellen Lichtes sofort wieder.

»Magni!« Die Stimme seines Bruders würde er überall heraushören. Erleichterung schwang mit.

»Wie gut, dass du wieder unter uns bist.« Auch diese Stimme kannte er. Sie gehörte seiner Schwester Thrud.

»W-Wasser«, röchelte er nur. Seine Kehle fühlte sich staubtrocken an.

»Alles, was du willst, Bruder.«

Es dauerte kurz, bis er einen Kelch an seinen Lippen spüren konnte. Sein Oberkörper wurde aufgerichtet, damit ihm das Trinken leichter fiel. Magni hustete allerdings schon nach den ersten beiden Schlucken. Mehr vertrug er im Moment nicht.

»Jetzt, wo du wieder zu dir gekommen bist, darfst du noch etwas schlafen. Dich von deinen Albträumen erholen«, flüsterte ihm seine Schwester zu und er befolgte ihren Rat auf der Stelle.

26

DER DONNERGOTT

Hatte ich soeben noch gedacht, dass diese Riesen von Eis überzogen waren? Eher von Frost, wenn ich diese Kreaturen genauer betrachtete. Auf ihren Körpern schien sich Raureif gebildet zu haben. Handelte es sich bei ihnen um Frostriesen? Gab es so etwas überhaupt?

Ich machte mir nicht allzu viele Gedanken darüber, denn eigentlich wollte ich nur weg von hier. Aber jegliche Flucht war unmöglich, da diese Riesen auf einmal von überallher kamen.

Tränen der Verzweiflung stiegen mir in die Augen, trübten meine Sicht. Mit zitternden Händen klammerte ich meine Finger um das schmale Schwert, das Modi mir gegeben hatte. Ob ich Gebrauch davon machen würde, wusste ich nicht. Vermutlich würde ich umgehend entwaffnet werden, sobald sich mir auch nur einer dieser Frostriesen näherte.

Dann war es so weit. Die ersten Riesen hatten uns erreicht. Sie redeten nicht mit uns, wollten es scheinbar auch nicht. Sprachen sie überhaupt unsere Sprache?

Weiterhin bebend klammerte ich mich an das Schwert, das mir eigentlich eine Hilfe sein sollte. Aber verdammt, es war so unglaublich schwer! Wie konnte so ein dünnes Schwert bloß so viel wiegen?!

Stahl traf auf Stahl, als uns die ersten Jöten angriffen.

Magni und Modi kämpften gegen die Riesen, als hätten sie nie etwas anderes getan. Mein kompletter Körper vibrierte nur. Nicht einmal wenn ich mich anstrengte, schaffte ich es, meine Waffe zu schwingen und mich neben die beiden kämpfenden Asen zu stellen.

Irgendetwas in mir lähmte mich. Ich stand bewegungslos an einem Fleck. Das Einzige, was mein Körper zustande brachte, war das wilde Zittern. Dabei verfluchte ich mich gerade so sehr. Ich sollte etwas tun. Irgendetwas! Aber die Angst, zu sterben, wenn ich gegen die Frostriesen kämpfte, hatte plötzlich von mir Besitz ergriffen, sodass ich einfach zu einer Eisskulptur erfror.

Ich hatte einen Wikingerüberfall überlebt, hatte es geschafft, den Galopp eines Pferdes zu mögen, anstatt Todesängste auszustehen. Doch würde ich auch das hier über-leben? Einen Kampf zwischen Kreaturen, die so riesig waren, dass selbst Magni klein wirkte?

Einer dieser Frostriesen kam zielgenau auf mich zu. Meine Augen waren starr auf ihn gerichtet. Er schien nicht alt zu sein, zumindest hatte er junge Züge im Gesicht, die mich, wenn er ein Mensch wäre, an einen fünfzehnjährigen Jungen erinnern würden. Als er mich fast erreicht hatte, richtete ich bebend die Schwertspitze in seine Richtung. Höhnisch grinsend schlug er diese mit seiner Axt beiseite, sodass mein Schwert dumpf auf dem Boden aufkam. Er schien dabei nicht einmal den Hauch von Mühe gehabt zu haben. Aber entgegen meiner Erwartung schlug er nicht mit seiner Axt nach mir, sondern fasste mich grob am Handgelenk.

Plötzlich gingen die Lebensgeister mit mir durch. Was auch immer dieser Jötunn mit mir vorhatte, ich würde nicht zulas-sen, dass er mich gegen meinen Willen mit sich schleppte.

Sein Griff um mein Handgelenk fühlte sich eisig an. So kalt, wie ich ihn aufgrund seines Aussehens auch geschätzt hatte. Ob diese Riesen im Inneren ebenso kühl waren?

Ich stemmte mit meinen Beinen mein ganzes Gewicht in den Boden, krallte meine Zehen in den Untergrund. Mit meiner anderen Hand schlug ich nach seiner, brach mir dabei aber beinah meine Faust. *Scheiße, sein Körper scheint aus Eis zu bestehen.*

Zornig schlug er mir ins Gesicht. Mein Kopf wurde zur Seite geworfen, ich schmeckte Blut. Ich hörte ein pausenloses Klingeln in den Ohren. Vereinzelt tanzten weiße, kleine Sternchen vor meinen Augen.

Was besaß dieser Riese bitte für Kräfte?

Ohne es zu wollen, stiegen mir Tränen in die Augen. Meine Sicht verschwamm. Das Klingeln in den Ohren ließ langsam nach.

»Du kommst mit mir mit!«, donnerte er mir entgegen, sein Gesichtsausdruck hart und grimmig.

Jetzt war der Zeitpunkt gekommen, in dem ich anfing zu kreischen. Lautstark. Zum einen puschte es mein Adrenalin, zum anderen hoffte ich, Hilfe von den beiden Brüdern zu bekommen. Seit dem Beginn der Schlacht hatte ich nicht mehr zu ihnen geschaut, wusste daher nicht, wie es um sie stand.

Ich bekam es mit der Panik zu tun, wenn ich daran dachte, dass Magni verletzt werden könnte. Dass er vielleicht sogar starb. Schließlich konnte er sterben, er war nicht unverwundbar. Die goldenen Äpfel aß er nur, um nicht zu altern.

Gerade als ich mich zur Seite werfen wollte, um den dämlichen Jötunn zu überraschen, durchbohrte ihn ein Speer. Mitten durch sein Herz. Er ließ mich los, ich stolperte einige Schritte zurück. Blut quoll aus seiner Wunde. Er fiel rücklings zu Boden. Seine Gesichtszüge sahen jetzt so anders aus. Voller Schmerz, überrumpelt, und dann nichts mehr. Er war tot.

Magni überholte mich, zog seinen Speer aus dem leblosen Körper. »Bleib in meiner Nähe«, sprach er zu mir, ehe er sich gegen einen weiteren Frostriesen verteidigte.

Magni kämpfte gut. Ach Blödsinn, er kämpfte sehr gut! Als läge es ihm tatsächlich im Blut.

Ich erkannte eine Schnittwunde an seinem Arm. Rote Farbtupfer waren auf seiner Kleidung zu sehen. Sein Blut? Oder das der Feinde? Konnte ich sie Feinde nennen? Wo ich sie doch gar nicht kannte?

Meine Augen huschten nervös zu Modi, der ebenfalls gut

kämpfte. Gerade hatten es drei Frostriesen gleichzeitig auf ihn abgesehen. Das war in der Tat ein sehr unfairer Kampf!

Mit einem Mal veränderte sich etwas. Der Himmel verdunkelte sich, Wolken zogen auf. Jäh landeten unzählige Tropfen auf mir. Es hatte so unvermittelt zu regnen begonnen, dass ich nicht einmal sagen konnte, aus welcher Richtung der Regen kam. Aber hieß es nicht, dass das Wetter auf dem Berg schnell wechseln konnte?

Donner grollte. Ein Blitz zuckte durch den Himmel. Hatte ich schon erwähnt, dass ich Gewitter hasste? Ausgerechnet jetzt, wo sich mein Körper ohnehin in einer Ausnahmesituation befand, gewitterte es auch noch? Was hatte ich je verbrochen, um so bestraft zu werden?

Ich suchte den Boden nach meinem Schwert ab, fand es schließlich und lief eilig darauf zu. Es war keine drei Meter von Magni entfernt. Ich richtete mich wieder auf. Zeitgleich erhellte ein weiterer Blitz den mittlerweile dunklen Himmel, gefolgt von einem ohrenbetäubenden Lärm, der in ein dumpfes Grollen überging.

Kräftiger Regen brauste auf uns nieder. Ein Wind zog auf, meine Haare flogen wirr umher, verfingen sich in meinen Wimpern, blieben an meinen Lippen haften. Schon wieder ein Blitz. Dann der Donner. Immer wieder, mit wenig Abstand zueinander.

Dann ein lang gezogener Donnerschlag. Er hörte gar nicht mehr auf, wurde stattdessen lauter. Ängstlich klammerte ich mich an mein Schwert, als könnte es mir helfen. Der Kampf zwischen den Brüdern und den Riesen war zu hören, doch der Regen war lauter. Ebenso wie dieser seltsame Donner.

Ich schaute mich nach Magni um, der noch unerbittlicher kämpfte. Die Frostriesen schienen vorsichtiger, fast so, als wären sie momentan unschlüssig. Manche sahen zu mir, dann wieder sich untereinander an.

Wie aus dem Nichts rauschte etwas nah an meinem zitternden Leib vorbei. Ich sah zu, wie es einige Jöten erwischte, wie sie umfielen und aufgrund des harten Schlags sofort tot waren.

»Magni«, wimmerte ich. Er war jedoch schon bei mir, stellte sich wie ein Schutzschild vor mich, als dieses Ding abermals an uns vorbeisauste und mit einem lauten Aufprall irgendwo landete. Ich drehte mich dorthin um und dann sah ich *ihn*.

Thor.

Eindeutig.

Magni konnte seinen Vater nicht leugnen, die beiden sahen sich einfach zu ähnlich. Blonde Haare, langer Bart, gleiche Gesichtszüge. Der Wind ergriff den roten Umhang von Thor und brachte ihn in Bewegung. Magnis Vater stand auf einem Wagen, der von zwei Ziegenböcken gezogen wurde. Der Donner hatte aufgehört. Das *Ding*, das an mir vorbeigesaust war, musste der Hammer gewesen sein, der sich nun in Thors rechter Hand befand.

Mir war jetzt klar, wieso ihn alle Welt *Donnergott* nannte.

Thor warf seinen Hammer erneut. Mit einer Geschwindigkeit, die ich keinem Hammer je zugetraut hätte, brauste er auf die Frostriesen zu. Sie fielen um, als wären sie schwarz-weiße Dominosteine.

Die anderen Riesen traten bald den Rückzug an. Niemand wollte sich dem Hammer Thors stellen. Ich konnte zu gut verstehen wieso. Mjölnir war eine tödliche Waffe. Außerdem kehrte sie nach jedem Wurf zu ihrem Besitzer zurück.

Der Donnergott stieg von seinem Wagen, die beiden Ziegen warteten geduldig. »Meine Söhne! Gut, dass Gullfaxi so schnell bei mir war. Ich lasse mir doch keinen Kampf, Seite an Seite mit euch, gegen die Jöten entgehen!« Seine Stimme war tief, glich eher der von Modi.

Die Regentropfen wurden weicher und vereinzelt blitzte sogar die Sonne durch die dichte Wolkendecke.

»Danke, dass du so schnell kommen konntest«, sagte Magni, als Thor bei uns ankam. neugierig musterte er mich.

»Wer ist sie?«, fragte er geradeheraus. Die Frage war eindeutig nicht an mich gerichtet. Ein Minuspunkt auf der Sympathieliste.

»Das ist Magnolia, Vater«, antwortete Magni.

»Ein Mensch, der es schafft, seinen Kopf zu verdrehen«, lachte Modi und schlug Magni auf die Schulter.

Sah man die drei so an, könnte man meinen, sie hätten nicht gerade unerbittlich gegen Riesen gekämpft. Dabei schlotterten meine Knie noch immer.

»Na, so was!« Nun lachte auch Magnis Vater auf. »Dann freut es mich natürlich, deine Bekanntschaft zu machen, Magnolia.« Thor sah mich prüfend an, merkte wohl den Schweißfilm auf meiner Stirn. Generell fühlte ich mich gerade alles andere als wohl.

»Mich a-auch. Mich freut e-es auch«, brachte ich zitternd hervor. Dabei fürchtete ich mich nicht vor Thor, mein Körper stand nur geistig noch immer auf einem von Riesen eingenommenen Schlachtfeld. »Magni, w-was sind Hrim-mthursen ü-überhaupt?«

»Du bist ganz bleich«, entgegnete Magni, anstatt meine Frage zu beantworten. Er nahm mir das Schwert aus der Hand und reichte es seinem Bruder.

»Das g-gerade, ähm, w-war unschön.«

»Hrimthursen sind Frostriesen. Jöten«, sagte er leise. Er überbrückte den letzten kleinen Abstand zwischen uns, legte seine starken Arme um meinen Oberkörper und schirmte mich somit von den anderen ab. Magni hielt mich so lange, bis mein Körper aufhörte, so hartnäckig zu zittern. Er hielt mich auch darüber hinaus, strich sanft über meine Handrücken.

Gedämpft nahm ich die Stimmen von Thor und Modi wahr, die in weiterer Ferne miteinander redeten. Dass die beiden Asen nicht mehr direkt neben uns waren, ließ mich zusätzlich ruhiger werden. Doch ich traute mich nicht, den Kopf zu heben. Wollte ihn immer in Magnis Hemd verstecken. Ich hatte große Angst, was ich sehen würde, wenn ich mich umschaute. Dass meine Albträume nie mehr aufhörten, nicht mit Greta und Ingrids Familie endeten. Magni und Modi hatten schon einige Frostriesen, wie ich richtig geschlussfolgert hatte, zu Fall gebracht. Aber Mjölnir? Dieser Hammer war die tödlichste Waffe, die ich je zu Gesicht bekommen hatte.

»Mir kam es so vor, als seien, ähm, die Riesen hinter mir her gewesen«, flüsterte ich kaum hörbar.

Ich hörte Magni gepresst ausatmen. »Mir auch«, murmelte er schließlich. »Mir leider auch.«

»Wir haben einen Plan entwickelt.« Ich hörte die tiefe Stimme von Thor, die sich uns wieder näherte.

Zaghaft hob ich den Kopf, schaute zuerst auf das Schlachtfeld. Umgehend wurde mir schlecht. Ein flaues Gefühl breitete sich in mir aus, weshalb ich rasch meine Augen zu Thor wandern ließ. Ich wollte mich nun wirklich nicht, gleich beim ersten Zusammentreffen mit Magnis Vater, übergeben. Obwohl ich ehrlicherweise vermutlich auch nicht sonderlich gut aussah, aber hey, diese Gedanken sollten sich momentan wirklich hinten anstellen, oder?!

»Was für einen Plan?«, fragte Magni nach, der mich die ganze Zeit nicht losgelassen hatte. Sein warmer Körper hüllte mich ein, wodurch es mir etwas besser ging. Das Blut auf seiner Kleidung versuchte ich tunlichst zu ignorieren.

Ignorieren!

»Modi hat mich über die jüngsten Ereignisse aufgeklärt. Deshalb werden dein Bruder und ich nach den Hrimthursen suchen und herausfinden, was sie von euch wollten. Du und deine Angebetete könnt derweil den Fenriswolf besuchen. Aber seid vorsichtig, der Wolf ist ein richtiges Biest!«

Magni schaute zu seinem Bruder, der ihm kurz zunickte.

»Wie du schon sagtest, auf Gullfaxi haben wir ohnehin nicht zu dritt platz«, sprach Modi.

»Ihr beide wollt allein zu den Frostriesen?«, hakte Magni skeptisch nach. »Was, wenn sie schon längst in Jötunheim sind? Da könnt ihr nicht einfach so reinspazieren.«

»Ich habe Vater dabei. Und du weißt doch, dass die Jöten sich schon anpinkeln, wenn sie nur den Donner hören.« Modi lachte kurz auf. »Aber wir verfolgen sie nur. Vielleicht sind sie in der Nähe geblieben. Allein nach Jötunheim gehen wir nicht. So töricht wärst hoffentlich nicht einmal du.«

Magni brummte irgendetwas vor sich hin. »In Ordnung. Aber seid ebenso vorsichtig!«

»Immer.« Modi grinste verschmitzt. »Können wir los, Vater?«

Thor betrachtete mich noch kurz, ehe er seinem jüngsten Sohn mitteilte, dass er so weit war.

»Vielleicht sieht man sich wieder.« Mit diesen Worten verabschiedete sich der Mann, der meinem Halb-Gott verwechselbar ähnlich sah. Modi und Thor stiegen auf den Wagen und die beiden Ziegenböcke galoppierten sogleich los. Mit dem lang gezogenen Donnergrollen, mit dem Thor gekommen war, verschwand er auch wieder.

Magni und ich blieben stehen und ließen die Stille auf uns wirken. Es war wirklich erstaunlich ruhig, nicht einmal ein Vogel zwitscherte, aber vielleicht wagte sich nach diesem Kampf einfach noch kein anderes Lebewesen aus seinem Versteck. Verstehen könnte ich es nur zu gut.

»Kannst du mir zeigen, wie man kämpft?«, durchbrach ich irgendwann unser Schweigen.

»Du möchtest ... Ähm, in Ordnung.« Magni räusperte sich kurz, ehe er mich sanft an den Schultern berührte, um sich ein kleines Stückchen von mir zu entfernen. Er schaute mir in die Augen, strich zärtlich über meine Wange. »Ich werde dir zeigen, wie du dich verteidigen kannst. Aber zuerst, lass uns schauen, dass wir vom Berg runterkommen.«

»Ja. Und danke.«

»Natürlich. In Anbetracht dessen, wie *gut* du dich vorhin verteidigen konntest, ist es tatsächlich keine schlechte Idee, dir ein paar Übungen zu zeigen.«

Ein schmales Lächeln bildete sich um meine Lippen, ehe ich ihm leicht gegen die Schulter schlug.

»Ich werde mich revanchieren.«

»Musst du nicht. Aber jetzt komm.«

Ohne mich noch einmal umzublicken, hob Magni mich an der Taille hoch, um mich auf Gullfaxis Rücken zu setzen. Ich strich dem Hengst über sein silbern schimmerndes Fell, spürte Magnis Körper, als er sich ebenso auf das magische Pferd schwang. Keinen Wimpernschlag später umschlang ein starker

Arm meinen Unterleib und presste mich gegen Magnis Oberkörper.

»Willst du galoppieren?«, fragte mein Halb-Gott flüsternd.

»Ja.«

Ich war froh, als Gullfaxi in die schnellste Gangart wechselte, um so rasch wie möglich von diesem Ort zu fliehen. Wir galoppierten lange und vorwiegend bergab, aber es machte mir nichts mehr aus. Ich fühlte mich auf Gullfaxi mittlerweile sicher und außerdem wusste ich, dass Magni mich niemals fallen lassen würde. In dieser Hinsicht vertraute ich ihm vollkommen.

Eigentlich vertraute ich ihm nicht nur, was das Reiten betraf. Wenn ich genauer darüber nachdachte, vertraute ich ihm generell. Ich kannte meinen Halb-Gott noch nicht allzu lange, aber mir kam es so vor, als würde er bereits seit Jahren zu meinem Leben gehören. Inzwischen wusste ich, dass Magni meine Gefühle erwiderte, was eine gewisse Wärme in meinem Inneren verbreitete.

Ich schmiegte mich näher an ihn und spürte seinen warmen Atem auf meiner Kopfhaut. Bald schon erkannte ich das Meer in der Ferne. Mit rasanter Geschwindigkeit näherten wir uns dem Wasser, bis Magni seinen Hengst drosselte. Wir wechselten in einen – für mich – sehr holprigen Trab, bis Gullfaxi endlich im Schritt weitermarschierte.

»Dort vorne sehe ich ein Bauernhaus. Vielleicht haben sie einen Platz für uns zum Nächtigen. Morgen reiten wir dann auf die Insel des Fenriswolfes. Hört sich das gut an?«

»Dass wir den Fenriswolf besuchen? Nein, das hört sich eigentlich alles andere als gut an.« Ich lachte unsicher auf.

»Das meinte ich nicht.«

»Ich weiß. Aber ja, nicht unter dem freien Sternenhimmel schlafen zu müssen hört sich gut an.«

»Ist mir mittlerweile auch schon aufgefallen, dass du das nicht gerne machst.«

Ich drehte meinen Kopf seitlich und schaute zu Magni

hinauf. »Obwohl ich einmal auf deinem Schoß aufgewacht bin. Das war, rückblickend, sehr schön.«

Magni schmunzelte. »Ja. Das war es.«

Der salzige Duft des Meeres stieg mir in die Nase. Je näher wir dem Bauernhaus kamen, desto stärker roch es nach Fisch. Den Utensilien, die sich um das Häuschen befanden, nach zu urteilen, handelte es sich bei der Familie um Fischer.

Es dämmerte bereits, als Magni von Gullfaxi stieg. »Bleib sitzen«, wies er mich an, als er mit drei lauten Faustschlägen gegen die Holztür hämmerte.

Hatte ich drinnen soeben ein paar Stimmen miteinander sprechen hören, verstummten diese mit einem Mal. Kurz darauf wurde die Tür von einem Mann, im Alter meines Vaters, geöffnet. Neugierig musterte er Magni, ehe sein Blick zu mir wanderte.

»Guten Abend. Habt ihr eine Schlafmöglichkeit für meine Begleitung und mich? Es ist nur für diese eine Nacht.«

Ich sah deutlich, wie der Mann schluckte. Als könnte er nicht glauben, wen er vor sich stehen hatte, wanderte sein Blick erneut zu mir und wieder zurück zu Magni. Dieser wurde zunehmend ungeduldig, das erkannte ich an seinen geballten Fäusten.

»Ich ... Wir ...«

»Stottere nicht so herum. Hast du einen Platz für uns, oder nicht? Ich entlohne dich auch gut.«

Hastig öffnete der Mann die Tür einen Spalt mehr. »Thors Sohn und seine Begleitung dürfen jederzeit umsonst bei uns einkehren.«

Magni nickte knapp, während ich mich von Gullfaxis Rücken gleiten ließ.

»Danke, das ist sehr freundlich«, antwortete ich, woraufhin der Mann breit lächelte und uns mit einer Handgeste signalisierte, eintreten zu dürfen.

»Hast du Heu für mein Ross?«, wollte Magni von dem Mann wissen. Über seine Wortwahl verdrehte ich wieder einmal die Augen. Doch der Mann ignorierte sie einfach und versprach dem Asen, Gullfaxi sofort welches zu bringen.

Währenddessen schaute ich mich drinnen um. Das Haus erinnerte mich ein bisschen an die Hütte, in der Ingrid und ihre Familie gelebt hatten. Fünf weitere Augenpaare blickten mir entgegen, als ich zu dem großen Tisch schaute, auf dem alles für das Nattmal bereitstand. Doch wie es aussah, hatte die Familie noch nicht mit dem Essen begonnen.

»Setzt euch zu uns. Ihr müsst hungrig sein.« Eine Frau mit geflochtenem, blondem Haar kam auf uns zu. Wenn ich mir die Familie so ansah, dürfte das die Ehefrau von dem Mann sein, der uns die Tür geöffnet hatte.

»Danke.« Allein schon beim Gedanken an Essen könnte ich sabbern wie ein Hund.

Im Gegensatz zu Ingrids Familie quatschten diese Leute während des Essens viel miteinander. Ihnen machte unsere Anwesenheit nichts aus, selbst wenn der Mann anfangs noch irgendwie eingeschüchtert gewirkt hatte. Mittlerweile, nach dem dritten Bier – Met war das scheinbar keiner – plauderte er fröhlich mit allen Anwesenden. Auch mit Magni! Doch dieser brummte meistens nur irgendeine Antwort. Er sollte zwischen Menschen endlich mal ein bisschen lockerer werden ...

Ich stupste meinen Halb-Gott leicht an, woraufhin er mich fragend anschaute. »Amüsiere dich ein bisschen«, forderte ich schmunzelnd. »Sie sind alle sehr nett.« *Und wer weiß, ob wir den morgigen Tag bis zum Ende erleben.*

»Hmpf.«

»Magni«, murrte ich zurück.

»Ja, in Ordnung. Ich versuche es.«

Seine Antwort ließ mich schmunzeln. Aber es war immerhin ein Anfang.

Als ich fertig gegessen hatte, kam eine junge Frau auf mich zu. Sie dürfte ein bisschen jünger sein als ich. Vielleicht sechzehn? Auf ihrem blauen kurzärmeligen Kleid, das sie über einem naturfarbenen Unterkleid trug, waren zwei Broschen angesteckt, die durch eine Kette verbunden wurden.

»Möchtest du ein Bad nehmen?«, fragte sie mich.

Mein breites Grinsen verriet mich vielleicht ohnehin, genauso wie mein aufgebrachtes Nicken. Wie lange war mein letztes Bad überhaupt her? Gott, am besten nicht darüber nachdenken ... »Oh ja! Das klingt fantastisch.«

»Dachte ich mir. Ihr beide seht aus, als wärt ihr in Schwierigkeiten geraten?« Sie forderte mich auf, ihr zu folgen. Wir gingen in die hinterste Ecke der Hütte, die durch eine schmale Holzwand vom großen Raum getrennt wurde.

»Kann man so sagen.«

»Wir haben das Gewitter über einem der Berge gesehen, genauso wie wir den Donner gehört haben. Sag, wart ihr dort? War Thor auch dort?« Sie flüsterte nun, ihre Augen vor Neugierde geweitet.

»Ja und ja.«

»Unglaublich! Ich habe noch nie einen Gott gesehen und dann steht plötzlich Thors Sohn vor unserer Tür. Dass wir euch Unterschlupf bieten können, ehrt uns sehr! Kommst du auch aus Asgard?«

Während sie auf meine Antwort wartete, nahm sie zwei Krüge, die noch leer waren. Erwartungsvoll blickte sie mich an.

»Ich komme aus Midgard.«

Meine Antwort ließ sie noch mehr strahlen. »Ich bin gleich wieder da!« Nach diesen Worten verschwand sie und kehrte kurz darauf mit den Krügen zurück. Diese waren mittlerweile mit Wasser gefüllt.

»Kann ich dir helfen?«, fragte ich sie. Kurz schien sie zu überlegen, meinte dann aber, dass ich die anderen beiden Krüge, die neben der Haustür auf dem Boden standen, nehmen könnte. Ich folgte ihr hinaus vor das Fischerhaus. Ein Brunnen stand nicht weit entfernt. Von dort holten wir das Wasser.

»Wie heißt du eigentlich?«, wollte ich von ihr wissen.

»Mein Name ist Bjelle. Und wie heißt du?«

»Magnolia.« Wir lächelten uns an. Und ich wusste, dass ich diese junge Frau mochte.

Es dauerte so viel länger, ein warmes Bad im Zuber vorzubereiten, als zu Hause in unserer Badewanne. Hahn aufdrehen, Wasser einlassen, Temperatur einstellen und einfach nur warten, bis man in die Wanne steigen konnte. Aber hier?

Wasser holen, tausende Male laufen, Wasser beim Feuer erhitzen und dann in den Zuber leeren. So lange hatte ich tatsächlich noch nie auf ein Bad gewartet. Aber hieß es nicht, Vorfreude wäre die schönste Freude?

Jedenfalls konnte ich es kaum glauben, als ich von allen im hintersten Eck allein gelassen wurde, meine Klamotten auszog und mich in den Zuber gleiten ließ. Ein wohliges Seufzen entkam mir.

»Magnolia, entschuldige, dass ich störe. Ich habe eine Seife für dich.« Bjelle erschien und reichte mir die Seife.

»Danke.«

»Gerne. Ich habe sie selbst gemacht! Mit Moltebeeren. Mutter sagt, das entspannt und beruhigt den Körper. Besonders den weiblichen.« Bjelle lachte auf, ehe sie sich erneut von mir abwandte. Ihr Lachen wurde eins mit dem bunten Stimmengewirr ihrer Familie.

Ich lächelte, als ich mich mit dem Rücken an den Zuber sinken ließ. Zuerst wollte ich einfach nur das warme Wasser genießen, bis ich mich dann doch irgendwann dazu entschloss, meinen Körper einzuseifen. Die Seife roch unglaublich gut. Moltebeeren ... Davon hatte ich noch nie gehört. Wenn ich wieder in meiner Zeit war, gab es viel zu recherchieren.

»Ich noch mal.« Bjelle grinste breit und holte mich aus meinen Gedanken. »Du kannst meine Klamotten anziehen. Die dürften dir passen. Deine kann ich dir waschen, wenn du möchtest.«

»Du bist zu nett. Danke.« Lächelnd schnappte sie sich meine schmutzige Kleidung und ließ mich dann wieder allein. Ob sie mich noch einmal unterbrechen würde?

Dem war nicht so und ich konnte mein Bad bis zum Ende genießen. Ich trocknete mich ab und zog dann das Kleid von Bjelle an. Es fühlte sich viel weicher und angenehmer an als das Kleid, das ich die letzten Tage getragen hatte. Außerdem war es in einem schönen Grünton gehalten, was meine Augenfarbe besser betonte. Sie hatte mir auch zwei ovale Broschen, die mit einer Halskette verbunden waren, dazugelegt. Ja, jetzt fühlte ich mich definitiv wieder wohl.

»Du siehst hübsch aus, kleiner Schmetterling«, raunte Magni in mein Ohr, als ich hinter der schmalen Wand hervortrat. »Ich wasche mich auch rasch.« Dann war er schon hinter der dünnen Holzwand verschwunden.

Grinsend schaute ich zu der Stelle, wo er gerade noch gestanden hatte. Im Moment fühlte ich mich wohl. Sehr wohl. Der Gedanke an den morgigen Tag, oder gar an den heutigen, war in weite Ferne gerückt. Jetzt wollte ich mich kurz einfach nur sorglos und frisch gebadet fühlen. Deshalb ging ich auf Bjelle zu, die dabei war, mein Leinenkleid zu waschen, und fragte sie, wie sie die Seife hergestellt hatte. Einerseits, weil es mich wirklich interessierte, andererseits, weil ich gerne Zeit mit Bjelle verbrachte. Außerdem lenkte es mich vom Nachdenken ab.

27

EINE ECHTE NORDFRAU

»Deine Haare sind fast trocken, darf ich sie dir flechten?« Bjelle, ihr jüngerer Bruder und ich saßen nebeneinander und erzählten uns Geschichten. Es war schön, einfach für den Moment vergessen zu können, was war und kommen mochte.

Magni hatte sich nach seinem Bad zu Gullfaxi nach draußen gesellt. Er hatte mir bedeutet, dass ich ruhig hier drinnen meine Zeit verbringen konnte. Also war ich geblieben und bereute es kein Stück.

»Du möchtest meine Haare flechten?«, fragte ich bei Bjelle nach. Die Idee gefiel mir, vor allem, weil mir meine Haare dann nicht ständig ins Gesicht fielen. Zudem hatte Bjelle selbst, und alle anderen in diesem Haushalt ebenfalls, geflochtenes Haar. Magni ja auch. War hier wohl wirklich so etwas wie ein Modetrend.

»Ja, aber nur, wenn du es willst. Deine Haare laden dazu ein und ich habe schon ein paar Ideen in meinem Kopf.« Bjelle lächelte freundlich.

»Tobe dich aus«, antwortete ich ihr amüsiert, ehe sie euphorisch aufsprang, um ein paar Sachen zu holen, damit sie meine Haare machen konnte.

Von Zärtlichkeit beim Haare frisieren und flechten hatte

Bjelle noch nie gehört. Das alles schluckte ich aber tapfer herunter, sofern ich endlich einen Zopf bekam. Wie sich herausstellte, bekam ich nicht nur *einen* geflochtenen Zopf, sondern viele. Bjelle nahm meine Haare an der Seite und flocht sie zu engen Zöpfen, die eine Art Undercut-Look erzeugten. Zumindest stellte ich es mir so vor, einen Spiegel besaß diese Familie bedauerlicherweise nicht. Der Rest meiner Haare blieb frei, damit meine Locken perfekt zur Geltung kamen. So zumindest Bjelles Erklärung.

»Oh, du siehst toll aus!«, äußerste sie. Auch ihre Mutter sah zu uns herüber und lobte die Arbeit ihrer Tochter.

»Danke, Bjelle. Das habe ich wirklich gebraucht.« Ich fiel ihr in die Arme, sie erwiderte meine Umarmung lachend. Wenn uns nicht so viele Jahrhunderte trennen würden, wäre Bjelle definitiv ein Mensch, mit dem ich oft meine Freizeit verbringen könnte.

Ich bedankte mich ein weiteres Mal bei ihr und suchte dann meinen Halb-Gott auf. Draußen war es mittlerweile stockdunkel.

»Magni? Wo bist du?«, rief ich in die Finsternis der Nacht. Die Tür schloss ich hinter mir und blickte mich suchend um.

»Ich bin hier«, hörte ich Magnis Stimme unweit von mir. Langsam gewöhnten sich meine Augen an die Dunkelheit, außerdem schien der Mond hell. Eben hatte er sich bloß hinter ein paar Wolken versteckt.

»Na, wie sehe ich aus?« Ich zeigte mit meinen Fingern auf meinen Kopf und lächelte leicht. Magni lehnte an einen Baum, Gullfaxi graste neben ihm.

»Wie eine echte Nordfrau.«

»Das werte ich als Kompliment.« Ich war bei Magni angekommen und legte ihm meine Arme um den Nacken. »Worüber denkst du so angestrengt nach?«

»Über dies und das.«

»Geht das genauer?« Ich lachte auf, drängte mich näher an seinen Körper. Seine Hände befanden sich mit einem Mal an meiner Hüfte.

»An morgen. An heute. Daran, dass du bald nicht mehr bei mir sein wirst. Triste Sachen eben.«

Ich seufzte schwerfällig. Ja, das waren in der Tat triste Gedanken.

»Vielleicht sollten wir nicht an morgen denken oder an den vergangenen Tag. Vielleicht sollten wir einfach an das Jetzt denken und die gemeinsame Zeit genießen.«

Magni tat das einzig Vernünftige, was man nach meinen Worten machen konnte. Er küsste mich.

Seine Zunge teilte meine Lippen. Ich stellte mich auf die Zehenspitzen, drückte mich enger an seinen Körper. Magnis Zunge umspielte meine, ich seufzte leise auf.

Ja, diese Unterhaltung ging eindeutig in die richtige Richtung. Seitdem ich heute Vormittag mit Magni geschlafen hatte, wollte ich es wieder tun. Vor allem, wenn ich ihm so verdammt nah war.

Ich wäre allerdings nicht ich, wenn mir selbst während eines Kusses meine Gedanken nicht im Wege stehen würden. Bevor wir uns weiter küssten, wollte ich noch etwas loswerden. Deshalb löste ich meinen Mund von seinem und schaute in seine vor Verlangen dunklen Augen.

»Weißt du, was mir vorhin im Badezuber eingefallen ist?«

»Nein. Was denn?«

»Dass ich mich nicht rasieren kann. Ich weiß nicht einmal, ob die Frauen das in dieser Zeit tun, geschweige denn mit was. Ich meine, stören dich meine Haare nicht? Also zwischen den Beinen oder an den Beinen?« Ich biss mir unsanft in die Unterlippe, während Magni mich seltsam beäugte.

»Ist das eine ernst gemeinte Frage?«

Ich nickte.

»Magnolia, ich werde niemals etwas so Natürliches wie Haare abstoßend an dir finden. Außerdem weißt du, dass ich deine Haare mag. Und zwar an jeder Stelle deines Körpers.« Er betonte jedes Wort. Dabei kam er meinem Gesicht immer näher.

»Das ist gut, schätze ich. Lukas mochte nur meine Haare auf dem Kopf«, murmelte ich noch. Wieso, konnte ich nicht sagen. Von dem Ex-Freund anzufangen war definitiv ein Stimmungskiller.

Dicht vor meinem Mund stoppte Magni. »Was hat er dir eigentlich getan?«

»Er mir getan?«, fragte ich dümmlich nach.

»So wie du von ihm sprichst, seid ihr nicht im Guten auseinander. Du mochtest ihn scheinbar gerne. Also, was ist passiert?«

»Oh, also ich weiß nicht, ob es überhaupt eine gute Idee ist, das mit dir zu besprechen.« Ich lachte unsicher auf. »Außerdem ist es mir etwas peinlich, das laut auszusprechen.«

»Erinnerst du dich an unsere Wette damals? Als du Gullfaxi zum ersten Mal gesehen hast? Du weißt sicher noch, wer gewonnen hat und was ich mir als Einsatz gewünscht habe.«

»Du mieser ... Hmpf. Du willst also die Wahrheit?«

»Ja. Was ist passiert?«

»Dass dich das überhaupt interessiert«, grummelte ich.

»Natürlich interessiert es mich. Alles, was dich betrifft, ist von Wichtigkeit.«

»Oh Magni.« Ich schmiegte mich an seine Brust und begann zu erzählen.

Ich berichtete Magni von Lukas, der mir das Herz gebrochen hatte – natürlich nur im übertragenen Sinne. Der mich an jenem Abend einfach vergessen hatte, obwohl wir verabredet waren. Also machte ich mich an diesem verschneiten Abend auf den Weg zu dem Haus seiner Eltern, die zum Glück nur zehn Gehminuten entfernt wohnten. Seine Eltern waren nicht zu Hause, das konnte ich daran erkennen, dass ihr Auto nicht in der Einfahrt stand. Aber in Lukas' Zimmer brannte Licht, demnach war er zu Hause. Auf meine Nachrichten und Anrufe reagierte er nicht, weshalb ich einfach ins Haus spazierte. Ich klingelte nicht, weil ... Nun ja, weil ich dort öfter einfach ein und aus ging. Die Haustür war nicht abgeschlossen, also lief ich die Treppe in den ersten Stock hinauf.

Allerdings ... was ich da an Geräuschen aus Lukas' Zimmer hörte, gefiel mir gar nicht. Ich versuchte mir einzureden, dass er sich einen Porno reinzog, aber dem war leider nicht so. Ich musste mich entscheiden, ob ich nachsehen wollte oder doch lieber abhauen sollte. Ich nahm die erste Variante, einfach weil ich von neugieriger Natur war, und so hatte ich Lukas in flagranti mit einer Klassenkameradin erwischt.

»Ich weiß nicht, wie das bei euch so ist. Na gut, ich kann es mir denken, aber in unserer Zeit ist es so, dass Männer normalerweise nur eine Frau an ihrer Seite haben und umgekehrt genauso. Außerdem hat es mich wirklich sehr verletzt und ... Keine Ahnung.« Ich biss mir fest auf die Unterlippe.

»Wenn du an meiner Seite bist, bräuchte ich niemals eine andere Frau«, raunte er. »Dieser Lukas ist ein Narr. Du bist schöner als jedes Nordlicht in der dunkelsten Nacht, stärker als die Ketten, die den Fenriswolf in Gefangenschaft halten, und klüger als jeder Zwerg, der gerade auf Zwergenbrei ist.«

Bei seinem letzten Vergleich schmunzelte ich. Ja, der Zwergenbrei war mir auch wie eine Droge vorgekommen. Doch der Rest ...

»Magni, woher nimmst du bloß solche Worte? Du sagst diese Dinge zu mir und alles, was ich will, ist, dich für immer küssen zu können.«

»Ich kann dir vielleicht nicht *für immer* anbieten, aber *jetzt*.«

»Jetzt klingt gut«, hauchte ich und legte meine Lippen zärtlich auf seine.

Wir liebten uns in dieser Nacht erneut. Es tat gut, mich bei ihm vollkommen fallen lassen zu können. Es war ein unbeschreiblich schönes Gefühl, eins mit ihm zu werden, ihn zu riechen, zu hören, zu spüren.

Ich lag unter ihm auf der kühlen Wiese neben dem Baum. Gullfaxi graste weiterhin seelenruhig neben uns, mein Kleid hatte ich dieses Mal noch an.

»Wir sollten langsam rein. Dir ist kalt und morgen wird ein langer Tag«, meinte Magni, als wir schon eine Zeit lang einfach nur auf dieser Stelle verbracht hatten.

»Ja, wahrscheinlich hast du recht.«

Während Gullfaxi vor dem Fischerhaus die Nacht verbringen durfte, gingen Magni und ich erneut durch die Tür.

Bjelle wünschte mir eine gute Nacht, ehe sie sich selbst hinlegte. Für sie ging morgen wohl ein anstrengender Arbeitstag weiter.

Magni und ich bekamen ein Bettfell gereicht, das groß genug für uns beide war. »Ihr braucht nur eines, oder?«, fragte die Mutter mit einem wissenden Grinsen im Gesicht.

Dankend und bejahend nahm ich ihr das Bettfell ab und legte mich gemeinsam mit Magni auf den Holzboden. Wir bekamen weiters eine Decke und zwei Kissen, um es uns etwas gemütlicher machen zu können.

»Schlaf gut, kleiner Schmetterling«, flüsterte mir Magni ins Ohr. Ich schmiegte mich eng an ihn, lächelte glücklich.

»Gute Nacht, Magni. Versuche bitte, auch zu schlafen«, wisperte ich in das frische Hemd, das er vom Herrn des Hauses geschenkt bekommen hatte.

»Ich versuche es«, murmelte mein Halb-Gott. Mehr konnte ich wohl nicht von ihm verlangen.

Bei mir dauerte es nicht lange, bis ich ins Land der Träume wanderte. Mit Magnis Geruch in meiner Nase und seinem Herzschlag unter meinem Ohr war das aber auch keine besonders schwierige Aufgabe.

Am nächsten Tag fiel es mir richtig schwer, mich von Bjelle zu verabschieden. Wir umarmten uns, wünschten uns nur das Beste für die Zukunft und ich bedankte mich noch einmal herzlich für die wunderschöne Frisur und das herrliche Bad gestern.

Auch bei den restlichen Familienmitgliedern bedankte ich mich und Magni entlohne den Herrn des Hauses mit einer Goldmünze aus Asgard. Staunend betrachtete der Mann die Münze, als könnte er nicht glauben, was er gerade in seiner Hand hielt.

Keine zehn Minuten später saß ich auf Gullfaxi, noch immer die Kleidung von Bjelle tragend. Sie hatte gemeint, dass mir das Kleid viel besser stünde als ihr, und so hatten wir einen Kleidertausch gemacht.

»Bist du bereit?«, flüsterte Magni in mein Ohr, als wir weit genug vom Fischerhaus entfernt waren.

»Bereit, den Fenriswolf zu treffen? So was von!«

»Ich auch nicht«, murmelte Magni. Er drückte mich enger an seinen Oberkörper und flüsterte ein weiteres Mal: »Gullfaxi wird jetzt richtig schnell sein, aber keine Angst, ich lasse dich nicht fallen. In Ordnung?«

»Mhm«, war alles, was ich zustande brachte, gleichzeitig nickend.

Magni gab Gullfaxi die Schenkel, schnalzte mit der Zunge und Gullfaxi sprintete los. Nicht im normalen Galopp, den ich von dem Hengst schon gewohnt war, sondern in einem richtig schrägen, schnellen, unnormalen Galopp!

Wasser peitschte mir ins Gesicht, als das Pferd die Wasseroberfläche berührte. Gullfaxi lief tatsächlich über das Wasser! Das war doch unmöglich! Ich versuchte, meine Atmung unter Kontrolle zu bringen, nahm bewusst ein paar lange Atemzüge. Aber das salzige Wasser hinderte mich etwas daran, denn es klatschte mir immer wieder ins Gesicht, sodass ich kurzerhand einfach die Augen schloss.

Jegliches Zeitgefühl hatte sich verabschiedet. Ich wusste nicht, wie lange wir schon ritten. Irgendwann legte Gullfaxi allerdings einen Slide hin, wodurch wir von einer Sekunde auf die nächste standen.

Ich öffnete die Augen und sah, dass wir uns auf einer Insel befanden. Unter Gullfaxis Hufen breitete sich eine große Sandfläche aus, aber der Großteil der Insel bestand wohl aus Steinen und riesigen Felsen.

Weder sah noch hörte ich den Fenriswolf, was augenblicklich ein mulmiges Gefühl in mir aufkommen ließ. Ja, gut, wir standen direkt neben dem weiten Meer und die Insel schien etwas größer zu sein, als ich es erwartet hatte. Rasch griff ich zu meiner ledernen Tasche und fühlte, dass sich die

Schleuder, die die Dvergr für mich gefertigt hatten, noch darin befand.

»Alles gut?«, fragte Magni.

»Ja, alles gut«, antwortete ich mehr bebend als ruhig.

»Wir bekommen das hin.«

»Mhm.« Mit wackeligen Knien rutschte ich seitlich von Gullfaxis Rücken.

Magni blickte bereits auf der Insel umher, was ich ihm sofort nachtat. Keine einzige Pflanze war zu sehen, nur Sand und Gesteine. Ich stellte es mir grausam vor, immer nur die Insel betrachten zu können oder das weite Meer, das kein Ende zu nehmen schien. Wenn ich so eine Aussicht tagtäglich um mich hätte, könnte ich glatt verrückt werden. Wie es da wohl dem Fenriswolf erging?

»Mit Besuch habe ich nicht gerechnet.«

Als ich die tiefe, grollende Stimme hörte, zuckte ich zusammen. Hektisch suchten meine Augen das Umfeld ab, aber ich konnte absolut niemanden entdecken. Magni zog seinen Speer und drängte mich hinter sich.

Ein dunkles Lachen drang zu uns und jagte mir einen Schauer über den Rücken. Jetzt wäre noch der richtige Zeitpunkt, um zurück auf Gullfaxis Rücken zu klettern und das Weite zu suchen. *Scheiß auf Odins Forderung! Hau ab!* Meine innere Stimme schrie mich regelrecht an.

Ein großer, schwarzer Wolf trat in unser Sichtfeld. Vor Schreck erstarrte ich, denn er war riesig!

Riesig, riesig!

So groß wie eine ausgewachsene Elefantenkuh. Ich schluckte schwer, könnte mich vermutlich nicht einmal mehr zum Davonlaufen bewegen, sollte er uns jetzt angreifen. Meine innere Stimme war zu Eis gefroren, denn sie meldete sich nicht mehr. Sein Maul hatte er zu einer komischen Grimasse verzogen, was ihn gruselig grinsen ließ. Die Augen schimmerten gelblich im Sonnenlicht und starrten abwechselnd von Magni zu mir und hinüber zu Gullfaxi.

»Du bist nicht Thor, auch wenn du aussiehst wie er! Wer bist du?«, knurrte der Fenriswolf an Magni gewandt. Seine

Stimme klang eingerostet, als hätte er sie lange nicht verwendet. Außerdem: Das hier war nicht *nur* ein riesiger Wolf, sondern auch ein *sprechender*!

Der Wolf wollte ein Stück näher kommen, doch die Fesseln, die seine vier Beine ordentlich einschnürten, hinderten ihn daran. Knurrend gab er sich geschlagen, zog jedoch noch einmal wütend an der vorderen Kette.

»Ich bin Magni, der erstgeborene Sohn Thors.« Die Stimme meines Halb-Gottes war erstaunlich fest und wackelte kein einziges Mal. Mit einem raschen Seitenblick betrachtete ich Magni, wie er den Fenriswolf angriffslustig musterte.

»Da war ja was, stimmt. Verräterisches, widerliches Pack!«, spuckte ihm dieser entgegen. Dann wandte er sich an mich, seine Augen bohrten sich regelrecht in meine. »Und du? Wer bist du?«

»I-Ich? Mag-Magnolia.«

»Ein Mensch. Was macht ein Mensch bei einem Dummbeutel von einem Asen?«

»Ähm. E-Er begleitet mich.«

»Das bedeutet, *du* wolltest zu mir?« Der Wolf wollte erneut näher kommen, doch die Fesseln, die eigentlich ziemlich dünn wirkten, hinderten ihn daran. Sie sahen so aus, als würden sie bald reißen, aber ich versuchte, bei allem was mir lieb war, auf die Magie der Zwerge zu vertrauen.

»Wollen ist übertrieben. Ich muss.«

»Du musst? Komm näher.«

»Auf keinen Fall!«, fauchte Magni und sperrte mir mit seinem Speer den Weg zum Fenriswolf ab.

Als ob ich auch nur einen Fuß nach vorne gesetzt hätte! Was dachte Magni bloß? Obwohl ...

»Ich höre euch aus dieser Entfernung nur so schlecht«, flötete der schwarze Wolf, während er ein übertriebenes Grinsen nicht verhindern konnte. Gott, war der gruselig!

Ich räusperte mich, versuchte meine Stimme wiederzuerlangen. In meiner Tasche befand sich die Schleuder, die die Zwerge für mich gefertigt hatten. Laut ihnen verfehlte die Schleuder nie ihr Ziel. Wenn ich mir die Fesseln des

Fenriswolfes anschaute und an den Hammer Thors dachte, konnte ich dem Werk der Zwerge Vertrauen schenken.

»Odin zwingt mich«, hörte ich mich gefestigter sprechen. »Da du Odin auch nicht wohlgesonnen bist, können wir vielleicht miteinander sprechen.«

»Magnolia«, zischte Magni, schüttelte zeitgleich den Kopf.

»Odin zwingt dich. Das ist eine Geschichte, die ich mir anhören möchte.«

»Er wird mich schon nicht fressen«, nuschelte ich, als ich Magnis Speer nach unten drückte und ein paar Schritte auf den riesigen Wolf zuging. Aber nicht, ohne davor noch einmal tief Luft geholt zu haben.

Ja, ich ging tatsächlich auf den Riesenwolf zu! Mich hatten wohl schon lange alle guten Geister verlassen.

»Magnolia«, murrte Magni fassungslos hinter mir. Ich konnte mich im Moment ja selbst kaum verstehen, da durfte ich das nicht noch von Magni erwarten. Als ich fand, nah genug vor dem Fenriswolf zu stehen, schaute ich ihm tapfer in die Augen.

»Du bist mutig«, knurrte er.

»Oder dämlich. Das weiß ich noch nicht«, gab ich vor dem Wolf zu, was ihm ein tiefes Lachen entlockte.

»Erzähl!«

»Wo beginne ich am besten? Vielleicht damit, dass ich aus der Zukunft komme. Keine Ahnung wie, aber ich bin in eurer Zeit gelandet. Magni hat mich gefunden und mich zu seinem Großvater Odin gebracht. Damit ich wieder in meine Zeit zurückkehren kann – wobei mir Odin helfen wird – muss ich drei Aufgaben bestehen.«

»Odin wird dir niemals helfen«, grollte der Wolf dazwischen.

»Ich glaube fest daran, denn ansonsten ist das alles hier Quatsch.«

Der Wolf schnaubte und machte es sich zu meinem Erstaunen gemütlich, indem er sich auf einen Fels setzte.

»Er verlangt von mir, dass ich den Zwergen einen Besuch

abstatte, dem Gift der Midgardschlange ausweiche und deinen Speichel auffange.«

Wieder erschütterte das tiefe, dunkle Lachen des Wolfes einige umliegende Steine. »Das sind nicht bewältigbare Aufgaben für einen Menschen. Gar für eine Frau.« Er schnitt eine seltsame Grimasse, was mich irgendwie wütend werden ließ. Nur weil ich ein Mensch war, war ich noch lange nicht schwach. Und nur weil ich eine Frau war, waren Männer nicht stärker!

»Ich weiß, dass ich die Aufgaben schaffen kann. Ich werde dir das Gegenteil beweisen, und Odin auch!«

»Ich würde gerne sein Gesicht sehen, wenn du die Aufgaben tatsächlich alle schaffst. Hast du bereits eine erfüllt?«

»Ich habe die Zwerge besucht.«

»Oh, die miesen, kleinen Maden. Wenn ich je einen von ihnen sehe, ist es um sie geschehen.«

Seine Aussage ließ mich schwer schlucken. Vielleicht war es eine blöde Idee gewesen, ihm so nah zu kommen. Uns trennten allerdings noch wenige Meter, die er aufgrund der Fesseln nicht überwinden konnte. *Also alles gut.*

»Ähm.«

»Und nun? Wie hast du dir das vorgestellt? Kommst auf meine Insel, um meinen Speichel zu fangen. Aber wie?«

»Das weiß ich noch nicht genau.«

»Komm doch näher.« Der Fenriswolf öffnete sein Maul ein Stück und ich sah, wie sein Speichel seitlich neben den Zähnen auf den steinernen Boden tropfte.

»Magnolia!« Ich hörte Magni hinter mir fluchen. Keine Sekunde später stand er neben mir und fasste mich am Handgelenk. Er wisperte in mein Ohr: »Jetzt wäre der perfekte Zeitpunkt für deine Schleuder.«

»Ich denke nicht.« Meine Augen suchten seine und trafen auf Unverständnis. Ich konnte es ihm schwer verübeln.

»Magnolia«, brummte er warnend, aber auch besorgt.

»Wovon ernährst du dich eigentlich?«, wollte ich vom

Fenriswolf wissen, als ich meinen Blick von Magni lösen konnte.

Der Wolf schloss sein Maul wieder, dachte kurz nach. Dann aber sagte er: »Immer wenn ich kurz vorm Verhungern bin, liegt plötzlich eine Robbe auf meiner Insel. Sie wehrt sich nicht einmal, wenn ich komme, scheint hier zu sein, um für mich zu sterben. Jedes Mal ist es eine andere Robbe, mal ist sie kleiner, mal größer. Mal ist sie mehrfarbig, mal ist sie komplett grau. Ich weiß nicht wieso, aber ich hinterfrage es mittlerweile nicht mehr. Ich will nur nicht auf dieser Insel verhungern, wenn ich mir meinen größten Wunsch noch nicht erfüllt habe.«

»Und was ist dein größter Wunsch?«, wollte ich von ihm wissen.

»Ich will Odin töten.«

28

ÜBERTRIEBEN GROSSER HUND

I ch ließ die Worte des Fenriswolfes kurz sacken, konnte ihn aber sehr gut verstehen. Magni hatte mir während der Reise irgendwann von dem Fenriswolf, Tyr und Odin erzählt.

»Das kann ich verstehen«, murmelte ich leise, doch der Wolf hörte mich. Ebenso wie Magni, der mich noch immer flehend anschaute.

»Willst du nun die zweite Aufgabe von Odin bewältigen, oder nicht?«, fragte der Wolf erneut. Er öffnete sein Maul, und wieder sah ich zu, wie einige Speicheltropfen den Boden berührten.

»Magnolia!«

»Lass mich bitte los«, flüsterte ich und schaute meinem Halb-Gott in die Augen. »Ich lasse mich nicht fressen.«

»Oh, Magnolia. Du bringst mich um.«

»Vertrau mir.«

»Dir ja, aber ihm kein Stück.« Er blickte zum Wolf, haderte mit sich.

»Bitte, Magni.«

Nach schier endlosen Sekunden ließ Magni mein Handgelenk sehr widerwillig los, woraufhin ich langsam auf den Fenriswolf zuging. Je näher ich ihm kam, desto schneller donnerte mein Herz gegen meinen Brustkorb.

Der Wolf beäugte jeden meiner Schritte, und als ich direkt vor ihm zum Stehen kam, atmete ich geräuschvoll aus. Ich formte meine zittrigen Hände zu einer Schale und fing seinen Speichel auf.

Ich schaute langsam von meinen Händen zu seinem Auge. Er fixierte mich mit seinem Blick. Sein gelblich schimmerndes Auge ließ mich keine Sekunde los, was mich nur nervöser machte. Verdammt, war das eine blöde Idee von mir gewesen! Besäße ich eine dritte Hand, würde ich mir eine Ohrfeige geben, damit ich endlich wieder zur Besinnung kam.

»Wenn ich jetzt *Buh* sage, fällst du dann um?«, fragte mich der riesige Wolf mit seiner tiefen Stimme. War das etwa Schalk, den ich da heraushörte? Ich konnte seinen strengen Atem nicht nur riechen, sondern ihn auch in meinem Gesicht spüren. Mein Körper stand seinem eindeutig viel zu nah. »Und was machst du mit meinem Speichel, jetzt, wo du ihn hast?«

»In mein Kleid wischen? Mir die Hände im Meer waschen? Vielleicht«, wisperte ich zittrig.

»Hm«, drang es dumpf aus seiner Kehle. Der Wolf neigte den Kopf ein Stück, legte sich dann gänzlich auf dem Fels ab.

Ich stand bedröppelt neben ihm, schaute auf seinen Körper. Vorhin hatte er sich hingesetzt, jetzt lag er sogar.

»Vielleicht sind Menschenfrauen doch mutiger, als ich dachte«, meinte er unvermittelt.

»Ähm.«

»Kannst du mich hinter meinem Ohr kraulen? Ich komme dort so schlecht hin.«

Ich blinzelte kurz ungläubig, trat dann aber noch einen Schritt näher. Wenn er mich hätte töten wollen, wäre das längst geschehen. Also streckte ich vorsichtig meine Hand aus, spürte noch immer die Flüssigkeit auf meiner Handfläche, die ich kurz in meinem Kleid abwischte, und fasste dann das Fell des Wolfes an.

Hatte ich vorhin gedacht, dass es sich bestimmt rau

anfühlte, so bestätigte er mir hiermit das Gegenteil. Obwohl er schon so viele Jahre allein auf dieser Insel lebte, fühlte sich sein schwarzes Fell angenehm weich an. Und die Haut darunter war schön warm.

Ich kraulte den Wolf wie einen Hund hinter seinem Ohr und konnte mit ansehen, wie er es genoss. Ohne es beeinflussen zu können, stahl sich ein echtes Lächeln auf mein Gesicht. Wäre er ein Familienhund, würde er vermutlich zusätzlich mit seiner Rute wedeln.

»Ich habe deine Schwester Hel kennengelernt«, meinte ich plötzlich. Wieso ich auf einmal eine richtige Konversation mit dem Wolf aufbauen wollte, wusste ich nicht. Vielleicht, weil es mir leidtat, dass er stets allein war? Wo er doch eigentlich nur ein übertrieben großer Hund war, der Liebe und Zuneigung brauchte?

»Du warst in Helheim?«

»Ja. Habe mich verlaufen.« Ich kicherte leise. »Sie war sehr gastfreundlich.«

»Wenn du die launische Hel dazu bringen konntest, dass sie dich mag, wird Jörmungandr ein Kinderspiel.«

»Ganz sicher.« Ich lachte auf. »Sie ist nur eine riesige Schlange, die mit ihrem Körper ganz Midgard umfasst«, sprudelten die Worte sarkastisch aus meinem Mund.

»So groß ist sie eigentlich gar nicht. Die Menschen glauben nur, dass sie so riesig ist. Ganz Midgard geht sich niemals aus. Zumindest jetzt noch nicht. Aber wer weiß, sie wächst ja noch. – Kannst du da weitermachen?«

Ich hatte gar nicht mitbekommen, dass ich aufgehört hatte, über das Fell des Fenriswolfes zu streicheln. Doch nun kraulte ich ihn auch neben seinem Nacken und sah zu, wie er wohlig die Augen schloss.

Es vergingen sicher einige Minuten, in denen ich einfach nur neben dem liegenden Wolf stand und sein Fell streichelte, kraulte und berührte.

»Ich kann dir mit meiner Schwester helfen.« Der Fenriswolf schaute mich durch sein gelbes Auge erneut direkt an. »Ja, das werde ich tun. Schon allein deshalb, um Odin eins auszuwischen.«

»Ähm.«

Bevor ich etwas erwidern konnte, war der Fenriswolf auf alle vier Pfoten gesprungen, auf einmal voller Tatendrang. Ich konnte nichts mehr tun, ihn nicht mehr davon abhalten. Er wandte mir den Rücken zu, starrte auf das Meer hinaus und heulte. Nein, er heulte nicht nur, es klang vielmehr nach einem Brüllen. Etwas, von dem ich niemals gedacht hätte, es aus einem Wolfsmaul hören zu können.

Die Insel bebte unter seinem Brüllen. Ich wankte, versuchte das Gleichgewicht zu halten. Keine Ahnung, wo die zwei starken Arme plötzlich herkamen, doch sie hielten mich fest und drückten mich an einen großen Oberkörper. Ich schaute hinüber zu Gullfaxi, der nervös tänzelte. Okay, das war wohl eine Situation, die an keinem spurlos vorbeiging.

»Was tut er?«, wollte Magni von mir wissen, während er mich beschützend an sich presste.

»Er ruft seine Schwester, denke ich.«

»Die Midgardschlange?« War Magnis Stimme eine Oktave nach oben gehüpft? War das möglich?

»Ich bin nicht ganz sicher, aber ich denke schon.«

»Verdammt, Magnolia! Du hast aber deine Schleuder in Griffnähe, oder?«

»Lass uns zuerst mal sehen, wie die Schlange drauf ist.«

»Du machst mich fertig! Nicht nur, dass du den Fenriswolf so anfasst, wie ich auch gerne von dir berührt werden möchte. Nein, du ... du bringst mich noch um.«

Das Beben, sowie das Brüllen, nahm ein Ende. Der Wolf drehte sich zu uns um, beäugte meinen Halb-Gott allerdings sehr kritisch.

»Beinah hätte ich vergessen, dass ein Ase auf meiner Insel ist«, knurrte er.

»Wieso hast du Jörmungandr gerufen?«, fragte Magni scharf.

»Ich helfe ihr. Außerdem rechnet Odin nicht damit, dass

sie die Aufgaben schafft. Deshalb wird es mir ein Vergnügen sein, zu helfen.«

»Scheiße«, murmelte Magni. Er wiederholte das Wort die nächsten zehn Minuten bestimmt zwanzig Mal. Ich versuchte ja, ihn zu beruhigen, aber konnte meine eigene Nervosität kaum im Zaum halten.

Die Midgardschlange war ein Reptil. Eine große Schlange, die noch dazu giftig war! Wenn sie einen von uns mit ihrem Gift erwischte, hatte ich keine Ahnung, was das Gegenmittel dazu war. Gab es gegen ihr Gift überhaupt ein Heilmittel?

Außerdem wusste ich, dass Thor ein Problem mit der Schlange hatte. Immer wieder stießen sie anscheinend aufeinander und waren Feinde bis auf den Tod. Wenn sie also dachte, dass Magni Thor war, würde sie ihn dann bekämpfen wollen? War Magni dafür stark genug? Aber wenn selbst Thor mit seinem Hammer Mjölnir Probleme hatte, die Midgardschlange zu besiegen, würde Magni das mit seinem einfachen Speer, oder dem scharfen Schwert, niemals schaffen.

Gott, verdammt, meine Gedanken schlugen tausende Purzelbäume. Mein Bauch fing an zu grummeln und tat weh. Immer wieder blickte ich zum Fenriswolf, aber der schien ganz gelassen. Er saß auf einem großen Fels und starrte auf das Meer, als wartete er darauf, endlich seine Schwester zu sehen. Ob sie ihn öfter besuchte? Rief er sie mehrmals im Jahr zu sich?

Die Wasseroberfläche bewegte sich. Die Wellen schlugen höher, brachen an den Felsen, schäumten das Wasser auf.

Magni war sofort bei mir, zog seinen Speer und hielt ihn beschützend vor mich. Ich konnte die Anspannung in seinem Körper deutlich erkennen. Gerne würde ich sie ihm nehmen, war jedoch selbst nicht entspannt genug. Wie auch?!

Meine Augen hefteten sich auf das Meer, aus welchem immer wieder vereinzelt Schuppen drangen. Sie schimmerten grünlich und silbern im Sonnenlicht.

Verdammt, dass sich der Chihuahua meiner Tante aus dem Halsband befreit hatte und ich ihm nachlaufen musste, könnten jetzt meine Probleme sein. Ich würde sie sofort gegen das hier eintauschen.

Gullfaxi stand unvermittelt neben uns, schnaubte nervös und tänzelte auf der Stelle. Ich wusste, er wollte weg, aber er ließ seinen Besitzer tatsächlich nie allein. Was für ein außergewöhnliches Pferd er doch war.

»Sie kommt.« Der Wolf wandte seinen Kopf in meine Richtung und schaute mich an. »Du wirst gleich meine zweite Schwester kennenlernen«, meinte er enthusiastisch.

Oh, wie sehr ich mich darauf freute.

Jörmungandr war hier!

Ihr Kopf, der die Größe eines Traktorreifens hatte, und ein Teil ihres langen Körpers lagen auf der Insel. Sie zischte, offenbarte uns ihre spitzen, schneeweißen Giftzähne und schlängelte auf uns zu. Mein Körper wurde von einer Panik erfasst, die mein Gehirn auf Stand-by schaltete. Ich taumelte einige Schritte zurück. Magni verweilte an Ort und Stelle, richtete den Speer in ihre Richtung.

»Jörmungandr, sie sind keine Gefahr!« Der Fenriswolf sprang von seinem Fels, wurde aber aufgrund seiner Fesseln sofort an jeglicher weiteren Bewegung gehindert.

Zischend drehte die große Schlange ihren Kopf in die Richtung ihres Bruders. »Ischhh daschhhte, du brauschhht Hilfe.« Ihre Zunge drängte sich immer wieder aus ihrem Maul.

Während sie mit ihrem Bruder sprach, konnte ich sie für einen Augenblick genauer betrachten. Ihr Körper bestand aus unzähligen grünen Schuppen, die im Sonnenlicht tatsächlich silbern schimmerten. Eigentlich sah sie richtig majestätisch aus. Ähm, ja ... Eigentlich.

»Brauche ich auch. Diese Menschenfrau muss deinem Gift ausweichen, aber du darfst sie nicht verletzen!«

»Schhherzzzt du?«

»Nein, es ist mir ernst. Kannst du das für mich tun?«

»Fenrischhh, du warschhht schhhon immer merkwürdischhh.«

Jörmungandr wandte sich erneut uns zu, sie züngelte immer wieder und kam näher. Magni hatte den Speer sinken lassen, schien irgendwie nicht so recht zu wissen, was er tun sollte. Ich wusste es genauso wenig. Würde Jörmungandr auf die Bitte ihres Bruders eingehen oder war sie ihr schlichtweg egal? Verflucht, mein ganzer Körper schlotterte vor Furcht. Wieso hatte ich nicht die Schleuder benutzt? Jetzt war es irgendwie zu spät dafür.

»Mein Bruder ischhht komischhh. Aber gut.« Sie hob den Kopf, schaute mich mit ihren gräulichen Reptilienaugen an. Ich konnte rein gar nichts aus ihnen lesen. »Ischhh schhhpu-cke, du schhhpringschhht zzzur Schhheite.«

Eigentlich wollte ich sagen, dass ich absolut nicht bereit dafür war. Außerdem kam ich nach wie vor nicht ganz damit klar, dass eine riesige Schlange mit mir sprach und mir in weniger als einer Minute Gift entgegen spucken würde. Das war ... schräg. Außerordentlich schräg.

Die Schlange zeigte mir ihre giftigen Zähne, dann spuckte sie das Gift in meine Richtung. Es war vermutlich meinem Überlebensinstinkt zu verdanken, dass ich tatsächlich zur Seite sprang. Mein Gehirn hatte nämlich den letzten Satz der Midgardschlange noch immer nicht richtig verarbeitet.

»Oh Jörmungandr, du hast was gut bei mir!« Der Fenriswolf heulte glücklich auf, mir fiel ein Stein vom Herzen, dem Gift tatsächlich entkommen zu sein.

Magni stand sofort neben mir, untersuchte meinen Körper gründlich, ob mich die Schlange wirklich nicht erwischt hatte.

»Ischhh kann ja schhho viel von dir verlangen, wo du auf der Inschhhel feschhhtschhhitzzzt.«

»Willst du noch bleiben? Wir könnten ...«

Die Midgardschlange unterbrach den redseligen Wolf. »Ischhh muschhh loschhh.«

Sie züngelte noch einmal in meine Richtung, schaute mich an. Fast ein bisschen zu intensiv, sodass es mir eiskalt den Rücken hinab lief. Dann musterte sie meinen Halb-Gott, wandte sich aber zum Glück rasch ab und verschwand zurück ins Wasser.

»Sie hat es immer eilig«, murrte der Fenriswolf, setzte sich wieder hin und schaute der Schlange nach, bis sie nicht mehr zu sehen war. Das Meer beruhigte sich schnell wieder und bald war der Wellengang so niedrig wie bei unserer Ankunft auf der Insel.

Ich konnte die Situation irgendwie nicht fassen. Hatte ich soeben den Fenriswolf und die Midgardschlange getroffen, um die Aufgaben von Odin zu erfüllen? Ich wusste nicht, ob ich vielleicht träumte. Aber war das dann nicht alles ein Traum? Und meine Liebe zu Magni fühlte sich so echt und schön an. Nein, das hier war tatsächlich alles passiert.

»Wollt ihr noch ein bisschen bleiben?« Der Fenriswolf schaute uns hoffnungsvoll an. Er hatte den altbekannten Hundeblick, obwohl er ein Wolf war, fantastisch drauf. Wie könnte ich da verneinen?

»Also eigentlich ...«, begann Magni, doch ich schnitt ihm das Wort ab.

»Ja, wir bleiben noch ein bisschen.«

Magni setzte sich mit einem gewaltigen Abstand gegenüber dem liegenden Fenriswolf hin. Ich saß neben dem Wolf und strich immer wieder durch sein langes Fell. Auch Gullfaxi schien sich irgendwann zu beruhigen und legte sich auf den sandigen Boden. Allerdings mit einem noch größeren Abstand zum Wolf als Magni.

Wir erzählten uns Geschichten, vorwiegend über meine Erlebnisse hier in der Vergangenheit, es war richtig schön und unterhaltsam. Magni beteiligte sich nur mäßig an dem Gespräch, aber mir sollte es recht sein.

Der Fenriswolf war kein Einzelgänger. Eigentlich tat ihm Gesellschaft richtig gut und es schmerzte mich sehr, ihn wieder allein zurücklassen zu müssen.

»Wenn du wieder in deiner Zeit bist, kannst du den Menschen dann von mir erzählen?«

»Oh, liebend gerne. Mir wird zwar niemand glauben, aber ich werde nicht aufhören, von dir zu reden.« Ich lächelte den Wolf an und stand auf, als sich auch die Sonne langsam auf den Weg machte, sich für heute zu verabschieden.

»Meine Gefangenschaft wird nicht mehr lange dauern und dann werde ich Odin finden.«

»Ich wünsche mir für dich, dass du irgendwann glücklich sein kannst.«

»Das werde ich sein, wenn diese Ketten endlich von meinen Pfoten gesprengt werden.«

»Ja, Freiheit ist das größte Gut, das man haben kann.«

»Das weiß man vermutlich erst dann, wenn man sie nicht mehr hat«, murmelte der Wolf. »Vielleicht sehen wir uns eines Tages wieder«, meinte er nun an Magni gewandt.

»Vielleicht«, murrte Magni.

»Danke für deine Hilfe. Wirklich.« Ich lächelte dem Fenriswolf noch ein letztes Mal entgegen. Er neigte den Kopf, setzte sich auf einen Fels und schaute uns dabei zu, wie wir auf Gullfaxis Rücken stiegen.

»Leb wohl, Menschenfrau.«

»Leb wohl.« Ich winkte ihm und mein Herz wurde schwer.

»Bist du bereit?«, wollte Magni von mir wissen.

»Ja«, hauchte ich leise.

Mein Halb-Gott schlang seinen Arm fest um meine Mitte und hielt mich gut fest. Meine Finger krallten sich zusätzlich in Gullfaxis goldene Mähne, um Halt zu finden.

Der Hengst nahm ein wenig Anlauf und preschte dann über die Wasseroberfläche. Aufgrund der salzigen Tropfen, die immer wieder in meinem Gesicht landeten, schloss ich meine Augen. Ich konnte zwar nichts mehr sehen, aber spürte deutlich den Blick des Fenriswolfes, der uns nachschaute, bis er uns nicht mehr erkennen konnte.

29

DURCH DEN WIND

Keine Ahnung, wie ich es gemacht hatte, aber ich hatte die Midgardschlange überlebt, ebenso wie den Fenriswolf. Das alles an einem Tag! Mein armes Herz dankte es mir nicht und mein Adrenalinspiegel war vermutlich nach wie vor besorgniserregend hoch. Aber hey! Ich hatte alle ausgestoßenen Kinder Lokis kennengelernt. Und sie Ü.B.E.R.L.E.B.T!

Dabei musste ich sagen, dass keines von Lokis Kindern so war, wie ich es mir vorgestellt hatte. Immerhin hatte ich den Fenriswolf gekrault! Das glaubte mir keiner. Und: Ich würde es wieder tun.

Magni saß hinter mir, hatte meinen Unterbauch fest mit seinen Armen umschlungen. Eigentlich waren wir längst nicht mehr auf dem Wasser unterwegs, doch Magni ließ kein bisschen locker, selbst jetzt nicht, im Schritt.

Ich konnte richtig spüren, dass Gullfaxi ruhiger geworden war. Auch bei ihm hatte ich die Anspannung unter meinem Körper gefühlt. Der arme Hengst war auf der Insel vermutlich tausende Tode gestorben.

»Bist du mir böse?«, fragte ich irgendwann leise.

Mittlerweile dämmerte es, die Nacht brach herein und es

wurde mit jedem weiteren Sonnenstrahl, der sich verabschiedete, kälter.

»Ich weiß gerade nicht, was ich fühlen soll. Einerseits bin ich beeindruckt, noch immer ziemlich sprachlos, aber andererseits kann ich nicht verstehen, wieso du die dämliche Schleuder nicht verwendet hast. Es hätte uns so viel Zeit gespart.«

»Aber dann hätten wir keine zwei Fliegen mit einer Klappe geschlagen.«

»Keine was?«

»Ist eine Redewendung«, murmelte ich. »Jörmungandr hätten wir dann erst aufsuchen müssen. Und vor der hatte ich echt am meisten Schiss. Somit haben wir das erledigt, indem der Fenriswolf uns geholfen hat.«

»Da magst du recht haben, aber mir ging der heutige Tag eindeutig zu schnell.«

»Ja, es ist irgendwie unwirklich, nicht? Ich denke, ich muss das alles auch erst verarbeiten.« In der Ferne konnte ich einige Stimmen ausmachen und sah ein paar Feuerstellen, die brannten. Vermutlich befand sich dort ein kleines Dörfchen. »Was machen wir nun?«, wollte ich von Magni wissen.

»Wir schlafen heute Nacht im Wald. Morgen wird Yggdrasil unser Ziel sein.«

»Die Weltenesche also. Für Odin bin ich noch nicht bereit«, murmelte ich. Die Worte des Fenriswolfes gingen mir außerdem nicht aus dem Kopf.

Odin wird dir niemals helfen.

»Ich dachte zuerst eher an Brunnakr.«

»Wer ist Brunnakr?«, fragte ich verwirrt, denn diesen Namen hatte ich noch nie gehört.

»Kein wer. Es ist Iduns Land. Du weißt schon, die Asin mit den goldenen Äpfeln.«

»Was machen wir bei ihr?« Nicht, dass ich etwas dagegen hätte, die Begegnung mit dem Götterallvater noch länger hinauszuzögern.

»Sie ist eine Völva. Vielleicht kann sie uns helfen und uns sagen, was sie glaubt. Also, ob du nun eine Völva bist oder nicht.«

»Oh, jetzt bin ich aufgeregt. Ich meine, irgendwie klingt das alles sehr logisch, was dein Bruder gesagt hat, aber auch so absurd.«

»Ja, finde ich auch. Aber wir sollten Idun dennoch einen Besuch abstatten. Mit je mehr Informationen wir zu Odin gehen, desto besser. Dann kann er dir eher helfen.«

»Wird er das? Mir helfen? Wo er mich doch zu seinem Vergnügen beinah in den Tod geschickt hätte?«

»Er hilft dir nach Hause.« Magnis Stimme klang fest, aber ich glaubte auch einen Hauch von Unsicherheit herauszuhören. Also zweifelte er ebenfalls etwas an seinem Großvater. Super.

Magni suchte uns einen Platz, wo wir übernachten konnten. Er legte sein Bettfell auf den Boden und bedeutete mir, mich hinzulegen.

»Ich werde die Umgebung im Auge behalten.«

»Du solltest auch schlafen. Wir können uns abwechseln«, meinte ich.

»Ich kann in Brunnakr schlafen. Heute Nacht bleibe ich wach.«

»In Ordnung«, murmelte ich, schaffte es ohnehin nicht mehr richtig, meine Augen offen zu halten. Der Tag war so aufregend gewesen, dass ich jetzt schon wusste, wovon meine Träume heute Nacht handeln würden. Den großen Wolf auf der kleinen Insel würde ich sicher niemals vergessen. Ebenso wenig die zischende Schlange, der ich dennoch nicht noch einmal begegnen wollte.

Ich kuschelte mich eng an Magni, der seine Arme um meinen Körper schlang. So schlief ich sehr schnell ein.

°◊°

In Gladsheim, nachdem es Magni besser ging

Magni war mit seinem Bruder nach Gladsheim gereist, weil er mit Frigg sprechen wollte. Die Begegnung mit Idun im dunklen Wald war sowieso schon viel zu lange her. Es ärgerte ihn, dass er so lange außer Gefecht gewesen war. Alles nur wegen eines blöden Lindwurms und seiner Dummheit, allein in den gefürchteten Wald zu gehen.

»Ich bin die Tage ein bisschen durch den Wind. Was wollt ihr von mir?«, fragte Frigg, nachdem sie sich begrüßt und um einen reichlich gedeckten Tisch gesetzt hatten.

»Ich muss mit dir sprechen«, äußerte Magni. »Es geht um Hels Angebot.«

»Ach, Hels Angebot. Ich denke jeden Tag daran. Vermutlich will mich die launische Göre nur komplett verrückt machen.«

Magni und Modi wechselten einen irritierten Blick, denn so hatten sie die Himmelskönigin noch nie reden hören. Solche Wörter benutzte sie normalerweise nicht, um über andere zu sprechen.

»Ich hatte eine Begegnung im Wald«, fuhr Magni fort.

»Oh, ja. Der Lindwurm! Herrje Magni, wie geht es dir jetzt überhaupt? Entschuldige, dass ich nicht eher gefragt habe. Wie gesagt, ich bin etwas durch den Wind und meine Söhne, die eigentlich in Helheim sein müssten, streiten sich jeden Tag. Ich halte es nicht mehr aus.«

»Mir geht es gut. Aber das war eigentlich nicht die Begegnung, die ich meinte. Ich habe jemanden getroffen und bin nun auch der Meinung, dass du Hels Angebot ausschlagen solltest. Vielmehr wäre es vielleicht sinnvoller, wenn du dich wieder Aktivitäten zuwendest, die dir Spaß machen.«

»Mir macht schon lange nichts mehr Spaß.«

»Früher hast du Midgard öfter besucht. Weißt du noch, als du Waisenhäusern geholfen hast und den Kindern ein Strahlen ins Gesicht zaubern konntest? Deine Köstlichkeiten haben bis jetzt jeden erfreut und deine Liebe, die du so kleinen Kindern schenken kannst, ebenso. Willst du nicht wieder einmal nach Midgard? Viele Mütter könnten deinen Rat gebrauchen.«

»Ich gebe meinem Bruder recht. Die Menschen haben sich außerdem stark geändert. Du könntest dir das mal ansehen«, half Modi.

»Ihr wollt mich also loswerden?« Frigg lachte auf. »Nur kann ich meine Söhne nicht allein lassen.«

»Deine Söhne, die sich täglich nur zanken? Die kommen sicher bestens allein zurecht. Außerdem sind sie alt genug.«

»Alt genug, ja. Aber sie benehmen sich wie Kleinkinder«, brummte Frigg, nahm sich einen Apfel und biss hinein. Kauend fügte sie hinzu: »Sie sind überhaupt nicht dankbar, wieder hier zu sein. Sie ... Sie sind anstrengend.« Den letzten Satz flüsterte sie nur.

Wem sagst du das, dachte Magni. Wenn er sich über bevorstehende Things das Hirn zermarterte, graute es ihm davor. Ja, Hödur und Baldur auf einem Fleck war wirklich anstrengend. Mehr als das!

Langsam taute die Himmelskönigin auf und redete immer ausgelassener mit den Söhnen Thors. Sie quatschen sogar über frühere Zeiten, lachten über die Geschichte von Loki, als ihm der Mund von den Dvergr zugenäht worden war, und träumten sich in den Ballsaal zurück, als prunkvolle Bälle noch an ihrer Tagesordnung gestanden hatten.

»Vielleicht habt ihr recht«, meinte Frigg irgendwann. »Die Menschen haben meine Anwesenheit immer geliebt. Hier oben bin ich zurzeit nur die Streitschlichterin, der niemand zuhören will. Ich werde nach Midgard reisen. Heute noch.«

Ein echtes Lächeln umspielte Friggs Lippen. Auch Magni und Modi lächelten, denn sie hatten Frigg schon lange nicht mehr so voller Tatendrang erlebt. Hoffentlich würde ihr ein Ausflug in die Menschenwelt tatsächlich guttun.

◦◊◦

»Wow«, stieß ich hervor, als ich den riesigen Apfelhain wahrnahm. Unzählige Bäume waren zu sehen, allerdings kein einziger goldener Apfel. Dafür rote, grüne und gelbliche.

Gullfaxi trug uns zwischen den Bäumen hindurch. Die Sonne strahlte fröhlich vom Himmel, was sofort ein wohliges Gefühl in mir hervorrief. Hier in Asgard war es einfach bei Weitem wärmer als in Midgard. Die Mähne des Hengstes schimmerte im strahlenden Sonnenschein und kam perfekt zur Geltung.

Magni hatte mir während unseres Rittes von Idun erzählt. Natürlich hatte ich unzählige Fragen gehabt und hatte auch wissen wollen, wie es kam, dass sie eine Völva war. Vielleicht war deshalb kein anderer Ase dazu in der Lage, den Apfelhain zu pflegen? So weit meine Gedanken ... Doch Magni hatte daraufhin nur den Kopf geschüttelt und gemeint, dass die Pflege der Äpfel nichts mit magischen Kräften zu tun hatte. Dass sie eine Völva war, war demnach irgendwie nur ein positiver Nebeneffekt. Mein Halb-Gott war außerdem der Meinung, dass Idun nicht allzu mächtig wäre, denn sie hatte ihre Kräfte noch nie richtig eingesetzt. Woher er das wieder einmal wissen wollte, war natürlich eine andere Geschichte, aber ich hinterfragte es fürs Erste nicht. Schließlich war Magni seit Stunden wach und musste vermutlich nach dem gestrigen Tag sehr müde und ausgelaugt sein.

»Magni!« In der Ferne erkannte ich eine hübsche Frau mit langem, blondem Haar, die immer wieder seinen Namen rief. Sie winkte uns zu, lächelte breit und wirkte auf Anhieb sympathisch.

»Idun. Hallo.«

Gullfaxi blieb vor der Göttin stehen, die ich ungeniert betrachtete. Sie war ehrlich wunderschön. Ja, eigentlich schon makellos. Kein einziger Pickel, keine Narbe, rein gar nichts war auf ihrer Haut zu sehen. Sie war das perfekte Schönheitsideal zu meiner Zeit und wäre vermutlich als Model auf den Titelseiten berühmter Zeitschriften abgebildet. Ihre Haare hatte sie zu einem Zopf geflochten, der ihr seitlich über die Schulter hing. Viele blühende Apfelbaumblüten steckten in der Flechtfrisur, was ihr ziemlich sicher als natürliches Parfüm zugutekam. War es den goldenen Äpfeln zu verdanken, dass sie so bildschön war? Oder der Tatsache, dass sie eine Völva war? Ich wusste es nicht, aber sie war wirklich eine erstaunlich hübsche Frau.

»Ich freue mich, dich zu sehen«, begrüßte sie Magni freundlich. »Noch dazu mit Begleitung. Stellst du mich vor?«

»Natürlich. Idun, das ist Magnolia. Magnolia, das ist Idun, die Göttin der ewigen Jugend.«

Jetzt lachte Idun auf, schüttelte grinsend den Kopf. »Ich freue mich, Magnolia. Vorhin habe ich einen Apfelkuchen gebacken, als hätte ich schon eine Vorahnung gehabt, heute noch Besuch zu bekommen. Möchtet ihr ein Stück?«

»Damit wärst du meine Rettung, ich verhungere«, gab ich zu, woraufhin Idun leise lachte.

»Dann kannst du selbstverständlich auch mehr als nur ein Stück haben«, antwortete sie schmunzelnd.

Wir folgten der Göttin der ewigen Jugend in die Hütte, die sie tagsüber bewohnte, wenn sie nach ihren Äpfeln schaute.

»Idun, wir sind aus einem bestimmten Grund hier«, begann Magni, um sofort auf den Punkt zu kommen, kaum dass wir uns um einen runden Holztisch gesetzt hatten. Ich hatte ja nicht einmal die Möglichkeit gehabt, mich richtig umzusehen. Alles war in einem schönen altmodischen Stil gehalten und die Möbel schienen aus dem Holz der Apfelbäume gefertigt zu sein.

»Das dachte ich mir schon. Aber erzählt mir, wieso ihr hier seid, während wir den Kuchen essen. Ich möchte schließlich nicht, dass mir Magnolia vor Hunger vom Stuhl kippt.« Sie kicherte und schnitt den noch warmen Kuchen an. Er duftete so herrlich, dass ich es kaum erwarten konnte.

»Danke!«, rief ich etwas zu begeistert aus, als ich endlich meinen Teller vor mir stehen hatte und den fluffigen Kuchen am Gaumen zerdrückte.

»Nimm dir so viel nach, wie du möchtest«, meinte Idun an mich gewandt.

Als ich erneut in den Kuchen biss, seufzte ich leise auf. »Der schmeckt fantastisch«, schwärmte ich. Wie lange war es her, dass ich ein Stück warmen Kuchen gegessen hatte? Eindeutig viel zu lange ...

»Wir möchten dich bitten, uns zu helfen«, begann Magni erneut. Die Asin wurde hellhörig und schaute meinen Halb-Gott neugierig an. Deshalb erzählte Magni in Kurzform, dass ich in dieser Zeit gelandet war, Odin mir helfen wollte, ich dafür aber drei Aufgaben hatte erfüllen müssen und was Modi über mich als Völva dachte. Währenddessen aß ich genüsslich Stück für Stück vom Apfelkuchen.

»Wow, das sind viele Informationen auf einmal«, meinte sie, während sie mich anschaute. »Hast du echt den Fenriswolf besucht?«, wollte sie wissen. In ihrem Gesicht konnte ich Unglaube herauslesen, aber auch Erstaunen.

»Ja, das habe ich. Er ist irgendwie einsam. Bräuchte dringend jemanden, der bei ihm ist.« Während ich sprach, schaute ich Idun an, die mich seltsam wehmütig betrachtete. Wusste sie vielleicht, dass der Wolf unter der Einsamkeit litt?

»Sie hat ihn sogar gestreichelt! So wie ich sie kenne, würde sie das glatt wieder tun«, mischte sich Magni ein und klang dabei eine Spur zu begeistert. Auf einmal schien es ihm nichts mehr auszumachen, wie der gestrige Tag verlaufen war. Vielleicht hatte ihm die Nacht, in der er hatte darüber nachdenken können, gutgetan.

»Das ist mutig. Wenn du den Fenriswolf und die Midgardschlange getroffen hast, dann würde selbst Loki kein Problem für dich sein«, lachte Idun leise.

»Oh, den habe ich auch schon kennengelernt, aber noch eine Begegnung brauche ich ehrlich gesagt nicht«, antwortete ich ihr.

»Sie streichelt lieber überdimensionierte Wölfe«, feixte Magni, woraufhin ich schmunzelte.

»Ach, Loki ist ganz harmlos, wenn man ihn mal kennt. Aber nun zurück zum eigentlichen Thema. Ihr seid hier, weil wir beide gemeinsam herausfinden wollen, ob du magische Kräfte besitzt. Oder besser gesagt, wie stark sie sind.« Sie schaute mich weiterhin an, woraufhin ich langsam nickte.

»Genau. Ich weiß zwar nicht, wie wir das machen sollen, aber ich bin bereit.«

»Sehr gut.« Idun lächelte. »Magni, würdest du uns allein lassen? So lässt es sich besser üben und außerdem kannst du auf deinen Hengst schauen. Wenn er mir auch nur einen einzigen Baum leer frisst, kannst du den ganzen Sommer über bei mir bleiben und mir im Apfelhain helfen.«

So schnell war Magni noch nie von einem Stuhl aufgesprungen. Irgendwie sah es auch ein bisschen witzig aus, wie er aus der Hütte lief, um rasch sein Pferd vom Apfelbaum fortzuführen. Denn Gullfaxi hatte sich tatsächlich schon an einigen Äpfeln vergriffen, was von Idun vermutlich nicht so gern gesehen war.

»Da Magni nun weg ist ...«, begann Idun. »Was hier drinnen in dieser Hütte geschieht und gesagt wird, bleibt hier. In Ordnung? Nur so können wir frei miteinander sprechen und deine Kräfte vollständig ausprobieren.«

Ich war zwar nicht ganz sicher, was Idun meinte, aber ich stimmte zu. Außerdem war es ja nicht verkehrt, mal wieder nur mit einer Frau sprechen zu können. Wenn alles hier blieb, musste sich keine von uns Sorgen machen, dass die andere weiter plapperte. Sofern ich ihr vertrauen konnte, natürlich. Aber ich beschloss, dass es das Risiko wert war.

»Das hier ist ein goldener Apfelbaum.« Die Asin war in einen anderen Raum gegangen, kam dann mit einem Blumentopf zurück und hielt mir den kleinen normal aussehenden Baum entgegen. Er war so klein wie der Bonsaibaum im Wohnzimmer zu Hause, den Mama von Papa zum Hochzeitstag geschenkt bekommen hatte.

»Noch ist er nicht ausgewachsen und kann keine Äpfel tragen. Aber die Bäume, die die goldenen Äpfel tragen werden, färben sich um, wenn eine Völva sie dazu bringt. Das ist eine sehr einfache Aufgabe, denn du musst dazu lediglich den Baum mit beiden Händen anfassen, die Augen schließen, dir die Wurzeln in der Erde vorstellen und wie sie sich langsam golden färben. Irgendwann würde sich der Baum von selbst verändern, wir beschleunigen die Verwandlung nur. Für jemanden, der nicht mit der Magie umzugehen weiß, ist diese Aufgabe aber nicht leicht. Ich würde vorschlagen, wir versuchen es einfach, oder?«

»In Ordnung. Aber was, wenn ich keine Kräfte besitze? Dann ist das alles umsonst und ich vergeude deine Zeit«, warf ich noch ein.

»Ich bin mir ziemlich sicher, dass du eine von uns bist.

Denn keiner sonst kann einfach ein Portal öffnen, um in der Zeit zu reisen. Ich kenne niemanden, der dazu imstande ist. Das ist also wirklich eine Meisterleistung. Entweder war der Gegenstand so stark oder du. Aber, ohne dich beleidigen zu wollen, denke ich, dass es eher an dem Objekt lag.«

»Ja, vermutlich. Denn eigentlich fühle ich mich ganz … normal.« Ich hob die Schultern und verzog meinen Mund zu einer komischen Grimasse.

»Verstehe ich. Aber nun, berühre den Baum. Ich stelle den Topf auf dem Tisch ab, damit ich nicht irgendwie unbeabsichtigt mitmische.«

Zugegeben, ich war sehr nervös. Modi glaubte daran, dass ich eine Völva war, Magni mittlerweile ebenso und Idun war sich sogar fast sicher. Was, wenn ich sie nun alle damit enttäuschte, dass ich doch keine war? Und überhaupt, was würde das für mich bedeuten? Egal was nun passierte …

»Traue dich. Versuche es einfach. Es wird nicht sofort klappen, fühle zuerst einfach nur den Baum«, bestärkte mich Idun.

Ich schaute sie noch einmal an und stand vom Stuhl auf, ehe meine Handflächen die Rinde des kleinen Baumes berührten. Zeitgleich schloss ich meine Augen und versuchte mir die Wurzeln vorzustellen, die sich in die Erde gruben. Ich spürte die kühle Baumrinde unter meiner Haut und bemerkte irgendwie eine seltsame Verbindung zwischen dem Baum und mir.

In Gedanken stellte ich mir vor, wie sich die Wurzeln sowie der Rest des Baumes golden färbten. Nicht nur der Baumstamm, sondern auch die Blätter glänzten. Alles kam mir so real vor, nicht mehr wie meine alleinigen Gedanken. Deshalb schlug ich meine Augen auf und war erstaunt.

»Nun, damit habe ich nicht gerechnet«, schmunzelte Idun. »Für dich wird es ein Leichtes werden, wieder nach Hause zu kommen. Du brauchst dazu nur den richtigen Gegenstand. Zufälligerweise weiß ich, wo ich so einen herbekomme.«

»Ehrlich? Ich … Ich … meine, wow. Ähm, das ist … Ich …

Und Odin?«, stotterte ich herum. »Wieso willst du mir helfen? Was bekommst du dafür? Habe ich den Baum wirklich golden gefärbt?«, fragte ich sie nach einer kurzen Pause, in der ich mich gesammelt hatte.

»Ruhig, Magnolia. Wir gehen alles Schritt für Schritt durch, in Ordnung?«

Langsam nickte ich, ließ mich auf einen Stuhl sinken, den Idun mir zur Seite schob. Sie selbst setzte sich auch.

»Ja, du hast den Baum golden gefärbt. Wie schon vorhin gesagt, das ist eine sehr leichte Aufgabe für eine Völva. Ich dachte zwar nicht, dass es bei dir sofort klappt, weil du keine Erfahrung hast, aber anscheinend hast du es einfach im Blut. Das macht eine gute Völva aus.«

»Ich habe noch nie ... In meiner Zeit kann ich nicht zaubern. Das hätte ich doch irgendwann mal mitbekommen«, hauchte ich noch immer überwältigt.

»Du brauchst ein magisches Objekt dafür«, meinte Idun. »Vielleicht sind sie in der Zukunft zur Seltenheit geworden, ich weiß es nicht. In unserer Zeit gibt es davon aber genug, weshalb ich dir mit dem Problem, wie du zurück in deine Zeit kommst, helfen kann.«

»Wieso möchtest du das überhaupt machen? Mir helfen?«

»Ich kenne dich nicht, das weiß ich. Aber ich kenne Magni und ich habe gesehen, wie er dich anschaut. Du bedeutest ihm etwas. Wenn du in deine Zeit zurückkehren sollst, dann weiß ich, dass Magni nur das Beste für dich will, und dabei möchte ich ihm helfen. Ein jeder hat es verdient, zu wissen, dass es seinem Geliebten gut geht. Andernfalls verzweifelt man daran, das kenne ich. Außerdem bist du eine Völva und wir halten zusammen. Immer. Vergiss das niemals, auch in der Zukunft wird das so sein.«

Ihre Worte berührten mich. »Danke«, wisperte ich daher und lächelte sie leicht an. Idun war so anders, als ich sie mir vorgestellt hatte, nachdem Magni mir damals von ihr erzählt hatte.

Idun ging gar nicht auf mein Danke ein, sondern redete gleich weiter. »Zu deiner vorherigen Frage nach Odin.« Sie seufzte leise auf. »Magni ist ein guter Mann. Er ist loyal und glaubt an seinen Großvater. Sehr sogar. Er will auch gar nichts anderes denken. Aber ...« Idun machte eine Pause, sah mich eindringlich an. »Aber wir Frauen müssen unser Schicksal manchmal selbst in die Hand nehmen und es nicht von Männern abhängig machen. Oft ist das gar nicht so einfach, besonders, wenn man verliebt ist. Du musst selbst auf dich Acht geben und nicht darauf vertrauen, dass alles gut wird. Verstehst du das irgendwie?«

Ich formte meine Augen zu einem Strich, nickte aber langsam. »Ich denke schon. Willst du mir damit sagen, dass Odin mir nicht helfen wird, nach Hause zu kommen? Und Magni eher zu Odin steht als zu mir?«

»Da nichts von unseren Worten diese Hütte verlässt, sage ich dir, dass ich stark daran zweifle, dass der Allvater dir helfen wird. Odin ist mächtig, aber er kann nicht alles. Er hat keine Ahnung, wie du wieder in deine Zeit reisen kannst, schließlich ist er keine Völva und hat noch nie eine Zeitreise gemacht. Allem voran wäre das auch gefährlich für ihn. Du hast Sachen erlebt, die eigentlich niemand erlebt, und schon allein deshalb wird Odin nicht wollen, dass du gehst. Ich will nicht schlecht über ihn reden, ich *verdanke* ihm ja so viel, aber ich musste frei sprechen. Von Frau zu Frau. Von Völva zu Völva.« Zum Schluss hin klang sie ein bisschen sarkastisch, doch vielleicht bildete ich es mir auch nur ein. »Und was Magni angeht, keine Ahnung. Ich weiß nicht, ob er eher zu seinem Großvater hält oder zu dir. Ich weiß, dass ihm was an dir liegt, aber er ist seinem Großvater gegenüber sehr loyal. Vergiss das einfach nicht, wenn du in Gladsheim bist, in Ordnung?«

Ich nickte unmerklich, schaute aus der Tür hinaus und erkannte Magni, wie er in der Ferne unter einem Apfelbaum lag. Vielleicht schlief er jetzt, ruhte sich zumindest etwas aus.

»Wenn Odin mir nicht helfen kann, wie soll ich dann zurückkehren?«, wollte ich von Idun wissen, blickte nun wieder zu ihr.

»Wie ich vorhin schon erwähnte, weiß ich, wo ich den perfekten Gegenstand für dich herbekomme. Allerdings brauche ich dafür ein paar Tage Zeit. In dieser solltet ihr nicht voreilig nach Gladsheim reisen, sondern vielleicht Thor einen Besuch abstatten. Er freut sich immer, seine Söhne zu sehen. Und es würde Zeit schinden, die wichtig wäre. Wir werden uns dann in Gladsheim treffen. Ich meine, es kann auch sein, dass ich mich irre und Odin dir helfen kann und will, aber du bist ein Mensch. Und Menschen bedeuten ihm eigentlich nicht viel, Frauen, bis auf Frigg vielleicht, noch weniger.«

»Danke, Idun, dass du mir hilfst. Aber was sagen wir jetzt Magni?«

»Überlass das Reden mir. Er wird verstehen, dass wir ihm hiervon nicht allzu viel erzählen können.«

GROSSER PALAST

»Du möchtest also noch unbedingt nach Bilskirnir, bevor wir nach Gladsheim reisen?«, fragte Magni ein weiteres Mal nach. Mittlerweile saß ich wieder vor ihm – er hinter mir auf Gullfaxis Rücken.

»Aber ja. Schließlich müssen wir erfahren, was dein Vater und dein Bruder herausgefunden haben. Hast du schon vergessen, dass sie den Frostriesen nach sind?«

»Nein, das habe ich nicht vergessen. Wie könnte ich auch? Aber da mich keiner der beiden aufgesucht hat, wird es nicht so tragisch sein. Allerdings habe ich nichts dagegen, noch ein bisschen mehr Zeit mit dir zu verbringen, kleiner Schmetterling. In Bilskirnir haben wir ein ganzes Zimmer nur für uns allein, wo wir so lange drinnen bleiben können wie wir wollen.«

»Das klingt hervorragend«, flüsterte ich lächelnd und schaute zu ihm hoch.

»Das finde ich auch. Ich weiß nur nicht, ob ich dich jemals aus diesem Zimmer rauslasse«, murmelte er dicht neben meinem Ohr.

Gullfaxi ging im Schritt und ich kuschelte mich enger an Magnis Oberkörper. Ich schmiegte meine Wange an ihn und schloss für einen Moment die Augen, um das hier zu genießen, denn keine Ahnung, wie lange wir noch zusammen sein konnten. Obwohl ich nach Hause wollte, tat es weh, daran zu denken, von hier fortzumüssen – von Magni.

Idun hatte ihm nur wenig von dem erzählt, was in der Hütte passiert war. Sie hatte gemeint, eine Völva müsste solche Sachen geheim halten, deshalb fragte mich Magni erst gar nicht aus. Er verstand das, hatte er gemeint. Aber er war nicht minder erstaunt gewesen als ich, als Idun ihm erzählt hatte, dass ich tatsächlich eine von ihnen war. Er wusste auch, dass wir sie in Gladsheim wieder treffen würden. Als Vorwand hatte Idun die goldenen Äpfel benutzt, weil sie den Wachmännern Odins ohnehin welche bringen musste.

»Wir könnten in Bilskirnir ein Bad zusammen nehmen«, hauchte Magni auf einmal. »Die Badezuber dort sind sehr groß.«

»Ein Bad? Gemeinsam mit dir? Das sind zwei Dinge, zu denen ich niemals nein sagen würde.«

Magni schlang seine Arme enger um mich. »Können wir galoppieren?«, fragte er. »Ich habe es plötzlich sehr eilig, nach Bilskirnir zu kommen.«

Ich lachte leise in mich hinein. »Mittlerweile macht mir der Galopp nichts mehr aus. Also, nur zu. Je früher wir dort sind, umso besser.«

Magni schickte seinen Hengst in die schnellste Gangart. Meine Finger krallten sich in Gullfaxis Mähne und meine Hüfte schwang im Rhythmus mit dem Pferd mit. Vielleicht wurde aus mir ja doch noch ein richtiges Pferdemädchen, dafür war es schließlich nie zu spät.

Wir ritten hauptsächlich durch unberührtes Land. Es war wunderschön hier in Asgard, einfach unwirklich. Die Landschaft war wie aus einem Märchenbuch, die Sonne strahlte irgendwie immer.

Bald schon erreichten wir Bilskirnir und ich musste zugeben, so hatte ich mir den Wohnsitz Thors bestimmt nicht vorgestellt. Erstens, er war riesig. Wie ein großer Palast eben. Zweitens, er war wunderschön, wie irgendwie alles hier in der Baumkrone Yggdrasils. Ganz anders als in Midgard, wo die

Menschen größtenteils im Dreck leben mussten und mit allen möglichen Tieren ihre kleinen Hütten bewohnten. Wir ritten in der langsamsten Gangart durch das goldene Tor und befanden uns direkt in einem schön angelegten Garten. Schien so, als hätte Thor einige Angestellte, die sich nur um den Garten kümmerten. Bevor wir die Treppe zum Palast erreichten, umrundeten wir einen marmorierten Springbrunnen, auf dem Thors Ziegenböcke als Statuten abgebildet waren. Ich schaute mich um, konnte weiter entfernt tatsächlich jemanden an der Hecke arbeiten sehen.

»Der Garten ist riesig«, eröffnete ich Magni.

»Das ist gar nichts. Der große Hauptgarten befindet sich hinter dem Palast.«

»Ach, also ist das einfach *nur* der kleine Vorgarten zum Ankommen?« Ich lachte auf.

»Magni! Mein Sohn! Die Wachen haben dich angekündigt«, schallte eine Stimme zu uns, die nur einem Mann gehören konnte. Thor war aus dem großen Tor getreten, das wohl der Eingang zum Palast war. Er breitete seine Arme aus und schien sich über den Besuch ehrlich zu freuen.

»Vater, ich habe Magnolia mitgebracht.«

»Das sehe ich.« Er lachte. »Zur Feier der Tages sollte ich ein Fest schmeißen. Was meinst du? Beide Söhne hier in Bilskirnir zu haben, einer sogar in Begleitung, das muss gefeiert werden.«

»Vater.« Nun lachte auch Magni und schwang sich vom Rücken seines Pferdes. Gleich darauf fasste er mich an der Taille und hob mich sachte hinab.

Ein Stallbursche kam auf uns zu, legte Gullfaxi ein schmales Halfter an und führte ihn fort. Ich schaute ihm noch kurz hinterher, aber für Magni und seinen Hengst schien das Routine zu sein, denn keiner von beiden kümmerte sich darum.

»Kommst du?«, fragte mich mein Halb-Gott und hielt mir seine Hand hin.

»Ähm, ja.« Ich nahm seine Hand und stieg die Stufen nach oben, bis wir bei Thor ankamen. »Guten Tag. Danke, dass ich hier sein darf«, sagte ich höflich und war froh, ihm dieses Mal halbwegs ansehnlich entgegenzutreten.

»Die Freude ist ganz meinerseits. Ich wusste ja nicht, ob ich dich noch einmal sehe, aber ich bin sehr neugierig. Modi hat mir schon einiges von dir erzählt.«

»Hat er das?«

»Ja.« Thor lachte in sich hinein. »Keine Sorge, da waren keine schlechten Sachen bei.«

»Über Magnolia kann man ja auch nichts Schlechtes sagen.« Magni zog mich näher zu sich, um mir einen Kuss auf die Wange zu drücken. Das ließ mich breit lächeln und ich schaute zu meinem Halb-Gott auf, der mich liebevoll betrachtete.

»Kommt mit«, unterbrach sein Vater unser Schmachten. »Ich habe anordnen lassen, dass die Tafel gedeckt wird. Ich hoffe, ihr seid hungrig.«

Oh, wie hungrig ich war! Der Kuchen bei Idun hatte zwar fantastisch geschmeckt, aber gänzlich hatte er die Leere in meinem Magen nicht füllen können. Demnach freute ich mich schon auf das Essen, das Thor hatte anrichten lassen.

Modi war schon im Speisesaal und unterhielt sich mit einer Frau, deren goldenes Haar wie ein Wasserfall über ihre Schultern fiel. Ja, ich musste zweimal hinsehen, aber ihr Haar war wirklich golden. Dabei hatte ich vorhin bei Idun noch gedacht, schon genug Gold gesehen zu haben. Hier in Asgard schien das jedoch die beliebteste Farbe zu sein.

Wir wurden uns einander vorgestellt und so wusste ich, dass es sich um Sif handelte. Die erste Frau Thors, Mutter von Thrud, der Schwester meines Halb-Gottes. Doch Thrud kam nur selten zu Besuch, sie hatte anscheinend immer viel in der Natur zu tun. Auch Magnis Mutter würde ich nicht kennenlernen, denn sie kam ebenso sehr selten nach Bilskirnir. Wie man das nur aushielt, seine Kinder nur ab und an zu sehen?

»Wer ist dafür, heute ein Fest zu schmeißen?«, warf Thor in die Runde, als wir bereits genüsslich aßen.

»Heute Abend?«, fragte Modi nach. »Ist das nicht ein bisschen kurzfristig? Die Sonne geht bald unter.«

»Papperlapapp!« Thor lachte auf. »Für ein Fest ist es nie zu spät. Alle Bediensteten, die nicht arbeiten müssen, können kommen. Modi, da sind auch einige hübsche Frauen für dich dabei.«

Ich sah, wie Modi nur die Augen überdrehte und nichts mehr dazu sagte. Magni hingegen schien von der Idee seines Vaters nicht abgeneigt zu sein, weshalb Thor ein paar Angestellte zu sich rief, um ihnen mitzuteilen, dass sie den großen Festsaal herrichten sollten.

»Und vergesst den Met nicht! Es muss genug Met für alle da sein!«, befahl Thor, als wäre dieses Getränk das Wichtigste. Mir war schon aufgefallen, dass Magnis Vater Alkohol trank, als wäre es Wasser. Ihn bekam man wohl nicht so leicht unter den Tisch.

»Wir sehen uns dann später beim Fest«, verabschiedete sich Modi und auch Sif suchte bald das Weite. Sie schien etwas gestresst von der spontanen Feier, denn sie brauchte normalerweise doppelt so lange, um sich herauszuputzen. Zumindest erklärte Magni es mir so, als auch wir auf dem Weg zu unserem Zimmer waren. Dabei liefen wir durch viele Gänge, an einigen Gemälden und Zimmertüren vorbei, und spätestens nach der dritten Abzweigung war mir klar, dass ich mich hier drinnen so was von verlaufen würde, wenn ich allein unterwegs wäre. Aber das hatte ich sowieso nicht geplant.

»Da sind wir. Mein Zimmer.« Magni lächelte mich verschmitzt an. »Eigentlich hatte ich vor, dich so schnell nicht mehr aus meinem Zimmer zu lassen, aber das müssen wir dann wohl auf später verschieben. Ebenso wie das gemeinsame Bad.«

Ich kicherte leise und trat einen Schritt näher, um nun dicht vor ihm zu stehen. Ich hob mein Kinn und schaute meinem Halb-Gott in die Augen. Wie sehr ich diesen Mondsee liebte. Für mich würde es niemals ein schöneres Augenpaar geben als seins.

Keine Ahnung, wer wem entgegenkam, aber als unsere Lippen sich trafen, seufzte ich lustvoll auf. Meine Hände wanderten zu seinem Rücken, seine lagen an meiner Taille.

Dieser Moment – dieser Kuss – war wertvoll, so wie eigentlich jede Minute mit Magni, denn genau dieser Augenblick kehrte nicht mehr zurück, es gab ihn nur jetzt. Weil mein Herz bei diesem Gedanken vor Zuneigung flatterte, drückte ich meine Lippen fester gegen seine. Ich wollte ihn. Ich brauchte ihn. Ich vergötterte ihn.

Der Duft nach Tannenzweigen und Wildleder stieg mir in die Nase, weshalb ich die Zügel in die Hand nahm und den Kuss intensivierte, indem ich meinen Mund öffnete, um ihm Einlass zu gewähren. Unsere Lippen bewegten sich stürmisch aufeinander.

Ich konnte spüren, dass Magni mich jetzt am liebsten in seinem Bett haben wollte. Deshalb angelte ich nach der Türklinke, drückte sie nach unten und so stolperten wir wie ein verliebtes, ungeduldiges Pärchen ins Zimmer. Magni gab der Tür mit seinem Fuß einen Tritt, sodass sie laut zufiel.

Für eine Besichtigung war später noch genug Zeit, dachte ich. Jetzt zählten nur Magnis Lippen auf meinen und mein Körper dicht gepresst an seinen.

Seine Zunge spielte mit meiner. Er hörte gar nicht auf, mich zu küssen. Auch nicht, als ich sein kühles Holzbett in meinen Kniekehlen spürte und er mich langsam rücklings darauf niederließ. Meine Hände lagen auf seinem Brustkorb, doch leider befand sich noch viel zu viel Kleidung dazwischen. Ich war schon dabei, das zu ändern, als es plötzlich an der Tür klopfte. Wir unterbrachen den Kuss, schauten uns für einige Sekunden einfach nur in die Augen, bis erneut ein Klopfen zu uns drang.

»Wer ist da?«, fragte Magni murrend, als wäre ihm die Unterbrechung alles andere als recht.

»Wir sollen die Lady für das Fest kleiden. Eine Anweisung der Herrin«, hörten wir eine eingeschüchterte Stimme.

»Sif«, murmelte Magni. »Sie hat vermutlich recht. Du sollst Zeit zum Herrichten haben, anstatt dich mit mir in den Laken zu wälzen. Aber das holen wir definitiv nach.« Magni beugte sich noch einmal zu mir, küsste mich ein letztes Mal flüchtig auf den Mund, ehe er zur Tür trat und die beiden Mägde ins Zimmer ließ.

»Ich hole dich später ab«, ließ mich Magni mit einem breiten Lächeln wissen. »Ich freue mich auf nachher.« Dann wandte er sich an die beiden jungen Frauen. »Behandelt sie gut, ich will keine Beschwerden von ihr hören.«

Eilig nickten die beiden, doch da hatte mein Halb-Gott sein Zimmer schon verlassen. Ich beäugte die jungen Frauen, die mich unsicher betrachteten.

»Womit beginnen wir?«, fragte ich, schaute dabei abwechselnd von der einen Magd zur anderen. »Nehmt Magnis Worte nicht so ernst, es gibt keine Beschwerden, die ich ihm ausrichten werde. Also, womit sollen wir beginnen?«, fragte ich erneut und konnte zusehen, wie ihre Anspannung langsam bröckelte.

»Entschuldige, wir wollten dich nicht so anstarren, es ist nur so ...«, begann die eine Magd, schaute dann aber zu der anderen.

»Wir haben noch nie einen Menschen gesehen«, offenbarte diese schon fast ehrfürchtig.

Jetzt war ich erstaunt, aber irgendwie schien es logisch. Hatte Hel nicht erwähnt, dass Menschen Asgard normalerweise nicht betraten?

»Du bist einfach so hübsch, du könntest glatt eine von uns sein«, meinte die erste Magd wieder. Sie hatte dunkelbraunes Haar, das ihr bis über die Schultern reichte.

»Ich dachte, Menschen haben spitze Zähne oder Krallen anstatt Fingernägeln«, äußerte sich auch die zweite. Ihr schwarzes, kurzes Haar ließ sie irgendwie frech wirken.

»Kein Wunder, dass Thors ältester Sohn dir verfallen ist. So etwas spricht sich schnell herum. Man sagt, er sei ein guter Liebhaber. Stimmt das?«

Oh nein. Ohren auf Durchzug. Einfach Ohren auf Durchzug schalten.

»Er hat sicher nicht mit ihr geschlafen. Sie sind nicht vermählt. Oder ist das bei Menschen anders?«

»Ähm ... wolltet ihr mir nicht helfen, mich für die Feier

vorzubereiten?«, fragte ich stattdessen in einer erhöhten Tonlage, um diesem Thema zu entgehen. Ich wusste ja nicht einmal, ob es hier als Schande angesehen wurde, mit einem Mann zu schlafen, ohne verheiratet zu sein. Hier in Bilskirnir wollte ich nun wirklich keinen schlechten Eindruck hinterlassen, vor allem, da ich vorhatte, ein paar Tage zu bleiben.

»Oh, natürlich. Lassen wir das Thema, du hast recht. Wir werden dich schminken, deine Haare frisieren und hochstecken und wir helfen dir in dein Kleid. Wir haben drei mitgenommen«, gab die Schwarzhaarige bekannt. Ich war ihr echt dankbar dafür. Alles, nur bitte nicht darüber reden, ob Magni ein guter Liebhaber war. Verdammt, ja, das war er nämlich! Ich wollte dieses kurze Gespräch in den hintersten Winkel meines Verstandes drängen, aber es kamen immer wieder die Gedanken in den Vordergrund, wie viele Frauen Magni denn schon gehabt hatte. Wie alt war er wirklich? Er sagte, er wüsste es nicht ... Hörte man nach einer gewissen Zeit tatsächlich auf zu zählen?

Danach quatschten die beiden Mägde zum Glück nicht mehr so viel, sondern konzentrierten sich ganz auf ihre Arbeit. Die Braunhaarige frisierte meine Haare, was sie wohlgemerkt sanfter machte als Bjelle noch vor ein paar Tagen. In der Zwischenzeit schminkte die andere Magd mein Gesicht und ging dabei auch äußerst professionell vor.

»Wir haben ein gelbes Kleid, ein rotes und ein blaues mitgebracht.« Die Braunhaarige hielt eines nach dem anderen hoch, um sie mir zu zeigen.

»Das gelbe passt nicht zu ihr«, äußerte die andere, weshalb die Braunhaarige das gelbe Kleid auf Magnis Bett fallen ließ. Das war mir nur recht, denn gelb wäre auch nicht meine erste Wahl gewesen.

Während ich geschminkt worden war, hatte ich mich nicht im Zimmer umsehen können, aber nun sog ich jedes Detail auf, wie eine durstige Pflanze das Wasser. Der Raum glich einer Suite, so groß war Magnis Zimmer. Lang gezogene Fenster, die bis zum Boden reichten, machten auf mich einen freundlichen Eindruck. Ein riesiger Holzschrank befand sich neben der Tür und außer dem Bett gab es noch einen Schreibtisch, einen Spiegel, ein Regal voller Bücher, einen Topf mit einem Baum darin und einen großen, flauschigen Teppich auf dem Boden.

»Lady, was sagst du?« Die Schwarzhaarige stand dicht vor mir und beäugte mich fragend.

»Was sage ich wozu?«

»Hast du uns nicht zugehört? Das rote Kleid würde dich verführerisch wirken lassen, aber das blaue Kleid würde so herrlich zu deinen Augen passen. Beide Farben stehen dir. Suche du dir eines aus.«

Nun schaute ich mir beide Kleider an, doch es war wirklich schwer, eine Entscheidung zu treffen. Eines war schöner als das andere. Irgendwie blieben meine Augen immer öfter an dem roten Kleid mit den goldenen Verzierungen hängen. Es glitzerte an einigen Stellen sogar und das ließ mein Herz schneller schlagen. Zu Glitzer konnte ich nie nein sagen, ebenso wenig wie zu pinker Kleidung. Aber so was schien es hier leider nicht zu geben.

Die Mägde halfen mir in das rote Kleid, das bis zum Boden reichte. Die Ärmel gingen beinah bis zu meinen Ellbogen und es besaß einen wundervollen Ausschnitt, der meine Brüste perfekt zur Geltung brachte. Nicht zu wenig, aber auch nicht zu viel. Danach reichten sie mir noch Sandalen, die sie um meine Knöchel schnürten, was um einiges gemütlicher war als diese seltsamen Holzschuhe aus Midgard.

Ich betrachtete mich im Spiegel und fühlte mich richtig wohl. Mein Erscheinungsbild bedeutete mir viel, doch die letzten Tage war es in den Hintergrund gerückt, obwohl mein Aussehen auf der Prioritätenliste normalerweise weit oben stand. Jetzt aber wieder so gut auszusehen, freute mich unglaublich, sodass ich beinah sentimental wurde. Aber nur beinah.

»Danke.« Ich lächelte die beiden Frauen an. »Die Frisur sieht toll aus«, bestaunte ich sie noch einmal. Meine blonden Locken waren gekonnt mittels einer Flechtfrisur nach oben gesteckt. Direkt vor meinen Ohren hatte die Magd zwei dünne

Haarsträhnen frei gelassen, sodass diese neben meinem Gesicht hingen.

Die Frauen räumten ihre Sachen zurück in die lederne Tasche, die sie mitgebracht hatten. Sie verabschiedeten sich von mir, nahmen auch die übrig gebliebenen Kleider mit und kurz darauf war ich in der Suite allein. Weil ich nicht wusste, was ich tun sollte, ging ich auf die Glasfenster zu und schaute direkt in einen riesigen Garten. Er sah sehr gepflegt aus, der Rasen war kurz gehalten und unzählige verschiedene Pflanzen waren zu sehen. Sogar einige Blumen, die in voller Blüte standen, ich aber noch nie zuvor gesehen hatte, zauberten mir ein Lächeln aufs Gesicht. Es vertiefte sich, als ich gen Himmel blickte und dort ein paar Vögel erkennen konnte, die es sich auf einem großen Baum gemütlich machten. Könnte ich sie hören, gäben sie vermutlich ein Konzert zum Besten. Ich musste Magni unbedingt dazu überreden, den Garten zu besichtigen. Das wollte ich mir wirklich nicht entgehen lassen, zumal ich Pflanzen über alles liebte – hatte mir wohl meine Mama vererbt.

Die beiden Mägde waren erst gut zehn Minuten weg, als es erneut an der Zimmertür klopfte. Es wurde allerdings nicht auf mein *Herein* gewartet, sondern die Tür wurde gleich nach dem Klopfen geöffnet.

Magni stand im Türrahmen und musterte mich. Ebenso wie ich ihn. Er sah hinreißend aus, richtig gut. Sein alltägliches Leinenhemd hatte er gegen Festtagskleidung eingetauscht. Als hätte er gewusst, dass an meinem Kleid goldene Verzierungen angebracht waren, befanden sich auf seiner Kleidung ebenfalls welche.

»Du siehst wunderschön aus, Magnolia.« Magni ließ die Tür offen und kam auf mich zu. »Wie eine Prinzessin«, hauchte er dicht vor mir.

»Ach«, winkte ich ab, grinste aber breit. »Du siehst auch nicht schlecht aus. Sag mal, hast du dich frisiert?«

Magni lachte leise. »Ja, das habe ich. Die vielen Knoten in meinem Haar haben selbst mich schon gestört. Darf ich dir meinen Arm anbieten, kleiner Schmetterling?«

»Liebend gerne.« Ich nahm seinen Arm an, legte meine Hand in seine Ellenbeuge und spazierte mit ihm aus dem Zimmer.

Er führte mich gekonnt durch die vielen Gänge, bis wir den Festsaal erreichten. Schon von Weitem war zu hören, dass hier heute das Feiern und der Spaß an oberster Stelle stehen würden. In mir machte sich eine seltsame Nervosität breit, was aber auch nicht verwunderlich war.

Wie würde so ein Fest in Asgard ablaufen? Wie viel konnte Thor trinken, bis er tatsächlich unter dem Tisch landete? Wie feierte Magni Feste? Und wie sollte ich mich benehmen? Hätte man mir davor nicht noch einen Asgard-Knigge zum Lesen bringen können?!

»Bist du bereit?«, fragte Magni.

»Ja, das bin ich«, antwortete ich ihm überzeugter, als ich tatsächlich war.

»Vielleicht gewährst du mir einen Tanz?«

»Mit Sicherheit.« Ich lächelte ihn an. »Aber ich kann nicht versprechen, dass wir uns nicht vor allen anderen blamieren.«

»Ach, die betrinken sich sowieso alle. Als ob die auf uns achten würden.« Sein Blick wechselte zwischen meinen Augen und meinen Lippen hin und her. Ehe ich ihm entgegenkommen konnte, lagen seine Lippen zärtlich auf meinem Mund.

Ich seufzte leise, legte ihm meine Hände um den Nacken. Mit jedem Herzschlag fühlte ich mich geliebter von ihm. Verbundener. Als könnte uns niemand im Wege stehen, nicht einmal die Zeit.

Magni beendete den Kuss, rückte ein wenig ab und betrachtete mich mit einem liebevollen Lächeln, das nun auch das letzte Flatterwürmchen in meinem Bauch wachrüttelte.

»Du bist wunderschön, kleiner Schmetterling. Ich muss aufpassen, dass dich mir kein anderer Ase wegschnappt. Aber keine Sorge, ich werde dich nicht aus den Augen lassen – was nicht sehr schwierig sein wird, denn du bist heute mit Abstand die schönste Frau im Raum, da bin ich sicher. Ich werde nirgends anders hinsehen können.«

Ich neigte lächelnd den Kopf, bis ich schließlich seinem Gesicht erneut näher kam. Ich küsste seine Wange, verweilte mit meinen Lippen länger als geplant dort und schaute ihm danach in die Augen. Diese sahen mich mit einer Zärtlichkeit an, dass mir ganz warm ums Herz wurde und meine Falter im Bauch wohl nie wieder gebändigt werden konnten. Nicht, wenn er mich genau *so* betrachtete.

Gott, ich war so richtig verliebt in diesen Mann. Wenn ich ihn nicht sogar schon liebte.

31

IM PARADIES

Das Fest verlief richtig gut, eigentlich ziemlich ähnlich wie zu meiner Gegenwart auf einem Ball. Es wurde Musik gespielt, gab haufenweise Essen, selbstverständlich auch genügend zu trinken – hauptsächlich alkoholische Getränke – und jeder schien Spaß zu haben.

Der Festsaal war von den Bediensteten einladend geschmückt worden, unzählige schöne Gemälde hingen an den Wänden – alle natürlich in einem goldenen Rahmen gefangen – und der Boden schien aus geschliffenem Marmor zu bestehen, in den sich immer wieder goldene Äderchen verirrten.

»Darf ich nun einen Tanz einfordern?«, fragte mich Magni, nachdem wir uns eine Zeit lang mit Sif unterhalten hatten. Sie und ihre Mägde hatten sich wirklich selbst übertroffen. Niemals hätte ich gedacht, dass Sif noch schöner aussehen konnte, aber in ihrem violetten Kleid und diesen goldenen Haaren übertrumpfte sie wirklich alle weiblichen Wesen in diesem Saal.

»Sif ist echt wunderschön«, flüsterte ich, als mich Magni zur Tanzfläche führte. Ich legte ihm eine Hand auf die Schulter und die andere in seine ausgestreckte Handfläche. Was war ich im Moment froh, dass diese Tanzhaltung ein bisschen der eines Walzers glich.

»Ich kenne eine Frau in diesem Raum, die ist noch viel schöner«, wisperte Magni zurück.

»Was? Wer?«, fragte ich lachend. »Ich finde es wirklich lieb von dir, aber deine Stiefmutter kann man nicht übertreffen.«

»Muss man das denn?« Er grinste mich an. »Für mich bist und bleibst du die Schönste. Diese goldenen Haare sind dann doch etwas zu viel für meinen Geschmack.«

»Ach, und ich habe gerade an ein Umstyling gedacht«, kicherte ich.

»Bloß nicht.« Magni starrte mich gespielt entsetzt an. »Du bist einem Schmetterling wirklich sehr ähnlich. Es sind wunderschöne Geschöpfe, die selbst nicht sehen können, wie unglaublich schön sie sind. Sie sehen nur die anderen Schmetterlinge.«

Meine Augen fanden seine, doch ich kam nicht mehr dazu, etwas darauf zu erwidern, weil ein neues Lied angestimmt wurde. Magni machte die ersten Tanzschritte und ... überforderte mich maßlos. Immer wieder landete ich laut prustend an seiner Brust, stieg ihm auf die Füße und hatte keine Ahnung, was ich mit meinen Händen anstellen sollte. Von wegen Walzer. Das hier war ein komplett anderer Tanz, den ich so noch nirgendwo gesehen, gar getanzt, hatte.

»An deinen Tanzkünsten müssen wir vielleicht wirklich noch arbeiten«, zog mich Magni auf und führte mich schließlich mitten im Lied von den anderen Tanzpaaren fort.

»Ich habe keine Ahnung von euren Tänzen«, kicherte ich noch immer. Gott, auch wenn Magni etwas anderes behauptet hatte, glaubte ich trotzdem, dass uns der ganze Saal zugeschaut hatte. Dennoch konnte ich mich nicht mehr halten und lachte weiter, bis mich Magni breit grinsend an sich zog und ich das leichte Vibrieren seines Oberkörpers spüren konnte. Er lachte also auch. War nur die Frage, ob mit mir oder über mich.

»Irgendwann zeige ich dir die Tanzschritte«, murmelte Magni neben meinem Ohr. Er hatte sich beruhigt, ich mich ebenso. Nun schaute ich zu ihm hoch und konnte ein wehmütiges Lächeln erkennen. An was er wohl gerade dachte?

»Eigentlich wollte ich dich auch zu einem Tanz auffordern, habe aber um meine Füße Angst. Schließlich will ich morgen noch gehen können.« Modi gesellte sich zu uns, ehe ich Magni fragen konnte, was ihn beschäftigte.

»Bruder, du bist, wie immer, äußerst witzig.«

»Du liebst doch meinen Humor.« Modi lachte auf. »Aber es freut mich zu sehen, dass ihr Spaß habt. Vielleicht war das Fest tatsächlich keine so schlechte Idee. Vater lässt nur nie eine Gelegenheit für ein Besäufnis aus.« Er verdrehte die Augen. »Schau ihn dir an.« Modi deutete mit seinem Kopf in eine Richtung, in die wir nun alle blickten.

Lautstark stieß Thor mit einem mir fremden Mann an, sodass der Schaum des Bieres überschwappte. Er exte das Getränk beinah in einem Zug. Verblüfft schaute ich zu Thor, der sich seinen Krug sogleich nachfüllen ließ. Ich wäre so was von betrunken, aber er wankte kein Stück, sondern plauderte munter mit den Leuten weiter.

»Du kennst Vater doch«, lachte Magni in sich hinein. »Ihm kommt niemand so schnell nach.«

Wir standen eine Weile beisammen, bis ich Modi fragte: »Was habt ihr eigentlich über die Frostriesen herausgefunden?« Ich wusste, dass das vielleicht ein Stimmungskiller war, aber ich wollte die Antwort unbedingt wissen. Feierlichkeit hin oder her.

Modi seufzte auf. »Das ist, hm.« Er sah seinen Bruder an, der ihn nun auch neugierig musterte. »Es ist schwierig zu beantworten, denn eigentlich wissen nur wenige Asen in Asgard Bescheid, dass du aus der Zukunft kommst. Mittlerweile wissen es natürlich schon viel mehr, aber ... die Jöten wissen es auch. Keine Ahnung woher. Ich will nicht sagen, dass irgendein Ase sich bei einem Jötunn verplappert hat, aber ... es muss so sein. Wie auch immer.«

»Du meinst, wir haben einen Verräter in unseren Reihen?«, wisperte Magni.

»Vater ist fast sicher und ich ... weiß es nicht. Ich wüsste nicht wer.« Modi hob die Schultern. »Ich denke die ganze Zeit darüber nach. Jedenfalls wollten die Hrimthursen Magnolia haben, eben weil sie aus der Zukunft kommt. Odin will sie ja irgendwie auch haben, gleichzeitig aber auch nicht. Ich denke, keiner weiß so recht, was Magnolia hier wirklich macht und wieso sie hier ist. Aber jeder denkt, dass sie irgendetwas wissen müsste. Wegen der großen Schlacht, von der Odin so oft erzählt. Kann ja keiner ahnen, dass sie eigentlich nichts von unserer Existenz wusste.«

»Also waren die Hrimthursen tatsächlich hinter Magnolia her. Deshalb haben sie sie nicht ernsthaft verletzt. Das ist interessant, macht alles aber gefährlicher für sie.« Magni schaute mich an. »Es wäre vielleicht wirklich das Beste, wenn du nicht mehr lange in dieser Zeit bleibst.« Seine Worte taten weh, ich fühlte den Stich in meinem Herzen. Doch auch sein Blick schmerzte, denn ich konnte ihm ansehen, dass ihn seine Worte trafen.

»Ich dachte, ich warte mit diesem Gespräch bis morgen, weil ihr eben noch so fröhlich wart. Ich denke, ihr solltet euch jetzt so richtig betrinken. Ändern kann man ohnehin nichts mehr. Kommt mit mir zu Vater«, forderte uns Modi auf.

Und weil wir im Moment nicht wussten, was wir sonst tun sollten, gingen wir mit ihm zu Thor. Der Gastgeber grüßte uns freundlich, hielt uns keinen Augenblick später sogar schon jeweils einen Krug Bier entgegen.

»Habt ihr vielleicht auch etwas anderes hier?«, fragte ich, denn Bier war echt nicht das, was ich gerne meine Kehle hinab laufen ließ.

»Wein? Du willst Wein? Einen Krug Wein für die Dame!«, rief Thor einem seiner Angestellten zu und es dauerte nicht lange, da hielt ich besagtes Getränk in meiner Hand. Wein war definitiv besser als Bier. Zumindest für meinen Geschmack. Aber gleich ein ganzer Krug?!

Keine Ahnung, wie lange wir mit Thor beisammenstanden, aber es war definitiv sehr unterhaltsam mit ihm. Immer wieder gesellten sich andere Gäste dazu, doch keiner blieb wirklich lange bei uns. Selbst Modi verschwand irgendwann aus unserer kleinen Gruppe. Als ich mich später umsah, registrierte ich, dass er – wohl erfolgreich – mit einer jungen, hübschen Frau anbandelte.

»Magni, kannst du mir den Garten zeigen?«, fragte ich ihn, als die Sonne schon lange am Horizont verschwunden war. Draußen war es mittlerweile dunkel geworden, obwohl der Mond und viele Sterne den Nachthimmel erhellten.

»Du möchtest *jetzt* den Garten sehen?«, wollte er wissen, als wäre er nicht sicher, ob diese Frage wirklich meinen Mund verlassen hatte.

»Ja, bitte.« Ich schaute ihn mit meinem besten Dackelblick an, was vermutlich auch ein bisschen am Alkohol lag. Denn bei einem Krug Wein war es natürlich nicht geblieben. Wenn man bei Thor stand, war das auch beinah unmöglich. Magnis Vater versuchte, wirklich jeden abzufüllen. Mittlerweile war aber auch er auf Met umgestiegen, der sollte anscheinend etwas harmloser sein als Bier.

»Also gut, komm mit.« Magnis warme, raue Hand umschloss meine und so folgte ich ihm aus dem Festsaal. Wir verabschiedeten uns von niemandem, obwohl ich ziemlich sicher war, dass wir nicht wieder zum Fest zurückkehren würden.

Magni führte mich erneut durch unzählige Gänge, die ich mir nicht merken würde. In Bilskirnir wäre ich absolut aufgeschmissen, wenn ich allein unterwegs sein müsste.

Ich fühlte mich in meinem Kleid sehr wohl, genoss den geschmeidigen Stoff, der sich beim Gehen um meine Beine schloss. Am liebsten wollte ich es heute nicht mehr ausziehen. Ach, am liebsten wollte ich es gar nicht mehr hergeben oder wieder gegen so ein einfaches Leinenkleid tauschen müssen.

Wir erreichten ein großes eisernes Tor, das von zwei Männern in goldener Rüstung bewacht wurde. Sie rührten sich keinen Millimeter, als Magni das Tor öffnete und mit mir an die frische Luft ging. Augenblicklich fühlte ich die kühle Nachtluft an jeder Stelle meines Körpers. Aber anstatt zu frösteln, genoss ich es. Zwar konnte ich bei Nacht nicht sonderlich viel vom Garten erkennen, im Schein des Mondlichtes war dennoch einiges zu sehen. Zum Beispiel eine Brücke, die über einen kleinen Teich führte, oder die vielen großen Bäume, die im Sommer einen angenehmen Schatten spenden konnten.

Es waren keine singenden Vögel zu hören, ebenso wenig summende Käfer. Im Garten war es angenehm still. Kein Autolärm, keine Straßenbahn, die nachts bei uns auch noch fuhr, kein kläffender Hund, keine streitenden Stimmen, einfach nur Ruhe. Es war herrlich.

»Komm mit«, flüsterte Magni und zog mich an meinem Handgelenk weiter in den Garten hinein. Wir gingen an mehreren gut duftenden Pflanzen vorbei, bei denen ich jedes einzelne Mal am liebsten stehen geblieben wäre, um an ihnen zu riechen.

Magni steuerte eine Sitzbank irgendwo mitten im Paradies an, die sich unter einer riesigen Trauerweide befand. Wir schoben die Äste und Blätter beiseite und standen irgendwann unter dem Baum.

»Es ist so schön hier«, hauchte ich.

»Mhm.« Magni kam meinem Gesicht näher, drückte meinen Rücken gegen den breiten Baumstamm und küsste mich stürmisch, als hätte er das gesamte Fest an nichts anderes gedacht.

Mir entkam ein Stöhnen. »Magni«, murmelte ich zwischen den Küssen, war etwas überrascht von seiner angestauten Sehnsucht, doch wir hörten nicht auf.

Der Kuss war so voller Leidenschaft, dass sich unsere Zungen immer wieder berührten, unsere Zähne manchmal aneinander krachten und unsere Lippen eins wurden. Meine Mitte pochte immer stärker, ich wollte ihn so sehr. Ich hatte keine Ahnung, wie ich ohne diesen Mann leben sollte, meine Gefühle für ihn quollen über.

Seine Hände fanden meinen Hinterkopf, zogen mich noch näher an seinen Mund. Danach gingen seine Hände weiter auf Wanderschaft, erreichten irgendwann meinen Po und umfassten diesen. Er knetete ihn, was mir ein weiteres Stöhnen entlockte. In meinem Unterleib bildete sich ein Knoten, den nur er zu lösen wusste.

Mit einem Ruck hob mich Magni hoch, weswegen ich

meine Beine um seinen Körper schlang. Noch immer wurde ich von seinem Körper an den Baumstamm gepresst. Gott, mein Herz verzehrte sich nach ihm.

»Wir können nicht ...«, japste ich irgendwann nach Luft. »Wir haben nichts mit. Ich kann noch nicht schwanger werden, wirklich nicht, ich ...«

Magni unterbrach mich. »Doch. Ich habe eines eingepackt, weil ich nie wissen kann, wann ich plötzlich über dich herfallen will.«

»Vorausschauend«, flüsterte ich grinsend und küsste ihn erneut. Dieses Mal mit noch mehr Leidenschaft, falls das denn möglich war. Aber jetzt, wo ich wusste, dass ich diesen Mann gleich haben würde, konnte ich nicht mehr aufhören, seine Lippen zu küssen. Sie waren so weich – ein starker Kontrast zu seinen rauen Händen, die ich aber genauso liebte. Ich liebte alles an ihm, jede Zelle seines perfekten Götterkörpers.

Mein Halb-Gott hob mein schönes, rotes Kleid hoch, fuhr mit seinen Fingern über meine empfindlichsten Stellen.

»Verdammt«, knurrte er. »Du hast dieses seltsame Teil gar nicht an.«

»Ich dachte, es bräuchte dringend einmal eine Wäsche«, hauchte ich atemlos, als Magni mit einem Finger in meine feuchte Mitte drang. »Magni«, stöhnte ich seinen Namen sofort und krallte meine Fingernägel in seine Schulterblätter. Quälend langsam drang er mit seinem Finger in mich ein, ebenso langsam wieder heraus.

»Ist diese Position für dich in Ordnung?«, fragte Magni, als er mich sachte auf den Boden stellte.

»Ja. Mehr als in Ordnung«, murmelte ich.

»Gut.« Ein echtes Lächeln umspielte seine verführerischen Lippen. »Denn ich brauche dich jetzt so sehr.«

Er öffnete seinen Gürtel, holte aus seiner Tasche unser altbekanntes Verhütungsmittel und hob mich anschließend wieder hoch. Meine Beine schlangen sich um seine Mitte und voller freudiger Erwartung, was als Nächstes passieren würde, hauchte ich ihm zarte Küsse auf den Hals.

Magni drang in mich, stieß mehrmals hart zu, was mich

immer wieder leise aufstöhnen ließ. Der Baum hinter mir störte mich kein bisschen, obwohl ich jede kleinste Unebenheit spüren konnte.

Irgendwann änderte er seine Geschwindigkeit, verteilte Küsse in meinem Gesicht, auf meinem Hals, meinem Dekolleté. Er drosselte sich, schaute mir in die Augen und ließ unsere Lippen erneut zu einer verschmelzen.

Langsam drang er wieder in mich, füllte mich vollständig aus. Er verweilte kurz in mir, bis er sich bedächtig zurückzog, nur um sogleich wieder dasselbe Spiel zu spielen. Ich genoss es, doch es war auch eine Qual. Eine süße, gute, heiße Qual.

Ich konnte spüren, dass es bei Magni nicht mehr lange dauerte, bis er kommen würde. Aber auch mein Orgasmus ließ nicht lange auf sich warten. Leise seinen Namen keuchend, klammerte ich mich an seinen Oberkörper, verbarg mein Gesicht an seiner Schulter, bis auch er sich im Schafsdarm ergoss.

Unsere Atmung kam noch flach, als mein Halb-Gott mich zurück auf die Wiese stellte. Mein Kleid fiel wieder über meine Beine. Magni lehnte seine Stirn an meine, sah mich durch seine Mondsee-Augen an, lächelte sanft.

»Ich wollte dich nicht nur nehmen, mit dir schlafen ... Ich ... Ich denke, heute wollte ich dich einfach nur lieben«, flüsterte er kaum hörbar.

Mein Herz flatterte. Vor Rührung wurden meine Augen feucht, weshalb ich mich auf die Zehenspitzen stellte und ihm einen zärtlichen Kuss auf den Mund drückte. Ob es unser letztes Mal gewesen war?

»Genau das, was wir beide heute wohl gebraucht haben«, raunte ich mit einem Kloß im Hals, ihm noch immer in die Augen schauend.

Nachdem wir den Platz unter der Trauerweide unsicher gemacht hatten, gingen wir zurück in den Palast. Dort suchte Magni die Waschküche auf und wies zwei Bedienstete an, ihm einen großen Badezuber ins Zimmer zu bringen.

Während also ein Badezuber, inklusive warmen Wassers, ins Zimmer gebracht wurde, ging Magni mit mir in die Bibliothek.

Die Holztür knarrte, als er sie öffnete. Bei Nacht konnte ich leider nicht allzu viel erkennen, aber Magni hatte an eine Fackel gedacht, mit der er wenigstens ein bisschen Licht ins Dunkel brachte.

Ich staunte aufgrund der vielen Bücher, die sich hier in Bilskirnir befanden. Niemals hätte ich das vom Donnergott erwartet. Die Bibliothek war riesig, einige Rollleitern waren an den Wänden angebracht und es befanden sich sogar zwei kleine Tische und eine gemütliche Eckbank in der Bibliothek.

»Ich bin gerne hier«, begann Magni. »Bücher sind etwas Besonderes für mich, waren es schon immer. Auch wenn viele es mir nicht zutrauen, lese ich sehr gerne. Kannst du lesen, Magnolia?«

»Ich kann lesen, ja. Lernen denn hier in Asgard nur Männer, wie man liest?«, wollte ich aufgrund seiner Frage wissen.

»Nein, jeder kann lesen. Aber ich weiß, dass es in Midgard anders ist. In deiner Zeit somit also nicht mehr.«

»In meiner Zeit, in meinem Land, lernt auch jeder das Lesen«, erklärte ich ihm. »Aber ich bezweifle, dass ich eure Schrift verstehe. Schriften ändern sich mit den Jahren so oft.«

Magni lachte in sich hinein. »Das haben sie immer schon. Also wundert es mich nicht.« Er schaute mich lächelnd an, ging dann zu einem Bücherregal und zog ein ledernes Buch heraus.

Er reichte es mir und ich schaute es mir genauer an. Der Einband war in einem schönen Rotton gehalten, so ähnlich wie mein Kleid. Als ich die Seiten aufschlug, fühlte ich sofort den Unterschied zu den Büchern in meiner Zeit. Magni hielt mir die Fackel hin, damit ich die Schrift sehen konnte, doch sie bestand nur aus Runen und von denen hatte ich leider keine Ahnung.

»Das Buch handelt von einem kleinen Jungen und seinen Abenteuern«, flüsterte Magni und zeigte unscheinbar auf sich.

»Eigentlich sollte es in meinem Zimmer stehen, aber es liest ohnehin niemand. Demnach kann es genauso gut in der Bibliothek verstauben.«

»Du hast es geschrieben?«, wollte ich erstaunt von ihm wissen.

»Ja, da war ich noch ein bisschen jünger.« Er lachte leise.

»Ich würde es gerne lesen können.«

»Du kannst es haben. Vielleicht lernst du ja irgendwann, wie die Runen zu lesen sind. Und wer weiß, ob ich es dir jemals beibringen kann.«

Traurig schaute ich ihn an und merkte, dass er das längst tat. »Magni«, murmelte ich und kuschelte mich an seine Brust. »Ich weiß nicht, was ich tun soll.«

»Du meinst, du weißt nicht, ob du in deine Zeit zurückwillst?«

»Genau. Ich will nicht mehr ohne dich sein.«

»Kleiner Schmetterling«, flüsterte er bedrückt. »Du musst. Deinetwillen. Es sprechen so viele Gründe dafür, dass du zurückkehren sollst.«

»Aber auch ein gewaltig Großer dagegen.« Nun schaute ich zu ihm hoch.

»Ich sagte dir schon einmal, dass ich für dich die Zeiten überleben möchte. Vertraue mir, eines Tages würdest du es bereuen, wenn du hier bleiben würdest. Also bitte, kleiner Schmetterling, kehre nach Hause zurück, sosehr es uns auch schmerzt. Aber in meiner Zeit habe ich Angst um dich. Sogar die Jöten wollen dich haben und vor denen habe ich richtigen Respekt. Glaube nicht, dass ich dich nicht will, denn das tue ich. Sehr sogar. So, so sehr! Ich ... Ich ...« Magni schaute mich sprachlos an.

Langsam nickte ich. Wusste tief in mir selbst, dass ich unmöglich bleiben konnte. Schon allein wegen Ragnarök, was noch kommen sollte. Oder wegen der Medizin, die noch nicht weit fortgeschritten war. Oder wegen meiner Familie, die ich über alles liebte. Es sprachen so viele Dinge dagegen, aber Magni ... Mein Halb-Gott sprach eben dafür.

Plötzlich dachte ich an Iduns Worte zurück. *Wir Frauen*

müssen unser Schicksal manchmal selbst in die Hand nehmen und es nicht von Männern abhängig machen. Oft ist das gar nicht so einfach, besonders, wenn man verliebt ist. Aber du musst selbst auf dich Acht geben und nicht darauf vertrauen, dass alles gut wird.

Ich dachte an vieles, das Magni gesagt hatte. *Also waren die Hrimthursen tatsächlich hinter Magnolia her.*

Du stellst Forderungen? Du hast hier nichts mitzureden.

Was interessieren mich die Menschen?

Wenn du auf meinen Großvater triffst, dann sei mit deinen Worten vorsichtiger. Im Gegensatz zu mir scheut er nämlich nicht, dir die Zunge rauszureißen.

Mein Bruder war es also, der die Wikinger geschickt hat.

Würde dir hier etwas passieren, könnte ich es mir nicht verzeihen. Du musst zurück. Zu deiner Sicherheit, und zu den Menschen, die dich lieben und die du liebst.

Ich dachte auch daran, welche Worte Modis Mund verlassen hatten. *Sicher, dass wir sie nicht einfach umbringen sollen?*

Menschen sind schwach.

An Odin. *Wie gesagt: Wo bleibt denn da der Spaß? Ich möchte, dass du diese drei Aufgaben erfüllst. Je länger du dich dagegen sträubst, desto eher finde ich noch eine vierte Aufgabe dazu.*

An Friggs Worte. *Manchmal greift mein Gemahl zu sehr ungewöhnlichen Maßnahmen. Ihm geht es nur ums Gewinnen. Deshalb habe ich erst gar keine Wette mit ihm bezüglich dir gemacht, weil ich nicht schon wieder ein Menschenleben gefährden will.*

An meine eigenen Worte. *Du wolltest mich umbringen! Einfach so. Weil Menschen dir nichts bedeuten. Das ist grausam!*

Ich biss mir auf die Unterlippe, presste das Buch dicht an mich und schaute Magni an. »Vielleicht hast du recht. Ich sollte in meine Zeit zurückkehren. Bald.« Das letzte Wort flüsterte ich nur, senkte den Blick, weil ich meinem Halb-Gott nicht in die Augen schauen konnte.

»Ich will dich einfach nur in Sicherheit wissen«, murmelte er und legte seine Arme um meinen Oberkörper. »Komm mit, das Wasser wurde bestimmt schon fertig eingelassen. Möchtest du noch immer ein Bad mit mir gemeinsam nehmen?«

»Gerade bin ich etwas bedrückt, aber vielleicht hebt so ein Bad meine Stimmung wieder.«

»Mir geht es nicht anders. Aber wenn ich bei dir bin, geht es mir gut. Außerdem will ich schon seit einer ewig langen Zeit einen Zuber mit dir teilen.«

Ich kicherte leise, schaute zu ihm hoch. »Dann will ich deine Fantasien wahr werden lassen.«

Magni grinste mich breit an, als ich wissen wollte: »Die meisten männlichen Asen haben deutlich gemacht, dass sie von Menschen nichts halten. Wieso dein Vater nicht? Er behandelt mich normal oder lässt er sich hinter meinem Rücken an mir aus?«

»Mein Vater?« Magni schmunzelte. »Er hasst die Jöten, verachtet einen Riesen meilenweit, bevor er ihn überhaupt zu Gesicht bekommt. Klar, er schlachtet sie normalerweise nicht sofort ab, wenn er sie sieht, so wie auf dem Berg, aber da waren wir schon mitten in einem Kampf. Doch mein Vater liebt eine Jötunn. Meine Mutter.« Magni lachte in sich hinein. »Die beiden lieben sich sehr, obwohl sie die Gattung des anderen hassen. Es ist kompliziert mit ihnen, aber ihre Liebe füreinander darf niemals jemand anzweifeln. Schon gar nicht vor Thor, denn dann wünschtest du dir, freiwillig nach Helheim zu reisen.«

»Ach, Helheim war gar nicht so schlimm«, kicherte ich, wusste aber natürlich, was er meinte. »Also kann er verstehen, wieso du dich in einen Menschen ... Ähm, wieso du einen Menschen magst?«

»Kann er, ja.« Magni strich mir meine einzelne Locke hinters Ohr, wo sie allerdings nicht lange blieb. Lockige Haare führten eben ein Eigenleben.

Er küsste mich zärtlich auf die Stirn, nahm meine Hand in seine, führte mich schließlich aus der Bibliothek, steckte die Fackel zurück in ihre Halterung und eilte mit mir durch die vielen Gänge. Bald schon erreichten wir Magnis Zimmer, in dem wirklich schon ein Badezuber mit warmem Wasser bereitstand.

»Das ging schnell«, meinte ich, hielt eine Hand in das Wasser und seufzte auf. Ja, ich würde dieses Bad so was von genießen. Ziemlich sicher fiel ich danach wie tot ins Bett, aber das wäre es wert.

»Und jetzt, lass meine Fantasien wahr werden.« Magni umarmte mich von hinten und hauchte einen federleichten Kuss in meinen Nacken, der wie ein Blitz durch meinen Körper jagte. »Zugegeben, die harmloseste Fantasie mit dir im Badezuber ist, dass wir einfach dort drinnen sitzen und eng umschlungen das Wasser genießen. Ich denke, das ist jetzt genau das, was wir nach unserer langen Reise brauchen.«

»Da stimme ich dir voll zu. Ich bin dabei.« Lächelnd drehte ich meinen Kopf so, dass ich ihn ansehen konnte. »Hilfst du mir aus dem Kleid?« Auch wenn ich es vorhin nicht hatte loswerden wollen, könnte ich mir nun keinen besseren Grund vorstellen, mein Kleid auszuziehen. Obwohl ... Für eine weitere Sache würde es sich definitiv auch noch lohnen ...

»Mit Vergnügen«, raunte mein Halb-Gott.

Das Bad war herrlich gewesen. Sauber machen, Haare waschen, mit Magni kuscheln, seinen Oberkörper an meinem nackten Rücken spüren, einfach nur entspannen und sich an der Wärme erfreuen. Jetzt im Bett vermisste ich das warme Wasser sogar. Dabei waren wir so lange drinnen geblieben, bis es kalt geworden war.

»Bist du noch wach?«, flüsterte Magni. Ich nahm an, er wusste, dass ich noch nicht schlief. Da wir in Löffelchenstellung auf seinem fantastisch weichen Bett lagen, drehte ich mich um, damit ich ihn anschauen konnte.

»Ja, ich bin wach.«

»Gut. Ähm ...«

»Willst du mir etwas sagen?«, fragte ich das

Offensichtliche, nachdem er eine Zeit lang nicht mehr gesprochen hatte.

»Schon, ja. Aber ich weiß nicht, wie ich die Worte formulieren soll. Ich habe Sorge, dass du danach sauer bist.«

»Ich? Auf dich?« Nun wurde ich neugierig. War ich eben etwas müde gewesen, so war ich nun wieder hellwach.

»Ja, ähm.« Er griff sich kurz an den Kopf, ehe er mir in die Augen sah. »Du kannst dich bestimmt daran erinnern, als du das erste Mal in Asgard warst.«

Ich nickte, denn ja, daran konnte ich mich noch gut erinnern. Zumal es nicht einmal lange her war, auch wenn sich in der Zwischenzeit jede Menge getan hatte.

»Odin wollte ... ähm, also er versteht nicht, wieso du nichts über uns weißt. Er glaubt dir nicht. Deshalb ... sollte ich mitkommen. Die drei Aufgaben, die er sich ausgesucht hat, waren hauptsächlich dazu da, dass ich mehr Zeit mit dir verbringe, um herauszufinden, was du alles über Ragnarök und uns weißt. Aber nicht nur deshalb, ihm ist einfach oft langweilig und dann beobachtet er gerne die Menschen. Ich ... wollte und will dir damit nicht wehtun, das ist das Letzte, was ich will. Ich musste es dir nur sagen, denn im Moment denke ich wieder viel darüber nach. Zwischenzeitlich habe ich vollkommen Großvaters Forderung vergessen, wirklich. Er wollte eben, dass ich dich begleite, um herauszufinden, was du alles weißt, aber verschweigst.«

»Und du denkst, ich bin jetzt sauer auf dich?«

»Ich weiß es nicht. Bist du?«

»Magni«, seufzte ich. »Damals haben wir uns noch nicht so gut verstanden, du siehst zu deinem Großvater auf und du hast seinen Befehl befolgt. Wie könnte ich dir da böse sein? Außerdem danke ich dir, dass du es mir nun gesagt hast. Das hättest du nicht tun müssen, es bedeutet mir daher viel«, antwortete ich ihm. Und das tat es wirklich. Denn es machte mir Hoffnung, dass, sollte es zu einer Auseinandersetzung zwischen dem Götterallvater und mir kommen, Magni mir den Rücken stärken würde. Auch wenn ich mich darauf nicht verlassen durfte.

»Er wollte auch, dass ich netter zu dir bin, damit du mir vertraust«, nuschelte er in sich hinein. »Aber alles, was ich tat und sagte, meinte ich so. Nichts war gespielt. Rein gar nichts. Ich bin nämlich ein schlechter Gaukler.«

»Schon gut, Magni.«

»Obwohl ich mich manchmal auch frage, wieso er wollte, dass du solch schwierige Aufgaben bewältigst. Ich kann mir vorstellen, dass es ihn überrascht, dass du tatsächlich alles geschafft hast«, plapperte er in seinem Redefluss weiter.

»Ich bin eben zu allem fähig«, scherzte ich und kuschelte mich auf Magnis Brust. Dort gähnte ich einmal herzhaft, denn die Müdigkeit überkam mich plötzlich wieder.

»Ja, das glaube ich so langsam auch. Du warst in Helheim, hast Loki durchschaut, warst in Svartalfheim, streicheltest den bösen Wolf, wichst dem Gift von Jörmungandr aus, bist der erste Mensch in Asgard, hilfst fremden Menschen, bist eine Völva, reist durch die Zeit, bist einfach perfekt. Du hast mir den Kopf verdreht, ehrlich. Wie schaffst du das nur?«

Mit leicht geöffneten Lippen starrte ich zu Magni hoch. Nur er brachte es zustande, mir selbst am Ende eines anstrengenden, langen und gleichzeitig schönen Tages ein ehrliches Lächeln aufs Gesicht zu zaubern. Ich schaute in seine Augen, die manchmal so undurchdringlich wie Nebel im Tal wirkten, während die Sonne weiterhin die Bergspitzen erwärmte. Genauso schienen seine Augen, durch die dicke Nebeldecke bis hin zu den Gipfeln, in meine Seele zu blicken, als wüsste er exakt, was sie brauchte – was *ich* brauchte.

»Magni.« Ein Kloß setzte sich in meiner Kehle fest. Ich war lange nicht perfekt, niemand war das. Aber manchmal reichte es aus, unperfekt perfekt zu sein, weshalb ich zu Magnis Gesicht kroch und ihm einen zarten Kuss auf den Mund hauchte.

»Wo nimmst du all die schönen Worte her?«, fragte ich, ohne auf eine Antwort zu warten. »Hat *dir* schon mal jemand gesagt, wie wunderbar du bist?« Ich betrachtete ihn mit einem Lächeln und strich ihm liebevoll über die Wange. »Sosehr ich dich anfangs vierteilen wollte, sosehr wünschte ich jetzt, du könntest immer bei mir bleiben. Weil du einfach du bist. Ehrlich. Mutig. Sanft. Zumindest zu mir«, kicherte ich. »Und loyal. Ich mag den unerbittlichen Krieger in dir sowie den zärtlichen Liebhaber.«

»Kleiner Schmetterling.« Seine Stimme glich kaum einem Flüstern.

Wir küssten uns. Zum gefühlt hundertsten Mal an diesem Tag. Aber was könnte es Schöneres geben, als seine fordernden Lippen auf meinen?

Wie so oft in den letzten Stunden fragte ich mich, ob dieser Kuss unser letzter war. Ich wusste, welche Gefahren in diesen dunklen Jahrhunderten der Geschichte lauerten, dennoch wollte ich nicht fort. Noch nicht. Es gab etwas, das ich beabsichtigte zu erledigen – außerdem brauchte Idun Zeit, hatte sie gesagt –, weshalb ich unsere Münder trennte und Magni in die Augen schaute.

»Ich möchte etwas von dir wissen. Gibt es in der Nähe einen Teich oder einen See?«, wechselte ich das Thema.

»Mein Vater hat einen großen Teich, den nur die Familie kennt und zu dem er gerne fährt. Dort steht eine Hütte.« Ich konnte die vielen Fragezeichen in seinen wunderschönen Augen erkennen.

»Können wir morgen dorthin? Es wäre wichtig.«

»Wir ... Wir können auch für eine Nacht bleiben, wenn du das möchtest.« Unsicherheit schwang in seiner Stimme mit. »Aber sag, was hast du vor?«

»Das verrate ich dir nicht. Das mit der Übernachtung klingt allerdings vielversprechend. Ich bin dabei.«

»Dann werde ich Vater morgen sofort fragen. Bei der Hütte ist es übrigens sicher, du musst dir deshalb keinen Kopf machen. Aber jetzt versuche zu schlafen. Es ist schon sehr spät.«

»Du hast recht. Außerdem bin ich hundemüde.« Ich hauchte ihm erneut einen Kuss auf den Mund und bettete danach meinen Kopf zurück auf seinen Brustkorb. Dort schlief ich zum Takt seines Herzschlages ein.

32

ZIMPERLIESE

Magni hatte gleich am Morgen seinen Vater gefragt, ob wir zu seiner Hütte an dem Teich durften. Natürlich war die Antwort ja gewesen und so ritten wir im Moment gemütlich auf Gullfaxi zu besagtem Teich.

»Ich bin gespannt, was du vorhast«, wiederholte sich Magni bestimmt zum zehnten Mal.

»Das sage ich dir dann, wenn es so weit ist«, ließ ich ihn geheimnisvoll wissen. Dieser Mann musste wohl tatsächlich alles immer im Vorfeld wissen. Sollte ich ihn eines Tages überraschen wollen, würde das vermutlich in einer nie endenden Fragerei münden.

Bald erreichten wir den Teich, der durch einen schönen hohen Holzzaun vom Rest Asgards abgeschirmt war. Das im Sonnenlicht glitzernde Wasser war nicht das Einzige, was sich auf der Fläche befand, sondern auch unzählige Bäume, die für Schatten sorgten, eine große Liegefläche und eine altmodische Hütte, die mich mit ihrem rustikalen Aussehen sofort in den Bann zog.

Nachdem wir eingetreten waren, schaute ich mir die Hütte genauer an. Ich konnte einen Kamin entdecken, eine kleine

Küche, ein Zimmer, wo wir schlafen würden, und einen großen Badezuber, in dem zwei Leute gut Platz fanden.

»Ich könnte hier ewig bleiben«, wisperte ich lächelnd. Magni stand dicht hinter mir und schlang seine Arme um meinen Bauch.

»Am besten, wir gehen hier nicht mehr fort«, flüsterte er zurück. »Ich weiß nämlich, was ich all die Jahre mit dir in dieser Hütte anstellen könnte, ohne dass mir jemals langweilig werden würde.«

»Oh ja, da fallen mir auch so einige Dinge ein.« Grinsend drehte ich meinen Kopf, damit ich ihn anschauen konnte. Ich stellte mich auf meine Zehenspitzen und setzte Magni einen zarten Kuss auf seine Lippen. Ich konnte gar nicht aufhören, ihn zu küssen, wollte es in jeder freien Minute tun.

»Dann bleiben wir eben für immer hier«, murmelte er.

So gern ich ihm zugestimmt hätte, jetzt hatte ich eine Mission. »Aber bevor wir zu all den Dingen übergehen, die momentan unsere Gedanken dominieren, komm mit.« Ich wand mich aus seiner Umarmung, was er widerwillig zuließ, um mir zurück ins Freie zu folgen.

In Asgard schien es immer nur Sonnenschein zu geben, denn die Wärme war selbst durch mein Kleid zu spüren. Ich ging auf den runden Teich zu, kniete mich hin und griff ins Wasser. Eigentlich hatte ich es mir kälter vorgestellt, erfrischend eben, aber der Teich hatte eine angenehme Temperatur. Gullfaxi stand mit etwas Abstand zu uns und trank daraus.

»Bist du bereit?«, fragte ich meinen Halb-Gott, der mich mit einer hochgezogenen Augenbraue fixierte.

»Bereit wofür?«

»Komm«, war alles, was ich sagte.

Ich zog mir mein Kleid über den Kopf, öffnete meine Sandalen und ließ alles neben dem Wasser liegen. Magnis hungrige Blicke konnte ich nur zu deutlich auf mir spüren, doch wenn ich mich jetzt zu ihm umdrehte, würde ich nicht zu dem kommen, wofür ich eigentlich ein Gewässer hatte aufsuchen wollen.

Magni räusperte sich, als ich in das Wasser stieg. »Ähm, was genau hast du vor?«

»Zieh deine Kleidung aus und finde es raus.«

Das Wasser erreichte meine Oberschenkel, weshalb ich mich kurzerhand gänzlich in den Teich fallen ließ. Grinsend drehte ich mich nun zu Magni, der nach wie vor wie angewurzelt am selben Fleck stand.

»Magni, komm endlich!«

Er nickte langsam, zog sich dann seine Klamotten aus, die er neben meine fallen ließ. Seine Waffen legte er ebenso ab, sodass er nun vollkommen nackt im Schein des hellen Lichtes stand. Ein Anblick, an den ich mich definitiv gewöhnen könnte. Also, so richtig gewöhnen. Für immer.

»Ich kann nicht gut schwimmen«, äußerte er, als er mit den Füßen im Wasser stand.

»Das ist mir in Helheim gar nicht aufgefallen. Aber jetzt, wo du es sagst«, schmunzelte ich und tippte mir gespielt nachdenklich ans Kinn. »Dort dachte ich schon, ich würde gleich zur Rettungsschwimmerin befördert werden. Deshalb will ich dir zeigen, wie das Schwimmen geht.«

»Du willst mir das Schwimmen beibringen?«

»Ja.« Ich nickte. »Da du schon einige Jahre auf dem Buckel hast, aber es irgendwie verpasst hast, schwimmen zu lernen, erledige ich das jetzt mit dir. Immerhin will ich, dass du die Zeiten überlebst und dabei nicht bei einem Hochwasser ums Leben kommst. Besser, du lernst das jetzt.«

Ich sah, wie sich um Magnis Lippen ein kleines Lächeln bildete. »Vielleicht sollte ich dich vorwarnen, aber ich bin ein sehr schlechter Schüler.«

»Damit werde ich klarkommen und jetzt komm endlich zu mir«, drängte ich.

»Das Wasser ist aber echt kalt«, murrte Magni.

»Es ist angenehm«, widersprach ich ihm. »Jetzt sei keine Zimperliese und komm zu mir.«

»Was auch immer dieses Wort schon wieder bedeuten soll«, nuschelte Magni, doch er kam tatsächlich auf mich zu, also hatte es gewirkt. Ich hielt mich lieber zurück und erklärte ihm nicht, was das Wort zu bedeuten hatte. Vermutlich konnte er es sich ohnehin denken.

»Lange bleibe ich hier aber nicht. Verdammt, ist das kalt. Da schrumpft mein treuer Freund gleich bis in meinen Bauch zurück«, brummte Magni, was mich nur ein leises Lachen kostete.

»Das Wasser in Helheim war bei Weitem kälter und dort hast du dich auch nicht beschwert.«

»Dort hätte ich niemals meine Schwächen offen vor dir zugegeben.« Endlich ließ Magni sich gänzlich ins Wasser gleiten und kam bei mir an. Wir konnten in dem Wasser noch stehen, aber dennoch das Schwimmen üben. Wenn er sich also unsicher war, könnte er jederzeit aufstehen und den sandigen Boden unter seinen Füßen fühlen.

»Die erste Hürde hast du geschafft und zwar, ins kühle Nass kommen«, kicherte ich. »Ich zeige dir die klassische Art zu schwimmen. Es gibt mehrere Schwimmarten, aber wir wollen ja einfach mal, dass du dich über der Wasseroberfläche halten kannst.«

»Mir scheint, als hättest du einen Narren zum Dagmal gegessen. Du bist heute äußerst lustig.«

»Danke dir.« Ich lachte leise. »So, und jetzt schaue auf meine Arme.«

Ich zeigte Magni zuerst, wie ich meine Arme bewegte, wenn ich schwamm. Er machte es mir nach und später führte ich ihm noch vor, wie ich mich durch das Wasser bewegte. Es dauerte ein bisschen, bis Magni herausfand, wie er seine Arme und Beine zeitgleich bewegen musste, doch zum Schluss schaffte er es. Mittlerweile waren unsere Finger schon so schrumpelig wie die meines Großvaters früher.

»Dafür, dass du meintest, ein schlechter Schüler zu sein, hast du dich super geschlagen. Später gehen wir erneut ins Wasser und üben weiter. Aber bei deinen Fortschritten mache ich mir keine Sorgen mehr, dass du ertrinkst.«

»Ich habe mir Mühe gegeben. Außerdem scheinst du eine gute Lehrerin zu sein«, bemerkte Magni, während er neben mir aus dem Wasser trat. Die Sonne schien noch immer mit einer wohltuenden Kraft auf uns, weshalb mich nicht fröstelte.

»Ich könnte mir jetzt durchaus eine Belohnung für meine herausragenden Fortschritte vorstellen.«

»Ach, der Herr will eine Belohnung?« Ich hob eine Augenbraue und grinste ihn schief an. »Ich könnte mir allerdings auch eine für mich vorstellen, nachdem ich so eine begabte Lehrerin bin.«

»Hm, lässt sich einrichten«, wisperte Magni dicht neben mir. Seine Arme lagen plötzlich um meinem nackten Körper und seine Lippen nahmen meine vollständig in Besitz.

Direkt hier, neben dem Teich, vor einem großen Laubbaum, liebten wir uns ein weiteres Mal ... von vielen weiteren Malen an diesem Tag.

Es wurde bereits Abend, die Sonne schien nicht mehr so hell und vereinzelte Wolken verdunkelten den Himmel. Etwas, das ich von Asgard noch gar nicht kannte.

Wir hatten unseren Platz nach drinnen verlegt, wo wir erst mal das Bett hatten testen müssen. Ich hatte es für gut befunden und könnte mir durchaus vorstellen, es gemeinsam mit Magni nie mehr zu verlassen. Doch irgendwann knurrte mein Magen, was Magni lachend zum Anlass nahm, aufzustehen. Ich folgte ihm in die kleine Küche, wo er selbst gemachtes Brot von den Köchen aus Bilskirnir aufschnitt. Sie hatten ebenso vegetarische Aufstriche gezaubert, die ich mir nun auf die Brotscheiben schmierte. Wir setzten uns nebeneinander an einen kleinen Tisch und aßen.

»Bevor wir morgen nach Bilskirnir zurück reiten, und danach weiter nach Gladsheim, möchte ich noch ein paar Dinge loswerden«, begann mein Halb-Gott und schaute mich an.

»Deine Worte beunruhigen mich etwas.«

»Müssen sie nicht.« Er lächelte sanft und nahm meine ihm zugewandte Hand in seine. »Ich will nur, dass du weißt, wie viel du mir bedeutest. Wärst du eine Menschenfrau aus meiner Zeit, hätte ich dich gefragt, ob du meine Gemahlin werden möchtest. Aber ... Vielleicht kann ich das ja eines Tages nachholen.« Sein Lächeln hatte etwas Wehmütiges. Er ließ mich keine Sekunde aus den Augen, schaute in meine, als suchte er dort nach Antworten auf die Fragen der Zukunft.

»Oh, Magni.«

»Ich bin noch nicht fertig.« Er schmunzelte. »Mir fällt es schwer, dich gehen zu lassen, aber gleichzeitig will ich es unbedingt. Manchmal kann ich mich selbst nicht verstehen, weil ich immer ein sehr egoistischer Ase war. Oder noch immer bin. Nur bei dir ist das anders. Ich will, dass du in Sicherheit bist, dass es dir gut geht, dass du glücklich bist. Über diese Gedanken habe ich lange und intensiv nachgedacht und ich weiß, dass ich dich liebe. Kleiner Schmetterling, Magnolia, ich liebe dich. Mir ist es wichtig, dass du es weißt.«

In meinem Hals steckte ein dicker, großer Kloß fest. Meine Augen wurden feucht, weshalb ich Magnis Hand zaghaft drückte. »Ich liebe dich auch, Magni. So sehr. Und glaube mir, mein Herz bricht, weil ich weiß, dass ich dich verlassen muss.«

Unsere Lippen fanden sich, bewegten sich zärtlich und bedächtig aufeinander. Magni legte mir seine andere Hand an die Wange. Diese Geste ließ mein Herz sich zusammenziehen, weil es mir so viel bedeutete. Magni bedeutete mir so unendlich viel, dass ich ehrlich Angst hatte, ihn nie wiederzusehen.

Aber was, wenn er die Zeiten tatsächlich überlebte? Würde er mich erkennen? Würde er mich noch wollen? Hätte er nicht schon eine andere Frau, sieben Kinder und einen großen Palast, der nur ihm gehörte? Sollte ich dann nicht froh sein, dass er sein Leben weiterlebte? Es in vollen Zügen genoss und mit einer eigenen Familie glücklich wurde?

Ja, ich sollte ihm sein Glück gönnen. Mich nach all den Jahren wiederzusehen, wäre vielleicht wirklich ein Wunder. Ich wollte nicht, dass er sich deshalb fertigmachte. Er musste sein Leben genießen, denn wer wusste schon, ob er tatsächlich bis zu meiner Gegenwart überlebte?

Sosehr mich diese Gedanken auch schmerzten, wusste ich,

dass ich sie ihm noch sagen musste. Nicht jetzt. Vielleicht auch nicht heute Nacht. Aber irgendwann in den nächsten Stunden sicher. Im Moment war es einfach so schön mit ihm. Seine Worte, die mein Herz berührten. Meine Worte, die ich absolut ernst meinte. Einfach alles hier an diesem Teich, und in dieser Hütte, war unvergesslich.

Ich wusste, meinen Halb-Gott würde ich niemals vergessen. Nicht bis zum Ende meiner Tage. Ich würde immer wieder an ihn denken, an unsere gemeinsame Zeit, generell an die Götter Asgards. All das hier würde ich niemals mehr vergessen! Könnte es gar nicht, da war ich sicher.

»Möchtest du noch immer lernen, wie du dich verteidigen kannst?«, fragte Magni am nächsten Tag, während wir unsere Kleidung anzogen. Die Sonne hatte uns nach einem weiteren Schwimmtraining trocken gewärmt.

»Eigentlich schon, aber ich denke nicht, dass ich es in Asgard brauchen werde, wo ich ohnehin nicht mehr lange hier bin«, seufzte ich. »Vermutlich könnte ich das Erlernte, wenn es hart auf hart kommt, nicht einmal abrufen. So etwas braucht Übung und die Zeit haben wir nicht.« Mit jedem Wort wurde ich leiser.

Magni nickte knapp, er verstand, was ich sagen wollte. »Vielleicht komme ich eines Tages dazu, dich die Kunst des Kämpfens zu lehren.« Sein Lächeln hatte schon wieder etwas Wehmütiges. »Hier in Asgard vermute ich sowieso keine Bedrohung und außerdem passe ich auf dich auf, kleiner Schmetterling.«

Seitdem wir beim Teich gewesen waren, wechselte unsere Stimmung ständig. Einmal waren wir so glücklich, dass uns nicht einmal das Strahlen der Sonne gleichkommen konnte, und im nächsten Moment waren wir so betrübt, dass es mich nicht wundern würde, wenn sich der Himmel plötzlich verdunkeln und tausende Regentropfen auf uns niederprasseln würden.

»Magni?«, fragte ich nach einer Weile. Wir standen

einfach nur auf der grünen Wiese, schauten zum Teich, hingen unseren eigenen Gedanken nach und nahmen im Augenwinkel Gullfaxi wahr, der genüsslich Grashalm für Grashalm verputzte.

»Ja?«

»Du bedeutest mir unendlich viel. Ich meinte es gestern ernst, als ich dir sagte, dass ich dich liebe. Denn das tue ich, sehr sogar. Es tut so weh, dich verlassen zu müssen.« Mit Tränen in dem Augen schaute ich ihn an. Er betrachtete mich eingehend, hörte mir genaustens zu. »Ich möchte aber auch noch etwas loswerden«, sprach ich weiter. Jetzt schien für mich der richtige Moment zu sein, denn wann würde ich ansonsten die Gelegenheit haben? Ich wusste schließlich nicht, was kommen mochte und was mich in Gladsheim erwarten würde.

»Vergiss bitte nicht zu leben«, wisperte ich. »Vielleicht verliebst du dich neu, was nicht verwunderlich wäre, denn es sind so viele Jahre. Und das ist in Ordnung. Solltest du in meiner Zeit noch leben, aber eine Familie haben, dann verstehe ich das. Du musst nicht ...« Eine Träne lief mir über die Wange. »Du musst nicht zu mir kommen, wenn du glücklich bist und eine Familie gefunden hast, mit der du den Rest deines langen Lebens verbringen willst.«

»Magnolia«, flüsterte er betroffen. Ich sah, wie er schwer schluckte, schließlich aber den Abstand zwischen uns verringerte und mich in seine starken Arme schloss.

»In Ordnung?«, wisperte ich fragend.

»Ich werde dich suchen und dich finden. Sollte ich eine Familie haben, dann tue ich es dennoch. Ich finde dich, Magnolia. Das verspreche ich dir.« Er schob mich an den Schultern fort, damit ich ihn anschauen konnte. »Hörst du? Ich verspreche es dir.«

Langsam nickte ich, brachte ein schmales Lächeln zustande.

»Dieses Versprechen kann ich natürlich nur halten, wenn ich nicht in Helheim lande.« Magni lachte unvermittelt auf.

»Aber das wird sich alles zeigen. Und jetzt lass uns nicht mehr darüber nachdenken, auch nicht mehr darüber sprechen. Wir sollten aufbrechen und in der Zwischenzeit kannst du mir von deiner Familie erzählen.«

»Meiner Familie?«, wollte ich verwundert von ihm wissen, doch mein Lächeln wurde breiter. Dieser Themenwechsel tat uns beiden gut.

»Ja, ich möchte wissen, bei wem du lebst, wie sie so sind, warum du sie liebst. Erzähl mir von ihnen.«

Magni brachte mich tatsächlich auf andere Gedanken. Schöne Gedanken. Ich teilte ihm gerne mit, wie er sich meine Familie vorstellen konnte, und so verging die Zeit auf Gullfaxis Rücken ziemlich schnell, obwohl wir nur im Schritt unterwegs waren.

»Oh nein«, knurrte Magni hinter mir.

»Was denn?« Ich schaute umher, konnte auf einmal einen Punkt erkennen, der mit einer rasanten Geschwindigkeit näher kam. »Was ist das?«

Magni antwortete mir nicht. Er zog mich lediglich näher an sich, während ich dem Etwas entgegenblickte und erkannte, dass es ein Wer war.

Schwarze Haare. Kein Bart. Wir kannten uns.

»Loki«, murrte Magni, als dieser uns erreichte. Ein paar Meter vor uns blieb er stehen, betrachtete uns schelmisch grinsend. »Tu uns den Gefallen und setze deinen Weg einfach fort«, brummte mein Halb-Gott. Ich war sicher, wenn er spitze Zähne hätte, würde er sie nun blecken.

»Schön, euch wiederzusehen«, begrüßte uns Loki freundlich, so als hätte es nie eine Auseinandersetzung zwischen uns gegeben. So, als hätte er Magni nicht einfach in Svartalfheim nackt in einer Höhle zurückgelassen, während er mir mithilfe seiner Gestaltwandlerei vorgegaukelt hatte, Magni zu sein.

»Was willst du?« Magni klang alles andere als höflich. Wenn ich in sein Gesicht schauen würde, könnte ich wahrscheinlich blanken Zorn erkennen. Was nach der Geschichte bei den Dvergr ja auch verständlich war.

»Ich möchte mit Magnolia sprechen«, sagte er. Als wären wir die besten Freunde, lächelte er mich an. »Bitte«, fügte er hinzu, während er mich ansah.

»Dann sprich!«, stieß Magni verärgert aus.

»Allein.«

»Auf keinen Fall!« Oh, ja ... jetzt klang mein Halb-Gott äußerst bedrohlich.

»Wieso nicht?«

»Du redest *hier* oder gar nicht! Außerdem, du wagst es zu fragen, wieso nicht?«

Loki zuckte nur mit den Schultern. »Dass du so nachtragend sein musst.«

Ich hob eine Augenbraue, betrachtete den Asen vor uns genau. Er wusste es echt, meinen Halb-Gott zur Weißglut zu bringen.

»Was willst du denn mit mir besprechen?«, fragte ich nun, damit Magni nicht noch rasender vor Wut wurde.

»Eigentlich wollte ich nur wissen, ob du schon bei meinen Kindern warst.«

»Oh, ähm, ja, das waren wir.«

»Wie sind sie?« Er trat näher an uns heran.

Ich betrachtete Lokis Gesicht eingehend, doch ich konnte einfach nichts erkennen, was auf eine List oder sonst etwas zurückzuführen wäre. Er schien ehrlich interessiert, wartete geduldig auf meine Antwort.

»Sie, nun ja, sind speziell. Der Fenriswolf wirkt einsam, aber nett. Er hat mir mit Jörmungandr geholfen, sie ist ... groß.« Ich schluckte bei der Erinnerung an sie. »Sie ist furchteinflößend, aber sie ist ihrem Bruder gegenüber loyal. Du solltest vielleicht einfach mal nach ihnen sehen.«

»Das geht nicht.« Loki machte eine seltsame Handbewegung. Dann lächelte er mich wieder an. »Danke. Auch dafür, dass du ihnen, laut deiner Erzählung, nicht wehgetan hast. Dachte, deshalb wart ihr bei den Dvergr.«

»Ähm, ja. Waren wir auch. Aber ich habe die Schleuder nicht benötigt.«

»Danke.«

»Nicht dafür. Und, ähm, Loki? Du kannst doch auch einfach in einer anderen Gestalt nach ihnen sehen.«

»Ich weiß nicht. Es ist kompliziert«, sagte er leise. »Ich werde euch nun nicht mehr bei eurer Weiterreise stören. Leb wohl, Magnolia. Wir sehen uns, Magni.«

»Hoffentlich nicht«, murrte Magni, da war Loki allerdings schon fort und wurde ein immer kleinerer Punkt in der Ferne. Ich war gar nicht mehr dazu gekommen, etwas zu erwidern.

»Wieso ist er so schnell?«

»Das sind seine Schuhe«, brummte Magni. »Idiot«, knurrte er noch hinterher.

»Magni.« Ich lachte leise. »Ich hatte nicht gedacht, dass er nur wissen wollte, wie es seinen Kindern geht. Er war fast schon erleichtert, als er mitbekam, dass wir ihnen nicht geschadet haben.«

»Keiner weiß, was Loki denkt und was er will. Wieso ihn mein Großvater zum Blutsbruder gemacht hat, verstehe ich bis heute nicht.«

»Irgendetwas muss er wohl an sich haben.«

»Aber bestimmt nichts Vertrauenswürdiges. Deshalb verstehe ich Odin in dieser Hinsicht nicht. Aber genug davon. Reiten wir weiter. Bilskirnir ist nicht mehr weit von hier und wir werden nur mehr eine Nacht dort verbringen. Morgen reiten wir nach Gladsheim.«

»Morgen schon?« Mein Herz hämmerte augenblicklich schneller. »Ich bin nicht bereit für Odin.«

»Du bist nicht allein, kleiner Schmetterling. Ich werde dich keinen Moment aus den Augen lassen, in Ordnung?«

»Danke«, murmelte ich.

Doch, würde er es tatsächlich nicht? Mich allein lassen? Was, wenn sein Großvater ihm befahl, den Saal zu verlassen? Dann wäre ich trotz allem auf mich gestellt und das machte mir größere Angst, als ich sie damals in der Ruine empfunden hatte, wo Greta angebunden vor mir gefressen hatte. Dort war alles noch ungewiss gewesen, aber nun ... war es das irgendwie noch immer, obwohl dazwischen so viel passiert war.

Verdammt, Odin ängstigte mich beinah zu Tode! Mehr, als jedes andere Lebewesen, dem ich hier in der Vergangenheit begegnet war.

SCHLEUDER GEGEN SPEER

Ich war so nervös wie schon seit Tagen nicht mehr. Viel lieber würde ich auf dem Weg zum Fenriswolf sein, anstelle nach Gladsheim. Zwar erfreute mich bestimmt wieder Friggs Gastfreundschaft, aber auf den Rest hatte ich ehrlich keine Lust.

Der Rest ... Der Rest war Odin. Der Götterallvater mitsamt seinen lieblichen Haustieren. Raben. Wölfe. Und was hatte ich gehört? Er besaß sogar ein achtbeiniges Pferd?

Wer bitte hatte ein achtbeiniges Pferd?! War ja klar, dass nur der Götterchef höchstpersönlich dieses Privileg besaß. Acht Beine ... War es nicht Magni gewesen, der mir erklärt hatte, dass dieses Pferd namens Sleipnir sogar schneller als Gullfaxi war? Dabei war das Pferd mit der goldenen Mähne schon so schnell wie kein anderes Lebewesen, das ich bisher kennengelernt hatte.

»Du zitterst, kleiner Schmetterling«, murmelte Magni an mein Ohr und ließ mich wieder in die Realität fallen.

»Ich weiß«, sagte ich bissiger als beabsichtigt.

»Du brauchst keine Angst zu haben.«

»Habe ich aber. Mein Bauchgefühl irrt sich selten.« Ich wusste, dass ich mich zickig benahm, doch meine Nervosität, gepaart mit meiner Furcht, ließ sich schwer abstellen. Magni hatte es vermutlich nicht verdient, meine schlechte Laune abzubekommen, nur, seitdem wir Bilskirnir verlassen hatten, fühlte ich eben so.

»Magnolia, ich bin bei dir. Ich lasse nicht zu, dass dir irgendetwas passiert.« Sein Griff um meine Taille verstärkte sich. »Niemand wird dir schaden.«

»Denkst du, Idun ist schon da?«, wollte ich unvermittelt wissen.

Er seufzte resigniert auf. »Eventuell. Ich weiß es nicht.«

»Wir sollten vielleicht auf sie warten«, murmelte ich. »Für den Fall, dass etwas schiefgeh...«

»Magnolia, mein Großvater ist kein Monster. Ich werde immer bei dir sein, also denke erst gar nicht daran, dass etwas schiefgehen könnte. Das tut es nämlich nicht.«

»Deine Zuversicht in allen Ehren, aber ich würde mich wohler fühlen, wenn ich wüsste, dass Idun schon da ist.«

»Was hat sie *wirklich* für eine Aufgabe? Wieso kommt sie nach Gladsheim?« Magni brachte sein Pferd zum Stehen. Nicht mehr weit von uns erkannte ich den großen Palast Odins. Wir waren also bald da.

»Sie ... Sie hilft mir, sollte es Odin nicht tun«, wisperte ich.

»Magnolia.« Er seufzte erneut. »Was hast du Idun denn für Flausen in den Kopf gesetzt?«

Ich ihr? Bestimmt nicht. Wohl eher umgekehrt. Doch noch ehe ich ihm eine Antwort geben konnte, wurden wir unterbrochen. Als ich *seine* Stimme hörte, spannte sich mein Körper augenblicklich an.

»Das seid ihr ja endlich! Ich dachte schon, ich müsste nach Bilskirnir reisen.« Odin kam auf Sleipnir angetrabt. Verdammt! Dieses Pferd war vielleicht eindrucksvoll.

Das achtbeinige Pferd sah aus wie ein richtiges Kriegsross. Es war stämmig gebaut, riesig und außerdem besaß es doppelt so viele Hufe, wie es bei einem normalen Pferd üblich wäre. Es war ein wunderschöner Apfelschimmel, dessen matt gräuliche Mähne zu einem Zopf geflochten war.

Mit großen Augen starrte ich das seltsame Pferd an. Wie konnte es überhaupt laufen, ohne ständig über seine vielen

Beine zu stolpern? Verflixt, der Anblick dieses komischen Fabelwesens, mit Odin auf dessen Rücken, ließ mein Herz nur noch schneller klopfen.

»Wir wollten unsere letzten gemeinsamen Tage genießen«, antwortete Magni, der seinem Pferd die Schenkel gab, um Odin entgegen zu reiten. Sein Arm um meine Taille verstärkte sich, um mir zu signalisieren, dass er da war. Ich war ihm dankbar für diese Geste, dennoch bändigte sie meine Unruhe kein bisschen.

»Kommt mit. Frigg möchte zuerst mit euch essen. Ihr kennt sie ja.« Der Götterallvater befahl seinem Pferd, zum Palast zurückzukehren, und wir folgten ihm auf Gullfaxi.

»Magnolia!« Frigg kam lächelnd um die Ecke, streifte meine Arme und betrachtete mich von oben nach unten. »Dieses Kleid steht dir ausgesprochen gut. Ich dachte schon, ich müsste dich wieder einkleiden, aber Sif leistet, wie immer, herausragende Arbeit. Das seidige Grün steht dir.«

»Oh, vielen Dank.« Ich bemühte mich um ein Lächeln, doch ob es mir so gut gelang, war fraglich.

»Magni, schön, dich wieder hier zu haben. Ihr müsst hungrig sein, nachdem ihr von Bilskirnir kommt. Der Palast deines Vaters liegt ja nicht gerade nebenan. Folgt mir«, wies sie uns an und wir taten genau das.

»Ich werde nie so herzlich begrüßt«, lachte Odin in sich hinein, während er sich zu Magni lehnte.

»Das liegt vermutlich an dem Wort Ehe.«

»Deshalb bist du ja nicht vermählt, was?« Odin lachte wieder. Ich versuchte einfach nur, Frigg zu folgen, denn bei ihr fühlte ich mich nicht so unwohl wie bei ihrem Mann. Zwar mochte er soeben scherzen, aber mein Bauchgefühl war absolut gegen ihn.

Während des Essens brachte ich kaum etwas herunter. Frigg hatte sich zwar alle Mühe gegeben, doch mir schlug meine Nervosität auf den Magen. Wenig später befand ich mich schon in Odins Thronsaal. Mich sollte am besten niemand fragen, wie ich dorthin gelangt war, denn ich wusste es nicht mehr. Ich hatte mich nur von meinen Beinen tragen lassen.

»Du hast deine drei Aufgaben erledigt«, begann Odin sofort, neben ihm saßen seine beiden Wölfe. »Beeindruckend.« Er bedachte mich mit einem Blick, der mir durch Mark und Bein ging. Die beiden Raben hatten es sich auf dem Thron gemütlich gemacht, auf den Odin sich setzte.

»Ja, ähm, war halb so schwer.« Ich versuchte, meine Stimme zu erheben, vermutlich klang ich trotzdem wie eine graue Maus.

»Mhm.« Odin wandte seinen Blick von mir ab, schaute nun seinen Enkelsohn neben mir an. »Du hast deine Aufgabe ebenso erfüllt, wie ich gesehen habe.«

»Großvater, das war nicht gespielt. Ich habe wirklich Gefühle für Magnolia.«

Seine Worte ließen mein Herz schneller klopfen. Zaghaft schaute ich zu ihm, lächelte dabei leicht. Er betrachtete jedoch nur den Allvater.

»Da du tatsächlich schwer lügen kannst, glaube ich dir das«, schnaubte Odin, schüttelte unmerklich den Kopf. »Euch beiden ist dennoch hoffentlich bewusst, dass ihr keine Zukunft zusammen habt.«

»Das wissen wir«, erwiderte Magni. Seine Stimme klang gefestigt.

Keine Zukunft zusammen haben ... *Zumindest nicht in dieser Zeit*, sagte ich mir.

»Nun denn, Magni. Du hast deine Aufgabe erfüllt, aber dennoch nichts über Ragnarök erfahren. Liege ich mit dieser Annahme richtig?«

»Sie weiß nichts. Das hat sich seit unserem letzten Gespräch nicht geändert.«

»Oh doch, sie weiß mittlerweile viel mehr als davor. Es hat sich einiges geändert«, stellte Odin fest und betrachtete mich erneut mit einem Blick, der mir einen Schauer den Rücken hinab laufen ließ. Eigentlich wollte ich von hier nur mehr weg.

Mit klopfendem Herzen berührten meine Finger meine

lederne Tasche, die noch immer um meinen Körper hing. Darin befand sich das Buch, das mir Magni geschenkt hatte. Es war der wertvollste Inhalt, den diese Tasche jemals besitzen würde. Es gab allerdings noch etwas, das sich in der Tasche befand: die Schleuder. Ich hatte sie noch nie verwendet, aber wenn ich den Zwergen vertrauen konnte, traf sie immer ihr Ziel. Ich hatte nicht vor, Odin oder seine Wölfe zu beschießen. Echt nicht. Die Schleuder trotzdem in meiner Tasche zu wissen, machte mir Mut. Ich fühlte mich nicht ganz so schutzlos.

»Das ist wahr«, entgegnete Magni auf Odins Aussage hin. »In ihrer Zeit wird sie nur wenig damit anfangen können.«

»Du hast recht. Wo wir beim Thema sind, Magnolia sollte längst *woanders* sein. Magni, du kannst uns nun allein lassen.«

Entschlossen umfasste ich Magnis Handgelenk, wollte auf keinen Fall mit seinem Großvater allein sein. Vermutlich zerquetschte ich seine Adern, aber das war mir gerade gleich.

»Bitte bleib«, piepste ich mit geweiteten Augen.

Magni betrachtete mich mit einem sanften Blick. »Das weißt du doch«, antwortete er kaum hörbar.

Er schaute erneut auf und traf auf das Augenpaar seines Großvaters. Nun ja ... ähm, oder eben auf das eine Auge seines Großvaters. Schließlich besaß er nur mehr eines.

»Ich werde bis zum Schluss bleiben«, meinte er mit fester Stimme.

»Bist du sicher?«

»Ich bin sicher. Wie wird Magnolia in ihre Zeit reisen?«

»Gar nicht.« Odin lachte trocken auf.

Mein Herz machte einen Satz. *Gar nicht?!*

»Wie soll ich das verstehen?«, wollte Magni ungewohnt scharf wissen.

Ich wollte echt nicht, dass sich Magni in Schwierigkeiten brachte, doch ich war so unendlich froh, dass er zu mir stand. Noch immer klammerte ich mich wie ein bedürftiger Säugling an Magni, dachte überhaupt nicht daran, ihn loszulassen.

»Was dachtest du denn? Sie weiß zu viel. Einen Menschen geht das alles nichts an. Schon gar nicht einer Menschenfrau.«

Odin erhob die Stimme, stand von seinem Thron auf und hielt dabei seinen Speer in der Hand.

Was hatte mir Magni einmal erzählt? Der Speer hatte einen Namen ... Grun... Grin... Gungnir! Odins Speer hieß Gungnir und verfehlte wohl auch nie sein Ziel.

Großartig, da hatten meine mickrige Schleuder und sein ausdrucksstarker Speer ja viel gemeinsam. Schleuder gegen Speer. Mhm, super. Ich konnte mir schon denken, wie das ausgehen würde, käme es hart auf hart.

Doch, dass es tatsächlich so schnell hart auf hart kommen würde, damit hatte ich nicht gerechnet.

Ich stand hier einfach neben Magni, dachte über meine Schleuder und Gungnir nach, als besagte Waffe im Vollspeed auf mich zugerast kam.

Auf mich!

Mich!

Ich wollte mich ducken, weglaufen, die Augen schließen. Keine Ahnung, was ich alles machen wollte, die Zeit dazu blieb mir ohnehin nicht. Meine Gedanken halfen mir nicht weiter, weil ich zu einer Eisskulptur gefror. Ich konnte lediglich den Speer ansehen, und obwohl es wahrscheinlich nur Millisekunden waren, schien die Welt plötzlich irgendwie stehen zu bleiben. *Surreal*, schoss es mir durch den Kopf.

Auf einmal ging alles wieder sehr schnell. Magni entriss sich meiner umklammerten Hand, was mich kurz taumeln ließ. Sein Arm schnellte zum richtigen Zeitpunkt nach vorn und mit einem lauten Scheppern landete der Speer auf dem Boden, wo er klirrend liegen blieb.

Geschockt starrte ich das Teil an. Ich schaffte es nicht, meinen Kopf zu heben, wusste nicht, was um mich herum geschah, sah nur den Speer, der mir soeben das Leben hatte rauben wollen. Das Klirren hallte in meinen Ohren nach.

»Odin?« Magni klang erschüttert, verwirrt, aber auch sehr wütend.

»Du wagst es, meine Handlung infrage zu stellen?« Odin hörte sich nicht minder wütend an.

Langsam hob ich den Kopf.

Magni brummte irgendwelche Worte, ich verstand sie nicht wirklich. Mein Kopf dröhnte, in meinen Ohren surrte es. Zögerlich und mit rasendem Herzen verschwand meine Hand in meiner Tasche. Von dem Gespräch der beiden Männer bekam ich nichts mehr mit, war zu verschreckt von meiner nächsten Handlung, die ich durchziehen würde.

Ich dachte nicht an die Wölfe, an die Raben oder an den Speer zu meinen Füßen. Was ich wollte, war nur mehr weg von Odin. Raus aus diesem Saal. Verschwinden. Nie mehr wiederkommen.

Das Holz der Schleuder fühlte sich kühl an, ebenso wie der Stein, den ich erfasste. Kurz schloss ich meine Augen, um mir Mut zu machen, aber dann holte ich beides eilig hervor, hielt die Schleuder vor meinen Körper, bebte am gesamten Leib, zielte mit dem Stein auf den Götterchef höchstpersönlich und schoss ab.

Gott, es ging alles so schnell. Ich konnte es nicht mal richtig realisieren.

Ich vernahm ein Zischen neben mir, dann wie mich Magni unsanft an den Armen packte, mich fort schubste, mir die Schleuder aus der Hand fiel und Magni mich regelrecht anschrie, bis seine Worte endlich meine Gehirnzellen erreichten.

»Lauf zum Tor!«

Ich tat, wie er mir befahl, drehte mich kein einziges Mal um.

Als ich vor dem Tor stand, wagte ich einen Blick zurück, sah, dass Odin am Boden lag, seine Raben aufgebracht im Saal herumflogen und ... die Wölfe.

Magni hatte einen der beiden k. o. geschlagen. Der andere fletschte soeben die Zähne, setzte zum Sprung an und stürzte sich auf meinen Halb-Gott. Ein spitzer Schrei entfuhr mir, als der Wolf seine scharfen Zähne in Magnis Oberarm schlug. Tränen liefen über meine Wangen, während Magnis Ärmel sich rot färbte. Nach gefühlt endlosen Sekunden schleuderte Magni den Wolf gegen die Wand und kam zu mir gelaufen.

»Raus hier!«, plärrte er mir entgegen. Mit zittrigen

Händen öffnete ich das Tor und konnte kaum glauben, was ich da sah. Die beiden Wachen saßen auf dem Boden und schienen seelenruhig zu schlafen.

Magni bemerkte es ebenfalls, kümmerte sich aber nicht weiter darum, sondern packte mich am Handgelenk, schlug das Tor zu und zerrte mich hinter sich her.

»Magnolia! Magni! Kommt hierher!«

Wir blieben abrupt stehen, drehten unsere Köpfe in die Richtung, aus der die Stimme kam. Idun. Sie war da! Erleichterung durchströmte mich. Magni dachte nicht lange nach, machte sofort kehrt und eilte auf die Göttin der ewigen Jugend zu.

»Was ist mit den Wachen passiert?«, fragte Magni schroff, als wir bei Idun ankamen. Keine Begrüßung kam den beiden über die Lippen, doch auch mir blieb sie stecken. Ich wusste nicht einmal, ob ich momentan imstande war, sinnvolle Sätze zu formulieren.

»Sie schlafen«, war alles, was Idun antwortete. »Kommt mit.« Die Asin ließ uns keine Zeit zum Überlegen, sondern marschierte voraus. Magni schien dennoch kurz nachzudenken, knirschte mit den Zähnen, zog mich dann aber hinter sich her. Immer wieder stolperte ich über meine eigenen Füße.

Idun blieb vor einer Holztür im Palast stehen, die sie öffnete. Sie winkte uns in den kleinen Raum, der eine Abstellkammer sein könnte. Außer einem Tisch befand sich nichts in diesem Raum. Er war auch nicht beleuchtet, denn kein Fenster, gar eine Luke, war zu sehen.

»Ihr müsst euch jetzt verabschieden«, sagte Idun entschlossen. »Magnolia reist in ihre Zeit, und da es eine Sache zwischen uns Völva ist, kannst du nicht dabei sein. Magni, aber sei gewiss, sie kommt heil in ihrer Zeit an. Darauf gebe ich dir mein Wort.«

»Odin hat Gungnir auf sie geschossen!«, stieß Magni verzweifelt aus, als hätte er Iduns Worte nicht gehört.

»Und du hast Gungnir aufgehalten, nehme ich an.« Iduns Stimme klang sanft, beschwichtigend.

»Ja.« Ich vernahm den zittrigen Unterton, als Magni

sprach. »Ich hätte nicht gedacht, dass ich dazu in der Lage bin.«

»Du bist Thors Sohn. Dein Name bedeutet Kraft und Mut. Natürlich bist du stark, Magni. Und Liebe macht dich nur noch stärker.«

Ihre Worte machten etwas mit mir. Meine Lippen bebten, als ich mich gänzlich zu Magni drehte, ihm zärtlich über die Unterarme strich. »Danke. Für alles. Danke.« Ich stellte mich auf die Zehenspitzen, hauchte ihm einen Kuss auf die Wange und verflocht unsere Finger noch einmal miteinander.

»Ich liebe dich, Magnolia. Soll ich dich hier wirklich allein lassen?«

»Ich habe Idun. Ich bin nicht allein. Danke, Magni.« Meine Stimme brach. »Ich liebe dich.«

Idun drängte sich in den Hintergrund, ließ uns Zeit, um Abschied zu nehmen. Unsere Lippen berührten sich, lagen einfach nur aufeinander. Qualvoll lösten wir uns voneinander, konnten uns bei dieser Dunkelheit nicht einmal richtig in die Augen schauen.

»Pass auf dich auf«, wisperte ich. Gott, es ging alles plötzlich so schnell.

»Du auch, kleiner Schmetterling.«

Idun kam nun doch auf uns zu, berührte leicht meinen Arm, um mich nach hinten zu dirigieren. Sie trat auf Magni zu, blies ihm irgendetwas ins Gesicht, bis dieser sich zur Tür wandte und aus meinem Leben verschwand.

Aus meinem Leben in der Vergangenheit verschwand ...

»Was hast du mit ihm gemacht?«, fragte ich Idun halb panisch.

»Keine Sorge, es ist nur ein Pulver. Es lässt ihn vergessen, dass ich hier bin und dass dieser Raum existiert. Er weiß, dass ihr euch verabschiedet habt und dass du in deine Zeit gereist bist. Er hat nur mich vergessen, denn es wäre fatal, wenn er Odin, ob nun beabsichtigt oder nicht, davon erzählen würde.«

»In Ordnung.« Meine Stimme zitterte, meine Gedanken schlugen Saltos. »Wieso hat Odin das getan, Idun? Wieso?«

Sie lachte auf. »Wieso?« Idun schüttelte den Kopf. »Odin

hat Magni getestet, wohl schon die ganze Zeit. Weißt du, Odin braucht Anhänger, denen er blind vertrauen kann. Er weiß jetzt, dass Magni keiner von den Auserwählten ist. Tyr, um ein Beispiel zu nennen, kann er vertrauen. Sein bester Freund war der Fenriswolf und dennoch hat er das getan, was Odin von ihm verlangt hat, und nicht, was ihm vielleicht sein Herz gesagt hat.«

»Das ist schlecht, oder? Wird er Magni verletzen?«, wollte ich von ihr wissen. »Wir müssen ihn zurückholen!«

»Das bezweifle ich. Zwar wird er ihn nicht mehr mit freudigen Armen begrüßen, wenn er nach Gladsheim kommt, aber er wird seinem Enkel nichts tun. Denn dann verliert er auch Thor und er braucht Thor. Oh ja, er braucht Thor unbedingt. Odin weiß, wann er Grenzen überschreitet, manchmal testet er sie natürlich, aber manchmal wagt er es nicht. Thors erstgeborenen Sohn zu verletzen, würde so eine Grenze überschreiten, obwohl ich sagen muss, dass diese Grenzen bei ihm manchmal verschwimmen. Nicht jeder kann sie erkennen.«

»Aber du schon?«, fragte ich.

»Meistens, ja.«

»Vertraut er dir?«

Idun lachte wieder auf. »Diese Frage beantworte ich dir besser nicht. Du kannst dir sicher sein, dass Magni nichts passiert. Und jetzt komm, ich zeige dir den Kristall.«

Ich hatte nicht damit gerechnet, dass sich in diesem kleinen Raum eine weitere Tür versteckte, doch Idun öffnete sie und wir gelangten in einen noch kleineren Raum, der ein winziges Fenster besaß. Sonnenlicht drang zu uns und erhellte die Miniabstellkammer.

Die Asin holte einen schimmernden Kristall – er erinnerte mich an einen Bergkristall – aus ihrer Ledertasche. Der Anblick des Kristalls ließ mich sprachlos werden, ehe ich Idun wieder anschaute.

»Ich soll dich außerdem noch etwas fragen.« Idun räusperte sich. »Von Loki. Er will wissen, wie lange die Ketten noch halten.«

»Die Ketten?« Tausende Fragezeichen schwirrten durch

meinen Kopf. Der Tag war schon scheiße genug gewesen. Welche verdammten Ketten?! Aber dann zuckte ein Geistesblitz durch meinen Körper. Hatte er deshalb gestern allein mit mir sprechen wollen? »Die Fesseln des Fenriswolfes? Wieso ... Wieso schaut er nicht selbst nach? Er ... ähm, kann sich schließlich in alles verwandeln«, brachte ich stockend zustande.

War es doch nicht die Sorge um seine Kinder gewesen, wie ich am Vortag noch gedacht hatte? Verfolgte er ein bestimmtes Ziel? Einen Plan?

Idun bedachte mich mit einem seltsamen Blick. Konnte ich ihr wirklich vertrauen? Aber fand ich das nicht erst dann heraus, wenn ich mich darauf einließ? Eventuell würde es dann schon zu spät sein. Machten sie und Loki ein gemeinsames Ding?

Ach, verdammt!

Ich wünschte mir so sehr, Magni wäre jetzt an meiner Seite und würde mir beistehen. Mich unterstützen. Mir sagen, was stimmte.

»Er ist ein Gestaltwandler, das ist wahr. Aber sein Geruch verändert sich nicht. Fenris erkennt den Duft seines Vaters überall. Loki befürchtet, dass Fenris Jörmungandr um Hilfe ruft, wenn er in der Nähe wäre, und ihn dann zur Strecke bringt. Loki wird vieles genannt, aber mutig ist er sicher nicht.«

»Nicht?«

»Nein. Er versteckt sich lieber hinter anderen Gesichtern, spielt Streiche und macht einen großen Bogen um Kämpfe. Er lässt gerne anderen die Arbeit machen, aber so ist er eben.«

»Wieso hat er sich in Svartalfheim dann als Magni ausgegeben, um mit mir zum Fenriswolf zu reisen? Der Wolf hätte ihn doch auch riechen können.« Ich nahm einfach an, dass Idun von diesem Treffen bereits wusste. Wie sich herausstellte, lag ich richtig.

»Loki lässt sich gerne von seinen Gefühlen leiten, vor allem, wenn es um seine Kinder geht. Er hat eine Chance gewittert, sie sehen zu können, und nicht weiter darüber nachgedacht. So ist er. Um die Details kümmert er sich später. Oder die Konsequenzen. Und wenn es so weit ist, hat er bereits den nächsten Blödsinn im Kopf.« Idun lachte auf. »Aber nun, kannst du sagen, wie lange die Ketten noch halten werden?«

»Ähm.« Verwirrt schaute ich Idun an. Wieso interessierte es sie so sehr? Aber war ich ihr, nach all dem, was sie für mich tat, nicht eine Antwort schuldig?

»Ich habe keine Ahnung von Dvergrwerk, aber ... aber die Fesseln schnüren den Wolf ziemlich ein. Sie halten sehr gut, es würde mich trotzdem nicht wundern, wenn sie bald reißen. Ähm, Idun? Wieso ...« Ich sammelte meinen Mut. »Wieso schlafen die Wachen?«

»Weil ich sie schlafen lasse. Ihnen geht es jedoch gut. Sie wachen bestimmt bald wieder auf. Denkst du, dass ich dir ansonsten helfen könnte? Und wegen Fenris ... danke. Bist du nun bereit, nach Hause zu reisen?« Anscheinend gab sie sich mit meiner wenig hilfreichen Antwort über die Ketten zufrieden.

»Kann ich dir wirklich vertrauen?«, fragte ich nach, denn nachdem ich ihr vom Fenriswolf berichtet hatte, fühlte ich mich irgendwie komisch. Als hätte ich irgendjemanden hintergangen, ich wusste nur nicht wen. Und, dass sie mir meine Frage, ob Odin ihr vertraute, nicht beantworten wollte, ließ mich auch stutzig werden.

Verdammter Dreckskackmist!

»Magnolia«, seufzte Idun. »Du bist eine Völva, so wie ich. Wir halten zusammen und ich breche meine Versprechen nicht. Wenn du wegen Lokis Frage beunruhigt bist, dann vergiss sie einfach. Du kannst nun nach Hause, du musst dich hier um nichts mehr kümmern. Es war sowieso nur eine Frage, mit der Antwort können wir ohnehin nicht allzu viel anfangen. Also, denk nicht mehr darüber nach.«

»In Ordnung«, murmelte ich, schaute mir den Kristall genauer an. Was für ein Juwel! Einzigartig, wunderschön. Noch nie in meinem Leben hatte ich etwas derart Kostbares angefasst und gleich würde es so weit sein.

Obwohl ... Kostbar ließ sich schwer definieren. Magni war

auch kostbar und ihn hatte ich öfter als nur einmal berührt. Er war sogar mehr als einfach nur kostbar. Wieder drängte sich die Frage, ob ich ihn je wiedersehen würde, in den Vordergrund.

»Du musst dir den Ort, an den du willst, genau vorstellen«, holte mich Idun aus meinen Gedanken. »Schließe dabei deine Augen, dann geht es leichter. Der Kristall ist sehr mächtig, allerdings solltest du auch mit ihm sprechen, nur um sicherzugehen. Sag ihm, wo du hin möchtest, und stelle dir den Ort so genau vor wie nur möglich.«

»Das bekomme ich hin.« *Hoffe ich.* Meine Stimme bebte leicht.

Jetzt gab es kein Zurück mehr und ich wollte auch nicht, dass es eines gab. Ich musste das jetzt machen. Für mich.

Sosehr es schmerzte, Magni verlassen zu müssen, wusste ich, dass es das Richtige war. In dieser Welt konnte ich einfach nicht *über*leben. Die Riesen, Odin und noch so viel mehr, hinderten mich daran. Außerdem, sosehr ich Idun schätzte, hatte ich großen Respekt vor ihr. Sie war anders, als ich gedacht hatte. Idun hatte rein gar nichts von einem unschuldigen Mädchen, bis auf ihr Aussehen vielleicht. Sie war schlichtweg eine talentierte Schauspielerin, wie mir schien. Deshalb hoffte ich sehr, dass sie mich nicht reinlegte.

»Gut, ich … ich werde es versuchen.«

»Nicht versuchen, Magnolia. Du wirst es schaffen. Glaub an dich, sag dir die Worte vor und dann berühre den Kristall.«

Iduns Worte ließen mich nicken. Ja, sie hatte recht. *Ich schaffe das.*

Meine Hände umschlossen den wunderschönen Kristall. Er war kalt, aber ich spürte sofort, dass er sehr mächtig war.

»Ich wünsche mich in meine Zeit zurück – die Zukunft –, mit all den Erinnerungen, die ich hier in der Vergangenheit gesammelt habe. Ich will in mein Elternhaus, dorthin, wo ich aufgewachsen bin und noch immer wohne.« Meine Augen hielt ich geschlossen und bildlich stellte ich mir den Flur zu meinem Zimmer vor, in dem ich die magischen Worte zur Wunderlampe gesagt hatte. Vor meinem inneren Auge schwebte auch die Jahreszahl 2024. Ich hoffte so sehr, dass es klappte.

Erst dachte ich, es passierte nichts, bis mir plötzlich schummrig, seltsam schwindelig, wurde. Alles begann sich zu drehen, ich wollte mich irgendwo festhalten, die Augen öffnen, aber alles, was ich sah, waren tausende Sternchen, die vor meinem Sichtfeld tanzten.

Ich merkte nur noch, wie ich zur Seite kippte und auf einmal gar nichts mehr sehen konnte.

ANS MESSER LIEFERN

Hunderte kleine Hämmerchen trommelten wild gegen meinen Schädel. Ich griff mir an den Kopf, stöhnte auf, der Schmerz wollte jedoch nicht vergehen. Wie durch Watte vernahm ich Stimmen, konnte sie aber nicht zuordnen. Mehrmals blinzelnd öffnete ich meine Augen, versuchte, mich in eine sitzende Position zu begeben.

»Mag?« Dann ein erschrockener Schrei. »Mama! Schnell!«

Verdammt. Konnte dieses Mädchen bitte die Lautstärke reduzieren? Ich lehnte mich an die kühle Wand hinter mir. Den Geräuschen nach zu urteilen, wurden soeben zwei Stühle nach hinten geschoben. Schritte kamen näher, beeilten sich anscheinend. Mein Schädel fühlte sich nach wie vor so an, als würde er gleich in tausende Teilchen zerschlagen werden.

»Ach du meine Güte! Magnolia, Schatz? Alles in Ordnung?« Jemand berührte meine Schulter, woraufhin ich leicht zusammenzuckte. Ich hob beduselt meinen Kopf und schaute in das besorgte Gesicht meiner Mama.

»Mama?«, murmelte ich schwach. Ein fetter Kloß saß in meiner Kehle fest.

»Schatz, du siehst ... anders aus. Was ist denn passiert?«

Meine Augen huschten zu meiner Schwester Dahlia, die mich ganz erschrocken anstarrte. Dann weiter zu meiner Tante Heidrun, die eine Hand vor den Mund schlug. Ein kleines Biest namens Dschafar beschnüffelte meine Hand, die den Boden berührte. Ich schaute zu dem Taschenhund, wollte in Tränen ausbrechen, war gleichzeitig aber auch so erleichtert.

»Magnolia, bitte sag etwas«, flehte meine Mama.

»Ich ... ähm ...« Der Kristall! Ich suchte hektisch meine Umgebung nach dem Kristall ab, doch genauso wie die Wunderlampe war er nicht auffindbar. Dafür trug ich noch immer das grüne Seidenkleid, das mir Sif gegeben hatte, ebenso wie ich noch die Ledertasche besaß. Erleichtert, dass ich Magnis Buch bei mir hatte, stieß ich die Luft aus.

»Schatz, du beunruhigst mich. Sollen wir dich ins Krankenhaus fahren?«

»Hast du die Wunderlampe benutzt?«, fragte meine Tante, ohne auf Mamas Worte einzugehen.

»Ich ... Ja.«

»Was hast du dir denn gewünscht?«, wollte meine Schwester aufgeregt wissen. Sie hatte sich wohl vom ersten Schock erholt.

»Ich ...« Weiter kam ich nicht, denn ich brach plötzlich in Tränen aus. Mein Körper wurde von einem Weinkrampf nach dem anderen erschüttert. Tränen strömten in Bächen über meine Wangen. Ich konnte gar nicht mehr aufhören zu weinen, während meine Mama mich im Arm hielt und mir behutsam über den Kopf strich. Tante Heidrun und Dahlia standen einfach nur daneben und schienen verwirrt zu sein. Ich wusste, dass es meiner Mama genauso gehen musste, doch ich schaffte es einfach nicht, eine sinnvolle Wortkonstellation von mir zu geben.

»Schatz, willst du dich hinlegen? Reden wir später?«

Erschöpft brachte ich ein Nicken zustande. Meine Mama half mir vom Boden auf, ich wankte kurz, ehe sie mich in mein Zimmer begleitete. Sie schloss die Tür hinter uns, damit Tante Heidrun und Dahlia nicht in den Raum spähen konnten.

»Ich bleibe bei dir, bis du schläfst«, wisperte sie sanft.

Ich lag in meinem Bett, wollte eigentlich nur heulen, aber das beruhigende Streicheln meiner Mama ließ mich in einen Schlaf gleiten, der hoffentlich meine Kopfschmerzen verbannen würde.

°◊°

IN ASGARD, ETWA EINEN MONAT, NACHDEM DIE SÖHNE THORS BEI FRIGG GEWESEN WAREN

Magni war auf dem Weg zu Freyja.

Allein.

Er hatte seinen Bruder davon abhalten können, mit ihm zu kommen. Er wusste, er musste das hier allein machen. Wollte es auch so.

Freyja war die schöne Göttin der Fruchtbarkeit und des Frühlings, des Glücks und der Liebe. Magni hatte sie schon oft gefragt, ob sie ihre Hände im Spiel gehabt hatte, was seine Liebe für Magnolia anging. Doch sie beteuerte jedes Mal, diese Menschenfrau noch kein einziges Mal gesehen zu haben. Wäre da nicht ihr seltsames Lächeln gewesen, könnte Magni ihr sogar glauben. Aber so wusste er es bis heute nicht. Dabei war es eigentlich egal. Er liebte Magnolia, so sehr, dass er tatsächlich die Zeiten für sie überleben wollte. Viele Jahre fehlten nicht mehr, weshalb er zunehmend ungeduldiger wurde.

Aber heute war er nicht nach Folkwang – Freyjas Wohnsitz – gereist, um mit ihr über seine Liebe zu sprechen. Er war aus einem anderen Grund hier. Einem, weshalb er nachts kaum schlafen konnte.

»Magni«, begrüßte sie ihn freundlich. Sie schlang ihren schlanken Körper um seinen stämmigen und drückte ihn fest an sich. »Dich habe ich schon lange nicht mehr gesehen. Warst du wirklich im dunklen Wald? Wurdest du von einem Lindwurm attackiert? Oh, du musst mir alles erzählen! Komm herein.« Freyja war ganz euphorisch, denn sie bekam nicht mehr allzu oft Besuch. Sie schenkte Magni ein langes Lächeln, senkte verführerisch die Augen und klimperte mit den Wimpern. Oh ja, das war Freyja.

Er folgte der Asin in einen großen Saal, der gemütlich eingerichtet war. Freyja ließ sich auf ein weiches Sofa plumpsen und bedeutete Magni, dasselbe zu tun. Also setzte er sich neben die Göttin der Liebe, die wie immer ihren funkelnden Halsschmuck Brisingamen trug. Die Steine schimmerten zu jeder Tages- und Nachtzeit. Oh, wie sehr Magni Brisingamen verfluchte. Er konnte spüren, wie erregt er war, wie gerne er sich dem Gefühl einfach hingeben wollte, doch er spannte seinen Körper an und versuchte, die Kontrolle zu bewahren.

»Könntest du die Kette ablegen?«

»Ach, Magni«, seufzte Freyja, klang aber belustigt und berührte seinen ihr zugewandten Unterarm. »Ich hatte schon so lange keinen Mann mehr. Bis du deine Menschenfrau gefunden hast, dauert es auch noch einige Jahre. Was hält uns also auf?«

»Ich bin nicht deshalb hier, Freyja. Bitte leg deine Kette weg.« Es forderte große Mühe, diese Worte zu sagen, doch Freyja tat, um was Magni bat, stand auf und legte die Kette in eine Schublade.

»Wie schade.« Freyja setzte sich wieder direkt neben ihn. »Auch ohne Kette habe ich diese Wirkung auf Männer.«

»Freyja.« Er biss die Zähne hart aufeinander. Oh ja, er wusste, wieso er nicht gerne hierherkam. Die Asin versuchte, jeden Mann zu verführen. Die wenigsten hatten etwas dagegen, aber Magni war anders. Vielleicht sollte er das nächste Mal doch seinen Bruder Modi mitnehmen. Im Anschluss könnten die beiden machen, was auch immer ihnen beliebte, und Magni konnte rasch das Weite suchen.

»Nun gut. Erzähl mir vom dunklen Wald und deiner Verletzung.«

Magni berichtete ihr also von seiner Verletzung, die ihn einige Wochen gekostet hatte. Auch vom dunklen Wald erzählte er ihr, obwohl er die Begegnung mit Idun vorerst wegließ.

»Sag mir, Freyja. Hältst du Loki bezüglich Baldurs Tod für unschuldig?«, wollte er dann wissen.

»Was?« Freyja blinzelte kurz, ehe sie auflachte. »Nach all den Jahren, fragst du jetzt danach? Es spielt keine Rolle mehr.«

»Hältst du ihn für unschuldig?«

Freyja formte ihre Augen zu einem Strich. »Meine Antwort willst du sowieso nicht hören, also lassen wir es gleich bleiben.«

»Freyja bitte, hältst du ihn für unschuldig?«

Sie zischte ihren Besucher an. »Er war ein guter Freund, mein liebster Freund, um genau zu sein! Er wurde oft missverstanden, ja, er war meist hinterlistig, hat Sachen gemacht, die niemand so richtig gutheißen konnte. Aber Baldur umbringen?« Freyja stand vom Sofa auf. »Die Pfeile waren von ihm, das wusste jeder. Wie offensichtlich hinterhältig dieser Tod also zustande gekommen ist, ist lächerlich. Loki würde sich niemals so derart auffällig ans Messer liefern. Er mochte vieles gewesen sein, aber dämlich war er bestimmt nicht.«

»Die Jöten können es auch schlecht gewesen sein, schließlich kämpfte Loki an deren Seite und sie hätten ihn nicht missen wollen.«

»Ich habe mir viele Jahre den Kopf darüber zerbrochen, aber ich habe keine Antwort auf die Frage gefunden, wer denn tatsächlich für Baldurs Tod die Verantwortung trägt. Vielleicht war es jemand aus Asgard. Ich will niemanden beschuldigen, schon gar nicht jemanden, der mittlerweile in Helheim lebt.«

Magni ließ ihre Worte kurz sacken. »Ich habe Idun im dunklen Wald getroffen«, eröffnete er Freyja schließlich.

»Idun?«

»Ja. Sie sagte mir, dass sie weiß, dass es nicht Lokis Schuld war. Aber sie hat mir nicht verraten, wer es getan hat, obwohl sie es offenbar weiß. Ich wollte dir das nur sagen, weil ich weiß, wie sehr du damals gelitten hast.«

Freyja stieß die Luft aus. »Wir werden es vielleicht niemals herausfinden, aber wenigstens kennen wir einen Teil der Wahrheit. Damals ging eine Menge schief, hm?«

Freyja sprach Ragnarök an, woraufhin Magni nickte. Es war nicht nur der Kampf gewesen, sondern es hatte schon weit davor begonnen.

Odin hatte Ragnarök immer unbedingt verhindern wollen, Magni war sich allerdings fast sicher, dass es zu dem Endkampf nur deshalb gekommen war, weil Odin ihn heraufbeschworen hatte. Denn er war es gewesen, der die Völker gegeneinander aufgewiegelt hatte. Er hatte den Fenriswolf anketten lassen, dabei Tyrs endloses Vertrauen gewonnen, aber Fenris' unbändige Wut, was Odin schlussendlich das Leben gekostet hatte. Mit der Verbannung von Lokis Kindern war Lokis Vertrauen langsam in kleine Scherben zerbrochen. Odin hatte Thiazi umbringen lassen und Idun komplett verloren. Er hatte Magnolia töten wollen und immer wieder Magnis Skepsis spüren müssen. Er hatte so viel getan, was ein guter Herrscher niemals hätte tun dürfen. Doch verlor man nicht mit der Zeit den Verstand? Ginge es Magni irgendwann gleich? Vielleicht war es schon so weit, er bekam aber selbst nichts davon mit?

Magni saß noch eine Weile bei Freyja. Sie unterhielten sich über alte Zeiten und was damals alles anders gewesen war. Er erzählte ihr auch von Frigg und dass sie zu den Menschen gereist war. Das ließ Freyja aufhorchen, woraufhin sie meinte, dass sie das vielleicht auch wieder einmal tun sollte – den Menschen in Midgard einen Besuch abstatten.

So verging der Tag ziemlich schnell.

Fehlten nur mehr einige tausende, bis er seinen kleinen Schmetterling wiedersehen durfte.

SCHNAPS ZUM FRÜHSTÜCK

Die Tage zogen sich wie Kaugummi. Ich wusste nichts mehr mit mir anzufangen.

Meine Familie erkannte mich nicht wieder. Dahlia sprach mich jeden Tag darauf an, wieso ich mir meine Haare nicht mehr glätten wollte. Als ich ihr dann auch noch meine Glätteisensammlung geschenkt hatte, war sie vollkommen ausgerastet. Einerseits, weil sie sich so gefreut hatte, andererseits aber, weil sie besorgt war.

Um mich.

Genau wie meine Eltern. Mein Papa fragte mich jeden Tag, bevor er zur Arbeit fuhr, ob er mich wohin mitnehmen sollte, ob es mir gut ging und ob ich mit ihm reden wollte.

Doch das wollte ich nicht. Genauso wenig wie mit meiner Mama. Aber sie ließ nicht locker. Sie hatte sich sogar Pflegeurlaub genommen, weil sie sich solche Sorgen machte.

»Magnolia.« Meine Mama klopfte an meine Zimmertür. Wir waren die Einzigen im Haus. Sie öffnete die Tür einen Spalt und sah, dass ich vor dem Buch saß, das mir Magni geschenkt hatte. Schon seit Tagen versuchte ich herauszufinden, was die Runen bedeuten sollten. Es frustrierte mich sehr, nichts lesen zu können.

»Kann ich mich zu dir setzen?«, wollte Mama wissen, aber

sie wartete keine Antwort ab, sondern ließ sich einfach auf mein Bett plumpsen.

Seitdem ich wieder in meiner Zeit war, waren vier Tage vergangen. Ich hatte das Internet nach irgendwelchen Hinweisen, dass Magni noch lebte, durchforstet, zu meinem Bedauern aber nichts herausgefunden. Als ich einen Artikel über Ragnarök gelesen hatte, war mir ganz anders geworden. Thor war von Jörmungandr getötet worden. Diese Information ließ mich nicht kalt, immer wieder musste ich an Magnis Vater denken. Ich hatte ebenfalls gelesen, dass der Fenriswolf den Götterallvater verschlungen hatte. Allerdings war er danach auch selbst gestorben.

Seufzend schob ich meine Gedanken beiseite und schaute meine Mama an, drehte meinen Schreibtischsessel so, dass ich ihr gegenübersaß.

»Ich bin in der Vergangenheit gelandet«, eröffnete ich ihr plötzlich. Die restlichen Tage hatte ich nicht darüber sprechen können, aber nun wollte ich es unbedingt. »Du glaubst gar nicht, was das für eine Zeit war.«

»Dein Papa und ich haben uns so etwas in die Richtung gedacht«, sprach meine Mama.

Und weil es unglaublich guttat, erzählte ich ihr von den Göttern Asgards, von Ingrid, Bjelle, dem Fenriswolf, Hel und Jörmungandr. Ich ließ fast nichts aus und schwärmte ihr auch von Magni vor, erzählte ihr, wie oft wir anfangs gestritten hatten und wie sehr wir uns ineinander verliebt hatten. Die Details ließ ich aber aus. Meine Mama musste nicht wissen, wie wir das Bett miteinander geteilt hatten ... oder eben das Feld ... oder den Platz unter der Trauerweide ...

»Ich weiß nicht, ob er noch lebt. Er ist nicht gekommen, also will er mich vielleicht nicht mehr sehen. Oder er ist wirklich gestorben«, flüsterte ich zum Schluss. Dabei konnte ich mich sehr gut an sein Versprechen erinnern. Vielleicht sollte ich mich tatsächlich mit dem Gedanken auseinandersetzen, dass Magni nicht überlebt hatte. Erneut schnürte es mir die Kehle zu. In den letzten Tagen war mir das immer wieder passiert.

»Schatz«, seufzte Mama. »Das, was du mir gerade erzählt hast, ist sehr viel. Ich weiß nicht, ob ich dir das ohne Weiteres geglaubt hätte, hättest du nicht von einer Minute auf die andere wie ein komplett anderer Mensch ausgesehen. Gerade warst du noch da, wolltest das Geschenk deiner Tante ins Zimmer bringen, dann hören wir, wie du zu Boden gehst, und dann ruft mich deine Schwester panisch zu euch. Das ist ... alles so absurd.«

»Ich weiß«, gab ich zu. »Weißt du, dass ich eine Völva bin? So nannte man früher Hexen. Deshalb konnte ich durch die Zeit reisen«, setzte ich dem Ganzen die Krone auf.

»Das ist ... wow. Magnolia, ich denke, ich brauche einen Schnaps. Kommst du mit rüber?«

»Bietest du mir gerade Alkohol an? Am Vormittag?«

»Ja. Also, kommst du?«

Ich sprang von meinem Sessel, ließ zum ersten Mal seit Stunden Magnis Buch allein und folgte meiner Mama in die Küche.

»Deine Oma, meine Mama, hat oft wirres Zeug geredet. Unter anderem auch, dass wir eine Hexenfamilie seien.« Sie lachte kurz auf, schnappte sich zwei kleine Gläser und holte den Erdbeerschnaps aus einem Schrank hervor. »Sie starb früh, du hast sie schließlich nie kennengelernt, aber ich habe ihr nie ein Wort geglaubt. Ich meine ... *Hexenfamilie*?«

»Klingt für mich nicht mehr so abwegig, nachdem ich in der Vergangenheit gelandet bin.«

»Ja, für mich auch nicht mehr. Hätte ich ihr damals bloß besser zugehört«, seufzte Mama.

»Und Tante Heidrun?«

Ich beobachtete meine Mama, wie sie uns den Schnaps in die Gläser füllte.

»Sie hat dem Gerede unserer Mutter geglaubt. Wir haben uns noch darüber unterhalten, als du ́geschlafen hast. Sie denkt, dass da wohl etwas Wahres dran ist. Ich meine, ich ja jetzt auch.«

»Ja, hm. Du, Mama, ist dir klar, dass ich gerade Schnaps zum Frühstück trinke? Ich habe heute noch nichts gegessen«, wechselte ich das Thema, als sie mir das Gläschen zuschob.

»Schatz.« Sie lachte auf. »Lass uns ein oder zwei Gläser trinken und dann frühstücken gehen. Was hältst du davon?«

»Ich mag die Idee«, antwortete ich ihr – zum ersten Mal seit Tagen – lächelnd.

Ich erzählte meiner Mama alles, was ich mittlerweile über Wikingerhexen herausgefunden hatte, und auch, was ich in der Vergangenheit an dem Baum im Apfelhain ausprobiert hatte. Sie schüttelte immer wieder ungläubig den Kopf, hörte mir aber aufmerksam zu.

»Das ist ja wie in einem Film«, schmunzelte sie schließlich.

»Hätte ich mich die letzten Tage nicht so oft gekniffen, könnte ich es auch nicht glauben«, sagte ich. »Manchmal denke ich mir, ich habe mir das alles nur eingebildet. Aber dann öffne ich meinen Kleiderschrank und sehe das grüne Kleid. Oder schaue auf meinen Schreibtisch und sehe Magnis Buch.«

»Ja, das kann ich verstehen.« Meine Mama schloss mich in ihre Arme. »Jetzt haben wir schon drei Schnapsgläser geleert. Ich denke, wir sollten langsam frühstücken gehen.« Sie grinste mich breit an. »Ich will nicht dafür verantwortlich sein, wenn du vor dem Mittag einen Rausch bekommst. Oh, dein Papa würde mich tagelang böse angucken«, scherzte sie, woraufhin ich einstieg.

»Du *bist* aber dafür verantwortlich.« Ich lachte. »Aber gut, lass uns gehen.«

Das Café, zu dem wir wollten, befand sich nur zehn Gehminuten von uns entfernt.

Da es draußen heiß war, schließlich hatten wir Sommer, benötigten wir keine Jacken. Heute Morgen hatte ich mir ein rosa Kleidchen angezogen, das mir bis zu den Knien reichte. Meine Haare hatte ich zu einem schlichten Pferdeschwanz gebunden – natürlich lockig.

Wir gingen an der örtlichen öffentlichen Bibliothek vorbei, wo ich abrupt stehen blieb. Sie hatte heute geöffnet.

»Können wir hier rein?« Bittend sah ich meine Mama an.

»Natürlich, alles, was du willst.« Während Mama bei den Liebesromanen stecken blieb, erkundigte ich mich, ob es Bücher über Runen gab oder zumindest irgendetwas über die nordische Mythologie.

»Über Runen haben wir leider nichts da, aber ein paar Sachbücher.« Ich folgte der Bibliothekarin, die mir drei Bücher in die Hand drückte. »Das ist leider alles, was wir haben.«

»Danke.« Ich schaute mir die Bücher genauer an, doch leider waren sie nicht das, was ich mir erhofft hatte. Das Buch, das mich am meisten ansprach, nahm ich allerdings mit und wollte es zu Hause lesen.

Nachdem ich es mir ausgeliehen hatte, gab ich es in die Ledertasche, die ich von Magni bekommen hatte. Ich wollte einfach irgendetwas von ihm an meinem Körper tragen, sei es nur die Tasche, die im Normalfall eigentlich absolut nicht meinem Stil entsprach.

Wir erreichten das Café und setzten uns an einen freien Tisch. Die Bedienung kam bald und so gaben wir unsere Bestellung auf. Ich freute mich riesig auf dieses Frühstück, denn die letzten Tage hatte ich mich mit dem Essen eher zurückgehalten. Mir war einfach nicht danach gewesen.

»Es freut mich, dass du deinen Appetit wiedergefunden hast«, meinte Mama, als wir unsere Bestellung bekamen.

»Ja ... Es tat gut, heute mir dir zu reden. Aber ich denke, die Tage davor wäre ich noch nicht bereit dazu gewesen«, antwortete ich ehrlich.

»Wo wir schon dabei sind.« Meine Mama räusperte sich. »Es muss nichts bedeuten, vielleicht bilde ich mir auch einfach etwas ein, aber ... vorhin hat ein junger Mann in die Bibliothek geschaut, dich gesehen und sich dann wieder umgedreht.« Ich hob eine Augenbraue, hörte meiner Mama aufmerksam zu. Dass mein Herz dabei wie wild klopfte, konnte ich nicht verhindern. »Dieser junge Mann sitzt ein paar Tische hinter dir und starrt dir schon seit einigen Minuten auf den Rücken.«

Ich schluckte schwer. »Wie sieht er aus? Hat er einen Bart?«, fragte ich flüsternd, aber aufgeregt.

Meine Mama schüttelte den Kopf. »Nein.«

»Lange Haare?«

»Auch nicht.«

Enttäuscht ließ ich die Schultern sinken. »Hat er wenigstens blonde Haare?«

»Ja, das schon.«

Mein Puls schnellte wieder in die Höhe. »Seine Augenfarbe?«

»Schatz.« Mama lachte auf. »Das erkenne ich aus dieser Entfernung nun wirklich nicht.«

»Starrt er noch immer?«

»Mhm, die ganze Zeit.«

Also drehte ich mich ruckartig um. Der Mann saß zwar drei Tischreihen von mir entfernt, doch ich konnte sein Gesicht genau erkennen. Überraschung spiegelte sich in seinem Gesicht wider, als hätte er nicht damit gerechnet, dass ich ihn auf einmal anschauen würde. Er sah allerdings nicht wie mein Magni aus. Nicht wie ein leibhaftiger Krieger.

Seine Gesichtszüge jedoch, die Narbe – von seiner linken Wange bis zum Mundwinkel – und diese Augen, die ich von jedem anderen Augenpaar dieser Welt unterscheiden könnte, ließen plötzlich eine salzige Träne über meine Wange fließen. Ein Lächeln stahl sich auf mein Gesicht, ehe ich mich zu meiner Mama zurückdrehte.

»Kann ich dich kurz allein lassen?«

Ich wartete Mamas Antwort gar nicht erst ab, sondern stand von meinem Stuhl auf und ging eilig auf den Mann, der mir so bekannt und gleichzeitig auch unbekannt war, zu. Wir ließen uns keine Sekunde aus den Augen. Er stand auch auf, wartete neben seinem Tisch, bis ich bei ihm ankam. Mein Herz pochte wild. Konnte es aus meiner Brust springen? Ich wusste, dass das unmöglich war, doch ... gerade fühlte es sich danach an.

Magni.

Mein Magni.

Wieder schossen mir Tränen in die Augen, wo sie dieses Mal blieben. Er hatte mich tatsächlich gefunden. Noch viel wichtiger: Er lebte!

Wir standen uns gegenüber. Ich konnte jede Pore seines Gesichtes erkennen, nahm seine schnelle Atmung wahr, merkte, wie sein gesamter Körper leicht zitterte.

»Magni?«, fragte ich flüsternd. Wagte nicht, ihn zu berühren oder mehrere Worte zu sagen.

Er stand einfach nur da, nickte unscheinbar und wandte seinen Blick nicht von meinen Augen ab. Ich starrte ebenso in seine, wurde mir jetzt erst so richtig bewusst, wie sehr ich diesen Mondsee die letzten Tage vermisst hatte.

Keine Ahnung, wie lange wir uns tatsächlich einfach nur gegenüberstanden, um den anderen zu mustern. Aber dann war es schließlich Magni, der mit seiner Hand zaghaft meine streifte und mich aus meiner Erstarrung holte.

Ohne Vorwarnung schmiss ich mich an seinen Hals, drückte mich fest an seinen Körper und sog seinen berauschenden Duft ein, der sich nach all den Jahren nicht wirklich verändert hatte. Ja, eine andere Note schwang mit, aber im Großen und Ganzen roch er immer noch nach meinem Halb-Gott. Es dauerte keinen Wimpernschlag, da legten sich auch seine starken Arme um meinen zierlichen Körper. Sein heißer Atem streifte meinen Hals. Ich schloss meine Augen, um die Umarmung gänzlich auszukosten.

Oh, wie sehr ich ihn vermisst hatte! Wie viel Angst ich gehabt hatte, ihn nie wiederzusehen. Das alles in nur vier Tagen. Magni hatte mich so viel länger nicht gesehen. Gott, ich wollte gar nicht wissen, durch welche Höllen er gegangen war. Und das nicht nur wegen mir, sondern weil sich in der Geschichte so viel getan hatte. Was er wohl alles miterlebt hatte?

»Magnolia«, murmelte er irgendwann mit leicht bebender Stimme an mein Ohr, sein Atem meine Haut streifend. Ich rückte leicht von ihm ab, aber nur so weit, dass ich ihm in die Augen schauen konnte, doch noch immer genügend

Körperkontakt vorhanden war. Am liebsten wollte ich ihn nie wieder loslassen.

»Du hast mich gefunden«, wisperte ich lächelnd.

»Und du erinnerst dich an mich«, hauchte er überwältigt zurück.

Gott, seine Stimme zu hören, ließ meinen Körper ganz hibbelig werden. Ich war ihm für so lange Zeit so nah gewesen, hatte keinen Tag ohne ihn verbracht, dass es mir schon fast so vorkam, als wäre ich die letzten vier Tage auf Entzug gewesen.

»Wieso sollte ich das nicht?«, fragte ich zurück.

»Ich hatte Sorge, dass du mich vergessen hast, dich an nichts erinnerst, was zwischen uns war.«

»Oh, Magni. Nie im Leben könnte ich auch nur eine einzige Sekunde mit dir vergessen.«

Magnis Augen glänzten verräterisch, was mein Herz nicht kalt ließ. Verdammt, Magni war ein Krieger, ein richtiger Mann und er weinte nicht! Nicht, weil ich es nicht befürworten würde, dass auch Männer ihre weiche Seite zeigen durften, sondern weil ich wusste, dass es eigentlich nicht seine Art war. Ihn jetzt so verletzlich und von seinen Gefühlen überwältigt vor mir zu haben, ließ meinen Damm komplett brechen. Tränen liefen mir über die Wangen, bis ich sie nicht mehr aufhalten konnte. Magni drückte mich an seine Brust, strich mit seiner Hand sanft meinen Rücken auf und ab.

»Magni, Gott, du musst mir so viel erzählen«, wisperte ich.

»Gott.« Er lachte leise. »Du hast recht, das bin ich noch immer.«

Mit Tränen in den Augen boxte ich ihm gegen die Schulter und hauchte zarte Küsse an seinen Hals. »Ich hatte solch eine Sorge um dich.«

»Ich auch um dich.«

»Wieso denn um mich?« Ich legte ihm meine Hand an die Wange, lächelte ihn leicht an.

»Schließlich war es Idun, die dir geholfen hat. Ihr war in der Vergangenheit nicht immer zu trauen.«

»Ich dachte, sie hat dir die Erinnerung genommen, dass sie mir geholfen hat.«

»Hat sie«, bestätigte Magni. »Ich habe sie vor Jahren im dunklen Wald getroffen, was meinen Erinnerungen auf die Sprünge geholfen hat.«

»Als du weg warst und ich mit Idun allein war, hatte ich plötzlich auch meine Zweifel. Aber sieh uns an, wir stehen hier und haben uns wieder.« Ich konnte nicht verhindern, dass mir abermals eine Träne über die Wange lief.

»Ich habe so viele Jahre darauf gewartet, dich wiederzuhaben. Und jetzt traue ich mich nicht, dich zu küssen. Dabei würde ich dir so gern das Salz von den Lippen küssen.« Magni lachte in sich hinein, konnte seinen Blick nicht von mir abwenden.

»Und wenn ich dir die Entscheidung abnehme?« Ich biss mir leicht auf die Unterlippe, sah, dass Magnis Augen dieser Bewegung folgten.

Mein Körper sehnte sich so sehr nach seinem, dass ich unseren Abstand so weit reduzierte, dass nicht einmal mehr eine goldene Haarsträhne zwischen uns Platz gefunden hätte. Ich legte meine Hände in seinen Nacken und kam seinem Gesicht näher.

Ab jetzt schien auch er wieder mutiger zu werden, kam meinem Gesicht entgegen, bis unsere Lippen aufeinander trafen. Diese Berührung schoss bis zu meiner Mitte hinab, verursachte ein angenehmes Pochen, das mich alles um mich herum vergessen ließ. Genau genommen hatte ich meine Umgebung schon, seitdem ich bei Magni angekommen war, vollkommen ausgeblendet.

Jetzt zählten nur seine Lippen auf meinen. Seine Zunge, die mit meiner spielte. Seine Hände, die meinen Körper an seinen pressten. Sein Duft, der meinem Verstand benebelte. Sein Brustkorb, der sich mit jeder Sekunde ruhiger bewegte. Seine leichten Bartstoppeln, die meine Wange kitzelten. Seine kürzeren Haare, die sich so angenehm weich unter meiner Hand anfühlten. Gott, ich wollte nicht, dass dieser Kuss jemals endete. Ob wir einfach für immer hier in diesem Café stehen bleiben konnten?

Irgendwann lösten wir uns voneinander, schauten den jeweils anderen schwer atmend an. Aber nicht ohne ein breites Lächeln im Gesicht. Ich wusste, es musste eine Menge in Magnis Leben passiert sein, doch für solche Gespräche war später Zeit.

Magni verschränkte seine Finger mit meinen, sah mich verliebt an. Wie konnte er mich nach all den Jahren noch immer *so* ansehen?

»Willst du mich deiner Mutter vorstellen?«, fragte er unvermittelt.

Kurz war ich verwirrt, dann weiteten sich allerdings meine Augen. Scheiße! Meine Mama war auch hier. Mein Zeitgefühl war schon lange flöten gegangen, ich konnte nicht einmal schätzen, wie lange ich sie schon allein an dem Tisch hatte sitzen lassen.

»Ähm, ja?« Ich biss mir zaghaft auf die Lippe. »Ich habe ihr schon einiges von dir erzählt.« Langsam wandte ich meinen Kopf zu dem Tisch, wo meine Mama saß. Sie hatte sich in der Zwischenzeit eine Zeitschrift geschnappt und schien darin zu lesen. Dankbar schloss ich kurz die Augen, ehe ich nickte. »Ja, ich stelle dich jetzt meiner Mama vor.«

Hand in Hand gingen wir auf meine Mama zu, blieben direkt neben dem Tisch stehen. Sie hob den Kopf, betrachtete uns verschmitzt grinsend.

»Mama, das ist Magni. Ich habe dir heute von ihm erzählt.«

»Ich dachte mir schon, dass du keinen Wildfremden abknutschen wirst«, meinte sie an mich gewandt, bis sie sich zu meinem Halb-Gott drehte. »Schön, dich kennenzulernen, Magni.« Meine Mama stand auf, um ihm die Hand zu reichen.

»Es freut mich auch sehr.«

»Ich kann mir denken, dass ihr jetzt nicht mit mir hier sitzen wollt. Also verschwindet schon. Aber Magnolia, vergiss nicht, dich bei uns zu melden.«

Perplex starrte ich sie an, stotterte leicht herum. »Ähm ... Ich ... Okay?«

»Macht schon, haut ab«, lachte meine Mama. »Sei nur zum Abendessen zurück.«

Ich schaute Magni von der Seite an. Er ließ es sich kein weiteres Mal sagen, sondern verabschiedete sich von meiner Mama und spazierte Händchen haltend mit mir aus dem Café.

»Wohin sollen wir gehen?«, fragte ich ihn.

»In meine Wohnung. Also, wenn du willst?« Kurz konnte ich Verunsicherung in seinem Gesicht lesen, weshalb ich mich während des Gehens enger an ihn schmiegte.

»Natürlich will ich«, antwortete ich ihm, brachte ihn kurz zum Stehen, um ihm einen schnellen Kuss auf die Lippen zu hauchen. »Im Übrigen, du sprichst sehr gut Deutsch.«

»Jahrelange Übung.« Seine Mundwinkel hoben sich.

Wir schlenderten bestimmt schon fünf Minuten nebeneinanderher, bis ich abermals stehen blieb, um meinem Halb-Gott in die Augen zu schauen.

»Magni, ich weiß, deine Erinnerung an mich ist so viel länger her als meine an dich. Vor nicht einmal einer Woche haben wir noch miteinander geschlafen, aber für dich ist das schon so lange her. Deshalb: Ich liebe dich. Ich liebe dich so sehr, Magni. Heute genauso wie damals und ich bin gespannt, was du mir alles zu berichten hast. Bei dir muss in der Zwischenzeit so viel passiert sein. Und egal, was war und du mir erzählst: Ich liebe dich«, wiederholte ich abermals, ehe Magnis Lippen meine erneut verschlossen, um sie vollkommen in Besitz zu nehmen. Mir den Atem zu rauben. Mich nur noch fühlen zu lassen.

Oh ja, ich fühlte so viel. So viel Zuneigung zu diesem Mann, der hoffentlich nie mehr aus meinem Leben verschwand.

UNSTERBLICHKEIT HAT SEINEN PREIS

Unsterblichkeit hat seinen Preis,
du drehst dich stets im selben Kreis.
Um auf die wahre Liebe zu warten,
wanderst du durch des Zeitens Irrgarten.
Denn für die Eine lohnt es sich zu leben,
um euch gemeinsam das größte Glück zu geben.
Wenn du sie dann endlich triffst,
merkst du, wie schmerzlich sie wurde vermisst.
Jetzt könnt ihr in die Zukunft schauen,
zu zweit die Vergangenheit verdauen.
Nur mit ihr willst du sterblich sein,
denn ihr Herz ist dein Daheim.

EPILOG

Ein Monat später in Asgard

»Wow, es hat sich irgendwie kaum etwas geändert«, äußerte ich, als wir in Asgard ankamen. Die Sonne strahlte mit immenser Kraft vom Himmel und die Landschaft wirkte unwirklich schön. So unberührt, fernab von jeglicher Elektronik. Irgendwie märchenhaft, idyllisch.

Vögel zwitscherten und gaben ein Konzert zum Besten. In der Ferne konnte ich das Rauschen eines Baches hören und dann auf einmal immer lauter werdendes Trommeln. Schnell huschte mein Blick zu Magni, aber dieser lächelte nur und schaute in die Ferne. Ich folgte seinem Blick und erkannte einen Punkt, der mit rasanter Geschwindigkeit näher kam.

Gullfaxi.

Breit strahlend wartete ich auf das silbern schimmernde Pferd. Direkt vor Magni blieb der bildhübsche Hengst stehen, ließ sich von seinem Herrn über den Kopf streicheln und schnaubte gelassen aus.

Meine Hand berührte sein weiches Fell, woraufhin mich Gullfaxi anschaute, irgendwie eindringlich musterte. Doch dann stupste er mich mit seinen weichen Nüstern an, als wollte er mich begrüßen.

»Hallo, alter Freund«, murmelte ich und kraulte ihn unter seiner goldenen Mähne.

»Bist du bereit?«, fragte mich Magni, der in einfachen Jeans und einem herkömmlichen T-Shirt nach Asgard gereist war. Ihn so *normal* zu sehen, war im letzten Monat zur Gewohnheit geworden. Es verging kein Tag, an dem wir uns nicht sahen, und fast jede zweite Nacht schlief ich bei ihm in der Wohnung. Im Herbst würden wir beide zu studieren beginnen, wie zwei durchschnittliche junge Menschen eben. Ich freute mich schon riesig darauf und ich wusste, dass es Magni genauso ging.

»Ich bin bereit. So was von.« Lächelnd ließ ich mir von meinem Freund – ja, mittlerweile war er mein fester Freund – auf den Pferderücken helfen.

»Es wird das letzte Mal sein, dass du auf Gullfaxi reitest. Möchtest du es langsam oder schnell?«

Ich warf Magni einen Blick über die Schulter zu und konnte das verschmitzte Glitzern in seinen Augen erkennen.

»Du weißt doch, dass ich es gerne schnell mag.«

»Wir haben alle Zeit der Welt.«

»Das sagst du immer.« Ich lachte.

»Reden wir noch vom Reiten?«

»Idiot«, blödelte ich. »Schick ihn in den Galopp. Ich weiß doch, dass du es auch willst. Aber lass mich bloß nicht fallen«, wies ich ihn an.

»Ich würde dich niemals fallen lassen, kleiner Schmetterling.«

Gullfaxi machte einen Sprung nach vorne, schüttelte einmal vor Übermut seinen Kopf, sodass seine Mähne in alle Richtungen wirbelte, und galoppierte los. Magnis Arm um meine Taille gab mir Sicherheit, obwohl ich mich auf Gullfaxis Rücken mittlerweile wohlfühlte. Ich genoss den Wind, der mir ins Gesicht peitschte, und spürte dieses Gefühl, das manche Menschen Freiheit nannten.

Schneller als mir lieb war, erreichten wir Bilskirnir – der

einstige Palast des Donnergottes Thor. Wenn ich an seinen Tod dachte, wurde mein Herz schwer. Magni hatte mir von Ragnarök erzählt. Er hatte mir generell sehr viel anvertraut – die Geschichte mit Idun, die Gespräche mit Frigg, den Lindwurm und seine immerwährenden Ängste, dass ich mich nicht mehr an ihn erinnern könnte oder überhaupt nicht in meiner Zeit gelandet war. Er hatte schließlich viel Zeit zum Nachdenken gehabt.

Auch hatte er mir von meinem letzten Tag erzählt. Nachdem Odin aufgewacht war, war er stinkwütend gewesen. Obwohl das noch harmlos ausgedrückt war. Magni hatte Gladsheim immer nur dann besucht, wenn Feste gefeiert wurden, doch von seinem Großvater war er bis zu seinem letzten Tag nie mehr freundlich begrüßt worden. Auch seine beiden Wölfe hatten jedes Mal drohend geknurrt, wenn Magni den Palast des Götterallvaters betreten hatte.

Jetzt aber machte Gullfaxi vor einem anderen Palast in Asgard halt. Es hatte sich nicht viel verändert. Bilskirnir sah von außen noch genauso aus wie in meiner Erinnerung. Nur, dass uns kein Donnergott freudig begrüßte, sondern Modi auf uns zugelaufen kam.

»Bruder!« Magni schwang sich von Gullfaxis Rücken und schlug seinem Bruder gegen die Schulter.

»Wie du aussiehst!« Modi schüttelte belustigt den Kopf, wandte sich dann mir zu. »Magnolia, wow. Ich hätte nicht gedacht, dich jemals wiederzusehen. Gehofft, ja. Vor allem um meines Bruders willen, aber an manchen Tagen hatte ich meine Zweifel. Völlig unbegründet, wie ich jetzt sehe.« Modi ließ sich nicht nehmen, mir von Gullfaxi zu helfen, was ich schmunzelnd zur Kenntnis nahm.

»Du hast dich gar nicht verändert«, stellte ich fest, als ich ihn von oben bis unten musterte. Gleicher Bart, selbe Haarlänge. Selbst die Kleidung schien keine andere als damals zu sein.

»Mein Bruder sich dafür umso mehr. Er war zu lange in Midgard«, feixte Modi.

»Können wir reinkommen?«, fragte Magni schließlich. »Ich möchte mit dir reden.«

»Klingt ernst. Ich kann mir allerdings schon denken, was du mir zu sagen hast.« Danach bedeutete Modi uns, dass wir ihm folgen sollten.

Magni drehte sich noch einmal zu seinem Hengst, strich ihm über den Kopf und atmete tief durch. Erst dann ließ er sein Pferd mit einem Stalljungen mitgehen und folgte Modi ins Innere des Palastes.

Wir saßen vor einem reichlich gedeckten Tisch, der keine Wünsche offen ließ. Ich schlug gierig zu, denn ich hatte bereits seit Stunden nichts mehr gegessen. Und eines musste ich Asgard lassen: Das Essen hier war immer köstlich, selbst damals, im Zeitalter der Wikinger.

»Was liegt dir auf dem Herzen, Bruder?«, fragte Modi irgendwann. Er hatte bestimmt schon seinen dritten Met – er schien wohl mittlerweile ganz nach seinem Vater zu kommen.

»Du weißt, dass ich schon länger keinen goldenen Apfel mehr gegessen habe.«

»Das ist mir nicht entgangen.«

»Ich werde nicht mehr nach Asgard kommen. Ich will mit Magnolia in Midgard unter den Menschen leben, mit ihr alt werden und irgendwann gemeinsam mit ihr nach Helheim reisen«, sprach er entschlossen.

»Das dachte ich mir bereits.« Ich konnte das Schlucken von Modi deutlich erkennen. »Aber das heißt nicht, dass ich nicht nach Midgard reisen darf, um euch zu besuchen, oder?«

»Willst du das denn?«

»Ich werde mir sicher nicht entgehen lassen zu sehen, wie mein Bruder alt und hässlich wird. Außerdem möchte ich meine Nichten und Neffen kennenlernen. Sieh zu, dass du endlich einmal Kinder bekommst«, alberte Modi, konnte aber das verräterische Glänzen in seinen Augen nicht verbergen.

»Du bist immer willkommen«, sagte Magni, stand auf, um zu seinem Bruder zu gehen und ihm die Schulter zu drücken.

»Ich werde dich hier vermissen. Aber ich weiß, wie sehr du auf ein gemeinsames Leben mit Magnolia gehofft hast. Ich kann dich verstehen und wünsche euch nur das Beste! Ladet mich zu eurer Hochzeit ein. Wehe, ihr tut es nicht.«

Wir lachten, unterhielten uns noch ein bisschen, bis Magni erneut von seinem Stuhl aufstand und meine Hand in seine nahm.

»Pass bitte gut auf Gullfaxi auf. Und gib ihm nicht zu viele Äpfel, sonst wird er noch ganz rund«, sagte er zu seinem Bruder. Er wollte nun gehen, so viel war klar. Magni wollte Asgard endlich den Rücken kehren.

»Ich füttere ihn aber gerne.«

»So wie Sleipnir, mhm. Der hat schon ein paar Kilo zu viel drauf.«

»Ach, meckere nicht. Dem geht es prima. Er genießt sein Leben hier in Bilskirnir.«

»Ich weiß. Du bist ein grandioser Pferdepapa.«

»Oh, Magni. Sei bloß leise!« Doch dann lachten sie beide.

Die Stimmung zwischen den Brüdern war ausgelassen, aber auch von einer Schwere gedrückt. Von nun an würde sich alles ändern, wenn es das nicht längst hatte.

Wir verabschiedeten uns von Modi, ließen Bilskirnir hinter uns. Gullfaxi graste mit dem achtbeinigen Pferd auf einer Wiese und sie genossen die schattigen Plätzchen unter den großen Bäumen.

»Ich freue mich auf dieses Leben mit dir. Du kannst dir gar nicht vorstellen, wie sehr.« Magni blieb stehen, schaute mich an. Der Palast seines Vaters hinter unseren Rücken – immer kleiner werdend, je weiter wir uns entfernten.

»Ich freue mich auch auf ein Leben mit dir. Ich liebe dich, Magni.«

»Ich liebe dich, kleiner Schmetterling. Das habe ich damals schon. Heute noch viel mehr. Ich werde dich immer lieben.«

Dann küssten wir uns und in diesem Kuss lag so viel mehr als nur unsere Liebe füreinander. Zuneigung. Leidenschaft. Glücklichsein. Und ein Versprechen.

Für immer.

Wir würden uns für immer lieben. Uns jeden Tag aufs Neue ineinander verlieben und uns immer wieder füreinander entscheiden.

ENDE

DANKSAGUNG

Wenn ich anfange, ein Buch zu schreiben, dann habe ich normalerweise sofort eine Geschichte im Kopf. Dass sie so bleiben wird, sei mal dahingestellt, denn meine Protagonisten führen *immer* ein Eigenleben. Nur bei *Verknallt in einen Gott?!* gab es zuerst den Titel, die Story schwebte anfangs noch in der Luft. Unglaublich, was aus dem Titel geworden ist. Ich habe tatsächlich ein Buch geschrieben und es veröffentlicht! Nicht nur auf Wattpad, nein, richtig. An dieser Stelle möchte ich einigen Menschen danken, die mich bis hierher begleitet und mir bei der Entstehung geholfen haben.

Mein erstes riesiges Danke gehört dir, Tobias, weil du mich von Anfang an unterstützt und an mich geglaubt hast. Danke auch, dass du mir immer wieder Zeit freigeschaufelt hast, indem du auf unsere großartige, manchmal auch etwas anstrengende, Rasselbande aufgepasst hast. Tausende Bussis. Ich hab dich lieb.

Meine Testleser:innen waren quasi die unsichtbaren und sichtbaren Profile auf Wattpad. Über 31k Reads haben Magnolia und Magni erreicht, bevor ich die Geschichte von Wattpad zurückgezogen habe. An dieser Stelle möchte ich meine Cousine Tina, Janine, Jay und Maria (die Reihenfolge spielt keine Rolle, ihr steht alle direkt nebeneinander) hervorheben. Eure lieben Worte und Anregungen waren goldwert und haben mich animiert, weiterzuschreiben – nicht nur auf Wattpad. Ihr alle habt die Rohfassung gelesen und die Story trotzdem geliebt. Dafür möchte ich euch ganz fest knuddeln.

Danke an dich, liebe Daniela, dass du durch das Lektorat die Geschichte noch mehr strahlen lässt. Keine Ahnung, was ich ohne dich tun würde. Deine Worte haben mich immer dann zum Lächeln gebracht, wenn ich sie am dringendsten gebraucht habe. Du machst einen wunderbaren Job! Danke, allerliebste Vanessa, dass du dich freiwillig angeboten hast, mir den Buchsatz zu machen. Das werde ich dir nie vergessen und dir auf ewig dankbar sein. Außerdem genieße ich unsere unzähligen Sprachnachrichten, die sehr häufig in die Tiefe gehen. Es tut gut, mit dir zu plaudern. Du bist ein wundervoller Mensch.

Mama, du warst seit dem Beginn meiner Euphorie fürs Schreiben für mich da. Ich rede hier von Bleistift und A4-Blättern, haha. Papa, auch deine Unterstützung ist unbezahlbar. Danke, dass du immer an deine Töchter glaubst. Bettina, deine Selbstständigkeit und der Glaube an dich hat auch mich dazu inspiriert, mein Buch zu veröffentlichen. Denise, dir kann ich immer alles erzählen, genauso wie du mir, weshalb oft tausende Sprachnachrichten hintereinander folgen. Ich hab euch lieb.

Mein letztes Dankeswort möchte ich an alle meine Leser:innen richten. Danke, dass ihr das Buch bis zum Ende gelesen habt. Es wäre schön, wenn wir uns wieder lesen würden.

Alles Liebe
Violet Crow

DIE AUTORIN

Violet Crow wurde 1997 im schönen Gmunden in Österreich geboren. Schon als kleines Mädchen wollte sie Schriftstellerin werden, sodass sie bereits im Grundschulalter Bücher mit ihrem treuen Begleiter, dem Bleistift, verfasste. Violet Crow ist ein Pseudonym, für das sie sich in jungen Jahren entschieden hat. Inzwischen lebt sie mit ihrem Mann, ihren beiden Mädels und etlichen Tieren in der grünen Steiermark. Sie ist ein leidenschaftlicher Fan von allem, was romantisch und mystisch ist, und hat unzählige Geschichten im Kopf, die nur darauf warten, auf Papier gebracht zu werden.

MÖGLICHE TRIGGER

- Lebensgefährliche Verletzungen
- Gefangenschaft
- Kampf
- Mord
- Blut
- Tod